KERSTIN KLEIN

Knalltüten

Buch

Wenn es am schönsten ist, soll man gehen? Findet die liebenswerte, etwas tollpatschige Alice nicht. Aber da ihr Chef vom Maklerbüro *Haus im Glück* auswandern will, müssen sich Alice und ihre beste Freundin Mimi einen neuen Job suchen. Aber zum Glück gestaltet sich die Arbeitssuche recht entspannt, denn sie werden schnell fündig: Zukünftig werden sie ihre Brötchen als Geldeintreiberinnen für ein Inkasso-Unternehmen verdienen! Klingt gefährlich? Ist es auch! Denn ihre neue Firma hat sich auf die schweren Fälle spezialisiert. Ein Job, für den die zwei Blondinen mit dem ausgeprägten Faible für das perfekte Styling nicht unbedingt prädestiniert sind. UND wenn dann noch dazukommt, dass man wie Alice die Gabe hat, das Chaos magisch anzuziehen, wird es in manchen Situationen mehr als brenzlig. Selbst ihr Freund, der hinreißende Nick, ist da manchmal nur noch ratlos, was in der sonst so perfekten Beziehung ab und an zu kleinen und größeren Diskussionen führt. Aber Alice ist fest entschlossen, ihren neuen Job zu meistern. Komme, was da wolle …

Autorin

Kerstin Klein machte zunächst eine Ausbildung zur Rechtsanwaltsgehilfin, bevor sie ein Jahr in Griechenland lebte. Danach kehrte sie nach Hamburg zurück und arbeitete bis zur Geburt ihres Sohnes in einem Fachverlag, dann als Journalistin für eine lokale Zeitungsgruppe in der Nordheide. Seit 2000 wohnt Kerstin Klein mit ihrem Mann in einem sehr kleinen Dorf zwischen Hamburg und Bremen, wo sie bis vor zwei Jahren Pferde und Hängebauchschweine gezüchtet hat – und jetzt ihrer großen Leidenschaft, dem Schreiben, nachgeht.

Mehr zur Autorin und ihren Büchern unter:
www.kerstin-klein.com

Bei Blanvalet von Kerstin Klein lieferbar:

Vollmeisen (37781) · Dumpfbacken (37926)

Kerstin Klein

Knalltüten

Roman

blanvalet

MIX
Papier aus verantwortungsvollen Quellen
FSC® C014496

Verlagsgruppe Random House FSC® N001967
Das FSC®-zertifizierte Papier *Holmen Book Cream* für dieses Buch
liefert Holmen Paper, Hallstavik, Schweden.

1. Auflage
Originalausgabe Februar 2014 bei Blanvalet Verlag,
einem Unternehmen der
Verlagsgruppe Random House GmbH, München

Dieses Werk wurde vermittelt durch die Literarische Agentur
Thomas Schlück GmbH, 30827 Garbsen
Umschlagillustration: © www.buerosued.de
Umschlagmotiv: Getty Images/PM Images
Redaktion: Eva C. Seifert
LH · Herstellung: sam
Satz: Uhl + Massopust, Aalen
Druck und Bindung: GGP Media GmbH, Pößneck
Printed in Germany
ISBN: 978-3-442-38175-3

www.blanvalet.de

Mimi kicherte. »Tja, bei mir sieht es genauso aus. Das war einfach ein super Gefühl, so viel Geld auf dem Konto zu haben, sich plötzlich alles leisten zu können.«

»Ich weiß, was du meinst«, seufzte ich. »Ich habe so viele Klamotten gekauft und Schuhe, war ständig beim Friseur und bei der Kosmetikerin. Manchmal habe ich sogar nicht mal gefragt, was es kostet, sondern einfach nur meine Karte rübergereicht.«

Dieser kleine Kaufrausch hatte nicht nur meine Prämie verschlungen, sondern mich sogar mit fast tausend Euro in die Miesen gebracht. Also wäre ein neuer Geldsegen richtig gut.

Kurz vor Mittag bekam ich eine SMS von Nick. Ich hatte ihn kennengelernt, als ich von einem verrückten belgischen Mafioso verfolgt wurde und mich die Polizei vor ihm versteckte. Nick, ein Undercover-Cop, sollte eigentlich nur auf mich aufpassen, aber wir hatten uns fast sofort unglaublich ineinander verliebt.

Hey, Süße, ich habe etwas Leerlauf, willst du ins Café kommen?

Und ob ich das wollte. So schnell es mit meinen acht Zentimeter hohen Absätzen ging, rannte ich vor den Spiegel und schaute erst mal, wie ich aussah. Nicht schlecht. Meine Haare fielen blond und wellig über die Schultern, ich trug eine enge schwarze Hose und eine kurze, roséfarbene Cashmerejacke. Auch nach fast sieben Monaten war ich immer noch so verrückt nach Nick, dass ich mich jedes Mal, wenn ich ihn traf, aufstylte, als wäre es unser erstes Date.

Das Café war fast direkt neben unserem Büro, aber Nick war trotzdem als Erster da. Ich blieb kurz im Eingang stehen, um ihn einfach nur anzusehen. Mir blieb nach wie vor jedes Mal fast das Herz stehen, wenn ich ihn sah. Er war groß und muskulös, mit breiten Schultern, dunklen Haaren, die ihm ins Gesicht fielen, ganz dunkelblauen Augen und einem Killerlächeln, dem sogar der Diktator von Nordkorea verfallen würde. Oder hatte Südkorea einen Diktator? Ich brachte das immer durcheinander.

Jedenfalls, genau dieses Lächeln traf mich, als er mich sah. Ich stöckelte auf ihn zu und fiel ihm in die Arme.

»Mhm, Süße, du riechst so gut«, sagte er und küsste mich.

Ich küsste begeistert zurück. »Was hältst du davon, wenn wir mal wieder zusammen in den Urlaub fahren würden?«, fragte ich ihn. »Irgendwohin, wo es warm ist und du den ganzen Tag nur eine Badehose anhast?«

Nick lachte. »Klingt gut. Aber hast du mir nicht erst vor zwei Tagen erzählt, dass du völlig pleite bist?«

»Ach, das ist Schnee von gestern«, klärte ich ihn auf. »Bernie will heute Nachmittag mit Mimi und mir etwas besprechen. Und das letzte Mal, als er das wollte, haben wir eine fette Prämie bekommen.«

Nick lachte schon wieder. »Süße, ich kenne niemanden, der so optimistisch ist wie du. Du glaubst immer nur an das Gute, oder?«

»Natürlich«, antwortete ich. »Weil es ja auch auf der Hand liegt. Also, wo möchtest du gerne mal hin?«

»Lass uns heute Abend darüber reden, wenn ihr mit Bernie gesprochen habt, okay?«

Gerade wollte ich ihm sagen, dass wir gar nicht so lange warten müssten, als sein Handy klingelte. Nick machte wieder dieses »Mhm, ja, okay«. Das kannte ich schon.

»Du musst wieder los, stimmt's?«, fragte ich enttäuscht.

»Ja, ich muss etwas erledigen.«

Zu meinem Leidwesen erzählte er mir so gut wie gar nichts von seinem Job, außer dass er etwas erledigen musste.

»Tut mir leid. Kommst du heute Abend zu mir?«

Klar würde ich das. Ich und mindestens vier andere Frauen sahen ihm sehnsüchtig hinterher, als er das Café verließ. Meine Güte, konnten denn all diese Kriminellen nicht mal einen Tag in der Woche nicht kriminell sein? Manchmal wünschte ich mir, Nick säße hinter dem Schalter einer Bank oder an einem Schreibtisch bei einer Versicherung. Allerdings, wirklich vorstellen konnte ich mir das nicht. Er hatte viel zu viel Energie, um irgendeinen Bürojob zu machen.

Mimi und ich zwinkerten uns bedeutungsvoll zu, als Bernie nachmittags endlich ins Büro kam. Er machte ein sehr ernstes Gesicht.

»Ha,ha, Bernie«, lachte ich, »das letzte Mal, als du so geguckt hast, hatte ich Angst, dass du uns rausschmeißen willst. Aber du hast gesagt, du würdest nicht ernst, sondern salbungsvoll schauen. Also, ist heute wieder so ein salbungsvoller Moment?«

Bernie guckte jetzt irgendwie traurig. »Na ja, nein, nicht so richtig. Eher wirklich ernst. Ich muss euch beiden eine Eröffnung machen.«

Mimi grinste mir zu. Bernie liebte den großen Auftritt. Das hielt Mimi nicht davon ab mitzuspielen: »Oh, Bernie, so schlimm? Sag es uns einfach, Alice und ich sind wirklich hart im Nehmen.«

»Nun, gut, also, seit ich Sophie gefunden habe, fängt mein Leben noch mal von vorne an«, begann er.

Sophie Brandt war unter anderem die Vermieterin von Nick, die *Haus im Glück* vor Kurzem die Vermietung und Verwaltung ihrer gesamten Wohnungen übertragen hatte. Dabei waren zwischen ihr und Bernie ganz gehörig die Funken geflogen.

»Nun ja, und wir beiden sind ja auch nicht mehr die Jüngsten. Jedenfalls, wir haben beschlossen, ab sofort das Leben wieder zu leben.«

Ratlos schauten Mimi und ich uns an. Was wollte er uns denn nun damit sagen?

Aber da sprach er auch schon weiter: »So, und darum werden wir nach Teneriffa ziehen. Wir möchten jetzt, nach all den Jahren der Arbeit, die Sonne und das Leben genießen.«

»Und wer leitet das Büro, wenn du nicht mehr hier bist? Willst du das von Spanien aus machen?«, fragte ich ihn.

»Äh, nein, nicht direkt. Also eigentlich …« Bernie stammelte noch eine Weile herum, bis er die Bombe platzen ließ. »Also, es tut mir leid, aber ich habe die Firma verkauft. In drei Wochen wird Herr Sommer hier die Geschäfte übernehmen.«

»Oh, Bernie, was für ein Mist«, fluchte Mimi. »Wir hatten dich so gerne als Chef. Hoffentlich ist der Herr Sommer wenigstens ein bisschen so nett wie du. Glaubst du, wir kommen mit dem klar?«

»Ach, Mimi, du verstehst das nicht richtig. Herr Sommer hat das Büro gekauft, aber euch nicht mit übernommen. Seine Frau hilft ihm, und er will sich erst mal keine weiteren Personalkosten aufbürden.«

Für einen Moment verschlug es mir die Sprache, aber dann sprudelte es nur so aus mir heraus: »Du meinst, wir sind arbeitslos? Wir haben keinen Job mehr? Was sollen wir denn ohne Job machen? Bernie, wir brauchen doch unser Gehalt.«

»Alice, es tut mir so leid. Natürlich wollte ich gerne, dass er euch mit übernimmt. Nur, wie gesagt, er wollte erst mal mit so wenig Personal wie möglich auskommen. Wenn es dann gut laufen sollte, könnte er sich durchaus vorstellen, euch wieder als freie Mitarbeiter zu beschäftigen, sagte er.«

Mir kamen die Tränen. »Ich war doch erst letztes Jahr arbeitslos. Das war so schrecklich. Und ich dachte, jetzt wäre endlich alles gut.«

Mimi schniefte auch. »Mensch, Bernie, was sollen wir denn jetzt machen?«

»Erst mal beruhigt euch«, bat Bernie uns. »Ihr beide bekommt von mir so ein super Zeugnis, damit kriegt ihr ganz schnell wieder einen neuen Job. Und ich zahle euch noch zweitausend Euro Provision, ja?«

Das war zwar ein kleiner Hoffnungsschimmer, aber mehr auch nicht.

»Seid bitte nicht böse auf mich. So sollte das Ganze wirklich nicht laufen.« Er zuckte bedauernd mit den Schultern. »Ich muss jetzt los, aber bevor wir nach Teneriffa aufbrechen, lade ich euch noch zum Essen ein, dann können wir uns richtig voneinander verabschieden.«

Mit diesen Worten verließ Bernie uns. Mimi und ich sahen uns entsetzt an.

»So ein Elend«, fluchte sie kurz, bevor sie sich wieder in den Griff bekam. »Wir dürfen jetzt nicht den Kopf hängen lassen. Pass auf, wir bringen unsere Lebensläufe auf den neuesten Stand, und wenn wir die Zeugnisse haben, bewerben wir uns. Ich meine, wir sind doch gut. Wir können unseren Job. Ich glaube, Bernie hat recht. Vielleicht haben wir schon nächste Woche etwas Neues.«

Ihre Worte machten mir Mut. Es wäre zwar blöd, nicht mehr mit Mimi zusammenzuarbeiten, aber wir konnten uns ja abends treffen.

»Ja, wahrscheinlich«, stimmte ich ihr zu. »Und wir machen noch eine Liste von all unseren Verkäufen im letzten halben Jahr, die kommt mit in unsere Bewerbungsmappe. Was meinst du, wie froh all die Immobilienmakler da draußen sind, solche wie uns zu finden.«

Das blieb wenigstens zu hoffen, ansonsten drohte uns der Gang zum Arbeitsamt. Und diese Erfahrung würde ich ungern schon wieder machen. Also musste ganz schnell ein neuer Job her.

Mimi machte sich optimistisch an die Arbeit. Ich saß vor dem PC und hatte auch nach zehn Minuten noch nicht mehr als die Überschrift geschrieben.

»Du, Mimi? Wie schreibt man denn so einen Lebenslauf? Was wollen die denn alles wissen?«

»Das ist nicht so schwer. Schreib einfach deine bisherigen Jobstationen rein, was du so alles gemacht hast. Das Wichtigste ist immer Erfahrung«, sagte sie.

Hm. Mein Lebenslauf war ein kleines bisschen bunt. Ich hatte ein paar Semester Ernährungswissenschaften studiert, aber das war furchtbar langweilig gewesen. Ich war davon ausgegangen, dort alles über Diäten zu lernen, um hinterher Promis zu zeigen, wie sie für immer schlank und schön blieben. Stattdessen gab es Vorlesungen über Biologie, Lebensmittelrecht und sogar Physik. Warum, wusste ich bis heute nicht. Aber das Schlimmste war das Praktikum gewesen. Ich hatte mich vielleicht ein ganz kleines bisschen zu spät um eines bemüht, jedenfalls waren alle Stellen weg, als ich endlich in die Puschen kam. Fast alle. Mir blieb nur ein dreimonatiges Praktikum bei *McDonald's*. Und dort war ich gar nicht glücklich. Der Filialleiter war ein gemeiner, dicker Mann, der mich nicht leiden konnte. Gleich am ersten Tag sagte er zu mir statt einer Begrüßung: »Sie machen Pommes.« Mein Einwand, dass ich eine Studentin wäre und hier ein betriebsbezogenes Praktikum machen sollte, interessierte ihn nicht. Er wiederholte nur: »Sie machen Pommes!«

Das habe ich auch zwei Tage gemacht, aber dann beschlossen, dass die Ernährungswissenschaften vielleicht doch nicht so das Richtige für mich wären. Das Wort »Wissenschaften« hätte mich von Anfang an stutzig machen sollen.

Danach hatte ich ein paar Aushilfsjobs, bis ich meinen Exfreund Simon kennenlernte. Der besaß ein Versandunternehmen für Erotikartikel und gab mir einen Job in der Kundenbetreuung. Das machte richtig Spaß, und es roch in dem Büro auch nicht nach altem Pommesfett.

Allerdings ging das Ganze nur so lange gut, bis Simon heimlich einen kleinen Nebenerwerb für sich entdeckte – er verschickte in Dessous verstecktes Kokain. Die Polizei kam ihm auf die Schliche und machte den Laden dicht, Simon flüchtete, und ich war arbeitslos. Da sein Kumpel im Drogenhandel der Meinung war, ich wüsste, wo Simon – und sein Geld – abgeblieben waren, bedrängte er mich so sehr, dass ich letztendlich von der Polizei in Schutzhaft genommen wurde und in einem kleinen Kuhdorf wohnen musste. Das einzig Gute an der Geschichte war, dass ich dadurch Nick kennengelernt hatte. Wie schrieb man so etwas in einen Lebenslauf? Ich versuchte es, aber so richtig gefiel es mir nicht. Für eine Neunundzwanzigjährige hatte ich nicht besonders viel vorzuweisen.

»Du Mimi, lies mal bitte meinen Lebenslauf. Ich finde, das hört sich etwas schräg an.«

Sie kam zu meinem Schreibtisch und las das Dokument auf meinem Bildschirm.

2001 – 2002 Studium der Ernährungswissenschaften (abgebrochen, weil es nicht das war, was ich mir vorgestellt hatte)

2002 – 2004 Erfahrung gesammelt in verschiedenen Jobs

2004 – 2008 Kundenbetreuerin im Spezialversand »In Lack und Leder macht's Spaß mit jeder« *(nur telefonische Betreuung!!!!)*

2008 Der Polizei geholfen, meinen Exfreund zu finden, dabei in Schutzhaft genommen und wertvolle Erfahrungen gesammelt

2009 Immobilienmaklerin bei Haus im Glück *(Liste der erfolgreichen Verkäufe und Vermietungen anbei)*

»Hm. Also, das sollten wir vielleicht wirklich ein bisschen umformulieren«, sagte Mimi diplomatisch. »Jeder lügt im Lebenslauf, du musst da nicht die ganze Wahrheit schreiben. Also, dass du dein Studium abgebrochen hast, geht keinen was an. Schreib, dass du bis 2004 studiert hast, das prüft eh keiner nach. Den Job bei Simon werten wir ein bisschen auf. Da warst du Leiterin der Kundenbetreuung. Und das mit der Schutzhaft könnte vielleicht ein bisschen negativ aufgefasst werden. Schreib lieber, dass du eine berufliche Auszeit genommen hast, um benachteiligten Frauen zu helfen.«

»Das ist klasse, Mimi«, freute ich mich. »So schreibe ich das.«

Mimis Lebenslauf war ein klein bisschen strukturierter. Sie hatte eine Ausbildung zur Immobilienkauffrau gemacht und seitdem in einem Wohnungsbauunternehmen und zwei Maklerfirmen gearbeitet. Sie hatte ihren Lebenslauf in fünf Minuten fertig.

Abends fuhr ich zu Nick. Wenigstens ein Lichtblick an diesem blöden Tag. Leider machte mir nicht Nick die Tür auf, sondern Nicole, die Frau von seinem Kollegen Tim. Nicole war eine ziemlich verbiesterte Ziege, die mich nicht leiden konnte. Das beruhte auf Gegenseitigkeit, trotzdem versuchte ich immer alles, damit sie mich mochte.

»Hallo, Alice, ich warte hier auf Tim. Er ist mit Nick unterwegs, aber die beiden kommen gleich wieder.«

So ein Mist. Was sollte ich bloß mit der reden?

Wir setzten uns ins Wohnzimmer und guckten beide starr geradeaus. Das hielt ich ungefähr eine halbe Minute aus.

»Und, wie geht's dir so?«, fragte ich.

»Danke gut«, antwortete sie. Danach breitete sich wieder Schweigen aus.

»Also, mir geht es auch gut«, behauptete ich. Krampfhaft suchte ich nach einem Gesprächsthema, aber mir fiel nicht das Geringste ein. Nicole war einfach so sachlich und nüchtern. Weder konnte ich mit ihr über Schuhe noch über Promis reden. Sie guckte nicht mal Seifenopern, dabei weiß doch jeder, dass die sehr lehrreich sind. So, was das Leben angeht.

»Wo sind die beiden denn?«, fragte ich weiter.

»In der Garage, an Nicks Auto die Zündung neu einstellen.«

Verdammt. Wieder nichts, worüber man sich weiter unterhalten konnte. Ich wusste nicht einmal, was eine Zündung war, geschweige denn, warum man die neu einstellen musste.

Zum Glück hörte ich nach fünf langen Minuten endlich die Tür aufgehen und Nick, gefolgt von Tim, kam herein.

Er lächelte mich an. »Süße. Da bist du ja«, sagte er und nahm mich in seine Arme. Ich hatte noch nie einen Mann gekannt, der sich so gut anfühlte wie Nick.

»Nicole ist doof«, flüsterte ich ihm ins Ohr.

Er lachte nur. »Ihr werdet euch schon noch anfreunden, bei Nicki dauert das manchmal ein bisschen. Aber ich bin nicht doof, oder?«, flüsterte er zurück.

Ich strahlte ihn an. »Nein. Du nicht. Du bist so wie der Guss auf dem Liebesapfel.«

Nick grinste. »Verstehe ich zwar nicht, aber es freut mich trotzdem.«

Nick brachte Tim und Nicole zur Tür. Endlich waren die weg. Auf so eine Begegnung konnte ich nach dem heutigen Tag gut verzichten. Leider fragte Nick genau nach dem Thema, über das ich eigentlich gar nicht reden wollte. »Wie war dein Termin mit Bernie?«

Kurz überlegte ich zu behaupten, der Termin wäre auf morgen verschoben, aber da ich es ihm sowieso irgendwann sagen musste, konnte ich es auch gleich tun.

»Oh, Nick, du glaubst es nicht. Ich werde arbeitslos. Bernie hat den Laden verkauft.«

»Komm mal her, Süße«, sagte Nick, und ich warf mich in seine Arme. »Das tut mir leid. Aber mach dir keine Sorgen, du findest ganz schnell wieder einen neuen Job. Du bist doch richtig gut.«

»Meinst du?«, fragte ich hoffnungsvoll. »Ich mache mir schon ein bisschen Sorgen.«

»Brauchst du nicht. In spätestens zwei Wochen hast du etwas Neues und das bestimmt als Festangestellte.«

Das baute mich wieder auf. Ich meine, Nick war weniger ein Träumer, eher so der Realist. Und wenn selbst er sicher war, dass ich bald einen neuen Job finden würde, dann würde das auch passieren. Also musste ich mir keine Sorgen mehr machen.

Allerdings war mir am nächsten Abend doch wieder etwas mulmig, denn ob meine Eltern so super reagieren würden wie Nick, da war ich mir nicht so sicher. Nachdem ich an ihrer Haustür geklingelt hatte, machte mir mein Vater auf. Das war doof. Das tat er nur, wenn meine Mutter nicht da war.

»Hallo, Papa«, tat ich unbeschwert. »Ist Mama noch nicht zu Hause?

»Die kommt gleich wieder, die ist nur kurz bei den neuen Nachbarn. Frag mich nicht, warum sie da nun schon wieder unbedingt vor dem Abendessen hinmusste. Was soll das nur? Sie weiß doch, das wir immer um sieben essen. Und ich habe Hunger. Ich habe immer um sieben Hunger.«

Also, mein Vater war schon satt und ausgeruht nicht gerade ein Strahlemann, aber hungrig war er ziemlich unausstehlich.

»Tja, weiß ich auch nicht. Und, wie geht es dir so?«

»Wie es mir geht? Was meinst du damit, wie soll es mir denn schon gehen?«

»Oh, Papa, was weiß denn ich. Darum frage ich ja, das macht man eben so.«

»Siehst du? Das sind nur diese neumodischen Floskeln. Niemand will auf diese Frage eine ehrliche Antwort hören, nur ›gut, und dir?‹. Niemand fragt einen: ›Wie kommst du mit der Forderung vom Finanzamt klar?‹ Und: ›Wie macht sich der neue Azubi?‹«

Innerlich zählte ich bis drei. »Gut, Papa, wie kommst du mit der Forderung vom Finanzamt klar? Und wie macht sich der neue Azubi?«

Empört sah mein Vater mich an. »Was denn für eine Forderung vom Finanzamt? Ich habe keine Forderung vom Finanzamt bekommen. Ich zahle meine Steuern pünktlich. Und unser Azubi ist im dritten Lehrjahr.«

Ich weiß auch nicht. Irgendwie sprachen mein Vater und ich nicht dieselbe Sprache.

Zum Glück kam in dem Moment meine Mutter herein, die sich freute, mich zu sehen. »Alice, wie schön, kommst du zum Essen? Ich habe Kartoffelsalat gemacht, hast du Hunger?«

Leider musste ich das, wie immer, bejahen. Kurz darauf saßen wir drei in der Küche, und ich fürchte, mein Teller war am vollsten.

»Was ist mit Melinda?«, fragte ich meine Mutter. »Ich habe schon seit zwei Wochen nichts mehr von ihr gehört.«

»Deiner Schwester geht es wunderbar«, freute sich meine Mutter. »Nachdem die erste Staffel von *Dick und Doof* richtig gut gelaufen ist, drehen sie jetzt die zweite auf Mallorca. Und Melli ist mittendrin.«

Das freute mich, obwohl ich ein nicht ganz so enges Verhältnis zu meiner Schwester hatte. Sie arbeitete neuerdings bei einer Fernsehshow, die eine Mischung aus Abspeckcamp und *Big Brother* war, als Fitnesstrainerin und scheuchte die armen Dicken den ganzen Tag herum. Genau der richtige Job für sie.

»Und du? Hast du wieder schöne Häuser verkauft?«

»Äh, tja, das ist mit ein Grund, warum ich heute Abend hier bin. Also ehrlich gesagt hat Bernie die Firma verkauft, und der Käufer übernimmt weder Mimi noch mich.«

Einen Moment war Schweigen am Abendbrottisch, bis meine Mutter mir tröstend die Hand drückte. »Ach Alice, das hast du nicht verdient. Wo du doch immer so fleißig warst. Und, wie geht es nun weiter?«

»Mimi und ich haben heute schon einen Haufen Bewerbungen geschrieben. Und Nick hat gesagt, ich finde bestimmt ganz schnell wieder etwas Neues, weil ich gut bin.«

Bei der Nennung von Nicks Namen erhellte sich die Miene meiner Mutter. Sie hatte eine ausgewachsene Schwäche für ihn.

»Na, siehst du, wenn selbst Nick das sagt. Dann brauchen wir uns keine Sorgen zu machen«, bestimmte sie.

Mein Vater sah das anders. »Und woher weiß Nick das? Kann er nun auch noch hellsehen? Das sind schlimme Zeiten für Arbeitslose, ganz schlimme Zeiten. Eben noch steht man mitten im Berufsleben, und hoppla hopp ist man Hartz-IV-Empfänger und lebt im Ghetto.«

Erschrocken sah ich ihn an.

»Also, Herbert, wirklich. Du und dein Pessimismus. Jetzt mach Alice doch keine Angst.« Beruhigend wandte sie sich zu mir: »Ich bin ganz Nicks Meinung. Und niemand wird hier im Ghetto leben. Wenn du wirklich Probleme bekommen solltest, freuen wir uns jederzeit, wenn du in dein altes Zimmer ziehst. Nicht wahr, Herbert?«, fragte sie meinen Vater mit einem bösen Blick.

Der murmelte nur deprimiert vor sich hin und beschäftigte sich mit seinem Salat.

Anscheinend hatten jedoch leider weder Nick noch meine Mutter recht. Tatsächlich bekam ich auf jede meiner Bewerbungen nur Absagen. Mimi hatte schon zwei Wochen später einen neuen Job bei einer Wohnungsgenossenschaft, bei mir hingegen tat sich nichts. Okay, ich hatte den Job zwar nicht richtig gelernt, aber ich war gut darin gewesen.

Ein paar Tage später rief Mimi mich ganz aufgeregt an. »Alice, ich weiß vielleicht einen Job für dich. Hast du morgen Abend Zeit? Dann erzähle ich dir in Ruhe davon.«

Die hatte ich.

An diesem Abend fuhr ich aber erst mal zu Nick. Ich beschloss, ihm erst etwas von meinem möglichen neuen Job zu erzählen, wenn ich selbst mehr wusste. Aus mir unerfindlichen Gründen teilte Nick meine Euphorie manchmal nicht.

Bei seiner Begrüßung wurde mir ganz heiß.

»Süße, tut das gut, dich zu sehen«, sagte er und küsste mich ausgiebig. »Ich wollte eigentlich mit Steven und Teresa in diese neue Kneipe im Waldviertel. Soll ich absagen, oder willst du mit?«

»Das hört sich gut an. Ich will mit«, bestimmte ich. »Ich gehe nur noch kurz ins Bad, und dann können wir los.«

»Gut, Süße, wir sehen uns in einer Stunde«, grinste Nick und ließ sich mit einem Augenrollen aufs Sofa fallen.

»Du bist doch doof«, grinste ich zurück. »Das dauert bei mir höchstens fünf Minuten.

Na gut, aus den fünf Minuten wurden dann vierzig, aber danach sah ich wirklich gut aus. Ich hatte schon vor einiger Zeit eine Menge Schminksachen bei Nick deponiert, und heute war ich mal wieder sehr froh darüber.

Als wir losgingen, fiel mir noch etwas ein. »Aber, Nick, bitte gehe nicht wieder ans Handy, wenn es klingelt. Dein Job verdirbt uns so oft den Abend.«

Empört sah er mich an. »Also hör mal, so ist das doch nicht.«

Mit hochgezogenen Augenbrauen schaute ich zurück.

»Na gut«, ruderte er zurück, »vielleicht ist das ein-, zweimal passiert. Aber heute Abend nicht, okay? Ich verspreche dir, heute Abend kommt uns mein Job bestimmt nicht dazwischen.«

Ich küsste ihn verliebt. »Gut, du hast es jetzt versprochen. Aber ich verspreche dir auch was: Wenn es trotzdem passiert, habe ich drei Wochen lang Migräne.«

Nick lachte, zog mich mitten auf dem Bürgersteig an sich und antwortete: »Und das hältst du aus? Drei Wochen Migräne?« Dabei strich er mir langsam über den Rücken.

Puh. Schon davon wurde mir ganz heiß. Seine Hände wanderten weiter südwärts.

»Also gut«, keuchte ich. »Aber ganz bestimmt eine Woche.«

Die Kneipe war ziemlich voll. Wir drängelten uns zu Steven und Teresa an den Tresen, und ich trank erst mal einen schönen kühlen Aperol Spritz. Als der zweite vor mir stand, ging es mir schon viel besser. Bis plötzlich Steven seine Kappe abnahm, sie Nick aufsetzte und zischte: »Scheiße. Der Albino. Mach was!«

Nick nahm mich blitzschnell in die Arme, drehte mich dabei um und zischte nun auch, allerdings zu mir: »Los, sofort, schirm mich ab.« Dabei fing er an, ernsthaft zu knutschen.

Ich verstand nur Bahnhof, zumal sein Kuss total anders war als sonst, er hielt meinen Kopf ganz fest und strich meine Haare dabei über sein Gesicht. Ich versuchte mich freizumachen, aber Nicks Arme waren wie zwei Schraubstöcke.

Ganz kurz löste er seine Lippen von meinen und murmelte: »Süße, tut mir so leid, aber mach bitte mit«, und weiter ging es.

Ich war gerade kurz davor, ihm ganz fest auf den Fuß zu treten, als ich Stevens Stimme hörte: »Alles klar, er ist weg.«

Nick löste sich sofort von mir, aber statt mir wenigstens etwas zu erklären, wandte er sich wütend an Steven: »Hat er mich gesehen? Was meinst du, hat er mich erkannt?«

»Nein«, beruhigte ihn Steven, »ganz sicher nicht.«

Nick explodierte. »Sag mal, hat der Neue nur Mist im Hirn, oder was? Hat der uns nicht heute Mittag noch erzählt, der Dreckskerl wäre in Minsk?«

Bevor Steven etwas erwidern konnte, schubste ich Nick vor die Brust. »Kannst du mir mal erklären, was das sollte? Das war richtig eklig, und du hast mir wehgetan.« Am Anfang des Satzes war ich noch richtig wütend, aber jetzt kamen mir die Tränen.

Nick schaute mich bestürzt an. »Verdammt, Süße, tut mir leid. Oh, Mann, das tut mir so leid. Nicht weinen, bitte, nicht weinen. Da war eben jemand, der mich hier nicht sehen durfte, vor allem nicht mit Steven. Du warst für mich auf die Schnelle die einzige Möglichkeit, mich zu tarnen.«

»Mach so etwas nie wieder«, schniefte ich beleidigt, bis mir aufging, dass ich das erste Mal Oberwasser hatte. Nick erzählte mir nie etwas über seinen Job, und das fand ich ziemlich fies. Also, natürlich war ich nicht neugierig, nur aufrichtig interessiert an seinem Berufsleben. Und nun hatte ich endlich mal die Chance, dass er mir ein paar Details verraten musste.

»Also, wenn du willst, dass ich dir die blauen Flecke an meinen Armen verzeihe, dann will ich jetzt wissen, wer der Albino ist und warum der Neue nur ›Mist im Hirn‹ hat.«

In dem Moment kam Teresa zurück, die die letzte halbe Stunde mit Freunden im Billardraum gewesen war. Jetzt bloß nicht ablenken lassen.

»Nick?«, sagte ich fragend.

»Okay, lass uns hier verschwinden. Ich erzähle es dir«, antworte er, und wir verabschiedeten uns von Steven und Teresa. Auf dem Nachhauseweg war er sehr schweigsam und fing erst in seiner Wohnung an zu reden. »Also, der Albino steht ziemlich hoch in der Hierarchie einer Organisation, in die ich gerade versuche hineinzukommen. Bevor das losging, hatte Schlüter ihn mal vorgeladen, und bei dem Gespräch war Steven dabei. Wenn der mich heute Abend mit Steven zusammen gesehen hätte, wäre ich schon im Anfangsstadium aufgeflogen. Verstehst du?«

Okay, das musste ich wohl. Aber ganz fertig war ich mit Nick noch nicht. »Und was bedeutete das Gerede von dem Neuen?«, wollte ich wissen.

»Der Neue, das ist Büttner. Der ist erst vor drei Wochen in unsere Abteilung gekommen, vorher war er bei der Sitte. Und der hat uns heute Mittag in der Einsatzbesprechung verbindlich gesagt, dass der Albino in Minsk ist. Wo er ja ganz offensichtlich nicht ist.«

Gut, ein bisschen schlauer war ich, aber so richtig entscheidend noch nicht.

»Was ist das für eine Organisation? Und was ist dein Job dabei?«

»Das ist schwierig zu erklären«, zog er sich mal wieder aus der Affäre. »Viel wichtiger ist, habe ich dir wirklich wehgetan? Zeig mir mal deinen Arm.«

Schmollend zog ich die Ärmel von meinem Shirt hoch. Ehrlich gesagt tat es gar nicht weh, aber als ich jetzt meinen Oberarm anschaute, erschrak ich doch. Es waren schon die ersten blauen Flecken zu sehen.

»Oh Gott, Süße, das tut mir so leid«, sagte er erschrocken und küsste dabei meinen Arm. »Ich habe überhaupt nicht gemerkt, dass ich so fest zugedrückt habe. Das wollte ich nicht, es tut mir so leid«, wiederholte er sich.

»Tja«, grinste ich, »das glaube ich dir zwar, aber trotzdem hast du dein Versprechen gebrochen. Erinnerst du dich? Jetzt ist uns doch wieder dein Job dazwischengekommen und hat uns den Abend verdorben. Ich fürchte, ich habe Migräne.«

Nick lächelte nun auch wieder. »Wirklich? Lass mich dich mal untersuchen. Zufällig bin ich im Nebenjob Arzt. Tut das weh?«, fragte er und fuhr dabei ganz leicht mit seinen Fingern von meinem Hinterkopf in den Nacken.

»Ähm, öh, ja, vielleicht, so ein bisschen«, gab ich zurück.

»Und das hier? Tut das auch weh?«, fragte er weiter und zog kleine Kreise um meine Brustwarzen.

»Sehr weh«, stöhnte ich, »das tut sehr, sehr weh.«

»Ist es nicht gut, dass ein Arzt vor Ort ist? Und sich um dich kümmern kann?«, murmelte Nick in mein Ohr, bevor seine Kreise immer kleiner wurden.

»Sehr gut«, konnte ich noch keuchen, und dann dachte ich an gar nichts mehr.

Am nächsten Abend traf ich mich mit Mimi in unserem alten Stammcafé.

»Also, ich habe ganz tolle Neuigkeiten für dich. Bei uns im Gebäude gibt es eine Firma, die suchen Leute. Ich bin da gleich heute Vormittag hin und habe gesagt, dass du dich vorstellen willst. Also, der Typ da ist schon ein bisschen anders, aber du hast gleich einen Termin bekommen, morgen Vormittag um elf – ist das toll? Wir können dann immer zusammen Mittagspause machen.«

»Ja, das wäre wirklich toll. Aber was ist das denn für ein Job?«

»Na ja, schon ein bisschen was anderes als bei Bernie. Es ist ein Inkassounternehmen, und du bringst Leute, die Schulden haben, dazu, die zurückzuzahlen.«

Entgeistert sah ich Mimi an. »Und wie soll ich das bitteschön machen? Ich kann keine Leute einschüchtern, vor mir hat noch nie jemand Angst gehabt.«

»Nein, das brauchst du auch nicht. Ich glaube, du rufst sie einfach an und vereinbarst Ratenzahlungen mit ihnen. Du bist dann so was wie Peter Zwegat aus *Raus aus den Schulden*, weißt du? Der persönliche Finanzberater.«

Das wiederum klang schon besser. Ich sah mich schon mitfühlend Leute beraten, ihnen aus ihrem Dilemma helfen. Überall in der Stadt würden die Leute sagen: »Was, du kennst Alice Wörthing nicht? Diese Frau ist ein Engel, sie hat mir ein ganz neues Leben geschenkt. Ohne sie hätte ich nie wieder zu neuem Lebensmut gefunden …«

»Mimi, das hört sich super an. Lass uns gleich morgen nach dem Termin zusammen essen, dann erzähl ich dir alles, ja? Und wie läuft es bei dir? Ist es schon besser geworden?«

Mimis erste Wochen waren ihren Erzählungen nach nicht so toll gelaufen.

»Nein, eher schlechter«, sagte sie düster. »Die Leute da sind nur blöd und die Arbeit nur langweilig. Ich habe nicht mal was mit der Vermietung zu tun, ich hänge nur am Telefon und hör mir Gejammere über Heizungen, die nicht so richtig warm werden, und Fenster, die klemmen, an.«

»Das tut mir leid. Bestimmt findest du bald etwas viel Besseres«, tröstete ich sie.

Mein Handy unterbrach uns. »Alice, Nick hier. Kannst du vielleicht gleich mal zu mir kommen? Ich muss mit dir reden.«

Erschrocken sah ich das Telefon an. Nick hatte schon aufgelegt.

»Oh Gott, Mimi, Nick will mit mir reden, und er hat mich Alice genannt. Ich habe doch nicht schon wieder etwas angestellt, oder?«

»Nein, nicht dass ich wüsste«, beruhigte sie mich. »Wie hat er sich denn angehört?«

»Weiß auch nicht«, gab ich ängstlich zurück. »Komisch eben.«

»Okay, fahr hin, dann bist du schlauer. Und ruf mich danach an, ja?«

Ich stieg in meinen Corsa, und zehn Minuten später stand ich mit ziemlich wackeligen Knien vor Nicks Tür.

Er riss die Tür auf und zog mich in seine Arme. »Süße, tut mir leid, wenn ich dir deinen Abend verdorben habe, aber ich muss etwas Dringendes mit dir besprechen.«

Okay, langsam konnte ich mich beruhigen. Hätte er mich noch mal Alice genannt, müsste ich mir ernsthaft Sorgen machen.

Wir gingen ins Wohnzimmer, und er zog mich zu sich auf das Sofa.

»Ich habe dir doch erzählt, dass ich demnächst etwas erledigen muss, richtig?«

»Na ja«, antwortete ich, »du hast gesagt, dass du in irgendeiner Organisation arbeiten willst, aber mehr nicht.«

»Genau, und das hat sich jetzt viel schneller ergeben, als wir gedacht hätten. Tatsächlich muss ich noch heute Abend los.«

»Aber wir wollten doch morgen mit Mimi und Mark ins Kino. Können wir das trotzdem machen?«

»Ach, Süße. Nein, können wir nicht. Ich habe für die nächste Zeit eine ganz neue Identität, neue Wohnung, neues Auto, neuer Name. Wir werden uns wahrscheinlich gar nicht sehen.«

»Wie meinst du das?«, fragte ich mit piepsiger Stimme. »Warum können wir uns nicht sehen? Du kannst doch auch mit neuer Identität eine Freundin haben, oder?«

»Tja, das ist alles nicht so einfach. Du musst mir einfach vertrauen, ja? Und wenn irgendwas ist, egal was, dann geh zu Steven. Versprichst du mir das?«

»Ja«, schniefte ich. »Ich verspreche es dir. Aber Nick, ich vermisse dich jetzt schon. Versprichst du mir auch was? Wenn es doch mal irgendwie geht, kommst du dann zu mir?«

Nick küsste mich. »Ja, das verspreche ich. Ich bin sicher, dass diese Sache höchstens vier Wochen dauert. Ich muss jetzt leider los. Du kriegst das hin, Süße, ja?«, fragte er und schaute sehr ernst.

»Klar packe ich das«, sagte ich und versuchte dabei, glaubwürdig zu klingen. »Ich werde Angst um dich haben und dich vermissen, aber ich pack das. Außerdem habe ich morgen einen Vorstellungstermin, da wird mir gar nicht viel Zeit bleiben, mir um dich Sorgen zu machen.«

»Siehst du, habe ich dir doch gesagt«, antwortete Nick schon ziemlich abwesend. Ich küsste ihn noch einmal und fuhr dann zu meiner Wohnung. Vor meiner Haustür saß Mimi. Eine sehr aufgelöste, verheulte Mimi. Sofort vergaß ich meine Sorgen.

»Du meine Güte, Mimi, was ist denn los? Komm erst mal rein«, sagte ich erschrocken und schob sie in mein Wohnzimmer.

»Buhu«, heulte sie, »es ist so furchtbar.« Noch mehr Tränen liefen ihr übers Gesicht.

»Mimi, bitte, jetzt erzähl mir, was passiert ist. Sonst muss ich auch gleich heulen.«

Sie putzte sich die Nase und holte tief Luft. »Nachdem du weg warst, bin ich zu Mark gefahren. Wir waren bei ihm verabredet, aber er war gleich so anders als sonst, so ernst. Und dann …«, Mimi schniefte schon wieder, »und dann hat er gesagt, dass er mich etwas fragen möchte. Er guckt mich also wieder so ernst an, nimmt meine Hand und sagt: ›Mimi, willst du …‹«

Sie heulte erst mal drei Minuten, bevor sie weitersprechen konnte.

»Also, was hättest du denn gemacht bei so einer Frage?«

Momentan kam ich nicht ganz mit. »Welche Frage denn? Du hast den Satz ja noch gar nicht zu Ende gesagt.«

»Hat er doch auch nicht«, plärrte Mimi. »Weil ich ihm gleich nach ›Willst du‹ um den Hals gefallen bin und gerufen habe: ›Ja, ich will! Ich will deine Frau werden.‹«

»Oje. Und wie ging es weiter?«, fragte ich beunruhigt.

»Er guckte mich ganz merkwürdig an und sagte dann: ›Äh, Mimi, mein Chef ist doch gestorben, und ich wollte dich eigentlich fragen, ob du mit zur Beerdigung kommen willst.‹«

»Sein Chef ist tot?«, fragte ich erstaunt.

»Mensch, Alice, das tut doch jetzt nichts zur Sache. Du glaubst nicht, wie peinlich mir das alles ist. Erst habe ich noch so getan, als hätte ich nur einen Witz gemacht, aber das hat er auch nicht mehr geglaubt. Also bin ich da ganz schnell weg und zu dir. Was mache ich denn jetzt?«

»Ach Mimi«, seufzte ich, »das ist schon blöd gelaufen. Wieso willst du eigentlich einen Mann heiraten, mit dem du erst ein paar Wochen zusammen bist?«

»Weil ich eben will«, gab sie bockig zurück. »Egal, was mache ich denn jetzt?«

Ich überlegte. »Hm, ich weiß was. Heute Abend bleibst du erst mal hier. Und morgen triffst du dich mit ihm und erzählst ihm, dass du heute beim Zahnarzt warst und der dir ganz starke Tabletten gegeben hat. Und als du dich mit mir getroffen hast, hast du zwei Gläser Wein getrunken. Das zusammen mit den Tabletten hat in deinem Kopf so eine chemische Reaktion ausgelöst. Und du hättest nun nur noch eine ganz verschwommene Erinnerung an den Abend.«

Mimi lächelte. »Alice, das klingt gut. Und ich setze noch einen drauf. Ich werde ihn fragen, warum um alles in der Welt er mir einen Heiratsantrag gemacht hat. Wo wir uns doch erstens erst so kurz kennen und zweitens doch jeder weiß, dass ich eigentlich gar nicht noch mal heiraten will.«

»Ein sehr guter Plan«, bestätigte ich und musste grinsen – bis mir wieder mein eigenes Dilemma einfiel. Mimi anscheinend auch, denn nun fragte sie, warum Nick mich so dringend hatte sehen wollen.

»Er wollte sich von mir verabschieden. Nick macht wieder so einen doofen Undercover-Job und ist die nächsten Wochen weg. Ich hasse seinen Job.«

Gemeinsam starrten wir bedröppelt vor uns hin. Mimi fing sich als Erste. »Was ziehst du morgen zu dem Vorstellungsgespräch an?«, wollte sie wissen.

»Schwierig«, musste ich zugeben. »Wegen dieser blöden drei Kilos zu viel passt mir kaum noch etwas. Hilf mir mal.«

In den letzten Wochen hatte ich mehr gegessen, als mir guttat. Gemeinsam kramten wir in meinem Kleiderschrank herum und fanden tatsächlich ein Kostüm, das gerade so passte.

»Also, ab heute mache ich wirklich Diät«, versicherte ich.

Gerade als wir überlegten, wie man am schnellsten drei Kilo los wurde, klingelte Mimis Handy.

»Oh nein, das ist er. Das ist Mark. Ich gehe da nicht ran«, sagte Mimi panisch.

»Gib mal her, ich mache das«, beruhigte ich sie. »Hallo, Mark, hier ist Alice. Mimi kann leider nicht ans Telefon, die ist durch die Tabletten völlig durch den Wind.«

»Was für Tabletten?«, kam es beunruhigt zurück.

»Ach, hat sie dir das gar nicht erzählt?«, fragte ich unschuldig. »Sie war doch heute Nachmittag beim Zahnarzt und hat diese starken Tabletten bekommen. Und abends, mit mir im Café, hat sie da wohl nicht mehr dran gedacht und zwei Gläser Wein getrunken. Na ja, das war wohl nicht so schlau. Sie tauchte hier völlig verpeilt auf und hat nur noch wirres Zeug geredet.«

»Was denn für wirres Zeug?«, fragte Mark gespannt.

»Äh, haha, das ist mir jetzt ein bisschen peinlich. Also, sie sagte, du hättest ihr einen Heiratsantrag gemacht.«

Mimi wedelte wild mit den Armen und schüttelte den Kopf.

Schnell redete ich weiter. »Na ja, und sie meinte noch, du müsstest doch wissen, dass sie gar nicht heiraten will. Also, zumindest im Moment nicht.«

»Mann, Alice, jetzt bin ich echt erleichtert. Also, ich habe ihr keinen Antrag gemacht, aber es war schon eine komische Szene vorhin hier. Ist ja egal, jetzt bin ich beruhigt. Schläft sie?«

»Tief und fest«, behauptete ich.

»Okay, dann grüß sie morgen ganz lieb von mir und sag ihr, dass ich sie anrufe, ja?«

Das versprach ich ihm nur zu gerne und grinste Mimi an. »Alles wieder im grünen Bereich. Ich soll dich grüßen, und er ruft dich morgen an. Das ist wirklich ein Lieber.«

»Danke, danke, danke«, freute sich Mimi. »Das hast du super gemacht. Aber weißt du was? Da ist noch etwas, das ich mit dir besprechen will. Mein Job bei dieser Wohnungsbaugesellschaft ist wirklich blöd, und ich mag gar nicht daran denken, dass ich da morgen wieder hin muss. Ich habe mir gedacht, ich melde mich morgen einfach krank, und dann stellen wir uns zusammen bei der Inkassofirma vor. Was hältst du davon?«

»Was ich davon halte? Oh Mimi, das wäre so supercool. Wir beide wieder zusammen, Schreibtisch an Schreibtisch!« Vor Begeisterung hopste ich auf dem Sofa herum. »Los, gleich wieder an meinen Schrank – jetzt suchen wir etwas für dich aus.«

Bei Mimi ging es schneller, sie hatte sich essenstechnisch in letzter Zeit einfach besser im Griff gehabt. Wahrscheinlich, weil sie mit Mark noch ganz frisch zusammen war.

So stöckelten wir am nächsten Vormittag gemeinsam gespannt aus dem Haus und zu der Inkassofirma.

»Hoffentlich sieht mich keiner«, meinte sie ängstlich und guckte ständig über ihre Schulter. »Ich bin doch krank, und mir geht es so schlecht.«

Aber das Glück war uns hold, unbehelligt landeten wir in einem kleinen Büro, das etwas von einem Zugabteil hatte. Drei Schreibtische standen hintereinander, alle waren leer.

Da kam auch schon ein Typ auf uns zu, der aussah wie ein in die Jahre gekommener Hip-Hopper. Obwohl er bestimmt über vierzig war, trug er diese komische Hängejeans, darüber ein Sweatshirt mit dem Aufdruck »Gangbang for free« und war mit jeder Menge Schmuck behängt. Breite Goldketten um den Hals, in jedem Ohr einen Ring, und sogar an den Fingern trug er zwei klobige Goldringe. Mimi und ich rutschen unwillkürlich näher zusammen.

»Hey, ich bin Krischan. Du bist bestimmt Alice, geht das klar, wenn wir uns duzen?«

»Äh, ja klar«, stammelte ich.

»Und ich bin Mimi«, schob sich meine beste Freundin bestimmt zwischen uns. »Wir haben uns gestern ja schon kennengelernt. Na ja, du hast ja gesagt, du suchst noch einige Leute, darum wollte ich mich gleich mit vorstellen.«

»Ja, cool, Mimi. Dann kommt mal mit, wir gehen hier in den Konfi.«

Wir dackelten hinter ihm her in einen kleinen Konferenzraum.

»So, bevor ich was von euch wissen will, mache ich erst mal eine Ansage, was wir hier so tun, okay?« Er wartete unsere Antwort nicht ab, sondern redete gleich weiter. »Also, ich habe das Büro vor vier Jahren gegründet. Die Idee dahinter war die Spezialisierung auf schwere Fälle. Ich übernehme von anderen Inkassofirmen die Fälle, die als aussichtslos gelten. Schuldner, die seit Jahren keine Raten zahlen, die nichts zu pfänden haben, die den Finger gehoben haben. Für diese Forderungen zahle ich so gut wie nichts. Kommt ihr bisher mit?«

»Ja, schon, aber ich verstehe das noch nicht so ganz. Wie treibt man denn Geld ein von Leuten, die gar keins haben? Also, Gewalt lehne ich prinzipiell ab«, machte ich mit schriller Stimme klar.

Krischan lachte. »Hey, Mädel, ganz locker bleiben. Wie ihr an die Kohle kommt, ist mir egal. Und wie man das Geld eintreibt? Ganz einfach, es gibt unter unseren Kunden immer noch genug, die Kohle haben, aber keinen Bock, davon Schulden zu blechen. Die bringt ihr dazu, es doch zu tun. Mit Argumenten, mit guten Einfällen, wie auch immer. Und …«, mit einem belustigten Ausdruck im Gesicht an mich gerichtet, »das Ganze innerhalb der Legalität. Ihr müsst euch jetzt nicht so an jeden einzelnen Buchstaben des Gesetzes halten, aber im Großen und Ganzen schon. Der Laden läuft zu gut, als dass ich ihn mir dichtmachen lasse. Okay, so weit alles klar?«

»Ein bisschen«, sagte Mimi. »Wie sind denn die Arbeitszeiten?«

»Gibt es nicht«, gab Krischan ungerührt zurück.

»Wie – gibt es nicht?«, fragte ich perplex.

»Passt auf, die Sache ist ganz einfach. Ihr bekommt von mir ein bestimmtes monatliches Umsatzziel gesetzt. Und alles, was mich interessiert, ist, dass ihr das am Ende des Monats erfüllt. Wie ihr das macht, interessiert mich nicht. Ihr seid so was wie eure eigenen Chefs, und ich bin der gute Onkel. Solange die Kohle stimmt.«

»Und wenn sie nicht stimmt? Was bist du dann?«, fragte ich ängstlich.

Er grinste. »Dann bin ich dein Exarbeitgeber.«

Mimi und ich guckten uns an. Irgendwie klang das einerseits ziemlich verrückt, aber andererseits auch richtig spannend.

»Und wie viele Leute arbeiten hier?«

»Ich habe noch drei Leute, aber die telefonieren nur und machen das hauptsächlich von zu Hause. Hier, in diesem Büro, wären es nur ihr und ich. Ich hatte zwei gute Frauen hier, aber nach vier Jahren wollten die mal was anderes machen. Daher brauche ich zwei neue.«

»Aber wir haben so etwas ja noch nie gemacht. Würden wir denn irgendwie angelernt werden?«, wollte Mimi wissen.

»Jo, gibt eine Schulung, anderthalb Tage lang. Danach heißt es friss oder stirb. Also, ich kann mir das mit euch beiden gut vorstellen. Ihr seid anders, ihr seid cool, ihr werdet ankommen. Eure Kohle holt ihr selber rein, zwanzig Prozent von jeder eingetriebenen Forderung gehen an euch. Es liegt also an euch selbst, wie viel Asche ihr hier macht.«

»Können wir uns vielleicht mal fünf Minuten beraten?«, fragte ich.

»Klar, lasst euch Zeit. Aber ich hab bei euch beiden Schnecken ein echt gutes Gefühl. Ihr packt das.« Mit diesen Worten ließ er uns allein, und wir sahen uns an.

»Mimi, was meinst du? Also ich finde es klasse, wir

können zusammen arbeiten und uns die Zeit selber einteilen.«

»Ja, also, spannend ist das schon. Aber was machen wir, wenn es nicht funktioniert? Wovon wollen wir unsere Miete zahlen?«

»Ach komm, sei nicht so negativ. Wir werden so etwas wie Detektive, der Wahrheit auf der Spur. Und bestimmt schaffen wir es, die Leute zum Bezahlen zu überreden. Dann kriegen wir richtig viel Geld. Lass es uns versuchen, ja?«

Mimi überlegte nicht lange. »Also gut. Und Krischan sieht zwar ein bisschen gewöhnungsbedürftig aus, ist aber nett. Okay, wir machen es.«

Begeistert hopsten wir durch den Raum, als Krischan auch schon wiederkam.

»Hey, sieht aus, als wären wir uns einig? Cool. Wir fangen gleich morgen früh um zehn mit der Schulung an, dann kriegt ihr auch eure Verträge. Bis dann, Mädels.«

Damit hatten wir einen Job. Beziehungsweise sogar zwei, was Mimi anging.

»Mist«, sagte sie, »wie kriege ich das denn jetzt hin? Ich muss sofort kündigen.«

»Du bist doch noch in der Probezeit«, beruhigte ich sie. »Du gehst da jetzt rauf und kündigst. Sag denen ruhig, dass der Job gar nichts für dich ist und du nicht weißt, wie du mit den Beschwerden umgehen sollst. Dann sind sie froh, dass sie dich los sind.«

»Meinst du?«, fragte sie. »Ich versuche es mal. Wartest du gegenüber beim Bäcker auf mich?«

Unsere Wege trennten sich. Beim Bäcker widerstand ich all diesen leckeren Kuchen und belegten Brötchen und bestellte mir nur einen Kaffee. Nach nur zehn Minuten kam Mimi freudestrahlend wieder.

»Hat geklappt. Erst wollten sie, dass ich noch zwei Wochen bleibe, aber dann habe ich ihnen erzählt, dass ich den Leuten, die sich beschwert haben, immer gesagt habe, dass sie einfach jemanden kommen und alles reparieren lassen sollen, was sie stört, und wir es dann schon übernehmen würden. Da waren sie ganz froh, dass ich von selbst wegwollte. Auf geht's!«

Am nächsten Morgen saßen wir um zehn wieder gespannt in dem Konferenzraum.

»So, Mädels, jetzt geht's los. Hier sind eure Verträge, bitte nachher in der Pause durchgucken und unterschreiben. Ihr wisst, um was es geht. Wir fangen heute erst mal mit der Rechtslage an.«

Der Vormittag zog sich in die Länge. Dieser juristische Kram war ziemlich langweilig. Wir lernten, dass wir nicht unaufgefordert eine Wohnung betreten durften, dass schon eine einfache Verfolgung als Nötigung ausgelegt werden konnte und und und. Nach der Mittagspause ging es mit Grundlagen der Kommunikation, nonverbaler Sprache, Fragetechniken und all so was weiter. Das war zwar ziemlich spannend, trotzdem dröhnte mir nachmittags der Kopf. Ich war froh, als Krischan zum Ende kam.

»So, das war die Theorie. Morgen früh kommt die Praxis dran. Wir sehen uns dann um zehn wieder.«

Mimi rollte mit den Augen, als wir aus dem Gebäude gingen. »Also, ich glaube, die Hälfte habe ich schon wieder vergessen. Und du?«

»Geht mir ähnlich, war aber auch echt viel. Triffst du dich jetzt mit Mark?«

»Ja. Drück mir die Daumen, dass er uns die Geschichte wirklich abgenommen hat, sonst wird es peinlich. Treffen wir uns morgen früh direkt hier?«

Ich nickte, wir umarmten uns, und ich fuhr zu mir nach Hause. Mein Magen knurrte wie verrückt, aber ich blieb standhaft und aß nur ein paar Gurken und Tomaten. Nick fehlte mir jetzt schon. Hoffnungsvoll fuhr ich meinen Computer hoch und checkte meine Mails. Eine neue Nachricht – die war bestimmt von Nick. Voller Vorfreude klickte ich sie an, sah aber dann, dass sie von meiner Mutter kam.

Hallo, Alice, ich habe dich bei Facebook gesucht, aber nicht gefunden. Bist du etwa nicht angemeldet?

Meine Mutter hatte nach mir gesucht? Bis vor zwei Monaten konnte sie noch nicht einmal eine normale E-Mail schreiben, und jetzt tummelte sie sich bei Facebook? Ich griff zum Telefon.

»Hallo, Mama, ich bin's. Habe ich das richtig verstanden, du hast dich bei Facebook angemeldet?«

»Ja klar, das macht man doch heutzutage so. Lizzi, unsere neue Nachbarin, hat mir das gezeigt, ist ganz einfach. Aber wieso bist du denn da nicht?«

»Weil ich das schwachsinnig finde. Ich rufe meine Freunde einfach an. Und irgendwelche zusätzlichen virtuellen Freunde brauche ich nicht.«

»Aber darum geht es doch gar nicht, du kennst dich ja gar nicht aus. Komm mal morgen Abend zum Essen, dann zeige ich dir das. Es macht so viel Spaß. Und bring Nick mit, er ist nämlich auch noch nicht angemeldet.«

»Nick ist gar nicht da, er ist beruflich unterwegs. Aber ich wollte sowieso kommen, ich will dir nämlich etwas erzählen. Nur bitte nicht zum Essen, ich bin auf Diät, da komme ich lieber etwas später. So gegen halb acht?«

Sie stimmte zu, und ich verabschiedete mich schnell, bevor sie mir noch erzählte, dass sie jetzt auch regelmäßig twittern würde. Also wirklich, der Frau fiel ständig etwas Neues ein.

Am nächsten Morgen trafen Mimi und ich uns auf dem Weg zu unserem neuen Büro.

»Und, alles wieder gut?«, wollte ich wissen.

»Puh, ja, zum Glück. Ich habe Mark gar nicht zu Wort kommen lassen, sondern nur gesagt, dass wir diesen Abend ganz schnell vergessen sollten und ich nie wieder Tabletten und Alkohol zusammen nehmen werde. Jetzt ist alles gut.«

Krischan wartete schon in seinem Büro auf uns. »Alles klar, Mädels, die Theorie habt ihr überstanden, jetzt zeige ich euch euren Job. Bereit?«

Wir bejahten das.

»Okay, hier habe ich euren ersten Kunden«, sagte er und schob uns eine Akte über den Schreibtisch. »Darin findet ihr alle Facts und natürlich auch im Computer. Holt euch jeder mal einen Stuhl und setzt euch neben mich.«

Nachdem wir saßen, zeigte er auf den Bildschirm.

»Ihr klickt hier auf das Programm ›Suche‹, dann gebt ihr den Namen ein.« Er sah in die Akte und tippte »Michael Bruhns«.

»Also, hier habt ihr alles auf dem Schirm, was wir über unseren Kunden wissen. Seht ihr das?«

Das taten wir. Da war alles Mögliche hinterlegt, sogar ein Foto war dabei.

»Gut«, redete er weiter, »was haben wir hier? Der Kunde des Tages heißt Michael Bruhns, ist einundvierzig Jahre alt, geschieden. Vor zwei Jahren pleitegegangen mit einer Versicherungsagentur, danach die eidesstattliche Versicherung abgegeben. Hauptgläubiger war ein Büroausstatter. Mimi, was steht da noch?«

»Ja, äh, okay.« Mimi überflog kurz den Text und fasste dann zusammen. »Also, dieser Büroausstatter hat einen Anwalt beauftragt, der ein Mahnverfahren eingeleitet hat. Sogar einen Gerichtsvollzieher hat er losgeschickt, aber es war nichts zu holen. Also musste Herr Bruhns die eidesstattliche Versicherung abgeben. Danach hat der Büroausstatter die Forderung an ein Inkassoinstitut verkauft, das aber auch keinen Erfolg hatte. Und jetzt gehört die Forderung dir.«

»Richtig. Und zwar gekauft für zehn Prozent. Klick mal hier auf das Euro-Zeichen«, forderte er Mimi auf und zeigte auf einen Button unten links.

Mimi kam seiner Aufforderung nach, und der ganze Bildschirm füllte sich mit Zahlen.

»Hier oben seht ihr die ursprüngliche Forderung. Dieser Versicherungsheini hatte die Büromöbel, Computer und Telefone auf Raten gekauft. Dazu kam noch der Kredit für den Laden selbst, damit war er insgesamt bei zweiundsiebzigtausend Euro. Als er pleiteging, waren immer noch zweiundfünfzigtausend offen. Dazu kamen dann die ganzen Gebühren, die ihr hier seht« sagte er und zeigte auf die Zahlenkolonnen.

»Ist scheißegal, was das alles für Gebühren sind. Für euch ist nur das wichtig, was ganz unten steht. Und, was seht ihr da?«

»59 823,15 Euro«, sagten wir beide wie aus einem Mund.

»Richtig. Also, da die Forderung jetzt mir gehört, schuldet mir der Typ knapp sechzigtausend Euro, okay? Und die sollt ihr mir beschaffen.«

»Äh, ja, Krischan, ist klar. Und wie genau beschaffen wir dir die?«, fragte Mimi ratlos.

»Wie ihr wollt. Ganz wie ihr wollt. Es gibt hier genau zwei Möglichkeiten. Entweder der Typ ist pleitegegangen und hat bei der eidesstattlichen Versicherung die Wahrheit gesagt. Dann hat er keinen Cent mehr. Oder aber er hat vorher noch genug auf die Seite geschafft und auch hinterher schwarzgearbeitet. Dann hat er also Kohle. Bei so einem Kunden bringt es nichts, wenn ihr ihm hinterhertelefoniert. Da müsst ihr ran, persönlicher Kontakt, okay? So findet ihr raus, was bei dem Sache ist. Und wenn er noch genug Money hat – wovon ich bei dem ausgehe –, schicken wir gezielt den Gerichtsvollzieher los, und alle sind glücklich, okay?«

»Okay«, sagte ich bestimmt und trat Mimi auf den Fuß. »Wir packen das, und ich weiß auch schon wie. In einer Woche werden wir dir ein Feedback geben können.«

»Hey, cool, Mädel! Dann mal los, ich zeig euch eure Schreibtische, dann könnt ihr loslegen.«

Er half uns noch, die Trennwand zwischen unseren Tischen wegzustellen und das richtige Programm auf dem Computer zu finden, dann verschwand er wieder in seinem Büro.

»Sag mal, Alice, geht es dir gut?«, fragte Mimi mit großen Augen. »›In einer Woche werden wir dir ein Feedback geben?‹ Wir werden gnadenlos scheitern.«

»Mimi, hör auf mit dieser negativen Einstellung. Wir können mit diesem Typen zwölftausend Euro verdienen, ist dir das klar? Und das Ganze wird leicht verdientes Geld.«

»Hast du vielleicht irgendwelche Tabletten genommen und dazu Alkohol getrunken? Woher hast du denn jetzt schon einen Plan?«

»Ganz einfach. Ich kenne diesen Typen und er mich. Michael Bruhns hat früher für meinen Vater den Versicherungskram gemacht. Damals war er noch verheiratet, aber das hat ihn nicht davon abgehalten, mich ständig anzugraben. Und ich habe ihn in letzter Zeit öfter abends durchs Fenster beim Griechen in meiner Straße gesehen. Sobald er da wieder sitzt, gehe ich rein. Ist das genial oder nicht?«

»Mensch, Alice, das wäre ja der Wahnsinn. Vielleicht erzählt der dir wirklich was, nur um dich zu beeindrucken. Und dann haben wir ihn.«

»Ganz bestimmt«, antwortete ich. »Und bevor ich heute Abend zu meinen Eltern gehe, schaue ich vorher mal beim Griechen vorbei.«

»Und was mache ich?«, fragte Mimi.

»Du machst dir einen schönen Abend mit Mark. Und ich gebe jetzt Geld, das ich eigentlich nicht habe, beim Friseur aus. Ach ja, und zur Kosmetik gehe ich auch. Falls ich den Bruhns heute Abend treffe, muss ich doch gut aussehen.«

»Okay, und dann treffen wir uns hier morgen wieder, so um elf? Ich glaube, ich liebe diesen Job.«

Wir verabschiedeten uns, und mein erster Weg führte zum Friseur – wo ich erfuhr, dass Janine, meine Friseurin, frühestens in zwei Stunden für mich Zeit hatte. Bei der Kosmetikerin sah das zum Glück anders aus, und so schwebte ich mit leuchtendem Teint und großem Augen-Make-up zwei Stunden später wieder bei Janine ein. Sie machte mir neue, hellblonde Strähnen, schnitt die Spitzen und föhnte mir die Haare am Schluss so gekonnt, dass ich aussah, als hätten sich meine Haare diese Form ganz natürlich ausgesucht. Zu Hause zog ich mir einen Rock an und ein Shirt mit tiefem V-Ausschnitt. Ich musste mindestens schon ein Kilo weniger wiegen, denn der Rock ging einigermaßen gut zu.

So gestylt fuhr ich mit meinem Corsa erst mal die paar Meter zum Griechen. Ich stellte den Wagen ab und schlich vor das Fenster. Bingo. Michael Bruhns saß allein an einem Ecktisch und aß sich durch eine Riesenportion Gyros. War ja bestimmt auch nicht umsonst, also musste Krischan recht haben. Der hatte noch Geld. Ich atmete einmal tief durch, zupfte mein Shirt zurecht und öffnete die Tür.

Ich tat, als würde ich zu dem Zigarettenautomaten gehen und Bruhns erst im letzten Augenblick sehen.

»Herr Bruhns? Sind Sie das? Oh, wie schön, Sie mal wiederzutreffen«, lächelte ich ihn an und klimperte dabei noch ordentlich mit den Wimpern. Dazu musste ich mich allerdings ziemlich überwinden, denn der Typ war nicht so ganz meiner. Nicht nur, dass er schon eine halbe Glatze hatte, über die er sich auch noch die verbliebenen Haare gekämmt hatte, sie waren auch noch fettig. Und das war nicht alles, was an ihm fettig war. Sein Bauch hing dermaßen über die Jeans, dass er aussah wie eine Kängurumutter mit Zwillingen.

»Oh, äh, ja, wie schön«, stotterte er und sprang auf. »Alice Wörthing, richtig?«, sagte er. »Wie geht es Ihren Eltern, alles gut, hoffe ich?«

Schleimer. »Ja, danke, denen geht es bestens. Und Ihnen? Mein Vater hat letztens gerade von Ihnen gesprochen und gesagt, dass es so schade ist, dass Sie die Branche gewechselt haben. Er meinte, Sie wären der beste Versicherungsagent gewesen, den er je gehabt hätte.«

»Oh, wirklich? Nun, das ist sehr freundlich«, sagte er immer noch stotternd, wobei sein Blick ständig in meinen Ausschnitt wanderte. Am liebsten hätte ich mich geschüttelt, es würde mich nicht wundern, wenn er bald anfing zu sabbern.

»Also, wie gesagt, es hat mich sehr gefreut, Sie mal wiederzusehen. Ich wollte hier eigentlich nur Zigaretten holen und muss leider weiter. Wer weiß, vielleicht begegnen wir uns ja mal wieder?«, sagte ich mit schief gelegtem Kopf und einem verführerischen Augenaufschlag.

»Auf alle Fälle«, stimmte Bruhns erfreut zu. »Aber, nun ja, das sollten wir vielleicht nicht dem Zufall überlassen. Wie wär's, darf ich Sie am Wochenende vielleicht zum Essen einladen?«

»Oh, Herr Bruhns«, stammelte ich, »also, das würde ich nur zu gerne. Aber griechisches Essen vertrage ich leider nicht.«

»Griechisches Essen, ach was. Wir gönnen uns was richtig Gutes. Treffen wir uns am Samstag um zwanzig Uhr in den *Kutscherstuben*?«

Ich sagte ihm, dass ich mich sehr darauf freuen würde, und wartete, bis ich um die Ecke war, bevor ich wie einst Boris Becker meine Faust Richtung Himmel hob. Die *Kutscherstuben* waren eines der teuersten Restaurants in dieser Stadt. Das wäre ja der Hammer, so ein Erfolg, gleich am Anfang. Zurück im Auto versuchte ich gleich, Mimi zu erreichen, aber ihr Handy war ausgeschaltet. Also auf zu meinen Eltern.

»Hui, Alice, du siehst aber gut aus«, bewunderte mich meine Mutter. »Hast du heute noch was vor?«

»Nein, wieso, ich sehe doch aus wie immer«, wiegelte ich ab. So ganz genau wollte ich sie in meinen neuen Job nicht einweihen.

»Wir sind gerade fertig mit essen. Ich hole eben Papa aus der Küche, dann kannst du uns deine Neuigkeiten erzählen« sagte sie und verschwand. Kurz darauf kam sie mit meinem Vater im Gefolge wieder, der wie immer leicht brummig war.

»Ich wollte gerade in den Keller, die neue Bahnhofsbeleuchtung installieren. Was gibt es denn so Wichtiges?«

Mein Vater verbrachte fast seine gesamte Freizeit im Keller bei seiner Modelleisenbahn. Seit ich als Kind mal aus Versehen seine Lieblingslok entgleisen ließ, habe ich strengstes Verbot, mich der Anlage auch nur zu nähern.

»Also, ich wollte euch nur sagen, dass ich einen neuen Job habe. Ich bin so was wie eine Schuldnerberaterin.«

»Das ist ja toll«, freute sich meine Mutter, während mein Vater sofort Bedenken anmeldete. »Was heißt ›so was wie‹? Hast du dich wieder auf etwas Obskures eingelassen?«

»Das habe ich noch nie«, gab ich beleidigt zurück. »Ich hatte vielleicht ein-, zweimal ein bisschen Pech, aber das hätte jedem passieren können. Und mein Job ist ganz bodenständig. Ich guck einfach nur, wie ich Leuten helfen kann, ihre Schulden zurückzuzahlen.«

»Ach Alice, da bist du genau die Richtige für«, bestätigte meine Mutter. »Du hattest schon als Kind so ein großes Herz. Wie oft hast du deine letzten Süßigkeiten verschenkt, bis für dich selber gar nichts mehr übrigblieb. Ich bin sicher, du hast deine Berufung gefunden.«

»Meinst du?«, fragte ich geschmeichelt. »Also, ja, ein großes Herz habe ich wohl wirklich. Und das Beste ist –

Mimi war von dem Job auch so überzeugt, dass sie da mit mir anfängt. Wir können weiter zusammenarbeiten.«

»Man soll Privates und Geschäftliches nicht miteinander vermischen«, unkte mein Vater. »So etwas geht selten gut. Aber trotzdem freut es mich für dich, dass du nun erst mal nicht mehr arbeitslos bist. Also, alles Gute!« Unbeholfen tätschelte er meine Schulter und ging hinunter zu seiner Eisenbahn.

»Und jetzt gehen wir beide an meinen neuen Computer«, forderte meine Mutter mich auf. »Los, komm, ich zeige dir meine Facebook-Seite.«

Da war jeder Protest zwecklos, in der nächsten Stunde erklärte sie mir bis ins kleinste Detail alles, was ich nie wissen wollte. Nur, damit sie Ruhe gab, versprach ich ihr, mich demnächst auch anzumelden.

»Und sag Nick, dass er auch unbedingt einen Facebook-Account braucht«, beschwor sie mich. »Ich muss ihm unbedingt eine Freundschaftsanfrage schicken.«

»Ja, Mama, mache ich«, sagte ich genervt und fuhr zurück nach Hause.

Kaum war ich in meiner Wohnung, rief Mimi schon an. »Hast du den Bruhns gefunden? Und hast du mit ihm geredet?«, wollte sie wissen.

»Und ob«, verkündete ich stolz. »Er hat mich am Samstag in die *Kutscherstuben* eingeladen. Der hat also bestimmt irgendwo noch Geld – und wo, kriegen wir auch raus.«

»Ist das nicht spannend? Wie gut, dass wir den Job angenommen haben! Oh, es klingelt, bis morgen dann im Büro.«

Ich verabschiedete mich und ließ mich endlich auf mein Sofa fallen. Das alles war wirklich spannend, aber trotzdem fehlte mir Nick. Obwohl, wenn ich so darüber nachdachte, war es nicht *nur* schlecht, dass er momentan weg war. Vielleicht hätte er doch den ein oder anderen Vorbehalt gegen meinen neuen Job. Wenigstens damit musste ich mich jetzt nicht beschäftigen.

Der nächste Morgen fing fantastisch an – ich hatte schon fast zwei Kilo abgenommen und konnte wieder so ziemlich alles anziehen. Ich entschied mich für einen schwarzen Bleistiftrock, eine roséfarbene Seidenbluse und schwarze Schuhe mit hohen Absätzen. Begeistert sah ich in den Spiegel – ich wirkte wie eine Businessfrau in New York. Also fast zumindest. Mimi saß schon am Schreibtisch, als ich reinkam. Sie hatte sich auch ziemlich aufgestylt, allerdings sah ihr Ballettröckchen und das graue Jäckchen mit Federn am Ausschnitt eher süß als businessmäßig aus. Aber auch das war ein Riesenvorteil bei diesem Job, wir konnten anziehen, was wir wollten.

»Und, was machen wir heute?«, wollte Mimi wissen.

»Wir fragen Krischan, ob er nicht noch einen Schuldner für uns hat. Nur einer ist langweilig.«

Krischan freute sich über unseren Arbeitseifer und gab uns die nächste Akte. »Hier, da müsst ihr euch was Besonderes einfallen lassen. Didi Diedrichsen ist 'ne harte Nuss. Macht für die Leute auf dem Kiez den Geldeintreiber und auch sonst noch 'ne Menge Scheiß. Und hat eine große Schwäche für Spielautomaten. Das hat ihm vor ein paar Jahren richtig Miese bei seiner Bank eingebracht – bis die ihm das Konto gekündigt haben. Da waren schon fast dreißigtausend aufgelaufen, jetzt, mit allen Gebühren und Zinsen, krieg ich achtunddreißigtausend von ihm.«

Wir nahmen die Akte und gingen damit zu unserem Schreibtisch.

»Ih, Alice, guck mal«, schüttelte sich Mimi und zeigte auf das Foto von Diedrichsen. Woher Krischan das hatte, wusste ich nicht, aber auf alle Fälle war es ein Polizeifoto, und er guckte düster in die Kamera. Bei diesem Gesicht sollte ihm das nicht schwerfallen – er hatte kleine Augen, eine Boxernase, einen schmalen Mund und eine riesige Narbe vom rechten Auge bis zum Mundwinkel. Wir fingen an zu lesen.

Name: Diedrich Diedrichsen, Alter einundvierzig, vorbestraft wegen Körperverletzung in fünf Fällen, zwei Jahre inhaftiert, Freilassung März 2009.

Ängstlich sahen wir uns an.

»Hm«, machte Mimi, »Was meinst du? Ist der vielleicht eine Nummer zu groß für uns?«

»Ach was«, zerstreute ich ihre und meine Bedenken. »Mit so einer Einstellung werden wir hier nichts. Wir lesen jetzt die ganze Akte durch, googeln ihn noch, und dann sehen wir weiter.«

In der Akte stand seine Adresse und der Schriftverkehr seiner Bank, nicht viel mehr. Und noch der kleine, unwesentliche Zusatz, dass er dem Banker, der für die Kontokündigung zuständig war, die Nase gebrochen hatte.

»Vielleicht sollten wir uns doch nicht zu viel auf einmal vornehmen«, schlug ich vor. »Also, nicht dass wir uns hier verzetteln. Ich finde, wir legen die Akte erst mal in die Schublade und kümmern uns um Bruhns.«

»Eine sehr gute Idee«, stimmte Mimi mir erleichtert zu. »So machen wir das.«

Der Samstagabend kam für meinen Geschmack viel zu schnell. Nachdem ich mich nach allen Regeln der Kunst aufgestylt hatte und in meinem Auto saß, kam ich kurz ins Grübeln. Ob das so richtig war, was ich vorhatte? Andererseits, beruhigte ich mich, würde ich ja niemandem schaden. Wenn Bruhns wirklich pleite war, hatte er eben einen schönen Abend erlebt. Und wenn nicht, dann war er ein Betrüger und selber schuld. Also betrat ich mit ruhigem Gewissen die *Kutscherstuben*.

Ein Kellner empfing mich an der Tür und führte mich zu einem Tisch in der Mitte des Raumes. Bruhns sprang von seinem Stuhl auf, als er mich sah.

»Also Frau Wörthing, ich meine Alice, also, Sie sehen wunderbar aus.«

»Danke«, gab ich geschmeichelt zurück. Auch wenn er alles andere als wunderbar aussah, ein Kompliment war ein Kompliment.

»Ich habe mir erlaubt, uns ein Glas Champagner zu bestellen«, sagte er, und tatsächlich kam gerade ein Kellner mit zwei Gläsern.

»Auf einen schönen Abend mit einer schönen Frau«, schleimte Bruhns.

Ich klimperte mal wieder mit den Wimpern und fing vorsichtig an, ihn auszufragen. Gerade als er mir erzählte, dass er mehr oder weniger Privatier war und nur noch einige exklusive Kunden beriet, wurde er zunehmend nervöser.

»Herr Bruhns, ist alles in Ordnung? Sie wirken ein wenig angespannt.«

»Nein, nein, es ist nichts. Nur dahinten, an dem Tisch, sitzt ein Mann, der ständig hier herüberstarrt. Ich kenne den gar nicht, aber er sieht aus, als ob er sich jeden Moment auf mich stürzen will.«

Vorsichtig drehte ich meinen Kopf in die Richtung – um ganz schnell wieder wegzugucken. An dem besagten Tisch saß Nick zusammen mit drei anderen Typen. Der, der direkt neben Nick saß, mit den weißen Haaren, musste der Albino sein. Die beiden anderen hatte ich nur als Umrisse wahrgenommen. Und mittendrin Nick, der ganz anders wirkte als sonst. Seine fast schwarzen Haare hatte er zurückgegelt, er trug einen Anzug mit einem halb offenen Hemd darunter. Sogar eine breite Goldkette klimperte um seinen Hals, und so, wie er sich da auf dem Stuhl lümmelte, wirkte er großspurig und sehr von sich überzeugt. Kurz sah er zu mir herüber und runzelte die Stirn, hatte sich aber eine Sekunde später wieder im Griff und unterhielt sich weiter mit dem Albino. So ein Mist, die Stadt war doch eigentlich groß genug, warum musste er ausgerechnet hierherkommen?

»Ach, machen Sie sich keine Sorgen«, zwitscherte ich, »den Mann kenne ich flüchtig. Der guckt immer so brummig, tut aber keiner Fliege was zuleide.«

»Na, dann bin ich ja beruhigt. Dann können wir ja weiter über mein großes Hobby sprechen. Wissen Sie, Segeln, das ist wie Fliegen.« In den nächsten zehn Minuten schmiss er nur so mit Fachausdrücken um sich, dass mir normalerweise die Augen zugefallen wären – wenn mir nicht Nicks Blicke Löcher in den Rücken gebrannt hätten. Darum war ich froh, dass sich Bruhns als Schnellesser entpuppte. Ich stocherte noch in meinem Salat herum, als er sich schon ein Dessert bestellte. Wie unhöflich war das eigentlich?

Während er diese sehr teuer aussehende Komposition in sich hineinschaufelte, bereitete ich meinen Abgang vor.

»Herr Bruhns, ich habe diesen Abend wirklich sehr genossen. Leider muss ich jetzt gehen. Vielleicht sehen wir uns wieder?«

»Oh ja, sehr gerne. Wissen Sie, ich mache Ihnen mal einen Vorschlag. Was halten Sie davon, wenn wir zusammen segeln gehen? Vielleicht gleich nächste Woche?«

»Ja, also, ich würde schon gern«, antwortete ich. »Aber kann man denn so kurzfristig ein Boot mieten?«

»Pah, wer hat denn hier von Mieten geredet? Natürlich besitze ich mein eigenes Boot. Also, wie wär's?«

Ach nee. Er hatte ein eigenes Boot. Also hatte Krischan tatsächlich recht gehabt.

Vor lauter Wimpernklimpern bekam ich fast schon einen Augen-Tic.

»Oh, Herr Bruhns, Sie haben Ihr eigenes Boot? Also, ich habe mir ja schon gedacht, dass Sie beruflich sehr erfolgreich sind, aber gleich so? Dass Sie sich ein eigenes Boot leisten können. Wo liegt es denn?«

Bereitwillig gab er mir Auskunft, und gedanklich notierte ich mir alles. Wir verließen zusammen das Restaurant, in dem er die bestimmt hohe Rechnung bar bezahlte. So ein Betrüger, bloß keine Spuren hinterlassen, wie? Wir verabschiedeten uns vor den *Kutscherstuben,* und er küsste mich zum Abschied ekligst nass auf die Wange.

»Also, Alice, wir haben ein Date? Am Montagabend um achtzehn Uhr am Anleger?«

Ich bestätigte das und sah zu, dass ich in mein Auto kam. Was für ein Widerling, aber offensichtlich einer, der Mimi und mir viel Geld einbringen würde.

Zu Hause musste ich erst einmal duschen und fiel dann absolut müde ins Bett. Dieser Typ quatschte jeden ins Koma.

Als ich fast eingeschlafen war, hörte ich ein Rumoren

an der Haustür. Sofort saß ich senkrecht im Bett. Einbrecher? Serienmörder? Bevor ich auch nur hyperventilieren konnte, wurde die Schlafzimmertür energisch aufgemacht.

»Süße? Ich bin's. Was war das denn bitte für eine Nummer eben?«

»Nick!«, quietschte ich begeistert und sprang aus dem Bett. »Ich freue mich so, dich zu sehen«, rief ich und fiel ihm um den Hals.

Nick zog mich ganz fest an sich, nur um mich gleich darauf wieder von sich zu schieben.

»Süße, kannst du mir bitte mal erklären, warum du mit so einem Typen an einem Samstagabend essen warst? Entschuldige bitte, wenn ich mich ein ganz kleines bisschen misstrauisch anhöre, aber was kochst du nun schon wieder aus?«

Ich schniefte beleidigt. »Aber Nick, das war rein geschäftlich.«

»Ja«, antworte er trocken. »Darum mache ich mir ja Sorgen. Also? Bist du jetzt ein Escortgirl, oder wie darf ich das Ganze verstehen?«

»Natürlich nicht. Warum denkst du so etwas? Natürlich bin ich kein Escortgirl«.

»Okay, ich riskiere Kopf und Kragen, weil ich jetzt hier bei dir bin. Also sag mir bitte sofort, was dein neuer Job ist.«

Ach herrje. Der war ja schon wieder auf hundertachtzig. Natürlich würde ich ihm alles über meinen neuen Job erzählen. Gar keine Frage. Nur, ob ich ihn gerade jetzt mit allen Einzelheiten langweilen sollte? Wo er doch auf einer so schwierigen Mission war, das wäre ja direkt selbstsüchtig. Ich überlegte noch, wie ich das Ganze am besten verpacken könnte, als sich mein Mund schon selbstständig machte.

»Nick, ich bin schockiert. Wie kannst du so schlecht von mir denken? Ja, ich habe einen neuen Job. Ich bin für die Öffentlichkeitsarbeit des *Ordens der heiligen Ursula* zuständig. Ich versuche, dem Orden neue Spender zuzuführen. Es ist so ergreifend, was diese Frauen alles auf sich nehmen, nur um Gott zu dienen. Wirklich, ich komme mir so oberflächlich vor neben all ihrer Güte.«

»Dem *Orden der heiligen Ursula*? Du verarschst mich, oder?«

»Natürlich nicht, mit so etwas macht man ja wohl keine Späße. Diese Nonnen sind reine Engel, ihr ganzes Leben geben sie für den Orden. Und ich bin sehr dankbar, dass ich ihnen helfen darf, Spenden aufzutreiben.

»Oh«, machte Nick, um daraufhin mindestens für eine Minute zu verstummen. »Ja, dann, tut mir leid, dass ich einen falschen Eindruck gewonnen habe. Das ist ja großartig, nein, wirklich, ich finde es toll, dass du dich da engagierst.«

Ha. Nun war er plötzlich ganz kleinlaut. Das gönnte ich ihm, warum nahm er auch immer gleich das Schlimmste an? Aber im nächsten Moment wurde ich ganz klein mit Hut. So ein Mist, natürlich nahm er das Schlimmste an – weil er recht damit hatte. Okay, vielleicht wäre er nicht ganz so begeistert von meinem Job gewesen, aber hätte ich nicht einfach selbstbewusst dazu stehen können? Gut, machte ich mir Mut, morgen ist auch noch ein Tag, und heute ist schnell wieder vergessen.

»Krieg ich denn jetzt mal einen Kuss, oder willst du noch weiter diskutieren?«, lenkte ich vom Thema ab.

»Oh Süße, ich vermisse dich so«, sagte er mit seinem

Killerlächeln. »Musst du bei diesem Orden jetzt auch keusch leben, oder erlauben die dir vielleicht einen ganz harmlosen Kuss?«

»Och, gegen so einen harmlosen Kuss unter Brüdern, da werden sie wohl nichts dagegen haben«, grinste ich. Gut, so ganz harmlos endete es dann nicht, aber ich war ja schließlich auch keine Nonne. Danach kuschelte ich mich an Nick und war fast eingeschlafen, als Nick Anstalten machte aufzustehen.

»Süße? Tut mir leid, ich kann nicht bleiben, ich muss wieder los«

»Nein, das ist doof. Ich möchte, dass du hierbleibst. Bitte!«

»Glaub mir, es gibt nichts, was ich lieber täte, aber das geht nicht. Ich muss weg. Nicht böse sein, okay?«

Na gut. Er konnte jetzt bestimmt keine maulende Freundin brauchen, also riss ich mich zusammen.

»Ist gut. Ich liebe dich und denke an dich. Und sobald es irgendwie geht, kommst du wieder, ja?«

»Auf alle Fälle. Ich liebe dich auch. Du bist das Beste in meinem Leben, vergiss das nicht.«

Er zog sich an, küsste mich noch einmal, und dann war er weg. Wenigstens das Kopfkissen roch noch nach ihm, und mit diesem herrlichen Geruch in der Nase schlief ich ein.

Am Montagmorgen zeigte mir Mimi eine Liste über Didi Diedrichsen. Ich war total erstaunt, was sie alles herausgefunden hatte. Auf ihrer Liste stand, dass er cholerisch war, ausschließlich schwarze Unterhosen trug und allergisch gegen Curry war.

»Mimi? Woher hast du denn solche Infos?«

»Ganz einfach«, brüstete sie sich. »Erinnerst du dich noch an Sonja, der wir mal eine Wohnung in der Gropiusstraße vermietet haben?«

Klar, an die würde sich wohl jeder erinnern. Sonja verdiente ihr Geld nach eigenen Angaben als »Ausdruckstänzerin«. Meine Mutter würde vielleicht eher Stripperin dazu sagen. Nachdem wir mit ihr schon vier Wohnungen besichtigt hatten, waren wir fast beste Freunde. Die Wohnung, die sie suchte, durfte nicht teuer sein, da sie all ihr Geld in Brustvergrößerungen investierte. Bei unserem letzten Treffen hatte sie ungefähr Körbchengröße E.

»Jedenfalls«, erzählte Mimi weiter, »hatte ich mir überlegt, dass sie Diedrichsen vielleicht kennen könnte, sie arbeiten ja sozusagen im selben Bezirk. Und, was denkst du? Sie kennt ihn wirklich.«

»Und daher hast du deine Infos?«, fragte ich etwas verwirrt.

»Natürlich nicht. Woher soll Sonja denn wissen, welche Unterhosen der Typ trägt? Du kennst sie doch, mit so einem würde sie sich nie einlassen. Nein, aber sie kennt eine, die wieder eine kennt und so weiter. Und am Ende wusste ich, dass er eine Putzfrau hat, die immer mittwochs und samstags bei ihm saubermacht.«

»Und dann?«, fragte ich gespannt.

»Dann bin ich Samstag zu seiner Wohnung gefahren. Komischerweise ist das eine ganz nette Gegend, in der Nähe vom Zoo. Jedenfalls habe ich so lange gewartet, bis sie rausgekommen ist. Und dann habe ich sie nach Diedrichsen gefragt.«

»Und sie hat dir sofort alles erzählt?«

»Na ja, nicht sofort, aber durch Sonja kannte ich den

Namen von ihrer Freundin und habe ihr eine Geschichte aufgetischt, dass ich auch mal bei Diedrichsen geputzt hätte und der mir noch Geld schulden würde, und ich jetzt einiges über ihn herausfinden wollte und so weiter. Ich habe ein bisschen auf die Tränendrüse gedrückt. Außerdem habe ich gesagt, dass ich ihren Namen natürlich nie erwähnen würde. Niemand würde je auch nur eine Ahnung haben, dass sie mit mir gesprochen hat. Deshalb war sie einverstanden, mit mir einen Kaffee trinken zu gehen. Und daher habe ich meine Infos«, beendete sie stolz ihre Geschichte.

»Äh, ja, okay, das hast du echt richtig professionell gemacht. Aber inwieweit hilft uns das jetzt weiter? Ich meine, interessiert uns nicht eher, ob er noch Geld hat, und wenn ja, wo er es hat? Was hilft uns dabei seine Vorliebe für schwarze Unterwäsche?«

»Ja, nun, das weiß ich jetzt auch nicht«, gab Mimi zu. »Aber es ist ein Anfang, oder?«

»Ja, das ist es wohl. Das schreiben wir auf jeden Fall mal in die Akte und legen die dann wieder in die Schublade, okay? Und kümmern uns um den Bruhns.«

»In Ordnung. Wie war denn euer Treffen? Hat er was gesagt?«

»Was gesagt? Er hat gar nicht mehr aufgehört zu reden. Und was meinst du, wo ich heute Abend bin? Auf seinem Segelboot. Seinem *eigenen* Segelboot.«

»Ist ja der Wahnsinn. Aber ich will mitkommen. Schließlich sind wir doch Partner, oder?«

»Klar sind wir das«, stimmte ich ihr zu. »Heute Abend um sechs treffen wir ihn vor seinem Boot. Und jetzt reden wir mal mit Krischan, wie es dann weitergeht.«

»Erinnerst du dich an Michael Bruhns?«, fragte ich ihn.

»Der Versicherungsvertreter, der dir sechzigtausend Euro schuldet?«

»Ja klar. Was ist mit dem?«

»Also, wenn alles klappt, sind Mimi und ich heute Abend auf seinem Segelboot. Auf seinem eigenen, verstehst du? Wie geht die Geschichte denn dann weiter?«

Krischan sah mich begeistert an. »Mensch, Mädel, ich wusste, ihr beide habt es drauf. Der Typ hat ein eigenes Boot? Habe ich doch gleich gesagt, dass der nicht pleite ist. Wann und wo trefft ihr ihn?«

»Um achtzehn Uhr am Bootshaus, draußen in Ochtmannshausen.«

»Okay. Ich rufe jetzt den Gerichtsvollzieher an und komme mit ihm um sechs da hin. Dann gibt es einen wunderschönen Kuckuck an sein Boot, das Teil wird verkauft, und wir haben unser Geld. Schnecken, ich ziehe meinen Hut vor euch!«

Stolz verließen Mimi und ich das Büro.

»Weißt du, was passiert, wenn das alles so klappen sollte? Dann hätte jede von uns mal eben sechstausend Euro verdient!«, sagte ich.

Mit großen Augen schauten wir uns an.

»Der Wahnsinn«, hauchte Mimi. »Weißt du noch, die grauen Wildlederstiefel von *Tamaris*, die wir letzte Woche gesehen haben? Ich kann sie direkt schon an meinen Füßen spüren.«

»Und der schwarz-weiß gestreifte Minirock von *Esprit*? Den muss ich haben«, antwortete ich. Glücklich gingen wir in ein Café, aber wenigstens da waren wir vernünftig und tranken nur Kaffee.

»So, und jetzt haben wir bis heute Abend frei. Ich liebe diesen Job«, schwärmte Mimi. »Was machen wir jetzt?«

»Ich fahre nach Hause und mache endlich mal meine Wohnung gründlich sauber. So ganz ohne Zeitdruck, ich werde sogar Fenster putzen.«

»Na ja, könnte ich auch, aber ich glaube, ich gehe lieber ein bisschen shoppen. Nur ein bisschen, ich weiß, noch haben wir das Geld nicht«, sagte sie hastig, als sie meinen Blick sah.

Kaum war ich in meiner Wohnung, legte ich schon los. Ich wischte Staub, putzte das Bad, polierte die Fenster und schrubbte die Küchenschränke. Nachdem ich sogar noch die Betten neu bezogen und unter dem Schrank gesaugt hatte, fühlte ich mich wie die Hausfrau des Jahres. Den krönenden Abschluss meines Putztages bildete ein Besuch im Supermarkt, wo ich vor dem Regal mit dem Champagner stehen blieb. Kurz kamen mir Mimis Worte in den Sinn, dass wir das Geld noch nicht hatten. Aber was sollte da schon noch groß schiefgehen? Eine Belohnung hätten wir uns heute Abend ganz sicher verdient.

In meinem funkelnden Badezimmer machte ich mich dann in aller Ruhe fertig und wartete in einer 7/8-Jeans, blau-weiß geringeltem Shirt und weißen Leinenschuhen auf Mimi. Die nach fünf Minuten vor meiner Tür stand – in weißer Jeans, rot-weiß geringeltem Shirt und einer Matrosenmütze auf dem Kopf.

»Guck mal, ist die nicht niedlich?« fragte sie stolz und zeigte auf ihren Kopf. »Die hat da oben sogar einen kleinen roten Bommel. Habe ich vorhin in der Stadt gefunden.«

»Tolles Teil«, stimmte ich ihr zu. »Wir sehen aus wie richtige Seglerinnen, oder?«

»Auf alle Fälle. Vielleicht sollten wir wirklich mal segeln gehen. Der Marine-Look steht uns«, bekräftigte sie.

Auf der Fahrt zum Segelclub wurden wir jedoch immer angespannter. Es war allerdings nicht nur die Tatsache, dass wir den Weg nach Ochtmannshausen nicht fanden, die uns nervös werden ließ, sondern auch die Aussicht, gleich einen Betrüger zu überführen.

»Und du hast ihn auch wirklich richtig verstanden? Er hat wirklich gesagt, dass es sein eigenes Boot ist?«, fragte Mimi.

»Ja, das habe ich dir doch schon drei Mal gesagt«, gab ich leicht genervt zurück.

»Ich weiß. Aber manchmal hörst du nicht richtig zu.«

Klar, ich war diejenige, die nicht richtig zuhörte. Dabei hatte sie auf der Karte nach Niederochtenhausen gesucht statt nach Ochtmannshausen. »Stimmt ja gar nicht. Ich bin sogar eine sehr aufmerksame Zuhörerin. Kannst du jeden fragen«, behauptete ich empört.

»Egal. Wir sind da«, sagte Mimi und zeigte auf den Parkplatz vor dem Anleger. »Auf geht's«.

Michael Bruhns wartete schon auf mich – vor einem weißen Boot, das zwar nicht riesig groß war, aber schon edel aussah.

»Hallo, Herr Bruhns«, strahlte ich ihn an. »Ich hoffe, es stört Sie nicht, dass ich meine Freundin mitgebracht habe? Das ist Mimi, sie wollte schon immer mal segeln.«

»Hallo«, lächelte Mimi ihn an. »Alice hat so viel Gutes über Sie erzählt, da musste ich Sie unbedingt kennenlernen. Sie haben doch nichts dagegen, oder?«

»Aber nein, ganz und gar nicht«, gab der geschmeichelt zurück. »Mit zwei so schönen Frauen wird das eine ganz besondere Fahrt. Nun, meine Damen, dann lassen Sie uns lossegeln, bevor sich der Wind legt.«

Hektisch guckte ich über die Schulter, aber an einem Montag um achtzehn Uhr waren wir hier die einzigen Leute. Wo blieb Krischan denn bloß und, vor allem, wo der Gerichtsvollzieher?

»Ähm, bitte, Herr Bruhns, einen Moment noch«, bat ich. »Wie sieht es denn mit den Sicherheitsvorschriften auf so einem Boot aus? Müssen wir vorher noch irgendwas wissen?«

Erstaunt sah er mich an. »Nein. Wir machen ja nur eine kurze Tour auf dem See. Aber wenn Sie ängstlich sind, können Sie gerne eine Schwimmweste anziehen.«

»Ja. Ja, das will ich. Ohne Weste gehe ich nicht an Bord. Ob Sie mir wohl eine holen könnten?«

Bruhns zuckte mit den Schultern, betrat sein Boot und kam viel zu schnell mit einer orangefarbenen Weste zurück.

»Bitte schön. Damit sind Sie nun aber wirklich auf der sicheren Seite.«

Noch immer fuhr kein Auto auf den Parkplatz.

»Also wirklich, dass du auch immer aus allem so ein Drama machen musst«, fauchte Mimi mich plötzlich an. »Das ist ja peinlich. Da lädt uns dieser nette Mann auf sein Boot ein, und du fängst gleich an zu nörgeln.«

»Was soll das denn jetzt?«, fragte ich perplex.

»Was meinst du wohl, was das soll? Ich habe wirklich langsam keine Geduld mehr mit dir. Immer hast du an allem was auszusetzen, alles musst du madig machen. Wie letzte Woche beim Chinesen.«

Sie wandte sich Bruhns zu. »Wissen Sie, wir hatten uns mit früheren Arbeitskolleginnen verabredet, eben beim Chinesen. Alle hatten gute Laune und freuten sich auf das Wiedersehen. Nur sie da …«, dabei zeigte sie mit dem Finger auf mich, »sie fing sofort zu quengeln an. Warum wir uns denn unbedingt in einem Chinarestaurant treffen müssten. Da wüsste ja niemand, was für Tiere da wirklich in der Küche gebraten werden. Und dass sie sicher sei, dass solche Lokale nur zum Geldwaschen von der chinesischen Mafia benutzt würden. Sie hat uns allen die Laune verdorben.«

Bruhns schaute etwas ratlos drein. »Tja, nun, das ist ja nicht so schön. Aber wir sollten jetzt wirklich aufs Boot.«

Ich ging gar nicht auf ihn ein. »Das stimmt überhaupt nicht, Herr Bruhns. Das mit der Geldwäsche habe ich nie gesagt. Aber Mimi war schon immer neidisch auf mich. Sie gönnt mir nicht mal diesen Ausflug mit Ihnen, gleich musste sie sich aufdrängen. Sagen Sie ihr ruhig, dass wir beide allein sein wollen. Sagen Sie der blöden Kuh, dass sie nicht mit aufs Boot darf.«

Nun sah Bruhns mehr als ratlos aus. »Aber, meine Damen. Ich bin sicher, wenn wir jetzt alle aufs Boot gehen, werden wir einen schönen Abend verleben. Es ist doch viel zu schönes Wetter, um sich zu streiten.«

Zum Glück fuhr in diesem Moment endlich Krischan auf den Parkplatz. Gleich hinter ihm kam ein zweites Auto. Krischan kam zu uns, und aus dem anderen Wagen stieg ein älterer Mann mit Aktentasche in der Hand.

»Erwarten Sie noch mehr Gäste, Herr Bruhns?«, fragte Mimi scheinheilig.

»Nein, eigentlich nicht. Das sind sicher neue Clubmitglieder. Wollen wir dann jetzt endlich?«

Doch da war Krischan schon mit dem Gerichtsvollzieher auf dem Anleger.

»Guten Abend«, sagte der. »Das ist ja ein tolles Boot, ist das Ihres?«

»Ja, das ist meins«, antwortete Bruhns geschmeichelt. »Ist eine Seacat 37 von 1986 mit 43 PS und einem Raytheon-Radar.«

»Irrtum, Dicker«, grinste Krischan. »Das war deins. Jetzt gehört es mir. Stimmt's, Herr Werner?«

Der nickte kurz. »Werner, Obergerichtsvollzieher«, stellte er sich knapp vor. »Aufgrund der gegen Sie bestehenden Forderung wird dieses Boot gepfändet. Außer, Sie können diese Forderung jetzt bezahlen«, sagte er und zeigte Bruhns einen Vollstreckungsbescheid.

»Nein, kann ich nicht«, antwortete Bruhns geschockt.

Mit seinem Koffer in der Hand ging Herr Werner auf das Schiff und klebte ein Siegel an die Außentür. Währenddessen stand Bruhns wie vom Donner gerührt auf dem Anleger und starrte Krischan an.

»Wie, woher, was soll das? Woher wissen Sie von meinem Boot? Das ist doch unter einem anderen Namen versichert.«

Dummerweise suchte ich mir gerade diesen Moment aus, um mit einem erleichterten »Pfff« die Luft, die ich die ganze Zeit angehalten hatte, wieder herauszulassen.

Mit einem wilden Blick stürzte sich Bruhns auf mich. »Du Miststück. Du verdammte Schlampe. Das war eine Falle, du hast mich reingelegt.«

Bevor er mir etwas tun konnte, hatte Krischan ihn schon weggezogen. »Ganz locker, Dicker. Wir bleiben mal alle cool. Sie kann nichts dafür, wenn du Scheiße baust. Ist ja auch nicht die feine Art, oder? Mit einem dicken Boot zu protzen, statt seine Schulden zu bezahlen.«

Fassungslos sah Bruhns zwischen Krischan, Mimi, mir

und dem Gerichtsvollzieher hin und her. Dann schlug er die Hände vors Gesicht.

»Alles, alles habe ich verloren. Meine Ehe ist in die Brüche gegangen. Mein guter Ruf dahin. Das Einzige, was ich retten konnte, war ein bisschen Geld, um mir meinen Traum von diesem Boot zu erfüllen. Und jetzt? Nun bleibt mir gar nichts mehr.«

Das war zu viel für Mimi. »Ach, Herr Bruhns, das stimmt doch nicht«, schniefte sie und war kurz davor, vor lauter Mitleid in Tränen auszubrechen. »Wirklich, Sie müssen das als neuen Anfang sehen. Immerhin sind Sie jetzt doch schuldenfrei, da ergeben sich ganz neue Perspektiven. Sie fangen einfach noch mal bei null an, ganz sauber und ehrlich.«

»Miststück«, schnaubte Bruhns, der sich schnell wieder gefasst hatte. »So leicht kommt ihr Scheißweiber nicht davon. Man sieht sich immer zweimal im Leben …« Mit erhobener Faust ging er zu seinem Auto und fuhr mit quietschenden Reifen davon.

Krischan blieb von diesem Auftritt ungerührt. »So, Herr Werner, was bringt uns das gute Stück denn?«

»Ich bin kein Experte, aber ich schätze mal, so fünfundsiebzigtausend Euro ist es bestimmt wert. Herr Bruhns hat jetzt eine Woche Zeit, die Forderung zu bezahlen. Wir können wohl davon ausgehen, dass er dazu nicht in der Lage ist, also wird das Boot anschließend versteigert. Übersteigt der Erlös Ihre Forderung, so erhält Herr Bruhns natürlich den Rest, abzüglich meiner Kosten.«

»Jo, dann vielen Dank dafür. Informieren Sie mich über den Termin zur Versteigerung?«

Herr Werner sagte das zu und ging ebenfalls zu seinem

Auto. Allerdings fuhr er nicht mit quietschenden Reifen los.

»Mensch, ihr zwei Perlen«, grinste Krischan. »Was für eine geile Aktion. Los, ab in die *Sansi-Bar*, ihr bekommt Schampus, so viel ihr wollt.«

Beim ersten Glas Champagner war Mimi noch ein kleines bisschen zurückhaltend.

»Ich weiß nicht, ob wir wirklich feiern sollten. Ich meine, der arme Mann war ganz schön geknickt.«

Krischan wurde ernst. »Hör mal, Mimi, vergiss den Scheiß gleich wieder. Sonst machst du dir nur das Leben schwer. Der Mann hat bei einer eidesstattlichen Versicherung gelogen und behauptet, er hätte keinerlei Besitz. Er hat sich strafbar gemacht. Und warum? Damit er vor Mädels wie euch mit seinem Boot rumprotzen kann. Jetzt sag mir mal, wer hier ein schlechtes Gewissen haben muss?«

»Er hat recht, Mimi. Wir haben nichts Böses gemacht. Ich meine, ich bin hier diejenige mit dem großen Herzen. Ich habe als Kind all meine Süßigkeiten verschenkt, frag meine Mutter. Aber trotzdem weiß ich, dass Bruhns den Fehler gemacht hat. Nicht wir.«

Mimi war zwar noch ein bisschen bedrückt, aber nach dem dritten Glas Champagner hatte sie ihre Skrupel vergessen, und wir verbrachten einen sehr lustigen Abend. Krischan war der geborene Alleinunterhalter und brachte uns mit seinen Storys dazu, dass wir vor Lachen fast vom Hocker fielen. Später setzte er uns noch in ein Taxi und gab uns einen Kuss auf die Wange.

»Kommt gut nach Hause, ihr Perlen. Ich bin stolz auf euch.«

»Du, Mimi, das war eine super Idee von dir, diesen Streit auf dem Anleger anzufangen. Mir ist nämlich gar nichts mehr eingefallen, um unseren Trip rauszuzögern. Und es tut mir leid, dass ich gesagt habe, du bist eine blöde Kuh. Das meinte ich nicht so.«

»Weiß ich doch«, beruhigte Mimi mich. »Und du nörgelst auch gar nicht immer rum. Aber die Idee war wirklich gut, nicht?«, freute sie sich. »Sag mal, Alice, Krischan ist schon irgendwie süß, oder?«

Alarmiert schaute ich sie an. »Wo kommt das denn jetzt her? Erst vor ein paar Tagen wolltest du unbedingt noch Mark heiraten.«

»Ja, ich weiß. Ich meine ja auch nur«, ruderte sie unschuldig zurück.

Der Taxifahrer setzte erst Mimi und dann mich ab. Nachdem ich mich gründlich abgeschminkt hatte, fiel ich todmüde ins Bett und schlief am nächsten Morgen bis nach neun. Wie herrlich, keine festen Arbeitszeiten zu haben, da würde ich mich ganz schnell dran gewöhnen.

Nachdem ich fertig angezogen war, rief ich Mimi an. »Was machen wir heute? Wollen wir uns noch mal die Akte von Diedrichsen angucken?«

Mimi stöhnte. »Eigentlich nicht, aber müssen wir wohl. Wir sehen uns gleich im Büro.«

Dort vertieften wir uns wieder in die Akte und starrten anschließend Löcher in die Luft. Krischan kam in einer schwarzen Lederhose, schwarzen Cowboy-Stiefeln und einem schwarzen Hemd rein. Wenn er jetzt noch *I walk the line* singen würde, könnte Johnny Cash seine Auferstehung feiern. Mimi schien der Look zu gefallen, denn sie fuhr sich mit der Hand durch die Haare und lächelte ihn an.

»Na, ihr Süßen? Ihr seht etwas ratlos aus, stimmt's?«

»Kann man so sagen«, seufzte ich. »Dieser Diedrichsen, ich weiß nicht, was wir mit dem machen sollen. Ich meine, der Mann hat immerhin einem harmlosen Banker die Nase gebrochen. Da können wir doch nicht einfach hingehen und ihn fragen, ob er nicht vielleicht mal seine Schulden zurückzahlen möchte.«

»Nee, da braucht ihr einen echt coolen Plan«, stimmte er mir zu. »Ich würde ihn ganz langsam einkreisen. Sprecht zuerst mit Leuten, die ihn kennen – aber nicht mit seinen Freunden. Hat der nicht eine Exfrau?«

Mimi blätterte schon in der Akte. »Ja, stimmt. Steht hier drin, Tatjana Kramer, sogar mit Adresse. Ich weiß nur nicht, wo das ist.«

»Lass mal gucken«, sagte Krischan und beugte sich über uns. Also, riechen tat er wirklich gut.

»Das kenne ich. Da müsst ihr am Anleger vorbei, bei dem wir gestern waren, und von da ist es noch ungefähr eine halbe Stunde. Fahrt hin und redet mit ihr. Sie kann euch vielleicht noch andere Namen nennen. Dann habt ihr da was von einer Putzfrau geschrieben. Mit der redet ihr auch, und so tragt ihr nach und nach Infos zusammen.«

»Ja, aber warum sollte die Exfrau mit uns reden? Die kennt uns doch gar nicht«, wandte ich ein.

»Alice, bringt euch auf eine Ebene mit den Leuten, lasst sie glauben, ihr wärt ihre besten Freunde. Jeder redet«, behauptete Krischan. »Aber denkt immer daran – ihr macht euch mit diesem Job nicht nur Freunde. Also seid vorsichtig mit Informationen über euch selbst. Immer schön auf Distanz bleiben, okay?«

»Danke, Krischan«, strahlte Mimi. »So machen wir das. Ich gebe die Strecke nur eben noch in den Google-Routenplaner ein. Wir haben beide nicht so einen guten Orientierungssinn.«

»Braucht ihr nicht«, lächelte Krischan sie an. »Ich kümmere mich um meine Leute, wartet mal eben.«

Kurz darauf kam er mit einem Navi-Gerät wieder. »Hier, eine kleine Extraprämie für euren ersten Erfolg. Ist ganz einfach zu bedienen.«

Nun strahlte ich auch. Bernie war auch ein toller Chef, aber auf so eine Idee wäre er nie gekommen. Mit dem Navi in der Hand stiegen wir in Mimis Auto und machten uns auf den Weg.

»Was meint Krischan damit, wir sollen vorsichtig mit Infos über uns selbst bleiben? Wir müssen ihr doch zumindest sagen, für wen wir arbeiten. Wie wollen wir denn sonst unsere Fragen über ihren Exmann erklären?«, fragte ich Mimi.

»Vielleicht meinte er, dass wir nicht gleich mit allem rausplatzen sollen. Also, wir können ja ruhig sagen, dass wir für ein Inkassobüro arbeiten, aber nicht, für welches. Und wir sagen einfach nicht unsere richtigen Namen. Also, erst mal nicht. Wenn wir merken, dass die Frau uns helfen wird, können wir uns ja immer noch was überlegen.«

Ich nickte. »Das klingt gut.«

Die Exfrau wohnte in einer unspektakulären Doppelhaushälfte inmitten eines Neubaugebietes, am Rande eines älteren Dorfes. Bevor wir die Haustür erreicht hatten, wurde sie bereits von einer Frau Mitte dreißig geöffnet. Als wir ihr sagten, dass wir sie kurz wegen ihres Exmannes sprechen wollten, sah sie hektisch nach rechts und links und zog uns fast ins Haus.

»Hat Sie jemanden gesehen? Waren meine Nachbarn im Garten?«, wollte sie wissen und bekam rote Flecken im Gesicht.

»Äh, nein, ich glaube nicht«, beruhigte ich sie. »Wäre das denn schlimm?«

»Kommen Sie erst mal rein«, antwortete sie und ging durch einen kleinen Flur in eine richtig hübsche Küche mit viel hellem Holz.

»Entschuldigen Sie, ich war nur einen Moment erschrocken«, erklärte sie uns ihr Verhalten. »Setzen Sie sich ruhig, ich mache mal eben Kaffee, den brauche ich jetzt.«

Während Mimi und ich uns auf eine gemütliche Küchenbank setzten, kümmerte sich Tatjana Kramer um den Kaffee und gab jeder von uns eine große Tasse.

»Ich bin in zweiter Ehe verheiratet, und mein Mann kennt Didi nicht. Er soll ihn auch nie kennenlernen. Das waren wilde Zeiten, aber das liegt alles hinter mir. Heute bin ich eine Hausfrau und habe einen guten Ruf, und den lasse ich mir auch nicht kaputtmachen.«

»Aber das wollen wir doch gar nicht«, meldete sich Mimi zu Wort. »Ganz bestimmt nicht.«

»Vielleicht erzählen Sie mir erst mal, was Sie überhaupt von Didi wollen«, forderte sie uns auf.

Hier würden wir mit Ehrlichkeit am weitesten kommen, beschlossen wir stillschweigend, und daher erzählten wir, dass wir für ein Inkassobüro arbeiteten und unser Boss der Meinung war, dass Didi keinesfalls pleite sein konnte.

»Ehrlich gesagt wäre es mir lieber, wenn Sie jetzt gehen würden«, sagte Tatjana Kramer, als wir mit unserer Geschichte fertig waren. »Ich will mich da nicht reinziehen lassen, ich bin so froh, dass dieser Abschnitt meines Lebens hinter mir liegt.«

Mimi zwinkerte mir heimlich zu und wandte sich dann an Tatjana: »Das kann ich absolut verstehen. Ganz ehrlich, ich würde mich genauso verhalten. Natürlich gehen wir sofort wieder. Aber Sie sind mir sehr sympathisch, darum will ich Ihnen sagen, dass unser Chef unbedingt Infos über Didi haben will. Wenn wir ihm nichts liefern, wird er heute oder morgen Abend selbst zu Ihnen kommen. Aber wenn Sie *uns* etwas erzählen würden, dann bräuchte er ja gar nicht mehr zu kommen …«

»Was? Der kommt hierher, abends? Aber das geht nicht, da ist mein Mann zu Hause. Der weiß doch nichts von meiner Vergangenheit und denkt, Didi wäre ein Lkw-Fahrer.«

»Das tut mir echt leid«, bekräftigte Mimi und stand auf. »Also, wir sind dann schon wieder weg. Haben Sie trotzdem noch einen schönen Tag.«

»Nein, nein, bleiben Sie bitte. Ist schon okay, Sie machen ja auch nur Ihren Job. Wenn es denn sein muss, beantworte ich eben Ihre Fragen. Aber wenn ich schon alles offenlege, sollten wir zumindest das förmliche Sie weglassen. Ich bin Tatjana.«

Mimi war echt gut. Und ihr Lächeln sehr ehrlich.

»Super, das freut uns. Also, ich bin Natascha und das ist meine Kollegin Chantal.«

Ich verdrehte die Augen. Chantal, also wirklich, fehlte nur noch das »Jacqueline« vorher. Und die Frau machte so einen ehrlichen und harmlosen Eindruck, dass Mimi sie nicht hätte anlügen sollen, fand ich.

»Machen wir einen Deal«, schlug Tatjana vor. »Ich beantworte jetzt eure Fragen, soweit ich es kann. Aber dafür kommt niemand mehr wegen dieser Geschichte hierher. Ihr müsst mir versprechen, dass das heute eine einmalige Sache ist. Ich liebe meinen Mann und will ihn nicht verlieren.«

Mimi und ich sprachen fast gleichzeitig: »Du kannst dich auf uns verlassen. Weder wir noch unser Chef lassen uns noch einmal bei dir blicken.«

»Okay, also, was wollt ihr wissen?«

»Zunächst mal – wie lange bist du denn schon geschieden?«

»Seit knapp zwei Jahren. Und vor einem Jahr habe ich Frank geheiratet und seitdem führe ich ein ganz anderes Leben. Die Ehe mit Didi war nicht gerade einfach.«

»Das kann ich mir vorstellen«, sagte ich. »Er war ja sogar im Gefängnis, oder?«

»Ja, das waren die besten Jahre meiner Ehe«, sagte sie bitter. »Endlich hatte ich meine Ruhe vor seinen Launen, und auch die Polizei stand nicht mehr jede Woche vor der Tür. In der Zeit habe ich erkannt, dass ich mein Leben ändern muss und nichts mehr mit Didi zu tun haben will. Also habe ich die Scheidung eingereicht. Als er aus dem Knast raus war, hat er mich noch über ein halbes Jahr verfolgt, teilweise hatte ich Todesangst. Darum will ich heute nichts mehr mit dem Drecksack zu tun haben, ich will nur noch meine Ruhe.«

Das war nachvollziehbar. Aber wir wollten weniger über Didis Qualitäten als Ehemann wissen. Viel mehr interessierte uns sein finanzieller Hintergrund.

»Er war spielsüchtig, oder?«, wagte Mimi sich vor.

»Ja, unter anderem«, gab sie knapp zurück.

»Kannst du uns denn irgendwas über seine finanziellen Verhältnisse sagen? Hat er vielleicht Vermögenswerte, die er bei der eidesstattlichen Versicherung verschwiegen hat?«

Sie überlegte. »Das kann sein. Er ist verrückt nach diesem ganzen Militärkram und sammelt wie ein Blöder. Da kann durchaus das ein oder andere wertvolle Stück dabeisein. Ich kenne mich mit diesen Sachen aber leider überhaupt nicht aus.«

»Trotzdem, vielen Dank, du hast uns echt geholfen. Wir googeln das mal. Und, wie versprochen, uns siehst du nicht wieder. Viel Glück mit deiner Ehe«, wünschte ich ihr noch. Auch Mimi verabschiedete sich, und wir gingen zum Auto.

»Lass mich mal fahren«, bat ich Mimi. »Ich kann dabei so gut nachdenken.«

»Kein Problem«, meinte sie und warf mir die Schlüssel zu.

»Natascha, ja? Die war doch völlig harmlos. Und warum hast du mir so einen blöden Namen gegeben?«

»Krischan hat das nicht ohne Grund gesagt. Und es macht Spaß. Nächstes Mal suchst du dir eben deinen eigenen Namen aus. Außerdem sehen wir sie sowieso nie wieder, also, was soll's?«

Mein Handy unterbrach unser Gespräch. »Süße? Ich bin's. Der Job ist durch«, sagte Nick müde. »Wie lange hast du denn heute noch zu tun? Ich möchte dich gerne sehen.«

Ich stieg so fest auf die Bremse, dass Mimi fast durch die Windschutzscheibe geflogen wäre.

»Äh, ja, das dauert noch ein bisschen. Aber bestimmt nicht länger als eine Stunde, dann bin ich bei dir.« Erschrocken sah ich Mimi an, die gerade ihre Haare wieder in Ordnung brachte. »Meine Güte, das war Nick. Und er hat gesagt, der Job wäre durch. Ob das heißt, dass er da nicht mehr undercover arbeitet? Wegen mir, weil er doch Samstagnacht zu mir gekommen ist, obwohl er das nicht durfte?«

»Glaube ich nicht«, tröstete mich Mimi. »Ich wette, du hast damit gar nichts zu tun. Wirst schon sehen.«

Na, hoffentlich hatte sie recht. Ich gab Gas, und nach einer knappen Stunde standen wir vor Nicks Tür. Mimi stieg mit mir aus und umarmte mich.

»Guck nicht so bedröppelt. Du hast nichts Schlimmes gemacht«, beteuerte sie.

Ich winkte ihr noch hinterher und klingelte an Nicks Tür. Er küsste mich nur flüchtig und zog mich in die Wohnung.

»Nick? Was ist los? Wieso darfst du denn jetzt doch hier sein?«

Er ließ sich aufs Sofa fallen und fuhr sich mit den Händen durch die Haare. »Wie gesagt, der Job ist durch. Irgendwo muss eine undichte Stelle sein, ich war so kurz davor, aufzufliegen. Was für eine Scheiße, ich bin seit drei Monaten an der Sache dran, und bisher lief alles glatt.«

Ich fragte lieber nicht, was passiert wäre, wenn er wirklich aufgeflogen wäre. Das war eine Sache bei seinem Job, an die ich versuchte, nie zu denken.

»Aber nicht wegen mir, oder?«, piepste ich. »Nicht, weil du Samstagnacht hier warst?«

»Nein, das kann damit nichts zu tun gehabt haben. Ich war vorsichtig, mich hat niemand gesehen. Und selbst wenn – ich wäre nicht der erste Mann, der nachts eine Frau besucht. Da muss eine undichte Stelle sein«, wiederholte er.

»Bestimmt fällt dir ein anderer Weg ein, die zu überführen. Das sollte bestimmt so sein, weil der andere Weg viel besser sein wird.«

Nick lächelte wenigstens ein bisschen. »Du bist niedlich. Ich versuche einfach, heute nicht mehr daran zu denken. Morgen haben wir ein großes Meeting im Präsidium, dann kann ich mich immer noch damit beschäftigen. Wenn das für dich okay ist, lege ich mich jetzt eine Stunde hin, und heute Abend gehen wir in diesen Club, den du so gut findest, ja?«

»Oh ja«, strahlte ich, »da war ich schon lange nicht mehr. Ich frag gleich Mimi, ob sie und Mark auch kommen.«

Nick ging ins Schlafzimmer, und ich telefonierte mit Mimi. Für einen Abend im Club war sie immer zu haben.

»Gute Idee, und das haben wir uns auch verdient, nach all der harten Arbeit. Also, bis nachher.«

Mit den Worten legte sie auf. Mist, ich war gar nicht dazu gekommen, ihr zu sagen, dass Nick nicht so ganz genau über unseren neuen Job Bescheid wusste. Aber Mimi war schlau, da würde sie sicherlich schnell selbst draufkommen.

Ich nutzte die Zeit, um mich mal wieder so richtig aufzustylen. In dem Schrank im Flur, in dem ich einige Sachen deponiert hatte, fand ich einen weißen Hippierock und ein rosa Top mit Lochstickerei. Meine rosa Sandalen waren bei mir zu Hause, aber diese weißen hier, Slingpumps mit hohem Absatz, gingen auch. Meine blondgesträhnten Haare drehte ich zu Korkenzieherlocken und steckte sie so am Hinterkopf fest, dass einige Strähnen ins Gesicht fielen.

Nick bekam große Augen, als er aus dem Schlafzimmer kam und mich sah.

»Wow, Süße, du sorgst wirklich dafür, dass ich auf andere Gedanken komme. Du siehst verdammt sexy aus.«

So etwas hörte ich immer gerne, aber Nick sah auch

richtig heiß aus. Bei ihm langten eine schwarze Jeans und ein enges Shirt, um meine Endorphine Salsa tanzen zu lassen. Ich war gerade dabei, ihn ausgiebig zu küssen, als sein Handy klingelte. Sofort ging meine Stimmung in den Keller, doch nach ein paar Sätzen schüttelte Nick beruhigend den Kopf und legte auf.

»Nichts los. Das war nur Steven, der wissen wollte, was ich heute Abend mache. Teresa ist wieder mal auf einer Fortbildung, und ihm fällt die Decke auf den Kopf. Ist doch okay, wenn er mitkommt, oder?«

Damit hatte ich kein Problem.

Später im Club trafen wir auch Mimi, die ebenfalls in Sachen Styling ganz groß eingestiegen war. Kichernd wie kleine Mädchen begutachteten wir uns.

»Mimi, wo ist denn Mark?«

»Och, der macht Überstunden«, gab sie vage zurück, um gleich darauf Steven auf die Tanzfläche zu ziehen. Ich sah den beiden zu, mit Nick in meinem Rücken, der seine Arme um mich gelegt und sein Kinn auf meinen Kopf gestützt hatte. Viel glücklicher könnte ich in diesem Leben nicht mehr werden, dachte ich gerade, als mein Blick auf einen Mann fiel, der auf der anderen Seite der Tanzfläche stand.

Oh nein, das war Michael Bruhns. Was machte der denn hier? Hoffentlich hatte er mich nicht gesehen. Ich drehte mich schnell um und vergrub meinen Kopf an Nicks Schulter. Kurz darauf tippte ein Finger an meinen Rücken, und ich fuhr panisch herum. Doch es war nur Mimi, die über das ganze Gesicht strahlte. »So einen Abend haben wir viel zu lange nicht mehr gehabt. Und Steven ist ein toller Tänzer. Irgendwie ist der süß«, flüsterte sie.

»Mimi, hast du Hormone, oder was ist mit dir los? Im Moment findest du jeden Typen süß. Willst du vielleicht über irgendwas reden?«

»Nein, nein, alles in bester Ordnung«, behauptete sie und ließ sich von Steven den nächsten Cocktail reichen. Ich wollte mich gerade wieder entspannen, als ich Bruhns sah, der entschlossen über die Tanzfläche auf mich zukam. Meine Gedanken flogen durcheinander, und bevor mir auch nur ein vager Plan in den Kopf kam, stand er schon vor mir.

»Du Miststück. Du verdammtes Miststück. So kommst du mir nicht davon.«

Bevor ich auch nur Luft holen konnte, wurde Bruhns von Nick entschieden weggeschubst. »Das reicht«, sagte er drohend. »So redet niemand mit meiner Freundin.«

Steven schob sich zwischen die beiden. »Nick, hör auf«, bat er ihn. »Und du Penner verziehst dich besser, aber ganz schnell.«

Doch Bruhns kam erst richtig in Fahrt. »Ich soll sie nicht Miststück nennen? Wisst ihr, was sie gemacht hat? Sie hat mir mein Boot geklaut, meine wunderschöne Seacat.«

»Hahaha«, lachte ich schrill. »Genau, ich habe sein Boot gestohlen. Und danach bin ich damit direkt in die Südsee gesegelt.« Ich wandte mich zu Nick und verdrehte die Augen. »Verhaften Sie mich, Herr Wachtmeister. Ich bin die lange gesuchte Bootsdiebin.«

»Okay, du hast deinen Spaß gehabt und jetzt hau ab. Aber schnell«, sagte Nick zu Bruhns.

»Und sie kommt so einfach davon? Mein Boot ist weg und dieses…« Nach einem Blick in Nicks Augen verbesserte er sich schnell. »Dieses *Mädchen* ist schuld daran.«

Leider schaltete sich jetzt Mimi ein. »Oh nein, Herr Bruhns, Alice ist nicht schuld daran. Sie haben bei einer eidesstattlichen Versicherung gelogen und behauptet, Sie hätten keinerlei Vermögen mehr. Sie haben sich strafbar gemacht, und warum? Damit Sie mit diesem Boot rumprotzen können. Wir haben nur unseren Job gemacht. Jetzt sagen Sie mir mal, wer hier ein schlechtes Gewissen haben muss.«

Großartig. Krischans Ansprache hatte bei Mimi offensichtlich tiefe Spuren hinterlassen, so wortwörtlich wie sie sie wiedergab. Ich versuchte, ihr mit den Augen ein Zeichen zu geben, dass sie besser die Klappe halten sollte. Leider vergeblich.

Nach einem Blick in Nicks Gesicht packte Steven Bruhns kurzerhand bei den Schultern und schob ihn vor sich her Richtung Tresen. Nick machte den Mund auf, aber Mimi kam ihm zuvor.

»Seht ihr? Alles gut. Krischan hat recht gehabt. Alice und ich sind die Guten. Fast so wir ihr, Nick, stimmt's?«

Nick ging gar nicht darauf ein. »Alice! Komm mit, und zwar sofort.« Er zog mich nach draußen auf den Parkplatz und baute sich vor mir auf. »Was läuft hier?«

»Ähm – keine Ahnung?« versuchte ich mein Glück. »Mimi kennt den Mann, und er hat mich mit ihr verwechselt?«

»Alice! Hör sofort auf mit dem Scheiß und sag mir, was Sache ist.«

»Gar nichts ist Sache. Und ich hasse es, wenn du mich anschreist. Dann bekomme ich Angst.«

»Du weißt, dass ich nicht geschrien habe. Ich höre.«

Verdammte Harke, das war ja wie bei einem Verhör.

»Also gut, das war so. Ich war ja mit dem Mann in den

Kutscherstuben wegen dem *Orden der heiligen Ursula*«, improvisierte ich.

»Alice, bei Gott, ich schwöre, wenn du diesen Scheiß jetzt nicht lässt, werde ich richtig sauer. Sollen wir diesen Orden vielleicht mal googeln? Was meinst du, was wir dann finden?«

»Ist ja schon gut«, schniefte ich. »Okay, das mit dem Orden war vielleicht ein ganz kleines bisschen erfunden.« Ich holte tief Luft. »Also, Mimi und ich arbeiten für ein Inkassobüro und überführen Betrüger. Ganz legal«, fügte ich schrill hinzu. »Wir haben rausgefunden, dass Bruhns, der angegeben hatte, gar nichts mehr zu besitzen, dieses Boot da hatte. Jetzt ist es gepfändet. Das ist alles.«

»Das ist alles?« Nick schüttelte den Kopf. »Ich wusste, dass du wieder irgendwas Schräges am Laufen hast. Ich wusste es einfach. Der *Orden der heiligen Johanna*, dass ich nicht lache.«

»Heiligen Ursula« korrigierte ich. »Und jetzt reg dich nicht so auf. Das ist ein Job wie jeder andere, und wir sind sogar gleich am Anfang erfolgreich gewesen. Könntest dich ruhig mal ein bisschen für mich freuen.«

»Ein Job wie jeder andere? Alice, manchmal denke ich, bei dir fehlt irgendwas. Hast du dir mal überlegt, dass nicht jeder so glücklich darüber ist, wenn ihr ihn überführt? Dass ihr euch dabei vielleicht Feinde macht, die es nicht bei verbalen Beschimpfungen belassen?«

»Immer siehst du alles so negativ. Das sind doch nur Mutmaßungen, weil du in jedem Menschen gleich einen Verbrecher vermutest. Das ist ein toller Job, und Krischan hat auch gesagt, dass wir richtig gut sind.«

»Und Krischan ist …?«

»Unser Chef. Und der ist total nett, und er glaubt an uns. Anders als du.«

»Himmel, Alice«. Nick fuhr sich durch die Haare. »Ich mache mir eben einfach Sorgen um dich. Und nach dem Auftritt da eben von dem Typen wohl auch nicht ohne Grund.«

»Hast aber eine komische Art, das zu zeigen«, antwortete ich beleidigt. »Du weißt genau, wie viele Bewerbungen ich losgeschickt habe. Jetzt habe ich wenigstens einen Job, und gefährlich ist der überhaupt nicht.«

Nick starrte lange in die Luft. »Und warum hast du mir nicht gleich am Anfang die Wahrheit gesagt? Warum hast du gelogen?«

»Weil, weil …«, stotterte ich. »Na ja, weil du eben oft so bist wie jetzt. Du wirst immer gleich sauer, und das mag ich nicht.«

»Ich bin nicht sauer«, schrie er. »Ich mache mir nur Sorgen, habe ich doch gesagt. Und jetzt?«

»Jetzt will ich nicht mehr streiten. Ja, ich weiß, ich hätte dir trotzdem von Anfang an die Wahrheit sagen sollen. Aber das kann ich nun auch nicht mehr ändern. Es tut mir leid, dass ich dich angelogen habe – aber nur, wenn es dir auch leidtut, dass du immer aus einer Mücke einen Elefanten machst.«

»Eine Mücke aus …?«, fragte Nick fassungslos. »Okay. Ich sag jetzt gar nichts mehr. Willst du noch tanzen, oder willst du gehen?«

»Ich will gehen«, sagte ich kleinlaut und trottete hinter ihm her zurück an die Bar. Wo uns der nächste unschöne Anblick erwartete – Mimi und Steven standen in einer Ecke und knutschen ziemlich wild.

»Sind denn heute alle bekloppt?«, brüllte Nick und

zog Steven von Mimi weg. »Mann, du Arsch, was soll der Scheiß? Wolltest du Teresa auch davon erzählen?«

Wütend starrte er Mimi an. »Du weißt genau, dass Steven verheiratet ist. Aber solche Kleinigkeiten interessieren dich wohl nicht, oder? Mir reicht es, ich haue ab«, sagte er und ging zum Ausgang.

»Oje, Mimi, wir reden morgen, ja?«, flüsterte ich ihr noch schnell zu, bis Nick zurückkam, meine Hand nahm und mich zum Auto zog.

»Ich will nicht darüber reden«, presste er zwischen zusammengebissenen Zähnen hervor. »Ich will über gar nichts mehr reden. Ich will nur nach Hause.«

Schweigend fuhren wir zu ihm. Mann, war der sauer. Gut, ein bisschen recht hatte er wohl. Das mit dem *Orden der heiligen Ursula* hätte ich mir sparen können. Aber ein bisschen recht hatte ich auch. Warum regte er sich auch immer gleich über alles auf? Ich mochte es gar nicht, wenn er mich wie ein kleines Kind behandelte.

Nick parkte den Wagen und behielt sein Schweigen bei, bis wir in seiner Wohnung waren.

»Ich habe genug für heute, ich gehe ins Bett«, sagte er kurz angebunden und ließ mich allein im Wohnzimmer stehen. Mit zitternder Unterlippe setzte ich mich auf die Couch und dachte nach. Warum war ich überhaupt mit hierhergefahren, wenn er so eine Laune hatte? Wenn ich das nächste Mal mit ihm wegging, würde ich mein eigenes Auto nehmen, so viel war klar. Dann konnte er mich nicht mehr wie ein Paket behandeln, das hatte er dann davon. Ich versuchte, wütend zu werden, aber das klappte nicht. Immer schob sich das Bild von Nick vor meine Augen, wie er Steven von Mimi weggezerrt hatte. Das war richtig süß, andere Männer hätten ihren Kumpel eher zu dem Aufriss beglückwünscht. Das Wissen, dass Nick so viel von Treue hielt, machte es mir mehr als schwer, wütend zu sein. Trotzdem saß ich immer noch wie blöd auf dem Sofa, aber zu ihm ins Bett wollte ich auch nicht gehen. Stattdessen schlich ich leise ins Bad, schminkte mich ab und zog mich aus. Genauso leise schlich ich zurück ins Wohnzimmer und legte mich unter die Wolldecke. Obwohl ich sicher war, dass ich die ganze Nacht kein Auge zukriegen würde, musste ich doch ziemlich schnell eingeschlafen sein.

Nur, um gefühlte zehn Minuten später wieder wach zu werden. Nick saß am anderen Ende des Sofas und starrte brütend auf den Boden.

»Was is'n?«, murmelte ich noch halb im Schlaf. »Warum schläfst du nicht?«

»Weil ich nicht kann«, antwortete er düster »Du hast doch nicht wirklich Angst vor mir, oder? Das hast du doch vorhin nur so gesagt, stimmt's?«

»Na ja«, erkannte ich klar meinen Vorteil. »Vielleicht jetzt nicht so richtige Angst wie in der Achterbahn oder so. Aber du kannst einen ganz schön einschüchtern.«

Er schien gar nicht zuzuhören. »Vor mir musste noch nie eine Frau Angst haben. Und du schon mal gar nicht. Bin ich wirklich so schlimm, dass du dich nicht traust, mir die Wahrheit zu sagen?«

Okay, nichts gegen einen Vorteil, aber das war dann doch zu viel für mich.

»Ach Nick«, heulte ich und robbte zu ihm rüber. »Natürlich habe ich keine Angst vor dir. Und natürlich bist du nicht schlimm, nicht ein bisschen. Ich rede halt manchmal, ohne nachzudenken. Ich hatte mich so gefreut, als du neulich abends in der Tür standest. Da wollte ich das nicht durch eine Diskussion über meinen neuen Job kaputt machen. Nur deshalb habe ich das von dem Orden erzählt.«

»Lüg mich nie wieder an, Süße«, murmelte er in meine Haare. »Das macht mich fertig, damit habe ich im Job schon genug zu tun. Wenn du das nächste Mal meinst, es wäre für irgendetwas nicht der richtige Zeitpunkt, sagst du einfach, dass du es mir ein anderes Mal erzählst, okay?«

»Ja, ganz bestimmt, das mache ich«, beteuerte ich. »Das ist eine richtig gute Idee.«

»Freut mich«, antwortete er trocken. »Kommst du jetzt mit ins Bett?«

Das tat ich nur zu gerne, aber einschlafen konnte ich jetzt erst mal nicht mehr.

»Sag mal, macht Steven so etwas wie vorhin öfter?«

»Glaub ich nicht. Bis heute Abend hätte ich die Hand für ihn ins Feuer gelegt. Aber das war so eine richtig dämliche Aktion. Ich meine, Teresa ist eine tolle Frau, warum macht er so was? Er ist verheiratet. Morgen wird er dazu ein paar Sätze von mir hören. Und jetzt will ich schlafen.«

Schön für ihn, aber ich konnte so nicht einschlafen. Mir fiel meine Schulung mit Krischan ein und was er uns über Kommunikation erzählt hatte. Genau, daran lag das Problem zwischen Macho-Man und mir.

»Nick? Ich weiß jetzt, was schiefläuft. Also, pass auf, wir haben es hier mit dem Eisbergmodell zu tun. Das bedeutet, dass wir auf zwei unterschiedlichen Ebenen kommunizieren. Wenn ich dir etwas sage, nimmst du das nur zu einem Siebtel mit dem Verstand auf. Die ganzen anderen Siebtel hörst du nur unbewusst, also mit dem Gefühl, verstehst du?«

»Süße, mach mich nicht fertig. Ich bin todmüde, ich will nicht über Eisberge diskutieren.«

»Siehst du?«, antwortete ich triumphierend. »Da hast du unser Problem. Ach ja, Problem soll man gar nicht sagen, sondern Herausforderung. Also, unsere Herausforderung ist die: Du hörst mir zwar zu, aber mit dem Selbstkundgabe-Ohr und nicht mit dem Sach-Ohr. Das ist das Sender-Empfänger-Modell.«

»Und das hier wird gleich das Mord-Modell«, knurrte er. »Ich habe einen verdammt langen Tag hinter mir, und wenn ich nicht endlich schlafen kann, garantiere ich für nichts mehr.«

Mit den Worten zog er sich die Decke über den Kopf. Also wirklich, Männer sind so rückständig, wenn es um Beziehungsarbeit geht. Aber daran würde ich wohl heute Nacht nichts mehr ändern können, also kuschelte ich mich an Nicks Rücken und schlief auch endlich ein.

Am nächsten Morgen war das Bett leer, und ich hatte sofort ein ungutes Gefühl. Der gestrige Abend war schon richtig blöd gelaufen, aber irgendwas war da noch, was mich beschäftigte. Ich kam bloß nicht drauf. Erst mal fuhr ich in meine Wohnung, duschte, wusch meine Haare und suchte mir etwas Passendes zum Anziehen. Da Mimi und ich uns im Büro treffen wollten, war ein schwarzer Hosenanzug mit kurzer Jacke und Nadelstreifen bestimmt das Richtige.

Im Büro wartete ich auf Mimi. Ich saß schon eine halbe Stunde an unserem Schreibtisch, als sie endlich auftauchte. In einer engen weißen Jeans, einer rosa Jeansjacke und rosafarbenen Sandalen sah sie aus wie einer Joghurtwerbung entsprungen. Aber noch mehr als ihr Outfit interessierte mich etwas anderes.

»Mimi, was war denn das gestern für eine Aktion? Wie ist denn das passiert?«

»Ach, ich weiß auch nicht«, antwortete sie unbestimmt. »Weißt du, wir hatten wohl beide einen Cocktail zu viel. Am liebsten will ich gar nicht darüber reden, lass uns das ganz schnell vergessen, ja?«

So ganz stellte mich ihre Erklärung nicht zufrieden, aber bedrängen wollte ich sie auch nicht. »Na gut, okay. Wenn du dir wirklich sicher bist?«

»Ja, bin ich. Und warum war Nick so sauer auf dich? Ich meine, warum er auf mich sauer ist, habe ich ja mitgekriegt, aber was hast du ihm getan?«

»Ich glaube, darüber will ich jetzt auch nicht reden«, seufzte ich.

»Dann sind wir quitt, ja?«, seufzte Mimi.

Krischan unterbrach unsere tiefschürfende Unterhaltung. »Kommt ihr beiden Schnecken mal mit in mein Büro, bitte?«

Mimi schüttelte noch schnell ihre Haare auf und erneuerte ihr Lipgloss. Ich bedachte sie mit einem misstrauischen Blick, doch sie lächelte mir nur unschuldig zu und ging hüftschwenkend vor mir zu Krischan.

»Na, ihr beiden?«, grinste er, »alles im Lack?« Er wartete unsere Antwort nicht ab. »Wie ist es gestern gelaufen? Habt ihr Infos bekommen?«

Mimi brachte ihn auf den neuesten Stand.

»Schöne Sache. Redet trotzdem noch mal mit der Putzfrau und seid vorsichtig. Der Typ ist nicht ganz ohne, da müsst ihr euch jeden Schritt überlegen. Lasst euch ruhig Zeit, ich warte seit einem Jahr auf mein Geld, da kann ich auch noch ein paar Monate länger warten.«

»Okay, machen wir«, beruhigte ich ihn.

»Aber jetzt was anderes. Gleich euren ersten Job habt Ihr verdammt gut gemacht. Ich hätte da eine ganz besondere Herausforderung für euch, ich weiß einfach, dass ihr das packen werdet.«

»Was denn, Krischan?«, fragte Mimi eifrig und klapperte dabei so heftig mit den Wimpern, dass sie bestimmt Muskelkater in den Augenlidern bekommen würde.

»Ich habe hier so einen Kandidaten, der steht allein bei mir mit über sechzigtausend Euro in der Kreide. Schuldet Gott und der Welt Geld. Hatte 'ne Kneipe und hat verdammt viel verbrannte Erde hinterlassen. Meine sechzigtausend sind abgetretene Mietforderungen und Brauereirechnungen. Und nun erfahre ich, dass der Typ immer noch in dieser Kneipe arbeitet. Angeblich als Angestellter, Eigentümer der Kneipe ist eine Firma mit Sitz auf den Seychellen. Die Sache stinkt zum Himmel.«

»Glaubst du, diese Firma ist nur so eine Strohmann-Geschichte? Und dein Typ arbeitet auf eigene Rechnung?«

Anerkennend sah Krischan mich an. »Ganz genau. Und wisst ihr, was ich noch gehört habe? Die Bratze sucht eine Bedienung.«

»Auftrag verstanden, Meister«, grinste Mimi und salutierte. »Wir wollten schon immer mal in einer Kneipe bedienen, stimmt's, Alice?«

»Stimmt nicht«, brummelte ich. »Aber okay. Wie heißt der Typ überhaupt, kennst du den?«

»Nicht persönlich. Sein richtiger Name ist Ronald Schweder, er wird aber nur Ronny genannt. Und wenn ihr da was hinkriegt, bekommt ihr von mir sogar eine Provision von dreißig Prozent.«

»Oh Krischan, das ist aber großzügig von dir«, himmelte Mimi ihn an. Ich trat ihr auf den Fuß und sah sie böse an.

»Bist du großzügig, Krischan? Oder hat die Sache irgendeinen Haken?«, wollte ich wissen.

»Na ja, Ronny ist schon ein anderes Kaliber als der Bruhns. Aber ihr packt das. Ich habe kein Foto von ihm, fahrt einfach hin, stellt euch vor, und alles andere ergibt sich«, antwortete er ausweichend und schob uns eine dünne Akte über den Tisch. »Hier ist die Adresse der Kneipe und ein bisschen Schriftverkehr drin, viel haben wir nicht über ihn.«

Mit der Akte in der Hand ging ich zurück zum Schreibtisch. Krischan bekam von Mimi noch einen gekonnten Augenaufschlag, dann folgte sie mir.

»So, mal sehen, wo diese Kneipe ist«, sagte ich und fing an zu blättern. Gleich darauf wurde ich etwas blass. »Oh Gott, Mimi, guck mal. Die ist in der Preutestraße.«

»Ih«, machte Mimi. »Ist ja krass.«

Die Preutestraße war so ungefähr die verrufenste Straße in der gesamten Stadt. Niemand, dem sein Leben etwas wert war, ging dort nach Anbruch der Dunkelheit hin.

»Vielleicht sucht er ja Leute für die Tagschicht«, sagte ich hoffnungsvoll. »Lass uns erst mal hinfahren und uns umgucken.«

»Machen wir, aber so kannst du da nicht auflaufen«, erwiderte Mimi und deutete auf meinen Hosenanzug. »Du siehst nicht direkt aus wie eine Bedienung.«

Da hatte sie recht. Mit ihrem Auto fuhren wir zu mir, und ich zog mir eine Jeans und ein weißes Shirt an. Mittlerweile war es zwölf, und ich bekam Hunger.

»Lass uns vorher zu meiner Mutter fahren und mit ihr essen. Aber erzähl ihr bloß nicht, wo die Kneipe ist, ja?«

»Nee, bin doch nicht blöd«, antwortete Mimi, die meine Mutter mittlerweile auch ganz gut kannte. Ich kündigte uns noch kurz telefonisch an, und wir machten uns auf den Weg.

»Hallo, ihr beiden«, freute sich meine Mutter, »ich habe schnell einen Nudelauflauf gemacht, dauert nur noch ein paar Minuten.«

Wir setzten uns in die Küche, und meine Mutter fragte, wie immer, zuerst nach Nick.

»Hast du was von ihm gehört? Er hat doch da diesen Auftrag, oder?« Meine Mutter war stets bestens informiert.

»Er hatte«, brachte ich sie auf den neuesten Stand. »Da ist irgendwas schiefgelaufen, und nun ist heute eine große Besprechung angesetzt, wie es weitergeht. Er meinte …« Mitten im Satz verstummte ich.

»Mann, das war es, was mir seit heute früh auf dem Magen liegt. Ich bin richtig fies«, jammerte ich.

»Was ist los?«, wollten beide wissen.

»Mensch, erst dieser Stress gestern Abend, und dann habe ich ihn nicht mal gefragt, wie es ihm mit dieser Sache geht. Und nicht mal viel Glück für das Meeting heute gewünscht, wie mies ist das denn?«, seufzte ich.

»Was denn für einen Stress, was war denn gestern Abend los?«, wollte meine Mutter wissen.

Mimi war schneller als ich. »Ach, wir waren in einem Club, und da tauchte ein Exfreund von mir auf, der mich belästigt hat. Aber Nick hat die Sache sofort im Griff gehabt.«

»Ach ja, der gute Junge. Alice, du hast so ein Glück mit ihm. Und jetzt musst du das Ganze schnell wiedergutmachen. Er glaubt ja sonst, du interessiert dich gar nicht mehr für ihn und seine Arbeit.«

Da war was dran. »Und? Was soll ich jetzt tun?«

»Du überraschst ihn«, bestimmte meine Mutter. »Koch ihm heute Abend was Schönes, mach ihm einen richtig netten Feierabend. Ich weiß, für dich hört sich das altmodisch an, aber glaub mir, Männer lieben solche Gesten.«

Nicht der schlechteste Vorschlag, allerdings einer mit einem Haken.

»Aber Mama, du weißt doch, dass ich nicht so ganz perfekt kochen kann.«

»Ach was, das ist so einfach. Er liebt doch Rouladen, da kannst selbst du nichts falsch machen. Ich schreibe dir gleich mal das Rezept auf. Dazu machst du Kartoffeln und Bohnen, das kann jedes Kind.«

»Na gut. Aber schreib mir das Rezept für die Kartoffeln und die Bohnen auch auf, ja?«

Nach dem Essen machten wir uns auf den Weg. Meine Mutter war so mit Nicks Wohlergehen beschäftigt, dass sie sogar vergessen hatte zu fragen, wo wir noch hinwollten. Sehr gut, eine Lüge weniger.

Je näher wir der Preutestraße kamen, umso stiller wurde es im Auto. Mimi fuhr langsam, und wir sahen uns wachsam um. Aber Mörder waren wohl keine unterwegs, die Straße war nur schrecklich schmutzig. Alte Mietshäuser mit beschmierten Fassaden standen grau an grau in einer Reihe, dazwischen befanden sich einige heruntergekommene Schnapsläden, Spielhallen und zwei Pfandhäuser.

»So stelle ich mir die Bronx vor«, flüsterte Mimi.

Ich gab ihr recht. »Schon ziemlich gruselig. Aber wir

schauen es uns heute ja nur mal an. Ganz unverbindlich. Guck mal, da vorn da muss es sein.«

Im Erdgeschoss eines der Mietshäuser sahen wir schmutzige Fensterscheiben, über der Tür hing ein schiefes Schild *Ronny's Eck*. Mimi parkte, wir strafften die Schultern und stießen die Tür auf. Zuerst konnten wir gar nichts sehen, da drin war es düster wie in einer Höhle. Nach und nach gewöhnten sich unsere Augen aber an die fehlende Beleuchtung, und wir sahen ein paar Holztische und -stühle, die gegenüber von einem langgezogenen Tresen standen. Hinter dem Tresen stand ein Mann, der einfach nur gruselig aussah. Über seinem dicken Bierbauch trug er ein schwarzes T-Shirt mit einem Totenkopf drauf, darüber eine Lederweste und überall dicke, silberne Ketten. Sein Kopf war kahl rasiert, dafür hatte er einen richtig langen grauen Bart. Und außer im Gesicht war er anscheinend überall tätowiert.

»Was wollt ihr?« fuhr er uns statt einer Begrüßung an. »Wir öffnen erst um vier«.

»Äh, Entschuldigung, das wussten wir nicht. Die Tür war auf«, piepste Mimi.

»Dann kennt ihr ja den Ausgang. Und jetzt Tschüss, aber dalli.«

»Ja, also, eigentlich sind wir hier, weil wir gehört haben, dass hier Kellnerinnen gesucht werden«, traute ich mich nun auch, den Mund aufzumachen.

»So, so. Und wo habt ihr zwei Goldlöckchen das gehört?«

Mimi wuchs über sich hinaus. »Wen interessiert das? Wir sind neu in der Stadt, haben vorher im Biker-Treff in Gülsingen gearbeitet. Da wurde uns die Luft ein bisschen dünn. Und jetzt sind wir hier, also, was ist?«

Nun sah Ronny Mimi etwas respektvoller an. Sie schaute herausfordernd zurück, und ich hätte mich nicht gewundert, wenn sie auch noch auf den Boden gespuckt hätte. Tat sie aber nicht.

»Ja, okay, also, ich brauch hier wirklich 'ne Bedienung. Für dienstags bis donnerstags. Aber nur eine.«

»Uns gibt es nur im Doppelpack, Alter. Dafür nehmen wir es mit den Steuern nicht so genau, und Verträge brauchen wir auch nicht.«

Taten wir nicht? War Schwarzarbeit nicht ein kleines bisschen strafbar?

»Okay, das ist ein Argument, ich versuch es mal mit euch. Arbeitszeit ab morgen sechzehn bis dreiundzwanzig Uhr. Vier Euro die Stunde cash auf die Hand, den Rest müsst ihr euch mit Trinkgeld verdienen. Wenn mir was nicht passt, seid ihr gleich wieder draußen. Alles klar?«

»Alles klar«, bestätigte Mimi. »Wir sehen uns morgen.« Sie schob mich aus der Kneipe, schloss das Auto auf und ließ sich auf den Sitz fallen. Kaum war ich eingestiegen, sauste sie los. Nur, um gleich wieder anzuhalten, kaum, dass wir um die nächste Ecke herum waren.

»Oh Gott, Alice, ich glaube, ich hyperventiliere gleich. Mir zittern die Knie.«

»Mimi, du bist eine Heldin«, bewunderte ich sie. »Das war eine Wahnsinns-Show, die du da eben abgezogen hast. Ich wusste überhaupt nicht, dass du so tough sein kannst.«

Nun bekam sie langsam wieder Farbe im Gesicht. »Ich weiß auch nicht, was da in mich gefahren ist. Hätte ich mir selbst nie zugetraut. Aber – tra-ra –, wir sind drin!«

»Und ob wir das sind«, freute ich mich. »Und hast du was gemerkt? Er hat nicht einmal gesagt, da muss ich erst meinen Boss fragen oder so was. Ich meine, kann ein ganz normaler Angestellter einfach so Leute einstellen?«

»Nee, wohl eher nicht. Du wirst sehen, Krischan hatte wieder recht. Dem gehört der Laden immer noch. Und wir beide werden das beweisen.« Einträchtig fuhren wir zurück in Richtung meiner Wohnung.

»Kannst du mich vorher noch zum Supermarkt fahren?«, bat ich Mimi. »Ich kaufe gleich alles ein, was ich für heute Abend brauche.«

Wir schoben einen Einkaufswagen vor uns her, und ich studierte die Liste meiner Mutter. »Also, Kartoffeln und Bohnen brauche ich, dann Rouladen, Speck, Gurken, Zwiebeln und Milch. Und Wein, auf alle Fälle Wein.«

Nachdem wir alles zusammen hatten, fuhr Mimi mich nach Hause, und ich rief sofort Nick an.

»Hallo, ich bin's«, sagte ich etwas kleinlaut. »Du, Nick, kannst du heute Abend zu mir kommen? Ich habe eine Überraschung für dich.«

»Hey, Süße«, antwortete er. »Das hört sich gut an. Ich freue mich auf dich, kann jetzt aber nicht länger telefonieren. Wir sehen uns heute Abend.«

Punkt eins war damit schon erledigt. Nun das Kochen. Ich las, was meine Mutter aufgeschrieben hatte: *Rouladen mit Senf bestreichen, salzen und pfeffern. Mit Speck, Gurken und Zwiebeln füllen und aufrollen. Mit Küchengarn fest umwickeln.*

Damit fing es schon mal an. Ich hatte keinen Senf, aber welcher gute Koch hielt sich schon so genau an Rezepte? Eben, also schüttete ich Ketchup über die Rouladen, tat das ganze andere Zeug darauf und versuchte, sie aufzurollen. Aber auf der einen Seite rutschte immer wieder die Gurke raus, auf der anderen der Speck. Ich schnitt beides so klein, bis alles passte und hatte nach einer halben Stunde tatsächlich zwei Rouladen vor mir liegen. Nur noch ohne Küchengarn, ich wusste nicht mal, was das war. In meinen Schubladen fand ich überhaupt nichts Geeignetes, bis mir die Erleuchtung kam.

Im Schlafzimmer kramte ich meine Turnschuhe aus dem Schrank. Die waren nagelneu, eigentlich wollte ich Anfang des Jahres Mitglied in einem Fitnessstudio werden. Also hatte ich mir zwei komplette Sportoutfits gekauft, eins in rosa und eines in schwarz. Richtig niedlich. Im Gegensatz zu mir, im Probetraining schwitzte ich nämlich schon nach fünf Minuten wie verrückt, meine Haare hingen schlaff herunter, und mein Gesicht war krebsrot. Und der Trainer schrie die ganze Zeit: »Weiter, weiter, da geht noch was.« Daher hatte ich beschlossen, meinen Entschluss noch einmal zu überdenken. Dabei war es dann erst mal geblieben. Jedenfalls, ich hatte Turnschuhe, und Turnschuhe hatten Schuhbänder. Ich fädelte beide heraus und wickelte sie fest um die Rouladen. Perfekt, genau, wie meine Mutter es aufgeschrieben hatte.

Ich las weiter. *Nun etwas Öl in einem Topf heiß werden lassen und die Rouladen rundherum anbraten. Danach alles in den Backofen schieben.* Auch das würde ich hinkriegen. Ich goss großzügig Salatöl in den Topf und wartete fünf Minuten, bis ich die beiden Rouladen dazulegte. Um gleich darauf einen Riesensatz nach hinten zu machen. Die Rouladen fingen sofort an zu zischen, und das Öl spritzte nur so aus dem Topf. Den zog ich ganz schnell vom Herd und wartete erst mal, bis sich das Ganze beruhigt hatte. Da hatte meine Mutter wohl etwas Falsches aufgeschrieben. Zur Sicherheit goss ich das Öl weg, schüttete Wasser auf die Rouladen und schob sie in den Backofen. Damit ging auch alles gut, nach nicht mal zehn Minuten blubberten sie fröhlich vor sich hin. Nun sollte ich den Ofen nur noch etwas niedriger stellen und zwei Stunden warten. War ja wirklich ziemlich einfach, also konnte ich mich jetzt um die wichtigen Dinge kümmern.

Nach über einer Stunde im Badezimmer gefiel ich mir ziemlich gut. Und nachdem ich mir scharfe Dessous und darüber ein schwarzes Wickelkleid angezogen hatte, fühlte ich mich ganz auf der Siegerstraße. Mit viel Liebe deckte ich den kleinen Tisch im Wohnzimmer, stellte überall Kerzen auf und polierte sogar noch die Weingläser. Meine Mutter wäre stolz auf mich. In der Küche studierte ich wieder ihre Anweisungen. *Kartoffeln aufsetzen, nach dem Kochen den Herd runterstellen und zwanzig Minuten köcheln lassen.* Ich war jetzt zwar nicht so der richtige Profi am Herd, aber selbst ich wusste, dass die Kartoffeln bestimmt nicht so ohne alles in den Topf geschmissen werden konnten. Ach ja, darum sollte ich also die Milch kaufen! Ich schüttete Milch über die Kartoffeln und wartete, bis alles kochte. Dann machte ich den Herd aus und erneuerte noch einmal mein Lipgloss, als es auch schon klingelte.

Nick stand müde vor meiner Tür, aber bei meinem Anblick bekam er große Augen. »Süße, wenn das die Überraschung ist, bin ich schon jetzt ein glücklicher Mann«, grinste er. Ich zog ihn in die Wohnung und küsste ihn vielversprechend.

»Nein, das ist natürlich nicht die Überraschung, das ist die Zugabe. Komm mal mit, ich zeige dir was«, sagte ich und ging vor ihm her ins Wohnzimmer. »Ich koche heute Abend für dich«, verkündete ich stolz.

»Äh, das ist wirklich nett von dir, aber doch nicht nötig«, stammelte er und sah dabei irgendwie ängstlich aus. Aber das bildete ich mir sicher nur ein, Nick hatte vor gar nichts Angst.

»Doch, das ist nötig. Obwohl du gestern so einen Mist hinter dir hattest, bist du trotzdem noch mit mir in den Club gefahren. Na ja, da lief es ja nicht so toll, und dann habe ich dir noch nicht mal Glück für dein Meeting heute gewünscht. Ich will das einfach wieder gutmachen.«

»Komm her, mein wunderschönes Mädchen«, sagte er und strich mir die Haare aus dem Gesicht. »Es gibt nichts, was du wieder gutmachen müsstest. Du bist …«

Leider sollte ich nie erfahren, was ich bin, denn Nick hob auf einmal den Kopf und fragte: »Riechst du das auch? Irgendwas brennt.«

Wir stürzten in die Küche, die voller Qualm war. Nick riss das Fenster auf, schaltete den Herd aus und öffnete die Backofentür. Dichter Rauch zog heraus – ganz offensichtlich meine Rouladen. Nachdem der schlimmste Qualm abgezogen war, nahm Nick ein Küchentuch und holte den Topf aus dem Ofen.

»Was ist denn nur passiert?«, wollte ich wissen. »Ich habe alles so gemacht, wie meine Mutter es aufgeschrieben hat.«

Nick begutachtete die Katastrophe. »Irgendwas ist da in die Rouladen eingebrannt. Mit was hast du sie eingewickelt?«

»Mit Schuhbändern«, antwortete ich. »Was anderes hatte ich nicht.«

Nick lachte ohne Ende. »Ach Süße, du kannst doch keine Schuhbänder in den Ofen tun. Die vertragen doch die Hitze gar nicht.«

Mir kamen die Tränen. »Ach Mann, das wusste ich doch nicht. Du solltest dich doch einfach nur freuen. Ich habe mir das so schön vorgestellt, wenn du eine Roulade isst und sagst: ›Alice, ich habe noch nie in meinem Leben etwas Besseres gegessen. Und ich möchte nirgendwo anders sein als hier.‹«

Nick sah mich liebevoll an. »Das will ich doch auch gar nicht. Aber dafür brauche ich keine Rouladen. Weißt du was? Ich hole uns jetzt eine Pizza und eine DVD, und dann lassen wir uns von niemandem stören, okay?«

»Okay«, lächelte ich schwach zurück. Sobald er weg war, riss ich alle Fenster auf und schmiss den Topf mit den schwarzen Rouladen in den Müll. Die Kartoffeln sahen auch nicht viel besser aus, unten klebten sie am Topf, und oben hatten sie so eine fiese weiße Schicht. Ich packte auch den Topf in den Müllbeutel und schleppte ihn gleich runter in die Mülltonne. Ich hatte es gewusst. Ich hatte gewusst, dass das kein Anfänger-Menü war.

Dafür wurde unser Abend umso schöner. Mit meinem Kopf an Nicks Schulter aß ich nicht verbrannte Pizza, trank Wein und schaute mit ihm *Der Kautions-Cop* mit Jennifer Aniston. Nach dem Film rutschte ich noch enger an Nick.

»Es tut mir wirklich leid, wie das gestern gelaufen ist. Aber ich habe daraus gelernt«, beteuerte ich, »ich werde dich nie wieder anlügen. Glaubst du mir das?«

Nick küsste mich. »Ja, das glaube ich dir. Ich habe da schon gar nicht mehr dran gedacht«, behauptete er.

»Und was ist heute in deinem Meeting passiert? Wenn du aus diesem Fall raus bist, was machst du dann?«

Er seufzte. »Einen Scheißjob mach ich dann. Ich werde ab morgen wieder als normaler Zivilfahnder eingesetzt, und das auch noch in der Nachtschicht.«

»Aber das ist nicht fair«, regte ich mich auf. »Du kannst da doch nichts für, dass du aufgeflogen bist, oder?«

»Nein, kann ich nicht. Das ist auch keine Bestrafung, sondern einfach der Job, der zurzeit gemacht werden muss. Aber ich bin fünf Nächte die Woche unterwegs. Das sind fünf Nächte, in denen du mir fehlen wirst.«

Ich machte den Mund auf, um Nick zu sagen, wie doof ich das fand, doch genauso schnell machte ich ihn wieder zu. Schließlich hatte ich ihm gerade eben versprochen, dass ich ihn nie wieder anlügen würde. Und so doof war das ja gar nicht für mich, schließlich würde ich in der nächsten Zeit auch nachts oder zumindest abends arbeiten. Aber da Verschweigen ja etwas ganz anderes als Lügen ist, machte ich nur ein gequältes Gesicht.

»Mach dir bitte keine Sorgen um mich. Du wirst mir genauso fehlen, aber wenn du dann nachts nach Hause kommst, werde ich in deinem Bett liegen und mich freuen, wenn du da bist.«

»Süße, womit habe ich eine Frau wie dich verdient? Keine Szene, kein Quengeln, wie machst du das bloß?«

Na gut, ein kleines bisschen schlechtes Gewissen bekam ich jetzt doch. Darum küsste ich ihn heftig und stand dann auf. »Okay, meine erste Überraschung war ja nicht so positiv. Aber ich habe noch einen Plan B«, lächelte ich Nick an. »Was, meinst du, passiert, wenn du an diesem Band hier ziehst?«, fragte ich ihn und deutete auf den schmalen Gürtel, der mein Kleid zusammen hielt.

Nick bekam dieses Blitzen in den Augen, das ich so sehr liebte.

»Hm, keine Ahnung, am besten, ich probiere es einfach mal aus.«

Eine Sekunde später stand ich in sehr teuren Dessous aus Seide und Spitze vor ihm.

»Wenn ich jetzt tot umfalle, sterbe ich als sehr glücklicher Mann«, lächelte er und zog mich an sich. Ich hatte extra meine Bettwäsche mit einem Duftspray eingesprüht, aber bis dahin kamen wir gar nicht. Wir liebten uns gleich auf dem Sofa, und ich war wie immer begeistert. Nick musste der beste Liebhaber der Welt sein.

Als ich wieder einigermaßen normal atmen konnte, wollte ich etwas wissen. »Erzählst du mir, woher du wusstest, dass du fast aufgeflogen wärst?«, fragte ich ohne große Hoffnung auf eine Antwort.

Doch statt auszuweichen, zog Nick mich enger an sich, breitete die Wolldecke über uns aus und erzählte. »Bei so einer Aktion arbeiten wir immer zu zweit zusammen. Bevor es losging, hatte Steven schon die Genehmigung, einige Telefone abzuhören. Und so hat er ein Gespräch mitgehört, in dem der Albino jemandem erzählt hat, dass ich nicht sauber wäre und sie mir abends auf den Zahn fühlen würden. Nur woher der das wusste, ist mir ein Rätsel. Meine Tarnung war perfekt.«

»Das tut mir echt leid. Und wie macht ihr nun weiter?«

»Wir bleiben auf alle Fälle dran, überwachen sie von außen und hoffen, dass sie einen Fehler machen. Nur bisher sind sie sehr vorsichtig.«

»Was stellen die denn überhaupt an? Warum ermittelt ihr gegen die?«

»Frag lieber, was die nicht anstellen. Es ist eine mittelgroße Organisation, die mit allem handelt, was Geld bringt. Drogen, Frauen, selbst vor Kindern machen sie nicht halt. Und wir kennen noch nicht mal den Boss, darum die verdeckte Ermittlung.«

Oha. Das war ja wie eine Beförderung für mich, so viel hatte Nick mir noch nie über seinen Job erzählt. Trotzdem wurde ich jetzt müde.

»Kommst du mit ins Bett?«, fragte ich ihn.

»Gleich. Sag mir erst mal, was du die nächsten Tage so treibst. Wenn ich es richtig verstanden habe, sammelt ihr Infos über Schuldner. Wie macht ihr das?«

»Ganz legal«, konnte ich guten Gewissens antworten. »Da ist Krischan sehr streng, wenn wir uns nicht an die Gesetze halten, kann er seine Konzession verlieren. Also machen wir bestimmt keine verbotenen Sachen.«

»Das ist ja immerhin schon was. Ich weiß aber immer noch nicht, wie ihr an Informationen kommt. Und wer steht als Nächstes auf eurer Liste?«

Gut. Lügen würde ich nicht mehr. Aber Nick erzählen, dass wir morgen einen Kellnerjob in einer Kneipe von zweifelhaftem Ruf in der Preutestraße antreten würden, ging auch nicht. Ein Teufelskreis.

Doch da fiel mir etwas ein: »Ich möchte da im Moment nicht drüber reden. Ich erzähle es dir ein anderes Mal«, wiederholte ich Nicks Vorschlag.

Er schloss kurz resigniert die Augen. »Und? Muss ich mir Sorgen machen?«

»Nein, überhaupt nicht«, behauptete ich. »Wir passen auf uns auf.«

»Na, dann bin ich ja beruhigt«, antwortete Nick sarkastisch. Er blieb einen Moment lang still, bis er mich wieder anschaute. »Hör zu, Süße. Ich weiß, in welchem Jahr wir leben. Ich weiß, wie sich ein Mann heute verhalten soll. Aber ich kann das nicht. Du bist mein Mädchen, verstehst du? Und darum will ich dich beschützen und für dich da sein. So bin ich nun mal und kann mich auch nicht ändern. Also, versprich mir wenigstens eins: Wann immer du das Gefühl hast, Hilfe zu brauchen, rede mit mir. Egal, um was es geht. Versprichst du mir das?«

»Das verspreche ich dir«, lächelte ich ihn an. »Du bist einfach süß, und du sollst dich gar nicht ändern. Aber jetzt will ich trotzdem ins Bett.«

Als ich gegen neun aufwachte, schlief Nick noch tief und fest. Ich musste bei seinem Anblick grinsen. Er sah mit seinen dunklen Haaren und den Bartstoppeln irgendwie komisch aus in meinem rosa Himmelbett mit rosa-weiß karierter Bettwäsche. Das war vielleicht auch der Grund, warum er sich in meiner Wohnung nicht immer so ganz wohlfühlte.

Später verabschiedeten wir uns unter viel Knutscherei, und ich versprach ihm, abends bei ihm zu schlafen. Kaum war er weg, rief ich Mimi an.

»Ich bin schon so aufgeregt wegen heute Abend. Wir müssen uns unbedingt noch vorher treffen.«

»Ja, wollte ich auch vorschlagen«, meinte Mimi. »Komm am besten gleich zu mir, okay?«

»Okay, bis dann«, verabschiedete ich mich.

Gleich darauf klingelte das Telefon. »Alice? Du lässt ja gar nichts von dir hören. Wie ist denn dein Essen gelaufen?«, wollte meine Mutter wissen.

»Oje«, seufzte ich. »Sagen wir mal so, bis ich beim *Perfekten Dinner* mitmachen kann, muss ich noch ein bisschen üben.«

»Aber ich habe dir doch alles genau aufgeschrieben«, wunderte sie sich. »Das war doch wirklich leicht.«

»Für dich vielleicht. Also, kochen werde ich erst mal nicht mehr, aber Nick ist gar nicht mehr böse auf mich, und das ist doch die Hauptsache, oder?«

»Ja«, stimmte meine Mutter mir zu, »das ist es. Kommt ihr beiden doch am Sonntag zum Essen zu uns, dann mache ich eben die Rouladen.«

Ich versprach ihr, mich zu melden, und zog Klamotten aus dem Schrank. Schließlich entschied ich mich für eine schwarze Jeans und ein schwarzes Shirt. Als Mimi mir die Tür aufmachte, lachte sie, als sie mich sah. Genau wie ich trug sie eine schwarze Jeans und ein schwarzes Shirt.

»Gut, outfitmäßig passt es ja schon mal. Aber jetzt zum Job. Hast du schon mal gekellnert?«, fragte Mimi.

»Also, so richtig professionell noch nicht«, wich ich aus.

»Wie denn sonst?« Mimi ließ nicht locker.

»Ja, okay, also gar nicht. Und du?«

»Jedes Jahr beim Stadtfest, als ich noch bei meinen Eltern gewohnt habe. Allerdings in der Sektbar, also vielleicht in einem etwas anderen Ambiente. Aber wir kriegen das schon hin, die werden da ja keine großen Ansprüche stellen. Hauptsache, die bekommen schnell ihr Bier. Du musst immer lächeln und freundlich sein, sonst gibt es kein Trinkgeld. Aber wenn dich da jemand anmacht, machst du sofort klar, dass du dir nichts gefallen lässt.«

»Äh – und wie mache ich das klar?«, fragte ich kleinlaut.

»Das werden wir dann sehen«, bestimmte Mimi. »Wir machen uns jetzt nicht verrückt, sondern lassen das Ganze einfach auf uns zukommen. Wir improvisieren, okay?«

Da mir nichts Besseres einfiel, stimmte ich ihr zu. Wir unterhielten uns noch eine Weile, und viel zu schnell zeigte die Uhr halb vier – wir mussten los.

»Also, mit meinem Auto fahren wir da aber nicht hin. Da würden uns sofort die Reifen abmontiert werden. Wir nehmen ein Taxi und holen uns das Geld von Krischan als Spesen wieder«, schlug Mimi vor. Ein guter Vorschlag. Kurz vor vier standen wir in unserem neuen Arbeitsbereich. Ronny schmiss uns zwei schmierige Handtücher zu.

»Tische abwischen, Tresen saubermachen.«

Wir verteilten mit diesen Handtüchern sicherlich mehr Dreck auf den Tischen, als dass wir sie putzten, aber hier war ja nicht unsere Ehre als Hausfrauen gefragt. Die wir eh nicht besaßen.

»So, da ihr hier ja nur zu zweit arbeiten wollt, könnt ihr auch meinen Job machen. Eine geht hintern Tresen, die andere bedient. Und ich behalte euch im Auge«, ließ Ronny uns wissen.

Nach und nach kamen seine »Gäste«, die ich allerdings eher als Ausgeburten der Hölle bezeichnen würde. Ausschließlich Biker mit Kutten, wilden Tattoos, langen Haaren und noch längeren Bärten. Mir wurde angst und bange, und ich war nur froh, dass ich vor einer halben Stunde beim *Schnick-Schnack-Schnuck* gewonnen hatte. So hatte ich wenigstens den Tresen zwischen mir und diesen Gestalten. Mimi hatte es da schon schlechter. Was die Typen ihr für Sprüche an den Kopf hauten, da wäre selbst ein Pornostar rot geworden. So gegen acht war die Kneipe rappelvoll.

Mimi holte die nächste Ladung Bier vom Tresen und raunte mir zu: »Behalt Ronny im Auge. Der kommt gerade mit so einem Typen hier an den Tresen. Versuch mitzukriegen, über was die reden.«

Das war ziemlich unmöglich, denn der Lärmpegel hier

war höher als bei einem Konzert von Justin Bieber. Ich bewegte mich daher ganz unauffällig zum Ende des Tresens, wo die beiden saßen. Doch statt gute Infos aufzuschnappen, bekam ich was anderes zu hören.

»Verpiss dich, Schnalle. Hier werden Geschäfte gemacht. Geh und mach deinen Job«, fuhr Ronny mich an.

Mit leicht zitternden Knien ging ich schnell wieder in die Mitte des Tresens und zapfte das gefühlte hundertste Bier des Tages. Immerhin darin wurde ich schon richtig gut, während bei meinen ersten Versuchen nur Schaum im Glas landete, hatte ich allmählich den Bogen raus. Und konnte auch mal meinen Blick vom Zapfhahn abwenden und die Leute beobachten. Die waren ganz sicher nicht nur hier, um das eine oder andere Feierabendbier zu trinken. Ganz offen wurde Kokain verkauft, wobei darum gefeilscht wurde wie auf dem Fischmarkt. Ein paarmal stand es kurz davor, in Gewalt auszuarten. An einem Tisch wurden Fotos hin- und hergeschoben und anschließend große Geldscheine. Mimi und ich waren im Traumland der Gesetzlosen gelandet. Während sie zickzack durch den Laden laufen musste, um grapschenden Händen auszuweichen, laberte mich seit fünfzehn Minuten ein Typ voll und versuchte mich davon zu überzeugen, mit ihm nach Hause zu gehen. Nee, ist klar, das war ja auch genau der Typ, von dem ich träumte, seit ich zwölf Jahre alt war. Ungefähr fünfzig, schmierig, nach altem Schweiß stinkend und mit einem stechenden, brutalen Blick.

Um ihm wenigstens mal kurz aus dem Weg zu gehen, ging ich in den kleinen Raum hinter dem Tresen, den Ronny als Küche bezeichnet hatte. Hier stand Ronny und zog sich in aller Seelenruhe eine Line Koks rein.

»Eine gebe ich dir ab, machst den Job ja ganz ordentlich«, bot er mir an.

»Äh, danke, aber ich muss jede Woche eine Urinprobe bei meinem Bewährungshelfer abgeben«, zog ich mich aus der Affäre.

»Scheißtypen«, brummte er. »Sind nur darauf aus, einem jeden Spaß zu verderben.«

Ich stimmte ihm zu und ging wieder hinter den Tresen – wo die Anmache von diesem stinkenden Typen weiterging. Ich konnte mein Glück gar nicht fassen, als es endlich dreiundzwanzig Uhr war und wir Feierabend hatten. Schnell rief ich telefonisch ein Taxi und ging mit Mimi zu Ronny.

»So, wie sieht es mit der Kohle aus? Kriegen wir die heute Abend oder wann?«, fragte ich mutig.

»Immer zum Ende der Woche. Habt euch gar nicht mal blöd angestellt, habe ich gleich gemerkt, dass ihr euch in dem Job auskennt. Wir sehen uns morgen.«

Na, das war ja mal ein Menschenkenner. Wir rannten fast zum Ausgang und atmeten auf, als unser Taxi kam.

Mimi gab Nicks Adresse an, aber ich berichtigte sie sofort und nannte dem Fahrer Mimis Straße.

»So kann ich nicht bei Nick auftauchen. Ich stinke, als hätte ich in Bier gebadet und dabei Kette geraucht. Ich muss erst mal duschen, Haare waschen und mich umziehen.«

»Du hast recht, wir stinken wirklich erbärmlich. Am besten kommst du immer mit zu mir, und wenn du wieder repräsentabel aussiehst und riechst, fährst du zu Nick. Dann kannst du mich ja morgen wieder abholen.«

Also stiegen wir bei Mimi aus, sie sank in die Badewanne, und ich schrubbte jeden Quadratzentimeter an mir in der Dusche. Danach wickelten wir uns in große Handtücher und ließen uns auf ihre Couch fallen.

»Alice, ich schwöre, das halte ich keine drei Tage durch. Ich bin völlig fertig«, stöhnte Mimi.

»Mir geht es genauso«, jammerte ich. »Ich habe noch nie so viele schreckliche Männer auf einem Haufen gesehen. Übrigens, Männer, ist dir aufgefallen, dass da außer uns keine einzige Frau war?«

»Ja, aber das wundert mich nicht. Die Typen gehen da ja nicht hin, um Spaß zu haben, die wickeln da die kriminellsten Geschäfte ab. Und geben so gut wie kein Trinkgeld.«

Da musste ich ihr zustimmen. »Ich habe in den ganzen sieben Stunden sechs Euro und fünfzehn Cent bekommen, und du?«

Mimi ging zu ihrer Tasche und zählte. »Sechzehn Euro fünfzig. Ich hätte allerdings einiges mehr bekommen, wenn ich nicht ›so eine frigide Schlampe‹ wäre und es ihnen auf dem Klo besorgt hätte.«

Bekümmert sahen wir uns an.

»Und? Was meinst du? Kommen wir auf die Art an Infos ran?«, wollte ich von Mimi wissen.

»Ich fürchte schon. So wie's aussieht, werden wir da die nächste Zeit wirklich arbeiten müssen. Mit der Zeit wird Ronny uns gegenüber sicher nicht mehr so misstrauisch sein, und dann können wir mehr erfahren.«

»So ein Mist«, seufzte ich. »Aber du könntest recht haben. Dann müssen wir da wohl durch.«

Dieser Entschluss geriet zwei Abende später allerdings ernsthaft ins Wanken. Nachdem ich am Abend zuvor mit Bedienen an der Reihe gewesen war, durfte ich nun wieder hinter dem Tresen Zuflucht suchen. Und von da aus sah ich, wie sich einer dieser Kuttenträger Mimi über die Schulter warf und mit ihr Richtung Toilette ging. Also, genug war genug, für kein Geld der Welt würde ich das zulassen. Doch bevor ich zu ihr rennen konnte, stellte sich schon Lui den beiden in den Weg. Lui war einer der am fiesesten aussehenden Leute da, und das wollte bei der Auswahl was heißen. Er hatte sogar eine Tätowierung mitten auf der Stirn, Fadenkreuz hieß das, glaube ich. So was, was auch immer im Vorspann vom Tatort kommt. Aber anscheinend hatte er sich noch einen Rest Menschlichkeit bewahrt.

»Ey, Jim, lass den Scheiß. Mach das nicht hier. Die Kleine rennt zu den Bullen, und dann nehmen die uns hier den Laden hoch. Denk mal nach.«

Okay. Keine Menschlichkeit, eher Geschäftssinn. Aber das war mir egal, denn der Typ namens Jim ließ Mimi tatsächlich runter.

»Hast ja recht, Alter. Aber aufgeschoben ist nicht aufgehoben«, drohte er Mimi mit einem Grinsen, das zeigte, dass er sein Geld nicht in eine Zahnersatzversicherung investiert hatte.

Mimi kam mit Tränen in den Augen zu mir hinter den Tresen. »Ich schaff das nicht mehr. Es ist so widerlich«, weinte sie.

»Ich weiß. Komm, wir tauschen, bleib du hinter dem Tresen«, versuchte ich sie zu trösten und begab mich, bewaffnet mit einem Tablett voller Bier, todesmutig zu den schrecklichsten Menschen, mit denen ich es jemals zu tun gehabt hatte. Nachdem ich das Bier verteilt hatte, sammelte ich volle Aschenbecher ein und sah Ronny mit einem seiner »Gäste« reden. Vorsichtig pirschte ich mich näher ran und belauschte das kurze Gespräch.

Später am Abend kam Ronny zu uns. »Könnt jetzt Feierabend machen. Ich brauch euch erst nächste Woche Dienstag wieder. Macht ihr nicht schlecht«, lobte er uns auch noch und gab sogar jeder von uns einen Hunderter. Ich bestellte noch ein Taxi, und danach waren wir schnell wie der Blitz draußen. Mimi sah immer noch ziemlich verheult aus.

»Bitte, weine nicht mehr. Wir fahren jetzt zu dir und haben vier Tage Ruhe vor diesen Dreckskerlen. Und ich habe noch mehr gute Nachrichten für dich«, versuchte ich sie aufzubauen.

Da in diesem Moment unser Taxi um die Ecke bog, sagte ich nur noch schnell: »Erzähle ich dir gleich in Ruhe«, und schob sie in den Wagen.

Kaum waren wir in ihrer Wohnung, wankte sie in die Küche und brach da heulend zusammen. »Alice, ich pack das nicht mehr. Ich habe totale Angst gehabt, stell dir vor, der hätte mich wirklich mit auf die Toilette geschleppt. Kannst du dir vorstellen, was der mit mir gemacht hätte?«

»Ach Mimi«, heulte ich jetzt auch, »daran will ich gar nicht denken. Komm, ich lass dir jetzt ein schönes heißes Bad ein, und dann sehen wir weiter, ja?«

Fünf Minuten später ließ sie sich in die Badewanne sinken, und ich setzte mich auf den Rand.

»Ich habe heute was gehört. Ronny hat diesem Lui erzählt, dass er nächste Woche Dienstag seinen Anteil aus dem Traviani-Deal kriegen würde. Von einem Martin.«

»Ja, und? Wie hilft uns das?«, fragte Mimi müde. »Wir wollen doch beweisen, dass ihm die Kneipe gehört.«

»Nein«, antwortete ich lächelnd. »Wir wollen, dass Krischan sein Geld bekommt. Wie er das kriegt, ist uns doch egal. So, wie Ronny vorhin rumgetönt hat, handelt es sich bei dem Geld nicht um hundert Euro. Und, was haben wir in der Schulung gelernt? Gerichtsvollzieher dürfen auch Taschenpfändungen durchführen.«

Mimis Gesicht hellte sich auf, allerdings verdüsterte es sich fast sofort wieder. »Das wäre total super, aber glaubst du im Ernst, irgendein Gerichtsvollzieher würde in diese Kneipe gehen? Der müsste ja lebensmüde sein.«

»Okay, das stimmt«, räumte ich ein. »Dann muss er Ronny eben woanders pfänden. Pass auf, wir warten, bis dieser Martin auftaucht und ihm das Geld gibt. Die machen da doch alles ganz offen, das kriegen wir mit. Und sobald der drei Minuten weg ist, sagen wir Ronny, der hätte eben angerufen und will sich noch mal mit ihm an der Straßenecke treffen. Ronny hat sein Geld doch immer in dieser hässlichen Brieftasche mit der Kette am Gürtel. Da tut er sicher auch das Geld von dem Martin rein. Also kann es draußen gepfändet werden. Außerdem hat Krischan uns doch erzählt, dass sich Gerichtsvollzieher in heiklen Situationen Unterstützung von der Polizei holen können. Was meinst du?«

Mimi zeigte endlich wieder ein Lächeln. »Alice, das ist ein super Plan. Dann haben wir wenigstens einen Teilerfolg, denn ich pack das ehrlich nicht, da noch länger zu arbeiten. Irgendwann dreht einer durch, und keiner hilft uns. Allein bei dem Gedanken wird mir schlecht.«

»Ja, mir auch«, stimmte ich ihr zu. »Ein paar tausend werden es bestimmt sein, und wenn Krischan das nicht reicht, soll er sich selbst was überlegen. Wir sagen ihm gleich morgen, dass wir da Dienstag noch mal hingehen, aber dann nie wieder.«

Von dem Gedanken getröstet, ging ich endlich unter die Dusche und zelebrierte mein allabendliches

Desinfektionsprogramm. Wir verabredeten noch für den nächsten Tag ein Treffen mit Krischan, dann fuhr ich erleichtert in Nicks Wohnung. Ich musste das Bett nur sehen, schon fiel ich in einen Tiefschlaf. Unglaublich, wie anstrengend so ein Job war.

Mitten in der Nacht wurde ich ganz kurz wach, als Nick sich neben mich legte. Aber er war anscheinend genau so tot wie ich, wie in den vorherigen Nächten zog er mich nur an sich, küsste meinen zum Glück wieder gut riechenden Hinterkopf und schlief sofort ein.

Morgens stand ich leise auf, machte mich fertig und wollte Mimi abholen. Die war aber längst noch nicht fertig, als ich vor ihrer Tür stand.

»Meine Güte, Alice, so ein Nachtjob ist nichts für mich. Meine Haut ist schon ganz grau, ich brauche unbedingt noch eine Maske. So gehe ich nicht ins Büro.«

Plötzlich fühlte ich mich auch ganz grau und alt, darum verbrachten wir den ganzen Vormittag in ihrem Badezimmer. Nach unzähligen Peelings, Masken, Packungen und Haarkuren sahen wir tatsächlich wesentlich besser aus. Bester Laune machten wir uns am frühen Nachmittag auf den Weg zu Krischan, der uns breit entgegengrinste.

»Ich habe eine coole Message für euch. Nächsten Dienstag um neun ist die Versteigerung von dem Segelboot, wollt ihr mit?«

Mimi nahm das Angebot sofort an. »Klar wollen wir mit. Fahren wir zusammen?« fragte sie mit geneigtem Kopf und einem koketten Lächeln.

»Was denkst du denn?« Nun lächelte auch Krischan sie an. »Mit zwei so heißen Mäusen wie euch gesehen zu werden, das ist es, was einen Mann glücklich macht.«

Mir reichte das Geplänkel.

»Wir sind hier, weil wir was mit dir besprechen müssen. Wir gehen am Dienstag noch einmal in Ronnys Kneipe, aber dann ist Schluss. Der Job ist lebensgefährlich, da tröstet kein Geld der Welt. Aber wir haben vielleicht einen Teilerfolg.«

Ausführlich beschrieb ich ihm, was in dieser Kneipe so vor sich ging, und erzählte von dem Gespräch zwischen Ronny und Lui.

»Ich weiß nicht, wie viel Geld er am Dienstag bekommt. Aber du könntest so wenigstens einen Teil von deiner Forderung bekommen. Wenn dir das nicht reicht, musst du jemand anders auf ihn ansetzen, wir sind ab Dienstag raus aus der Sache.«

Krischan überlegte kurz. »Okay, muss ich mit leben. Wie habt ihr euch das Ganze vorgestellt?«

Wir erzählten ihm von dem Plan, Ronny aus der Kneipe zu locken und ihn dann vom Gerichtsvollzieher pfänden zu lassen. Und dass die Polizei dabei sein müsste, falls Ronny ausflippen sollte.

Krischan schüttelte sofort den Kopf. »Keine Chance. Die Kohle, die Ronny kriegt, ist aus einem Deal, ja? Das heißt, der Gerichtsvollzieher darf uns die Kohle nicht geben, sondern nur der Polizei. Weil die Peseten aus einem Verbrechen stammen, werden sie sofort eingezogen.«

So ein Mist.

Aber Mimi hatte eine Idee. »Und wenn wir selbst irgendwie an das Geld rankommen? Wir liefern es bei dir ab, bekommen unsere Prozente, und alle sind glücklich. Also alle außer Ronny.«

»Kein schlechter Plan«, lobte Krischan. »Aber leider

sind wir nicht *Robin Hood* und dürfen daher nicht klauen. Irgendeine andere Idee?«

»Eine, vielleicht«, sagte ich zögernd. »Die reden da unheimlich oft über ihr Vereinsheim, das sie nicht benutzen können, weil es saniert wird. Und Ronny muss darüber irgendwelche Unterlagen oder Schlüssel in einem Safe in der Küche haben. Der ist immer abgeschlossen, und er hat den Safeschlüssel an einer Kette am Gürtel. Da ist doch bestimmt etwas drin, von dem er nicht will, dass es jemand sieht, oder? Warum schließt er sonst Unterlagen in einen Safe ein?«

»Versucht am Dienstag, an den Schlüssel zu kommen. Und wenn das nicht funktioniert, dann müsst ihr abbrechen. Nach dem, was ihr erzählt, wird da die Luft absolut zu dünn.«

»Danke, Krischan«, hauchte Mimi verführerisch, sodass ich sie schnell am Arm nahm und rauszog, bevor sie noch mehr anstellen konnte.

»Meine Güte, Mimi! Jetzt krieg dich endlich mal wieder ein. Langsam wird es peinlich«, fuhr ich sie an. »Was ist nur los mit dir?«

»Was soll denn mit mir los sein?«, fragte sie unschuldig. »Ich habe keine Ahnung, wovon du sprichst.«

»Ach nein?« Langsam wurde ich sauer. »Vielleicht davon, dass du überhaupt nichts mehr von Mark erzählst? Und stattdessen erst mit Steven knutschst und jetzt Krischan schöne Augen machst?«

»Das ist unfair«, maulte sie mit vorgeschobener Unterlippe. »Wir haben gesagt, dass wir über den Abend mit Steven nicht mehr reden wollen.«

»Du hast das gesagt. Ich würde da sehr gerne drüber reden. Es ist noch keine Woche her, da war Mark dein absoluter Traummann. Und er ist wirklich süß und total verknallt in dich.«

»Er macht nachts im Bett so Sachen«, murmelte Mimi.

»Was für Sachen?«, fragte ich alarmiert. »Das hast du mir überhaupt nicht erzählt. Was verlangt er von dir? Sollst du ihn mit einer Peitsche schlagen?«, fragte ich schockiert.

»Na ja, nein, so was nicht. Er redet im Schlaf.«

»Er redet im Schlaf? Und darum ist er nun nicht mehr dein Traummann?«

»Du bist ja nicht dabei«, verteidigte sich Mimi. »Er erzählt voll die gruseligen Geschichten. Immer irgendwas von seiner Großmutter und Pfannkuchen, die er essen muss. Und obwohl er tief schläft, redet er mit mir. Das ist doch verrückt. Ich war total entnervt, weil ich bei seinem Gesabbel nicht schlafen konnte. Darum habe ich zu ihm gesagt: ›Dann iss doch Pommes.‹ Und weißt du, was dann passiert ist?«, fragte sie mich mit großen Augen. »Dann hat er zu mir gesagt, ich wäre eine Pommes-Schlampe, und er würde jetzt zu seiner Großmutter gehen, die mache ihm immer Quetschkartoffeln.«

»Hm«, machte ich. »Gut, das ist wirklich ein bisschen ungewöhnlich, aber doch nicht so schlimm. Er steht bei der Arbeit bestimmt total unter Stress, jetzt, wo sein Chef gestorben ist. Vielleicht verarbeitet er das einfach im Schlaf. Rede doch mal mit ihm darüber.«

»Ja, okay«, sagte Mimi unbestimmt.

Bevor ich sie festnageln konnte, kam Krischan mit einer Akte auf uns zu. »Ihr habt jetzt ja bis Dienstag ein bisschen Leerlauf. Ich habe noch was für euch, ist mal ein Kontrastprogramm«, grinste er und legte uns die Akte auf den Schreibtisch. Bevor wir uns die anschauen konnten, klingelte mein Handy.

»Süße, was machst du? Hier im Bett ist es sehr einsam ohne dich.«

»Armer Nick«, bedauerte ich ihn. »Ich bin im Büro, Mimi und ich haben noch zu tun.«

»Wusstest du, dass es für einen Mann sehr gefährlich ist, so lange keinen Sex zu haben?«, fragte Nick mich. »Wirklich, da sind schon welche dran gestorben.«

Er brachte mich immer wieder zum Lachen. »Also, heute Morgen sahst du noch ganz gesund aus. Aber ich könnte mir durchaus vorstellen, dass wir diese Enthaltsamkeit bald wieder beenden.«

»Süße, du rettest mir den Tag. Aber ich wollte dir nicht nur sagen, dass ich vielleicht bald sterbe, sondern auch, dass ich bis Montag freihabe. Darum habe ich für heute Abend ein paar Kollegen zu mir eingeladen, wir feiern mal ein bisschen. Hast du Lust?«

»Oh ja, das ist super«, freute ich mich. »Mimi und ich müssen heute noch ein bisschen arbeiten, aber wir sind spätestens um acht da. Und Mimi bringt Mark mit.« Dabei sah ich ihr fest in die Augen.

»Okay«, sagte Nick zweifelnd. »Aber wenn sie sich wieder an Steven ranmacht, schmeiß ich sie raus.«

»Jetzt sei nicht so unfair«, bat ich ihn. »Dazu gehören immer zwei, außerdem ist das Schnee von gestern. War einfach ein bisschen viel Alkohol. Ich freue mich auf heute Abend!«, versicherte ich ihm und schickte ihm noch einen Kuss durch die Leitung.

»Wo sind wir heute Abend?«, fragte Mimi gespannt.

»Nick gibt eine Party. Und du hast mir versprochen, dass du Mark noch eine Chance gibst, also ruf ihn jetzt an und sag ihm Bescheid.«

»Ja, mache ich später«, behauptete Mimi.

»Jetzt«, bestimmte ich und zeigte auf ihr Handy.

»Okay, hast ja recht«, seufzte sie und sprach sehr nett mit ihm. »Alice und ich haben noch was zu tun, kannst du direkt zu Nick kommen? Wir sehen uns dann da«, beendete sie das Gespräch und gab ihm noch die Adresse.

»Gut gemacht. Und jetzt lass uns wirklich mal arbeiten und in die Akte gucken.«

Es ging um den dreißigjährigen Albert Steffen, der es geschafft hatte, fast vierzigtausend Euro Schulden bei einem Versandhaus anzuhäufen.

»Den will ich kennenlernen«, freute sich Mimi. »Ich mag Männer, die gerne einkaufen. So ganz allgemein«, setzte sie schnell hinterher, als sie meinen Blick sah.

Ich sah auf die Uhr. »Jetzt ist es gleich vier, das schaffen wir noch. Wir fahren zu ihm und hören mal, was er so erzählt. Dann fahren wir zum Umziehen erst zu dir, dann zu mir und dann zu Nick, okay?«

»Okay«, antwortete Mimi. »Und wie gut, dass wir heute Morgen unseren Beautyday gemacht haben, oder?«

»Auf alle Fälle«, stimmte ich ihr zu. »Und jetzt lass uns los.«

Die Wohnung von Albert Steffen lag in einer Fußgängerzone, sodass wir Mimis Auto im Parkhaus abstellten und zu Fuß weitergingen. Und das war ein großes Glück, denn wir kamen an einer Boutique vorbei, in deren Schaufenster unglaublich tolle Klamotten hingen.

»Schau mal, der braune Hippierock mit dem türkisfarbenen Top da«, hauchte Mimi.

Auch ich war ganz ergriffen. »Und der dunkelblaue Mini mit der hellblauen Wickeljacke, ist das nicht süß?«

Wir sahen uns kurz an und standen im nächsten Moment im Laden. Keine drei Minuten später bewunderten wir uns in dem großen Spiegel. Ich liebte unseren Anblick.

»Mimi, die Sachen sind wie für uns gemacht. Wir müssen die haben.«

Mimi stimmte begeistert zu. »Ich kann auf gar keinen Fall ohne sie leben. Und wir können sie gleich heute Abend anziehen.«

Vorsichtig sah ich auf die Preisschilder und holte tief Luft. »Oh nein. Sind deine Teile auch so teuer? Meine kosten fast dreihundert Euro.«

Mimi schaute nach und nickte. »Leider ja. Aber sie sind so schön, wäre das nicht vielleicht eine kluge Investition in die Zukunft?«

Die Verkäuferin hatte unsere Zweifel mitbekommen und eilte herbei. »Man könnte meinen, der Designer hätte diese Outfits nur für Sie entworfen«, schmeichelte sie. »Sie beide sehen fast perfekt aus.«

»Nur fast perfekt?«, fragte ich leicht beleidigt.

»Ja, probieren Sie doch noch mal die richtigen Schuhe dazu an. Dann wäre es mehr als perfekt, geradezu traumhaft.«

Wer konnte solchen Aussagen widerstehen? Und die Verkäuferin hatte recht, die hellblauen Sandalen, die sie mir, und die türkisfarbenen, die sie Mimi reichte, machten wirklich alles perfekt.

»Trotzdem«, versuchte ich meine Stimme der Vernunft zu Wort kommen zu lassen, »ich glaube, es ist einfach zu teuer für uns.«

»Ach was«, wischte die Verkäuferin meine Zweifel beiseite, »das sollten Sie sich schon wert sein. Und da wir sowieso nächste Woche einen Schlussverkauf machen, kann ich Ihnen sogar zwanzig Prozent geben.«

Gut. Ich hatte es versucht. Aber es ist wichtig im Leben, nicht immer auf seiner Meinung zu bestehen, man musste auch mal auf die Argumente anderer Leute hören.

»Wir nehmen alles«, strahlte ich, und kurze Zeit später schlenderten wir glücklich durch die Fußgängerzone, in den Händen große Tüten mit unseren schönen neuen Klamotten.

»So, jetzt müssen wir uns aber echt beeilen. Da drüben, Nummer 36, das müsste es sein«, sagte ich und ging zu dem Haus. »Steffen, zweiter Stock. Bist du bereit?«

Das war Mimi, und so klingelte ich entschlossen. Ein paar Sekunden später hörten wir den Türsummer und gingen hoch. In der Wohnungstür stand ein unfassbar dicker Mann, der einen Schlafanzug anhatte. Er war klein, hatte kurze Beine und einen riesigen Bauch. Da er auch kaum Haare auf dem Kopf hatte, sah er aus wie Buddha. Wie ein sehr fröhlicher Buddha, denn er strahlte uns sofort an.

»Hallo, hallo, ich bin Albert. Oh, ich liebe es, Besuch zu bekommen. Kommt rein, kommt rein.«

Darum musste er uns nicht lange bitten. Die Wohnung sah genauso fröhlich aus wie er – oder genauso durchgeknallt. Die Wände im Flur waren dicht behangen mit bestimmt hundert Fotos, die merkwürdigerweise alle einen Hamster zeigten. Er ging vor uns her in ein kleines Wohnzimmer, das in Regenbogenfarben gestrichen war. Der Raum war leer, bis auf ein riesiges Sofa und zwei Regale.

»Setzt euch, setzt euch«, strahlte er. »Oh, wo habe ich nur meine Gedanken? Ich habe euch ja noch gar nichts angeboten. Aber das tut man doch, wenn man Besuch bekommt, stimmt's?« Er verließ das Zimmer, und wir hörten ihn laut singen: »*Hätt' ich euch heut' erwartet, hätt' ich Kuchen da, Kuchen da …*«

Kurz darauf kam er mit einer Packung Kekse wieder. »Das sind super Kekse, esst, esst.«

Ich fand als Erste meine Sprache wieder. »Albert, das ist sehr nett, danke. Ich bin übrigens Alice, und das ist meine Freundin Mimi. Wir sind hier, um über diese dummen Schulden vom Versandhaus zu reden.«

»Wirklich? Aber das ist langweilig«, beklagte er sich. »Ich bekomme so wenig Besuch, erzählt mir doch lieber was von euch. Aber nur was Lustiges, ich mag keine traurigen Geschichten.«

»Albert, da müssen wir jetzt durch.« Mimi sprach etwas strenger. »Die Schulden verschwinden nicht dadurch, dass wir nicht über sie sprechen. Was hast du denn überhaupt alles gekauft?«, fragte sie neugierig.

»So schöne Dinge, ich mag schöne Dinge. Ich hatte einen Fernseher, der war fast so groß wie die ganze Wand. Und eine rote Küche. Ein Wasserbett. Ach, das war so gemütlich. Und dann natürlich noch Kleidung. Wer ein Mann von Welt sein will, muss sich entsprechend kleiden, habe ich recht?«

»Kleidung ist sehr wichtig«, stimmte ich ihm zu. »Aber es ist ja auch irgendwie wichtig, dass man sich solche Sachen leisten kann. Es war nicht so eine gute Idee, so viel zu bestellen, ohne es bezahlen zu können.«

Verwirrt blickte Albert mich an. »Aber natürlich wollte ich es bezahlen. Ich bin doch kein Betrüger. Ihr glaubt doch nicht, dass ich ein Betrüger bin, oder?«

»Nein, auf gar keinen Fall glauben wir das«, beschwichtigte ihn Mimi. »Aber, äh, was hat die Bezahlung denn verhindert? Was ist dazwischengekommen?«

»Ja, das ist eine lange Geschichte. Aber ich wollte wirklich bezahlen, ganz bestimmt.«

»Und wovon? Was machst du denn beruflich?«

»Schöne Sachen«, strahlte er. »Kommt mit, kommt mit, ich zeige sie euch.«

Wir gingen in ein Schlafzimmer, in dem ein Bett und eine Kommode standen. Und unzählige merkwürdige Basteleien. Es sah aus wie der Abstellraum eines Kindergartens.

»Seht ihr? Das sind meine Skulpturen. Ich baue sie aus Eierkartons. Das hier ist mein Lieblingsstück«, sagte er und zeigte stolz auf ein paar zusammengeklebte Eierkartons, die ungefähr einen Meter hoch reichten. »Es heißt ›Mann von Welt‹, super, nicht?«

Mir fehlten einen Moment lang die Worte. Mimi machte den Mund auf und wieder zu, bis sie sich ein »Wirklich fantastisch« abrang.

»Und, äh, du wartest noch auf deinen Durchbruch?«

»Genau. Vielleicht ist die Welt noch nicht reif für meine Kreationen, aber das kommt noch. Das ist meine Berufung, und seiner Berufung kann man nicht entfliehen.«

Wir gingen wieder ins Wohnzimmer, und ich machte Mimi ein Zeichen, dass wir endlich los mussten. Hier war nichts zu holen.

»Albert, vielen Dank, dass du uns deine Kreationen gezeigt hast. Aber wir müssen jetzt leider los. Bestimmt reißen sich die Leute bald um deine Skulpturen, und dann kannst du ja das Geld zurückzahlen.«

»Oder«, sagte er nachdenklich, »ich vertrage mich wieder mit meinen Eltern. Dann bezahlen sie das, und wir sind alle glücklich.«

»Du glaubst, deine Eltern zahlen deine Schulden?«, hakte ich nach.

»Ja, das haben sie doch immer gemacht. Weil ich mit meiner Kunst noch nicht richtig Geld verdiene. Und die haben ganz viel Geld. Aber als ich ihnen das letzte Mal gesagt habe, dass ich Geld brauche, haben sie Bedingungen gestellt. Ich sollte erst mal, als Zeichen meines guten Willens, fünf Kilo abnehmen. In nur vier Wochen. Dann hätten sie mir den ersten Teil des Geldes gegeben. Dann wieder fünf Kilo in vier Wochen, um den nächsten Teil zu bekommen. Dieses Prinzip war entwürdigend für mich, richtig entwürdigend.«

Mimi und ich setzten uns wieder.

»Na ja, vielleicht nicht richtig entwürdigend. Es war doch eher ein Zeichen ihrer Liebe, oder? Weil sie sich bestimmt wirklich Sorgen um dich machen«, meinte ich.

»Nein, nein, ich bleibe dabei, es war entwürdigend und unsensibel. Wir hatten Streit, und ich habe mich seitdem nicht mehr bei ihnen gemeldet. Die sind schuld, dass all meine schönen Sachen wieder abgeholt wurden. Aber vielleicht kann ich mich ja doch wieder mit ihnen vertragen.«

»Aber das ist doch großartig«, bekräftigte Mimi. »Deine Eltern sind bestimmt sehr unglücklich über diesen Streit. Fahr doch gleich morgen hin und schaffe das aus der Welt. Dann hast du doch auch keine Schulden mehr und kannst dich ganz unbelastet deiner Kunst widmen. Und wenn du ein bisschen abnimmst, ist das vielleicht ja auch gar nicht so schlecht. Was meinst du?«

»Vielleicht tue ich das, ja, vielleicht. Aber dann müsst ihr mir helfen«, bestimmte er. »Ich rede mit meinen Eltern, und ihr helft mir beim Abnehmen.« Fröhlich klatschte er in die Hände. »Ich habe keine Schulden mehr, und ihr habt keine Forderungen mehr an mich. Das ist doch der richtige Beginn für eine Freundschaft.«

»Albert, wir denken darüber nach«, versuchte ich mich aus der Affäre zu ziehen. »Aber wir müssen jetzt wirklich los, mein Freund gibt heute Abend eine Party, und wir sind schon spät dran.«

»Eine Party«, schwärmte er mit großen Augen. »Ich liebe Partys. Ich will mitkommen.«

»Ich fürchte, das wird nicht gehen«, behauptete ich. »Aber wir rufen dich morgen an, und dann erzählst du uns, ob deine Eltern dir helfen, ja?«

»Nein. Wenn ich heute Abend nicht mitdarf, habe ich auch keine Lust, morgen zu meinen Eltern zu gehen. Oder übermorgen. Ich bleibe einfach hier sitzen. Für immer.«

Mimi und ich sahen uns an. Sie zuckte zuerst mit den Schultern. »Na gut, du hast gewonnen. Aber nur eine Stunde, verstehst du? Und nicht eine Minute länger. Nach genau einer Stunde verabschiedest du dich.«

»Eine Party, eine Party«, sang Albert. »Ich laufe schnell und ziehe mich um.« *Tanze Samba mit mir, Samba Samba die ganze Nacht* … hörten wir ihn singen.

»Warum hat er denn gewonnen?«, zischte ich Mimi an. »Uns wäre schon noch was eingefallen. Ich will ihn nicht mit zu Nick nehmen.«

»Ach was, der ist doch ganz lustig. Und rechne mal nach – eine Stunde mit ihm bringt uns zwanzig Prozent von vierzigtausend Euro. Das sind …«, Mimi rechnete eine Zeitlang, »achttausend Euro für uns. Dafür können wir ihn eine Stunde aushalten, oder?«

Na gut, aber glücklich war ich trotzdem nicht darüber. Albert kam zurück, immer noch im Schlafanzug. »Ich kann mich nicht so schnell entscheiden. Ich brauche fünf Minuten, habe ich fünf Minuten?«

»Ja, hast du«, gab ich entnervt zurück. »Aber bleib jetzt im Schlafzimmer, Mimi und ich müssen uns auch umziehen, und das tun wir jetzt hier. Also lass uns allein.«

Er machte eine Verbeugung und verschwand.

»Wir wollen uns *hier* umziehen?«, fragte Mimi. »Ich dachte, wir wollten erst zu mir und dann zu dir?«

»Ja klar, mit Albert im Schlepptau. Damit er auch noch weiß, wo wir wohnen und wir ihn nie wieder loswerden. Wir haben doch alles dabei.«

Der Anblick meiner neuen Sachen tröstete mich einen Moment. Nachdem wir angezogen waren, suchten wir mit unseren Handtaschen am Arm das Badezimmer und schminkten uns noch mal. Als wir fertig waren, war Albert es auch. Ich musste zweimal hinschauen und traute dann immer noch nicht meinen Augen. Er trug einen Safarianzug mit Gürtel um den dicken Bauch und einen Panamahut. Selbst die Schuhe waren aus geflochtenem Leder.

»Und? Was sagt ihr? Ich bin eben ein Mann von Welt.«

»Ja. Das ist wohl so. Also, los jetzt und denk daran, eine Stunde. Abgemacht ist abgemacht«, erinnerte ihn Mimi.

»Aber ihr beide seht auch so hübsch aus«, bewunderte er uns. »Wir passen einfach wunderbar zueinander, einfach wunderbar.«

Das wiederum war Ansichtssache. Wir gingen mit dem dicken Albert in der Mitte zum Parkhaus und fuhren zu Nick. Im Treppenhaus atmete ich tief durch. »Hör mal, Albert, also mein Freund, der ist sehr, sehr eifersüchtig. Nimm es also nicht persönlich, wenn ich so tue, als ob ich dich nicht kenne, ja? Wenn er mich an der Seite eines anderen Mannes sieht, dann nimmt er immer gleich das Schlimmste an.«

»Oh, das verstehe ich.« Albert zeigte sich einsichtig. »Ich gebe keinen Mucks von mir.«

Nicks Wohnungstür war nur angelehnt, und aus dem Wohnzimmer schallte uns schon die Musik entgegen. Mimi und ich gingen rein und taten so, als ob wir Albert gar nicht bemerkten. Das wurde allerdings schwierig, als er sich zwischen uns drängte und sich bei uns unterhakte. Die Gespräche verstummten, und viele Augenpaare richteten sich auf uns.

»Du solltest dich doch zurückhalten«, zischte ich ihm zu, doch er hörte mich gar nicht.

»Oh – eine Limbostange. Guckt mal, Alice und Mimi. Ich liebe Limbo«, rief er laut und ging auf einen vergessenen Besen zu, der in einer Ecke stand.

»Habt ihr Limbomusik da? Ich bin ein Meister im Limbo, wirklich wahr«, strahlte er in die Menge.

Nick stand mit Tim und Steven am Fenster. Das heißt, richtig standen sie nicht, sie bogen sich eher vor Lachen. Nick versuchte sich zu beruhigen und kam auf mich zu.

»Süße«, prustete er, »was ist dir jetzt schon wieder passiert? Hat das was mit deinem neuen Job zu tun?«

»Es war Mimis Schuld«, giftete ich. »Sie hat gesagt, er hätte gewonnen. Und jetzt mache ich mich hier lächerlich.«

»Ach nein«, tröstete Nick mich. »Die Leute erwarten solche Sachen direkt von dir.«

Na, wenn das kein Trost war. In Ermangelung von Limbomusik hatte Albert sich inzwischen zu Nicole und einer anderen Frau, die ich nicht kannte, gesetzt und die beiden sofort in ein Gespräch verwickelt.

»Er verschwindet bald wieder, dann erzähle ich dir alles, okay? Jetzt will ich endlich mal geküsst werden.«

Nick sah mich an. »Du bist völlig verrückt, aber wunderschön«, sagte er und küsste mich ausgiebig. Das hätte er noch Stunden tun können, aber jemand zog mich sehr energisch am Ärmel.

»Alice. Alice, komm mal ganz schnell mit.« Mimi stand vor uns und zog immer noch. Ich murmelte Nick noch ein »später« zu und folgte Mimi in die Küche.

»Sie weiß es«, stammelte Mimi. »Sie weiß es, und jetzt rächt sie sich.«

»Wer weiß was? Und wer rächt sich?« Ich verstand nur Bahnhof.

»Die Frau mit den dunklen glatten Haaren und der Brille, das ist doch Teresa, oder? Die Frau von Steven, stimmt's?«

»Ja, das ist Teresa. Und, was weiß sie?«

»Sie weiß von mir und Steven, und jetzt rächt sie sich. Sie sitzt mit Mark auf dem Sofa, ganz eng!«

»Mimi, das glaube ich nicht. Erstens wird Steven es ihr ganz bestimmt nicht erzählt haben. Und zweitens fängt sie doch nicht hier, vor allen Leuten und vor allem vor Steven, an rumzumachen. Warte mal, ich guck mal kurz.«

Vorsichtig linste ich ins Wohnzimmer. Mark saß an dem einen Ende des Zweiersofas, Teresa am anderen. Das sah nicht gerade wie eine Flirt-Offensive aus, trotzdem ging ich hin und sagte den beiden Hallo.

»Wo ist Mimi denn abgeblieben?«, wollte Mark wissen. »Eben war sie doch noch da. Sie hat mich gar nicht begrüßt.«

»Oh, sie kommt sofort. Kleine Outfitpanne«, behauptete ich. »Und, ihr beide, unterhaltet ihr euch gut?«

»Oh ja«, freute sich Teresa. »Steven und ich wollen doch so gerne bauen, und Mark ist Architekt. Er hat mir gerade eine ganze Menge guter Tipps gegeben.«

»Das freut mich. Ich komme gleich wieder«, sagte ich und ging zu Mimi in die Küche.

»Alles gut«, klärte ich sie auf. »Aber jetzt komm raus, Mark wundert sich schon, wo du bleibst.«

Sie war kaum aus der Küche, als Nick hereinkam. »Ich glaube, wir wurden eben unterbrochen«, grinste er mich mit funkelnden Augen an und nahm mich in seine Arme. Es war unglaublich, wie gut dieser Mann küssen konnte.

»Gib mir zwei Minuten«, sagte er ziemlich außer Atem. »Ich schmeiß alle raus.«

Ich lachte. »Du weißt, dass das nicht geht. Aber heute Nacht machen wir genau hier weiter.«

»Hier? Auf dem Küchentisch?«, feixte Nick. »Da bin ich dabei.«

Doch in dem Moment wurden wir abgelenkt – durch laute Reggae-Musik und noch lautere Rufe aus dem Wohnzimmer. Wir gingen dem Lärm entgegen und sahen Tim und Steven, die jeder ein Ende des Besenstiels hielten. Und den dicken Albert, der versuchte, darunter durchzutanzen. Alle anderen standen um unseren Artisten herum und feuerten ihn an. Ich funkelte Mimi an.

»Mimi, wir machen uns doch lächerlich. Du hast gemeint, dass er gewonnen hätte. Nun tu was.«

»Ist doch gar nicht so schlimm«, meinte sie. »Aber weißt du was? Mark ist wirklich süß, er hat gesagt, dass er die letzten Tage an nichts anderes als an mich gedacht hat. Wir fahren jetzt auch besser, ich habe Angst vor Teresa. Auf dem Weg setzen wir Albert dann ab.«

Albert, der mittlerweile unter der Stange durchgekrabbelt war, sah nicht glücklich aus über Mimis Aufforderung. Aber wenigstens folgte er den beiden, nicht jedoch, ohne sich vor Nicks Freunden übertrieben zu verbeugen und auch noch seinen komischen Panamahut zu ziehen.

»Auf Wiedersehen, auf Wiedersehen. Bis zum nächsten Mal«, strahlte er in die Runde und verschwand dann endlich.

»Frag nicht«, bat ich Nick. »Ich will jetzt feiern.«

Das taten wir bis zwei Uhr früh. Sogar Nicole, die alte Beißgurke, tanzte. Außer Atem wirbelte ich zu Nick und schmiss mich in seine Arme.

»Du bist hier der hübscheste Mann weit und breit«, ließ ich ihn wissen.

»Na, da bin ich aber froh, das wollte ich schon immer sein«, antwortete er amüsiert. »Hast du Mike schon kennengelernt?« Er stellte uns beide vor. »Ihr kennt euch noch nicht, das ist meine Freundin Alice, und das ist Mike Büttner, unser neuer Kollege.«

Aha. Das war also »der Neue, der nur Mist im Hirn hatte«. Ich lächelte ihn trotzdem an.

»War das vorhin ein Freund von dir? Der war ja so schnell wieder weg«, fragte er mich.

So ein Blödmann. Nick hatte recht gehabt. Ich lächelte trotzdem weiter. »Nein, das kann man so nicht sagen. Und, gefällt dir dein neuer Job?«

Er ließ sich lang und breit über die Unterschiede zwischen der Sitte und der Organisierten Kriminalität aus. Warum musste ich auch immer so höfliche Fragen stellen? So etwas passierte mir andauernd. Ich wollte nur nett sein und wurde zum Dank ohne Ende vollgelabert. Zum Glück unterbrach ihn Nick, indem er seine Bierflasche an die von Mike stieß. Mit vollem Mund konnte der wenigstens nicht weiterreden. Und hatte auch den Kopf im Nacken, so taxierte mich sein unangenehmer Blick nicht mehr. Der war irgendwie stechend. Ich lehnte mich an Nick, der mir eine Melodie ins Ohr summte, die mir bekannt vorkam.

»Was ist das für ein Lied? Das kenn ich«, fragte ich.

»Och, keine Ahnung, ist mir nur eben so eingefallen«, behauptete Nick. Ich wusste, dass das nicht stimmte, aber irgendwann würde mir selbst klar werden, welcher Song das war.

Als kurze Zeit später die Letzten gingen, schaute Nick mir in die Augen, und ganz langsam verzog sich sein Mund zu einem gefährlichen Grinsen.

»So. Und jetzt ab mit dir auf den Küchentisch.«

Am Samstag wollte ich mindestens bis mittags schlafen, aber mein Handy klingelte schon um kurz nach neun. Verschlafen und verkatert tastete ich neben dem Bett rum, bis ich es gefunden hatte.

»Ja, was ist?«, fragte ich mit genervter Stimme.

»Alice, ich bin's, Mimi. Tut mir leid, wenn ich dich geweckt habe, aber wir müssen in den Park, Enten füttern.«

»Mimi, bist du noch ganz dicht? Ich war erst um drei im Bett, und einen dicken Kopf habe ich auch. Ich bin doch keine fünf mehr, ich will keine Enten füttern.«

»Tja, ich auch nicht, aber Albert will. Und bevor wir nicht mit ihm in den Park gehen, will er nicht zu seinen Eltern.«

Himmel, das war doch alles nicht mehr normal. Ich stieg aus dem Bett und nahm dabei aus Versehen die Bettdecke mit. Nick machte ein Auge auf und murmelte irgendwas. Ich legte die Decke wieder über ihn und ging unter die Dusche. Der tollste Mann weit und breit lag nackt neben mir im Bett, und ich musste Enten füttern gehen. Ganz großartig. Eine halbe Stunde und eine Augenmaske später sah ich einigermaßen präsentabel aus. Was man vom Himmel nicht behaupten konnte – es war grau draußen und nieselte vor sich hin. Fluchend suchte ich einen Regenschirm und machte mich auf den zehnminütigen Fußweg in den Park. Am Ententeich winkten mir Mimi und Albert schon zu. Er trug einen riesigen gelben Regenumhang und sah darin aus wie eine genmanipulierte Zitrone. Mimi stand frierend neben ihm, und ihr Gesichtsausdruck musste meinem ziemlich ähnlich sehen.

»Hallo, hallo, Alice. War das nicht eine schöne Party gestern? Machen wir das bald wieder? Oh, das war so ein Spaß.«

»Mal sehen«, murmelte ich vage. »Jetzt fütter die Enten, ich habe Kopfschmerzen.«

Das ließ er sich nicht zweimal sagen, er hatte eine große Plastiktüte in der Hand, mit der er auf die Enten zuging.

»Tut mir leid«, sagte Mimi. »Aber er hat versprochen, wenn wir mit ihm in den Park gehen, fährt er heute Nachmittag zu seinen Eltern. Dann haben wir es geschafft.«

»Wäre irgendwie zu schön, um wahr zu sein. Aber okay, immerhin tut mein Kopf nicht mehr so weh. Wie war es gestern bei euch?«

»Super. Ich bin wieder absolut verknallt in Mark. Er hat uns heute Morgen, als Albert angerufen hat, sogar Frühstück gemacht.«

»Siehst du, habe ich dir doch gleich gesagt. Ich finde ihn auch total nett. Und, hast du mit ihm darüber geredet, dass er dich eine Pommes-Schlampe genannt hat?«

»Nö, ich wollte die Stimmung nicht verderben. Und du hattest bestimmt recht, das war nur wegen dem Stress im Job. Letzte Nacht hat er nicht im Schlaf gesprochen.«

Albert kam mit einer leeren Tüte zurück. »Oh, was für ein Spaß. Ich bin jetzt der beste Freund der Enten, das müssen wir öfter machen. Gehen wir jetzt frühstücken?«

»Nein, Albert«, sagte ich bestimmt. »Mimi und ich gehen jetzt wieder nach Hause, und du fährst zu deinen Eltern. Am Montag besuchen wir dich wieder, und dann erzählst du uns alles, ja?«

Er machte noch einige Ausflüchte, aber letztendlich ließ er Mimi und mich endlich ziehen. Wir verabredeten, morgen zu telefonieren, und ich ging zurück zu Nick. Der leider nicht mehr nackt im Bett lag, sondern dabei war, das Wohnzimmer aufzuräumen.

»Hast du Brötchen geholt?«, wollte er wissen. »Ich muss unbedingt was essen.«

»Nein. Ich war mit Mimi und Albert im Park, weil er unbedingt mit uns Enten füttern wollte.«

»Kennt der Mann ein dunkles Geheimnis von dir, oder warum läufst du mit ihm seit zwei Tagen durch die Gegend und machst alles, was er will?«, fragte er amüsiert.

»Nein, er will seine Eltern bitten, für ihn seine Schulden zu bezahlen. Aber daran waren eben einige Bedingungen für Mimi und mich geknüpft. Ach, egal, ich habe auch Hunger, ich gehe jetzt Brötchen holen.«

Zum zweiten Mal an diesem Samstagmorgen verließ ich die Wohnung und ging in den Supermarkt. Ich kaufte alles, was nach einem vielversprechenden Frühstück aussah, und stellte mich an die Kasse.

»Macht vierzehn Euro neunzig«, ließ mich die Kassiererin wissen. Ich guckte erst sie mit großen Augen an und dann an mir herunter. Wo immer mein Portemonnaie war, hier war es nicht.

»Oh nein, ich habe mein Geld vergessen. Was mache ich denn nun?«

»Alice?«, fragte eine Stimme in meinem Rücken. Ich drehte mich um und sah in die blauen Augen von Kristin, Nicks Exfreundin. Wir hatten uns bisher zwei Mal gesehen, und beide Male war es sehr unangenehm für mich gewesen. Das erste Mal war ich sozusagen inkognito in ihrem Blumenladen gewesen, weil ich etwas von ihr wissen wollte und mich dabei zum Horst gemacht hatte, das zweite Mal hatte ich sie – die die beste Freundin von Nicole war – bei Tim getroffen. Dort war meine »Tarnung« aufgeflogen, und es war wieder peinlich gewesen. Also, für mich.

»Äh, hallo, wie geht's denn so?«, fragte ich.

»Gut«, sagte sie und gab mir einen Zwanziger. »Ich habe mitbekommen, dass du kein Geld dabeihast. Hier, kann Nick mir wiedergeben, wenn ich ihn nächste Woche treffe.«

Damit verschwand sie, und ich sah ihr mit großen Augen hinterher. Wieso sollte sie sich mit Nick treffen? Hatte sie die Bedeutung des Wortes »Ex« nicht verstanden?

Die Kassiererin riss mich aus meinen Gedanken. »Wollen Sie nun bezahlen oder nicht? Ich habe nicht den ganzen Tag Zeit.«

Mechanisch gab ich ihr den Zwanziger und steckte das Wechselgeld in meine Jackentasche. Fast hätte ich noch meine Einkäufe stehen lassen, so durcheinander war ich. Nick hatte das Wohnzimmer schon fast fertig aufgeräumt und war gerade dabei, die Geschirrspülmaschine zu beladen, als ich zurückkam.

»Nick? Stimmt es, dass du dich nächste Woche mit Kristin triffst?«, fragte ich mit blassem Gesicht.

»Mit Kristin? Nicht dass ich wüsste. Wer hat dir das denn erzählt?«, fragte er.

»Sie selber. Gerade eben im Supermarkt.«

Nick schaute mich an und hob die Schultern. »Ich habe wirklich keine Ahnung, warum sie so etwas erzählt. Ich habe sie das letzte Mal vor ein paar Wochen kurz bei Nicole gesehen, da haben wir keine drei Worte miteinander gewechselt. Die Frau interessiert mich überhaupt nicht.«

Langsam bekam ich wieder Farbe ins Gesicht, und lächeln konnte ich auch schon wieder. »Es scheint, als hättest du ein Faible für verrückte Frauen.«

»Nur für eine, das weißt du«, antwortete er und küsste mich. »Können wir dann endlich frühstücken?«

Verdammt. Ich hatte zwar alles Mögliche an Wurst und Käse eingekauft, aber diese blöde Kristin hatte mich so durcheinandergebracht, dass ich vergessen hatte, beim Bäcker neben dem Supermarkt noch Brötchen zu kaufen.

»Äh, sicher, nur drei Minuten«, antwortete ich, holte meine Handtasche und rannte das dritte Mal an diesem Morgen aus dem Haus.

Ein paar Minuten später lief ich, mit den Brötchen in der Hand, zurück zu Nick. Es war zwar merkwürdig, was Kristin mir erzählt hatte, aber ich konnte Nick vertrauen, das wusste ich einfach.

Nach einem langen Frühstück lehnte Nick sich zurück und fragte: »Und? Musst du dieses Wochenende noch in den Zirkus oder zum Kasperletheater? Sonst würde ich mich auf einen ruhigen Samstag freuen.«

»Ich habe nichts mehr auf dem Zettel«, beruhigte ich

ihn. »Das heißt, fast nichts. Meine Mutter möchte, dass wir morgen Mittag zum Essen kommen.«

»Das ist okay, ich wette, sie macht Rouladen. Nicht flambiert«, grinste er.

In der Hinsicht hatte meine Mutter mir wirklich etwas voraus. Nicht ein schwarzer Fleck war auf den Rouladen, und es gab sogar Bohnen dazu. Die hatte ich bei meinem Versuch völlig vergessen. Mein Vater verwickelte Nick in ein konfuses Gespräch über Steuerflüchtlinge und wollte von ihm wissen, warum die Polizei nichts dagegen unternahm. Nick hatte es aufgegeben, ihm zu erklären, dass er für solche Dinge gar nicht zuständig war. So sagte er ihm nur, dass dies eine gute Frage wäre und er sie gleich am Montag seinem Vorgesetzten stellen würde.

Daraufhin nickte mein Vater zufrieden und verfiel wieder in sein typisches Schweigen. Im Gegensatz zu meiner Mutter.

»Nick, hat Alice dir erzählt, dass ich jetzt bei Facebook bin? Also, so eine tolle Sache, du musst dich unbedingt auch anmelden.« Zu mir gewandt sagte sie: »Und du hast immer noch keinen Account, dabei haben mich schon fünf Leute nach dir gefragt.«

»Warum das denn? Wer denn? Du weißt doch, dass ich mich noch nicht angemeldet habe.«

»Svenja, Steffi, Isabel, Marvin und Cajo«, zählte sie auf.

Mit großen Augen sah ich meine Mutter an. »Was? Wer sind denn die, die kenne ich überhaupt nicht.«

»Natürlich kennst du die«, beharrte meine Mutter. »Svenja war im Kindergarten deine beste Freundin, mit Steffi und Marvin warst du in der Grundschule, und Isabel und Cajo waren mit dir in der Ruder-AG. Wobei Cajo damals noch Carsten hieß, aber seit seinem Outing nennt er sich Cajo.«

Ich verstand überhaupt nichts. »Ja, aber Mama, wie haben die mich denn gefunden? Und woher weißt du das alles?«

»Also wirklich, Alice, langsam werde ich ärgerlich. Du hörst mir nie zu. Ich habe dir doch genau erklärt, wie das bei Facebook funktioniert. Wir vernetzen uns alle, mailen und chatten. Und finden Freunde wieder, die wir aus den Augen verloren haben.«

»Das sind aber weder meine noch deine Freunde«, regte ich mich auf. »Und wieso chattest du mit denen?«

Meine Mutter verdrehte die Augen. »Sie versteht es einfach nicht«, sagte sie zu Nick. »Weil ich sie für dich gesucht habe. Und wir *ver-netz-en* uns.«

»So geht das jetzt den ganzen Tag«, beschwerte sich nun auch mein Vater. »Deine Mutter ist völlig besessen von diesem Unfug.«

»Das ist kein Unfug«, fauchte meine Mutter. »Höchstens für Leute, die nicht mit der Zeit gehen und sich mit Mitte fünfzig schon verhalten wie Achtzigjährige.«

»Inge, jetzt komm doch mal wieder zur Vernunft. Das ist doch nicht mehr normal. Und zieh nicht auch noch Alice und Nick in diesen Blödsinn mit rein.«

»Die beiden freuen sich darüber«, behauptete meine Mutter. »Nick, wenn du mir sagst, wo du zur Schule gegangen bist, kann ich auch für dich Freunde wiederfinden.«

Nick sah mich hilfesuchend an, aber ich zuckte auch nur ratlos mit den Schultern. So war es schon immer gewesen; wenn meine Mutter sich etwas in den Kopf gesetzt hatte, konnte nichts und niemand sie davon abbringen.

Aber Nick fand mal wieder eine sehr diplomatische Lösung.

»Ach Inge, damit würdest du mir eine Riesenfreude machen. Aber leider darf ich als Polizeibeamter keine Facebook-Seite haben, das hat der Innenminister aus Sicherheitsgründen verboten«, improvisierte er.

»Wie schade«, bedauerte ihn meine Mutter. »Aber das verstehe ich natürlich. Na gut, Alice, aber du meldest dich jetzt wenigstens endlich an. Mir ist das vor unseren Freunden ja schon richtig peinlich, immer Ausflüchte zu suchen, warum du noch immer nicht Mitglied bist.«

Ich gab es auf. Ich hatte kein Netzwerk und wollte auch keines haben. Aber damit meine Mutter Ruhe gab, würde ich mich wirklich anmelden und zwei Wochen später behaupten, mein Computer wäre kaputtgegangen, und mir fehle im Moment das Geld für einen neuen. Im Umgang mit meiner Mutter war es häufig besser, nicht den direkten Weg zu gehen.

Eine Stunde später verabschiedeten wir uns und fuhren wieder zu Nick nach Hause.

»Ich sage dir, die Frau macht mich wahnsinnig. Ständig fällt ihr etwas Neues ein, und immer muss ich mitmachen.«

Nick lachte. »Sei froh, dass deine Mutter so ist, wie sie ist. Ist doch besser, wenn sie sich auf neue Dinge einlässt, als nur den ganzen Tag darauf zu warten, dass du dich bei ihr meldest. So wie meine Mutter«, fügte er hinzu.

Nicks Mutter war ein wahrer Drachen, aber das würde ich ihm gegenüber wohl besser nicht erwähnen. Meine Besuche bei ihr konnte ich an einer Hand abzählen, weil ich mich davor drückte, wann immer es nur ging. Bei unseren wenigen Begegnungen hatte sie Nick jedes

Mal ausführlich nach Kristin gefragt und dabei immer so fies geseufzt. Als wollte sie sagen: »Das war die richtige Frau für dich, nicht dieses Ding da, mit dem du hier auftauchst.«

Nicks Handy klingelte. »Hallo, Nicki«, meldete er sich.

Würg. Erst meine Mutter und dann Nicole – was für ein schöner Sonntag. Nick machte ein paar Mal »mhm« und »hm«, bevor er sich wieder verabschiedete.

»Das war Nicole. Sie und Tim wollen Mittwoch den neuen Woody-Allen-Film sehen und haben gefragt, ob ich mitwill.«

»Nur du? Bin ich nicht eingeladen?«, fragte ich beleidigt. »Ich sag es dir doch die ganze Zeit, diese Frau kann mich einfach nicht ausstehen. Das ist doch typisch von der, mich einfach auszuschließen. Regelrechtes Mobbing ist das.«

»Äh, sie sagte, ihr hättet Freitagabend bei der Party darüber gesprochen, und du hättest gesagt, dass du Woody-Allen-Filme langweilig findest.«

Mist. Das stimmte, jetzt fiel es mir wieder ein. Natürlich hatte ich ihr gesagt, dass ich Allens Filme langweilig fand. Hätte ich ihr etwa die Wahrheit sagen sollen – dass ich die überhaupt nicht kapierte?

»So, na gut, wenn sie meint. Trotzdem ist sie blöd. Und Tim sieht auch immer ganz unglücklich neben ihr aus«, behauptete ich.

»Stimmt, jetzt, wo du das sagst. Hat er nicht sogar immer Tränen in den Augen?«, machte Nick sich über mich lustig.

»Kannst du ruhig drüber lachen, wenn du willst. Aber ich weiß, was ich weiß. Diese Menschenkenntnis, das ist so was wie eine Gabe, das liegt bei uns in der Familie.«

»Aha. Eine Gabe«, amüsierte sich Nick.

»Ist ja auch egal jetzt. Wie sieht denn deine Woche aus? Hast du wieder Nachtschicht?«

»Nein, ganz normalen Dienst. Und wen verfolgst du diese Woche?«

»Ich verfolge niemanden. Ich helfe den Menschen, ihre Finanzen wieder in den Griff zu bekommen. Und wem ich diese Woche helfe, weiß ich noch nicht. Ich muss nachher mal mit Mimi telefonieren.«

Kurze Zeit später klingelte schon wieder Nicks Handy. Diesmal meldete er sich mit »Hallo, Teresa«. Diese Kollegen-Frauen verfolgten ihn ja regelrecht, hatten die keine eigenen Männer? Ich sah Nick böse an, der allerdings gerade selbst ein böses Gesicht machte.

»Ja, kann ich machen, ich komme gleich zu dir«. Er hörte einen Moment zu und sprach dann weiter. »Du weißt doch, wie das ist, du kennst unseren Job lange genug. Ja, ich fahre gleich los.«

Er pfefferte sein Handy aufs Sofa und fuhr mich wütend an: »Wo ist deine Freundin Mimi?«

»Was? Wo Mimi ist?«, fragte ich ratlos zurück.

»Ganz genau. Teresas Auto springt nicht an, und Steven ist nicht da, er muss im Präsidium Überstunden machen.«

»Ja, und? Was hat Mimi damit zu tun?«, wollte ich wissen.

»Was wohl? Ich weiß ganz genau, dass keinerlei Überstunden angesetzt sind.«

»Also ehrlich, jetzt hör aber auf, ständig auf Mimi rumzuhacken. Die heute übrigens mit Mark zu seinem Tennisturnier gefahren ist. Und sie kann doch wohl nichts dafür, wenn Steven seine Frau belügt. Und mich musst du schon mal gar nicht so anfahren. Ich habe nun überhaupt nichts damit zu tun.«

Nick seufzte. »Du hast recht, tut mir leid. Ich fahre jetzt eben zu Teresa und helfe ihr mit ihrem Auto. Wartest du hier auf mich?«

»Nein, ich wollte sowieso heute Abend zu mir fahren, ich muss ein paar Sachen erledigen.«

»Schön, dass ich das auch mal erfahre.« Jetzt war er auch noch beleidigt.

»Es ist wohl besser, wenn ich jetzt gehe. Deine Laune ist ja gerade überhaupt nicht zum Aushalten. Ich ruf dich an.«

Er bekam noch einen Kuss auf seinen missmutig verzogenen Mund, und dann war ich aus der Tür. Auch, wenn ich es mir Nick gegenüber nicht anmerken ließ, hatte ich doch ein ziemlich komisches Gefühl wegen Mimi. Und das wohl nicht zu Unrecht, denn kurz bevor ich bei meiner Wohnung war, rief sie mich auf dem Handy an.

»Alice? Können wir uns treffen? Ich muss mal mit dir reden.«

»Klar. Ich bin in fünf Minuten bei mir zu Hause, willst du herkommen?«

Das wollte sie, und eine Viertelstunde später saß eine kleinlaute Mimi neben mir auf dem Sofa.

»Ich habe Scheiße gebaut«, seufzte sie.

»Ich glaube, ich weiß es schon. Du warst mit Steven zusammen, oder?«

Erschrocken fuhr sie vom Sofa hoch. »Woher weißt du das? Und wer weiß es noch?«

Ich beruhigte sie und erzählte ihr von Teresas Anruf. »Nick denkt sich seinen Teil, aber wissen tut er es nicht. Aber was ist denn bloß passiert? Gestern war doch noch alles in Ordnung mit dir und Mark.«

»Ich weiß es wirklich nicht«, antwortete Mimi mit zitternder Stimme. »Ich wollte mit Mark heute zu seinem Tennisturnier. Das wurde wegen Regens abgesagt, und deshalb wollte er stattdessen zu seinen Eltern. Da wollte ich nicht mit hin, und das hat er sogar verstanden. Wir haben uns ganz lieb verabschiedet, und alles war gut. Und dann, auf dem Weg zu mir nach Hause, klingelte mein Handy, und Steven sagte, er wolle mich sehen. Tja, und dann weiß ich auch nicht.«

»Wie, dann weißt du auch nicht?«

»Wirklich nicht, das war, als ob ich fremdgesteuert gewesen wäre. Ich habe seine Stimme gehört, und plötzlich war mir alles andere egal. Ich habe nicht eine Sekunde mehr nachgedacht.«

Das hörte sich nicht gut an.

»Und als er bei dir war? Ihr habt sicher nicht *Mensch ärgere dich nicht* gespielt, oder?«

»Eher nicht.« Mimi konnte schon wieder kichern. »Weißt du was? Das war der beste Sex meines Lebens.«

»Das lernen die, glaube ich, auf der Polizeischule«, sagte ich abwesend. »Und jetzt? Willst du ihn wiedersehen?«

»Nein, auf gar keinen Fall. Ich müsste ja richtig bescheuert sein, wenn ich das machen würde.« Plötzlich verdunkelte sich ihr Gesicht. »Alice? Habe ich eine Midlife-Crisis? Ist es das?«

»Nein, Mimi, hast du nicht. Erstens bist du kein Mann, und zweitens bist du nicht über fünfzig.«

»Und die Wechseljahre? Wenn ich in den Wechseljahren bin und sich dadurch meine ganze Persönlichkeit verändert?«

»Also wirklich, du bist vierunddreißig, da kommt man

nicht in die Wechseljahre. Außerdem schwitzt man dann immer nur, man ändert nicht seine Persönlichkeit.«

»Ja, dann weiß ich auch nicht, warum ich das gemacht habe. Aber auch wenn es nicht richtig war, toll war es trotzdem«, seufzte sie.

»Ich hole uns jetzt erst mal was zu trinken. Und dann sehen wir weiter«, sagte ich und ging zum Kühlschrank. Oh, da lag neben einigen Flaschen Sekt ja noch eine Flasche Champagner. Es war jetzt zwar nicht so ein richtiger Anlass zu feiern, aber schlecht werden lassen wollte ich ihn deswegen auch nicht.

Nachdem wir das erste Glas geleert hatten, schaute ich Mimi an. »Also, wenn du dich nicht noch einmal mit ihm triffst, dann war das Ganze eben so ein einmaliger Ausrutscher. So was zahlt nicht. Du warst nach eurer Knutscherei im Club eben nur neugierig, mehr nicht. Jetzt weißt du, dass Steven gut im Bett ist, und kannst es abhaken.«

»Das ist gut. Genau, so mache ich es«, bekräftigte Mimi und goss unsere Gläser wieder voll. »Darauf trinken wir.«

In dem Moment klingelte es an meiner Tür. Alarmiert sahen wir beide uns an.

»Das kann nur Nick sein«, befürchtete ich. »Und wenn er dich jetzt hier sieht, zählt er eins und eins zusammen.«

»Meinst du, dann würde er das Teresa erzählen?«, flüsterte Mimi ängstlich. »Die ist mindestens zehn Zentimeter größer als ich, das geht nicht gut aus.«

Mehr als ein »weiß auch nicht« fiel mir dazu nicht ein.

Es klingelte noch mal, diesmal deutlich länger.

Mimi schnappte sich ihr Glas. »Ich warte im Schlafzimmer, und du sagst, du hättest nichts von mir gesehen oder gehört, ja?«

Ich drückte auf den Summer und öffnete die Wohnungstür. Allerdings stand nicht Nick vor mir, sondern meine Mutter.

»Ach Alice, was bin ich froh, dass du zu Hause bist. Dein Vater macht mich verrückt, ich musste einfach mal raus. Und guck mal, was ich mitgebracht habe«. Sie zog eine Flasche Sekt aus einer Tasche.

»Wir beide machen uns einen schönen Abend, ja? Ich stelle die Flasche mal schnell in den Kühlschrank.«

Sie ging in die Küche, und ich atmete aus. So ein Glück, dass es nicht Nick war, denn ich hatte mein Versprechen ernst gemeint. Ich wollte ihn nicht wieder anlügen.

»Mimi?«, rief ich. »Kannst rauskommen, es ist meine Mutter.«

Mimi kam ins Wohnzimmer und begrüßte meine Mutter. »Hallo, wir haben noch einen Rest Champagner, möchten Sie auch etwas?«

»Oh, gibt es was zu feiern?«, fragte meine Mutter, während ich ihr ein Glas holte.

»Wie man's nimmt«, wich Mimi aus. »Ich habe im Moment ein bisschen Beziehungsstress, und Alice wollte mich aufmuntern.«

»Ach Alice, du bist wirklich ein liebes Mädchen. Ich brauche auch Aufmunterung. Seit zweiunddreißig Jahren bin ich mit diesem Mann verheiratet und, Gott ist mein Zeuge, es war nicht immer einfach mit ihm. Trotzdem stand ich wie ein Felsen hinter ihm. Immer. Und was habe ich davon?« Sie schniefte. »Als Computersüchtige werde ich bezeichnet, als Frau, die ihre eigene Familie vernachlässigt, um sich mit fremden Leuten im Internet rumzutreiben. Hat man so etwas schon mal gehört? Ich habe mich noch nie rumgetrieben.«

»Ach Mama«, tröstete ich sie. »Papa ist einfach nur ein bisschen überfordert damit, dass du so viel Neues erlebst. Du kennst ihn doch, er mag keine Veränderungen. Hier, trink deinen Champagner.«

Sie leerte ihr Glas in einem Zug und goss sich sofort den Rest aus der Flasche ein. Auch der war in Sekundenschnelle vernichtet. Ich holte eine Flasche Sekt und füllte unsere Gläser erneut.

»Männer sind einfach merkwürdig, Frau Wörthing«, stand auch Mimi ihr bei. »Mein Freund Mark redet im Schlaf und sagt da echt krasse Sachen.«

»Komm, Mimi, lass das Sie. Ich bin Inge.« Fröhlich tranken die beiden Brüderschaft, und ich prostete ihnen zu. Das mit dem Zuprosten wiederholten wir noch einige Male mehr, irgendwann war auch die vierte oder fünfte Flasche Sekt leer. Da waren wir allerdings schon so betrunken, dass wir das nicht mehr als Zeichen sahen, den Abend zu beenden.

»Wir brauchen Nachschub«, lallte Mimi und durchsuchte meine Küche. Triumphierend kam sie mit einer Flasche Wein wieder, und meine Mutter klatschte begeistert in die Hände. In dem Moment klingelte es wieder an der Tür, aber wir waren schon so jenseits von Gut und Böse, dass ich einfach auf den Summer drückte und die Wohnungstür offen stehen ließ.

»Hey, ihr wollt das gute Zeug wohl für euch allein haben, ich bin auch noch da«, ließ ich die beiden wissen und hielt kurz darauf ein großes Glas Wein in der Hand. Während ich einen tiefen Zug nahm, sangen meine Mutter und Mimi gerade lauthals *Männer sind Schweine*.

Nick stand fassungslos im Wohnzimmer und guckte sich das Chaos an – und hinter ihm mein Vater.

»War es das, was du heute Abend noch zu erledigen hattest? Ein nettes kleines Besäufnis unter Freunden?«

Mama bekam einen Schluckauf. »Siehste?«, sagte meine Mutter zu Papa. »Jetzt tut es dir leid. Nick, du bist ein guter Junge. Sag ihm ruhig, dass ich mich nicht rumtreibe.« Nach diesem Satz sackte ihr Kopf in die Kissen, und sie schlief auf der Stelle ein. Auch Mimi konnte sich nicht mehr ganz klar artikulieren. »Es is' nicht, was du denkst. Dass mit deinem Freund, das war nur ein einmaliger Ausrutscher, hat Alice gesagt. Und weißt du was? Dieses Mädchen hat recht.« Um ihren Worten Nachdruck zu verleihen, haute sie auf den Tisch.

»Hallo, Nick«, kicherte ich. »Willst du auch was trinken? Und Papa, heute soll niemand durstig bleiben, du kriegst auch was ab.«

Mühsam versuchte ich aufzustehen, aber das Sofa hatte plötzlich Arme bekommen und zog mich immer wieder zurück.

»Herbert, komm, wir gehen«, hörte ich Nick noch sagen, bis mir auch die Augen zufielen.

Ich wachte auf, weil jemand in meinem Kopf mit einem Presslufthammer hantierte. Mühsam machte ich ein Auge auf, um es ganz schnell wieder zu schließen. Anscheinend hatte ich mir über Nacht einen Augenvirus zugezogen, es brannte und tränte wie verrückt. Langsam kam ich zu mir, und bruchstückhaft erinnerte ich mich an den letzten Abend. Trotz der Kopfschmerzen musste ich kichern. Hatten Mimi und ich uns wirklich mit meiner Mutter betrunken? Das musste so sein, denn unter schrecklichem Stöhnen versuchte sie gerade neben mir, sich in eine sitzende Position zu bringen.

»Meine Güte, Alice, was ist denn passiert? Wir hatten doch höchstens zwei Gläschen Sekt.«

»Eher vier Flaschen, und das kann nicht alles gewesen sein«, sagte ich und zeigte auf Mimi. Die hatte sich im Sessel zusammengerollt und hielt eine leere Weinflasche im Arm.

Meine Mutter und ich sahen uns an und prusteten gleichzeitig los. Nur um uns sofort stöhnend an den Kopf zu fassen.

»Nur gut, dass uns niemand so gesehen hat. Ich weiß wirklich nicht, wann ich das letzte Mal betrunken war. Das muss Jahre her sein.«

»Ach du Schreck«. Mir fiel etwas ein. »So ganz unbeobachtet waren wir nicht. Ich meine, dass gestern mal Papa und Nick hier gewesen sind.«

Meine Mutter massierte ihren Kopf. »Nein, das wüsste ich«, behauptete sie. »Ich hatte vielleicht wirklich ein Glas zu viel, aber daran würde ich mich auf alle Fälle erinnern. Das hast du geträumt.«

Leider war ich mir ziemlich sicher, dass das kein Traum gewesen war.

»Alice?«, kam es gequält aus dem Sessel. »Bin ich tot und in der Hölle? Ist das meine Strafe?«

»Nein, unsere Strafe ist nur dieser richtig fiese Kater. Ich hole uns erst mal Aspirin.«

In der Küchenschublade fand ich neben dem Aspirin auch noch Multivitamin-Brausetabletten. Ich löste sie auf, und jede von uns spülte zwei Aspirin damit runter.

»Mimi, du siehst am schlechtesten aus, du darfst zuerst unter die Dusche. Mama, wenn du hier ein bisschen aufräumst, koche ich inzwischen Kaffee. Vielleicht geht es uns dann besser.«

Nachdem im Wohnzimmer alle Spuren unseres Saufgelages beseitigt waren und wir alle geduscht hatten, setzten wir uns in die Küche und tranken Kaffee mit viel Milch.

»Wo sind Nick und dein Vater denn abgeblieben?«, wollte Mimi wissen. »Ich weiß genau, dass ich die beiden gestern Abend gesehen habe.«

Meine Mutter wurde blass. »Oh nein. Dann hast du das also wirklich nicht geträumt, Alice? Sie waren wirklich hier?«

»Äh, ja, ich glaube schon. Aber, Mama, wir sind erwachsene Frauen, wir dürfen auch mal was trinken. Ich meine, wir haben ja niemanden umgebracht oder so.«

»Wo das Kind recht hat, hat es recht«, ließ meine Mutter Mimi wissen. »Und es geschieht meinem Mann ganz recht, dass er sich mal selbst das Frühstück machen muss. Er nimmt mich sowieso für viel zu selbstverständlich.«

»Inge, nicht so laut«, bat Mimi und hielt sich den Kopf. »Alice, wir müssen erst heute Nachmittag bei Albert sein, ich fahre noch mal zu mir nach Hause und schlafe noch eine Stunde.«

»Mimi, das ist eine gute Idee, das mache ich auch«, sagte meine Mutter. »Vielleicht sollten wir uns ein Taxi teilen, selber fahren können wir wohl noch nicht wieder.«

Die beiden riefen sich ein Taxi und verabschiedeten sich. Ich warf meinen Bademantel in die Ecke und wankte auch zurück ins Bett. Der ganze Restalkohol in mir bewirkte, dass ich fast sofort wieder einschlief.

Vier Stunden später wachte ich wieder auf, und tatsächlich ging es mir etwas besser, auch, wenn ich völlig verschwitzt war. Wahrscheinlich war das eine kluge Prozedur meines Körpers, um sich vom Alkohol zu trennen.

Ich duschte das zweite Mal an diesem Tag, föhnte meine

Haare und schminkte mich. Also, das blühende Leben war ich nicht, aber wenigstens wieder einigermaßen vorzeigbar. Ich wollte gerade Mimi anrufen, als es an meiner Tür klingelte. Eine Minute später stand Nick vor mir.

»Na, du Schnapsdrossel?«, begrüßte er mich etwas unterkühlt. »Ich habe schon zweimal versucht, dich anzurufen, aber du bist nicht rangegangen.«

»Na ja, ich habe ein bisschen Schlaf nachgeholt«, informierte ich ihn leicht verlegen und ging ins Wohnzimmer, um mich aufs Sofa sinken zu lassen. »Die Nacht war etwas kurz.«

Nick folgte mir und setzte sich nicht neben mich, sondern auf den Sessel gegenüber. Hatte der immer noch schlechte Laune?

»Tja, so hat eben jeder von uns so seine Hobbys. Ich will mit dir reden.«

Ich unterbrach ihn. »Wieso warst du gestern Abend mit meinem Vater hier? Seit wann verbringst du mit ihm deine Abende?«

»Was meinst du wohl? Der Mann hat sich furchtbare Sorgen gemacht, weil seine Frau seit nachmittags verschwunden war und auch noch ihr Handy zu Hause gelassen hat. Also hat er mich angerufen und gefragt, ob er eine Vermisstenanzeige aufgeben soll.«

»Oh, das ist aber lieb von ihm«, fand ich.

Nick ging gar nicht darauf ein. »Jedenfalls bin ich erst mal zu ihm gefahren und habe ihm dann vorgeschlagen, dich zu fragen, ob du etwas wüsstest. Dein Handy war aus, also sind wir gleich hergekommen.«

»Oh. Ach so. Na ja, er hätte ihr ja auch nicht vorwerfen müssen, dass sie sich rumtreibt. Das hat sie wirklich getroffen. Und worüber wolltest du mit mir reden?«

»Über das, was Mimi gestern gesagt hat. Was hat sie damit gemeint? Was wäre das für ein ›einmaliger Ausrutscher‹ mit Steven?«

»Äh, öh, hat sie das gesagt? Also, das weiß ich wirklich nicht, du hast ja mitgekriegt, dass sie ziemlich hinüber war. Sie hat bestimmt nur so vor sich hin geplappert.«

»Komisch, so kam es mir ganz und gar nicht vor. Weißt du, was ich glaube? Dass sie sich gestern mit Steven getroffen hat, dann zu dir gekommen ist und du das Ganze entschuldigt hast. Und das, nachdem du mir erzählt hast, sie wäre mit Mark unterwegs.«

Nick hatte seinen Polizistenblick aufgesetzt und sah mich entschlossen an.

»Nick, bitte, warum fängst du schon wieder an, mit mir zu streiten? Was ist nur los mit dir in letzter Zeit? Ich kann dir gar nichts mehr recht machen«, beklagte ich mich. »Erstens, genau das war meine Info, dass Mimi gestern mit Mark zu einem Tennisturnier fahren wollte. Und zweitens geht die Sache uns beide ja wohl überhaupt nichts an, sondern nur Mimi und Steven.«

»Ach so? Dann gibt es also eine Sache, ja? Und du findest es völlig in Ordnung, mal so ein bisschen fremdzugehen? Weil, so ein *Ausrutscher* passiert eben?«

»Ehrlich, Nick, du machst mich fertig. Das habe ich nie gesagt, und mit mir hat das Ganze sowieso nichts zu tun. Es kann allerdings sein, dass nicht jeder von uns nur schwarz oder weiß kennt. Weißt du, es gibt tatsächlich Menschen, die für die Schwächen anderer ein ganz kleines bisschen Verständnis haben.«

So grantig wollte ich das gar nicht rüberbringen, aber ich hatte immer noch einen dicken Kopf, und warum Nick nun auf mich böse war, verstand ich überhaupt nicht.

»Ha, ich habe kein Verständnis? Es gibt niemanden, der verständnisvoller ist als ich«, wurde Nick laut. »Aber es gibt für alles eine Grenze. Und wenn deine Freundin mit meinem verheirateten Freund rummacht, spätestens da ist so eine Grenze erreicht.«

Jetzt wurde auch meine Stimme lauter. »Weißt du was? Mit deinen fünfunddreißig Jahren solltest du langsam mal dein Temperament in den Griff kriegen. Und wissen, dass du nicht für alles in dieser Welt verantwortlich bist. Außerdem ging die Sache von deinem verheirateten Freund aus und nicht von Mimi. Und überhaupt, erklär mir mal bitte, warum *ich* jetzt hier die Böse bin.«

»Das habe ich nicht gesagt. Ich will nur wissen, ob dir Treue wirklich so unwichtig ist. Ob du der Meinung bist, dass jedem mal so ein *Ausrutscher* passieren könne.«

»Das finde ich nicht, und das weißt du auch«, sagte ich müde.

»Ich weiß gar nichts. Aber wenn du weißt, was du willst, kannst du mich gerne anrufen«, erwiderte Nick, stand auf und verließ türenknallend meine Wohnung. Ich blieb verdattert zurück. Was sollte dieser Auftritt, und warum war er auf mich sauer? Ich verstand es einfach nicht. Aber Nick war ein solcher Hitzkopf, wenn der sich mal in etwas verrannt hatte, dann richtig. Ich würde ihn einfach ein, zwei Tage in Ruhe lassen, und dann würde er bestimmt selber einsehen, dass er sich wegen nichts und wieder nichts aufgeregt hatte.

Ich nahm meine Handtasche, mein Handy und meinen Autoschlüssel und machte mich auf den Weg zu Mimi. Die mir im Bademantel und mit kleinen Augen aufmachte.

»Alice, ich bin so krank. Müssen wir wirklich zu Albert? Können wir ihn nicht einfach anrufen?«

»Ich glaube, das ist eine gute Idee. Mir geht es auch nicht toll, und außerdem habe ich mich eben total mit Nick gestritten.«

»Wirklich?«, fragte sie empört, »Nur, weil wir gestern mal was getrunken haben? Also, ein Abstinenzler ist er ja nun auch nicht gerade.«

»Nee, nicht deshalb. Irgendwie steht der richtig neben sich. Weil er den Verdacht hat, dass du und Steven was miteinander habt, bin auf einmal ich die Böse, die nichts von Treue hält. Frag nicht, ich verstehe es auch nicht.«

»Tut mir leid, wenn du jetzt wegen mir Ärger hast«, sagte Mimi kleinlaut.

»Ach«, winkte ich ab. »Du kannst da überhaupt nichts für, dass Nick so reagiert. Außerdem, du kennst ihn doch. Er ist schnell auf hundertachtzig, aber wenn er wieder sein Gehirn einschaltet, tut es ihm leid. Ich rufe jetzt erst mal Albert an.«

Mimi gab mir ihr Handy, in dem sie seine Nummer gespeichert hatte.

»Hallo, Albert, hier ist Alice. Wie war es bei deinen Eltern, habt ihr euch wieder vertragen?«, wollte ich wissen.

»Ihr wolltet mich doch besuchen kommen. Warum habt ihr mich nicht besucht?«, fragte er zurück.

»Tut mir leid, da ist was dazwischengekommen. Und, wie haben deine Eltern reagiert?«

»Ich kann da nicht allein hingehen, nein, das kann ich nicht. Ihr müsst mitkommen«, verlangte er.

Ich schloss genervt die Augen. »Gut, wie du willst. Wir kommen mit. Aber vor Mittwoch schaffen wir es nicht. Wir holen dich mittags ab.«

»Das ist schön«, freute sich Albert. »Oh ja, das ist schön,

wir sind doch jetzt Freunde, und Freunde helfen sich, oder?«

»Ja, Albert, das tun sie. Also, bis Mittwoch«, verabschiedete ich mich schnell und rollte mit den Augen. »Hast du es mitgekriegt? Er will, dass wir mit zu seinen Eltern kommen, also müssen wir am Mittwoch da hin.«

»Ich habe mir schon so was gedacht. Gut, das kriegen wir auch noch hin, und vielleicht ist es sogar besser so. Wir setzen morgen eine Zahlungsvereinbarung auf, und wenn wir die Unterschrift direkt von den Eltern kriegen, sind wir ja auf der sicheren Seite.«

»Okay. Dann müssen wir nur noch den Abend morgen bei Ronny überleben. Uns muss allerdings noch etwas einfallen, wie wir an den Schlüssel für den Safe kommen, sonst haben wir diesen miesen Job für nichts und wieder nichts gemacht.«

»Uns wird etwas einfallen«, gab Mimi sich optimistisch. »Und morgen um neun fahren wir mit Krischan zu der Versteigerung von dem Boot – wenn da alles klappt, verdienen wir unser erstes Geld. Richtig viel Geld.«

»Ein wahrer Lichtblick«, stimmte ich ihr zu. Dann holte ich tief Luft. »Und, wie geht es jetzt bei dir weiter? War Steven ein Ausrutscher? Und was machst du mit Mark?«

»Er war ein Ausrutscher«, bestätigte Mimi. »Und ich bin sowieso sauer auf ihn, er hat sich weder gestern noch heute gemeldet. Das macht man ja nun auch nicht. Ja, und Mark, ich weiß nicht. Wenn du an meiner Stelle wärst, würdest du es ihm erzählen?«

»Auf gar keinen Fall. Damit machst du es nur schlimmer. Vergiss einfach, was passiert ist, denk nicht mehr daran. Fang mit Mark noch einmal bei null an.«

»Okay, so mache ich das. Ich gehe jetzt in die Badewanne, und wenn ich wieder besser aussehe, fahre ich zu ihm. Wir sehen uns dann morgen im Büro.«

Wir verabschiedeten uns, und ich fuhr nach Hause. Nick rief weder an, noch schickte er eine SMS, aber diesmal würde ich auch stur bleiben. Diesmal musste er den ersten Schritt machen.

Da mir das gestrige Besäufnis immer noch in den Knochen steckte, gammelte ich den Rest des Tages vor mich hin und ging am Abend früh zu Bett. Am nächsten Morgen fühlte ich mich endlich wieder richtig gut. Also, zumindest war ich ausgeschlafen. Nicks Verhalten lag mir aber immer noch schwer im Magen. Ich konnte einfach nicht verstehen, was in seinem Kopf vor sich ging. Warum konstruierte er solche Szenen? Ich war ja auch nicht auf den Gedanken gekommen, dass er ein Betrüger sein könnte, nur, weil sein Freund fremdging. Ziemlich traurig fuhr ich ins Büro – wo ich sofort auf andere Gedanken kam. Mimi saß am Schreibtisch und hatte Augenringe wie ein Pandabär.

»Hey, was ist los? Hast du schlecht geschlafen?«, wollte ich wissen.

»Schlecht geschlafen?« Sie lachte höhnisch. »Das ist die Untertreibung des Jahres. Weißt du, was letzte Nacht passiert ist?«

»Nein, keine Ahnung«, gab ich ratlos zu. »Hast du es Mark doch erzählt?«

»Nein, nicht ich habe erzählt, sondern er. Mal wieder. Und weißt du auch, wovon? Vom bösen, bösen Schokobär. ›Oh, oh, du böser Schokobär, mein Bauchi tut ja so weh. Oh, kleiner Schokobär, warum habe ich dich bloß gegessen?‹ Hast du noch Fragen?«

»Äh – Mark hat wieder im Schlaf geredet?«, fragte ich vorsichtig.

»Ich weiß nicht, ob man das noch als Reden bezeichnen kann. Für mich ist das eher das Bekenntnis eines Psychopathen. Und wenn dieser Mann einmal anfängt, ist er nicht mehr zu stoppen. Ich wollte ihn beruhigen und habe ganz lieb gesagt: ›Mark, hör mal, du träumst. Du hast Stress, aber jetzt vergiss den Schokobären.‹ Und dann? Dann fuchtelte er wie ein Irrer mit den Armen und schrie: ›Ich mach euch alle fertig, ihr werdet noch sehen, was ihr davon habt.‹ Also wirklich, der ist nicht ganz dicht. Ich habe ihm heute Morgen gesagt, dass ich mal eine Pause brauche. Ich bekomme ja langsam Angst vor ihm.«

»Ach Mimi, das tut mir leid. Aber vielleicht ist eine Pause genau das Richtige. Vielleicht erkennst du dann auch, was du wirklich willst.«

Mehr ließ sich dazu eigentlich nicht sagen. Kurze Zeit später machten wir uns bereit und fuhren mit Krischan zur Versteigerung, die in einer Lagerhalle im Gewerbegebiet durchgeführt wurde. Nervös und zappelig verfolgten wir die Auktionen, bis endlich das Boot an die Reihe kam. Nachdem einige Bieter ihr Interesse bekundet hatten, schien bei dreißigtausend Euro Schluss zu sein.

»Was jetzt?«, fragte ich Krischan leise.

»Jetzt ist Scheiße. Wenn das hier nicht höher geht, wird die Versteigerung abgebrochen, weil das Mindestgebot nicht erreicht wurde. Drückt die Daumen, dass es weitergeht.«

Bevor ich richtig dazu kam, gab es ein telefonisches Gebot, was die Auktion wieder in Gang brachte, und erst bei achtundsechzigtausendfünfhundert Euro war Schluss.

Krischan zog uns aus der Halle, und da ließen wir unserer Freude ihren Lauf.

»Gebt mir fünf, Mädels«, strahlte Krischan. »Wie geil ist das denn?«

Mimi und ich hopsten auf und ab wie kleine Schulmädchen. »Wir haben es geschafft, wir haben es geschafft!«, jubelten wir. Krischan zog uns an sich und küsste uns beide auf die Wangen. »Mädels, ich zieh meinen Hut vor euch. Echt krass. Nehmt dieses Feeling heute Abend mit, dann habt ihr den nächsten Erfolg.«

Das brachte mich wieder etwas runter. Ich hasste es, heute Abend in *Ronny's Eck* aufzutauchen. Und ich hatte Angst. Mimi wirkte auch etwas kleinlaut.

»Das Feeling mitnehmen«, wiederholte ich gereizt. »Wir haben nicht mal den Hauch eines Plans.«

»Hey, Mädchen, jetzt bleib mal cool«, protestierte Krischan. »Niemand zwingt euch, da noch mal hinzugehen. Wenn ihr meint, das wird nichts, dann brecht die Sache ab. Ist allein eure Entscheidung.«

»Tut mir leid«, gab ich zerknirscht zurück. »Ich bin eben nervös, Ronny ist kein besonders netter Mensch, so einer kann einen schon ein bisschen wirr machen.«

»Und du?«, fragte Krischan Mimi, »bist du auch wirr?« Da war ein ganz neuer Tonfall in seiner Stimme – fast so, als wäre ihm Mimi in mehr als beruflicher Hinsicht wichtig. Ob Mimi irgendein neues Parfum hatte? Eines, das alle Männer verrückt machte?

Krischan setzte uns vor dem Büro ab, und wir beide gingen in unser Café. »So, entweder fällt uns jetzt etwas ein, oder wir können unsere Prozente in den Wind schreiben. Lass uns mal überlegen, wie kommen wir an den Schlüssel ran?«

Mimi überlegte. »Vielleicht legt er ihn aus Versehen mal in die Schublade unterm Tresen? Dann lenkt eine von uns ihn ab, und die andere greift zu.«

»Nee, das tut er nie. Der baumelt immer an seinem Gürtel. Wir müssen ihn irgendwie außer Gefecht setzen.«

Beide grübelten wir vor uns hin. Mimi zerkrümelte ihren Zuckerwürfel, der auf der Untertasse ihres Kaffees lag. Ich guckte einmal hin und dann noch einmal. Langsam kam mir eine Idee.

»Mimi? Der Typ kokst doch jeden Abend, oder?«

»Ja, jedenfalls jeden Abend, den wir da waren. Wieso?«

»Und der legt sich doch immer diese Lines in der Küche zurecht, oder?«

»Ja, stimmt. Worauf willst du hinaus?«

Ich lächelte breit. »Guck dir mal den Zucker an«, forderte ich sie auf.

»Du willst ihm Zucker in das Kokain mischen? Und ihn damit außer Gefecht setzen?«, wunderte Mimi sich.

»Nein, keinen Zucker. Aber zermatschte Schlaftabletten«, erwiderte ich stolz.«

»Alice – das ist die Idee, das ist großartig. Wir mischen ihm die Tabletten unter das Koks, er haut es sich in die Nase, schläft ein, und wir sind zur richtigen Zeit am richtigen Ort.«

»Ganz genau«, bestätigte ich und sah auf die Uhr. »Allerdings hätten wir da noch ein ganz kleines Problem: Ich habe keine Schlaftabletten. Du?«

»Nein«, bedauerte Mimi und setzte noch giftig hinterher: »Bis ich mit Mark zusammenkam, brauchte ich die auch nicht.«

»Ich könnte meine Mutter fragen«, überlegte ich. »Jetzt

ist es zwölf, da ist sie auf jeden Fall zu Hause, weil mein Vater immer mittags zum Essen kommt.«

»Das ist gut«, freute sich Mimi. »Fahr du zu deiner Mutter, ich fahr zu mir, und nachher holst du mich ab.«

Zwanzig Minuten später saß ich bei meiner Mutter in der Küche. »Wo ist Papa? Der isst doch sonst immer um zwölf«, wunderte ich mich.

»Ach, frag nicht. Wir haben ein bisschen Streit wegen Sonntagabend bei dir, und seitdem isst er in der Firma. Ich wette, Nick ist nicht so kleinkariert, oder?«

»Hm, da bin ich im Moment nicht so sicher. Ach Mama«, heulte ich los. »Ich weiß gar nicht mehr, was mit ihm los ist. Ein Freund von ihm hat wohl seine Frau betrogen, und weil ich gesagt habe, dass so ein einmaliger Ausrutscher ja mal passieren kann, ist er nun sauer auf mich. Verstehst du das?«

Sie lächelte mitleidig. »Ja, ich glaube, das verstehe ich. Aber du nicht, oder?«

Erstaunt sah ich sie an. »Nein, ich verstehe es nicht. *Ich* habe ihn doch nicht betrogen.«

»Überleg mal, Alice. Hat Nick dir jemals gesagt, dass er ohne dich nicht leben kann? Dass er in jeder freien Minute an dich denkt?«

»Nein«, sagte ich alarmiert, »das hat er nie gesagt. Ist das ein Zeichen? Heißt das, dass ich ihm gar nicht wichtig bin?«

»Nein, mein Mädchen. Das bedeutet das genaue Gegenteil. Nick ist ein großartiger Mann, aber so wie ich ihn einschätze, würde er sich lieber foltern lassen, als über Gefühle zu reden, stimmt's?«

»Woher weißt du das? Genau so ist es«, sagte ich fassungslos.

»Na ja, ich bin eben schon ein paar Jahre länger auf dieser Welt. Nick hat einen äußerst schwierigen Job. Einen Job, in dem nichts so ist, wie es scheint, und er schwebt öfter, als wir uns das vorstellen wollen, in Gefahr. Darum braucht er einen Gegenpol, jemanden, der ihn auffängt, bei dem er sich fallen lassen kann. Das bist du, und er hat eine riesengroße Angst, dich zu verlieren. Aber ein Mann wie Nick würde diese Angst niemals zugeben. Nur, wenn er hört, dass du einen Seitensprung abtust als einmaligen Ausrutscher, gehen bei ihm sofort die Alarmglocken los. Und er fragt sich: ›Wenn sie das so locker sieht, betrügt sie mich dann vielleicht auch?‹«

»Aber Mama«, protestierte ich, »das ergibt doch keinen Sinn. Er weiß doch, dass ich ihn liebe. Weil ich, im Gegensatz zu ihm, keine Probleme damit habe, über meine Gefühle zu reden. Er kann doch nicht ernsthaft glauben, dass ich ihn betrügen würde!«

»Alice, er ist einfach ganz furchtbar unsicher in allen Dingen, in denen es um Gefühle geht. Und darum ist es für ihn einfacher, dir den Schwarzen Peter zuzuschieben, als sich einzugestehen, dass er Angst davor hat, dich zu verlieren.«

Das musste ich erst einmal verdauen, aber umso länger ich darüber nachdachte, umso mehr Sinn ergab es. So verquer konnten wirklich nur Männer denken.

»Mama, du hast recht und bist einfach die Beste. Ich warte trotzdem noch bis morgen, vielleicht meldet er sich ja. Übrigens, hast du vielleicht ein paar Schlaftabletten für mich?«

»Was?«, fragte sie, »was habe ich?«

»Schlaftabletten. Das ist jetzt etwas kompliziert und hat auch gar nichts mit Nick zu tun, aber ich bräuchte ein paar Schlaftabletten.«

»Ich frage einfach nicht nach«, seufzte sie. »Papa müsste welche haben, er hatte im Frühjahr diese Schlafstörungen. Ich hole sie dir.«

Kurz darauf saß ich wieder in meinem Auto, in der Tasche eine Packung mit sechs Tabletten. Doch bevor ich zu Mimi fuhr, hatte ich noch etwas anderes zu erledigen. Zehn Minuten später stand ich meinem Vater in seiner Werkstatt gegenüber.

»Papa, komm mal bitte mit in dein Büro, ich muss mit dir reden.«

Alarmiert sah er mich an, ging aber trotzdem voraus in sein kleines Büro.

»Sag mal, warum bist du eigentlich so sauer auf Mama? Nur, weil sie mal etwas über die Stränge geschlagen hat? Findest du das nicht ein bisschen kleinlich?«

»Ich finde vor allem, dass dich das überhaupt nichts angeht«, gab mein Vater zurück.

»Ach nein? Ich denke, es geht mich sehr wohl etwas an, schließlich seid ihr meine Eltern«, antwortete ich wütend. »Mama ist die beste Ehefrau, die du dir wünschen kannst. Sie ist lustig und an allem Neuen interessiert, sie ist nicht so eingefahren wie viele andere Frauen in ihrem Alter. Weißt du was? Du solltest stolz auf sie sein, statt rumzumaulen. Und wenn ich du wäre, würde ich jetzt einen ganz großen Blumenstrauß kaufen und ihr genau das sagen.«

Verstört sah mein Vater mir nach, wie ich aufgebracht sein Büro verließ. Ob meine Ansprache etwas gebracht hatte, konnte ich nicht einschätzen, aber wenigstens ging es mir jetzt besser.

Und Mimi auch, als ich nachmittags mit den Tabletten bei ihr vorbeikam. »Super! Dann lass uns die mal zu Pulver verarbeiten.«

Ratlos standen wir vor den Tabletten, die wir auf ein Brett in Mimis Küche gelegt hatten.

»Wir versuchen es mit einer Bratpfanne«, schlug Mimi vor, kramte ein altes Exemplar aus dem Schrank und haute mit Wucht auf die Tabletten. Die Bratpfanne bekam eine Beule, die Tabletten blieben ganz.

»Also ehrlich, Mimi, mit einer Bratpfanne. Du hast Ideen. Lass mich mal.« Ich holte eine Suppenkelle und probierte es damit. Zwei Tabletten flogen durch die Küche, vier lagen in alter Pracht neben dem Brett. »Dann eben ganz anders. Wir versuchen es mit einer Gabel«, schlug ich vor. Tatsächlich, das funktionierte, die Tabletten ließen sich ganz leicht pulverisieren. Anschließend schaufelten wir das Pulver in einen kleinen Gefrierbeutel, den wir mit einem Gummiband zubanden.

»Unglaublich, das sieht genauso aus wie das Koks von Ronny«, staunte Mimi und steckte sich den Beutel in ihre Jeanstasche. »Also, sind wir bereit?«

»Wir sind bereit«, bekräftigte ich.

Eine Stunde später standen wir in der Kaschemme.

»Heute ist Dienstag«, ließ uns Ronny wissen. »Da ist hier bis sieben nichts los. Ich bin mal für eine Stunde weg.«

Kurz darauf waren wir allein.

»Das wird ein Kinderspiel«, freute sich Mimi. »Los, komm, schnell in die Küche.«

Dort erwartete uns leider eine Überraschung. Weit und breit keine Koks-Line.

Wir suchten ein bisschen im Schrank und im Kühlschrank, aber auch da keine Spur vom weißen Pulver.

»So ein Mist. Der hat nichts mehr hier. Der bekommt bestimmt erst heute Abend von einem seiner tollen Freunde Nachschub«, ärgerte ich mich.

»Und jetzt?«, fragte Mimi.

»Jetzt müssen wir irgendwie heute Abend eine günstige Gelegenheit erwischen. Ich lenke ihn ab, und du verschwindest unauffällig in der Küche und mischst ihm ein kleines Schlaflied unter seinen Stoff.«

Ronny war schon lange wieder da, als die ersten durstigen Biker kamen. Die Kneipe füllte sich, und wie an den letzten Tagen wurden unsaubere Geschäfte gemacht. Auch Ronny knallte einen Packen Geld auf einen Tisch und bekam dafür ein Tütchen mit weißem Pulver. Damit verschwand er in der Küche, um kurz darauf deutlich entspannter herauszukommen. Außerdem zog er ständig die Nase hoch und wischte sich mit dem Zeigefinger die Nasenlöcher ab. Sah eklig aus. Der Betrieb in der Kneipe ging seinen Gang. Wir bekamen die üblichen Sprüche zu hören, und an einem Tisch eskalierte es mal wieder.

»Jetzt, Mimi«, zischte ich ihr zu. »Ronny versucht, die Streithähne zu trennen, mach schnell.«

Mimi verschwand, und ich beobachtete, wie Ronny mit Unterstützung von Lui versuchte, eine Schlägerei zu vermeiden.

»Ey, ihr Affen, geht raus, wenn ihr was zu klären habt. Nicht in meiner Kneipe, ist das klar? Ihr haut mir hier nur alles zu Bruch.«

Es flogen noch wilde Beschimpfungen hin und her, aber die beiden waren wohl zu faul, um nach draußen zu gehen. Nach drei Minuten hatten sie sich wieder beruhigt. Ich sah zum Tresen hinüber. Mimi stand dahinter und hielt den Daumen hoch. Also machte ich weiter meinen Job und schleppte ein Tablett mit Bier nach dem nächsten durch den Laden. Irgendwann kniff mir mal jemand in den Hintern. Ich hasste diesen Laden und flüchtete schnell hinter den Tresen.

Ronny ging endlich wieder in die Küche – um wutentbrannt eine Minute später zurück in den Laden zu stürmen.

»Ey, du Sausack, mit was hast du mein Koks gestreckt?«, brüllte er wutentbrannt seinen Lieferanten an und zog ihn gleichzeitig am Kragen vom Stuhl hoch.

»Langsam, Dicker, langsam«, röchelte der. »Das ist beste Ware, wie immer. Ich streck doch nicht dein Zeug, bist du bescheuert?«

»Hör auf, mich zu verarschen«, schrie Ronny. »Meine ganze verdammte Nase ist verklebt. Wenn du denkst, du kannst mich bescheißen, dann musst du früher aufstehen.« Dann knallte er den Kopf von seinem Koks-Dealer auf den Tisch. Mir wurde schlecht. Blut hatte ich noch nie sehen können, und außerdem war ich ziemlich sicher, dass höchstens einen Meter vor mir ein Zahn lag. Hilfesuchend sah ich Mimi an, aber sie sah nur mit großen Augen zurück.

»Los, komm, raus hier, sofort«, wisperte sie und zog mich am Arm. So schnell es ging, verließen wir diesen Höllenjob und brachten uns erst mal in einer dunklen Toreinfahrt in Sicherheit. Wobei man nie vergessen sollte, dass dunkle Einfahrten nicht unbedingt etwas mit Sicherheit zu tun haben. Bevor wir auch nur erleichtert ausatmen konnten, pressten sich zwei behandschuhte Hände auf unseren Mund.

»Ganz ruhig, keinen Ton. Sie sind mitten in einen Polizeieinsatz geraten. Wenn Sie ruhig bleiben, nehmen wir jetzt die Hände weg«, wurden wir aufgeklärt. Die Handschuhhände ließen uns los, und wir sahen uns mit rasendem Herzen um. Es war zu dunkel, um etwas Genaues zu erkennen, aber überall waren Umrisse zu erahnen.

»So, Sie bleiben hier und rühren sich nicht«, hörte ich wieder diese Stimme. »Ralf, du bleibst bei den beiden und passt auf, dass sie nicht abhauen. Und alle anderen – Zugriff!«

Daraufhin lösten sich von überall her aus der Einfahrt Schatten, und wir erkannten mindestens zwanzig Polizisten, die ausgestattet waren wie Rugbyspieler. So etwas hatte ich mal im Fernsehen gesehen, das war bestimmt eine Spezialeinheit. Wie einen Kinofilm verfolgten Mimi und ich das Geschehen. Etwas wurde in die Kneipe geworfen, die daraufhin in grellem Licht erstrahlte. Eine Minute später trampelten die Spezialisten hinterher, um kurz darauf mit unseren geschätzten Gästen in Handschellen wieder rauszukommen. Von überall her hörten wir plötzlich Sirenen, und große Mannschaftsbusse der Polizei fuhren vor *Ronny's Eck*. Immer mehr Polizisten bevölkerten die Straße. Die Biker versuchten, ihrer Natur treu zu bleiben und zu randalieren, aber mit den Händen in Handschellen auf dem Rücken und mit Schlagstöcken im Nacken sah das eher amateurhaft aus. Einer nach dem anderen wurde in die Busse geschoben – alle, bis auf Ronny. Der lag auf dem Straßenpflaster und rührte sich nicht mehr.

»Ey, Eddie, komm mal her«, rief der Polizist, der ihn in den Bus bringen wollte. »Ich glaube, wir brauchen einen Krankenwagen, der hier krepiert uns.«

Mimi und ich hatten vor lauter Schreck bisher noch

kein Wort miteinander gewechselt, aber jetzt kam wieder Leben in uns, ich rannte zu Ronny, und sie folgte mir schnell. Wir wollten ihn doch nur ein bisschen außer Gefecht setzen, wir wollten ihn doch nicht umbringen. Während ich äußerst beruhigt ein tiefes Schnarchen hörte, kamen viel zu schnell zwei Polizisten auf mich zu. Jetzt wurde es eklig, aber da musste ich durch.

Ich schmiss mich auf Ronny und heulte laut auf. »Liebling, sag doch was. Mein Ronny, oh, mein armer Ronny.«

Da war Ralf, unser Aufpasser, schon wieder bei uns und zog mich hoch. »Weg da, Ihr Liebling ist verhaftet. Und Sie kommen übrigens auch mit.«

»Was, warum das denn? Meine Freundin und ich wollten doch nur mal kurz in die Kneipe und was trinken. Wir haben nichts gemacht.«

»Wenn Sie meinen«, gab der ungerührt zurück. »Erzählen Sie das auf dem Präsidium.«

»Wieso das denn?«, fragte Mimi entsetzt. »Wir wissen von nichts, Sie haben doch gehört, dass wir nur mal kurz was trinken wollten.«

»Aha. Und dafür haben Sie über fünf Stunden gebraucht? Sie sind beobachtet worden. Eddie, bring die beiden mit dem Streifenwagen ins Präsidium. Und wo bleibt der verdammte Krankenwagen?«

Kurz darauf saßen Mimi und ich ernüchtert auf der Rückbank im Auto, während Eddie Richtung Präsidium fuhr.

»Was sollte die Aktion?«, fragte Mimi mich fassungslos. »Hast du Ronny wirklich geküsst?«

»Ruhe da hinten«, bekamen wir fast sofort zu hören. »Keine Absprachen.«

Ich tippte mit dem Finger an die Stirn und schüttelte

schnell noch in Mimis Richtung den Kopf. »Nein. Erzähle ich dir später«, flüsterte ich zurück. Schweigend fuhren wir zum Präsidium. Nach einer harschen Aufforderung stiegen wir aus und wurden in den Fahrstuhl geführt.

»Bitte, lieber Gott, wenn es gerade passt für dich – nicht in den zweiten Stock. Bitte, bitte, nicht in den zweiten Stock.«

Es passte wohl gerade nicht, denn der Fahrstuhl hielt genau im zweiten Stock, und wir wurden gemeinsam in ein Büro gebracht, in dem ein älterer Mann am Schreibtisch saß und ungläubig zwischen uns und dem Polizisten, der uns hereingebracht hatte, hin- und herschaute.

»Äh, hallo, Herr Schlüter, lange nicht gesehen. Geht es Ihnen gut?«, brachte ich stockend hervor. Er beachtete mich zunächst gar nicht.

»Eddie? Sag nicht, dass die beiden etwas mit dem Einsatz in der Preutestraße zu tun haben. Lass uns mal kurz vor die Tür gehen.« Beide verließen den Raum.

»Verdammt«, sagte Mimi. »Das ist der Chef von Nick, oder? Der, der im Frühjahr, als wir noch bei *Haus im Glück* waren, die Ermittlungen gegen Grusel-Gunther durchgeführt hat?«

»Ganz genau. Und der, der auch schon im Fall von Simon, meinem Exfreund, zuständig war. Er ist der Chef der Abteilung Organisierte Kriminalität. Und nicht unbedingt mein größter Fan.«

Bedeppert saßen wir auf unseren Stühlen. »Ja, und? Was nun? Was wollen wir sagen?«, fragte Mimi.

»Die Wahrheit. Da die uns heute beobachtet haben, kommen wir wohl aus der Nummer nicht mehr anders raus«, bedauerte ich.

Schlüter kam wieder herein, setzte sich hinter seinen Schreibtisch und seufzte erst mal tief.

»Gut oder besser nicht gut. Ich weiß gar nicht, warum ich so überrascht bin, Sie hier zu sehen. Schließlich ist es ja einer meiner Fälle«, hob er die Stimme. »Warum wundere ich mich, dass Sie mittendrin sind? Das ist ja nun keinesfalls zum ersten Mal so.«

»Also wirklich, Herr Schlüter«, protestierte ich. »Das hört sich ja so an, als ob ich Ihnen Fälle vermasseln würde. Dabei ist ja wohl eher das Gegenteil der Fall. Ohne meine Hilfe hätten Sie manchmal ganz schön alt ausgesehen.«

»Nein«, murmelte Schlüter vor sich hin. »Nein, ich lasse mich da gar nicht drauf ein. Nein, ich höre gar nicht zu.« Er atmete tief durch. »Bleiben wir bei den Fakten. Sie sind heute Nachmittag in *Ronny's Eck* marschiert. Wir konnten von außen erkennen, dass Sie dort bedient haben. Aber da Sie keine Kellnerinnen sind, gestatten Sie mir eine Frage: Was wollten Sie da?« Nun wurde der Mann schon wieder laut.

»Herr Schlüter, behandeln Sie alle Ihre Kronzeugen so?«, schaltete sich nun Mimi ein. »Dann wundert mich gar nichts mehr. Wir haben wichtige Insider-Informationen für Sie, aber wenn Sie sich so aufführen, leiden wir beide jetzt mal ganz schnell an Gedächtnisschwund. Wir leben doch nicht in einem Polizeistaat.«

Wütend blickte Schlüter von mir zu Mimi. Bis ein kleines Lächeln um seine Lippen erschien. »Weiß Nick eigentlich, dass Sie ein Verhältnis mit Ronald Schweder haben, Frau Wörthing?«

Dieser Mistkerl. Der wusste genau, wo er nach Schwachstellen suchen musste. Aber, was Mimi konnte, konnte ich auch: »Lassen wir doch mal diese persönlichen Dinge außen vor«, sagte ich gefasst. »Wir haben wichtige Infos für Sie, und ob Sie es glauben oder nicht, wir wären damit sowieso morgen hier erschienen. Nun bekommen Sie sie schon heute – unter einer Bedingung: Bis morgen früh kein Wort zu Nick. Haben wir einen Deal?«

Er stimmte viel zu schnell zu. Mist, bestimmt hätte er Nick eh erst morgen von mir erzählt.

»Dann schießen Sie mal los«, forderte er uns auf und lehnte sich auf seinem Stuhl zurück.

Wir erzählten ihm von unserer Mission. Daraufhin wurde er blass.

»Moment mal. Sie wollen mir erzählen, dass Sie jetzt auch noch undercover arbeiten? Und sich dabei mit den bösen Jungs anlegen? Sie?«

»Tja, genau, ich und Mimi. Und Sie brauchen gar nicht so zu gucken, wir sind sehr erfolgreich, stimmt's, Mimi?«

»Und ob wir das sind«, bekräftigte sie. »Aber mehr sagen wir nicht, das ist alles total geheim.«

Schlüters Auge begann zu zucken. Das hatte ich schon einige Male beobachtet. So richtig belastbar war der Mann nicht, und dabei leitete er eine wichtige Abteilung.

»Ist es auch geheim, was Sie in der Preutestraße beobachtet haben?«

»Nein, das nicht. Das können wir Ihnen gerne erzählen.« Und das taten wir, von den ganzen Drogen da und was wir sonst noch so gesehen und gehört hatten.

»Und Sie haben sich nicht einmal die Frage gestellt, ob Sie mit Ihrem Wissen vielleicht zur Polizei gehen sollten? Und dass Sie sich womöglich selbst strafbar machen, wenn Sie Straftaten decken? Aber das brauche ich Ihnen beiden ja nicht zu erzählen – jetzt, wo wir fast Kollegen sind, nicht?«

Irgendwie hatte der Mann einen sarkastischen Unterton.

»Mehr wissen wir nicht«, sagte Mimi. »Und wir würden jetzt gerne gehen, das war ein langer Tag für uns.«

»Halten Sie sich für Rückfragen parat«, befahl er uns.

Ich sah ihn an, und plötzlich fiel es mir wieder ein. »*You're my star, shining on me now*«, schmetterte ich los. »Das war es, was er gesummt hat«, freute ich mich. »Dieses Lied von *Reamonn*, weißt du?«, sagte ich zu Mimi. »Auf seiner Party. Ich wusste doch, dass es mir wieder einfallen würde.«

Schlüter blickte mich aus wässerigen Augen an. »Ganz entzückend. Gehört das noch zu Ihrer Aussage?«

»Ähm, nein, das fiel mir nur eben so ein. Wir sind schon weg«, verabschiedete ich mich.

»Was für ein Mist«, fluchte Mimi, als wir vor dem Präsidium waren. »Alles für nichts und wieder nichts. Keinen einzigen Cent haben wir verdient.«

»Vielleicht doch«, grinste ich und holte Ronnys Schlüssel aus meiner Jeanstasche. »Ich habe den Schlüssel zum Safe.«

»Alice«, kreischte Mimi, »du bist genial. Du hast ihn nicht geküsst, du hast den Schlüssel geklaut.«

»Leise«, zischte ich ihr zu. »Hier wohnt die Polizei, die müssen das ja nicht hören. Aber das war wirklich ein guter Einfall«, lobte ich mich selbst. »Und morgen schauen wir uns an, was er da für Sachen drinhat.«

»Ich wette, dass es mit dem Vereinsheim zu tun hat. Ich habe für so was ein Gefühl«, behauptete Mimi.

Bevor ich ihr antworten konnte, piepste ihr Handy. Nach einem Blick darauf sagte sie: »Eine SMS von Krischan, er macht sich Sorgen, weil er nichts von uns gehört hat. Süß, oder?«

»Ganz süß. Du kannst ihn ja anrufen, ich muss erst mal Nick ganz schnell eine SMS schreiben.« Es war zwar schon fast elf Uhr abends, aber das konnte mich jetzt nicht aufhalten.

Nick, ich weiß schon lange, was ich will. Aber da du dich nicht mehr bei mir meldest, interessiert es dich vielleicht gar nicht mehr?

Auf die Antwort musste ich keine Minute warten.

Und ob es mich interessiert. Bin in der Billardhalle. *Kannst du herkommen?*

Ich schrieb schnell ein *Ja*. Mimi kam mit dem Handy in der Hand vom Parkplatz.

»Äh, ich treffe mich noch mal kurz mit Krischan in der *Sansi-Bar*, um ihm zu erzählen, was heute Abend gelaufen ist. Willst du mit?«

»Nein. Ich fahre jetzt in die *Billardhalle*, um Nick zu treffen. Aber das liegt auf dem Weg, wir nehmen ein Taxi, du setzt mich ab und fährst dann weiter. Und viel Spaß«, grinste ich.

»Hey, das ist rein beruflich«, grinste Mimi zurück. »Trotzdem sollten wir vorher noch mal in den Spiegel gucken.«

Ich kramte einen Taschenspiegel aus meiner Tasche und hielt ihn Mimi vors Gesicht. Als ihr Make-Up wieder vollständig war, wiederholten wir die Prozedur mit meinem Gesicht. Dann sprühten wir uns noch ein wenig Parfum auf die Haare, um nicht länger nach altem Aschenbecher zu riechen, und riefen uns ein Taxi.

In der *Billardhalle* war trotz der späten Stunde noch viel los, aber ich sah Nick sofort. Er lehnte an der Wand und sah dem Spiel von Tim und Steven zu. Unsere Blicke trafen sich, und er schob sich durch den Raum.

»Na?«, fragte er vorsichtig.

»Na?«, fragte ich zurück. »Hast du dich beruhigt?«

»Ach Süße. Ich habe es mal wieder vermasselt, oder? Ich weiß auch nicht, was mich da geritten hat.«

Normalerweise hätte ich mich jetzt sofort in seine Arme gestürzt. Vor allem, weil er mal wieder so heiß wie Frittenfett aussah. Das enge Shirt und die schwarze Lederjacke darüber betonten seinen muskulösen Körper und die breiten Schultern, die langen Beine steckten in einer ausgewaschenen Jeans. Seine dunklen Haare lockten sich im Nacken, und ich hätte sie nur zu gerne angefasst. Aber so leicht wollte ich es ihm nicht machen.

»Das weiß ich auch nicht. Ich finde es jedenfalls ziemlich mies, wenn du mir ganz ohne Grund irgendwelche Sachen an den Kopf schmeißt.«

Ein anderer Mann hätte sich jetzt wahrscheinlich entschuldigt und mir sogar erzählt, warum er so reagiert hatte. Aber Nick war eben Nick – er stützte seine Arme rechts und links neben meinem Kopf an der Wand ab und verließ sich auf sein Killerlächeln.

»Süße, du hast da was am Mund«, ließ er mich wissen und küsste mich auf den Mundwinkel. »Jetzt ist es weg«, grinste er, »aber in der Mitte ist noch mehr.« Der nächste Kuss folgte, der schon etwas länger ausfiel.

Ich brauchte all meine Willenskraft, um ihn wegzuschieben. »Nick, findest du nicht, dass wir darüber reden sollten?«

»Mir fällt vieles ein, was wir jetzt tun sollten, aber reden gehört nicht dazu«, sagte er mit diesem verdammten Lächeln.

»Okay. Wir reden nicht darüber. Aber du versprichst mir etwas«, forderte ich.

»Mhm«, machte Nick, der gerade mit meinen Haaren spielte und meinen Hals mit Küssen pflasterte.

»Versprich mir, dass du, wenn dir das nächste Mal irgendetwas nicht passt, nicht gleich wieder ausflippst. Versprich mir, dass du dann ganz gelassen und ruhig reagierst, egal, was ich dir erzähle.«

»Klar tue ich das«, flüsterte er an meinen Hals, »wenn du jetzt mit zu mir kommst und in meinem Bett alles andere als gelassen und ruhig sein wirst.«

Meine schnelle Kapitulation war schon irgendwie erbärmlich. Und natürlich schaffte ich es in seinem Bett nicht mal annähernd, gelassen und ruhig zu sein.

Dafür schlief er danach nicht gleich ein – das buchte ich einfach mal als Erfolg für mich.

»Musstest ihr heute Abend gar nicht arbeiten?«, wagte ich mich vor.

»Nein. Es gab einen Einsatz, der etwas mit meinem Fall zu tun haben könnte. Da muss niemand sehen, dass ich zu den Guten gehöre.«

»Ach so. Aber interessiert es dich denn gar nicht, wie dieser Einsatz gelaufen ist?«

»Weiß ich schon längst. Aber wieso willst du das wissen?«

Jetzt wurde es kompliziert.

»Weil, es könnte sein, dass Mimi und ich so ein bisschen da reingezogen wurden.«

Nick setzte sich auf. »Was meinst du damit? Der Einsatz war in einer miesen Kneipe in der Preutestraße. Was solltet ihr in dieser Gegend zu tun haben?«

»Na ja, das war sozusagen rein beruflich.« Ich stürzte mich ins kalte Wasser und erzählte ihm von unserem Kellnerjob und unserem kurzen Besuch bei Schlüter.

»Moment mal. Willst du mir sagen, dass ihr da über eine Woche gearbeitet habt? Bei diesem Abschaum?« Nick wurde lauter. »Hat euer Chef eigentlich noch alle Latten am Zaun? Kannst du dir auch nur ungefähr vorstellen, in welcher Gefahr ihr da geschwebt habt?« Nun brüllte er mal wieder.

»Nick? Du hast es versprochen. Du hast mir versprochen, beim nächsten Mal nicht auszuflippen«, erinnerte ich ihn.

Er sah mich grimmig an und stand auf. Kurz darauf hörte ich die Dusche rauschen, und zehn Minuten später war er wieder im Schlafzimmer, nur mit einem Handtuch um die Hüften. Ich hoffte, er würde niemals aufhören, Sport zu machen.

Ich blickte ihn unter gesenkten Wimpern an, und etwas völlig Unerwartetes passierte – Nick fing an zu grinsen.

»Du bist das ausgekochteste Luder, das mir je über den Weg gelaufen ist. Und du hast gewonnen. Ich werde jetzt also so tun, als ob es völlig normal wäre, wenn meine Freundin sich in der schlimmsten Ecke der Stadt rumtreibt, mit dem schlimmsten Pack der Stadt. Ich halte mein Wort.«

Ich lächelte ihn an. »Siehst du? War doch gar nicht so schwer. Und Mimi und ich hatten sowieso beschlossen, dass heute unser letzter Arbeitstag war. Morgen hätte ich dir alles erzählt.«

»Und warum habt ihr das beschlossen? Du hast gesagt, ihr wärt nicht mal in die Nähe eines Erfolges gekommen.«

Ich drehte nervos an einer Haarsträhne. Jetzt kam der schwierige Teil, aber vorher bemerkte ich, dass das Parfum seine Wirkung verloren hatte. Meine Haare rochen eklig.

»Ich gehe auch kurz duschen, und dann erzähle ich dir das.«

Zwanzig Minuten später fühlte ich mich besser. Nick saß im Wohnzimmer und sah mir entgegen, als ich in seinen Bademantel gewickelt zu ihm aufs Sofa kam.

»Ja, nun, also, wir haben selber eingesehen, dass das Ganze eine Nummer zu groß für uns war. Und darum haben wir eben beschlossen, dass heute unser letzter Tag wäre. Und gerade dann war dieser Polizeieinsatz. Ich weiß auch nicht, das hat mich alles so mitgenommen. Besonders, als Ronny wie tot auf dem Boden lag. Ich war so durcheinander, dass ich mich zu ihm gehockt habe und völlig wirres Zeug erzählt habe.«

Nick legte den Arm um mich. »Mach dir darüber keine Gedanken. Du bist eben sehr sensibel.«

Genau. Das war ich. Sehr sensibel. Und ein kleines bisschen verlogen, aber das diente ja einem guten Zweck.

»Aber erzählst du mir morgen wenigstens, was ihr so rausgekriegt habt? Das interessiert uns ja schon irgendwie.«

»Mal sehen«, wich Nick aus. »Es besteht wohl keine Chance, dass du mir versprichst, dich in Zukunft nur an Leute wie diesen Albert zu halten?«

»Also, nein. Aber ich verspreche dir, dass wir das nächste Mal unsere Pläne gründlicher durchdenken«, sagte ich und unterdrückte ein Gähnen.

»Warum beruhigt mich das bloß nicht?«, seufzte Nick. »Ich lege mich jetzt wieder hin, ich muss morgen fit sein. Wir treffen uns um zwölf zur Auswertung, bis dahin sind unsere Leute durch. Schläfst du auch?«

Mit dem Kopf an Nicks Brust versuchte ich zu schlafen. Eigentlich war ich todmüde, aber irgendetwas hielt mich wach. Der Gedanke, dass ich irgendetwas übersehen hatte. Ruhelos wälzte ich mich hin und her. Mein Blick fiel auf den digitalen Wecker – schon halb drei morgens. Ich stand leise auf, um zur Toilette zu gehen. Und dann fiel es mir plötzlich ein: Nick hatte gesagt, bis zwölf Uhr »sind unsere Leute durch«. Natürlich, die Spurensicherung. Die würden gleich heute früh Ronnys Laden auf den Kopf stellen, schließlich brauchte die Polizei ja Beweise. Und mit Sicherheit würden sie den kleinen Safe mitnehmen. Das durfte auf gar keinen Fall passieren. Dann wäre ich das Risiko, mich mit allen möglichen Krankheiten zu infizieren, als ich mich auf Ronny geworfen habe, völlig grundlos eingegangen.

So leise es ging, schlich ich ins Schlafzimmer und sammelte mein nach Bier und Zigaretten stinkendes Shirt und die Jeans auf. Im Flur zog ich mich an, nahm meine Handtasche und Nicks Autoschlüssel, öffnete die Wohnungstür und tappte verstohlen durch das Treppenhaus nach draußen zu Nicks Wagen. Mit dem Handy am Ohr ging die Fahrt los.

Es klingelte ewig, aber endlich, als ich schon aufgeben wollte, hörte ich Mimis verschlafene Stimme.

»Mimi? Es ist wichtig. Zieh dir was Dunkles an und komm nach unten. Ich bin in fünf Minuten da, wir müssen was erledigen.«

Mimi gab nur ein müdes Seufzen von sich, aber sie hatte den Ernst der Lage anscheinend trotzdem verstanden. Mit wirren Haaren und kleinen Augen stand sie ein paar Minuten später tatsächlich vor ihrem Haus.

»Ich hoffe, du hast einen guten Grund«, maulte sie, als sie in Nicks Auto stieg. »Du hast mich aus einem verdammt schönen Traum geweckt.«

»Ich habe einen guten Grund. Hör zu, heute ganz früh wird die Spurensicherung in Ronnys Laden anrücken und den auseinandernehmen. Wir müssen uns entscheiden – wenn wir an den Safe wollen, muss es jetzt sein.«

»Du meinst, wir müssen jetzt, mitten in der Nacht, in die Preutestraße?«, fragte Mimi ängstlich.

»Ja, das meine ich. Außer, du hast eine andere Idee.«

»Scheiße«, kam es vom Beifahrersitz. »Ich habe keine. Hast du den Schlüssel dabei?«

Ich klopfte auf meine Hosentasche. »Ja, immer noch hier drin.«

»Okay, aber wir können nicht mit Nicks Auto fahren«, gab Mimi zu bedenken.

»Du meinst, weil der da vielleicht gestohlen wird?«

»Nein, ich meine, weil das ein Zivilfahrzeug der Polizei ist. Und da nachts immer Streifenwagen durch die Straße fahren, wäre es nur eine Frage der Zeit, bis einer von denen das Auto erkennt.«

»Himmel, du hast recht. Da habe ich gar nicht dran gedacht. Und jetzt?«

»Kein Problem, dann nehmen wir eben meinen Wagen«, sagte Mimi. «

Mindestens dreimal kontrollierten wir während der Fahrt, ob die Türen von Mimis Corsa wirklich verriegelt waren. Doch in der Preutestraße war alles ruhig, selbst Gangmitglieder und Kriminelle waren wohl morgens um drei müde. Allerdings gab es ein neues Problem. Vor Ronnys Kneipe parkte ein Streifenwagen.

»Fahr weiter«, rief ich Mimi panisch zu, »fahr weiter!«

Sie fuhr am Streifenwagen vorbei und bog an der nächsten Ecke ab, wo sie den Corsa erst mal auf einen Parkstreifen lenkte.

»Wieso steht denn da ein blödes Polizeiauto vor der Tür?«, regte ich mich auf. »Das ergibt doch gar keinen Sinn, die haben doch alle Biker mitgenommen.«

»Na ja, wohl, damit keiner der netten Bewohner dieser Straße den Laden ausräumt. Was machen wir denn jetzt?«, wollte Mimi wissen.

»Keine Ahnung«, gab ich dumpf zurück. »Ich glaube, wir können gar nichts machen. Nur aufgeben und zurückfahren.«

»So ein Mist, so ein verfluchter«, ärgerte sich Mimi, wendete das Auto und fuhr wieder Richtung Heimat. »Alles umsonst?«

»Alles umsonst«, bestätigte ich. »Außer, uns fällt morgen, nein, heute, noch etwas ein. Aber im Moment gibt es wohl nichts, was wir tun können.«

Um uns auf andere Gedanken zu bringen, fragte ich Mimi nach ihrem Abend.

»Der war erst sehr entspannt. Ich habe mit Krischan einen Aperol Spritz getrunken und ihm von der Aktion erzählt. Dann habe ich eine SMS von Steven bekommen. Und dann habe ich beschlossen, von allen Männern mal eine Pause zu machen, habe mich von Krischan nach Hause bringen lassen und bin allein in mein eigenes Bett gegangen.«

»Was hat Steven geschrieben?«, wollte ich wissen.

»Das war ganz süß. Dass er an mich denkt und mir eine gute Nacht wünscht.«

»Hm«, machte ich. »Aber es bleibt doch bei dem einen Mal, oder?«

»Ich denke schon«, sagte Mimi etwas unbestimmt. »Ich habe auch nicht geantwortet, sondern mein Handy ausgeschaltet. Und wie war's bei dir?«

»Bei mir ist alles okay. Nick weiß Bescheid, und Schlüter kann ihm heute Morgen nichts erzählen, was er nicht schon wüsste.«

»Ist er nicht sauer geworden? Er dreht doch sonst immer sofort am Rad, wenn es um dich geht.«

»Findest du?«, fragte ich geschmeichelt. »Nein, alles ruhig.«

Mittlerweile waren wir bei Mimi zu Hause angekommen.

»Ich fahre jetzt wieder zu Nick. Wir telefonieren am Vormittag und sehen dann weiter, ja?«

»Machen wir«, sagte Mimi müde. »Bis später.«

Ich fuhr wieder zu Nick und parkte das Auto am alten Platz. Wenigstens der war frei geblieben, mein einziger Trost. Ganz leise schloss ich die Wohnungstür auf, zog mich aus und schlich ins Schlafzimmer.

»Süße?«, kam es schlaftrunken von Nick. »Wo warst du?«

»Nur was trinken, in der Küche. Schlaf weiter«, beruhigte ich ihn. Wie gut, dass dieser Mann so einen tiefen Schlaf hatte.

Obwohl ich unbedingt einen genialen Plan schmieden wollte, fielen auch mir bald wieder die Augen zu. Und etwas später, als es draußen noch dunkel war, bekam ich nur im Halbschlaf mit, dass Nick mich küsste und zur Arbeit fuhr. Ich schlief lieber noch vier Stunden und machte mich dann in aller Ruhe fertig. Mimi rief an, als ich gerade damit beschäftigt war, eine widerspenstige Haarsträhne um meinen Lockenstab zu wickeln.

»Na, wie geht's? Bist du einigermaßen wach?«

»Geht so. Aber eigentlich bin ich richtig frustriert.«

»Willkommen im Club. Trotzdem sollten wir jetzt zu

Albert fahren. Was hältst du davon, wenn wir uns erst in der Fußgängerzone treffen, um zu frühstücken?«

»Frühstücken ist gut, aber du musst mich abholen, mein Auto steht noch bei dir.«

»Bin in zehn Minuten da«, versprach Mimi.

Nach einem kurzen Frühstück holten wir gegen elf Albert ab. Heute trug er eine helle Bundfaltenhose, ein roséfarbenes Hemd und auf dem Kopf einen Strohhut. Er war eben ein Mann von Welt.

»Können wir vorher noch Bratwurst essen gehen? Ich mag Bratwurst.«

»Nein, das machen wir hinterher. Wir steigen jetzt hier in das Auto und fahren direkt zu deinen Eltern. Gib mir mal die Adresse, bitte«, forderte Mimi ihn auf.

»Wir müssen in die Seestraße 32, kennt ihr den Weg?«

Nein, wir nicht, aber unser neues Navi-Gerät. Ich wusste nur, dass die Seestraße eine der teuersten Straßen der Stadt war. Alberts Eltern mussten richtig Geld haben, wenn sie da wohnten. Eine Dreiviertelstunde später standen wir vor einer weißen Villa mit Türmchen, Balkon und Bogenfenstern. Rund um das große Haus war ein schmiedeeiserner Zaun gezogen, die Einfahrt bestand aus zwei Torbogen, die offen standen. Wenn ich jemals reich werden sollte, dann wäre dies mein Haus. Wir parkten auf der Straße und gingen die elegant geschwungene Auffahrt hoch. Dafür, dass Albert seine Eltern seit zwei Jahren nicht mehr gesehen hatte, wirkte er sehr vergnügt.

»Seht ihr? Das ist unser Haus. Es ist ein schönes Haus. Meine Großeltern haben es gebaut.«

Ich drückte auf die Klingel, und eine kleine Melodie erklang. Ansonsten blieb alles ruhig. Ich klingelte noch einmal, und wir warteten, doch nichts tat sich.

»Oh, nun ist keiner zu Hause«, ärgerte sich Albert. »Jetzt bin ich so mutig und fahre zu meinen Eltern, und dann sind sie nicht da. Ich weiß nicht, wo sie sind. Früher waren sie immer mittags zu Hause.«

Mimi stöhnte. »Hast du denn nicht vorher angerufen?«

»Nein, nein, dann wäre es doch keine Überraschung mehr. Es sollte doch eine Überraschung sein. Wir müssen es morgen noch einmal versuchen.«

»Von mir aus«, knurrte ich. »Aber bevor wir hier noch mal die ganze Strecke rausfahren, rufst du an, ob sie auch da sind. Überraschung hin oder her.«

»Ja, ja, das tue ich, ganz bestimmt tue ich das. Aber jetzt habe ich Hunger. Können wir nun eine Bratwurst essen gehen?«

Wir fuhren wieder zurück Richtung Innenstadt und standen eine knappe Stunde später an einem Bratwurststand. Zu meiner eigenen Überraschung schaffte ich es tatsächlich, nichts zu essen. Ich wollte nicht gleich wieder drei Kilo mehr auf den Hüften haben. Albert hatte mit seinen Hüften kein Problem. Er aß bereits die dritte Bratwurst. Die übrigens wir bezahlten, denn er hatte nicht einen Cent in der Tasche.

»Wollt ihr noch mit zu mir kommen? Dann können wir *Monopoly* spielen. Das spiele ich gerne.«

»Ein anderes Mal, Albert. Jetzt müssen Alice und ich noch ein bisschen arbeiten. Rufst du nachher deine Eltern an?«

»Ja, ganz bestimmt, das verspreche ich euch. Und dann rufe ich euch an. Aber ich habe eure Nummer nicht – gebt ihr mir eure Nummer?«

»Müssen wir wohl«, sagte Mimi und diktierte ihm ihre

Handynummer, die er gleich speicherte. Wir verabschiedeten uns und gingen zu Mimis Auto.

»Meine Güte, wir haben aber auch eine Pechsträhne« seufzte sie. »Aber gut. Dann lass uns jetzt ins Büro. Mal hören, was Krischan zu dem Ganzen sagt.«

Krischan hörte sich unsere Geschichte mit Falten auf der Stirn an. »Das ist natürlich Scheiße. Aber trotzdem, Respekt für euren Einfallsreichtum. Und überhaupt, Alice, du hast doch die besten Connections zur Polizei. Frag deinen Nick, was im Safe war. Vielleicht ist ja doch noch nicht alles verloren. Und vorher könntet ihr versuchen rauszukriegen, wo das Vereinsheim ist. Vielleicht seid ihr schneller als die Herren Kommissare und findet da was.«

»Googeln?«, fragte ich Mimi am Schreibtisch.

»Können wir versuchen, aber ich glaube, das bringt nichts. Das ist ja nicht mal ein eingetragenen Verein oder so was.«

Wir gaben trotzdem alles Mögliche bei Google ein, aber vergebens. Keine Spur von einem Vereinsheim, das passen könnte.

»Ich weiß vielleicht was«, sagte Mimi hoffnungsvoll. »Wir fahren zu deiner Mutter.«

Jetzt stand ich auf dem Schlauch. »Zu meiner Mutter? Woher soll meine Mutter denn die Biker kennen?«

»Na ja, kennen nicht. Aber du hast mir doch erzählt, dass sie so eine begeisterte Facebook-Jüngerin ist. Und anscheinend ist heute jeder außer uns bei Facebook. Also vielleicht auch Ronny?«

Das war einen Versuch wert. Zwanzig Minuten später standen wir bei meiner Mutter vor der Tür.

»Oh, wie schön, euch zu sehen. Seit es mit den Tupperpartys immer weniger wird, fällt mir hier schon manchmal die Decke auf den Kopf.«

»Hast du ja gar nicht erzählt«, beschwerte ich mich. »Warum wird das denn immer weniger?«

»Heute kann man überall Tupper kaufen, im Internet, bei eBay, auf Flohmärkten. Da haben immer weniger Leute Lust, Partys mit einer Tupperberaterin zu organisieren. Ich bin schon am Überlegen, ob ich nicht etwas ganz anderes mache. Mir ist nur noch nicht das Richtige eingefallen.«

»Das tut mir leid, Mama. Aber du findest bestimmt etwas. Jetzt brauchen wir allerdings erst mal deine Hilfe. Wir wollen jemanden auf Facebook finden.«

»Na, da bin ich doch die Richtige. Ich bin sowieso gerade online.«

Wir setzten uns im Wohnzimmer vor ihren Computer. Leider sah ich nirgendwo einen Blumenstrauß. Mein Vater würde wohl noch einen Anstoß brauchen. Mama tippte schnell wie ein Profi.

»So, wie heißt euer Freund?«

Bäh. Allein die Vorstellung, Ronny wäre unser Freund, war schon eklig.

»Ronny oder Ronald Schweder«, sagte ich.

Sie tippte wieder ein bisschen und fuchtelte dann mit den Armen wie ein Dirigent.

»So, da habt ihr ihn, er gehört zur Community. Jetzt könnt ihr ihm eine Freundschaftsanfrage schicken.«

»Ach nein, das wäre vielleicht etwas überhastet«, gab Mimi zu bedenken. »Wir gucken uns erst mal einfach nur seine Seite an.«

»Aber Mimi, du bist ja genauso unbedarft wie Alice. So funktioniert das nicht. Die privaten Seiten bei Facebook sind fast nie öffentlich. Du musst erst als Freund akzeptiert werden, vorher kommst du nicht auf die Seite.«

Mist, Mist, Mist. Mimi hatte recht, wir hatten eine Pechsträhne. Und zwar eine richtig lange.

»Ach so. Danke, Mama, aber wir wollen uns in Ruhe überlegen, ob wir ihm so eine Anfrage schicken. Mit neuen Freunden soll man ja wählerisch sein.«

Ich ließ die beiden kurz allein und ging mit meiner Handtasche in die Küche. Wenn schon mein Vater nicht mal eine kleine Überraschung für meine Mutter hatte, sollte sie wenigstens eine von mir bekommen. Meine Tasche war wie immer voll. Ich kramte Haarspray, Make-up, mein Handy, eine Bürste und ein kleines Flugblatt raus, bis ich endlich den Schokohasen fand. Ich stellte ihn mitten auf den Küchentisch und räumte wieder ein. Dabei sah ich mir das erste Mal dieses Flugblatt, das mir jemand in der Fußgängerzone gegeben hatte, näher an. *Komm mit ins Abenteuerland – eine romantische Fahrt ins Blaue unter dem Sternenzelt,* las ich da. Nicht schlecht gemacht, aber beim zweiten Lesen merkte ich, dass niemand mit mir eine romantische Reise unternehmen wollte, sondern dass es sich hier nur um so eine Kaffeefahrt handelte. Den Leuten fiel auch immer was Neues ein. Ich wollte den Zettel gerade in den Müll werfen, als mich lautes Gejohle aus dem Wohnzimmer ablenkte. Schnell nahm ich meine Tasche und lief zu meiner Mutter und Mimi.

Die beiden hopsten begeistert durch das Wohnzimmer.

»Alice, Mimi hatte eine wunderbare Idee. Sie hat mir vorgeschlagen, Facebook-Kurse für ältere Leute zu geben. Sie meint, dass sich da bestimmt viele für interessieren, es aber allein nicht hinkriegen oder sich nicht trauen.«

Ich hopste ein bisschen mit. »Mama, das ist *die* Idee. Du bist da richtig gut drin, auch im Erklären.«

»Ja, das stimmt«, strahlte meine Mutter. »Ich klappere gleich mal ein paar Seniorenheime ab.«

Wir gingen zusammen aus der Tür und wünschten meiner Mutter viel Glück.

»Echt super von dir, Mimi. Das könnte wirklich klappen! Aber nun zurück ins Büro.«

Krischan saß an seinem Schreibtisch und hatte die Füße weit von sich gestreckt. »Na? Wie ist die Lage?«

»Nicht gut«, seufzte Mimi. »Wir haben nicht die leiseste Ahnung, wo dieses blöde Vereinsheim sein könnte.«

»Na ja, eine Möglichkeit gibt es vielleicht. Was ist, wenn die Polizei weder im Laden noch im Safe einen Hinweis auf das Vereinsheim gefunden hat?«

»Ja?«, fragte ich. »Was ist dann?«

»Dann habt ihr einen Vorsprung, weil ihr wisst was, was die nicht wissen. Und den Vorsprung müsst ihr nutzen.«

»Und wie sollen wir den nutzen?«, wollte Mimi wissen.

»Ganz einfach. Ihr müsst nur Ronny fragen.«

»Ronny fragen?«, gab ich ärgerlich zurück. »Hast du vielleicht vergessen, dass er gestern festgenommen wurde? Und, sobald er wieder wach ist, vom Krankenhaus direkt in die U-Haft geht?«

»Nein«, grinste Krischan. »Habe ich nicht vergessen. Aber glaubt ihr nicht, dass sich so ein einsamer, inhaftierter Mann über etwas Besuch freut?«

»Das ist nicht dein Ernst, Krischan«, kicherte Mimi. »Wir sollen ins Gefängnis?«

»Ist doch immerhin eine Chance. Denkt darüber nach. Aber googelt das vorher mal, ich bin ziemlich sicher, dass man da erst einen Besuchsantrag stellen muss.«

»Wir denken darüber nach«, ließ ich Krischan wissen und zog Mimi mit zu unserem Schreibtisch. »Was meinst du?«

»Ich meine, dass das wohl unsere einzige Chance ist.«

»Wie spät ist es jetzt?«

Mimi sah auf ihre Uhr. »Gleich halb vier, warum?«

»Weil ich jetzt Nick anrufe und frage, ob er sich mit mir treffen kann. Vielleicht erzählt er mir, was die Spurensicherung gefunden hat. Wenn die schon Unterlagen gefunden haben, brauchen wir uns nicht weiter den Kopf über die Sache mit dem Gefängnis zu zerbrechen.«

»Das ist gut. Und falls nicht, versuch auch rauszukriegen, in welchem Gefängnis er sitzt. Werden die in das gebracht, was am nächsten liegt, oder wonach wird das ausgesucht?«

»Das weiß ich auch nicht«, musste ich zugeben. »Aber ich finde es raus.«

Ich kramte in meiner Tasche und leerte sie das zweite Mal an diesem Tag. Das Handy fand ich trotzdem nicht.

»So ein Mist. Ich habe mein Handy bei meiner Mutter in der Küche vergessen. Das muss ich morgen früh als Erstes holen«, informierte ich Mimi und griff zum Festnetztelefon.

»Nick?«, fragte ich mit weicher Stimme. »Ich muss dich unbedingt etwas fragen. Können wir uns im Café treffen?«

»Oh, oh, Süße, du willst mir doch wohl keinen Antrag machen?«

»Hättest du wohl gern«, lachte ich. »Nein, aber es ist wichtig. Hast du Zeit?«

»Ich kann gegen vier da sein, aber viel Zeit habe ich nicht.«

»Macht nichts, dauert nicht lange. Vielen Dank und bis gleich.«

Ich kämmte meine Haare, erneuerte das Lipgloss und war abmarschbereit. »Und Mimi, denk an deine Männerpause. Komm nicht auf dumme Gedanken, wenn ihr beide jetzt hier allein seid.«

»Pff«, machte Mimi, »das steht überhaupt nicht zur Debatte.«

Nun gut. Ich musste ungefähr zehn Minuten im Café warten, bis Nick reinkam. Er hatte wieder diese schwarze Levis an, in der sein Hintern besonders knackig aussah.

»Na, Süße«, lächelte er mich an, »was gibt es so Dringendes? Steven wartet draußen im Wagen.«

»Habt ihr euch wieder vertragen?«, wollte ich wissen.

»Wir haben uns nie gestritten. Ich habe ihm meine Meinung gesagt, und damit ist die Sache erledigt.«

Männerfreundschaften mussten ziemlich unkompliziert sein.

»Also, Nick, ich habe ein bisschen Angst, dass Ronny denkt, Mimi und ich hätten was mit dem Einsatz zu tun.«

»Da kann ich dich beruhigen. Das glaubt er nicht.«

»Wie kannst du dir da so sicher sein?«, wunderte ich mich.

»Weil Steven ihm mit einer zusätzlichen Anzeige gedroht hat, da er zwei Verbrecherinnen auf der Flucht vor der Polizei versteckt hat«, grinste Nick. »Wir wollten nämlich auch nicht, dass er auf so eine Idee kommt.«

»Also, das ist aber richtig süß von euch«, strahlte ich Nick an und küsste ihn. »Und was hat er dazu gesagt?«

»Erzähl ich dir mal in Ruhe«, behauptete Nick.

Ja. Klar würde er das.

»Ist er denn jetzt schon im Gefängnis oder noch im Krankenhaus?«, fragte ich.

»Er war nur heute Nacht auf der Station. Der Test hat ergeben, dass er merkwürdigerweise außer einer Menge Koks auch eine ziemliche Dosis Schlafmittel im Blut hatte. Ziemlich ungewöhnlich, aber er konnte heute Morgen, nachdem er seinen Rausch ausgeschlafen hatte und wir ihm ein paar Fragen gestellt hatten, abtransportiert werden. Bist du jetzt beruhigt? Hast du keine Angst mehr?«

»Nur noch ein bisschen«, log ich. »Ist er denn hier in der Stadt im Gefängnis oder weiter weg? Das würde mich komplett beruhigen.«

»Nein, er ist in unserem Knast untergebracht, aber du brauchst wirklich keine Angst zu haben. Er verdächtigt euch nicht. Und ich muss jetzt wieder los.«

»Äh, einen ganz kleinen Moment noch«, bat ich ihn und streichelte ihn ein bisschen im Nacken. »Mimi hat im Laden etwas vergessen und jetzt Angst, dass Ronny das in den Safe getan hat. Habt ihr das vielleicht gefunden?«

»Was hat sie denn vergessen?«

Ja. Was hatte sie vergessen? Irgendwas musste mir einfallen, und zwar ganz schnell.

»Ihren neuen Lippenstift«, war das Erste, was mir in den Sinn kam.

Nick guckte mich mit zusammengezogenen Augenbrauen an. »Einen Lippenstift? Warum sollte Ronny Mimis Lippenstift in den Safe tun?«

»Ja, nun, was weiß denn ich. Der hat doch immer gekokst. Solche Leute machen die verrücktesten Sachen«, behauptete ich.

»Schlechte Geschichte und schlechter Versuch. Was soll wirklich im Safe sein?«, fragte Nick.

Mist. Hätte ich mir doch nur vorher eine Geschichte überlegt.

»Oh Nick«, lächelte ich ihn an. »Du bist wirklich zu schlau für mich. Du siehst nicht nur umwerfend aus, du bist auch noch richtig klug.«

»Noch ein schlechter Versuch«, grinste Nick, »wenn auch nett anzuhören. Also, was willst du wissen?«

»Habt ihr im Safe Unterlagen gefunden, die irgendwie darauf hindeuten, dass Ronny doch noch der Eigentümer der Kneipe ist?«

»Du weißt, dass ich dir das nicht sagen darf. Und jetzt muss ich los.«

Ich griff zum allerletzten Mittel und presste mir ein paar Tränen raus. »Ist schon gut. Wirklich, ich verstehe das. Ich bin nur ein bisschen traurig, dass alles umsonst war. Aber ich werde schon irgendwie darüber hinwegkommen.«

Der Mistkerl hatte nicht mal den Anstand, ein betroffenes Gesicht zu machen, sondern grinste schon wieder.

»Respekt. Das war bis jetzt der beste Versuch.« Er nahm mich in die Arme und küsste mich.

»Ich bin heute Abend mit Tim und Nicole im Kino. Wir telefonieren morgen, okay?«

»Okay«, lächelte ich trotz allem zurück.

Nick stand auf und drehte sich noch einmal zu mir um. »Der Safe war leer. Aber von mir hast du das nicht.«

»Danke, Nick«, strahlte ich. »Bis morgen.«

Mimi saß ganz artig am Schreibtisch. Weder waren ihre Haare durcheinander, noch war ihre Bluse falsch zugeknöpft. Das machte Hoffnung, dass ihre innere Schlampe momentan wirklich Pause machte.

»Und? Hast du was rausgekriegt?«

»Ja. Erstens war der Safe leer. Und zweitens sitzt Ronny hier in der U-Haft.

»Der Safe war leer? Aber er war da doch die ganze Zeit zugange.«

»Keine Ahnung. Vielleicht hat er ihn ganz zufällig am Montag geleert. Ach ja, und Steven hat was ganz Süßes gemacht. Er hat Ronny gegenüber behauptet, wir beide wären auch Verbrecherinnen.«

»Und das findest du süß? Dass Steven uns für Kriminelle hält?«

»Mensch, Mimi. Das hat er gesagt, damit Ronny nicht glaubt, wir hätten ihn verraten und etwas mit dem Einsatz in der Kneipe zu tun.«

»Oh«, sagte Mimi mit blitzenden Augen. »Ja, das ist wirklich süß. Und jetzt? Gehen Sie nicht über Los? Gehen Sie direkt ins Gefängnis?«

»Das ist unsere letzte Chance. Hast du das schon mal gegoogelt?«

»Ja. Es darf ihn nur eine Person besuchen, und wir müssen tatsächlich vorher einen Besuchsantrag stellen. Den habe ich online gefunden und schon ausgedruckt, jetzt müssen wir nur noch sehen, wer von uns beiden hinfährt.«

»*Schnick-Schnack-Schnuck?*«, schlug ich vor.

»Nee, da gewinnst du immer. Streichhölzer ziehen?«

»Haben wir nicht. Und überhaupt, ich finde, du solltest fahren. Ronny mag dich viel lieber als mich«, behauptete ich.

»Ronny mag niemanden«, stellte Mimi fest.

Da ließ sich nichts gegen einwenden.

»Gut. Dann werfen wir eben eine Münze«, sagte ich und holte einen Euro aus der Tasche. »Kopf oder Zahl?«

»Ich nehme Zahl. Und wenn Zahl kommt, habe ich gewonnen und du fährst, oder?«

»Genau«, bestätigte ich. »Fertig?«

Mit angehaltenem Atem verfolgten wir, wie die Münze hoch in die Luft flog, über den Teppich rollte und vor Krischans Tür liegen blieb. Wir schauten uns an und gingen langsam dem Euro hinterher.

»Zahl, hähä, es ist Zahl. Du fährst«, freute sich Mimi.

»Eigentlich spielt man das drei Mal«, wandte ich ein. »Nur, damit es auch fair ist.«

»Blödsinn. Ich habe Zahl, und du hast verloren. Also, jetzt lass uns eine Geschichte ausdenken, warum du ihn besuchst.«

Das sollte mir leichtfallen, im Geschichtenerzählen war ich mittlerweile richtig gut.

»Ronny denkt, wir haben auch Dreck am Stecken«, überlegte ich. »Also fahre ich zu ihm und sage, dass wir bis zur Gerichtsverhandlung auf freiem Fuß sind. Da wir aber nicht das erste Mal vor Gericht stehen, müssen wir mit einer Gefängnisstrafe rechnen. Das möchten wir nicht. Darum frage ich ihn, ob er ein Versteck für uns beide kennt, wo wir die nächsten Wochen erst mal untertauchen können.«

»Das ist eine wirklich gute Geschichte«, sagte Mimi anerkennend. »Und warum müssen wir vor Gericht?«

»Auf keinen Fall wegen Drogen. Mit Drogen will ich nichts zu tun haben«, machte ich klar.

»Wie wäre es mit Scheckbetrug?«, schlug Mimi vor.

»Gibt es heute überhaupt noch Schecks?«, fragte ich zweifelnd. »Da zahlt doch keiner mehr mit.«

»Ja, das kann sein. Okay, ich habe was Gutes – wir sind Heiratsschwindlerinnen.«

»Oh ja, das ist gut. Wir sind die schwarzen Witwen.«

»Das ist, glaube ich, was anderes. Aber wenn du willst, nennen wir uns eben so. Okay, und jetzt der Besuchsantrag.«

Das war kompliziert. Nach einer Stunde waren wir immer noch nicht weiter, weil dieses Behördendeutsch einfach vollkommen unverständlich war. Außerdem grübelten wir lange über die Frage nach »In welchem Verhältnis stehen Sie zu dem Untersuchungsgefangenen?«

»Das ist eine gute Frage«, sinnierte Mimi. »Kann man da ›Angestellte‹ ankreuzen?«

»Lieber nicht. Dann wird das überprüft, und wir haben doch schwarz gearbeitet. Ich muss wohl ›Partnerin in eheähnlicher Gemeinschaft‹ nehmen, auch wenn ich mich allein beim Gedanken daran schütteln könnte.«

»Nein, wir machen das ganz anders«, schlug Mimi vor. »Wir fahren morgen direkt zum Gericht und beantragen da persönlich deine Besuchserlaubnis. Das geht schneller, und wir müssen uns nicht mit diesem doofen Formular rumärgern.«

»Gut. Ich hole dich um neun ab, und dann fahren wir da hin«, stimmte ich zu. »Und danach können wir gleich zur Putzfrau von Diedrichsen fahren. In der Sache kommen wir überhaupt nicht weiter«, ärgerte ich mich.

Mimi suchte nach dem Namen der Putzfrau in der Akte. »Richtig, Tanja Hölting hieß sie. Guck mal im Telefonbuch, ob sie drinsteht.«

Endlich hatten wir mal wieder Glück, es gab nur ein paar Höltings in unserer Stadt und nur eine T. Hölting. Wir schrieben die Adresse auf und schoben die Akte von Diedrichsen ganz schnell wieder tief in die Schreibtischschublade.

Mittlerweile war es tatsächlich schon sechs Uhr abends, und ich bekam Hunger.

»Mimi, wollen wir noch zum Italiener? Ich habe seit dem Frühstück kaum was gegessen.«

»Oh ja, gute Idee. Zu dem in der Denzelstraße?«

»Ja, da gehen Nick und ich auch immer hin. Komm, los.«

Eine halbe Stunde später schob Mimi die Tür zum Italiener auf, aber trat sofort einen Schritt zurück und knallte sie wieder zu. Dabei schubste sie mich fast um.

»Mimi, aua«, jammerte ich. »Du hast mir fast einen Zahn ausgeschlagen. Was ist denn los?«

»Oh, puh, da drinnen stinkt es vielleicht«, behauptete sie. »Ein furchtbarer Geruch, mir ist immer noch ganz übel. Komm, schnell, wir fahren woanders hin.«

»Wieso stinkt es denn da? Da stinkt es nie, da riecht es immer richtig lecker. Und ich habe mich jetzt so auf Tortellini in Gorgonzolasoße gefreut.«

»Ja, nun, das hilft nichts. Wenn es stinkt, dann stinkt es. Und jetzt komm«, ordnete Mimi an und zog mich von der Tür.

Ich rammte beide Füße fest in den Boden.

»Mimi, was ist los? Ich kann sogar von hier draußen sehen, dass der Laden richtig voll ist. Warum riechen denn die ganzen anderen Leute den Gestank nicht?«

»Mein Gott, Alice, nun hinterfrag doch nicht immer alles. Was weiß denn ich? Vielleicht haben sie sich daran gewöhnt.«

»Ist Steven da drin? Mit Teresa? Willst du deshalb nicht da rein?«

»Ja, genau, so ist es. Steven sitzt mit seiner Frau da. Und jetzt komm endlich.«

Die Bestätigung kam viel zu schnell. Und warum hatte sie zuerst behauptet, da drinnen würde es stinken? Wenn Steven da wirklich drin war, hätte sie es doch gleich sagen können.

Beherzt schob ich Mimi zur Seite und ging selbst rein. Ich wusste es doch. Ein wunderbarer Duft kam mir entgegen, nach Knoblauch und Kräutern. Es gab zwölf Tische, aber an keinem davon saßen Steven und Teresa. Dafür jemand anders. Während ich noch mit großen Augen guckte, zog Mimi mich schon wieder aus der Tür.

»Komm. Da gibt es bestimmt eine ganz logische Erklärung für.«

»Da drinnen sitzt Nick«, sagte ich benommen. »Mit Tim, Nicole – und Kristin.«

»Ach, seine Ex ist das? Sieht ein bisschen streng aus, finde ich.«

»Mimi? Warum sitzt Nick mit seiner Ex bei unserem Italiener?«

»Ja, nun, vielleicht überlegen sie sich eine Überraschung für dich?«, versuchte Mimi mich zu trösten. »Du hast doch bald Geburtstag.«

»Ich will nach Hause«, heulte ich los. »Ich will sofort nach Hause.«

»Ich fahre dich«, sagte Mimi sanft. »Und glaub mir, das klärt sich alles auf.«

Schweigend liefen wir zu unserem Bürogebäude zurück, wo Mimis Corsa stand. Auch im Auto blieb ich erst stumm, doch dann schoss es nur so aus mir heraus: »Das kann er doch nicht bringen. Er immer mit seinen Vorträgen über Treue. Und dann geht er mit seiner Ex essen? Hinter meinem Rücken?« Plötzlich fiel mir noch etwas viel Schlimmeres ein. »Und Mimi, das Ganze hat er auch noch geplant.

Ich habe Samstag beim Einkaufen Kristin getroffen, und sie hat mir erzählt, dass sie Nick diese Woche trifft. Und als ich ihm das gesagt habe, tat er ganz unschuldig und hat behauptet, da würde er gar nichts von wissen.«

»Soll ich noch mit hochkommen?«, fragte Mimi.

»Nein danke. Ich will jetzt lieber allein sein. Wir sehen uns trotzdem morgen um neun«, verabschiedete ich mich von ihr. Wie ein Zombie ging ich in meine Wohnung und ließ mich aufs Sofa fallen. Ohne etwas zu sehen, starrte ich einfach nur vor mich hin. Das hätte ich nie, niemals von Nick gedacht. Es war ein Gefühl, als hätte mir jemand mit einer Bratpfanne eine übergehauen.

Stunden später klingelte es an der Tür, und trotz allem musste ich fast lächeln. Das war bestimmt Mimi, die noch einmal nach mir sehen wollte. Ich drückte den Summer und lehnte an der Wohnungstür. Statt Mimi kam Nick die Treppe hoch.

»Süße, da bist du ja. Ich habe mir Sorgen gemacht, du bist den ganzen Abend nicht an dein Handy gegangen. Was war denn los?«

Mit großen Augen starrte ich ihn an. Wie hatte ich mich nur so in ihm täuschen können? Sein Verhalten war ja fast psychopathisch.

»Das habe ich bei meiner Mutter vergessen«, antwortete ich mechanisch.

»Hast du irgendwas?«, fragte Nick und küsste mich. »Und warum stehen wir immer noch im Treppenhaus?« Wie ferngesteuert ging ich ins Wohnzimmer und setzte mich wieder aufs Sofa.

Nick setzte sich neben mich und legte seinen Arm um mich.

»Ich habe dir bestimmt fünf SMS geschickt und dreimal angerufen. Vor dem Kino waren wir beim Italiener, und Nicole hat Kristin mitgeschleppt. Aber du hast gefehlt, ohne dich schmeckt es da irgendwie nicht, und der Film war auch blöd.«

»Ich komm gleich wieder«, brachte ich heraus und flüchtete aufs Klo. Vor Erleichterung liefen mir schon wieder die Tränen runter. Manchmal war ich wirklich blöd. Mimi hatte gleich gesagt, es würde sich alles klären. Wie gut, dass ich viel zu benommen gewesen war, um gleich auf Nick loszugehen. Dann hätten wir sofort den nächsten Streit gehabt, weil ich ihm nicht vertraut hatte. Ich putzte mir die Nase, puderte mein Gesicht ab, legte Lippenstift auf und ging zurück ins Wohnzimmer.

»Nick, du glaubst gar nicht, wie froh ich bin, dich zu sehen«, brachte ich heraus. Im selben Moment musste ich schon wieder heulen.

»Aber deshalb musst du doch nicht weinen, Süße«, sagte er liebevoll und wischte mir die Tränen weg. »Bist du sicher, dass nicht doch irgendwas passiert ist?«

»Ja, ganz sicher«, behauptete ich. »Ich hatte nur so einen verrückten Traum, dass du mich betrügen würdest.«

»Das ist wirklich verrückt«, lächelte Nick und küsste mich wieder.

Plötzlich wurde mir etwas klar. »Du weißt schon, das Nicole das Ganze geplant hat, oder? Kristin hat mir ja am Samstag selbst gesagt, dass sie dich diese Woche sieht.«

»Kann sein, aber da hat sich Nicki bestimmt nichts bei gedacht. Schließlich ist Kristin ihre beste Freundin, ist doch normal, dass sie mit ihr ins Kino geht.«

Meine Güte, konnten Männer naiv sein.

»Du, sag mal, wenn du mich betrügen würdest, wie würdest du das dann machen?«, wollte ich wissen.

Nick lachte. »Na ja, ich schätze mal, auf die normale Art und Weise. Oder vielleicht mit einem Dreier? Zählt das dann als ein oder zwei Mal betrügen?«

»Nick, das ist ein ernstes Thema«, beharrte ich.

»Nein, Süße. Das ist ein saublödes Thema. Weil ich dich nicht betrügen werde, okay?«

»Okay«, schniefte ich an seiner Brust. »Kannst du bitte heute Nacht hierbleiben? Ich will nicht allein sein.«

»Natürlich. Aber weißt du, du musst gar nicht mehr allein sein. Ich habe dich doch schon so oft gefragt, ob wir nicht zusammenziehen wollen.«

»Ich überlege es mir«, versprach ich ihm und knöpfte dabei sein Hemd auf. »Gerade jetzt muss ich aber an etwas ganz anderes denken.«

Gerade als die strategisch wichtigen Knöpfe an die Reihe kamen, klingelte mein Festnetztelefon. Elf Uhr abends – das konnte nur Mimi sein.

»Geht ganz schnell«, lächelte ich Nick an. »Nicht weglaufen.«

»Alice?«, kam die zittrige Stimme meiner Mutter aus dem Hörer. »Hast du vielleicht was von deinem Vater gehört?«

»Mama? Was ist denn los? Was ist mit Papa?«

Sie fing an zu weinen. »Ich weiß es nicht. Ich war gegen sechs wieder zu Hause, aber er nicht. Dabei ist er um die Zeit immer hier. Sein Auto steht vor der Tür, sein Handy ist aus. Ich mache mir solche Sorgen.«

»Nick ist hier, Mama. Wir sind in zehn Minuten bei dir. Reg dich nicht auf«, versuchte ich sie zu trösten und legte auf.

»Hast du das mitgekriegt?«, fragte ich Nick. »Anscheinend ist mein Vater verschwunden.«

Nick seufzte resigniert und knöpfte sein Hemd wieder zu. »Das wird bei deinen Eltern ja langsam zur Gewohnheit, dass einer weg ist. Na komm, fahren wir hin.«

Das Haus war hell erleuchtet, und meine Mutter öffnete uns mit rotgeweinten Augen die Tür.

»Danke, dass ihr so schnell gekommen seid. Da muss etwas passiert sein, dein Vater ist noch nie einfach so verschwunden. Ich wüsste auch gar nicht, wo er mitten in der Woche abends hin sollte.«

Hilflos sah ich Nick an. Der legte einen Arm um meine Mutter und führte sie ins Wohnzimmer. »Setz dich erst mal hin, Inge. Ich bin sicher, es ist nichts Schlimmes. Ich telefoniere mal eben.«

Er nahm das Telefon von der Station und ging in die Küche. Meine Mutter sah mich verheult an. »Meinst du, er hat mich verlassen? Weil ich so oft am Computer sitze?«

»Nein, Mama, ganz bestimmt nicht. Du kennst doch Papa, der ist viel zu bequem, um sein Leben zu ändern.«

Meine Mutter fing wieder an zu weinen.

»Ach Mensch, so habe ich das nicht gemeint. Ihr führt eine gute Ehe, und Papa weiß das zu schätzen, auch wenn er manchmal brummig ist. Es würde ihm nie einfallen, dich zu verlassen.«

Nick kam mit dem Telefon in der Hand wieder zu uns. »Ihm ist nichts passiert, Inge. Er ist weder im Krankenhaus, noch ist bei der Polizei etwas aktenkundig. Alice und ich bleiben hier und warten mit dir. Mach dir keine Sorgen.«

Das war leichter gesagt als getan. Auch ich hatte nicht die leiseste Idee, wo mein Vater an einem späten Mittwochabend sein sollte. Ohne Auto.

»Hast du mal bei euren Nachbarn gefragt?«, fiel mir ein.

»Ja, schon vor acht. Da ist er nicht. Ich habe sogar Thomas angerufen, ob Papa zu einem Notfall musste. Aber davon wusste er nichts. Außerdem steht doch der Lieferwagen vor der Tür.« Thomas war der Azubi meines Vaters.

Angespannt saßen wir zu dritt im Wohnzimmer. Während meine Mutter hellwach war, fielen mir immer wieder die Augen zu. Ich streckte mich auf dem Sofa aus, legte meinen Kopf in Nicks Schoß und dämmerte langsam weg. Geweckt wurde ich durch einen schrillen Schrei meiner Mutter.

»Herbert. Da bist du ja. Wir haben uns alle solche Sorgen gemacht. Warum hast du denn nicht angerufen? Und wo warst du überhaupt?«

Ich setzte mich aufrecht hin. Nun wurde es spannend. Die beiden kamen ins Wohnzimmer, und ich taxierte meinen Vater nach verräterischen Spuren. Aber weder konnte ich Lippenstift am Kragen erkennen, noch wehte ein Duft von Parfum durch den Raum. Allerdings sah er völlig fertig aus.

»Die Frage ist hier ja wohl eher, wo du warst. Da lass ich mich auf deine Verrücktheiten ein, und was habe ich davon? Zwei Rheumadecken. Dabei habe ich nicht mal Rheuma.«

»Herbert, bist du sicher, dass alles in Ordnung ist? Hast du vielleicht einen Schlag auf den Kopf bekommen?«, fragte meine Mutter besorgt.

Mein Vater setzte sich in seinen Sessel und brütete vor sich hin.

»Herbert. Nun sag doch was. Was meinst du damit, ›wo ich war‹? Wo soll ich schon gewesen sein? Hier natürlich. Und ich habe mir Sorgen gemacht.«

»Das ist gut«, lachte mein Vater bitter. »Du hast dir Sorgen gemacht? Wohl eher gelacht über mich.«

Ich schaute Nick hilfesuchend an. Der rieb sich die müden Augen und versuchte sein Glück.

»Herbert? Mir scheint, ihr redet etwas aneinander vorbei. Inge hat sich große Sorgen um dich gemacht, weil sie sich nicht erklären konnte, wo du steckst. Kannst du uns das sagen?«

»Und ob ich das kann. Sie …«, wütete er und zeigte auf meine Mutter, »sie hat mich auf eine ›romantische Reise‹ eingeladen. Und wir«, er räusperte sich zweimal, »na ja, wir haben eine etwas schwierige Woche hinter uns. Also sagte ich zur mir: ›Herbert‹, sagte ich, ›dann fahr eben mit.‹ Nicht dass es wieder heißt, ich wäre ja immer so unflexibel. Auf der Einladung stand, der Bus würde um halb sechs vorn an der Post abfahren. Ich habe den gerade noch erwischt. Und der Bus war so voll, dass wir, bis ich bemerkt hatte, dass meine Frau gar nicht drinsaß, schon auf der Autobahn waren.«

Mein Vater machte eine Pause und nahm einen Schluck von dem Bier, das Nick ihm hingestellt hatte. »Neben dem Fahrer saß so ein geschniegelter Typ, der uns alle zur ›Mondscheinfahrt‹ begrüßt hat. Ich habe ihn aufgefordert, sofort anzuhalten, weil ich ohne deine Mutter nicht mitfahren wollte. Da hat er behauptet, dass sie zwei Busse hätten und Inge bestimmt in dem anderen wäre. Also habe ich mich wieder hingesetzt.«

»Und dann, Papa? Wie ging es dann weiter?«, fragte ich gespannt.

»Der Bus ist zwei Stunden mit uns durch die Gegend gefahren, und romantisch war da gar nichts. Dann hielt er an einem Gasthof mitten in der Einöde. Ich hatte nirgends Handyempfang und konnte deine Mutter somit nicht erreichen. Es gab nämlich gar keinen zweiten Bus. Dafür wurden uns die Angebote der Woche vorgestellt. Angebote der Woche, am späten Abend, dass ich nicht lache.«

Keiner von uns hatte auch nur die leiseste Ahnung, wovon mein Vater redete. Daher warteten wir gespannt auf das Ende seiner wirren Geschichte.

»Und mittlerweile war es schon neun Uhr. So einen Hunger hatte ich, das könnt ihr euch nicht vorstellen, aber das Essen sollte erst serviert werden, wenn wir mindestens eines dieser Angebote gekauft hatten. Hunger ist schlimmer als Heimweh«, gab er philosophisch von sich. »Na ja, was blieb mir also anderes übrig, als diese Rheumadecken zu kaufen, dann gab es ein Glas Fanta, zwei geplatzte Würstchen mit einem Salat und hier bin ich wieder. Bist du jetzt zufrieden?«, fragte er meine Mutter.

»Herbert, ich habe nicht die leiseste Ahnung, wovon du redest, aber jetzt mache ich mir fast noch mehr Sorgen als vorher. In was für einen Bus bist du denn gestiegen? Und warum?«

»Das wirst du wohl selber wissen, du hast die Einladung doch riesengroß auf den Küchentisch gelegt. Zusammen mit dem Hasen.«

»Und der Hase?«, fragte meine Mutter vorsichtig. »Der Hase war auch mit im Bus?«

»Ja, aber es war zu warm da drinnen für den armen Kerl. Der ganze Sitz war schon nach zehn Minuten verschmiert.«

»Nick?«, fragte meine Mutter mit Tränen in den Augen. »Ist es besser, wenn wir einen Krankenwagen rufen?«

»Nein, Mama«, murmelte ich an seiner Stelle. »Ich

glaube, ich weiß, wovon er redet. Äh, Papa, diese Einladung auf dem Küchentisch, stand da etwas drauf wie: ›Komm mit ins Abenteuerland‹?«

»Ja, genau. Woher weißt du das denn?«, fragte er misstrauisch. »War das eine Einladung für Nick?«

»Natürlich nicht, Papa. Das war einfach nur ein Flugblatt für eine Kaffeefahrt, das mir jemand in der Fußgängerzone in die Hand gedrückt hat. Und als ich in der Küche meine Handtasche ausgeräumt habe, ist das wohl auf dem Tisch liegen geblieben. Aber wie bist du denn bloß darauf gekommen, dass das eine Einladung von Mama war?«

»Ja, wenn es doch auf unserem Küchentisch lag. Zusammen mit dem Hasen.«

»Der Schokohase sollte eine Überraschung für Mama sein. Und der Zettel, das war doch ganz klar eine Kaffeefahrt. Jetzt haben wir uns alle hier die Nacht für nichts und wieder nichts um die Ohren geschlagen«, ärgerte ich mich.

»Ihr habt euch die Nacht um die Ohren geschlagen? Und was ist mit mir? Die hätten mich da verhungern lassen, aber das interessiert hier ja wohl keinen. Mir reicht's, ich gehe jetzt ins Bett.«

Mit den Worten stapfte er wütend die Treppe hoch. Meine Mutter sah ihm versonnen hinterher.

»Sieh mal einer an. In dem Mann steckt ja doch noch was vom alten Romantiker. Er kann ja richtig niedlich sein.«

»Äh, ja, das ist wohl so«, seufzte ich.

»Dann gehen wir jetzt, Inge«, verabschiedete sich Nick. »Ich bin nämlich auch todmüde.«

»Vielen Dank für deine Hilfe«, strahlte sie ihn an. »Und schlaft gut.«

Ich holte noch mein Handy aus der Küche und ging mit Nick zum Auto.

»Süße, nicht böse sein, aber deine Familie besteht nur aus Verrückten«, sagte Nick im Auto zu mir. »Und ich will jetzt nur noch schlafen. In meinem Bett. Kommst du mit?«

Bei Nick schliefen wir fast sofort ein. Trotz der kurzen Nacht stand ich um acht auf und holte Brötchen. Wie eine liebende Ehefrau deckte ich den Frühstückstisch und legte sogar neben Nicks Platz eine Zeitung. Was Hormone doch mit einem Menschen anstellen konnten. Und ein schlechtes Gewissen. Denn ein bisschen musste ich Nick recht geben – etwas verrückt war meine Familie wirklich.

Als Nick aus der Dusche kam und den Tisch sah, lächelte er. »Und du bist sicher, dass du mir keinen Antrag machen willst?«, fragte er. »Weil, es könnte schon sein, dass ich ja sagen würde.«

»Verheiratete Leute werden ganz schnell langweilig«, klärte ich ihn auf.

»Oder sie lieben sich noch mehr«, wandte Nick ein.

»Niemand könnte dich mehr lieben als ich«, beteuerte ich. »Und wo wir gerade beim Thema sind – was hat Ronny gesagt?«

Nick lächelte anerkennend. »Guter Versuch.«

»Ach, komm. Mimi und ich haben da eine Woche unseres Lebens verschwendet. Erzähl mir doch bitte mal, was er gesagt hat. Und vor allem, was das überhaupt für ein Einsatz war.«

»Ein ganz normaler. Wir beobachten die Läden in der Gegend immer mal wieder, aber so interessant sind die für uns normalerweise nicht. Wenn da ein kleines Licht zwei oder drei Gramm Koks vertickt, bringt uns das nicht zu den Drahtziehern. Aber Ronny und seine Kumpanen sind einfach zu dreist geworden, haben da ihr eigenes Outlaw-Land aufgebaut. Also wurde der Laden hochgenommen. So, und das reicht jetzt zu dem Thema. Nun möchte ich mich einmal wie ein richtiger Ehemann fühlen«, grinste er und versteckte sich hinter der Zeitung.

Nach einem ausgiebigen Frühstück setzte Nick mich bei meinem Auto ab, dass immer noch vor Mimis Haus stand. Ich fuhr erst zu mir und zog mich um. Die Klamotten, die ich bei Nick deponiert hatte, neigten sich dem Ende zu. Bei mir hatte ich zwar ganz viele, aber welche davon für einen Antrag auf Besuchserlaubnis im Gefängnis geeignet waren, war mir doch ein bisschen unklar. Sollte ich als Bikerfreundin in einer hautengen Jeans, knappem Top mit großem Ausschnitt und Cowboystiefeln erscheinen? Oder besser die ganz andere Schiene fahren und im Kostüm und mit Pumps auftauchen, damit sie dachten, ich würde einen guten Einfluss auf Ronnie ausüben?

Über diese Überlegungen wurde es schnell nach halb zehn, und Mimi rief an.

»Hey – wie geht's?«, fragte sie vorsichtig.

»Super. Du hattest recht, es hat sich alles geklärt. Nick wusste nicht, dass Kristin mitkommen wollte, und er hat tatsächlich mein Handy mit Nachrichten vollgepflastert.«

»Hast du das schon geholt?«

»Ja, letzte Nacht, weil mein Vater offenbar senil wird. Aber das ist eine andere Geschichte. Ich ziehe mich jetzt um, und dann hole ich dich gleich ab.«

Schließlich entschied ich mich für den Mittelweg, Jeans mit Blazer, und fuhr zu Mimi. Am Gericht fragten wir uns durch, bis wir vor einer Tür mit der Aufschrift »Geschäftsstelle Haftrichter« standen. Ich versuchte noch einen Rückzieher zu machen und behauptete, mir wäre übel, und ich müsste wieder nach Hause. Doch Mimi hatte die Tür schon aufgemacht und schob mich durch.

Ich weiß auch nicht, was ich erwartet hatte, aber dies war ein ganz normales Büro mit zwei Schreibtischen. Der eine war leer, an dem anderen saß eine Frau Mitte fünfzig. Auf ihrem Tisch stand ein Schild mit »M. Thomas«. Frau Thomas lächelte uns sehr freundlich an.

»Guten Morgen. Was kann ich für Sie tun?«

»Für mich nichts«, sagte Mimi schnell. »Aber meine Freundin, die möchte eine Besuchserlaubnis haben. Nur sie.«

Ich warf ihr einen bösen Blick zu und räusperte mich. »Äh, ja, also ich möchte gerne Ronny Schweder besuchen. Der ist hier im Untersuchungsgefängnis.«

Sie tippte etwas in ihren Computer. »Richtig, gestern eingeliefert. Ich gebe Ihnen ein Formular für die Besuchserlaubnis, füllen Sie das einfach aus und kommen Sie dann damit wieder.«

»Ja, also, das habe ich ehrlich gesagt schon versucht. Aber ich habe nicht alle Fragen verstanden.«

»Wohl das erste Mal, was?«, fragte sie. »Kein Problem, wir können das auch zusammen machen. Wie ist Ihr Name?«

Nach und nach füllte sich das Formular. So wie die Frau die Fragen vorlas, klangen sie eigentlich ganz einfach. Nur als sie mich fragte »In welchem Verhältnis stehen Sie zu dem Untersuchungsgefangenen?«, musste ich schlucken.

»Na ja, also, ich bin wohl seine, äh, Freundin«, stotterte ich.

»Sehen Sie? War doch gar nicht so schlimm. Ich leite den Antrag jetzt weiter an den Haftrichter. Der prüft ihn und entscheidet, ob Sie ihren Freund besuchen dürfen. Wenn er positiv entscheidet, geht Ihnen die Besuchserlaubnis dann schriftlich zu.«

»Und wie lange dauert das so im Allgemeinen?«, wollte Mimi wissen.

»Schwer zu sagen, je nachdem, wann der zuständige Richter Zeit findet. Die Erlaubnis kann in zwei Tagen oder aber auch in vier Wochen bei Ihnen sein.«

»Vier Wochen?«, entfuhr es mir. »So lange kann ich nicht warten.«

»Haben wohl jetzt schon Sehnsucht, hm? Na ja, ich will mal sehen, ob ich ein gutes Wort beim Richter für Sie einlegen kann.«

Wir bedankten uns mindestens dreimal und gingen wieder zum Auto.

»Das lief doch super«, fand Mimi. »Und jetzt fahren wir zu Tanja.«

Wir suchten uns die Adresse raus und fuhren los. Tanja Hölting wohnte in einem Hochhaus in einem ziemlich tristen Vorort.

»Lass uns mal vorher anrufen, ob sie auch zu Hause ist«, bat ich Mimi. »Sonst kurven wir da raus, und niemand ist da.«

»Nein, wenn sie da ist, wimmelt sie uns am Telefon nur ab. Wir nutzen den Überraschungseffekt. Machen die im Fernsehen auch immer so.«

Da hatte sie wohl recht.

Als wir da waren, stellten wir mein Auto in einer engen Parklücke ab und klingelten. Nach einer Minute ertönte der Summer, und wir stiegen in den Fahrstuhl. An der Wohnungstür klingelten wir noch mal, und Tanja machte auf. Sie musste Ende dreißig sein und sah gar nicht so aus, wie ich mir eine Putzfrau vorgestellt hatte. Zum Beispiel hatte sie kein Tuch um den Kopf geschlungen und trug auch keine Schürze. Sondern eine ziemlich coole *Closed*-Jeans, eine kurze Tweedjacke und hochhackige schwarze Schuhe. Mit ihren schulterlangen dunklen Haaren und der Designerbrille sah sie eher wie eine Chefsekretärin aus. Und so führte sie sich auch auf – missbilligend sah sie uns beide an.

»Du schon wieder«, sagte sie zu Mimi. »Ich habe dir schon das letzte Mal gesagt, dass ich euch nicht weiterhelfen kann.«

»Nur eine Minute« bat ich. »Geht wirklich ganz schnell.«

»Eine Minute. Und dann lasst ihr mich bitte in Ruhe. Ich bin gerade am Packen, ich fahre in einer Stunde zu meiner Schwester«, stimmte sie genervt zu.

Die Wohnung war richtig schön, hell mit Holzfußböden und großen Fenstern. Tanja ging vor uns her in ihr Wohnzimmer, das nicht teuer, aber sehr individuell eingerichtet war. Sie setzte sich auf die eine Seite des Ecksofas und wir auf die andere.

»Mimi hat dir ja schon erzählt, dass wir Infos über Didi Diedrichsen brauchen. Und da haben wir gehofft, dass du uns vielleicht helfen kannst. Uns etwas über seine finanzielle Situation erzählst oder so«, versuchte ich mein Glück.

»Ich bin nicht seine Buchhalterin, ich bin seine Putzfrau«, stellte Tanja fest. »Glaubst du etwa, dass ich in seinen Sachen herumschnüffle, wenn ich da saubermache?«

»Nein, natürlich nicht«, sagte ich schnell. »Aber vielleicht hast du mal zufällig etwas mitgekriegt? Vielleicht, wenn er telefoniert hat?«

»Wie denn? Didi schläft doch, wenn ich putze. Ich fahre um neun hin, mache sauber und fahre dann um eins wieder nach Hause. Ich kann euch wirklich nicht helfen, und ich habe jetzt auch keine Zeit mehr.«

Während ich überlegte, ob wir hier nicht doch irgendwie weiterkommen könnten, stand Mimi auf.

»Tanja, tut uns leid, dass wir dich gestört haben. Wir sind auch sofort wieder weg, aber kann ich vielleicht mal deine Toilette benutzen?«

»Von mir aus. Zweite Tür rechts.«

Mimi ging raus, und ich stand auch auf. »Du hast ja eine Wahnsinnsaussicht hier«, sagte ich und ging zum Fenster. »Dir liegt ja die ganze Stadt zu Füßen.«

Tanja machte die Balkontür auf, und wir gingen raus. »Ja, darum habe ich die Wohnung auch genommen. Wenn man hier abends sitzt und auf die ganzen Lichter schaut, das hat was.«

Sie ging wieder rein, und ich dackelte ihr hinterher. »Nochmals danke, und viel Spaß bei deiner Schwester. Ich habe auch eine, aber leider verstehen wir uns nicht allzu gut und sehen uns auch wenig.«

»Also, ich verstehe mich super mit meiner Schwester, aber sehen tun wir uns leider auch nicht oft. Sie wohnt im tiefsten Bayern, ich versuche jedes Jahr mindestens zwei Wochen hinzufahren, und im Frühjahr kommt sie immer für eine Woche zu mir.«

Mimi stand in der Wohnungstür, und wir verabschiedeten uns von Tanja. Noch im Fahrstuhl machte ich mir Luft.

»Wirklich, Mimi, das hat uns überhaupt nicht weitergebracht. Wir stehen wieder genauso da wie am Anfang.«

»Nö. Würde ich nicht sagen«, antwortete sie und machte ihre Hand auf. Darin lag ein Schlüssel mit Anhänger, auf dem stand »Zweitschlüssel Didi«. »Lobet den Herrn«, predigte sie. »Er gibt es den Seinen im Schlaf.«

»Mimi«, keuchte ich erschrocken. »Das können wir nicht machen. Wir können doch nicht bei dem Typen einbrechen.«

»Wieso einbrechen? Einbrecher benutzen keinen Schlüssel, du Dummi.«

»Also, Mimi, ich weiß nicht. Und wenn wir erwischt werden?«

»Von wem denn? Didi arbeitet auf dem Kiez, ist also nachts unterwegs. Wir fahren zu ihm und warten, bis er wegfährt. Dann gehen wir da nur ganz kurz rein, gucken ein paar Unterlagen durch und sind schon wieder weg. Ist doch alles ganz easy.«

»Ich weiß nicht. Ich glaube, ich kann so was nicht machen.«

»Oh, Alice, jetzt denk doch mal nach. Was sollen wir denn sonst machen? Das ist doch eine super Gelegenheit. Vielleicht finden wir da ja irgendetwas«, rechtfertigte sich Mimi.

»Ich werde darüber nachdenken, aber deine Aktien stehen nicht gut. Und jetzt müssen wir zu Albert.«

Wir standen fünf Minuten vor seiner Tür und klingelten immer wieder, aber nichts passierte. Auch sein Handy war aus.

»Und wenn er doch allein gefahren ist?«, überlegte ich.

»Kann ich mir nicht vorstellen. Aber weißt du was? Ich will die Sache jetzt endlich erledigt haben. Wir haben jetzt Zeit bis heute Abend, also auf in die Seestraße. Vielleicht ist es sogar besser, wenn wir ohne Albert zu seinen Eltern fahren. Sie sozusagen schon einmal vorwarnen.«

Eine knappe Stunde später standen wir wieder vor meinem Traumhaus. Wir stellten das Auto auf der Straße ab, gingen die Einfahrt hoch und klingelten. Eine sehr gepflegte Frau in den Sechzigern machte die Tür auf und sah uns aufmerksam an.

»Ja? Bitte? Wie kann ich Ihnen helfen?«

»Das ist jetzt ein bisschen kompliziert«, wand ich mich. »Es geht um Ihren Sohn. Wir haben sozusagen eine Nachricht von ihm für Sie.«

Alberts Mutter seufzte. »Kommen Sie rein. Was ist es denn diesmal?«

Sie führte uns durch ein pompöses Wohnzimmer in einen Wintergarten, in dem sich neben einer noblen Sitzgarnitur aus Bambus eine Vielfalt von Orchideen befand. Staunend blickte ich mich um. Der Raum war bestimmt sechs Meter hoch, und an einer Wand gab es einen künstlichen Wasserfall. Was man doch alles machen konnte, wenn man Geld hatte.

»Also, erst mal vielen Dank, dass Sie sich Zeit für uns nehmen«, begann Mimi. »Albert hat uns von dem Streit mit Ihnen erzählt.«

»Welcher Albert?«, fragte seine Mutter.

Mimi und ich sahen sie irritiert an. »Na ja, also Albert, Ihr Sohn. Er hat uns erzählt, dass Sie sich Sorgen wegen seines Gewichts machen.«

»Ich muss nur diesen Knopf hier drücken«, sagte sie und zeigte auf eine Vorrichtung hinter ihr an der Wand »und innerhalb von fünf Minuten ist die Polizei hier.

Also, was immer Sie auch vorhaben, geben Sie es auf und verschwinden Sie.«

»Was?« Geschockt sah ich sie an. »Aber wir haben gar nichts vor. Albert hat uns erzählt, dass hier, in diesem Haus, seine Eltern wohnen. Er war sogar gestern zusammen mit uns hier, aber da war niemand zu Hause. Und er hat uns erzählt, dass seine Großeltern dieses Haus gebaut hätten.«

»Jetzt mal alles von Anfang an«, verlangte die Frau, die anscheinend nicht Alberts Mutter war. »Was genau wollen Sie von mir, und wer ist Albert?«

Wir erzählten ihr in groben Zügen die ganze Geschichte.

»Und er hat uns gesagt, dass seine Eltern seine Schulden bezahlen würden. Darum sind wir hier«, schloss Mimi die Story ab.

»Gut, dann hat Ihnen dieser Albert einen Riesenbären aufgebunden. Ich habe tatsächlich einen Sohn. Allerdings heißt der Markus, und Gewichtsprobleme hat er ganz und gar nicht. Dafür eine fatale Neigung, sich immer mit den falschen Frauen einzulassen. Es wäre nicht das erste Mal, dass hier eine Frau vor der Tür steht und sich als zukünftige Schwiegertochter vorstellen will. Die letzte behauptete sogar, schwanger zu sein.«

»Albert ist nicht Ihr Sohn? Und da sind Sie ganz sicher?«, startete Mimi einen letzten Versuch.

»Ja«, antwortete sie, stand auf und verließ den Raum. Eine Minute später kam sie mit einem Bilderrahmen wieder, in dem sich das Foto eines Mannes befand.

»Das hier ist mein einziger Sohn, Markus«, sagte sie und gab uns das Bild. Der Mann auf dem Foto sah richtig gut aus, mit blonden Haaren, die ihm ins Gesicht fielen – und keinem Pfund zu viel auf den Hüften.

»So ist das also«, murmelte ich. »Nun, dann trotzdem Danke für Ihre Hilfe.«

»Einen Moment noch. Wie heißt Ihr Albert mit Nachnamen?«

»Steffen. Albert Steffen«, klärte ich sie auf.

»Ach der, ja richtig. Jetzt erinnere ich mich wieder. Albert war schon als kleiner Junge zu dick. Frau Steffen hat hier einige Jahre als Putzfrau gearbeitet und ihren Jungen oft mitgebracht. Genau, Albert hieß er.«

Wir dankten ihr nochmals für ihre Hilfe und verabschiedeten uns. Wortlos gingen Mimi und ich zum Auto und setzten uns rein.

»Der hat uns verarscht. Der hat uns die ganze Zeit verarscht«, stammelte Mimi fassungslos. »Und wir sind mit dem auch noch Enten füttern gegangen.«

»Das kannst du laut sagen. Und ich gehe mal davon aus, dass eine Putzfrau kein Riesenvermögen hat. Und mit Sicherheit nicht seine Schulden bezahlt.«

»Und nun?«, fragte Mimi.

»Nun fahren wir zu ihm, und dann soll er uns ins Gesicht sagen, was diese Verarsche sollte«, schnaubte ich wütend. »Los, komm«.

Wutentbrannt standen wir wieder vor Alberts Haustür, und wieder ertönte auf unser Klingeln kein Türöffner. Aber diesmal gaben wir nicht so leicht auf. Ich drückte wahllos Klingelknöpfe, bis endlich die Tür aufging. Aus Alberts Wohnung klang leise Musik.

Wütend trommelte ich gegen die Tür. »Albert. Mach sofort auf. Wir wissen, dass du da drin bist.«

Tatsächlich öffnete er, mal wieder im Schlafanzug. »Hallo, hallo, ich war so in meiner Kunst versunken, ich habe gar nichts gehört. Kommt rein, kommt rein. Heute habe ich auch Kuchen da.«

»Steck dir deinen blöden Kuchen sonst wohin«, fauchte ich ihn an und stapfte gemeinsam mit Mimi an ihm vorbei in die Wohnung. »Wir waren eben bei deiner angeblichen Mutter. Und weißt du was? Komischerweise ist sie der Meinung, dass du gar nicht ihr Sohn bist. Ist das nicht lustig?«

Albert guckte uns mit feuchten Augen und zitternder Unterlippe an. »Ach je, ach je. Aber wenn ich euch nicht erzählt hätte, dass meine Eltern reich sind, dann wärt ihr doch nie wiedergekommen. Und wir hätten nicht die ganzen tollen Sachen miteinander erlebt. Ich wollte doch nur, dass ihr wiederkommt.«

»Tatsächlich? Weißt du, wie viel Zeit und Spritgeld wir verschwendet haben?«, ereiferte ich mich. »Und du wusstest ganz genau, dass sie gestern nicht da waren. Woher auch immer. Die ganze Aktion war für nichts.«

Albert fing an zu weinen. »Aber es war doch nicht für nichts. Wir hatten doch Spaß zusammen.«

Mimi schob mich weg und legte Albert einen Arm um die Schultern.

»Komm, nicht weinen. Natürlich hatten wir Spaß zusammen. Aber es war nicht richtig, dass du uns angelogen hast. Irgendwann musste es doch rauskommen.«

»Ja, aber bis dahin hättet ihr mich besucht, und ich wäre nicht mehr so allein gewesen.«

Mimi weinte fast mit. »Ach Albert. Da gibt es doch andere Möglichkeiten. Du kannst in einen Verein eintreten. Oder du suchst dir Freunde im Internet, bei Facebook zum Beispiel«, versuchte sie ihn zu trösten.

»Ich weiß nicht, wie das geht. Ich bin nicht so gut in Computersachen.«

»Was hältst du davon, wenn ich dir jemanden vorstelle, der sich damit richtig gut auskennt? Und es dir beibringt?«

»Ehrlich? Kannst du das tun?« Alberts Tränen waren im Nu getrocknet. »Das möchte ich, ja, das möchte ich sehr gerne.«

»Dann zieh dich an, und wir bringen dich dahin, jetzt gleich«, versprach Mimi.

Fröhlich watschelte Albert ins Schlafzimmer, und ich starrte Mimi an.

»Sag mal, geht's noch? Der verarscht uns seit einer Woche und du bringst ihn auch noch zu einem Computerkurs? Den er wahrscheinlich nicht mal bezahlen kann.«

»Sei nicht so hartherzig. Das gibt ganz schlechtes Karma. Er tut mir eben leid.«

Ich schüttelte den Kopf. »Dir tut jeder leid. Aber gut, du hast gewonnen und bist der bessere Mensch von uns beiden. Und wo willst du auf die Schnelle einen Computerkurs finden?«

»Na ja«, druckste Mimi herum, »deiner Mutter ist doch auch langweilig. Und sie freut sich, wenn sie über ihr Lieblingsthema reden kann … So übt sie eben mit Albert schon mal für diese Kurse, die sie geben will.«

Ich holte tief Luft. »Das wirst du ihr erklären. Nur weil ihr im Moment ein bisschen langweilig ist, heißt das nicht, dass sie in deinen neuen Samariterorden eintritt.«

Eine halbe Stunde später standen wir zu dritt vor meiner Mutter.

»Mama? Das ist Albert. Und Mimi möchte dir etwas sagen«, informierte ich sie und schob Mimi ins Haus. »Albert und ich bleiben kurz draußen, während ihr redet.«

Die beiden verschwanden in der Küche, und Albert fing vor Aufregung fast an zu hopsen.

»Das ist deine Mutter? Deine Mutter sieht aber nett aus. Ich mag nette Mütter«, ließ er mich wissen. Ich brummte nur ein paar Töne in seine Richtung, denn im Gegensatz zu Mimi war ich noch immer stinksauer. Und ich machte mir Sorgen um meine Finanzen. Bisher hatten wir zwar beide je sechstausend Euro verdient, aber wenn ich mir ausrechnete, dass ich Steuern, Krankenversicherung, Miete und was sonst noch alles bezahlen musste, würde der Rest nicht lange reichen. Und da ich mich auf gar keinen Fall von Nick aushalten lassen wollte, hieße das für mich: Schon wieder zurück zu meinen Eltern. Mit fast dreißig.

Meine Mutter und Mimi tauchten wieder auf und unterbrachen diese schreckliche Vorstellung. Meine Mutter sah tatsächlich sehr glücklich aus.

»Albert? Wie schön, Sie kennenzulernen. Kommen Sie rein, Sie sind mein erster Computerschüler. Und für den ersten ist der Unterricht natürlich gratis.«

»Oh, wie ich mich freue, ich freue mich so«, strahlte Albert, während meine Mutter sich noch mal an mich wandte. »Wir telefonieren, Alice. Ihr beide seid wirklich gute Mädchen. Wollen doch mal sehen, ob wir dem armen Mann nicht helfen können.«

Damit verschwanden die beiden im Haus. Mimi machte eine mehr als selbstzufriedene Miene. »Siehste? Habe ich dir doch gesagt. Zwei Fliegen mit einer Klappe.«

»Toll, Mimi«, antwortete ich sarkastisch. »Dann sind ja alle glücklich. Und wen kümmert's schon, dass wir beide bald pleite und obdachlos sind. Dafür sind wir ja gute Mädchen, stimmt's?«

»Du hast ganz schön schlechte Laune«, fand Mimi. »Sei doch nicht so pessimistisch. Noch haben wir zwei Eisen im Feuer.«

»Ja, und was für welche«, höhnte ich. »Der eine sitzt im Knast, und der andere ist ein Knochenquetscher. Ich bin begeistert.«

»Ja, nun, seine Klienten kann man sich eben nicht aussuchen. Es ist jetzt gleich vier Uhr. Was ist, fahren wir zu Diedrichsen oder nicht?«

Ich hielt das Ganze immer noch für eine verdammt schlechte Idee. Aber ich wollte nicht wieder zu meinen Eltern ziehen müssen.

»Okay. Wir machen es. Aber wir bleiben nur ganz kurz in der Wohnung, und wir ziehen uns Handschuhe an. Wegen der Fingerabdrücke.«

»Super«, freute sich Mimi. »Glaub mir, das wird unser Durchbruch. Ich habe ein echt gutes Gefühl. Und Handschuhe sind doch immer im Erste-Hilfe-Kasten im Auto. Du siehst, wir sind völlig auf der sicheren Seite.«

Damit war zumindest schon eine von uns beiden überzeugt. Wir fuhren zu Didis Wohnung und warteten. Schon nach fünf Minuten wurde mir langweilig.

»Mimi, das ist doch alles schon wieder überhaupt nicht durchdacht. Wir hätten uns vorbereiten sollen. Etwas zu essen mitnehmen. Zeitschriften. Deine neue Thermomaske für die Haut ab dreißig.«

»Oh ja. Die ist echt gut. Das nächste Mal bereiten wir uns besser vor. Aber jetzt muss es eben so gehen.«

Die nächste Stunde verbrachten wir mit *Ich sehe was, was du nicht siehst* und *Rate das Tier*. Gerade, als Mimi mich fragte, ob mein Tier scharfe Zähne hätte, ging die Haustür auf, und wir sahen das erste Mal Didi Diedrichsen live.

»Boah, sieht der fies aus« sagte Mimi ängstlich. Auch ich war von seinem Schlägergesicht nicht wirklich begeistert. Er war nicht besonders groß, aber so muskelbepackt, dass er kaum geradeaus gehen konnte. Zu einem schwarz glänzenden Jogginganzug trug er schwarze Boxerstiefel, und in der Hand hielt er eine große Sporttasche. Die warf er in einen ebenfalls schwarzen, aufgemotzten BMW, und eine Minute später war er schon wieder verschwunden.

»Trauen wir uns?«, fragte Mimi mit nicht mehr ganz so überzeugter Stimme.

»Nein. Aber wir müssen. Komm.«

Mit weichen Knien schlossen wir erst die Haustür auf und fanden dann im obersten Stockwerk seinen Namen an einer Tür.

»Hier ist nur eine Tür. Hat der sogar ein Penthouse?« wunderte ich mich.

»Sieht so aus«, wisperte Mimi. »Wir müssen erst klingeln, vielleicht wohnt er nicht allein.«

Das Geräusch der Klingel schrillte grell durchs ganze Haus, so kam es uns jedenfalls vor. Wir warteten fast fünf Minuten, doch nichts passierte. Mimi versuchte, den Schlüssel ins Schloss zu stecken, aber ihre Hand zitterte so sehr, dass es erst beim dritten Versuch gelang.

»Mist. Wir haben die Handschuhe vergessen«, sagte ich panisch, als wir in einem langen Flur standen.

»Dann muss es eben so gehen«, bestimmte Mimi. »Wenn wir jetzt noch mal zum Auto gehen, trauen wir uns nie wieder hier hoch. Also, lass uns schnell gucken.«

»Mimi, nach was suchen wir eigentlich?«, fragte ich zögerlich.

»Weiß auch nicht, irgendwas Verdächtiges halt. Irgendwas, das uns zeigt, dass er doch noch Geld hat.«

Die Wohnung hatte nur zwei Zimmer, aber was für welche. Im Wohnzimmer gingen die Fenster bis zum Fußboden, überall glänzte dunkles Parkett, das zu den weißen Ledersofas einen perfekten Kontrast bildete. Während ich noch staunte, war Mimi schon im Schlafzimmer verschwunden.

»Ich habe was. Komm mal her«, rief sie leise.

Das Schlafzimmer war ebenfalls riesig, und in der Mitte stand ein übergroßes Bett, über dem ein Spiegel an der Decke hing. Doch Mimis Aufmerksamkeit war auf einen Schreibtisch gerichtet, der in einer Ecke stand.

»Guck mal hier«, flüsterte sie und zeigte auf einen Zettel.

Köhler, 18.9., 23 Uhr Parkplatz Game-Palace. *Anlage Marbella, Kohle cash.*

»Begreif ich nicht«, flüsterte ich zurück.

»Ich glaube, er trifft sich heute Abend mit jemandem, der Köhler heißt. Und bei dem will er Geld anlegen.«

»Nachts um elf? Auf einem Parkplatz?«, wunderte ich mich.

»Wir werden es rauskriegen«, beschloss Mimi. »Und nun lass uns schnell weitersuchen.«

Wir kramten in Schubladen, blätterten durch Ordner und sichteten seinen Nachttisch. Darin fanden wir nur Pornos und Kondome. Auch sonst gab es leider nirgendwo einen Kaufvertrag für ein Haus oder eine Kassenquittung für eine *Rolex*-Uhr.

Wir prüften noch einmal, ob wir auch keine Spuren hinterlassen hatten, und schoben dann den geklauten Schlüssel unter die Flurkommode. Den Zettel mit der mystischen Botschaft hatten wir mit dem Handy fotografiert, aber ob das wirklich ein Hinweis war?

Leise zogen wir die Tür ins Schloss und gingen die Treppe runter. Um nach drei Stufen panisch stehen zu bleiben. Um die Ecke bog Didi Diedrichsen. Erstarrt wie die Kaninchen vor der Schlange, blieben wir wie angewurzelt stehen. Da es hinter uns nur eine Tür gab, musste auch Diedrichsen klar sein, dass wir gerade vor seiner Wohnung gestanden haben mussten. Doch statt uns anzubrüllen oder Anstalten zu machen, uns die Knochen brechen zu wollen, breitete sich nur ein schmieriges Grinsen auf seinem Brutalogesicht aus.

»Ey. Da hat Mona ja mal Wort gehalten und mir zwei richtig geile Schnitten geschickt. Und sogar beide blond, wie gut. Sorry, dass ihr warten musstet, hatte noch zu tun. Egal, kommt mit«, forderte er uns auf, und da er mit seinem Quadratkörper die Treppe hochging, blieb uns nichts anderes übrig, als die drei Stufen wieder hochzugehen. Diedrichsen schloss auf und schob uns rein.

Mimi und ich wechselten einen ratlosen Blick, während sich der Geldeintreiber schon auf seinen weißen Ledersessel setzte.

»Ich will erst die Lesbennummer. Ihr zieht euch jetzt ganz langsam gegenseitig aus und macht schön miteinander rum. Das macht mich total an, da zuzugucken.«

»Ich brauch erst mal etwas zu trinken«, brachte ich heraus.

»Meine Fresse. Dass Weiber immer alles so kompliziert machen müssen. Ich bezahl euch fürs Ficken und nicht fürs Saufen. Aber bitte, wenn es danach dann endlich losgehen kann.«

Er ging in die Küche, und Mimi wurde grün im Gesicht. »Alice, der hält uns für Nutten. Was machen wir jetzt?«

Bevor ich antworten konnte, kam Diedrichsen mit einer Flasche Sekt wieder.

»Gläser braucht ihr nicht«, grinste er, »ihr könnt euch das Gesöff so richtig geil von den Möpsen lecken. So, und jetzt packt sie endlich aus, ich will was sehen für mein Geld.«

»Wir bekommen immer zuerst das Geld«, piepste ich. Doch das brachte uns keinen Zeitgewinn, denn Didi zeigte auf einen kleinen Beistelltisch. Darauf lagen fünf Hundert-Euro-Scheine.

»Ich, wir, also …«, stammelte ich und wurde im selben Moment von der Türklingel unterbrochen.

»So eine Scheiße, wer kommt denn jetzt noch?«, fluchte unser Gastgeber und ging zur Tür. Um kurz darauf mit zwei Frauen wiederzukommen, die etwas freizügiger als wir gekleidet waren. Die eine trug ein so kurzes Stretchkleid, dass ich ihren Stringtanga sehen konnte. Die andere hatte zu einem schwarzen Ledermini ein enges Top kombiniert, bei dem ich mir ernsthafte Sorgen um ihre Atmung machte.

»Was wollt ihr Pissnelken hier?«, fuhr mich die im Kleid an. »Didi ist unser Kunde. Wollt ihr gleich was auf die Fresse, oder haut ihr vorher ab?«

»Ey, Moment mal, Schlampe«, ging Didi dazwischen. »Wenn Mona ihren Laden nicht organisieren kann, ist das nicht mein Problem. Ihr könnt abhauen, ich will die Blonden.«

Endlich kam wieder Leben in uns.

»Didi, so gerne, jederzeit, wann immer du willst. Aber hier lassen wir uns nicht mit reinziehen. Mona schmeißt uns raus, wenn wir Ärger machen. Klär das mit ihm, und danach kommen wir gerne wieder.«

Wie die Irren stürzten wir aus der Wohnung, rasten die Treppen runter und rannten zu Mimis Auto.

»Spring rein«, schrie sie hysterisch, obwohl wir noch einige Meter vom Auto entfernt waren. So schnell es ging, hechteten wir ins Auto, und Mimi gab Gas. Erst vier Straßen weiter hielt sie auf einem Parkstreifen und sah mich entsetzt an. Dazu machte sie ein solch komisches Gesicht, dass ich anfangen musste zu lachen. Es dauerte nicht lange, und Mimi stimmte mit ein. Wie zwei Bekloppte saßen wir im Auto und kreischten vor Lachen. Es dauerte mindestens fünf Minuten, bis wir uns wieder eingekriegt hatten.

»Du hättest mal dein Gesicht sehen sollen, als er gesagt hat, wir sollen ordentlich miteinander rummachen«, prustete Mimi.

»Und deins erst. Meine Güte, haben wir ein Glück gehabt. Was hätten wir bloß getan, wenn unsere Konkurrenz nicht aufgetaucht wäre?«

»Ach, dann wäre uns bestimmt was eingefallen. Es ging ja auch alles so schnell, im ersten Moment dachte ich, er stößt unsere Köpfe gegen die Wand, weil er uns für Einbrecherinnen hält. Und im nächsten erzählt er uns, wir sollen rummachen. Sachen gibt's«, wunderte sich Mimi.

»Da hast du recht«, stimmte ich ihr zu. »Also, gut ist, dass wir da so unbeschadet rausgekommen sind. Schlecht ist, dass er uns jetzt kennt. Also fahren wir zu diesem komischen Treffpunkt am *Game-Palace,* aber er darf uns auf gar keinen Fall sehen.«

»Wird er nicht«, beruhigte mich Mimi. »Um elf ist es stockdunkel. Wir fahren jetzt ins Büro, suchen die Adresse raus und fahren dann schon mal da vorbei, um uns einen guten Platz zu suchen, wo wir heute Abend das Auto ab stellen können.«

Krischan saß über ein paar Abrechnungen und freute sich, uns zu sehen. »Ihr kommt gerade richtig. Hier hat ein Alexander Fricke angerufen, der wollte seine Sachbearbeiterin sprechen. Ich schätze, das seid ihr.«

Im Computer suchten wir ihn raus. Ende zwanzig, arbeitslos, verschuldet mit achtundzwanzigtausend Euro aus Kreditkartenrechnungen, nicht gezahlten Versicherungsbeiträgen und offenen Handyrechnungen.

»Rufst du ihn an?«, bat Mimi. »Dann sage ich Krischan wegen heute Abend Bescheid.«

Streng sah ich sie an. »Mach das. Aber die Tür bleibt auf.«

Mimi verdrehte nur die Augen, und ich wählte die Nummer. »Fricke«, meldete sich eine männliche Stimme nach dem zweiten Klingeln.

»Hallo, Herr Fricke, hier ist Alice Wörthing von *Schneiders Inkassobüro*. Sie wollten mich sprechen?«

»Ja. Nett, dass Sie gleich zurückrufen. Ich möchte mit Ihnen etwas besprechen, aber das ist vertraulich. Können wir uns vielleicht mal treffen?«

»Klar, kein Problem. Wann und wo?«

»Vielleicht bei *McDonald's* in der Barnerstraße? Morgen so gegen achtzehn Uhr?«

»Machen wir. Bis morgen«, verabschiedete ich mich und setzte Mimi, die gerade wiederkam, ins Bild.

»Morgen, um achtzehn Uhr bei *McDonald's* in der Barnerstraße. Der Fricke will etwas Vertrauliches mit uns besprechen.«

»Super. Der will seine Schulden bezahlen. Für so etwas habe ich ein Gefühl«, behauptete Mimi.

»Ich will ja deine Gefühle nicht verletzten, aber in letzter Zeit lagst du ziemlich oft daneben«, erinnerte ich sie. »Aber ich glaube auch, dass das etwas Gutes bedeutet«, setzte ich versöhnlich hinzu. »Lass uns jetzt mal schauen, wo dieser *Game-Palace* ist.«

»Weiß ich schon, hat Krischi mir gesagt.«

»Ach. Jetzt sind wir schon bei Krischi?«, fragte ich amüsiert.

»Hör auf damit. Da ist nichts«, behauptete Mimi. »Jedenfalls ist der Laden in der Hopfenstraße. Ein bisschen, aber nicht viel, besser als die Preutestraße.«

Nach einer halben Stunde waren wir da. Der *Game-Palace* war ein großer Laden mit Spielautomaten, Billardtischen und Dartscheiben. Der Parkplatz davor war leider eher klein, es war höchstens Platz für zwanzig Autos. Rechts und links davon waren Firmengelände, die mit großen Zäunen gesichert waren.

»Wo wollen wir uns denn hier verstecken?«, fragte ich deprimiert. »Wenn wir das Auto in eine Ecke stellen, müssten wir uns auf die Rückbank legen, damit er uns nicht sieht. Und dann hören wir nichts.«

Mimi überlegte. »Das stimmt. Aber ich weiß, wie wir nicht gesehen werden und trotzdem alles hören. Wir legen uns unter das Auto.«

Mimi hatte zurzeit eine schräge Idee nach der anderen.

»Unter das Auto? Guck mal hin, da passt höchstens ein Kleinkind drunter. Aber wir könnten uns danebenhocken.«

»Ich muss mich vorher aber noch umziehen«, informierte mich Mimi. »Der Rock ist von *Comma*, damit hocke ich mich hinter kein Auto.«

Ich sah auf die Uhr. »Kein Problem. Wir haben noch

genug Zeit. Dann fahren wir eben noch schnell zu dir und dann zu mir.«

Bei Mimis Wohnung angekommen, wählte sie sehr schnell eine Jeans und einen dunklen Pullover aus. Ich zog auch eine Jeans an und nahm einen grauen Pullover von Nick. Leider war er gewaschen, von Nicks Geruch ließ sich nichts mehr erahnen.

»Wann wollen wir hinfahren?«, fragte ich Mimi.

»So, dass wir um halb elf da sind«, bestimmte sie.

Wir vertrieben uns die Zeit bis zehn mit einer DVD von *Desperates Housewives* und machten uns rechtzeitig auf den Weg. Auf dem Parkplatz angekommen, stellten wir Mimis Auto auf einen der hinteren Plätze. Vorsichtig sahen wir uns um. Der Parkplatz war menschenleer. Schnell holten wir eine Wolldecke aus dem Kofferraum und legten sie hinter das Auto. Eilig krabbelten wir hinterher. Das war alles andere als gemütlich. So verharrten wir, bis ganz in der Nähe ein Auto geparkt wurde. Wir hörten eine Tür zuschlagen und schwere Schritte, die sich genau Mimis Auto näherten. Ängstlich klammerten wir unsere Hände aneinander und hörten ein verdammt unangenehmes Geräusch. Jemand zog gerade den Reißverschluss einer Hose auf. Kurz darauf füllte beißender Uringeruch die Luft. Wir wagten nicht, uns zu rühren, nicht mal, um uns die Nase zuzukneifen. Kurz darauf entfernten sich die Schritte wieder, und die Tür zum *Game-Palace* wurde geöffnet.

»Der hat mein Auto angepinkelt«, flüsterte Mimi angewidert. »Ich glaube, mir wird schlecht.«

»So ein Schwein«, jammerte ich. »Ich hatte solche Angst, dass wir was abkriegen.«

»Igitt, sag so was nicht. Ich muss mich gleich übergeben«, ließ Mimi mich wissen.

»Wehe«, flüsterte ich zurück. »Dafür ist hier kein Platz.«

Bevor wir uns noch weiter über unser Schicksal beklagen konnten, fuhr wieder ein Auto auf den Parkplatz. Wieder gingen Schritte in unsere Richtung, aber wenigstens wurde diesmal kein Reißverschluss aufgezogen. Stattdessen hörten wir die Tür vom *Game-Palace* zufallen und die nächsten Schritte. Auch sie verstummten in unserer Nähe.

»Köhler? Ich bin Didi. Wir haben telefoniert?«

»Das Wetter könnte besser sein«, sagte Köhler. Was interessierte den denn jetzt das Wetter?

Didi antwortete: »Bestimmt kommt die Sonne bald raus.«

Aha. Ein Codewort wie in den *Yps*-Heften.

»Didi, schön, dass es geklappt hat. Wollen wir uns in mein Auto setzen?«

Mimi und ich hielten noch mehr den Atem an und dachten beide das Gleiche: *Nein! Das wollt ihr nicht!*

»Nee, wir können das hier besprechen«, meinte Didi. »Also, Sie sind mir von Anhaus empfohlen worden. Was können Sie mir anbieten?«

»Eine Eins-a-Anlage in Marbella, neues Feriendorf. Anteile werden ab fünfzigtausend Euro verkauft. Es gibt genau ein Schriftstück, nämlich die Quittung, die ich für Ihre Einlage ausstelle. Ansonsten taucht nirgendwo Ihr Name auf. Momentan liegt die Rendite bei sechzehn Prozent, die gibt es zweimal jährlich, natürlich auch cash. Kein Finanzamt der Welt erfährt davon.«

»Gute Sache«, fand Didi. »Aber noch zu vage. Ich will mehr über das Feriendorf wissen, und vor allem will ich wissen, wer außer Anhaus noch mit an Bord ist.«

»Das ist unmöglich. Die Anteilseigner sind alles Leute

wie Sie, die ihr hartverdientes Geld investieren, aber nicht die Hälfte dem Finanzamt in den Rachen schmeißen wollen. Die Namen sind absolut vertraulich. Aber über das Projekt habe ich natürlich jede Menge Infos. Kommen Sie morgen in mein Büro in der Alten Straße 83, da kann ich Ihnen mehr zeigen. Ich bin zwischen elf und fünfzehn Uhr da, dann können wir auch die Details besprechen.«

Mimi und ich warteten noch fünf Minuten, bis wir sicher sein konnten, dass die beiden weg waren. Dann streckten wir vorsichtshalber erst unsere Köpfe über der Motorhaube hervor, und als wir sehen konnten, dass der Parkplatz leer war, folgte der Rest unserer Körper.

Mimi zischte mir zu: »Fahren wir zu mir, da reden wir.«

Erst mal düsten wir zum Büro, um mein Auto abzuholen. Anschließend wollten wir uns bei Mimi wiedertreffen.

Eine Viertelstunde später saßen wir uns im Wohnzimmer gegenüber, beide mit einem fetten Grinsen im Gesicht.

»Und? Glaubst du mir jetzt, dass meine Gefühle nicht lügen? Ich habe es dir gesagt. Ich habe gesagt, dass ich es im Gefühl habe.«

»Ich nehme alles zurück, Mimi. Du hattest den richtigen Riecher. Und ich weiß auch schon, wie es weitergeht. Wir suchen uns morgen die Telefonnummer von dem Köhler raus, erzählen, dass Anhaus ihn uns empfohlen hat und machen einen Termin aus. Wir tun so, als ob wir auch Schwarzgeld anlegen wollten, und quetschen den dabei ein bisschen aus.«

»Wahnsinn«, japste Mimi. »Unsere Pechsträhne ist vorbei. Morgen um zehn im Büro? Oder nein, lieber um halb elf. Ich muss mit meinem Auto in die Waschstraße.«

Beide schüttelten wir uns noch einmal bei der Erinnerung an unser nächtliches Erlebnis und verabschiedeten uns dann. Todmüde fuhr ich nach Hause und fiel ins Bett.

Am nächsten Morgen war draußen alles kalt und nass. Ein klarer Fall für die Herbstgarderobe. Ich wählte eine rehbraune Marlene-Hose und dazu einen hellen Cashmerepullover mit tiefem V-Ausschnitt. Zehn Minuten kramte ich in meinem Schuhschrank, bis ich endlich die hellen Stilettos fand, die ich letztes Jahr mit fünfzig Prozent Rabatt gekauft hatte. Man konnte mich getrost Schnäppchen-Queen nennen.

Eine Viertelstunde fuhr ich mit dem Glätteisen durch meine Haare, bis sie glatt und glänzend über die Schulter fielen. Noch mal zehn Minuten brauchte ich für mein Make-up, dann war ich mit mir zufrieden. Wie angenehm, nicht morgens um acht am Schreibtisch sitzen zu müssen.

Mimi saß schon bei Krischan im Büro und erzählte ihm gerade ausführlich von unserer Didi-Aktion. Beide blickten auf, als sie mich sahen.

»Wow, Alice, das ist ein super Outfit«, lobte mich Mimi. »Und die Schuhe, das sind doch *Manolos*, oder?«

»Nicht ganz original«, musste ich zugeben, »aber ziemlich nahe dran. Und ungefähr fünfhundert Euro günstiger. Hast du die Nummer von Köhler?«

»Auf dem Schreibtisch, und da habe ich noch mehr. Komm mal mit.«

Wir ließen Krischan allein, und sie zeigte mir die Homepage von Köhler. »Also, aufgemacht ist das Ganze als absolut seriöses Finanzunternehmen. Der ist sogar richtig groß im Geschäft. Aber für besondere Kunden bietet er wohl besonderen Service.«

»Wir rufen also an und beziehen uns auf diesen Anhaus. Hast du über den was rausgekriegt?«, fragte ich Mimi.

»Nö, habe auch nichts gesucht. Der interessiert uns doch eigentlich nicht, oder? Wir brauchen nur seinen Namen als Türöffner. Und dann brauchen wir noch eine gute Story. Welches Geld wollen wir anlegen?«

»Wie wär's damit: Du bist eine erfolgreiche Geschäftsfrau und willst dich scheiden lassen. Damit deinem untreuen, chronisch erfolglosen Mann nach der Scheidung dein Geld nicht in die Hände fällt, willst du eben ein bisschen was zur Seite schaffen.«

»Deine Fantasie ist unschlagbar«, lobte Mimi. »Aber wieso ich? Wieso nicht du?«

»Vielleicht, weil ich schon ins Untersuchungsgefängnis muss? Diesmal bist du dran.«

»Na gut. Das ergibt einen Sinn. Also rufe ich ihn gleich an. Und wie heiße ich?«

»Schwierig. Vielleicht prüft er deine Geschichte ja trotz der Empfehlung nach? Also muss es eine echte Identität sein. Gib mal bei Google ›Erfolgreiche Geschäftsfrau‹ ein.«

Mimi tippte, und gespannt warteten wir auf die Ergebnisse. Zuerst wurden nur Bücher angezeigt, die einem verrieten, wie man eine erfolgreiche Geschäftsfrau wurde. Dann kamen Verweise auf Supermodels. Wir suchten Seite für Seite, aber das Richtige fanden wir nicht. Ich meine, die Top Ten der erfolgreichsten Geschäftsfrauen? Die waren doch bestimmt zu bekannt. Aber auf Seite 23 ging endlich ein Ruck durch Mimi.

»Da«, rief sie, »das bin ich.«

Ich las. Eine Angela Jacobi, fünfunddreißig Jahre alt und Inhaberin einer kleineren Schuhladen-Kette.

»Stell dir nur mal vor, du hast deine eigenen Schuhläden. Wie kommt die Frau denn noch zum Arbeiten?«, wunderte ich mich.

»Weil ich tough bin. Weil ich Power habe. Weil ich mir alles selbst aufgebaut habe«, brüstete sich Mimi.

»Jetzt komm mal wieder runter«, stöhnte ich. »Du leihst dir ihre Identität nur.«

»Pfff«, machte Mimi, »als ob du nie die *Bunte* liest. Da steht es doch immer drin, wie die Schauspieler an ihre Rollen gehen. Sie identifizieren sich damit, sie leben die Rolle. Und ich werde sofort anfangen zu üben. Du bist meine Sekretärin und musst mir jetzt Kaffee holen.«

»Mache ich aber nicht«, gab ich zurück. »Hol dir deinen Kaffee selber.«

»Oh, oh«, lächelte Mimi höhnisch, »wenn das mal nicht gleich die erste Abmahnung gibt. Ich will Kaffee. Jetzt.«

»Mimi, du nervst. Von mir aus fühle dich so viel in die Rolle rein, wie du willst, aber lass mich aus dem Spiel.«

»Spielverderberin«, murmelte sie. »Gut, ich rufe jetzt an.«

Sie setzte sich aufrecht hin und wählte. Dann kräuselte sie die Nase. »Guten Tag, Jacobi hier. Den Herrn Köhler möchte ich sprechen.« Sie hörte einen Moment zu und sagte dann mit einer furchteinflößenden Stimme: »Das werde ich ihm schon selber sagen. Und ich habe keine Zeit für Ihr Geplänkel, ich habe ein Unternehmen zu führen. Also, noch einmal, Herrn Köhler, bitte.«

Sie reckte ihren Daumen hoch in meine Richtung und sprach kurz darauf weiter: »Herr Köhler? Mein Name ist Jacobi. Ich möchte Sie in einer vertraulichen Angelegenheit sprechen. Anhaus hat Sie mir empfohlen.«

Gespannt sah ich zu, wie Mimi einen Moment lauschte und dann weiterredete: »Nein, heute habe ich den ganzen Tag Meetings, aber morgen kann ich es einrichten. So gegen elf Uhr?«

Nachdem sie zu Ende telefoniert hatte, blickte sie mich stolz an.

»Und? Wie war ich?«

»Echt überzeugend«, bewunderte ich sie. »Wirklich, sogar ich habe geglaubt, was du gesagt hast. Aber warum willst du nicht gleich heute hin?«

»Weil Diedrichsen doch heute da aufkreuzt. Und wenn er zufällig zur gleichen Zeit da ist wie ich? Noch mal sollten wir ihm nicht über den Weg laufen. Also, morgen um elf. Und was machen wir heute?«

»Heute müssen wir um achtzehn Uhr bei *McDonald's* sein, wegen dem Fricke. Und ich finde, wir haben uns eine Belohnung verdient nach unseren Erlebnissen gestern. Meinst du, ob Krischan unser Geld schon überwiesen hat?«

Mimi bekam leuchtende Augen. »Shoppen? Ich frage ihn sofort.«

Nach zwei Minuten kam sie wieder, und ihre Augen schienen mir noch mal so hell zu leuchten.

»Hat er schon Dienstag gemacht. Endlich wieder shoppen, ich habe schon Entzugserscheinungen. Los, komm.«

Als Erstes hielten wir am Geldautomaten und checkten unseren Kontostand. Einen High five später stürzten wir ins Einkaufszentrum.

»Das Paradies«, keuchte ich, als ich die ganzen Läden sah. »Der wahre Garten Eden.«

Mimi antwortete nicht. Sie hatte schon dreißig Meter Vorsprung in Richtung eines Schuhladens.

Zwei Stunden später tranken wir auf der Dachterrasse einen Prosecco, umgeben von unzähligen Taschen und Tüten.

Mimi seufzte tief entspannt. »Das ist besser als Wellnessurlaub. Ich liebe es.«

Mir ging es genauso gut, aber ich musste unbedingt etwas wissen. »Erzählst du mir jetzt, für wen du diese ultrascharfen Dessous gekauft hast? Ich habe dir schließlich auch gesagt, dass ich mit meinen Nick überraschen will.«

»Stimmt, da hast du wirklich ein echtes Geheimnis mit mir geteilt. Da wäre ich von allein nie draufgekommen. Ich hätte auf den Briefträger getippt«, spottete Mimi.

»Lenk nicht ab. Also, für wen?«

»Oh, das weiß ich noch nicht«, behauptete sie. »Vielleicht will ich mir ja selber eine Freude machen?«

»Eine Freude hast du dir gemacht mit den Wildlederstiefeln. Aber Strapse, String und Corsage für dich selbst? Ich bitte dich. Wenn es auf dieser Welt keine Männer gebe, würde es auch keine Reizwäsche geben.«

»Ich wäge noch meine Optionen ab«, wich sie aus.

Bevor ich weiter nachfragen konnte, klingelte mein Handy.

»Süße, kennst du mich noch? Ich bin der große Dunkelhaarige mit dem schwarzen Auto.«

»Hallo, Nick«, lächelte ich. »Ich wollte dich auch anrufen. Was machst du?«

»Ich bin noch im Präsidium. Und du?«

»Ich bin im Einkaufszentrum und kann mich einfach nicht zwischen den roten und den schwarzen Strapsen entscheiden«, provozierte ich ihn.

»Nimm beide«, forderte er. »Und heute Abend sage ich dir dann, welche du anbehalten darfst.«

»Mal sehen. Lass dich überraschen. Sehen wir uns denn heute Abend?«

»Und ob wir das tun. Du glaubst doch wohl nicht, dass du mir erst von Strapsen erzählen kannst und mich dann allein lässt, oder? Hast du Zeit?«

»Ja, aber erst so gegen sieben, halb acht.«

»Ich frage einfach nicht nach«, sagte Nick resigniert. »Ich habe Steven und Teresa versprochen, mit in diesen Laden in der Bahnhofstraße zu kommen. Kommst du da dann auch hin?«

»Mache ich. Wir sehen uns später.«

Ich legte auf, und mein Blick fiel auf Mimi, die meiner Meinung nach viel zu schnell ihr Handy in ihre Handtasche warf. Aber wenn sie mir etwas zu erzählen hatte, würde sie das schon von allein tun.

»Gut. Wir sollten langsam los, um diese Zeit brauchen wir bestimmt eine halbe Stunde.«

Wir brauchten sogar vierzig Minuten und waren erst kurz nach sechs bei *McDonald's*.

»Äh, Alice, habt ihr irgendein Erkennungszeichen ausgemacht?«, wollte Mimi wissen.

»Jetzt nicht so direkt. Wir suchen einfach nach einem Mann Ende zwanzig, der allein hier ist.«

Es blieben drei Tische übrig.

»Der vielleicht?«, fragte Mimi und zeigte auf einen Mann, der besser aussah als David Beckham.

»Auf keinen Fall. Den können wir sofort ausschließen. Aber guck mal den.«

Nummer zwei war ziemlich gammelig, mit wirren Locken und einer Jutetasche neben sich. Der könnte es sein.

»Sind Sie Herr Fricke?«, fragte ich.

»Hä?«, kam es zurück. »Nee.«

Wir wollten gerade zu dem dritten Mann gehen, der allein an einem Tisch saß, als die David-Beckham-de-Luxe-Version auf mich zukam.

»Sind Sie Frau Wörthing? Haben wir telefoniert?«

»Oh. Äh, ja, das haben wir wohl«, sagte ich und kicherte wie ein kleines Mädchen. Warum, wusste ich selbst nicht.

Auch Mimi war hingerissen. »Hey«, hauchte sie, »Ich bin Mimi, die Kollegin von Alice.«

Der Typ grinste uns beide an. Jetzt sah er noch niedlicher aus, und ich sah zu, dass ich mich wieder in den Griff bekam. War ja peinlich.

Wir suchten uns einen einsamen Tisch in der Ecke aus. Auch Mimi versuchte zumindest, ihre Berufsehre wiederherzustellen, und fragte, was wir für ihn tun könnten. Aus ihrem Mund hörte sich das allerdings eher wie ein sehr schmutziges Angebot an.

»Okay, ich fang einfach mal an«, sagte er.

Ich schaute ihn nur weiter an. Die Augen waren tatsächlich richtig grün. Dann zwinkerte ich ein paarmal heftig, sah an ihm vorbei zum Tisch nebenan und konnte mich jetzt nun auch auf das konzentrieren, was er sagte.

»Also, ich habe jetzt endlich, seit zwei Monaten, wieder einen richtig guten Job. Es läuft ganz gut da, und es kommt regelmäßig Geld rein. Bloß habe ich jeden Tag Angst, dass ich ins Personalbüro gerufen werde und mir erzählt wird, dass mein Gehalt gepfändet wird. Das ist Mist. Deswegen will ich jetzt mal meine Finanzen auf die Reihe kriegen.«

Mimi und ich nickten verständnisvoll.

»Was machen Sie denn beruflich?«, wollte Mimi wissen.

»Ich bin Programmierer. Und jetzt arbeite ich bei

Marimi, die entwickeln Lernprogramme für Kinder. Macht total Spaß«, schwärmte er.

Der war aber auch süß. Und mochte anscheinend sogar Kinder.

»Wie können wir Ihnen helfen?«, fragte ich sofort.

»Können wir vielleicht du sagen?«, bat er. »Dann fällt mir das Gespräch leichter. Ich bin Alex.«

Mimi und ich überschlugen uns fast dabei, begeistert zu nicken. Sie machte zuerst den Mund auf. »Klar, unsere Namen kennst du ja schon. Und jetzt erzähl mal.«

»Ich habe einfach Scheiße gebaut«, gab er zu. »Ich wollte den großen Macher rauskehren und habe alles Mögliche auf Pump gekauft. Dann ging die Firma, in der ich gearbeitet habe, pleite, und ich hatte keinen Job mehr. Und da es nicht gerade wenige Programmierer gibt, bekam ich keinen neuen. Tja, und dann ist mir alles über den Kopf gewachsen.«

»Das ist absolut verständlich«, ließ Mimi ihn wissen. »Das hätte jedem so ergehen können. Und jetzt willst du deine Schulden loswerden, oder?«

»Ja, genau. Aber ich habe die Kohle halt nicht. Deshalb habe ich mir etwas überlegt. Eure Inkassofirma bekommt achtundzwanzigtausend Euro von mir. Wie wär's, wenn wir das Ganze runterschrauben auf zwanzigtausend und ich monatlich achthundert Euro abzahle? Dann wäre ich in gut zwei Jahren schuldenfrei, und ihr hättet einen Großteil der Kohle zurück. Glaubt ihr, da ist was zu machen?«

»Da geht sicher was«, meinte Mimi. »Wir reden gleich morgen mit Krischan, unserem Chef, mach dir keine Sorgen. Übrigens«, wechselte sie gekonnt das Thema, »deine Freundin ist bestimmt super stolz auf dich, oder? Dass du dich jetzt so bemühst, dein Leben wieder auf die Reihe zu kriegen.«

»Ich habe keine Freundin«, sagte Alex. Mimis Augen blinkten wie Leuchttürme – jedenfalls, bis er den Satz beendete.

»Ich habe einen Freund«.

Mimis Schultern sanken herab. »Oh Mann, das ist nicht fair. Warum immer die Guten?«

Alex und ich fingen gleichzeitig an zu lachen. Mimi lachte mit.

»Na ja, ist wahrscheinlich ganz gut so. Mein Liebesleben ist schon so kompliziert genug, wenn du auch noch in der Männerliga spielen würdest, wäre es wohl ganz konfus.«

»Das wollen wir nicht«, sagte Alex. »Und Mädchen wie du haben immer ein konfuses Liebesleben. Das gehört dazu. Also, ihr meint, wir kriegen das hin?«

»Ja«, versprach ich ihm. »Gib uns mal deine Handynummer, wir reden morgen mit Krischan und rufen dich dann an.«

Bester Laune verabschiedeten wir uns.

»Das hätten wir uns gleich denken können«, fiel Mimi ein. »Der ist viel zu süß, um ein Hetero zu sein. Und ich muss ihn unbedingt nach seinem Friseur fragen, diese blondierten Spitzen sind unglaublich.«

»Mach das. Was hast du heute Abend noch vor? Ich will mich mit Nick treffen.«

Mimi verzog den Mund. »Ich habe ein Date mit Mark. Eigentlich wollte ich ihn erst mal gar nicht mehr treffen, aber mir fiel keine Ausrede mehr ein. Mal sehen, wie das wird.«

»Ich drück dir die Daumen. Mein Auto steht noch beim

Büro, kannst du mich in die Bahnhofstraße fahren? Nick bringt mich dann morgen zu dir, und dann suchen wir dir ein richtig cooles Geschäftsfrauenoutfit für deinen Termin mit Köhler aus.«

Mimi hielt in der Bahnhofstraße, und ich erneuerte mein Make-up.

»Kannst du erst mal meine ganzen Tüten mitnehmen und sie morgen mit ins Büro bringen?«, bat ich Mimi.

Wir verabschiedeten uns, und ich ging rein und schaute mich um. Netter Laden, ein Mittelding aus Bistro und Kneipe, die Musik war gut, und die Leute sahen gepflegt aus. Nick saß mit Steven und Teresa an einem der hinteren Tische. Meine verliebten Blicke überbrückten anscheinend mühelos die zwanzig Meter, denn Nick drehte sich um und sah mich an. Es war bald peinlich, wie verrückt ich nach ihm war.

Er stand auf, kam mir entgegen und nahm mich in seine Arme.

»Süße. Meine Träume werden wahr. Du siehst aus wie eine richtig heiße Geschäftsfrau«, grinste er und küsste mich. »Keine Ahnung, warum, aber seit Stunden denke ich nur noch an dich in Strapsen, mittlerweile ist mir die Farbe egal«, ließ er mich wissen.

»Du wirst es herausfinden«, flüsterte ich in sein Ohr. Ich kam nicht dahinter, wie er es machte, aber in seiner Gegenwart dachte ich ständig an Sex.

Hand in Hand gingen wir zu Steven und Teresa. Es war ziemlich schräg, die beiden zusammen zu sehen. Vor meine Augen schob sich immer das Bild von Mimi. Steven ließ sich nichts anmerken und gab sich wie immer. Und Teresa wusste von nichts. Ich fühlte mich ziemlich unwohl und stürzte deshalb ziemlich schnell ein großes Bier runter. Die drei unterhielten sich weiter, und ich kuschelte mich in Nicks Arm und wollte nirgendwo anders sein. Mal wieder machte Nicks Handy die Stimmung kaputt.

»Sie hat was?«, hörte ich. »Sag das noch mal.« Nicks Stimme wurde ganz ruhig, und mir tat die »sie« sofort sehr, sehr leid. Er regte sich sehr schnell auf und brüllte dann auch gerne mal rum, aber das ging schnell wieder vorbei. Nur, wenn seine Stimme so ruhig wurde, dann war Holland richtig in Not. Es war schon ziemlich nervig, dass er nie so richtig von seinem Job abschalten konnte. Ich hörte ihn noch »Ich klär das, Hans. Wir sehen uns morgen« sagen und drehte mich zu ihm, um ihn wissen zu lassen, dass er jetzt Feierabend hatte. Merkwürdigerweise starrte er mich an, als wäre ich eine Außerirdische.

»Alice? Komm mal mit raus, ich muss mit dir reden«, sagte er, immer noch in diesem unnatürlich ruhigen Tonfall. Wenn er sich vorstellte, er könnte seinen Stress mit dem Job jetzt einfach so bei mir ablassen, dann würde ich wirklich sauer werden.

Ich ging mit ihm raus auf den Parkplatz, doch bevor ich ein Wort sagen konnte, kam er mir zuvor.

»Das war Schlüter. Er hat mir gerade erzählt, dass du einen Besuchsantrag für die U-Haft gestellt hast. Und zwar für Ronny Schweder.«

Was ging das denn diesen Schlüter an? Und woher wusste er das? Gab es denn in diesem Land keinerlei Privatsphäre mehr?

»Wieso interessiert es Schlüter, was ich tue? Überwacht er mich etwa?«, wollte ich wissen.

Nick schnaubte. »Wohl kaum. Aber da wir die Ermittlungen führen, kriegen wir von der Staatsanwaltschaft natürlich alle Infos, die mit dem Fall zu tun haben. Und es ist wohl nicht ganz irrelevant, dass meine Freundin unseren Hauptverdächtigen in der U-Haft besuchen will. Also? Was hast du dazu zu sagen?«

»Wirklich, jetzt hör aber mal auf. Du führst dich auf wie der böse Bulle. Du weißt, dass wir versuchen, etwas über Ronnys Vermögensverhältnisse rauszukriegen. Und wenn das heißt, dass ich zu ihm in den Knast muss, dann muss ich das eben tun.«

»Hörst du dir eigentlich manchmal selber zu?«, brüllte Nick mich an. »Kannst du dir vorstellen, dass du mich gerade zum Deppen der ganzen Abteilung machst? Wir versuchen, einen wasserdichten Fall zu stricken, und meine Freundin stellt einen Besuchsantrag? Findest du das normal?«

Mir fiel nicht sofort eine Antwort ein. Nick kannte doch meinen Job, diesen Stress konnte ich absolut nicht nachvollziehen. Bis ich mich wieder gesammelt hatte, war meine Gelegenheit, etwas zu sagen, jedoch vorbei.

»Okay, Alice, jetzt ist Schluss mit diesem Unsinn. Du besuchst Schweder ganz bestimmt nicht. Und diesen Job machst du auch nicht mehr länger. Sind wir uns einig?«

Ein paar Sekunden starrte ich ihn mit offenem Mund an, bis ich mich wieder in den Griff kriegte. »Nick? Bist du es, oder haben Außerirdische dich entführt? Seit wann brauche ich deine Erlaubnis, um jemanden zu besuchen?«

»Seit heute«, knurrte er. »Also, beendest du diesen Job?«

Nick war von Anfang an die Liebe meines Lebens gewesen. Und obwohl ein Teil von mir verstand, welcher Teufel ihn gerade ritt, ging das hier eindeutig zu weit.

»Nick, was passiert hier? Du kannst mir doch nicht

mein Leben diktieren und erwarten, dass ich es so ausrichte, wie es dir gerade in den Kram passt. Kannst du vielleicht auch mal meine Seite sehen? Nichts, was ich tue, schadet eurem Fall. Also, können wir jetzt vielleicht mal vernünftig miteinander reden?«

Nick starrte mich nur wütend an. »Ich rede vernünftig. Ich will nur eine Entscheidung von dir. Was ist dir wichtiger – ich oder dein Job?«

»Das ist keine Entscheidung. Das ist Unterdrückung. Und so was mache ich nicht mit. Das bist doch nicht du. Ich werde mir jetzt ein Taxi rufen und nach Hause fahren. Und morgen sieht das alles ganz anders aus, und wir können reden, okay?«

»Es wird kein Morgen für uns geben, wenn du mir nicht jetzt sofort sagst, wofür du dich entscheidest«, setzte Nick mir das Messer auf die Brust.

Mit Tränen in den Augen sah ich ihn an. »Ich liebe dich, Nick. Ich habe noch nie einen Mann so sehr geliebt wie dich. Aber diese Entscheidung ist nicht fair. Du verhältst dich wie ein Arschloch. Ich fahre jetzt nach Hause, und dann ist es deine Entscheidung. Ob du das, was wir beide haben, einfach wegschmeißen willst, oder ob du mal nachdenkst, was du hier gerade angerichtet hast.«

Blind vor Tränen ging ich in den Laden, nahm, ohne Steven und Teresa anzusehen, meine Handtasche und ging wieder vor die Tür. Von Nick war weit und breit nichts zu sehen. Ich hielt das erste freie Taxi an und ließ mich heulend nach Hause bringen. An Schlaf war kaum zu denken, immer wieder fuhr ich hoch, weil ich mir einbildete, Nicks Schlüssel im Schloss zu hören. Aber weder kam er vorbei, noch rief er an.

Am nächsten Morgen sah ich aus wie ein Zombie. Ich hatte mich nicht abgeschminkt, zum ersten Mal in meinem Leben. Und gegen die roten Augen half auch das beste Make-up nichts. Lustlos machte ich mir einen Pferdeschwanz, stieg in eine alte Jeans und das erstbeste T-Shirt und rief Mimi an.

Mit erstickter Stimme bat ich sie, mich abzuholen.

»Was ist los? Konnte Nick dich nicht zu mir bringen?«

Die Nennung seines Namens langte, um mich wieder zum Heulen zu bringen.

»Scheiße«, sagte Mimi. »Wir kriegen das alles hin. Ich bin in zehn Minuten bei dir.«

Ich ließ Mimi rein, die meine ganzen Einkaufstüten mitgebracht hatte. War das erst gestern gewesen, als es mir noch so gut ging? Ich sackte wieder aufs Sofa und erzählte ihr vom letzten Abend.

»Was ist los mit ihm? Er macht Schluss, weil du nicht nach seiner Pfeife tanzt?«

»Sieht so aus«, sagte ich bitter. »Ihm ist es wohl wichtiger, in seiner Abteilung gut dazustehen, als mich zu unterstützen.«

»Okay. Jetzt lass dich davon nicht unterkriegen. Das ist nicht euer erster Streit und bestimmt auch nicht der letzte. Nick ist nun mal ein Hitzkopf, spätestens morgen wird er sich bei dir melden und sich entschuldigen.«

»Bist du sicher?«, schniefte ich. »Er klang so endgültig.«

»Er hatte doch gar keine Zeit zu überlegen. Schlüter informiert ihn über deinen Besuch bei Ronny, und er flippt aus. Das ist das übliche Muster. Glaub mir, morgen sieht das alles anders aus.«

An diese Hoffnung klammerte ich mich. Und so ganz

unrecht hatte Mimi ja nicht. Bestimmt würde er die Sache anders sehen, wenn er erst mal in Ruhe darüber nachgedacht hatte.

»Danke, Mimi. Ich glaube, du hast recht. Fahren wir jetzt mein Auto holen?«

»Machen wir. Aber zieh dich vorher um. In diesen alten Schluffiklamotten fühlst du dich nur noch schlechter. Du brauchst etwas, das dich aufbaut.«

Auch damit konnte sie recht haben. Ich zog Leggins an und darüber ein schwarz-grau gemustertes Kleid. Außerdem machte ich mir die Haare und schminkte mich anständig. Nach einem Blick in den Spiegel ging es mir tatsächlich besser.

»Ich schieb die Sache jetzt ganz nach hinten in meinen Kopf. Wenn ich darüber nachdenke, zieht mich das sofort runter. Wir tun einfach so, als wäre nichts passiert, ja?«, bat ich Mimi.

»Klar«, versprach Mimi. »Soll ich dir von meinem Date mit Mark erzählen?«

»Oh ja, wie ist es gelaufen?«

»Tja, wie es aussieht, bin ich ab heute wieder Single. Wir haben uns getroffen, und als ich ihn gesehen habe, ist nichts passiert. Da waren überhaupt keine Gefühle mehr. Total komisch. Jedenfalls habe ich ihm gesagt, dass es mit uns nichts wird, und das war's.«

»Aber du warst doch am Anfang so sicher, dass er der Richtige ist. Ist das nur, weil er diese komischen Sachen im Schlaf sagt?«

»Nein«, überlegte Mimi, »ich glaube nicht. Ich wollte mich einfach nur unbedingt verlieben, und als ich Mark traf, schien es zu passen. Aber jetzt denke ich, dass ich mir nur etwas eingeredet habe. Ehrlich gesagt finde ich ihn ein bisschen langweilig. Und Schmetterlinge im Bauch habe ich auch nicht mehr.«

»Jedenfalls nicht, was ihn betrifft, oder?«, lächelte ich.

»Man weiß es nicht«, grinste Mimi zurück. »So, jetzt fahren wir zu mir, suchen das richtige Outfit für meinen Termin mit Köhler aus, dann fahre ich dich zu deinem Auto, und später sehen wir uns im Büro.«

Bei Mimi hatten wir uns innerhalb von fünf Minuten entschieden. Sie zog ein Nadelstreifenkostüm mit kurzem Rock und taillierter, kurzer Jacke an und darunter eine weiße Bluse. Hochhackige schwarze Pumps vervollständigten die Illusion einer Businessfrau.

»Ich habe noch was. Warte mal, bis du das siehst.« Kurz darauf kam sie mit einer ultracoolen schwarzen Hornbrille wieder.

»Ist Fensterglas. Wie findest du das?«

»Steht dir super gut. Die musst du öfter tragen. Sag mal, soll ich zu Köhler mitkommen und unten warten? Im Büro habe ich ohnehin gerade nichts zu tun.«

»Ja, das wäre gut. Dann lass uns los.«

Wir fuhren in die Alte Straße und fanden vier Häuser vor dem Büro von Köhler einen Parkplatz.

»Wünsch mir Glück«, bat Mimi und stieg aus.

Während ich wartete, klappte es leider nicht so gut, mein Problem mit Nick zu vergessen. Immer wieder dachte ich an unser Gespräch und über die richtigen Antworten nach, die ich ihm hätte geben können. Bestimmt hätte er dann eingesehen, dass er sich ziemlich verrannt hatte. Aber was hätte ich ihm sonst sagen sollen? Automatisch faltete ich meine Hände.

»Lieber Gott, ich weiß, ich melde mich immer nur dann bei dir, wenn ich was von dir will. Und ich werde das auch ändern, ganz bestimmt. Aber bitte, bitte lass Nick ganz schnell zur Vernunft kommen, ja? Ohne ihn ist alles so trostlos.«

Ich versprach mir etwas. Wenn Nick sich bis morgen bei mir melden würde, würde ich am Sonntag in die Kirche gehen. Oder wenigstens den Gottesdienst am Sonntagmorgen im *ZDF* angucken.

Es dauerte über eine halbe Stunde, bis Mimi wiederkam.

»Das war wie in einem Film. Der Laden ist total durchgestylt, das Büro sieht aus wie der Ausstellungsraum eines Designers. Er guckte mich an und sagte wieder diesen Satz: ›Das Wetter könnte schöner sein.‹ Dann habe ich geantwortet: ›Bestimmt kommt bald die Sonne raus.‹ Daraufhin entspannte er sich und bot mir einen Stuhl an.«

»Und dann? Wie ging es weiter?«

»Die gute Nachricht ist, dass er mir die Geschichte total abgenommen hat. Die schlechte ist, dass ich nicht weiß, was wir damit anfangen können.«

»Wieso? Was ist das Problem?«

»Also, es gibt diesen Anlagefonds«, informierte mich Mimi, während sie Richtung Büro fuhr. »Und der ist ausschließlich für Schwarzgeld. Ich kann dabei sein, wenn ich mindestens fünfzigtausend Euro an ihn zahle. Nur, das bringt uns mit Diedrichsen ja nicht weiter, oder? Abgesehen davon, habe ich mein Leben lang noch keine fünfzigtausend gehabt.«

»Hast du ihn denn nicht gefragt, ob Didi dabei ist?«

»Klar habe ich das versucht. Aber er hat mir nur dieselbe Antwort gegeben wie Didi vorgestern auf dem Parkplatz – ›streng vertraulich‹.«

»Hast du denn wenigstens eine Broschüre über die Anlage?«

»Alice, glaubst du, der Mann verteilt Hochglanzprospekte? Das Ganze ist illegal. Er hat mir eine Menge erzählt und auch Fotos gezeigt, aber mitnehmen konnte ich gar nichts.«

»Wir fragen Krischan«, bestimmte ich. »Vielleicht fällt ihm etwas ein.«

Aber zuerst erzählten wir ihm von unserem Treffen mit Fricke.

»Das geht doch, Krischan, oder?«, fragte Mimi ihn mit geneigtem Kopf.

»Wenn er seine Raten zahlt, ist das okay. In die Richtung solltet ihr sowieso mehr denken. Bei zehn oder mehr Luschen, die monatlich zahlen, habt ihr mit euren zwanzig Prozent schon mal einen Grundstock. Und ich krieg Umsatz rein.«

Das hörte sich ja mal ungefährlich an. Nun erzählten wir ihm von Didi, Köhler und dem Anlagefonds.

»Was können wir da machen?«, fragte ich ihn.

Krischan musste nicht lange überlegen.

»Da habt ihr nur eine Chance. Geht mit diesen Infos zur Polizei. Wenn Didi dabei ist, werden die es rauskriegen. Und wir kriegen vielleicht noch unser Geld zurück. Alice, du hast doch den direkten Draht.«

Schon wieder stiegen mir die Tränen in die Augen, und ich verließ fluchtartig Krischans Büro. Von meinem Schreibtisch aus hörte ich Mimi auf ihn einreden, dann kam sie zu mir.

»Weine nicht. Denk daran, was ich vorhin gesagt habe, ja? Ich weiß, dass ihr spätestens Sonntag schon wieder miteinander frühstückt.«

Ich schluckte ein paarmal und versuchte dann ein Lächeln. »Okay. Ich denke daran.«

In dem Moment klingelte mein Handy. Mimi und ich sahen uns an, und sie reckte den Daumen nach oben. Leider zu früh.

»Hallo, Mama«, sagte ich. »Na, wie geht's?

»Mir und Albert geht es sehr gut. Ich verfeinere gerade meine Lehrkunst, und er ist ein äußerst gelehriger Schüler. Wir haben viel Spaß zusammen. Ich wollte dich fragen, ob du und Nick am Sonntag zum Essen kommen wollt? Ich mache Schweinebraten mit Knödeln und Rotkohl.«

Verzweifelt kniff ich die Augen zusammen und wartete einen Moment mit der Antwort, bis meine Stimme mir wieder gehorchte. »Ich weiß noch nicht. Ich rufe dich morgen an, ich muss jetzt los. Tschüss Mama.« Leise sprach ich mir selbst Mut zu, nachdem ich aufgelegt hatte. »Es wird alles wieder gut. Alles wird wunderbar.« Ich seufzte, denn es funktionierte nicht richtig. »Mimi, ich will nicht zur Polizei. Weder zu Schlüter noch zu Nick. Er glaubt dann doch, dass es nur ein Vorwand wäre, um ihn zu sehen. Und wenn es mit meinem Job zu tun hat, wird er sowieso wieder sauer.« Ich machte eine Pause. »Ich hätte zwar nie geglaubt, dass ich das jemals sagen würde, aber – kannst du vielleicht Steven anrufen?«

»Mache ich«, versprach Mimi. »Aber erst Montag, in seiner letzten SMS hat er geschrieben, dass er gerade Urlaub hat.«

Sie erwiderte traurig meinen Blick. »Nein. Ich habe nicht geantwortet. Okay, also Montag. Und du fährst nach Hause und schläfst mal ein bisschen. Ehrlich gesagt sind deine Augen kleiner als die von einem chinesischen Baby.«

Das war nicht gut, also fuhr ich nach Hause. Ich schlief tatsächlich fast sofort ein und wachte erst wieder auf, als es draußen schon dunkel wurde. Ruhelos versuchte ich, mich irgendwie zu beschäftigen, aber auf nichts konnte ich mich konzentrieren. Ständig kontrollierte ich, ob mein Handy an war und mein Festnetztelefon funktionierte. Was Nick wohl gerade machte? Ob er auch allein zu Hause war und an mich dachte? Oder hatte die liebe Nicole vielleicht schon die Gunst der Stunde erkannt und ihn und Kristin ins Kino geschleppt? Vielleicht würde er genau jetzt, in diesem Moment, Kristin so anlächeln, wie er es sonst nur bei mir tat?

Okay, damit musste ich sofort aufhören. Wenn ich nach einem Tag ohne Nick schon die Nerven verlor, wäre ich spätestens Sonntag in der Klapsmühle. Ablenkung war gefragt, also freute sich der große Haufen Bügelwäsche, dass sich jemand um ihn kümmerte. Nach zwei Stunden war mein Schrank wieder voll, und ich fing an, alle Schubladen aufzuräumen. Nachdem auch die Fliesen im Bad und in der Küche glänzten, war ich so müde, dass ich endlich wieder schlafen konnte.

Am Samstagmorgen rief Mimi an.

»Ich habe gestern noch ein bisschen herumtelefoniert und weitere Ratenzahlungen vereinbart. Wir sind jetzt schon bei insgesamt fünfhundert Euro monatlich. Muntert dich das ein bisschen auf?«

»Ja, das tut es«, log ich.

»Also nicht. Habe ich mir schon gedacht. Darum habe ich etwas, was dich wirklich aufmuntert. Pack mal ein paar bequeme Sachen ein, ich habe uns für heute und morgen auf einer Schönheitsfarm angemeldet.«

»Oh Mimi«, freute ich mich, »was für eine tolle Idee. Das muntert mich wirklich auf.«

»Wusste ich doch. Ich bin in zehn Minuten da«, ließ sie mich wissen.

Schnell packte ich ein paar Sachen in eine Reisetasche und wartete vor der Tür auf Mimi.

»Wir müssen nur eine knappe Stunde fahren. Die Farm liegt ganz ruhig auf dem Land und hat tolle Anwendungen. Algenpackungen, Ayurveda, Pediküre, das ganze Programm.«

Gegen elf parkten wir vor einem kleinen, reetgedeckten Bauernhaus. Schon in der Eingangshalle roch es total gut. Eine Frau, deren Alter schwer zu schätzen war, kam auf uns zu. Auf alle Fälle war sie top gepflegt.

»Guten Morgen, ich bin Elke Thiemann, herzlich willkommen. Dieses Wochenende sind Sie zu fünft. Ich zeige Ihnen zuerst Ihre Zimmer, und dann können wir über die Behandlungen reden, einverstanden?«

Das Zimmer war genauso niedlich wie das ganze Haus. Ein gemütlich aussehendes Bett stand in einem Alkoven, es gab ein Sofa, vor dem ein Tisch mit einem Obstkorb stand. Sogar eine Minibar gab es. Dann noch ein süßes Badezimmer, in dem kleine Probefläschchen aufgereiht waren.

Ich legte meine Tasche aufs Bett und folgte Mimi, deren Zimmer ähnlich eingerichtet war. Dann gingen wir mit Frau Thiemann in ihr Büro, wo sie jeder von uns einen Ausdruck in die Hand drückte.

»Das sind Ihre Anwendungen. Das Wochenende beginnt mit einem Bad in Rosenblüten, anschließend gibt es ein Ganzkörperpeeling und eine Algenpackung. Die lassen wir eine Stunde im Ruheraum wirken. Nach dem Mittagessen kommt dann die Gesichtsbehandlung sowie eine Maniküre an die Reihe. Morgen erhalten Sie eine Massage, eine Pediküre und ein Reise-Make-up.«

Mimi und ich strahlten sie an.

»Das ist genau das, was ich jetzt brauche«, freute ich mich. »Haben Sie vielleicht auch eine Behandlung für die Augen? Ich hatte in den letzten Tagen etwas Stress und möchte deswegen keine Falten bekommen.«

»Da können wir Ihnen verschiedene Anwendungen anbieten, Ihre Kosmetikerin wird Sie gerne beraten. In Ihrem Badezimmer finden Sie Bademäntel, wenn Sie damit bitte in einer halben Stunde in unseren Bädern erscheinen können? Ich zeige Ihnen noch die Räume.«

Die sahen einfach klasse aus. Die beiden großen Bäder hatten eingelassene Whirlpools, und überall standen flackernde Kerzen. Schon der Anblick beruhigte mich. Die anderen Räume waren genauso liebevoll eingerichtet. Am besten fand ich den Ruheraum, in dem Liegen um einen Zimmerbrunnen arrangiert waren, der nicht nur plätscherte, sondern auch Dampf verbreitete.

Eine halbe Stunde später lag ich im Whirlpool, in dem Rosenblätter wirbelten. Der Raum wurde nur durch Kerzen beleuchtet, dazu kam aus versteckten Lautsprechern leise Entspannungsmusik. Das hier war einfach fantastisch. Im Ruheraum traf ich Mimi wieder. Von Kopf bis Fuß eingepackt und eingehüllt in leider ziemlich stinkende Algen schliefen wir nach fünf Minuten tief und fest.

Der Tag ging genauso angenehm weiter. Zum Mittag

gab es eine Gemüsepfanne, und wir unterhielten uns ein bisschen mit den anderen drei Frauen, die zusammen gekommen waren. Abends, nach einem großen Salat mit Huhn, gingen wir in mein Zimmer und holten eine Flasche Sekt aus der Minibar.

»Von all deinen Ideen in letzter Zeit war das die beste«, lobte ich Mimi. »Diese Gesichtsbehandlung war unglaublich, und guck mal, meine Augenpartie. Da hat die Kosmetikerin eine spezielle Maske aufgetragen, so sah ich zuletzt mit zwanzig aus.«

»Die haben hier echt was drauf«, bestätigte Mimi. »Geht es dir jetzt besser?«

»Auf alle Fälle. Und da mein Handy hier keinen Empfang hat, kann ich mir sogar einbilden, dass Nick versucht hat, mich zu erreichen.«

»Das brauchst du dir nicht einzubilden, das hat er bestimmt getan. Willst du bei mir mal gucken? In meinem Badezimmer habe ich Empfang.«

»Nee, lieber nicht. Ich kann das Ganze immer noch nicht so richtig verstehen. Was ist bloß los mit ihm? Er kann sich doch nicht auf einmal aufführen wie das Familienoberhaupt einer arabischen Großfamilie.«

»Der Mann muss noch einiges lernen«, bestätigte Mimi. »Wirklich, du weißt, dass ich ihn sehr mag, aber ich bin sicher, die Frauen haben es ihm immer viel zu leicht gemacht. Ich wette, jede von seinen Freundinnen hat alles getan, um ihn glücklich zu machen. Weißt du, um ihm zu zeigen, dass gerade sie die Richtige für ihn ist.«

»Da könntest du recht haben. Kristin himmelt ihn ja heute noch an, und seine Mutter hält ihn für eine Kreuzung aus Jesus und George Clooney. Sogar meine Mutter tut das. Daran, dass er nicht einfach durch sein Lächeln und seine blauen Augen seinen Willen bekommt, muss er sich wohl erst gewöhnen.«

»Ihr kriegt das hin. Ich meine, selbst ein Blinder kann sehen, wie verrückt er nach dir ist. Mach dir keine Sorgen.«

»Ich versuche es. Und du? Ich verstehe das mit Mark immer noch nicht so ganz. Warum haben sich deine Gefühle für ihn so schnell geändert?«

Mimi seufzte. »Weil ich eine dumme Kuh bin. Und mich genau in den falschen Mann verknallt habe.«

»Steven«, stellte ich fest.

»Ganz genau. In den sehr verheirateten Steven. Ich weiß selber, wie blöd das ist. Aber in dem Moment, in dem ich ihn in dem Club gesehen habe, war es um mich geschehen.«

»Und wie geht es weiter?«

»Gar nicht«, machte Mimi klar. »Das hat ja doch keine Zukunft, und ich werde da schon irgendwie drüber wegkommen. Ich gehe ihm einfach aus dem Weg.«

»Und er? Was sagt er dazu?«

Mimi seufzte tief. »Dass er weiß, dass das alles Scheiße ist, er mich aber trotzdem unbedingt wiedersehen will.«

»Was hast du geantwortet?«, fragte ich gespannt.

Mimi grinste schief. »Dass es für mich nur ein One-Night-Stand war und man so was nicht aufwärmen sollte. Und dann habe ich zugesehen, dass ich wegkam, bevor ich ihm um den Hals fallen konnte.«

»Das tut mir sehr leid«, versuchte ich sie zu trösten.

»Danke, aber lass uns nicht mehr darüber reden. Ich möchte das mal eine Zeit lang vergessen.«

Mimi ging in ihr Zimmer und ich in mein Bett. Arme Mimi, aber wie sie mit der Sache umging, fand ich schon ziemlich bewundernswert. Wenigstens war Nick nicht verheiratet. Zwar hitzköpfig, unvernünftig und verwöhnt, aber ohne Ehefrau. Ich redete mir ein, dass das ein großer Trost war, und schlief darüber ein.

Der nächste Vormittag war viel zu schnell zu Ende, und mittags fuhren wir wieder Richtung Heimat. Nach ungefähr zehn Minuten Fahrt erwachte mein Handy zum Leben. Vier Anrufe in Abwesenheit und zwei SMS.

»Mimi, du kluge Frau, guck mal«, sagte ich und zeigte ihr mein Handy.

»Sind die von Nick?«

Ich schaute nach. Ein Anruf und eine SMS von meiner Mutter, der Rest von Nick. Ich grinste wie der überdrehte Moderator von *Deutschland sucht den Superstar.*

»Die erste ist von meiner Mutter. Sie beschwert sich, dass ich ihr nicht Bescheid gesagt habe, ob wir heute zum Essen kommen«, informierte ich Mimi. »Und jetzt die von Nick.«

Ich las gespannt. *Wo bist du? Muss mit dir reden. Bist du heute Nachmittag zu Hause?*

Ich atmete laut die angehaltene Luft aus. »Er will heute Nachmittag mit mir reden. Mimi, ich bin so froh«, strahlte ich.

»Siehst du, alles ist gut. Was meinst du, wie leid ihm das alles tut.«

»Das hoffe ich. Aber trotzdem falle ich ihm nicht sofort in die Arme, er wird sich schon ein bisschen anstrengen müssen.«

Daher schrieb ich nur einen Satz an Nick: *Bin am Sonntag gegen 13 Uhr zu Hause.*

Mimi setzte mich vor meinem Haus ab. »Guck mal da«, sagte sie und zeigte auf einen schwarzen Mercedes. »Da wartet schon jemand auf dich. Viel Glück.«

Ich nahm meine Tasche vom Rücksitz, verabschiedete mich von Mimi und stieg aus. Nick kam auf mich zu und nahm meine Tasche.

»Na du? Wo warst du? Ich habe schon gestern versucht, dich zu erreichen. Übrigens, du siehst toll aus.«

»Danke«, gab ich zurück, verzichtete aber darauf, ihm zu erzählen, dass mich dieses Aussehen fast sechshundert Euro gekostet hatte. »Dann komm mal mit hoch.«

In meiner Wohnung stellte er die Tasche in den Flur und zog mich in seine Arme. »Ach Süße, das am Freitag war nicht meine beste Vorstellung. Lass uns das vergessen, ja?«

Alarmiert trat ich einen Schritt zurück.

»Das vergessen, Nick? Bis wann? Bis wann wollen wir das vergessen? Bis nächste Woche, wenn du möchtest, dass ich mein Outfit ändere? Oder bis übernächste Woche, wenn du beschließt, dass Mimi nicht der richtige Umgang für mich ist?«

»Himmel, jetzt mach es mir nicht so schwer. Ja, es war Scheiße, und das weiß ich selber. Mehr als entschuldigen kann ich mich nicht.«

»Das weiß ich nicht. Du hast dich ja gar nicht entschuldigt. Du willst immer nur alles vergessen und bloß über nichts reden. Aber so geht das nicht, das tut uns beiden nicht gut.«

»Aber alles kaputtreden, das tut uns gut, oder wie?« Ungeduldig schob er sich eine Haarsträhne aus der Stirn. »Ich weiß was viel Besseres«, lächelte er mich an.

Ich lächelte nicht zurück. »Nick, ich möchte, dass es

mit uns beiden funktioniert. Aber das wird es nicht, wenn wir alle Probleme unter den Teppich kehren. Oder besser gesagt, unter die Bettdecke. Ich will verstehen, warum du so oft überreagierst. Ich will mit dir reden.«

»Natürlich funktioniert es. Aber okay, du bist immer noch sauer. Das verstehe ich. Du brauchst Zeit, ja? Ich rufe dich morgen an.« Er hob mein Kinn hoch und küsste mich ganz zart auf den Mund. »Vergiss mich nicht, Süße.«

Und weg war Mister Bloß-nicht-über-Gefühle-reden. Dieser Mann machte mich wahnsinnig. Aber endlich hatte ich mal die erste Runde gewonnen. Diesmal würde er mich mit seinem verdammten Charme nicht so schnell rumkriegen. Ich packte meine Sachen aus und rief dann meine Mutter an.

»Mama, tut mir leid, dass ich mich nicht gemeldet habe. Da ist was dazwischengekommen. Mimi hat mich zu einem Urlaubswochenende mitgenommen. Hat Papa sich wieder beruhigt?«

»Na ja, er ist schon fast wieder der alte. Und ich habe meinen ersten Auftrag, ich gebe jetzt jeden Dienstagvormittag einen Kurs über Social Networking in der Erwachsenenbildung. Was sagst du dazu?«

»Das ist unglaublich, ganz toll! Lass uns nach deinem Kurs wieder telefonieren, ja? Ich drücke dir die Daumen.«

»Ja, ist gut. Und was ist mit Freitag, was willst du da machen?«

Oje, warum musste sie jetzt unbedingt meinen Geburtstag ansprechen? Am Freitag wurde ich dreißig, und am liebsten würde ich mich den ganzen Tag im Bett verstecken und so tun, als ob nichts wäre.

»Keine Ahnung. Ich sehe da keinen Grund zum Feiern.«

»Aber Alice, du bist noch so jung, warte mal, bis du fünfzig wirst. Dann wirst du an diesen Tag zurückdenken.«

Die Vorstellung war ja noch schlimmer.

»Weißt du was? Ich werde nicht groß feiern. Ich komme abends kurz bei euch vorbei, und von mir aus können wir mal gemeinsam anstoßen, aber mehr mache ich nicht.«

Meine Mutter grummelte noch ein bisschen, aber zwingen konnte sie mich ja schlecht. Also beendeten wir dieses Gespräch. Meine Laune besserte sich allerdings extrem am nächsten Morgen. In der Post war die Besuchserlaubnis für Ronny. Ich durfte ihn am Mittwoch zwischen zehn und elf Uhr besuchen. Aus irgendeinem Grunde war ich ganz sicher, dass im Vereinsheim etwas war, das uns weiterhelfen würde. Ich nahm die Erlaubnis mit und fuhr ins Büro. Mimi saß am Schreibtisch vor dem Computer.

»Und?« grinste sie, »wie war euer Frühstück?«

»Kein Frühstück«, antwortete ich und erzählte ihr, wie mein Treffen mit Nick gelaufen war.

»Der Mann hat eine echt gute Taktik«, musste sie zugeben. »Rufst du ihn heute an?«

»Nein. Diesmal lasse ich ihn schmoren. Da muss er jetzt durch. Guck mal hier«, sagte ich und zeigte ihr die Besuchserlaubnis.

»Wow, das ging ja schnell. Du hast ja auch so verliebt ausgesehen, dass die Frau bestimmt Mitleid mit dir bekommen und dafür gesorgt hat, dass du deinen Liebling so schnell wie möglich besuchen kannst.«

»Sehr witzig. Und, was machen wir heute?«

»Krischan meinte, wir sollten versuchen, noch mehr Ratenzahlungen zu vereinbaren. Er hat uns Daten auf die

Computer gespielt. Ich wollte gerade anfangen zu telefonieren.«

Ich fuhr meinen Computer hoch, sah mir die Daten an und versuchte mein Glück. Bis mittags hatte ich erst eine Zusage und zwei Leute, die sich mein Angebot überlegen wollten.

»Wie läuft es bei dir?«, fragte ich Mimi.

»Geht so, bisher zwei Vereinbarungen über insgesamt zweihundert Euro. Und du?«

»Erst fünfzig Euro«, musste ich zugeben. »Und mein Ohr tut weh. Können wir mal Pause machen?«

Wir aßen in einem Restaurant in der Nähe einen Salat und telefonierten anschließend weiter. Das war nervig, die Leute waren unfreundlich, und einer beschimpfte mich sogar als Inkassoluder. Seufzend rief ich den nächsten Datensatz auf und stockte. Es war ein Foto dabei, und dieses Gesicht kannte ich.

»Mimi, schnell, guck mal«, kreischte ich. Sie murmelte eine Entschuldigung in den Hörer und rollte mit ihrem Stuhl zu mir.

»Guck mal, wen ich hier habe«, sagte ich aufgeregt.

Beide starrten wir ungläubig auf den Bildschirm und sahen Tatjana, die Exfrau von Didi.

»Lies mal, was hier steht«, rief ich. »Danach wohnt sie zwei Häuser weiter von Diedrichsen. Und hat Bankschulden in Höhe von vierzigtausend Euro.«

Verwirrt starrten wir auf den Bildschirm.

»Das verstehe ich nicht. Wo wohnt sie denn nun wirklich?«, fragte ich Mimi.

»Ich habe ein ganz ungutes Gefühl. Die hat uns verarscht. Aber warum? Weißt du was? Unser Versprechen ist hinfällig. Da fahren wir jetzt nochmal hin.«

Unterwegs fiel Mimi etwas ein. »Natürlich hat die uns verarscht. Überleg mal, sie hat doch gesagt, Didi wäre ein Sammler von allem Militärkram. Nur, davon war in seiner Wohnung nicht das Geringste zu sehen. Warum ist uns das denn da nicht gleich aufgefallen?«

»Weiß auch nicht«, gab ich zu, »wir sind eben noch so was wie Azubis. Da macht man mal den einen oder anderen Fehler. Jedenfalls, jetzt wird sie mit uns reden müssen. Wir gehen erst, wenn sie mit der Sprache rausgerückt ist.«

»Genau. Heute lassen wir uns nicht belügen.«

Diesmal stand vor dem Doppelhaus ein großer Audi. Entschlossen gingen wir zur Tür und klingelten. Nach kurzer Zeit öffnete uns ein gutaussehender Mann um die vierzig. Tatjanas Mann war eine hundertprozentige Verbesserung zu Didi.

»Hallo, entschuldigen Sie die Störung«, sagte Mimi. »Wir müssten mal kurz mit Ihrer Frau sprechen.«

»Mit meiner Frau?«, fragte Herr Kramer traurig. »Da kommen Sie zwei Jahre zu spät. Meine Frau ist tot.«

»Was?«, rief ich aus, bis ich mich wieder beherrschte. »Entschuldigen Sie, das tut uns leid. Aber dann müssten wir unbedingt mit Ihnen reden. Haben Sie vielleicht zwei Minuten für uns?«

»Kommen Sie rein«, sagte er freundlich und ging vor uns her in die uns bekannte Küche. »Was wollten Sie denn von meiner Frau?«

»Also, wir waren letzte Woche schon einmal hier. Da machte uns eine Frau die Tür auf, die sich als *Ihre* Frau vorstellte. Und zwar war die in erster Ehe mit einem Mann verheiratet, über den wir ein paar Fragen hatten.«

»Lassen Sie mich raten. Tatjana Kramer, stimmt's?«

»Ja, genau. Also, wenn sie den gleichen Namen wie Sie trägt, ist es dann vielleicht Ihre Schwester?«

»Ich heiße nicht Kramer«, stellte der Mann fest. »Mein Name ist Frank Saß.«

Mimi und ich guckten uns an. Okay, wir waren Azubis. Aber sahen nicht selbst Azubis wenigstens mal auf das Türschild?

»Oh, tut uns leid, da haben wir die falschen Schlüsse gezogen«, entschuldigte sich Mimi schnell. »Wer ist denn Frau Kramer wirklich?«

»Sie war meine Putzfrau, kam zweimal in der Woche für ein paar Stunden. Als ich letzte Woche abends nach Hause kam, hatte sie weder ein Essen für mich fertig noch geputzt. Und seitdem hat sie sich nicht mehr gemeldet. Aber dass sie sich als meine Frau ausgegeben hat, das nehme ich ihr wirklich übel. Ich habe meine Frau geliebt und bin noch lange nicht über sie hinweg.«

»Das kann ich gut verstehen«, versicherte ich ihm. »Haben Sie denn versucht, Frau Kramer zu erreichen? Um zu fragen, warum sie nicht mehr kommt?«

»Ja, nun, ich habe versucht, sie anzurufen. Aber die Nummer, die sie mir gegeben hatte, war offenbar falsch. Sie ist vor einigen Monaten hier aufgetaucht und hat behauptet, eine Freundin meiner verstorbenen Frau gewesen zu sein. Während wir so erzählten, erwähnte sie, dass sie dringend einen Job bräuchte. Sie wirkte sehr vertrauenswürdig, und ich habe einen sehr stressigen Beruf. Da bleibt mir abends nicht viel Zeit für den Haushalt. Also habe ich ihr den Vorschlag gemacht, dass sie hier putzen und für mich einkaufen könnte und so, bis sie etwas Besseres findet. Ziemlich blauäugig, oder?«

»Gar nicht«, beruhigte ihn Mimi. »Uns hat sie genauso

getäuscht. Jedenfalls, vielen Dank und entschuldigen Sie die Störung.«

»Kein Problem«, sagte er und brachte uns zur Tür.

Im Auto blieben wir erst mal still und sortierten unsere Gedanken.

»Ich kapiere das nicht. Wenn diese Adresse hier in unserer Datei steht, muss sie dann nicht hier gemeldet sein? Und warum hat sie uns angelogen?«

»Ich habe keine Ahnung«, erwiderte Mimi. »Aber in einem bin ich mir ziemlich sicher. Sie hat noch Kontakt zu Didi, eine Frau, die Angst vor ihrem Exmann hat, würde wohl kaum zwei Häuser neben ihm wohnen. Und sie wollte uns definitiv auf eine falsche Spur bringen.«

»Na ja, das ist ihr ja auch bestens gelungen. Was sagt dein Gefühl?«

»Dass sie und Diedrichsen unter einer Decke stecken. Und dafür muss es einen Grund geben. Fahren wir doch einfach hin und fragen wir sie.«

Genau das taten wir. Nach über einer Stunde Autofahrt kamen wir kurz nach neun vor ihrem Haus an. Laut Klingelschild wohnte T. Kramer im ersten Stock, doch leider passierte auf unser Klingeln gar nichts. Wir versuchten es noch zwei Mal, aber nichts rührte sich. Bis eine ältere Frau mit einem kleinen Hund aus dem Haus kam.

»Entschuldigen Sie, wir möchten zu Frau Kramer. Wissen Sie, ob die zu Hause ist?«, erkundigte sich Mimi, während ich den Hund kraulte. Der war niedlich.

»Frau Kramer arbeitet abends«, sagte die Nachbarin naserümpfend. »Fragen Sie mich nicht, was, das will ich gar nicht wissen.«

Die beiden brachen zu ihrem Spaziergang auf, und Mimi und ich setzten uns wieder ins Auto.

»Gut. Dann werden wir sie eben morgen besuchen. Für heute reicht es mir sowieso«, teilte mir Mimi mit.

»Du hast recht. Mein Kopf ist auch voll. Bringst du mich bitte noch zu meinem Auto?«

Sie setzte mich am Büro ab, und während der ganzen Fahrt zu meiner Wohnung grübelte ich. Was hatten Didi und Tatjana noch miteinander zu tun? Und war es ein Zufall, dass sie, genau wie ihr Mann, Bankschulden hatte? Ich war zu müde, um weiter nachzudenken, daher schminkte ich mich zu Hause nur noch schnell ab und fiel ins Bett.

Am nächsten Morgen warteten wir im Büro auf Krischan. Vielleicht hatte er eine Idee. Erst gegen zehn klingelte es an der Bürotür.

»Der hat bestimmt seine Schlüssel vergessen. Ich mache auf«, bot ich an und ging zur Tür. Dort stand allerdings nicht Krischan, sondern zwei uniformierte Polizisten.

»Wir möchten bitte zu Alice Wörthing.«

»Äh, das bin ich. Ist etwas passiert? Etwas Schlimmes?«, fragte ich ängstlich.

»Soweit wir wissen, nicht. Wir müssen Sie bitten, uns zum Präsidium zu begleiten. Sie haben den Termin für Ihre Zeugenaussage versäumt.«

»Ich weiß überhaupt nichts von einem Termin. Mir hat niemand etwas gesagt«, protestierte ich. Währenddessen kam Mimi zur Tür.

»Wir haben Herrn Schlüter alles erzählt, was wir wussten. Und er hat gesagt, er würde sich melden, wenn er noch Fragen hätte«, bestätigte sie.

»Nun, dann lässt sich das ja schnell klären. Umso

schneller Sie mitkommen, umso schneller sind Sie wieder hier.«

Hilflos blickte ich Mimi an.

»Kann ich mitkommen?« fragte sie. »Wir haben unsere erste Aussage ja auch zusammen gemacht.«

»Tut mir leid, wir haben nur den Auftrag, Frau Wörthing mitzunehmen.«

Ich zuckte mit den Schultern. »Ich bin, so schnell es geht, wieder hier. Rede du schon mal mit Krischan über du weißt schon wen«, bat ich Mimi und folgte den Polizisten zu ihrem Streifenwagen. Das war reine Schikane von Schlüter. Wie peinlich, in einem Polizeiauto durch die Stadt gefahren zu werden. Ich machte mich auf dem Rücksitz so klein, wie es nur ging, und hoffte, niemand würde mich sehen.

Die Polizisten parkten ihr Auto im Innenhof und brachten mich mit dem Fahrstuhl in den zweiten Stock. Hier kannte ich mich mittlerweile richtig gut aus, deshalb war ich mehr als überrascht, als wir an Schlüters Büro vorbeigingen. Doch das Büro, in das ich geführt wurde, war mir auch nicht gerade unbekannt.

»Hier ist Frau Wörthing für ihre Zeugenaussage.«

»Danke. Sie können uns jetzt allein lassen«, antwortete der Mann, der lässig mit ausgestreckten langen Beinen in seinem Drehstuhl saß.

»Tut mir leid, Süße«, log Nick, als die beiden raus waren, »aber du warst gestern weder telefonisch erreichbar noch zu Hause. Ich wollte dich sehen.«

»Und darum lässt du mich verhaften?«, fragte ich fassungslos und fiel in den Stuhl vor seinem Schreibtisch.

»Das war keine Verhaftung«, behauptete Nick, »das war eine Zeugenvorführung.« Er kam zu mir, hockte sich vor meinen Stuhl, nahm meine Hände und sah mich an.

»Bitte. Sei nicht mehr sauer auf mich. Du fehlst mir.«

Wieso konnte ich diesen verdammten Augen nie widerstehen? Meine Arme machten sich selbstständig und legten sich um seinen Hals. Mein Kopf folgte und landete auf seiner Schulter.

Er nahm mich hoch vom Stuhl, setzte sich selbst mit mir auf dem Schoß wieder hin und küsste mich so leidenschaftlich, dass mir die Luft wegblieb. Ich überlegte nicht einmal mehr, wohin der letzte Rest von meinem Stolz verschwunden war.

»Süße, ich brauche dich«, flüsterte Nick in mein Ohr und verteilte über mein ganzes Gesicht sanfte Küsse. »Komm heute Abend zu mir, dann können wir über alles reden. Worüber du willst. Ich verspreche es.«

»Okay«, lächelte ich ihn an, wurde aber gleich wieder unterbrochen. Die Tür schwang auf, und Steven stand im Raum.

»Oh, sorry«, grinste er. »Sieht aus, als ob die Zeugenbefragung äußerst erfolgreich verläuft.«

Nick warf ein Brötchen nach ihm. »Hau ab. Die Befragung tritt gerade in die heiße Phase.«

Er beschäftigte sich wieder ausführlich damit, mich zu küssen, bis die nächste Unterbrechung folgte. Das Telefon klingelte.

Nick nahm ab. »Okay, bin dabei«, sagte er und legte wieder auf.

»Heute Abend stört uns niemand«, versprach er mir. »Ich habe in einer halben Stunde ein Meeting und fahre dich jetzt schnell wieder zurück.«

Mit einer Hand steuerte er den Wagen, die andere spielte in meinen Haaren. Ich rutschte so eng, wie es der Schaltknüppel zuließ, an ihn und schloss die Augen.

Okay, Alice Schwarzer würde es vielleicht anders sehen, aber ich fand Nicks Aktion einfach nur romantisch. Viel zu schnell waren wir wieder zurück, und er streichelte mein Gesicht.

»Ich freue mich sehr auf dich.« Er schenkte mir noch ein Lächeln und fuhr davon. Mimi wartete schon ganz aufgeregt auf mich, neben ihr saß Krischan genauso angespannt.

»Was wollte Schlüter? War das ein Trick, um dich unter Druck zu setzen?«, wollte sie wissen.

»Nick ist so süß«, antwortete ich verträumt. »Er steckte dahinter, weil er sich mit mir versöhnen wollte.«

Krischan stand auf und nahm Kurs auf sein Büro. »Ich kann hundert Jahre alt werden und Frauen trotzdem nie verstehen«, schüttelte er den Kopf. »Er lässt dich verhaften und ist süß. Ich habe meiner Exfrau Blumen mitgebracht, und sie beschuldigte mich, sie zu betrügen. Ich komm einfach nicht dahinter, was ihr wollt.«

Wir beachteten ihn nicht weiter.

»Und das ist ihm, deinem Gesichtsausdruck nach zu urteilen, auch gelungen. Ich freue mich für dich«, sagte Mimi. »Jetzt lass uns los zu Tatjana.«

Nach dem zweiten Klingeln öffnete sich endlich die Haustür, und wir gingen die Treppen hoch zu Tatjanas Wohnung. Die Wohnungstür war zu, also klingelten wir das dritte Mal. Nachdem sie aufgemacht hatte und uns sah, versuchte Tatjana sofort wieder, die Tür zuzuschlagen, aber Mimi warf sich dagegen. Vielleicht ein bisschen zu temperamentvoll, denn Tatjana flog rückwärts in den Flur und landete auf dem Hintern.

»Das tut mir leid, das wollte ich nicht«, entschuldigte sich Mimi, während sich Tatjana aufrappelte und uns mordlustig anstarrte.

»Raus aus meiner Wohnung, und zwar sofort. Ich habe Freunde bei der Polizei, ein Anruf, und sie sind hier.«

»Wirklich?«, fragte Mimi höhnisch. »Meinst du nicht, dass deine Freunde dann ziemlich enttäuscht von dir wären? Immerhin hast du sie nicht zu deiner Hochzeit mit Frank Saß eingeladen, oder?«

»Was kann ich denn dafür, wenn ihr zwei Dumpfbacken so dämlich seid und alles glaubt?«

»Wie hast du uns genannt?« Kampflustig baute sich Mimi vor Tatjana auf.

»Schluss jetzt«, warnte ich die beiden, »das bringt ja auch nichts. Wir wollen nur von dir wissen, warum du uns angelogen hast. Dann sind wir auch schon wieder weg.«

»Das geht euch einen Scheißdreck an. Und jetzt raus hier. Es wäre mir neu, wenn Inkassotypen einfach so in eine Wohnung eindringen dürfen.«

Mist. Da hatte sie leider recht. Wir durften es nicht.

»Komm, Mimi, wir gehen. Wir haben ja immer noch Plan B, nicht?« Theatralisch zwinkerte ich mit den Augen.

»Genau«, improvisierte Mimi. »Und dann wirst du schon sehen, was du davon hast.«

»Bevor ihr beiden Knalltüten große Töne spuckt, solltet ihr euch lieber überlegen, mit wem ihr euch anlegt. Ist nie verkehrt.«

Wir ließen sie stehen und gingen aus dem Haus.

»Wie blöd«, ärgerte sich Mimi. »Und was jetzt?«

»Jetzt rufen wir Nick an, treffen uns mit ihm und erzählen ihm von den Anlagefonds. Das haben wir ganz vergessen.«

»Stimmt«, musste Mimi zugeben. »Und um die blöde Tatjana kümmern wir uns später.«

»Hey, ist dein Meeting zu Ende?«, erkundigte ich mich ein paar Minuten später bei Nick.

»Ja, seit fünf Minuten. Du rufst nicht an, um heute Abend abzusagen, oder?«

»Ganz bestimmt nicht. Aber ich habe vorhin etwas vergessen. Mimi und ich müssen dich sprechen. In einer dringenden beruflichen Angelegenheit.«

»In einer dringenden beruflichen Angelegenheit«, wiederholte Nick amüsiert. »Aha. Und geht es um meine oder deine ›dringende berufliche Angelegenheit‹?«

»Um deine. Wir müssen sozusagen eine Aussage machen.«

»Süße, du bist eine Katastrophe. Was ist jetzt schon wieder passiert?«

»Bin ich gar nicht«, gab ich aufgebracht zurück. »Ich kann das auch für mich behalten, und dann schnappt ihr halt einen Verbrecher weniger. Das habt ihr dann davon.«

Nick lachte. »Das wollen wir natürlich nicht riskieren. Kommt zu mir ins Büro, am besten gleich, ich muss nachher noch mal weg.«

Ich sagte ihm zu, dass wir uns auf den Weg machen würden, und steuerte zum zweiten Mal heute Richtung Präsidium. Auf dem Beifahrersitz war es verdächtig still.

»Mimi? Alles klar? Nick hat jetzt Zeit für uns.«

»Äh, ja, alles gut. Alice, wie sehe ich aus? Ganz ehrlich?«

»Richtig toll«, beruhigte ich sie. Und das war nicht gelogen. Mimi trug eine dunkle Röhrenjeans und eine roséfarbene, kurze Tweedjacke. Dazu diese scharfen Stilettos, um die ich sie schon lange beneidete.

»Glaubst du, Steven ist auch da?«

»Also, vorhin, als ich bei Nick saß, war er jedenfalls da. Willst du lieber nicht mitkommen?«

»Doch, mache ich, kein Problem«, behauptete sie tapfer.

Nick wartete bereits auf uns – und am anderen Schreibtisch saß Steven. Mimi hatte sich im Griff, sie schenkte Steven nur ein beiläufiges Lächeln.

»So, dann legt mal los. Um was geht es?«, wollte Nick wissen.

Wir erzählten ihm, dass wir durch reinen Zufall das Gespräch von Diedrichsen und Köhler mitbekommen hatten und Mimi daraufhin selbst einen Termin bei diesem Köhler wahrgenommen hatte.

»Ich war eine richtig gute Geschäftsfrau«, ließ sie die beiden wissen. »Sogar mit Brille. Und er hat mir das alles abgenommen und mir die Infos von diesen Anlageobjekten gezeigt.«

»Okay, jetzt werdet nicht sauer«, bat Nick. »Aber manchmal hast zumindest du ja eine ziemlich wilde Fantasie, Süße. Seid ihr ganz sicher, dass es eindeutig um Schwarzgeld ging? Ist es möglich, dass ihr da vielleicht etwas falsch verstanden habt?«

»Wir haben gar nichts falsch verstanden«, antwortete Mimi beleidigt. »Es war genau so, wie ich es eben erzählt habe.«

»Ich glaube dir, Mimi«, schaltete sich Steven ein. »Es ist nur so, dass für diese Sachen das Betrugsdezernat zuständig ist. Und sobald ihr denen eure Geschichte erzählt, legen die los. Durchsuchungsbeschluss anfordern, Truppe zusammenstellen, Auto mieten, das ganze Programm. Darum unsere Nachfrage.«

»Warum mieten die denn ein Auto?«, wunderte ich mich. »Haben die kein eigenes?«

Nick und Steven versuchten vergeblich, ihr Grinsen zu unterdrücken.

»Äh, doch, haben sie wohl. Aber wenn wir bei Einsätzen mit großen Polizeiwagen vorfahren, kommt der ein oder andere schon mal auf die Idee, schnell noch ein paar Daten zu löschen. Also mieten wir unauffällige Wagen, zum Beispiel einen UPS-Transporter oder den Lieferwagen eines Elektrikerbetriebes. So wird niemand vorgewarnt«, klärte Steven mich auf.

»Oh, klar. Das ist ziemlich schlau«, sagte ich und nickte so wissend mit dem Kopf, als würden mir selber ständig solche Sachen einfallen. »Ihr könnt euch auf uns verlassen. Wir haben bestimmt nichts dazugedichtet«, beruhigte ich die beiden.

»Okay, dann bringen wir euch jetzt ins Betrugsdezernat, und da macht ihr eure Aussage. Damit wird die Staatsanwaltschaft beim Gericht einen Durchsuchungsbeschluss beantragen, und danach legen die Jungs los.«

»Vielleicht bekommen wir sogar eine Belohnung?«, wünschte sich Mimi.

»Von denen nicht«, grinste Steven und wollte noch etwas sagen, schloss den Mund aber schnell wieder. Mimi guckte ihn an, und sofort flogen zwischen den beiden die Funken. Zum Glück merkte Nick nichts davon, für solche Schwingungen hatte er nicht die kleinste Antenne.

Die beiden brachten uns in dieses Dezernat. Könnte man auch Abteilung nennen, dann wüsste jeder, um was es geht. Nick begrüßte einen kleinen dünnen Mann, den er Richard nannte. Er saß in einem Büro, das er sich mit einem anderen kleinen dünnen Mann teilte. Vielleicht mussten hier die arbeiten, die den Verbrechern anderswo nicht genug Angst einjagen konnten.

»Richard, Conny, das hier sind Alice Wörthing und Mimi – äh, Mimi, wie heißt du mit Nachnamen?«

»Kauffmann«, informierte ihn Mimi.

»Genau, und die beiden haben eine ganz interessante Geschichte zu erzählen. Geht um Martin Köhler.«

Der dünne Mann namens Richard setzte sich gerade hin. »Der Martin Köhler? Der Finanztyp?«

»Genau der. Scheint, als hättet ihr endlich mal was gegen ihn in der Hand.«

Interessant. Davon, dass der bereits im Visier der dünnen Männer war, hatten weder Nick noch Steven eben etwas gesagt.

»Gut, dann nehme ich mal Ihre Aussage auf. Zuerst brauche ich Ihren vollen Namen und Ihre Adresse«, informierte uns Richard.

Mimi wurde blass, und ich schaltete mich schnell ein. »Nick, könntet ihr beiden uns hier allein lassen? Ich kann mich sonst gar nicht konzentrieren.«

Nick lächelte mir zu und verließ mit Steven den Raum. Das war nett von ihm. Weniger nett fand ich, was sich dieser Richard in den Bart murmelte. Hörte sich an wie »Der und sein Schlag bei den Frauen«.

»So, fangen wir mit Ihnen an, Frau Kauffmann. Ist Mimi eine Abkürzung? Steht das für Miriam?«

Mimi schaute, ob die Tür auch wirklich fest zu war, und nannte dann ihren Namen. »Nein. Ich heiße Mirabella Kauffmann«.

Wenigstens verzog er keine Miene. Was sich Mimis Eltern dabei gedacht hatten, wussten wohl nur sie selbst. Wir erzählten die ganze Geschichte noch einmal, während Richard alles in den Computer eintippte. Er war furchtbar langsam, und bis der Drucker das Ganze ausgepuckt hatte, war mindestens eine Stunde vergangen. Wir mussten uns unsere Aussage noch einmal durchlesen, unterschreiben, und endlich waren alle bürokratischen Regeln eingehalten.

»Wie geht es jetzt weiter? Und wann erfahren wir, wer da Geld angelegt hat?«, fragte ich.

Ratlos starrte mich Richard an. »Nun, ich fürchte, das werden Sie gar nicht erfahren. Warum auch?«

»Weil wir Ihnen den Tipp gegeben haben? Und Sie ohne uns immer noch nichts gegen Köhler in der Hand hätten? Da ist es doch nur fair, wenn wir ein paar Infos bekommen. Wenn schon keine Belohnung.«

»Wenn Sie eine Straftat beobachten, ist es Ihre Pflicht als Bürger dieses Staates, diese aktenkundig zu machen. Auf gar keinen Fall wird dadurch das Recht abgeleitet, Informationen oder sogar Belohnungen zu erhalten«, klärte uns dieser Betonkopf auf.

»Pfff«, machte Mimi, »damit wollen Sie doch nur vertuschen, dass wir besser sind als Sie. Und das ganz ohne Polizeischule. Da denken Sie mal drüber nach.«

Diesen Worten war nichts mehr hinzuzufügen, also verließen wir das Büro.

»Also ehrlich, was für ein Idiot«, regte Mimi sich auf. »Kriegt selbst nichts gebacken, aber führt sich auf, als wäre er der *König von Mallorca*.«

»Was hat denn Jürgen Drews jetzt damit zu tun?«

»Weiß ich auch nicht«, musste Mimi zugeben, »fiel mir nur eben so ein. Egal, fährst du mich bitte zurück zum Büro? Und du fährst dann nach Hause und bereitest dich auf dein Date mit Nick heute Abend vor.«

»Und du? Was machst du heute Abend?«, fragte ich vorsichtig.

»Ach, was weiß denn ich«, gab Mimi energisch zurück. »Die Guten sind entweder immer verheiratet oder schwul.«

Da wollte ich ihr nicht widersprechen, also setzte ich sie im Büro ab und fuhr in meine Wohnung. Nach einem kleinen Nickerchen startete ich meine Vorbereitungen, und zwei Stunden später hätte sogar Heidi Klum überlegt, ob sie mich nicht bei *Germany's Next Topmodel* brauchen könnte. Ganz aufgeregt fuhr ich zu Nick. Heute würde ich endlich erfahren, warum er schon bei Kleinigkeiten so leicht explodierte. Endlich würden wir mal ganz offen über Gefühle reden.

Als er mir die Tür aufmachte, stand er in ausgeblichener Jeans, mit nacktem Oberkörper und feuchten Haaren vor mir. Statt mich zu küssen, lehnte er sich an die Wohnungstür und betrachtete mich mindestens eine Minute schweigend von Kopf bis Fuß.

»Du bist also die Inkassofrau, die mich pfänden will? Dann muss ich dich wohl reinlassen und dir erlauben, mich gründlich zu durchsuchen.«

Mir wurde ganz heiß.

»Komm rein. Wo willst du anfangen? Vielleicht hier?«, fragte er und öffnete den ersten Knopf seiner Jeans.

Ich schlug die Wohnungstür hinter mir zu.

»Vielleicht da. Vielleicht durchsuche ich auch erst mal deine Schubladen«, keuchte ich.

»Keine gute Idee. Du könntest dort Handschellen finden, und die sind mir sehr wichtig. Viel zu wichtig, als dass ich zulassen könnte, dass sie gepfändet werden.«

Gut. Was zu viel war, war zu viel.

»Himmel, komm endlich her und küss mich«, forderte ich ihn auf. Hatte ich schon erwähnt, dass Nick der beste

Küsser auf der ganzen Welt war? Schon nach zwei Minuten hatte ich so weiche Knie, dass ich es gerade noch bis zum Sofa schaffte. Nick legte sich dicht neben mich und fuhr mir mit der Hand das Bein hoch. Um abrupt aufzuhören und mich anzulächeln.

»Da ist was unter deinem Rock. Rot oder schwarz?«

»Finde es selber raus«, lächelte ich zurück.

Und das tat er. Sehr gründlich. Eine Stunde später hatte er so viele Register gezogen, dass ich nur noch platt auf dem Rücken lag und debil vor mich hin grinste.

»Süße, wollen wir nicht lieber ins Bett gehen? Wenn du eine Zugabe haben willst, brauch ich es ein bisschen bequemer«, murmelte Nick.

»Eine Zugabe? Ich bin völlig fertig«, gab ich zu.

»Glaub ich nicht. Ich glaube, du hast noch lange nicht genug.«

Und schon wieder hatte er recht. Wenn es irgendwo eine Liste gab mit Dingen, die man bis zu seinem dreißigsten Geburtstag gemacht haben sollte – hinter die Sache mit dem Marathonsex konnte ich nach dieser Nacht getrost einen Haken setzen. Später schlief ich komplett fertig, aber verdammt glücklich in Nicks Armen ein. Mein Handy weckte mich am nächsten Morgen um halb acht. Blöd, heute musste ich zu Ronny ins Gefängnis. Ich hätte bis ans Ende meiner Tage in diesem Bett bleiben können. Ich küsste Nick ganz leicht auf den Mund und ging unter die Dusche. Als ich fertig war, schlief er noch tief und fest, darum legte ich ihm nur einen Zettel hin, auf den ich eine Goldmedaille malte, und fuhr zu mir nach Hause. Eine Stunde später tauchte Mimi auf.

»Erzähl mal – was hat er gesagt? Hat er dir erklärt, warum er letzte Woche so dämlich reagiert hat?«

»Oh, bin ich blöd. Dieser verdammte Mistkerl.« Wider Willen verzog sich mein Mund zu einem Grinsen. »Er hat schon wieder gewonnen.«

»Was ist passiert? Habt ihr nicht geredet?«

»Oh doch. Allerdings fällt das eher in die Kategorie Dirty Talk. Er hat mich willenlos gemacht.«

Mimi kicherte. »Oje, Alice. Der Typ hat es wirklich drauf, oder? Aber hat er es dir nicht versprochen, dass ihr reden werdet?«

»Und ob er das hat. Seine genauen Worte waren – wir reden über alles, was du willst. Und dann macht er mir mit nacktem Oberkörper die Tür auf. Also war alles, was ich sagen wollte – Oh Gott, oh ja, mehr…«

»Den wirst du nicht mehr ändern«, lachte Mimi. »Gib es einfach auf. Und jetzt guck mal in die neue *InStyle*, vielleicht haben die ja Vorschläge, welches Outfit für einen Besuch im Knast gerade Trend ist.«

»Wie lustig du heute Morgen bist. Ich ziehe eine schwarze Jeans und einen grauen Pulli mit V-Ausschnitt an.«

Eine Stunde später fuhren wir Richtung Knast.

»Hast du die Besuchserlaubnis mit?«, wollte Mimi nach zehn Minuten wissen.

»Natürlich habe ich die mit. Sie ist in… Mist.«

Vielsagend schauten wir uns an, und Mimi wendete.

Ich holte die Erlaubnis aus meiner schwarzen *Picard*-Tasche, und wir machten uns zum zweiten Mal auf den Weg. Mimi fand einen Parkplatz, und ich stiefelte mit klopfendem Herzen los. Es gab tatsächlich ein Besuchsgebäude, zu dem eine große graue Stahltür führte. Drinnen saßen Wachleute an einem Empfangsschalter, von den Besuchern durch eine große Glasscheibe getrennt. Das war bestimmt Panzerglas oder so. Ich reichte meine

Besuchserlaubnis durch einen schmalen Schlitz, und sie wurde gründlichst geprüft. Meinen Ausweis musste ich auch noch vorlegen, danach wurde ich wohl als ungefährlich eingestuft, denn eine Frau in einer unvorteilhaften Uniform kam hinter der Glasscheibe vor.

»Zuerst müssen Sie Ihre Handtasche dort vorn in den Spind einschließen«, forderte sie mich auf. Anschließend musste ich durch eine Sicherheitsschleuse, wie ich sie von Flughäfen kannte, gehen. Ich hatte weder eine Bombe noch ein Sturmgewehr in meinen Hosentaschen versteckt, daher durfte ich nun endlich in den Besucherraum. Also, ein bisschen gemütlicher hätten sie den ruhig gestalten können. In der Mitte standen drei Tische, zwischen denen eine halbhohe Glasscheibe angebracht war. Rechts und links davon warteten einfache Holzstühle auf die Besucher. Es gab weder Blumen noch hübsche Sitzkissen, nicht mal nette Bilder an der Wand. Von Wohlfühlatmosphäre hatten die hier offenbar noch nie etwas gehört.

Nervös setzte ich mich auf den harten Stuhl. Die Frau in Uniform war mit mir in den Raum gekommen und setzte sich an die Tür. Ob sie auf mich oder auf Ronny aufpassen sollte, war mir nicht ganz klar. Nach fünf Minuten ging auf der anderen Seite eine Tür auf, und Ronny wurde hereingeführt. Attraktiver war er nicht geworden. Und netter auch nicht.

»Was willst du denn hier?«, fragte er statt einer Begrüßung.

»Du trägst ja gar keine Sträflingsuniform«, antwortete ich konfus. Sollte er nicht so einen gestreiften Anzug tragen statt seiner eigenen Klamotten? Aber bevor ich weiter darüber nachdenken konnte, versetzte mich Ronny in Angst und Schrecken, indem er seinen hässlichen Kopf ganz dicht an die Scheibe brachte.

»Ich hab dich was gefragt.«

»Äh, ja, also, hallo, Ronny. Ich habe einfach gedacht, du freust dich über ein bisschen Besuch. Hier muss es doch ziemlich langweilig sein, oder gibt es vielleicht ein Beschäftigungsprogramm für euch? Na ja, wie geht's denn so?«

»Wie soll es mir wohl gehen? Falls du es vergessen hast, ich sitze im Knast.«

»Richtig«, stotterte ich. »Aber sonst? Alles gut? Familie gesund?«

»Bullshit. Was willst du von mir?«

Ich war so aufgeregt, dass ich meine tolle Geschichte fast vergessen hatte. Warum war ich noch mal auf der Flucht? Ach ja, jetzt fiel es mir wieder ein.

»Ich habe mich mit meinem Freund verlobt«, informierte ich Ronny.

»Glückwunsch. Soll ich dir Blumen schenken?«

»Nein, ich meine, er war ja gar nicht mein Freund. Also, ich habe nur so getan, damit er mir Geld gibt. Und mit drei anderen bin ich auch noch verlobt«, prahlte ich. »Aber einer davon ist leider zu den Bullen gegangen und hat mich verpfiffen.« Ich muss schon sagen, diese Gangstersprache hatte ich wirklich gut drauf. »Jedenfalls, ich muss deshalb vor den Richter. Und da ich nicht das erste Mal erwischt worden bin, kann es sein, dass der mich in den Knast schickt. Das käme im Moment etwas ungelegen. Und darum bin ich hier.«

Ronny guckte mich verwirrt an. »Und was soll ich dabei machen? Glaubst du, ich spiele mit dem Richter Golf?«

»Äh nein, wohl nicht. Aber ihr habt doch ein Vereinsheim, oder? Und ich dachte, da könnte ich für ein paar Wochen einziehen. So, bis Gras über die Sache gewachsen ist.«

»Vergiss es«, antwortete Ronny und stand auf.

»Nein, halt, warte«, rief ich. »Nun sei doch nicht so unfreundlich. Immerhin waren wir doch Kollegen, zählt das denn gar nichts? Ich würde mich auch erkenntlich zeigen.«

Geringschätzig wanderte sein Blick über mich.

»Ich steh' nicht auf so magere Hühnchen.«

Bäh. An so etwas hatte ich nun bestimmt nicht gedacht. Allein bei dem Gedanken wurde mir schlecht.

»Du schuldest mir was«, versuchte ich es auf eine andere Tour. »Nur weil in deiner Kneipe gedealt wurde, ist die Polizei angerückt. Ansonsten hätten die mich nie erwischt.«

»Was in meiner Kneipe passiert, geht dich einen Scheißdreck an. Und ich gehe jetzt.«

Er ging tatsächlich zu der Tür auf seiner Seite und bollerte dagegen. Kurz darauf erschien ein Wärter, und die beiden verließen das Besuchszimmer. Na, wenn das nicht mal ein Erfolg war. Wütend starrte ich auf den Tisch. Aber so einfach würde ich mich nicht geschlagen geben. Langsam nahm ein neuer Plan in meinem Kopf Gestalt an.

Ich verließ diese unwirtliche Stätte und ging hinaus zu Mimi.

»Totale Pleite. Der Mann hat überhaupt kein Benehmen, von Hilfsbereitschaft keine Spur. Ich bin nicht schlauer als vorher.«

»Das war's dann wohl mit unserem Geld«, seufzte Mimi.

»Nein. Das war es nicht. Wir fahren jetzt sofort wieder

zum Gericht. Und diesmal stellst du einen Besuchsantrag, und zwar für Lui.«

»Ih, der ist ja noch ekliger als Ronny.«

»Ja, kann sein, aber darum geht es jetzt nicht. Ich habe mir etwas überlegt. Du erzählst Lui, dass ich Ronny besucht hätte, weil wir beide ein heimliches Verhältnis haben. Und Ronny hätte mich gebeten, etwas für ihn aus dem Vereinshaus zu holen. Aber bevor er mir die Adresse geben konnte, hat der Wachmann unser Gespräch beendet.«

»Und warum hat er das?«

»Weil, weil … das weiß ich jetzt auf die Schnelle auch nicht. Da müssen wir uns eben noch was überlegen. Aber ansonsten ist das ein Spitzenplan«, freute ich mich.

»Kann sein«, gab Mimi zu. »Aber nur, wenn wir wissen, wie Lui wirklich heißt. Wäre komisch, wenn ich meinen Freund besuchen will und keine Ahnung habe, wie sein Name ist.«

»Oh Mann, jetzt mach doch nicht alles madig. Der Plan hat vielleicht noch kleinere Schwächen, aber ansonsten ist er super.«

»Ja, du hast recht«, lenkte Mimi ein. »Wie kommen wir an den Namen?«

»Gute Frage. Meinst du, Nick würde mir den erzählen?«

»Na ja, vielleicht nicht einfach so. Aber du hast Freitag Geburtstag. Wünsch es dir doch einfach von ihm.«

»Das ist gut. Aber nicht statt Geschenke. Geschenke will ich trotzdem. So machen wir das«, nickte ich zufrieden.

Bevor wir überlegen konnten, was wir mit dem Rest des Tages anfangen sollten, klingelte mein Handy.

»Hallo, meine Süße. Und, hast du dich schon von der letzten Nacht erholt?«, fragte Nick mich selbstzufrieden.

»Erholt? Wovon denn? So ein kleiner Quickie haut mich doch nicht um.«

Er lachte. »Ist klar. Ich möchte dich heute Abend zum Essen einladen. Wenn du willst, hole ich dich nach dem Training ab.«

»Ich will. Und was für ein Training?«

»Sport im Studio, mit Steven.«

»Ich will auch ins Fitnessstudio. Kann ich mitkommen?«

»Du bist doch gar kein Mitglied.«

»Nein, aber vielleicht werde ich ja eins. Ich will mir das nur mal angucken.«

Nick druckste etwas herum. »Ja, okay, kannst du machen. Aber weißt du, wir trainieren, da habe ich nicht so viel Zeit für dich«.

»Du wirst mich gar nicht bemerken«, behauptete ich. »Ich probiere einfach ein paar Geräte aus.«

»Gut, dann sehen wir uns um halb sechs. Weißt du, wo das ist?«

»Ja, weiß ich. Bis später. Und, Nick? Ich vermisse dich.«

Seine Stimme wurde weich. »Ich dich auch. Ich freue mich auf dich.«

»Du willst dich in einem Fitnessstudio anmelden?«, fragte Mimi mich irritiert. »Beim letzten Versuch hast du gesagt, da würden Zustände wie in einem Bootcamp herrschen, sie hätten dich gefoltert, und nie wieder im Leben würdest du so einen Laden betreten.«

»Ja, ich weiß. Ich will mich ja auch gar nicht anmelden. Aber in diesem Studio ist so eine Frau, Tina. Und die hat Nick schon zweimal, während ich bei ihm war, angerufen, immer unter total bekloppten Vorwänden. Ich will mir die einfach mal anschauen.«

»Gute Idee«, stimmte mir Mimi zu. »Kenne deinen

Feind. Dann machen wir für heute Feierabend. Irgendwie bin ich sowieso nicht in Stimmung.«

Zu Hause kramte ich den Schrank durch, in der hintersten Ecke fand ich schließlich die Sportklamotten. Ich entschied mich für die schwarzen Jazzpants von *Adidas* und dazu ein weißes, ausgeschnittenes Top. Die Turnschuhe waren auch weiß – nur leider ohne Schuhbänder. Die waren mit den Rouladen verbrannt. Also suchte ich aus meinem Geschenkpapierkarton rosafarbenes Glitterband und benutzte das als Schuhbänder. Meine Haare band ich zu einem hohen Pferdeschwanz und schminkte mich so natürlich, wie es nur ging. Perfekt, ich sah aus wie eine richtige Sportlerin. Als ich auf dem Parkplatz des Studios ankam, stiegen Nick und Steven gerade aus dem Auto. Ich hupte und parkte daneben.

»Geh schon mal rein, ich komme gleich nach«, sagte Nick zu Steven und nahm mich in die Arme.

»Bist du geschrumpft?«, fragte er verwirrt.

»Sei nicht doof. Ich habe eben Turnschuhe an.«

»Oh, sorry. Ich habe dich noch nie in Schuhen ohne Absätze gesehen«, grinste er.

»Wirst du auch nicht oft Gelegenheit zu haben. Wo gehen wir nachher essen?«

»Wohin du willst, mein Mädchen. Die letzte Nacht werde ich so schnell nicht vergessen.«

Ich lächelte ihn an. »Ich auch nicht. Du warst toll.«

Verliebt sahen wir uns in die Augen, bis Nick sich wieder an sein Training erinnerte.

»Komm mit, ich will Steven nicht warten lassen. Und dein Top gefällt mir. Wenn du dich darin etwas verrenken willst, helfe ich dir gern.«

Wir gingen in das Studio, und Nick wechselte ein paar Worte mit einem Trainer.

»Du kannst heute entweder als Gast trainieren oder du bekommst ein Probetraining. Was willst du?«

»Als Gast trainieren«, antwortete ich sofort. Diese Menschenschinder würden mich nicht noch einmal in ihre Finger kriegen.

»Gut, dann fang an. Du kennst dich ja aus, oder?«

Hm. Vielleicht hatte ich Nick mal erzählt, dass ich eigentlich regelmäßig trainieren würde, nur im letzten halben Jahr mal eine Regenerationspause eingelegt hätte.

»Klar. Kümmere dich gar nicht um mich.«

Das Studio war ziemlich voll. Es gab einen Bereich mit Crosstrainern und Spinningrädern und eine Menge furchteinflößend aussehender Geräte. Ich beobachtete, wie die Leute daran keuchten und schwitzten, und beschloss, dass das nicht das Richtige für mich war. Lieber schlenderte ich zu den Jungs. Steven lag auf einer Bank und stemmte eine Eisenstange mit ziemlich schwer aussehenden Gewichten hoch. Nick stand daneben. Vielleicht musste er zählen, wie oft Steven diese Stange in die Höhe hievte. Ich sah zu, wie Stevens Muskeln hervortraten. Auch auf den anderen Hantelbänken war viel los, überall knackige Männer. Warum rannte ich eigentlich so oft ins Kino? Das hier zu beobachten machte viel mehr Spaß. In einer Ecke hing ein Sandsack von der Decke, und ein durchtrainierter Typ tänzelte davor herum und schlug immer im Wechsel darauf ein. Der hatte auch sehr nette Oberarme. Unsere Blicke trafen sich, er unterbrach sein Training und kam lächelnd auf mich zu.

»Hey, bist du neu hier? Ich habe dich hier noch nie gesehen.«

»Ja, ich will mir das Studio mal angucken. Braucht man für das Boxen eine bestimmte Technik, oder kann man draufhauen, wie man will?«

»Bisschen Technik wäre nicht schlecht«, lachte er. »Das ist ein super Training, eine Mischung aus Kraft und Kondition. Ich zeige es dir gerne mal«, bot er an. Dazu kam es leider nicht, denn Nick schob sich zwischen uns. Nicht ohne den Boxer böse anzuschauen, der daraufhin lieber das Weite suchte.

»Alles gut, Süße?«

»Ja klar. Ich glaube, ich werde mal wieder eine Runde boxen. Mir hat schon immer diese Mischung aus Kraft und Kondition gefallen.«

»Du hast mal geboxt?«, fragte mich Nick ungläubig.

»Ach, nur so aus Spaß. Eine Profikarriere hat mich nie interessiert«, wiegelte ich ab und ging in die Boxerecke. Unauffällig streifte ich den Sandsack mit der Schulter. Wie ich es mir gedacht hatte, dieses Ding bewegte sich nicht einen Millimeter. Aber daneben hing ein kleiner, roter Ball, den würde sogar ich in Schwingung versetzen können. Beherzt haute ich drauf. Er war wirklich leicht. In Sekundenschnelle sprang er zurück und traf Nick an der Schläfe. Der taumelte zurück und konnte gerade noch so das Gleichgewicht halten.

»Nur ein bisschen, ja?«, fragte er und rieb seine Schläfe. »Dann solltest du wissen, dass das eine Boxbirne ist, Süße. Da haut man nicht drauf, daran übt man die Schnelligkeit der Schläge.«

»Oh. Das muss neu sein«, redete ich mich raus.

»Okay, tust du mir bitte einen Gefallen? Setz dich eine halbe Stunde auf ein Rad, ja? Steven und ich wollen wirklich trainieren.«

Kurz darauf trat ich mürrisch in die Pedale eines langweiligen Hometrainers. Drei Stück gab es davon, auf den anderen beiden fuhren zwei Frauen, die aussahen wie hundertdreißig und ungefähr mit fünf km/h unterwegs waren. Die Zeitschriften, die neben den Rädern lagen, waren das *Goldene Blatt* und die *Apotheken-Umschau*. Keine Frage, ich war in der absolut uncoolen Ecke gelandet. Wenigstens konnte ich Nick beobachten, der nun selber diese Eisenstange in die Luft drückte. Und ich war nicht die Einzige, die ihn beobachtete. Immer wieder drückten sich Frauen in der Ecke rum und machten Steven und Nick schöne Augen. Während ich diesen Auflauf mit zusammengekniffenen Augen beobachtete, ging eine attraktive Frau Ende dreißig an uns vorbei. Sie steuerte die Crosstrainer an und begrüßte eine andere Frau. Die erwiderte ihren Gruß mit einem: »Hallo, Tina, geht's gut?«

Aha. Das also war der Feind. Ich musste zugeben, gut sah sie aus. Und standen Männer nicht auf reifere Frauen mit Erfahrung? Sie hielt sich nicht lange bei den Crosstrainern auf, sondern marschierte schnurstracks zu Nick. Ich beugte mich vor und versuchte zu hören, worüber sie sprachen. So weit entfernt waren sie gar nicht, aber die Musik war ziemlich laut, und zu allem Unglück palaverten die beiden Silberlocken neben mir auch in einer Tour.

»Psst«, machte ich ungehalten und schärfte mein Gehör. Ich meinte, irgendwas von Privattraining zu hören, und dabei legte dieser männermordende Vamp Nick auch noch eine Hand auf seinen Arm.

Die beiden Seniorinnen kümmerten sich nicht weiter um mich und redeten über gedeckten Apfelkuchen.

»Nun seien Sie doch mal still«, fuhr ich sie an. »Ich verstehe ja gar nichts.«

Sie folgten meinen Blicken und die Scheintote neben mir kicherte boshaft. »Hähähä, schon wieder so ein Groupie. Da stellen Sie sich mal hinten an, diese Jungs sind begehrt.«

»Ich bin kein Groupie«, gab ich empört zurück. »Das ist mein Freund.«

»Und was für ein vertrauensvolles Verhältnis Sie haben«, spottete sie. »Aber nur, weil Sie Ihren ›Freund‹ belauschen wollen, werden wir nicht in andächtiges Schweigen verfallen. Frieda, nimmst du für den Guss Apfelsaft?«

Genervt stieg ich vom Rad und ging auf Nick zu. Ich versuchte eine Mischung aus majestätischem Schreiten und sexy Hüftwackeln, doch dem bereitete eine herumliegende Hantel schnell ein Ende. Polternd stieß ich dagegen, flog ein Stück durch die Luft und wedelte dazu wild mit den Armen, um mein Gleichgewicht wiederzufinden. Das fand ich nicht, dafür einen kleines Regal voller Prospekte und Proteinpulver. Zuerst flog ich auf den Boden, dann der Inhalt des Regals. Das meiste davon landete auf mir.

Der Geräuschpegel im Studio tendierte gegen null, alle starrten mich an und grinsten. Am meisten Nick und Steven. Immerhin halfen mir die beiden wieder auf die Beine, wobei Steven sich vor Lachen schüttelte.

»Wenn du mal Geld brauchst, vermiete sie einfach an einen Zirkus«, riet er Nick, der wenigstens den Anstand hatte zu versuchen, sein Grinsen zu unterdrücken.

»Danke, es geht schon«, zischte ich die beiden zwischen zusammengepressten Zähnen an. »Und nein danke der Nachfrage, ich habe mir nichts gebrochen.«

»Vielleicht ist ein Fitnessstudio doch nicht so ganz das Richtige für dich«, versuchte Nick es diplomatisch. »Vielleicht hast du mehr Spaß am Schwimmen.«

»Nun bring sie doch bloß nicht auf solche Ideen. Nachher sticht sie noch jemandem mit einer Poolnudel das Auge aus.«

Steven hatte viel Spaß.

Ich sah ihn mordlustig an und sagte dann zu Nick: »Ich fahre jetzt nach Hause und ziehe mich um. Und ich möchte nicht mehr darüber reden.«

»Komm her, kleiner Paddel«, sagte er und umarmte mich. »Im Bett gehörst du zu den Spitzensportlern«, flüsterte er mir ins Ohr.

Das hörte sich gut an. Geschmeichelt lächelte ich ihn an. »Bis später. Können wir zum Italiener fahren?«

»Machen wir. Ich hole dich ab.«

Immerhin hatte die doofe Tina gesehen, dass Nick eine Freundin hatte. Was sie über diese Freundin dachte, konnte mir ja egal sein. Na gut, natürlich war es mir nicht egal. Ich wollte auftreten wie ein Supermodel und nicht wie eine Katastrophe auf zwei Beinen. Aber daran konnte ich zumindest im Moment nichts mehr ändern, also verließ ich so würdevoll wie nur möglich das Studio und fuhr nach Hause.

Hier pellte ich mich erst mal aus diesen langweiligen Sportklamotten, duschte, trug ein glamouröses Make-up auf und machte mir die Haare, bis sie lockig über meine Schultern fielen. Als ich dann noch mein schwarzes Seidenkleid angezogen hatte, kehrte auch mein Selbstvertrauen zurück.

In dem Moment, als ich aus der Haustür trat, fuhr Nick vor. Er stellte das Auto an den Straßenrand, stieg aus und umarmte mich. »Na, Süße, hast du dich von deinem Sturz erholt? Du siehst jedenfalls kein bisschen angeschlagen aus, ganz im Gegenteil.«

»Ich wäre nicht hingefallen, wenn die Leute da in deinem Studio Ordnung halten würden«, klärte ich ihn auf. »Aber wenn da mitten im Weg einfach eine Hantel liegt, ist doch klar, dass jeder, der da vorbeikommt, rüberfällt.«

»Wahrscheinlich«, grinste Nick. »Und jetzt lass uns los, ich habe Hunger.«

Nur widerwillig löste ich mich von ihm. Er war frisch geduscht und roch nach *Del Mar*. Zum Anbeißen.

Beim Italiener wollte ich erst mal etwas über diese Tina erfahren. Und zwar so ganz nebenbei.

»Sag mal, Nick, diese Tina, kennst du die schon länger? Die ist nett, oder?«

Nick sah mich entrüstet an. »Nett ist wohl leicht untertrieben. Die ist verdammt heiß. Hast du ihren Bizeps gesehen?«

Mit offenem Mund starrte ich ihn an. »Äh, nein, ich glaube nicht.«

Nick lachte. »Ach Süße, lass dich doch nicht immer veräppeln. Keine Ahnung, ob die nett ist oder nicht, auf alle Fälle ist sie ziemlich aufdringlich und interessiert mich nicht die Bohne. Jetzt zufrieden?«

Mist. Das war wohl doch nicht so ganz nebenbei rübergekommen. Ich musste auch grinsen. »Ja, bin ich. Und ich fand sie übrigens überhaupt nicht nett.«

»Was anderes, ich habe eine gute und eine schlechte Nachricht für dich. Die gute ist, du und Mimi hattet recht. Das Betrugsdezernat hat heute den Laden von dem Köhler auseinandergenommen und eine Menge Material gefunden. Er bietet nicht nur einen Schwarzmarkt-Fonds an, sondern sogar eine ganze Menge davon. Die schlechte Nachricht ist, dass euer Diedrichsen keinen Cent bei ihm angelegt hat.«

So ein Mist. Was für Probleme hatte der Mann? Eine sichere Anlage, hohe Rendite und kein Finanzamt in Sicht, das davon etwas abhaben wollte – was wollte man als Krimineller mehr? Nun brauchten Mimi und ich eine neue Strategie. Das brachte mich zu Lui.

»Oh. Das ist blöd. Aber wir werden schon noch beweisen, dass er Geld hat. Aber jetzt will ich mit dir über meinen Geburtstag reden.«

»Willst du doch feiern?«

»Nein, glaube nicht. Aber ich wünsche mir etwas von dir. Kannst du mir sagen, wie dieser Lui, der mit Ronny zusammen im Gefängnis sitzt, richtig heißt?«

»Wie kommst du darauf, dass er im Gefängnis ist? Es gab nicht genug Beweise gegen ihn, um ihn festzusetzen.«

Das war ja gar nicht schlecht. Wenigstens nicht für Mimi.

»So. Konnte ich mir auch nicht vorstellen. Er ist so ein ausgesprochen netter Mensch. Wirklich, Mimi und ich haben uns richtig mit ihm angefreundet. Und nun ist es so schade, dass wir uns aus den Augen verloren haben.«

»Wirklich schade. Wo echte Freunde doch so selten sind, stimmt's?«

»Okay. Gut. Also, wir haben uns nicht mit ihm angefreundet. Aber wir haben eine Frage an ihn. Sagst du es mir? Weil ich doch Geburtstag habe?«

Nick sah mich an. »Du hast erst Freitag Geburtstag. Aber ich werde darüber nachdenken. Mehr kann ich dir nicht versprechen.«

»Danke«, strahlte ich ihn an. »Du bist wirklich der netteste Freund, den man sich vorstellen kann.«

»Und du bist eine Landplage. Denk daran, ich habe gar nichts versprochen.«

Aber so, wie er guckte – er würde mir den Namen geben, da war ich sicher. Und da Nick ausgesprochen entspannt wirkte, versuchte ich weiter mein Glück. »Ich bin wirklich froh, dass wir uns wieder vertragen haben. Ich mag es gar nicht, wenn wir streiten.«

»Ich auch nicht, Süße. Du hast mir wirklich gefehlt.«

»Also wirst du nicht noch mal so gemein zu mir sein?«

Nick nahm meine Hand und küsste sie. »Ich weiß ehrlich nicht, warum ich gerade bei dir so oft ausflippe. Das ist mir bisher noch bei keiner Frau passiert.«

Wir näherten uns ja endlich mal dem Kern der Sache.

»Vielleicht, weil deine früheren Freundinnen sich immer in allem nach dir gerichtet haben? Und immer alles so lief, wie du es wolltest?«

Verdutzt sah Nick mich an. »Natürlich nicht. Ich bin doch kein Egomane. Das waren alles ganz ausgeglichene Beziehungen.«

»Ach ja? Und was ist in diesen ausgeglichenen Beziehungen passiert, wenn zum Beispiel eine der Frauen etwas anderes wollte als du?«

»Dann haben wir einen Kompromiss gefunden. Also, mehr oder weniger.«

Ich lächelte ihn an. »Heißt mehr oder weniger vielleicht, dass die ganz schnell eingeknickt sind und plötzlich wieder das Gleiche wollten wie du?«

»Ja, kann sein«, sagte Nick unbehaglich. »Aber das ist doch Schnee von gestern. Weißt du, du siehst heute Abend mal wieder unglaublich sexy aus«, lenkte er ab und schob mir ein Stück von seinem Steak in den Mund.

Auch eine Art, eine Frau zum Schweigen zu bringen.

Sobald mein Mund wieder leer war, zeigte ich mich verständnisvoll. Wie hieß es so schön? Die Saat war gelegt.

»Ich will dich gar nicht bedrängen. Aber vielleicht denkst du mal darüber nach?«

In dem Moment klingelte sein Handy. Ich hasste sein Handy und überhaupt die ganze Erfindung der Mobiltelefone.

Nick meldete sich mit einem knappen »Ja« und hörte zu. »Verdammt, Hans, weißt du, wie viele Überstunden ich allein schon in diesem Monat habe? Kann ich nicht mal an einem einzigen Abend ein Privatleben haben?«

Offenbar konnte er das nicht. Mit einem unterdrückten Fluch beendete er die Verbindung und sah mich zerknirscht an. »Das war Schlüter. Ich muss los. Es hat sich was ergeben, da muss ich mich sofort drum kümmern. Du weißt, wie leid mir das tut, oder?«

Traurig nickte ich.

»Ich rufe eben Steven an, dann bringe ich dich nach Hause. Aber ich mache das wieder gut.«

Wir gingen Arm in Arm zu seinem Auto.

»Wird das länger dauern oder nur heute Nacht?«

»Weiß ich noch nicht. Ich melde mich bei dir, sobald ich kann.«

Im Auto rief ich Mimi an, die sich etwas abgehetzt anhörte.

»Habe ich dich gerade bei irgendwas gestört?«

»Mich? Wobei denn? Blödsinn, natürlich nicht«, antwortete sie hektisch.

»Ich wollte kurz vorbeikommen, aber nur, wenn ich dich wirklich nicht störe.«

»Tust du nicht. Komm ruhig her.«

»Setzt du mich bei Mimi ab?«, bat ich Nick, der daraufhin Richtung Mimi fuhr. Viel zu schnell standen wir vor ihrem Haus.

Ich wollte Nick gerade sagen, wie blöd ich seinen Job fand, als ein Blick in seine Augen mich ganz schnell eine Kehrtwendung machen ließen.

»Nick? Bitte, guck nicht so. Ich weiß, dass du keinen normalen Bürojob hast. Aber damit komme ich klar. Und freue mich umso mehr auf dich, wenn du wieder Zeit für mich hast.«

Nick zog meinen Kopf an seine Schulter. »Ich verspreche dir, das wird ganz schnell passieren. Und sobald ich Zeit habe, maile ich dir den Namen von Lui.«

Also, ein schlechtes Gewissen hatte doch auch seine Vorteile.

Mimi machte mir die Tür auf und tat ganz unbefangen.

»Wie war dein Ausflug in die Sportlerwelt? Wurdest du wieder gefoltert?«

»Brauchst dich gar nicht über mich lustig zu machen. Das war damals eine traumatische Erfahrung. Aber ich bin hier, weil ich schlechte Nachrichten habe.«

»Oje. Dann komm mit in die Küche. Was ist passiert?«

»Die Polizei hat Köhler überführt. Aber Didi gehört nicht zu den Anlegern.«

»Wieso das denn nicht? Was will er denn noch mehr?«

»Keine Ahnung. Aber wir fangen wieder bei null an. Was machen wir jetzt?«

»Beschatten«, meinte Mimi. »Wir folgen ihm unauffällig und beobachten alles, was er so macht.«

»Also, besonders lustig hört sich das nicht an. Und du weißt doch, dass er auf dem Kiez arbeitet. Wenn wir da die ganze Nacht hin- und hertrippeln, könnte das zu Missverständnissen führen.«

»Wir haben doch sein Auto gesehen«, fiel Mimi ein. »Dieser aufgemotzte BMW, der ist so auffällig, den können selbst wir nicht übersehen. Wir parken einfach in der Nähe und warten ab, was passiert.«

»Aber nicht mehr heute«, wandte ich ein. »Ich bin total müde. Erst ab morgen, ja? Ich fahre jetzt nach Hause.«

Erst auf der Straße fiel mir auf, dass ich gar kein Auto hatte. Ich klingelte wieder bei Mimi.

»Kannst du mich nach Hause fahren? Ich habe ganz vergessen, dass Nick mich hergebracht hat.«

»Oh, also, ich bin so müde, eigentlich schon fast im Bett, das wäre viel zu gefährlich, wenn ich jetzt Auto fahre«, sagte sie und reichte mir ihren Autoschlüssel.

»Fahr selber, ja? Du kannst mich ja morgen gegen zehn abholen.«

Wir verabschiedeten uns zum zweiten Mal, und ich düste nach Hause. Eigentlich hatte Mimi gar nicht so müde ausgesehen. Und als ich so darüber nachdachte, fiel mir ein, dass sie ziemlich geschminkt war. Mimi ging nie mit Make-up ins Bett, die musste Besuch im Schlafzimmer gehabt haben. Aber wen? Steven konnte es nicht sein, der war mit Nick unterwegs. Na, das würde ich noch rauskriegen.

Gleich am nächsten Morgen hatte ich die Gelegenheit dazu, als ich Mimi abholte.

»Na, hast du dich mal so richtig ausgeschlafen? Wo du doch so früh ins Bett gegangen bist?«

Mimi druckste herum.

»Das ist nicht fair«, ließ ich sie wissen. »Ich erzähle dir auch immer alles. Warum hast du nicht gesagt, dass jemand bei dir war?«

»Weil, das ist kompliziert. Und ich habe versprochen, niemandem etwas zu sagen.«

»Mimi! Du kannst nicht solche Andeutungen machen und dann einfach schweigen. Komm, jetzt sag schon, wer war bei dir? Ich sage es auch niemanden weiter, versprochen.«

»Du musst schwören. Beim Leben von Nick«, forderte sie.

Feierlich hob ich die Hand hoch. »Ich schwöre. Beim Leben von Nick. Und jetzt sag schon.«

»Okay. Also, dein Vater war bei mir.«

Vor Schreck verlor ich das Gleichgewicht und konnte mich gerade noch an einer Kommode festhalten.

»Mein Vater? Du hast ein Verhältnis mit meinem Vater?«

»Blödsinn, wie kannst du denn so was von mir denken? Natürlich nicht. Also, ich bringe ihm Tanzen bei.«

»Aber mein Vater tanzt nie. Meine Mutter beklagt sich immer darüber, dass beim Innungsball alle Spaß haben, nur mein Vater wie angekettet auf seinem Stuhl hocken würde.«

»Eben. Und nun will er sie überraschen. Er wusste nicht, wer ihm das beibringen könnte, und in eine Tanzschule wollte er nicht gehen. Und da er weiß, dass wir beide«, sie zeigte erst auf mich und dann auf sich, »ganz gerne mal Tanzen gehen, hat er mich gefragt.«

So viel Mut hatte ich meinem Vater gar nicht zugetraut.

»Und dann hast du ihm angeboten, ihm das Tanzen beizubringen, und ihr trefft euch nun ab und an zum Tanzen bei dir?«

»Ja. Aber er wollte eben nicht, dass jemand davon erfährt.«

Diese Neuigkeit musste ich erst mal verdauen.

»Und – wie stellt er sich so an?«

Mimi musste lachen. »Ach Alice, ein Baum ist gelenkiger als dein Vater. Er hält sich nicht an die Schritte, sondern stampft immer nur so laut auf, dass die Nachbarn unter mir schon mit dem Besenstiel an die Decke geklopft haben. Aber wir kriegen das schon hin, der nächste Ball ist ja erst in fünf Wochen.«

Ich musste auch lachen. Da taten sich ja Abgründe auf.

»Das ist aber echt lieb von dir. Und meine Mutter wird sich total freuen. Aber jetzt sollten wir mal was tun. Lass uns ins Büro fahren.«

Dort angekommen, fuhr ich den PC hoch und checkte erst mal meine Mails. Die erste war von Nick – abgeschickt morgens um drei Uhr von seinem Handy.

»Mimi, ich wusste es doch. Nick hat mir den Namen und sogar die Adresse von Lui gemailt. Ach ja, der sitzt übrigens gar nicht im Gefängnis, also können wir ihm doch gleich mal einen Besuch abstatten, oder?«

»Super. Endlich geht mal was. Wie heißt er, und wo müssen wir hin?«

»Rainer Ludwig, wohnt in der Schleusenstraße. Also los.«

Kaum saßen wir im Auto, rief meine Mutter an.

»Alice, kannst du vielleicht für mich in die Apotheke fahren? Mein Auto ist in der Inspektion.«

»Klar, mache ich. Was brauchst du denn?«

»Ich brauche gar nichts. Aber dein Vater. Hol bitte eine Zwanzigerpackung Traubensilberkerzen-Kapseln.«

»Was soll das denn sein?«

Meine Mutter seufzte. »Ein pflanzliches Mittel gegen Beschwerden in den Wechseljahren. Dein Vater hat Hitzewallungen.«

»Äh, Mama? Seit wann kommen Männer in die Wechseljahre?«

»Frag nicht mich. Frag deinen Vater. Der Mann macht mich noch ganz verrückt. Also, kannst du das bitte besorgen? Und dann herbringen?«

Ich unterdrückte ein Lachen. »Ja, kein Problem. Mimi und ich sind gerade unterwegs, wir sind mittags bei dir. Kannst du was zu essen machen?«

»Gerne. Bis später.«

»Welcher Mann ist in den Wechseljahren?«, kicherte Mimi.

»Mein Vater. Angeblich. Sei froh, dass deine Eltern vierhundert Kilometer weit weg wohnen und ganz normal sind. Meine drehen wirklich langsam durch.«

Wir konnten das Thema nicht weiter vertiefen, weil wir in der Schleusenstraße angekommen waren. Eine unauffällige Straße in einem unauffälligen Viertel. Lui wohnte im Erdgeschoss eines roten Backsteinhauses aus den Fünfzigern.

Auf unser Klingeln wurde sofort geöffnet, als hätte er jemanden erwartet. Uns aber anscheinend nicht, denn er sah uns ziemlich fassungslos an.

»Was wollt ihr denn hier? Und woher wisst ihr, wo ich wohne?«

»Können wir vielleicht erst mal reinkommen?«, fragte ich. »Wir haben etwas mit dir zu besprechen.«

Widerwillig ließ er uns in seine Wohnung, die gar nicht gut roch. Und ganz furchtbar unordentlich war.

»Also, woher habt ihr meine Adresse?«

»Von Ronny«, log ich. »Also, Ronny und ich, wir sind zusammen. Schon seit Längerem.«

»Wenn du Schlampe glaubst, du könntest meinen Freund abzocken, hast du dich aber getäuscht«, antwortete Lui und rückte mir bedenklich nahe. »Die Bullen haben uns gesagt, dass ihr gesucht werdet. Und man braucht nur einen Blick auf euch zu werfen, dann ist klar, warum. Ihr könnt nichts anderes sein als ganz miese Heiratsschwindlerinnen. Aber Ronny lasst ihr gefälligst in Ruhe.«

»Lui, du verstehst das völlig falsch. Ja, wir legen ein paar Typen, die blöd genug sind, uns zu glauben, aufs Kreuz. Aber Ronny doch nicht. Hallo? Ich meine, der ist doch wohl viel zu schlau für so was, oder?«

Klar. Bestimmt würde er bald für einen Nobelpreis vorgeschlagen werden. Doch Lui hatte wohl eine hohe Meinung von seinem Freund.

»Ja, okay, da hast du recht. Also, ihr seid wirklich zusammen? Davon hat er mir gar nichts erzählt«, sagte Lui misstrauisch.

»Na ja, ich habe ihn darum gebeten, die Sache erst mal nicht rumzuposaunen. Offiziell bin ich mit vier anderen Männern verlobt, da muss ich ein bisschen vorsichtig sein.«

Das beruhigte Lui. »Ja, dann, sorry. War nicht so gemeint. Und, habt ihr eine Nachricht für mich von Ronny?«

Mir fiel absolut nichts ein, aber Mimi dafür umso mehr. »Ja, genau. Also, Alice hat ihn natürlich sofort im Knast besucht. Die beiden sind so süß, die reinen Turteltäubchen. Ich habe selten zwei Menschen gesehen, die sich so gut ergänzen wie die beiden. Jedenfalls, wir sollen dir von Ronny ausrichten, dass du auf gar keinen Fall einen Besuchsantrag stellen sollst. Sonst zählen die Bullen eins und eins zusammen und glauben noch, du wärst in Ronnys Geschäfte verwickelt.«

Es fehlte nicht viel, und Lui hätte sich ein paar Tränen aus den Augen gewischt.

»Mann, echt jetzt, der Typ ist ein wahrer Freund. Da

sitzt er total in der Scheiße und denkt trotzdem noch an mich. Ein richtig feiner Kerl, jawohl, genau das ist er.«

Ich nickte ernst. »Ja. Das ist mein Ronny. Und ich will ihm helfen. Darum hat er mich gebeten, eine gewisse Sache aus dem Vereinsheim zu holen. Doch als er mir die Adresse geben wollte, stand der Wärter auf und hat unser Gespräch beendet.«

»Wieso das denn?«, wollte Lui wissen.

Wie doof. Genau das hatte Mimi mich auch schon gefragt. Und ich wollte mir einen Grund ausdenken. Was ich natürlich nicht getan hatte. Aber Mimi war mal wieder reaktionsschneller als ich.

»Sag mal, wollen wir uns jetzt über die Tücken der deutschen Justiz unterhalten oder darüber, wie wir Ronny helfen können?«

»Mein Ronny. Oh, mein armer, süßer Ronny«, heulte ich. »Ich ertrage den Gedanken an ihn einfach nicht, eingesperrt wie ein wildes Tier. Das hat so ein feiner Kerl nicht verdient.«

Betroffen starrten wir drei vor uns hin, vereint in dem Gedanken an unseren Freund. Lui brach als Erster das Schweigen.

»Also gut, hol ihm, was immer er will. Das Vereinsheim ist in Gräpelingen, einfach durch den Ort durch und dann die erste Straße rechts Richtung Mülldeponie. Nach ungefähr dreihundert Metern geht ein schmaler Weg rechts ab, der führt direkt zu unserem Vereinsheim.«

»Danke, Lui«, schluchzte ich. »Wir machen uns am besten sofort auf den Weg.«

»Wird alles gut«, murmelte er und klopfte mir auf die Schulter. »Find ich echt stark von dir, dass du dich so für ihn einsetzt. Aber das Vereinsheim ist total verstrahlt, alles voller Asbest. Ihr müsst euch vorher im Baumarkt Schutzanzüge besorgen und dürft dann auch nur höchstens drei Minuten drinbleiben. Sonst wird das gefährlich. Ronny war der Einzige von uns, der sich da überhaupt noch reingetraut hat.«

»Machen wir, Lui«, versicherte Mimi, und wir verabschiedeten uns. Erst im Auto ließen wir unserer Freude freien Lauf.

»Auf nach Gräpelingen«, sang ich. »Haben wir das nicht mal wieder klasse gemacht?«

»Wir sind mindestens schon Gesellen. Ganz kurz davon, Meister zu werden. Und von wegen Asbest und alles verstrahlt. Ronny hat die doch alle nur verarscht.«

»Aber bevor wir da rausfahren, müssen wir noch in die Apotheke und dann zu meiner Mutter.«

Wir setzten uns in Bewegung.

Meine Mutter hatte Kartoffelsuppe gekocht und saß bereits mit meinem Vater am Tisch. Er guckte Mimi an und machte mit den Fingern so komische Bewegungen auf dem Tisch. Mimi nickte unauffällig. Aber bevor er weiter so tun konnte, als hätte er die Tanzschritte begriffen, zog er ein Taschentuch aus seiner Hose und wischte sich das Gesicht ab.

»Diese Hitzewallungen bringen mich um. Hast du mir mein Medikament mitgebracht?«, fragte er mich.

»Ja, habe ich. Aber willst du nicht mal zum Arzt gehen? Ich meine, wenn du plötzlich immer schwitzt?«

»Auf gar keinen Fall. Der verschreibt mir nur schädliche Hormone. Dabei ist das ein ganz natürlicher Vorgang. Und dagegen helfen auch pflanzliche Mittel.«

Meine Mutter verdrehte die Augen gen Himmel. Mimi grinste.

»Papa. Du bist ein Mann. Du bist nicht in den Wechseljahren.«

»Natürlich, du kennst dich mal wieder aus. Es wäre schön, wenn in dieser Familie auch mal mir jemand etwas glauben würde, anstatt immer nur auf mir herumzuhacken.«

»Herbert, niemand hackt auf dir herum. Es ist nur irgendwie ungewöhnlich, dass ein Mann diese Beschwerden hat.«

»Ja, nun, dann bin ich eben ein ungewöhnlicher Mann. Seht ihr? Es geht schon wieder los«, beklagte er sich und wischte weiter mit seinem Tuch herum. Anschließend öffnete er die Packung Traubensilberkerzen-Kapseln und studierte mit ernstem Gesicht die Packungsbeilage.

»Da. Hier steht es schwarz auf weiß. Hilft gegen Hitzewallungen.« Beherzt schluckte er gleich drei Pillen und stand auf.

»Ich muss wieder in den Betrieb. Aber wie ich so meine Tage verbringe, das interessiert ja sowieso niemanden.«

Meine Mutter schaute ihn erschreckt an. »Herbert, was ist denn bloß los? Wieso bist du so gereizt?«

»Tut mir leid.« Gleichmütig zuckte er mit den Schultern. »Ich kann da nichts für, das machen die Wechseljahre. Kannst du alles nachlesen«, informierte er meine Mutter und warf ihr die Packungsbeilage zu. »Hier wird alles erklärt.« Mit diesen Worten verließ er uns.

»Ach Mama, du hast es wirklich nicht leicht«, bedauerte ich sie.

»Genau. Habe ich auch nicht. Dein Vater ist ›zwischen den Jahren‹, deine Schwester hat sich seit Wochen nicht mehr gemeldet, und du feierst nicht mal deinen Geburtstag. Das habe ich nicht verdient.«

»Tut mir leid«, murmelte ich kleinlaut.

»Das sollte es auch. Also, ich erwarte dich morgen wenigstens zum Mittagessen. Mimi, du kommst auch. Und Nick rufe ich gleich an. Oder ist ein einfaches Geburtstagsessen mit deiner eigenen Mutter zu viel verlangt?«

Ob sie auch in den Wechseljahren war? Diese Reizbarkeit ließ immerhin darauf schließen.

»Ja, also okay, Mimi und ich sind morgen gegen zwölf wieder hier«, ergab ich mich in mein Schicksal. »Aber wir müssen jetzt los. Vielen Dank für die Suppe, hat toll geschmeckt.«

»Warte noch kurz«, bat Mimi. »Wie lief es denn mit Albert?«

»Oh, wir hatten viel Spaß. Er hat gesagt, ich bin die beste Lehrerin, die er je hatte. Also wird mein Kurs ein Spaziergang. Dienstag fange ich an. Albert will sich jetzt übrigens einen Job suchen. Ich habe ihm gesagt, dass er bei älteren Damen sehr gut ankommt, und jetzt will er sich welche suchen, für die er einkaufen, putzen und so kann. Er erzählt und spielt ja auch gerne, und viele alte Menschen sind einsam.« Sie seufzte.

»Das klingt ja toll«, rief ich. »Dann kann er ja vielleicht doch bald seine Schulden zurückzahlen.«

Mimi freute sich auch. »Wie lange geht denn dein Kurs?«, wollte sie wissen.

»Lange«, antwortete ich für meine Mutter. »Da könnt ihr euch morgen noch drüber unterhalten. Jetzt müssen wir los, komm endlich.«

Ich musste raus aus diesem Haus, langsam machte ich mir ernsthafte Sorgen. Hatte ich all diese verrückten Gene auch in mir? War ich vielleicht auch schon sonderbar, und es sagte mir nur niemand?

Auf dem Weg nach Gräpelingen fragte ich Mimi. »Sag mal, findest du mich eigentlich normal? Oder hast du manchmal das Gefühl, ich ticke nicht ganz richtig? Rede ich vielleicht manchmal mit mir selbst? Oder benehme mich irgendwie auffällig?«

»Wie kommst du denn darauf? Du bist völlig normal.«

»Aber du würdest es mir sagen, wenn es anders wäre? Ganz bestimmt?«

»Ganz bestimmt«, beruhigte mich Mimi. »Alles im grünen Bereich. Was sagt das Navi?«

Ich schaute auf die Anzeige.

»Noch vierzig Minuten, dann sind wir da.«

Es dauerte dann doch eine Stunde, bis wir bei dem Vereinsheim waren, denn Gräpelingen war eine sehr ländliche Gemeinde, und an diesem Tag hatten sich wohl alle Bauern verabredet, mit ihren Treckern zu den Feldern zu fahren und die zu wässern oder zu düngen oder was auch immer man so mit Feldern anstellte. Wir fanden den Feldweg, der sogar befestigt war. Gut für das Auto. Und endlich standen wir vor einer windschiefen Hütte, die ganz allein an einem Waldrand stand. Sie war komplett aus Holz gebaut und musste so an die hundert Quadratmeter groß sein. Davor war ein asphaltierter Vorplatz.

»Sag mal, Mimi, was ist Asbest eigentlich?«

Als Immobilienkauffrau wusste Mimi sofort die Antwort. »Also, das ist so ein Stoff, der ist giftig. Und nicht gut für die Gesundheit.«

»Und kommt der auch in Holz vor?«

»Ich glaube nicht. Eher wohl woanders. Aber Ronny hat sowieso nur rumgesponnen. Guck dir mal die Schlösser an.«

Wir standen vor der Eingangstür, die mit drei großen

Schlössern gesichert war. Im Gegensatz zu der Hütte sahen die ziemlich neu aus.

»Wir sind hier am Ende der Welt. Und dies ist offiziell nur der Treffpunkt der Biker. Warum ist die Tür so gesichert?«

Darauf konnte es nur eine Antwort geben. Ronny versteckte hier etwas. Und wir würden es finden. Wenn wir einen Weg entdeckten, wie wir in dieses Haus reinkamen.

Die Fenster waren alle mit schmiedeeisernen Gittern verrammelt. Auf der Rückseite gab es noch eine Tür, aber auch die war verschlossen. Zwar nur mit zwei Schlössern, aber auch die sahen äußerst stabil aus.

»Hm«, machte Mimi. »Das ist jetzt mal eine Herausforderung.«

Wir dachten lange nach, bis mir endlich etwas einfiel.

»Mimi, dein Auto hat doch dieses Dings, wo man einen Anhänger dran machen kann. Da wickeln wir ein Seil oder so was rum, befestigen die andere Seite an der Haustür und geben Gas.«

»Das ist super, Alice. Das könnte klappen. Aber ich habe kein Seil im Auto. Was können wir sonst nehmen?«

Wir suchten überall nach einem Seil, einem Kabel oder etwas Ähnlichem, aber im Gegensatz zu Ronnys Kneipe lag hier gar nichts rum.

»Wir sind ein paar Kilometer von hier an einer Tankstelle vorbeigekommen. Da fahren wir jetzt hin und besorgen uns was. Und dann geht es los.«

In der Tankstelle sahen wir uns interessiert um, konnten jedoch keine Seile finden. Der Angestellte kam neugierig näher und fragte, ob er uns helfen könnte.

»Wir müssten sozusagen etwas abschleppen«, informierte ihn Mimi. »Was können Sie denn dafür empfehlen?«

»Na ja, wohl ein Abschleppseil, oder?«

»Das ist gut. Das ist sehr gut, das nehmen wir«, freute ich mich.

»Hoho, nicht so schnell die Damen. Welches soll es denn sein? Ein elastisches Seil, ein festes oder ein Flachgurt mit Federung? Das ist wichtig für die Ausübung der Querkraft. Und für welche Last soll es ausgelegt sein?« Er holte ein paar Abschleppseile unter dem Tresen hervor.

Wir verstanden nur Bahnhof.

»Äh, suchen Sie doch einfach das Beste aus«, bat ich.

»Jo, dann nehmen Sie das feste mit Zugkraft bis zu viertausend Tonnen. Damit können Sie eigentlich nichts verkehrt machen.«

Wir kauften für erstaunlich viel Geld dieses Seil, fuhren zurück und stellten das Auto hinter das Haus. Mit dem Abschleppseil in der Hand stiegen wir aus.

»Also, das eine Ende muss an dieses Anhänger-Dings und das andere an die Tür«, vermutete Mimi. »Mal sehen.«

Den Haken an die Anhängerkugel zu bringen war einfach. Allerdings passte das andere Ende nicht um den dicken Türknauf. Mimi sah sich die Sache an.

»Du musst deine Hose ausziehen«, ordnete sie an. »Dann können wir an das eine Bein den Haken knoten und das andere um den Türknauf binden. So wird es gehen.«

»Ich will aber meine Hose nicht ausziehen«, meuterte ich. »So warm ist es ja auch nicht mehr.«

»Hilft nichts. Wie du siehst, habe ich einen Rock an, also stell dich nicht so an. Hier sieht dich ja auch keiner.«

Grummelnd zog ich meine neue Stretchröhre aus, und

wir bastelten. Ich schaute mir das Ganze von außen an, während sich Mimi ins Auto setzte und Gas gab. Gleichzeitig ertönten zwei laute Geräusche. Das eine kam von meiner Hose, die in der Mitte durchgerissen wurde. Die eine Hälfte hing noch an der Tür, die andere flatterte hinter dem Seil. Das zweite Geräusch kam von den quietschenden Bremsen, mit denen Mimi ihr Auto gerade noch rechtzeitig vor einem Baum zum Stehen gebracht hatte.

Sie war noch gar nicht ganz ausgestiegen, da zeterte ich schon los. »Toll, Mimi, ganz toller Plan. Guck dir meine Hose an, die war ganz neu. Und jetzt steh ich hier in meiner *Betty-Boop*-Unterhose. Ich mache mich ja lächerlich.«

»Nein, tust du nicht. Es hätte ja auch funktionieren können. Deine Hose war eben von schlechter Qualität.«

»War sie gar nicht. Die hat fast hundert Euro gekostet. Und nun?«

»Nun müssen wir jemanden anrufen, der sich damit auskennt. Und zwar deinen Vater. Frag ihn doch bitte mal, wie wir dieses Seil an die blöde Tür kriegen.«

Nur mit Unterhose, Shirt und High Heels bekleidet, mitten in der Wildnis, griff ich zum Handy und rief meinen Vater in der Werkstatt an. Nicht er nahm den Hörer ab, sondern sein Azubi Thomas.

»Hallo, hier ist Alice, ist mein Vater da?«

»Nein, der ist in die Apotheke, irgendein Medikament holen. Müsste aber so in zehn Minuten zurück sein.«

So lange wollte ich nicht warten.

»Kannst du mir vielleicht helfen? Wenn du ein Seil mit einem Karabinerhaken an einem Türknauf befestigen wolltest, der aber zu dick für den Haken ist, wie würdest du dann wohl vorgehen?«

»Einfach das Ende des Seils um den Türknauf wickeln und dann mit dem Haken verbinden«, klärte er mich auf.

»Oh, äh, ja. Das ist gut. Und, ähm, kann das vielleicht unter uns bleiben? Mein Vater regt sich immer so schnell auf, weil die handwerkliche Begabung meiner Familie an mir vorbeigegangen ist.«

Er sagte es mir zu und legte auf.

»Niemand benutzt für so etwas eine neue Hose«, klärte ich Mimi auf. »Guck mal, wie einfach das ist.«

Tatsächlich, wenn man das Prinzip erst mal verstanden hatte, machte diese Vorgehensweise wirklich Sinn.

»Dann fahr du doch, wenn du so schlau bist«, sagte Mimi beleidigt.

Genau das würde ich jetzt tun. Nachdem alle Haken befestigt waren, setzte ich mich ins Auto und gab ein wenig Gas. Da nicht viel passierte, gab ich etwas mehr Gas. Damit hatte ich Erfolg. Die Tür sprang erfolgreich aus dem Rahmen. Sogar sehr erfolgreich, denn sie hatte so viel Schwung, dass sie direkt in Mimis Heckscheibe flog. Die Scherben prasselten wie Funkenregen durchs Auto.

Mimi sah mit offenem Mund zu.

»Komm, Mimi, sei nicht sauer«, sagte ich, während ich vorsichtig aus dem Auto kletterte. »Jetzt sind wir quitt – meine Hose gegen deine Scheibe.«

Sie machte den Mund auf und zu, und schnell versuchte ich es noch mal.

»Lass uns jetzt nicht wegen so etwas streiten. Eine Scheibe lässt sich reparieren. Und wir können jetzt endlich rein in das Vereinsheim.«

»Na gut«, zeigte Mimi sich großzügig. »Lässt sich jetzt ja eh nicht mehr ändern. Dann wollen wir mal. Aber hol vorher mal die Handschuhe vom Rücksitz. Wegen der Fingerabdrücke.«

Sie ging mutig vor, nicht ohne mir vorher noch einen Tipp zu geben. »Du hast doch auch *Drei Engel für Charlie* gesehen, oder? Wir müssen uns ganz dicht an der Wand halten, aus Sicherheitsgründen.«

Verstand ich zwar nicht so ganz, aber bitte, wenn sie unbedingt wollte. Also tappten wir durch die Tür und drückten uns an die Wand.

»Alles sauber«, flüsterte Mimi und schaute sich in dem großen Raum um. Ich wollte ihr folgen, doch mein Shirt blieb dabei an einem Nagel hängen. In dem Moment, in dem ich einen Schritt in die Mitte des Raumes machte, hörte ich ein bösartiges Reißen. Sekunden später stand ich nun nicht nur unten, sondern auch oben ohne da.

»Mimi. Jetzt ist auch mein Shirt hin«, kreischte ich.

Sie versuchte vergeblich, sich das Lachen zu verkneifen. »Sorry, tut mir leid. Aber das sieht echt lustig aus, ist genau einmal in der Mitte runtergerissen.«

Richtig. Ich war gar nicht oben ohne, ich hatte hingegen sogar zwei halbe Shirts an. Wütend schmiss ich die Reste auf den Boden und sah mich, nur noch in Unterwäsche bekleidet, um. Die Hütte bestand aus einem großen Raum voller Sitzbänke und Tische. Vorn links stand ein großer Tresen, dahinter war noch eine Tür. An den Wänden hingen Kalenderblätter mit nackten Frauen, ein paar Lederkutten und einige Wimpel. Alles Dinge, mit denen man in so einem Treff rechnen konnte. Was nicht dazu passte, war ein Sportlertrikot, das auch noch eingerahmt in einem Bilderrahmen an der Wand hing.

»Mimi, hilf mir mal bitte«, sagte ich, und gemeinsam nahmen wir das Teil von der Wand. Ich packte das Trikot aus und zog es mir an. Sah aus wie ein sehr doofes Kleid, denn es reichte mir bis fast zu den Knien, aber ich lief wenigstens nicht länger halbnackt rum. Vorsichtshalber verzichtete ich darauf, daran zu riechen, denn so richtig sauber sah es nicht aus.

Wir guckten uns weiter um. Mimi durchsuchte die Schränke am Tresen, und ich ging daran vorbei durch die Tür, die in eine fensterlose Küche führte. Nachdem ich den Lichtschalter gefunden hatte, sah ich mich um. Hier lagerten allerdings keine Töpfe und Pfannen, sondern große Metallkisten.

»Mimi, komm schnell«, rief ich und zeigte ihr die Kisten. Sie waren verschlossen mit einfachen Klappverschlüssen und wir machten die erste vorsichtig auf.

Sprachlos starrten wir den Inhalt an. Mindestens dreißig Waffen waren darin säuberlich verpackt. Insgesamt waren zehn Kisten in der Küche verteilt. Als wir alle offen hatten, zählten wir insgesamt zweihunderteinunddreißig Pistolen, Maschinengewehre und wie immer diese ganzen Dinger hießen. Zwischen den Waffen steckten Gefrierbeutel, voll mit Geldscheinen.

»Ich glaube es nicht. Der hat hier ein ganzes Waffenarsenal«, brachte Mimi schließlich raus. »Wofür braucht der so viele Waffen?«

»Damit handelt er«, tippte ich. »Und er wird schon einige verkauft haben, daher das Geld. Was machen wir jetzt?«

»Jetzt lass uns nicht ausflippen. Wir überlegen das ganz in Ruhe«, meinte Mimi. »Also, es ist wohl eher unwahrscheinlich, dass wir einfach einen Gerichtsvollzieher zur Pfändung herbestellen können. Aber da liegt verdammt viel Geld. Wenn wir davon einen Teil sicherstellen, sind wir dann Diebe oder nicht?«

Ich prüfte mein Gewissen und wagte mich langsam vor: »Also, wir sind uns einig, dass wir der Polizei von den Waffen hier erzählen, oder?«

»Auf alle Fälle«, stimmte Mimi zu.

»Gut. Und dann kommen sie, nehmen die Waffen und das Geld mit. Das werden sie Ronny nicht wiedergeben, sondern es wird eingezogen. Ronny wird abstreiten, etwas damit zu tun zu haben. Also wird niemand je erfahren, wie viel Geld hier wirklich lag. Wusstest du, dass von Steuergeldern Parteien, wie zum Beispiel die NPD, unterstützt werden?«

»Ja. Und Steuergelder werden auch für Panzer ausgegeben, in denen dann arme Soldaten in Afghanistan rumfahren müssen. Andererseits, was, wenn wir uns etwas von dem Geld nehmen, und es kommt doch raus?«

Bei dem Gedanken, Nick gestehen zu müssen, dass ich Diebesgut, womöglich Schwarzgeld, behalten hatte, wurde mir ganz anders. »Vielleicht ist das doch nicht so eine gute Idee. So viel Geld kann einen schon in Versuchung führen, aber wir wären dann Diebe. Das wollen wir nicht sein, oder?«

»Nein«, stimmte Mimi mir zu. »Wir machen es so. Jede von uns nimmt sich einen Hunderter, sozusagen als Ausgleich für deine Hose und meine Scheibe. Und den Rest lassen wir hier.«

Genau das taten wir und sahen dann zu, dass wir das Vereinsheim verließen.

Wir hakten die Tür vom Auto ab, sammelten meine Hosenbeine und die Reste meines Shirts ein und sahen uns noch einmal ganz genau um. Wir hatten an alles gedacht, nichts lag mehr rum. Vorsichtshalber wischten wir mit den Shirtresten auch noch die Kisten ab. Nicht, dass man doch irgendwo, trotz der Handschuhe, unsere Fingerabdrücke fand.

Die Fahrt zurück in die Stadt war etwas unbequem, da der Wind durch die offene Heckscheibe blies und unsere Frisuren versaute. Aber wir hatten noch ein Problem.

»Wie lassen wir die Polizei denn wissen, was wir im Vereinsheim gefunden haben? Ich kann das doch nicht Nick erzählen, dann sieht er ja, dass wir die Tür rausgebrochen haben. Das könnte ein kleines bisschen strafbar sein«, vermutete ich.

»Vielleicht ein Anruf mit verstellter Stimme bei Schlüter?«

»Nee, die können doch Anrufe zurückverfolgen. Wir fahren jetzt zu mir, schreiben am Computer einen Brief und stecken den bei der Polizei ein.«

Zuerst hatten wir aber etwas anderes zu erledigen. Kaum waren wir zurück in der Stadt, steuerte Mimi die nächstbeste Werkstatt an.

»Äh, Mimi, ist dir klar, wie ich aussehe? So steige ich nicht aus dem Auto«, stellte ich fest.

»Sieht eigentlich ganz niedlich aus«, fand sie. »Aber du kannst ja sitzen bleiben, ich hole mal jemanden, der sich die Scheibe anguckt, und dann rufen wir ein Taxi.«

Gott sei Dank nahm der Automensch keine Notiz von mir, sondern sah sich nur den Schaden an und informierte Mimi, dass die Reparatur zwei Tage dauern würde. Sie rief ein Taxi, und wir fuhren zu mir. In High Heels und einem dreckigem Trikot wollte ich nicht zu lange auf der Straße herumstehen.

Eine halbe Stunde später fühlte ich mich wieder besser, ich hatte geduscht und dieses schreckliche Trikot im Mülleimer entsorgt. Mimi hatte Kaffee gekocht, und wir fuhren meinen Computer hoch. Anschließend schrieb ich los:

Sehr geehrte Damen und Herren, im Vereinsheim in Gräpelingen (Anfahrtsbeschreibung anbei) werden Waffen gelagert. Außerdem liegt da Geld herum. Diesen Brief schreibt Ihnen ein aufmerksamer Bürger, der es gut mit Ihnen meint.

»Und? Was meinst du?«, fragte ich Mimi stolz.

»Sehr gut. Jetzt zieh dir Handschuhe an, druck den Brief aus und adressiere ihn an *Die Polizei, Organisierte Kriminalität*. Den Umschlag darfst du auch nur mit Handschuhen anfassen. Es sind immer die Kleinigkeiten, die einen zu Fall bringen«, wusste Mimi.

Genau so machten wir es. Dann fuhren wir mit meinem Auto zum Präsidium, steckten den Brief in den Außenkasten und brausten davon.

»Sehr gut, das wäre auch erledigt«, freute sich Mimi. »Und jetzt habe ich Hunger.«

»Ich auch. Lass uns zum Chinesen, da gibt es mittags immer dieses leckere Buffet.«

Kaum waren unsere Teller leer, klingelte Mimis Handy.

»Oh. Das ist Krischan.«

Mimi meldete sich. Nach ein bisschen Smalltalk sagte sie Krischan zu, dass wir gleich ins Büro kommen würden.

»Irgendwie klang der ein bisschen angespannt. Lass uns lieber mal schnell zu ihm fahren.«

Krischan war nicht wirklich angespannt. Ich hatte eher den Eindruck, er wollte einfach gerne Mimi wiedersehen.

»Na, ihr Süßen, wie läuft es so?«

»Nicht so gut«, sagte Mimi. »Also, wir haben wirklich die Adresse von dem Vereinsheim rausgefunden und haben da kistenweise Waffen und Geld entdeckt. Aber das kannst du bestimmt nicht pfänden lassen, oder?«

»Nee, leider nicht. Das müsst ihr der Polizei melden. Da kommen wir also im Moment nicht weiter. Was anderes: Der Alexander Fricke hat pünktlich seine erste Rate bezahlt. Sehr gut gemacht, Mädels! Bleibt an den Ratenvereinbarungen dran, das klappt am besten. Aber vergesst Diedrichsen nicht. Gibt es da was Neues?«

»Noch nicht so richtig. Aber wir bleiben am Ball«, versprachen wir Krischan und setzten uns an die Telefone. Ich konnte drei neue Vereinbarungen abschließen, Mimi sogar fünf. Glücklich machten wir gegen sieben die Computer aus und wollten los, als Krischan aus seinem Büro kam.

»Hat eine von euch vielleicht Lust, mit mir essen zu gehen?«, fragte er.

Das war deutlich. Er wollte nur mit einer von uns essen, und das war nicht ich.

»Tut mir leid, ich habe keine Zeit. Aber Mimi hat Zeit und auch richtig Hunger. Ihr Magen knurrt schon, geht ihr beide doch. Ich muss jetzt auch los, viel Spaß«, rief ich noch und machte die Tür hinter mir zu. Vielleicht würde Mimi sich ja in Krischan verlieben und darüber Steven vergessen. Wäre ja möglich.

Zu Hause versank ich erst mal in einem duftendem Schaumbad. Das Leben konnte richtig schön sein. Gut, noch schöner wäre es gewesen, wenn ich morgen nicht dreißig werden würde, aber da ließ sich wohl nichts dran ändern. Ich sah mir noch *Germany's next Topmodel* im Fernsehen an und versuchte Nick zu erreichen, aber sein Handy war mal wieder aus. So schlief ich schon tief und fest, als er mich gegen Mitternacht anrief.

»Süße? Schläfst du schon? Kann ich noch vorbeikommen?«

»Klar kannst du das. Ich freu mich auf dich«, antwortete ich und sah zu, dass ich ganz schnell aus meinem grün karierten Flanellschlafanzug mit den springenden Ponys drauf rauskam. Ganz unten in meiner Kommode fand ich ein dünnes, rotes Seidenneglige, das wäre wohl für einen nächtlichen Besuch passender. Ich legte noch ein wenig Make-up auf und wartete.

Zehn Minuten später stand Nick vor der Tür.

»Alles Gute zum Geburtstag, mein süßes Mädchen«, sagte er und küsste mich mindestens drei Minuten lang.

»Danke«, quiekte ich. »Was hast du da in der Tasche?«

Er ging ins Wohnzimmer und packte aus.

»Äh, ich habe erst seit einer halben Stunde Feierabend. Leider hatten schon alle Bäckereien zu«, entschuldigte er sich und schob mir einen aus *Bounty*-Riegeln gebastelten Kuchen zu. In die Mitte hatte er eine Kerze gestellt, die er anzündete. Dieser Mann war so süß.

»Und ich habe auch ein Geschenk für dich. Pack aus.«

Ich packte aus und erstarrte.

»Oh. Wie nett. Ein Buch. Wirklich, ich freue mich, vielen Dank.«

»Guck doch mal rein«, bat Nick.

»Äh, ja, mache ich, nur nicht jetzt, jetzt habe ich ja gar keine Ruhe zum Lesen.«

»Bitte, nur einen Blick. Es sind persische Verse.«

Ich hatte Mühe, meine Gesichtszüge im Gleichgewicht zu halten. Aber gut, auch wenn ich jetzt nicht so die häufige Leserin war, er hatte sich bestimmt etwas dabei gedacht, darum schlug ich das Buch auf. Und sah, dass es gar keine Seiten hatte, sondern ein kleiner Schmuckkasten war. In dem eine wunderschöne Kette mit kleinen Smaragden lag.

»Oh mein Gott, Nick, sie ist wunderschön«, sagte ich leise. »Wenn man solche Geschenke bekommt, ist dieser Geburtstag gar nicht mehr so schlimm.«

Nick antwortete nicht, und ich wandte widerwillig meinen Blick von dieser tollen Kette ab. Er war in die Kissen gesunken und schlief tief und fest.

»Nick?«, flüsterte ich leise. »Nick, so kannst du nicht schlafen. Komm, leg dich ins Bett.«

Da er nicht reagierte, kniff ich ihn ein bisschen.

»Alles Gute zum Geburtstag, Süße«, murmelte er und schlief weiter. Oje, der war ja richtig fertig. Und ich würde es wohl kaum schaffen, einen ein Meter achtundachtzig großen Mann voller Muskeln ins Bett zu tragen. So legte ich eine Wolldecke über ihn und ging ins Badezimmer, um mir die Kette umzulegen. Wow, sah die klasse aus. Die würde ich nie wieder ablegen. Da ich leider nicht mit aufs Sofa passte, musste ich notgedrungen allein ins Bett.

In der Nacht musste Nick wohl doch noch aufgewacht sein, denn als ich morgens die Augen aufmachte, lag er im Tiefschlaf neben mir. Ich duschte, föhnte mir die Haare und zog mich an. Zurück im Schlafzimmer regte Nick sich endlich.

»Oje. Ich glaube, ich bin gestern Nacht einfach eingeschlafen. Tut mir leid, aber ich habe die letzten zwei Tage nicht viel Schlaf gehabt.«

»Das macht nichts. Und die Kette ist so toll. Danke«, strahlte ich.

Er zog mich zu sich ins Bett. »Ich habe noch ein Geschenk für dich. Wir beide fahren dieses Wochenende nach Usedom. Nur wir zwei, kein Handy und niemand, der uns stört.«

Hatte ich schon erwähnt, dass ich es liebe, Geburtstag zu haben?

Ich umarmte ihn so fest, wie ich nur konnte.

»Ganz wirklich? Und niemand ruft dich an und du musst weg?«

»Ganz wirklich. Schlüter weiß Bescheid und Steven auch.«

»Ist das super. Endlich mal Zeit für uns. Das sind die tollsten Geschenke, die ich je bekommen habe. Wann fahren wir los?«

»Gleich nach dem Mittagessen bei deinen Eltern. Deine Mutter hat mich gestern angerufen und mir Bescheid gesagt. Und irgendwas ist da wieder im Busch.«

»Ach, du meinst bestimmt meinen Vater. Der ist in den Wechseljahren.«

»Er ist was?«, fragte Nick fassungslos.

»Also, er ist zumindest fest davon überzeugt. Und er schluckt irgendwelche Tabletten gegen Hitzewallungen. Frag mich nicht.«

Nick schüttelte den Kopf. »Das ist verrückt. Aber ich meinte eher deine Mutter. Sie hat so leise ins Telefon geflüstert, dass ich sie kaum verstanden habe. Aber ich bin ziemlich sicher, dass sie mich gebeten hat, sie beim Treffen der Polizeipensionäre ›einzuschleusen‹. Was immer das heißen soll.«

»Ich glaube, ich weiß es. Sie macht keine Tupperpartys mehr, sondern bringt jetzt älteren Leuten bei, wie Facebook, Twitter und diese ganzen Sachen funktionieren. Und ich glaube, sie wittert neue Opfer.«

Nick küsste mich noch einmal. »Irgendwas ist immer.

Und ich gehe jetzt duschen, dann fahre ich kurz ins Büro, und heute Nachmittag sind wir beide schon auf Usedom.«

»Oh ja! Ich muss packen.« Hektisch sprang ich auf und zog meinen großen Koffer aus der Ecke.

»Süße? Ein Wochenende, okay? Das sind zwei Nächte, und wenn es nach mir geht, wirst du sowieso die meiste Zeit nackt sein. Wozu brauchst du da diesen riesigen Koffer?«

»Das verstehst du nicht. Ich nehme nur das Nötigste mit.«

Fieberhaft überlegte ich, was ich einpacken sollte. Das war gar nicht einfach, schließlich konnte ich für einen Strandspaziergang nicht das Gleiche anziehen wie für ein Abendessen. Ich stapelte Klamotten auf dem Bett, suchte Schuhe dazu und Taschen. Nick verabschiedete sich, und ich grübelte weiter über die perfekten Outfits. Mitten in meine Überlegungen rief Mimi an.

»Hey, alles Liebe zum Geburtstag. Wann kommst du ins Büro? Wir haben eine Überraschung für dich.«

Oh. Überraschungen liebte ich. Der Koffer konnte warten. Ich spurtete los und stand zwanzig Minuten später im Büro. Auf meinem Schreibtisch stand ein großer Blumenstrauß, ein richtiger Kuchen mit Kerzen und zwei eingepackte Geschenke. Dazu sangen Mimi und Krischan *Happy Birthday*.

Warum hatte ich bloß so einen Bammel vor diesem Geburtstag gehabt? Der Tag wurde ja immer besser. Hektisch riss ich Schleifen und Geschenkpapier auf. Vor mir lag die schönste Handtasche der Welt in Knallrot und eine Gesichtscreme und ein Duschgel von *Shiseido*.

Freudestrahlend fiel ich beiden um den Hals. »Danke,

danke! Das sind super Geschenke. Die Tasche habe ich doch letzte Woche in dieser einen Boutique gesehen.«

»Genau. Und ich habe Krischan den Tipp gegeben«, sagte Mimi stolz. »Freust du dich?«

»Und wie«, bestätigte ich. »Und guckt mal hier.« Stolz streckte ich meinen Hals vor.

»Da hat sich aber jemand in Unkosten gestürzt. Ich glaube, dein Freund liebt dich«, staunte Krischan.

»Und ob. Und er hat mir nicht nur die Kette geschenkt, sondern auch ein Wochenende auf Usedom, nach dem Mittagessen fahren wir los.«

»Und ihr bleibt auch das ganze Wochenende da? Nick muss nirgendwo hin?«, fragte Mimi zweifelnd.

»Nein, hat er alles abgeklärt. Keine Störungen. Krischan, du musst heute Mittag mitkommen, bei meinen Eltern gibt es ein Geburtstagsessen.«

Das freute ihn sichtlich, und ich gab ihm die Adresse.

»Mimi und ich müssen jetzt nämlich leider los, auch wenn ich Geburtstag habe – die Arbeit geht vor«, ließ ich Krischan wissen.

Anerkennend sah er mich an. »Das ist ja mal 'ne coole Einstellung. Dann los mit euch, wir sehen uns um zwölf bei deinen Eltern.«

Ich schob Mimi aus dem Büro und zu meinem Auto.

»Wo müssen wir denn hin? Wollten wir nicht telefonieren? Wegen dieser Vereinbarungen?«

»Das muss warten. Ich kann mich einfach nicht entscheiden, was ich für das Wochenende einpacken soll. Du musst mir helfen.«

»Aha! Aber stimmt, Kofferpacken ist harte Arbeit«, bestätigte sie.

Kurz darauf standen wir in meinem Schlafzimmer und blickten auf den großen Stapel voller Klamotten, die ich schon aufs Bett geworfen hatte.

»Bevor wir anfangen – wie war dein Essen gestern mit Krischan?«

»Nett. Wir waren beim Inder, hat gut geschmeckt.«

Nett klang jetzt nicht so nach wilder Leidenschaft. Aber die konnte ja noch kommen.

»Und? Wollt ihr das in Zukunft öfter machen?«

»Weiß ich nicht. Lass uns jetzt packen. Wir fangen mit heute Abend an«, schlug Mimi vor. »Ihr geht bestimmt essen, dafür würde ich dieses schwarze Kleid nehmen, diese Schuhe, und dazu kannst du die neue Handtasche tragen.«

Die ersten Teile wanderten in den Koffer. So arbeiteten wir uns vor bis Sonntagmittag. Mit einem Plan vor Augen war Kofferpacken gar nicht so schwer. Als wir noch Wäsche, Schminksachen und Pflegeprodukte eingepackt hatten, war der Koffer voll. Und schwer.

Vergnügt schleppten wir ihn ins Auto und fuhren zu meinen Eltern. Nicht nur sie warteten schon auf mich, sondern auch Albert.

»Herzlichen Glückwunsch, herzlichen Glückwunsch, ich wünsch dir alles Gute zum Geburtstag«, ließ er mich wissen. Seine Aufmachung war mal wieder mehr als weltmännisch, mit seinem hellblauen Anzug und einem Strohhut auf dem Kopf sah er aus wie Heinz Ehrhard in diesen Fünfzigerjahre-Filmen.

Auch meine Eltern hatten einen Geburtstagstisch für mich aufgebaut, und ich kam aus dem Strahlen gar nicht mehr raus. Den tollen Schal und die Gutscheine von einem Schuhladen und von *Douglas* hatte bestimmt meine

Mutter ausgesucht. Die Einladung zum Innungsball der Klempner schrieb ich dagegen eher meinem Vater zu.

Nachdem auch Krischan erschienen war und wir ihn den anderen vorgestellt hatten, waren wir fast komplett. Meine Mutter guckte nervös auf die Uhr.

»Alice, wo bleibt denn Nick? Wenn wir jetzt nicht bald essen, zerfällt ja alles«, machte sie sich Sorgen.

»Der kommt bestimmt gleich. Wir fangen einfach an.«

»Ist Nick dein Freund? Der große Dunkelhaarige? Du hast doch gesagt, dass er so eifersüchtig ist. Nicht dass der eifersüchtig ist, wenn er mich hier sieht. Der sieht ziemlich stark aus«, fürchtete sich Albert.

Ach ja, da war ja was. »Äh, ich glaube, da ist er drüber weg«, beruhigte ich ihn.

Es gab, wie immer bei meiner Mutter, die gute, deutsche Küche. Schweinebraten, Knödel und Rotkohl. Wenn ich jeden Tag bei ihr essen würde, könnte ich bald meine Klamotten bei *Ulla Popken* einkaufen, aber es schmeckte super. Auch wenn die Personen am Tisch etwas verrückt waren.

Mein Vater schnaufte ins Essen, während ihm Schweißperlen übers Gesicht liefen. Albert informierte Krischan, dass er für sein Leben gern *Monopoly* spielte, und bat ihn, seiner neuen Spielgruppe beizutreten. Meine Mutter sah abwechselnd immer aus dem Fenster und auf die Uhr, während Mimi unter dem Tisch hektisch SMS schrieb. Endlich kam Nick den Gartenweg entlang, und meine Mutter und ich sprangen gleichzeitig hoch. Meinen Blick quittierte sie nur mit einem »Was du immer hast. Ich werde doch wohl in meinem eigenen Haus meine Gäste begrüßen dürfen«. Sie musste irgendeinen Sportkurs belegt haben, denn sie schaffte es tatsächlich, vor mir an der Tür zu sein.

»Nick, wie schön, dass du es geschafft hast. Es ist alles noch warm«, strahlte sie.

Ich schob sie zur Seite.

»Ich freue mich auch, dass du hier bist. Komm mit.«

Beim Anblick von Albert zogen sich seine Augenbrauen etwas in die Höhe, bei Krischans Anblick gingen sie fast bis an den Haaransatz.

»Krischan, nehme ich an. Der Chef, der selbstverständlich immer auf die Sicherheit seiner Angestellten bedacht ist, richtig?«

»Bleib cool, Alter. Alles ist gut.«

Bevor Nick etwas Grantiges erwidern konnte, schoss mein Vater vom Stuhl hoch und rannte zum Fenster.

»Luft, Luft, ich brauche Luft«, schrie er.

»Oh Gott, Herbert, was ist los? Bekommst du einen Herzinfarkt?«, schrie meine Mutter besorgt zurück.

»Bestimmt bald, wenn das so weitergeht. Ich habe den nächsten Hitzeschub«, jammerte er und riss das Fenster weit auf.

»Helfen die Tabletten doch nicht?«, fragte meine Mutter resigniert.

»In der Packungsbeilage steht doch drin, dass es ein paar Tage dauern kann, bis die Wirkung einsetzt. Das habe ich dir doch schon gesagt. Wirklich, in diesem Haus hört mir niemand zu. Das ist doch das Letzte.«

»Beachte ihn gar nicht«, flüsterte ich Nick zu. »Diese Reizbarkeit kommt von den Wechseljahren. Er kriegt sich gleich wieder ein.«

»Mimi«, trompetete Albert. »Mimi, das war eine so gute Idee von dir mit dem Facebook. Ich habe ganz viele neue Freunde. Willst du meine Freunde auch kennenlernen?«

Vor Schreck fiel ihr das Handy aus der Hand. Allerdings

hörte niemand ihre Antwort, denn alle Augen richteten sich auf die Straße, auf der gerade ein Taxi hielt. Meine Mutter begriff die Situation als Erste und sprang auf.

»Melly. Melly kommt nach Hause. Ich wusste doch, dass sie deinen Geburtstag nicht vergessen würde.«

Tatsächlich, meine Schwester stand vor dem Taxi und stritt erbittert mit dem Fahrer. Allerdings bezweifelte ich, dass sie extra von Mallorca angereist war, um mir zu gratulieren.

Meine Mutter schoss raus und erstickte sie fast. »Melly«, hörten wir sie juchzen, »ach, was freu ich mich, dass du zu Alice' Geburtstag kommst. Ich hatte es im Gefühl, wirklich, ich wusste einfach, dass du es heute möglich machen würdest.«

Nun redete der Taxifahrer auf meine Mutter ein, und sie kam zurück ins Haus und holte ihr Portemonnaie.

»Es ist Melly«, informierte sie uns, als hätten wir das nicht alle schon mitgekriegt. »Und sie hat einen sehr unfreundlichen Taxifahrer erwischt. Nur weil das Mädchen kein deutsches Geld hat, zetert er da draußen rum.« Sie verließ die Küche wieder, bezahlte den Fahrer und kam mit Melinda im Schlepptau Richtung Haustür.

»Kein deutsches Geld?«, fragte Mimi mich leise. »Haben die auf Malle nicht auch den Euro?«

Ich war ziemlich sicher, dass sie genau den da hatten.

»Hey, ihr alle und ihr beiden auch, wer immer ihr seid«, grüßte meine Schwester müde die Runde. »Und, Alice, ja, alles Gute zum Geburtstag. Komm mal mit raus.«

Gottergeben stand ich auf und ging mit Melinda in den Garten.

»Was ist los? Ich bin jetzt dreißig und nicht mehr naiv.

Darum kann ich mir nicht vorstellen, dass du wegen meines Geburtstags hier bist.«

»Totaler Vollmist ist. Die haben mich rausgeschmissen, die Drecksäcke. Kannst du dir das vorstellen?«

Ja. Das konnte ich, aber ich behielt es lieber für mich.

»Wirklich? Wie gemein, warum denn?«

»Pffff«, machte Melinda wütend. »Wegen so ein paar Spacken da, die nicht mit meinem Training klarkamen. Ich meine, ist es meine Schuld, wenn die sich so viel Fett angefressen haben, dass sie bei der leichtesten Übungseinheit gleich mit Kreislaufkollaps ins Krankenhaus müssen? Das war nichts als Schmierentheater, nur weil sie sich vor dem Sport drücken wollten. Und wen machen sie zum Sündenbock? Mich. Ist das unfair oder nicht?«

»Wie geht es den Kandidaten denn? Sind die noch im Krankenhaus?«

»Wer interessiert sich dafür? Die haben mich einfach rausgeschmissen. Ich musste meine Kreditkarte überziehen, um überhaupt nach Hause zu kommen.«

»Wieso – bist du pleite? Die haben dich doch bestimmt super bezahlt. Beim Fernsehen verdient man doch richtig viel Geld, oder?«

»Mein Gott, und du willst nicht naiv sein. Weißt du eigentlich, wie teuer das Leben in Spanien ist?«

»Äh, nein. Hast du nicht mietfrei gewohnt und konntest umsonst am Set essen?«

»Ja, kann sein. Aber in der Branche brauchst du die richtigen Klamotten, sonst kommst du nicht weiter. Und das geht richtig ins Geld.«

Gut. Dafür hatte ich Verständnis, aber trotzdem noch eine Frage. »Und wie willst du das Mama erklären? Sie gibt überall mit dir an und erzählt allen Leuten, dass du ein Fernsehstar bist.«

»Weiß ich auch nicht«, gab sie mürrisch zu. »Kannst du ihr das nicht erklären?«

Zum Glück rettete mich Nick vor einer Antwort.

»Süße, wir müssen los, sonst kommen wir in den Stau. Bist du fertig?«

»Melly, wir reden Sonntag. Ich fahr jetzt nach Usedom«, klärte ich sie auf und sah zu, dass ich wegkam. In der Küche bedankte ich mich schnell noch bei allen und atmete erst wieder durch, als Nick meinen Koffer in sein Auto gehievt hatte und wir unterwegs waren.

»Du glaubst nicht, wie ich mich auf dieses Wochenende freue. Ich brauche wirklich mal eine Auszeit«, stöhnte ich erleichtert und lehnte mich an seine Schulter. Er drückte mir einen Kuss auf meine Haare.

»Ich freue mich auch. Trotzdem müssen wir noch eine Sache klären. Warum wolltest du von mir die Adresse von diesem Lui haben?«

Oh. Der anonyme Brief. Anscheinend war er angekommen. Improvisieren, Alice, ganz schnell improvisieren.

»Ach Himmel, äh, das ist jetzt ein bisschen peinlich«, schindete ich Zeit. Ja ha. Ich weiß, dass ich Nick nie wieder anlügen wollte. Aber es gibt Dinge im Leben einer Frau, die müssen nun mal ein Geheimnis bleiben.

»Wieso peinlich?«, wollte Nick wissen.

»Na ja, also, wir haben uns gedacht, dass er und Ronny sich nicht mehr grün sind, seit ihr die Kneipe hochgenommen habt. Und darum haben wir ihn gefragt, ob er nicht irgendetwas über Ronnys Vermögensverhältnisse wüsste. Wir haben gehofft, er würde uns, als Rache an

Ronny, erzählen, wo Ronny sein Geld versteckt hat. Und das Peinliche war, dass er uns ausgelacht hat.«

Nick atmete aus. »Gut. Ich bin erleichtert, obwohl ich es mir sowieso nicht vorstellen konnte.«

»Was konntest du dir nicht vorstellen?«, fragte ich vorsichtig.

»Die Jungs haben ein Vereinsheim und da wurde gestern eingebrochen. Es tut mir leid, aber im ersten Moment habe ich an dich und Mimi gedacht.«

Meinen erschrockenen Blick deutete er als Empörung.

»Wirklich, Süße, tut mir leid. Das war dämlich von mir. Vor allem, weil sich ziemlich schnell herausgestellt hat, dass wohl ein anderer Bikerclub dahintersteckt. Das Ganze ist ein Bandenkrieg.«

Bandenkrieg? Hatten Mimi und ich irgendwie einen Bandenkrieg ausgelöst? Und gab es so was nicht nur in amerikanischen Ghettos?

»Ach. Wieso das denn?«

»Ich kann da jetzt nicht in die Details gehen. Jedenfalls hatten Ronnys Biker im Vereinsheim etwas gelagert, was keine Zivilperson lagern sollte. Darüber wurden wir informiert. Diese Info konnten wir im ersten Moment nicht einordnen, aber nachdem wir Lui über den Einbruch informiert hatten, musste er mit uns dahin, um sich den Schaden anzugucken. Und dann lag die Lösung auf der Hand.«

»Welche Lösung denn?«, piepste ich.

»Von diesen Sachen, die da lagerten, fehlte gar nichts. Dafür aber das Original-Trikot von Mladen Petrić, das er im Spiel gegen Werder Bremen getragen hatte. Ich meine, für so ein Trikot würde vielleicht sogar ich kriminell werden. Also haben sie Ronnys Truppe genau da getroffen, wo es wehtut.«

»Ach was«, kriegte ich heraus.

»Ja, ich weiß, du interessierst dich nicht für Fußball. Aber glaube mir, ein originales, getragenes Trikot, das ist der Hammer. Jedenfalls, zwei Stunden, nachdem wir mit Lui vor Ort waren, haben wir schon gehört, dass ein Kopfgeld ausgesetzt worden ist auf denjenigen, der dieses Trikot geklaut hat.«

Oh mein Gott. Das konnten die doch nicht ernst meinen. Es war doch nur ein schmutziges Trikot, kein Haute-Couture-Teil von *Gaultier* oder *Lagerfeld*. Wegen so etwas setzte man doch kein Kopfgeld aus.

»Nick? Können wir da vorn an der Raststätte mal kurz halten? Ich muss unbedingt mal aufs Klo.«

Kaum stand das Auto, sprang ich raus, rannte zu den Toiletten und schloss mich schwer atmend in der Kabine ein. Okay. Keine Panik jetzt. Ganz ruhig. Gut, hatten die eben ein Kopfgeld ausgesetzt. Aber Mimi und ich gehörten keiner rivalisierenden Bikertruppe an, und genau nach diesen Mitgliedern suchten sie. Niemand würde uns auf die Spur kommen. Niemand hatte uns gesehen. Ich würde das Ganze jetzt einfach ganz schnell verdrängen und mit Nick das Wochenende verbringen. Alles wird gut.

Ich ließ mir ein bisschen kühles Wasser über die Handgelenke laufen und ging dann zurück zum Auto. Von solchen Kleinigkeiten würde ich mir nicht das Wochenende verderben lassen.

»Alles gut?«, fragte Nick.

»Alles gut«, bestätigte ich. »Könnte gar nicht besser sein. Und jetzt reden wir nicht mehr von der Arbeit, ja?«

»Gute Idee. Ich brauche auch mal eine Pause.«

Nach zweieinhalb Stunden fuhren wir über eine Brücke und erreichten Usedom.

»Was hast du für uns gebucht? Ein Hotel?«, wollte ich wissen.

»Besser. Ein Kollege von mir hat ein Ferienhaus in Ahlbeck. Und da fahren wir jetzt hin.«

Das Haus stand in einem kleinen Garten und sah schon von außen so niedlich aus, dass ich meine Sorgen ganz schnell vergaß. Nick schloss die Tür auf, und wir schauten uns staunend um. Ein großes Wohnzimmer lag vor uns, super eingerichtet und sogar mit Kamin. Neben einer weißen Küche und einem kleinen Duschbad ging eine Treppe nach oben, wo sich zwei Schlafzimmer und ein Bad mit Whirlpool befanden.

»Ist ja irre«, entfuhr es mir, als ich mich auf ein großes Bett setzte. »Was ist denn das für ein Kollege, der so viel Geld verdient?«

»Das gehört Büttner, der hat geerbt. Reich wirst du bei uns leider nicht. Aber das hier ist echt fantastisch.«

Während Nick seine Tasche und meinen Koffer holte, hopste ich begeistert auf dem Bett herum. So ein Ferienhaus hätte ich auch gern. Vor allem war es so persönlich eingerichtet, auf dem Nachttisch lagen Bücher, im Wohnzimmer hatte ich gerahmte Fotos gesehen.

Nick hievte meinen Koffer aufs Bett.

»Du brauchst bestimmt eine halbe Stunde zum Auspacken«, grinste er. »Ich guck mal in der Küche, ob Kaffee da ist.«

So lange brauchte ich gar nicht, nach zehn Minuten hatte ich alles verstaut und sah mir in Ruhe das ganze Haus an.

»Wollen wir mal zum Strand?«, schlug Nick vor.

»Ja, wollen wir. Aber dann muss ich mich kurz umziehen«, informierte ich ihn und ging wieder hoch. Dunkelblaue Chinos und eine hellblaue Wickeljacke mit einem cremefarbenen Top darunter waren genau das richtige für einen Strandspaziergang. Und sogar die passenden Schuhe hatte ich dank Mimis System eingepackt, wunderschöne, helle Schnürboots aus Wildleder.

Nick hatte von Mode allerdings weniger Ahnung als Mimi.

»Willst du die Schuhe am Strand tragen? Sind die nicht etwas empfindlich?«

»Die sind doch nicht für den Strand. Nur bis wir beim Strand sind, dann ziehe ich sie aus.« Also wirklich. Als wäre ich zu blöd zu wissen, dass man am Strand keine Wildlederstiefel trägt.

Den erreichten wir nach fünf Minuten. Hier war es viel wärmer als bei uns zu Hause, bestimmt achtzehn Grad, und die Sonne schien auch. Vor uns lag das Meer und ein ganz langer Steg darüber, auf dem sich ein Restaurant befand.

»Sieht das super hier aus«, sagte ich staunend. Wir zogen unsere Schuhe aus und gingen Hand in Hand am Wasser entlang. Mit meiner kleinen Kamera schoss ich bestimmt dreißig Fotos von Nick. Nick von vorn, Nick von der Seite, Nick vor dem Wasser, eigentlich in allen Positionen, in denen er sich bewegte. Als ein älteres Ehepaar auf uns zukam, lief ich sofort auf die beiden zu.

»Würden Sie vielleicht mich und meinen Freund mal zusammen fotografieren?«, bat ich die Frau.

»Klar, gerne. Am besten stellen Sie sich mit dem Rücken zum Meer, das gibt ein schönes Panorama.«

Und ich sollte keine Menschenkenntnis haben. Von all den Leuten hier hatte ich die gefragt, die wahrscheinlich sogar professionelle Fotografen waren.

Nick war es zwar etwas peinlich, aber er legte dennoch pflichtbewusst den Arm um mich und starrte ernst in die Linse.

»Nein, so geht das nicht. Sie sind so ein schönes Paar, einfach locker bleiben, dann machen wir hier tolle Fotos.«

Es klickte bestimmt zwanzig Mal, dann gab uns die Frau die Kamera wieder. »Das sind super Bilder geworden, viel Spaß damit.«

»Danke«, strahlte ich sie an. »Ganz vielen Dank und schönen Urlaub noch. Ist das nicht toll?«, wandte ich mich an Nick. »Die ist bestimmt eine berühmte Fotografin. Und wir haben jetzt die tollsten Bilder von uns, ganz umsonst.«

Gespannt sah ich mir die Fotos an und war völlig begeistert. Besonders von dem, auf dem Nick mich küsste. Das würde ich mir vergrößern lassen und ins Schlafzimmer hängen.

Nach über einer Stunde am Strand wurde ich richtig müde und fing an zu gähnen.

»Gehen wir zurück?«, fragte Nick. »Wir können eine Stunde schlafen und dann essen gehen.«

»Oh ja. Das klingt gut. Ich finde hier alles so super! Das ist das tollste Geschenk, das ich je bekommen habe.«

Nick lächelte. »Freut mich. Du hast jetzt schon richtig Farbe bekommen. Steht dir gut.«

Noch eine gute Nachricht. Auf der Promenade zogen wir unsere Schuhe wieder an und gingen Richtung Ferienhaus. Doch auf der Straße hinter uns hörte ich plötzlich ein ganz fieses Geräusch. Motorräder. Sehr laute Motorräder. Die Rocker hatten mich aus irgendeinem Grunde doch gefunden. Panisch blickte ich mich nach einer Fluchtmöglichkeit um.

»Was ist los? Du bist ja plötzlich ganz blass«, sorgte sich Nick.

Bevor ich antworten konnte, ratterten drei Motorräder an uns vorbei. Darauf saßen allerdings keine Biker, sondern drei ältere Herren, die gemütlich ihre Runden drehten. Ich atmete tief durch. Was hatte ich mir vorhin noch gleich gesagt? Keine Panik. Es wird alles gut.

»Süße?«, fragte Nick nach.

»Oh, alles gut. Ich habe eben nur einen Moment geglaubt, ich hätte meine rote Handtasche zu Hause vergessen. Habe ich aber gar nicht«, behauptete ich. »Mir geht es wirklich, wirklich gut.«

Als wir wieder im Haus waren, hatte ich eigentlich mit Nick etwas ganz anderes vor, als nur zu schlafen, aber zwischen dem Anblick des weichen Bettes und einem Tiefschlaf lagen bei mir höchstens dreißig Sekunden.

Nach zwei Stunden wachte ich zwar allein, aber sehr ausgeruht wieder auf. Ich tappte durchs Haus und entdeckte Nick auf der Terrasse. Er saß auf einem Liegestuhl, hatte ein Bier in der Hand und sah richtig entspannt aus. Ich setzte mich auf seinen Schoß und kuschelte mich an ihn.

»So sollte es immer sein. Ich liebe es hier.«

»Und mich?«, fragte Nick, »liebst du mich auch?«

»Dich liebe ich von allem am meisten. Ich könnte ewig hier mit dir sitzen.«

»Vielleicht ewig mit gelegentlichen Pausen?«, lächelte er und küsste mich auf die Nase. »Ich habe nämlich einen Riesenhunger.«

Jetzt, wo er es sagte, fiel es mir auch auf: Essen wäre nicht schlecht.

»Wollen wir uns was holen und hier draußen essen?«

»Dafür wird es bald zu kalt. Außerdem hast du heute Geburtstag, und ich habe für uns einen Tisch in dem Restaurant auf der Seebrücke reserviert. Schaffst du es, in einer halben Stunde fertig zu sein?«

Das war eine echte Herausforderung. Der ich mich aber natürlich stellen wollte. Gut, um sie zu meistern, war die Zeit nun wirklich zu knapp, aber immerhin eine Dreiviertelstunde später schwebte ich mit glamourösem Make-up und einem sexy Kleid auf die Terrasse. Wo mir bei Nicks Anblick die Luft wegblieb.

»Wahnsinn. Also du siehst, keine Ahnung, du siehst wie ein Filmstar aus.« Nick hatte einen dunklen Anzug an und die Haare aus dem Gesicht frisiert. Auf dem zudem noch ein leichter Bartschatten lag. Er sah unglaublich gut aus.

»Hör lieber auf, irgendwann glaube ich dir das sonst noch«, grinste er. »Ich habe mir nur ein bisschen Mühe gegeben, um mit dir mithalten zu können.«

Ich fand ja, dass er mich mehr als übertrumpfte. Und das meinte wohl auch die Kellnerin im Restaurant, die bei Nicks Anblick ganz wuschig wurde.

»Ich habe den besten Tisch für Sie reserviert«, behauptete sie und führte uns direkt ans Fenster, von dem aus wir das Meer sehen konnten. »Ich heiße Nadine und werde mich heute Abend um Sie kümmern.«

Nicht, wenn es nach mir ging. »Wie schön. Dann können Sie es sicher möglich machen, dass wir die Speisekarte bekommen«, zickte ich sie an.

Kaum war sie weg, sah Nick mich irritiert an. »Warum bist du denn so unfreundlich zu der Frau? Die macht doch nur ihren Job.«

»Ha. Die will was ganz anderes machen. Ich kann es nicht leiden, wenn Frauen sich so aufführen.«

»Süße, Du bist ja eifersüchtig«, stellte Nick erfreut fest.

»Bin ich gar nicht. Ich finde nur, dass man Privates und Berufliches trennen sollte«, versuchte ich meinen Stolz zu retten.

»Oh, alles klar. Dann kann sie sich ja um mich kümmern, wenn sie Feierabend hat, stimmt's?«, grinste er.

»Könnte sie. Aber wenn die Feierabend hat, bist du mit etwas ganz anderem beschäftigt.«

»Ist das ein Versprechen?«, wollte dieser Herzensbrecher wissen.

»Und ob es das ist«, lächelte ich. »Du siehst dermaßen sexy aus heute Abend …«

Diesen intimen Moment störte natürlich dieses Groupie, als es die Speisekarten brachte. Mich würdigte sie keines Blickes, dafür gönnte sie Nick einen ausführlichen Einblick in ihren Ausschnitt.

Nick bemerkte meinen mehr als säuerlichen Gesichtsausdruck und nahm meine Hand.

»Komm, lass dir den Abend nicht verderben. Ich habe mich so auf dieses Wochenende gefreut. Okay?«

Da hatte er recht. Die blöde Kellnerin nervte mich zwar noch, aber Nick hatte mich eingeladen und nicht sie, darum konnte die sich doch gehackt legen.

Das Essen war mehr als gut und der Abend einfach wunderbar. Schon während des Essens hatte es zwischen uns gewaltig geknistert, darum war ich fast überrascht, dass wir beide es noch bis nach Hause ins Bett schafften.

»Das Leben ist schön«, informierte ich Nick hinterher. »Wollen wir jetzt in den Whirlpool?«

»Hört sich gut an. Ich lass Wasser ein und du holst uns etwas zu trinken, okay?«

Zuerst ging ich allerdings in das kleine Bad unten und

restaurierte mich. Sex war wirklich eine richtig gute Erfindung, aber dass man dabei immer seine Frisur ruinierte, war eine Nebenwirkung, auf die ich verzichten könnte. Fünf Minuten später ging ich mit einer Flasche Wasser und zwei Gläsern wieder hoch. Der Whirlpool war voll, und das Wasser blubberte fröhlich vor sich hin. Nick sah allerdings weniger fröhlich aus, denn er lag in der Wanne und schlief tief und fest. Noch eine Nebenwirkung, die keine Frau brauchte. Immerhin schaffte ich es, ihn zu wecken.

»Das war super mit dir im Whirlpool«, behauptete er und wankte Richtung Schlafzimmer. Dann würde ich eben allein baden. Ich schminkte mich ab, legte eine Feuchtigkeitsmaske auf und breitete mich in der großen Wanne aus.

Am nächsten Morgen wachte ich schon wieder allein auf. Na ja, da dieser Mann ständig einschlief, war es ja auch kein Wunder, dass er morgens so früh aufstand. Ich machte mich in aller Ruhe fertig und ging dann in die Küche, aus der es schon nach Kaffee roch.

»Guten Morgen. Ich war schon laufen und habe Brötchen mitgebracht.«

»Ist das Auto kaputt?«, fragte ich. So richtig wach war ich noch nicht.

»Laufen, Süße, so was wie Joggen. Willst du jetzt frühstücken?«

Das wollte ich. Warum man allerdings im Urlaub fast mitten in der Nacht aufstand, um durch die Gegend zu hoppeln, würde ich nie verstehen. Während ich noch darüber nachdachte, warum Leute sich so etwas antaten, machte ich den Küchenschrank auf, um Bretter zu holen.

Da lag allerdings noch etwas anderes, das mir reichlich Angst einjagte.

»Nick?«, rief ich erschrocken. »Da liegt eine Waffe im Küchenschrank«.

»Oh Mist. Die wollte ich noch wegschließen, habe ich gestern ganz vergessen. Tut mir leid.«

»Das ist deine? Warum schleppst du deine Pistole mit in den Urlaub?«

»Äh, na ja, nur so.«

»Nur so? Was meinst du mit – nur so?«

»Ich fühle mich einfach nackt ohne meine Waffe«, murmelte er verlegen.

Ich musste lachen. »Na gut. Ich fühle mich nackt ohne Make-up. Aber könntest du die vielleicht trotzdem irgendwo anders hintun?«

Er verschwand mit diesem Ding nach oben, und endlich konnten wir frühstücken.

Es wurde das perfekte Wochenende. Vor allem, da Nick ohne den ganzen Stress total locker und entspannt war. Viel zu schnell standen wir am Sonntagabend wieder vor meinem Haus, und Nick trug den Koffer hoch. Auf der letzten Treppe vor meiner Tür blieb er jedoch so abrupt stehen, dass ich mit dem Kopf zuerst in ihn reinrannte.

»Geh nach unten. Bleib da, bis ich komme.«

»Wieso? Was ist denn los? Warum soll ich nach unten?«

»Geh einfach. Bitte.«

Beleidigt drehte ich mich um und ging wieder runter. Kaum war er wieder in der Stadt, war er schon wieder so angespannt. Die Erholung hatte ja nicht lange gehalten. Unschlüssig stand ich im Treppenhaus, als Nick endlich auch kam. Mit dem Handy in der Hand, war ja klar.

»Reg dich jetzt bitte nicht auf. Es hat jemand versucht, bei dir einzubrechen. Ist aber nichts passiert.«

»Was? Wie meinst du das? Und woher weißt du das überhaupt?«

»An deiner Tür sind Einbruchspuren, und auf der Matte lehnt eine Mitteilung der Polizei. Die Tür ist aber nicht geöffnet worden. Ich telefoniere mal eben.«

Zitternd ließ ich mich auf die Treppe sinken. Das war eine schreckliche Vorstellung, dass jemand bei mir einbrechen wollte. Wenn die das nun geschafft und meine ganzen Sachen durchwühlt hätten. Vor Schreck fing ich an zu heulen.

Nick beendete sein Telefonat, hockte sich vor mich und umarmte mich. »Nicht weinen, Süße. Es wird alles gut. Niemand war in deiner Wohnung.«

»Was hat die Polizei gesagt?«, schluchzte ich.

»Als deine Nachbarn aus dem dritten Stock gestern Vormittag nach Hause gekommen sind, sind sie auf der Treppe fast von einem Mann über den Haufen gerannt worden. Vor deiner Tür haben sie dann ein Stemmeisen gefunden. Der Typ ist wohl davon ausgegangen, dass deine Nachbarn alle einkaufen oder sonst wie unterwegs sind.«

»Ich muss denen unbedingt einen Strauß Blumen kaufen«, schluckte ich. »Kannst du trotzdem mal gucken, ob wirklich niemand in meiner Wohnung war?«

»Klar, mache ich.«

Nach drei Minuten war er wieder da.

»Es war wirklich niemand in der Wohnung. Du kannst mit reinkommen.«

»Ich will da nicht rein. Ich habe Angst.«

»Du brauchst keine Angst zu haben. Ich bin bei dir,

und der Einbrecher hat die Tür nicht aufbekommen. Nimm meine Hand.«

Ich atmete tief durch und umklammerte Nicks Hand. Die Wohnungstür war tatsächlich nur etwas ramponiert, denn zum Glück hatte ich richtig gute Schlösser. Langsam beruhigte ich mich wieder, aber Nicks Hand ließ ich trotzdem nicht los.

»Wir gehen jetzt einmal durch die ganze Wohnung, damit du selber siehst, dass hier niemand war. Ich bin die ganze Zeit an deiner Seite.«

Nach dem Rundgang ließ ich mich aufs Sofa fallen und zog Nick, dessen Hand ich immer noch fest hielt, mit.

»Und wenn der wiederkommt? Was mache ich dann?«

»Es ist unwahrscheinlich, dass er wiederkommt. Ich gehe davon aus, dass er das Haus schon letztes Wochenende beobachtet hat und wohl zu dem Schluss kam, dass samstagvormittags alle Leute weg wären. Wenn so ein Einbrecher einmal irgendwo fast erwischt worden ist, sucht der sich sofort ein anderes Objekt. Ich schicke morgen trotzdem jemanden vorbei, der dir auch noch einen Riegel und einen Türkette anbaut, ja?«

»Danke. Das ist gut. Ja, ich will einen ganz großen Riegel.«

»Kriegst du, Süße. Und jetzt fahren wir zu mir, und da bleibst du erst mal.«

Das hörte sich gut an. Ich packte schnell meinen Koffer aus und dann mit neuen Sachen wieder ein. Richtig erleichtert war ich aber erst, als wir in Nicks Wohnung waren.

»Weißt du was? Wir beide gehen jetzt ins Kino, das bringt dich auf andere Gedanken«, schlug Nick vor.

Andere Gedanken waren gut. »Und ich darf den Film aussuchen?«, nutzte ich meinen Vorteil.

»Nicht wenn wir wieder in einem *Disney*-Film landen und du mein ganzes Hemd voll heulst«, grinste Nick.

»Das ist nur einmal passiert. Und der Film war auch richtig traurig.«

»Ich glaube, dass die ganzen Kinder, die da waren, ständig nur gelacht haben«, wandte Nick ein.

»Das ist die Verrohung der Jugend. Und jetzt komm, ich weiß nämlich schon, was ich sehen will.«

Eine halbe Stunde später saßen wir in einem wunderbaren Liebesfilm. Der war so romantisch, dass selbst Nick davon gerührt war. Seine Schulter, auf der mein Kopf lag, zuckte jedenfalls sehr verdächtig. Der Mann weinte im Kino! Ich zog meinen Kopf zurück und wollte ihm gerade ein Tempo geben, als ich sah, dass er nicht weinte, sondern tief und fest schlief. Mimi hatte recht – den würde ich nicht mehr ändern.

Zu Mimi fuhr ich am nächsten Morgen als Erstes. Sie öffnete mir schwungvoll die Tür, allerdings trug sie nur einen ganz dünnen Morgenmantel. Außerdem lächelte sie und fragte: »Na, hast du noch was vergessen?« Doch dann sah sie, dass ich es war, die auf der Matte stand. »Oh. Du bist es.«

»Ich will es gar nicht wissen«, sagte ich. »Außer natürlich, du willst es mir erzählen.«

Als Antwort seufzte sie nur.

»Steven«, riet ich.

»Steven«, gab sie leise zurück.

»Hat der hier geschlafen? Was hat er denn seiner Frau erzählt?«

»Die ist weg, zu einer Fortbildung. Und ja, ich weiß es alles selber.«

»Mensch, Mimi, ist doch gut. Das ist dein Leben. Willst du darüber reden?«

»Ja, aber nicht jetzt, okay? Ich gehe erst mal duschen, und dann erzählst du mir von deinem Wochenende.«

Später saßen wir in der Küche.

»Erst mal das Gute. Das Wochenende war einfach traumhaft. Wir hatten ein ganzes Haus für uns, das gehört einem Kollegen von Nick. Mit Whirlpool und Kamin.«

»Und einem Bärenfell davor?«, grinste sie.

Ich grinste auch. »Ohne Bärenfell, aber mit Wolldecken und Kissen ging es auch. Was gar nicht gut ist, dass jemand in der Zwischenzeit versucht hat, bei mir einzubrechen.«

»Oh Gott, wann denn? Warst du da schon wieder zu Hause?«

»Nein, zum Glück nicht. Das war wohl am Samstagvormittag. Der Einbrecher ist gestört worden und kam nicht in die Wohnung. Ich hatte trotzdem totale Angst, als ich die kaputte Tür gesehen habe. Eigentlich habe ich immer noch Angst, deshalb bleibe ich erst mal bei Nick.«

»Würde ich auch machen. Bei meinen Eltern ist auch mal eingebrochen worden, das war richtig traumatisch. Du hast echt noch Glück gehabt.«

»Ja, ich weiß. Aber es ist noch etwas passiert. Es könnte sein, dass wir beide aus Versehen einen Bandenkrieg ausgelöst haben.«

Mimi machte große Augen, und ich erklärte es ihr.

»Alice? Und wenn der versuchte Einbruch mit dem Trikot zu tun hat? Wenn sie dich suchen?«

»Also ehrlich, jetzt hast du die wilde Fantasie. Wie sollen sie denn auf mich kommen?«

»Na ja, wir waren am Donnerstagmittag bei Lui, um uns die Adresse vom Vereinsheim geben zu lassen, und am nächsten Tag erfährt er, dass dort eingebrochen wurde.«

»Gut, okay, falls er eins und eins zusammenzählen kann, wird er sich seinen Teil denken. Aber selbst wenn, er hat doch keine Ahnung, wie ich mit Nachnamen heiße, und ohne einen Namen kriegt er auch nicht raus, wo ich wohne.«

»Und das kann er wirklich nicht wissen? Lass uns mal nachdenken.«

»Er kann es nicht wissen. Nicht mal Ronny kennt unseren vollen Namen, der wollte doch keine Papiere von uns haben.

»Und wenn Lui bei der Tankstelle gefragt hat? Und der Tankwart sich das Kennzeichen vom Auto gemerkt hat?«

»Hallo, Mimi. Erstens, warum sollte er bei der Tankstelle nach uns fragen? Und warum sollte sich ein Tankwart, der drinnen an der Kasse steht, unser Kennzeichen merken? Was meinst du, wie viele Leute da am Tag tanken. Und selbst wenn, dann wären sie bei dir eingebrochen, denn wir waren mit deinem Auto da.«

»Hm. Das stimmt. Gut, dann war es wirklich nur ein Zufall. Hast du das Trikot noch?«

»Ja, das liegt im Mülleimer. Vielleicht sollten wir es Lui mit der Post schicken? Es heißt doch, man trifft sich immer zweimal im Leben. Dann wäre es doch besser, er glaubt nicht, dass wir es gestohlen haben.«

»Ich weiß nicht. Das wäre ja schon irgendwie ein Schuldeingeständnis. Vielleicht tun wir erst mal gar nichts. Aber hol das Trikot aus dem Müll, wer weiß, ob wir das nicht doch noch brauchen.«

»Okay, mache ich. Aber du musst mitkommen, allein trau ich mich nicht nach Hause. Hast du dein Auto wieder?«

»Ja, habe ich am Samstag abgeholt. Dann lass uns jetzt zu dir fahren und danach ins Büro.«

Ich fand mich zwar selbst ein bisschen albern, aber sobald wir in meine Straße einbogen, sah ich mich ständig um. Und durchs Treppenhaus schlich ich so leise es nur ging. Und das war wohl auch gut so, denn meine Wohnungstür stand sperrangelweit offen.

»Oh Gott, weg, schnell weg«, flüsterte ich Mimi zu, und wir rannten in einem olympiareifen Spurt zurück zu ihrem Auto.

»Gib Gas, los, schnell«, kreischte ich hysterisch.

Vier Straßen weiter hielt Mimi an, und ich griff nach meinem Handy.

»Nick?«, heulte ich ins Telefon. »Nick, der Einbrecher ist wieder da. Und diesmal ist er in meiner Wohnung.«

»Ganz ruhig, Süße. Wo bist du jetzt?«

»Mit Mimi im Auto, in der Ludwigstraße. Wir waren schon im Treppenhaus, und dann habe ich gesehen, dass meine Tür ganz weit offen stand.«

Nick atmete tief aus. »Das war kein Einbrecher. Das ist der Schlosser, mit dem wir öfter zusammenarbeiten. Ich habe ihm heute früh gleich meinen Schlüssel gebracht, damit er den Riegel und die Kette anbringt. Fahrt mal bitte zurück und achtet auf einen Kombi mit dem Aufdruck ›Schlüsseldienst Niemeyer‹.«

»Mimi? Wir müssen zurückfahren. Vielleicht war das kein Einbrecher, sondern ein Schlosser.«

Mimi stellte keine Fragen, sondern startete das Auto und fuhr zurück.

»Nick? Bleibst du bitte am Telefon? Falls dieser Kombi da nicht steht?«

»Ich bleib dran. Ich wollte die Sache gern erledigt haben und dass du dich sicher fühlst, nicht dass du wieder Angst bekommst.«

»Du konntest ja nicht wissen, dass ich noch mal in meine Wohnung fahren würde«, antwortete ich großzügig. »So, wir fahren jetzt in meine Straße. Oh. Du hattest recht. Zwei Häuser weiter steht der Kombi.«

»Alles wieder gut?«

»Ja, alles wieder gut. Und Nick? Danke.«

»Kein Problem. Wir telefonieren nachher noch mal, ich muss jetzt los.«

»Also, Mimi, ich habe mich wohl ein bisschen geirrt. Nick hat seinen Schlüssel heute Morgen einem Schlosser gebracht, damit der mir noch so einen Riegel an die Tür schraubt. Wir können wieder hochgehen.«

Mimi nahm das Ganze gelassen, und als wir nun wieder ins Treppenhaus kamen, hörten wir auch laute Bohrgeräusche. Ein Mann in einem Arbeitsanzug stand in meiner Tür und bohrte innen an den Rahmen Löcher. Als er uns sah, schaltete er den Bohrer aus.

»Hallo, ich bin Alice Wörthing, ich wohne hier. Vielen Dank, dass Sie so schnell gekommen sind.«

»Na ja, mit der Polizei sollte man es sich ja besser nicht verderben, stimmt's? Kommen Sie rein, ich muss die Tür jetzt zumachen.«

Wir ließen ihn weiter bohren und schrauben und gingen direkt in die Küche zum Mülleimer. Zwischen einer alten Telefonrechnung und einem Kaffeefilter lag das Trikot. Wir schüttelten vorsichtig den Kaffeesatz ab und packten es in eine Plastiktüte.

»Ich will das nicht hier haben. Wir nehmen es mit ins Büro und schließen es im Schreibtisch ein. Dann können wir immer noch überlegen, was wir damit machen.«

Der Schlosser war mittlerweile fertig und zeigte mir Riegel und Kette.

»Das ist ein Querriegel aus Schmiedestahl, den Sie von innen und außen abschließen können. Ihre Schlösser sind schon richtig gut, aber damit wird die Wohnung zur Festung. Wenn es an der Tür klingelt und Sie auf Nummer sicher gehen wollen, haben Sie die Türkette. Die lassen Sie einfach eingehängt, dann geht die Tür nur fünf Zentimeter auf.«

»Vielen Dank.« Damit fühlte ich mich schon viel sicherer.

Kaum war der Mann weg, fuhren Mimi und ich ins Büro. Auf unserem Schreibtisch lag ein Zettel von Krischan, der uns mitteilte, für zwei Tage außer Haus zu sein.

»Was machen wir? Wollen wir uns jetzt endlich mal um Diedrichsen kümmern?«, fragte ich Mimi.

»Müssen wir wohl. Aber um die Zeit schläft der bestimmt. Ich würde sagen, wir telefonieren mal wieder ein bisschen herum, vielleicht bis mittags, dann schlafen wir ein paar Stunden, und heute Abend fangen wir mit der Beschattung an.«

»Okay, aber diesmal bereiten wir uns vor. Ich besorge Zeitschriften und du etwas zu essen und trinken.« Ich wollte nicht wieder dieses langweilige *Ich sehe was, was du nicht siehst* spielen.

Wieder konnten wir einige Schuldner dazu bewegen, ihre Schulden in Raten abzustottern. Mittags gingen wir schnell etwas essen, dann brachte ich Mimi nach Hause und fuhr zu Nick.

Die Wohnung war leer. Gerade als ich mich ins Bett legen wollte, klingelte das Telefon, und nach ein paarmal Klingeln sprang der AB an. »*Hallo, Nick, hier ist Tina. Du hattest bestimmt zu viel zu tun, um mich zurückzurufen, das verstehe ich. Jedenfalls hoffe ich, dass du heute Abend im Studio bist. Ich könnte deine Hilfe bei der Hantelbank brauchen. Danke und tschüss*«, flötete sie.

Blöde Kuh. Ich konnte mir schon denken, wobei sie Hilfe brauchte, und mit Hanteln hatte das sicher nichts zu tun. Aber Sorgen machte ich mir keine mehr, wusste doch eigentlich jede Frau, dass Männer es nicht leiden können, wenn man ihnen hinterherrennt. Das sollte die in ihrem Alter eigentlich auch wissen.

Ich schlief drei Stunden und machte mich dann für die erste Beschattung meines Lebens zurecht. Bestimmt war die Devise unauffällig zu sein, allerdings erfüllten weder mein normales Styling noch meine Klamotten diese Vorgabe. Ich suchte mir also eine Jeans aus dem Koffer und zog dazu einen schwarzen Pullover von Nick an. Der ging mir zwar bis über die Oberschenkel und war mir ungefähr sechs Größen zu weit, aber er war unauffällig. Im Garderobenschrank fand ich eine schwarze Wollmütze, unter die ich meine Haare steckte. Nun sah ich zwar aus wie eine Kampflesbe, aber wenigstens wie eine unauffällige. Dumm nur, dass mir Nick im Treppenhaus entgegenkam.

Mit zusammengekniffenen Augen betrachtete er mich. »Wo willst du denn in diesem Aufzug hin?«

»Da will ich im Moment nicht drüber reden. Ich erzähle es dir ein anderes Mal.«

»Na, dieser Spruch war ja mal eine tolle Idee von mir. Muss ich mir Sorgen machen?«

»Nein. Musst du ganz bestimmt nicht. Es kann allerdings ein bisschen dauern, bis ich wiederkomme.«

Nick seufzte. »Kann ich mir zu Weihnachten wünschen, dass du dir einen anderen Job suchst? Vielleicht als Kosmetikerin oder Verkäuferin?«

»Es wird sich alles finden«, gab ich philosophisch zurück. »Ich muss jetzt los, aber ich komme heute Nacht wieder.«

Ich war schon fast die Treppe runter, als ich mich noch einmal umdrehte. »Fährst du heute noch ins Fitnessstudio?«

»Hatte ich eigentlich nicht vor, aber wenn du sowieso nicht da bist, ist das gar keine schlechte Idee.«

Mist. »Da wird sich Tina aber freuen. Die hat eine Nachricht auf deinem AB hinterlassen.«

Nick rollte die Augen. »Nicht die erste. Pass auf dich auf.«

Ich ging noch einmal die Treppe hoch und küsste ihn ausführlich. Nur so, damit er mich nicht vergaß. Dann fuhr ich endlich los, nicht ohne unterwegs noch bei einer Tankstelle haltzumachen und mich mit Zeitschriften einzudecken.

Mimi grinste bei meinem Anblick. »Spielst du jetzt in der Damenliga?«

»Sehr witzig. Ich sehe immerhin unauffällig auf. Was man von dir nicht behaupten kann.«

Mimi trug zu cremefarbenen Chinos ein knallrotes Oberteil, und ihre blonden Haare leuchteten wie ein Heiligenschein.

»So kannst du doch niemanden beschatten. Du solltest mal öfter ins Kino gehen, dann weißt du, wie solche Dinge laufen. Also, du brauchst auch was Dunkles.«

»Aber so eine bescheuerte Mütze setze ich nicht auf«,

widersetzte sie sich. »So ein Teil habe ich auch gar nicht. Aber einen Hut, warte mal.«

Sie lief ins Schlafzimmer und kam mit einem sehr niedlichen Strohhut auf dem Kopf wieder. Da waren sogar Kirschen drauf.

»Mimi. Niemand sitzt im Herbst mit einem Strohhut im Auto. Hast du nicht eine Kappe oder so was?«

Sie verschwand wieder im Schlafzimmer. »Habe ich«, rief sie. »Die muss Mark hier vergessen haben.«

Als sie wiederkam, trug sie ebenfalls eine Jeans und einen dunklen Pullover, die hellen Haare wurden von einer Schirmmütze bedeckt, auf der ein Golfer abgedruckt war. Besser als nichts.

»Dann lass uns los. Hast du an was zu essen gedacht?«

Stolz zeigte sie mir eine Einkaufstasche voller Obst, Wasserflaschen und Brötchen. Ich war richtig begeistert von uns, das hier war schon absolut professionell.

Zuerst fuhren wir zur Wohnung von Diedrichsen, doch seinen BMW konnten wir nirgendwo entdecken.

»Also, auf geht's zum Kiez. Da muss er ja irgendwo geparkt haben.«

Wir suchten und suchten, und erst, als wir fast schon aufgeben wollten, entdecken wir den BMW endlich in einer kleinen Seitenstraße. Eine weitere halbe Stunde verging damit, dass wir immer wieder um den Block fuhren, weil nirgendwo ein Parkplatz frei war. Das sah man in den Filmen nie. Endlich fuhr jemand weg. Es war nicht der beste Platz, denn wir waren ungefähr fünfzig Meter vom BMW entfernt, aber besser ging es nicht.

»Das mit der Beschattung war deine Idee. Also, wie hast du dir das denn nun vorgestellt?«, wollte ich von Mimi wissen.

»Ist doch klar. Wir warten hier, bis er losfährt, und dann hängen wir uns an ihn ran. Wir brauchen ein Bewegungsmuster von ihm, verstehst du?«

»Bewegungsmuster« hörte sich sehr professionell an, das war gut. Also warteten wir. Und warteten.

»Pass auf, wir machen das ab jetzt in Schichten«, sagte ich eine Stunde später. »Du übernimmst die erste halbe Stunde, und ich lese die *InStyle*. Danach tauschen wir«, schlug ich vor.

Wir parkten zwar unter einer Straßenlaterne, aber so toll war das Licht nicht, darum musste ich meine Nase tief in die Zeitschrift stecken, um die Klamotten richtig sehen zu können. Doch ein Teil fiel mir trotz des schlechten Lichts sofort ins Auge.

»Mimi, guck dir bloß mal diese geniale Jacke an.«

Wir starrten beide entzückt auf eine taillierte Jacke mit einem Besatz aus Kunstpelz.

»Die sieht klasse aus. Und ist gar nicht so teuer. Wo gibt es die?«, wollte Mimi wissen.

»Müssen wir nach ganz hinten blättern, da sind immer die Herstellernachweise.«

Wir blätterten und blätterten, bis wir die Seiten fanden. Während wir nach dem Hersteller der Jacke suchten, fuhr ein Auto an uns vorbei. Ein aufgemotzter BMW.

»Mimi, so ein Mist. Diedrichsen fährt weg. Schnell, hinterher.«

Schnell war jedoch gar nicht so leicht, denn wir mussten wenden, und das war in dieser vollgeparkten Straße erst mal nicht möglich. Erst nach dreihundert Metern Fahrt in die falsche Richtung konnte Mimi das Auto in einer Einfahrt zurücksetzen und hinter Diedrichsen herfahren. Den wir allerdings nirgendwo mehr entdeckten.

»Bieg da vorn auf die Hauptstraße, vielleicht finden wir ihn wieder«, hoffte ich. Das Glück war mit uns, nach zwei Minuten entdeckten wir das Auto und nahmen die Verfolgung auf. Das war gar nicht so einfach, denn sobald wir den Kiez hinter uns gelassen hatten, wurde der Verkehr weniger und die Straßen leerer. Mimi wechselte immer mal wieder die Spur und wurde langsamer, wenn wir zu dicht an den BMW herankamen. Das machte sie sehr gut, trotzdem war ich froh, als Diedrichsen nach ungefähr zwanzig Minuten auf eine Tankstelle einbog. Wir stellten uns zwei Zapfsäulen weiter hinten hin. Bestens, wir hatten alles im Blick. Unter anderem auch den Mann, der aus dem BMW stieg. Er war mittelgroß, schlank und ohne jeden Zweifel ein Asiat.

»Wer ist das denn? Wieso fährt der denn Diedrichsens Auto?«, fragte Mimi empört.

»Verdammt«, entfuhr es mir. »Guck mal genau hin. Diedrichsens Auto ist schwarz, und das hier ist dunkelblau. Wir haben das falsche Auto verfolgt.«

Bedeppert sahen wir uns an. Das war nicht fair, nachdem wir uns so viel Mühe gemacht hatten.

»Abhaken«, bestimmte Mimi. »Fehler sind dazu da, dass man etwas lernt. Also, fahren wir zurück?«

»Ich weiß nicht. Woher wollen wir denn überhaupt wissen, ob Didi nachts durch die Gegend fährt? Wobei mir einfällt – wir wissen ja gar nicht, ob er überhaupt noch als Geldeintreiber arbeitet, das haben wir gar nicht nachgefragt. Vielleicht macht er ja inzwischen was ganz anderes. Mann, wir sind ja doch schon wieder total schlecht vorbereitet«, seufzte ich enttäuscht.

»Du hast recht«, gab Mimi zu. »Wir müssen nicht sein Auto bewachen, sondern ihn. Und damit wir wissen, was genau er macht, fragen wir Cupgröße-E-Sonja. Die kennt ihn doch.«

»Aber nicht jetzt. In den Laden, in dem sie arbeitet, gehen wir besser nicht. Wir rufen sie morgen an.«

Frustriert machten wir uns auf den Rückweg, nicht ohne unsere albernen Kopfbedeckungen auf die Rückbank zu schmeißen und wenigstens einen Versuch zu unternehmen, unsere Haare wieder einigermaßen in Form zu bekommen. Erst nach einer Dreiviertelstunde war ich zurück bei Nick. Obwohl es schon nach Mitternacht war, saß er noch an seinem Schreibtisch. Ich legte ihm von hinten die Arme um den Hals und lehnte meinen Kopf gegen seinen.

»Na, Süße, Erfolg gehabt mit was auch immer?«

»Nein«, gab ich zu. »Das ist alles gar nicht so einfach. Und was machst du noch?«

»Nur ein paar Unterlagen durchsehen. Bin schon fertig«, sagt er und packte einen Haufen Papiere in die Schreibtischschublade.

»Wie war's denn beim Sport? Was wollte diese Tina von dir?«

»Mit mir in einem schummerigen Weinlokal ihre Hanteltechnik besprechen«, grinste er. »Aber ich habe ihr gesagt, dass du es mir verboten hast, mit fremden Frauen mitzugehen.«

»Dann gibt sie jetzt ja vielleicht mal Ruhe. Aber mit mir darfst du mitgehen. Und zwar genau jetzt«, strahlte ich ihn an und zog ihn mit ins Schlafzimmer. Er hatte nach dem Sport geduscht und roch so gut, dass mir allein von diesem Geruch ganz anders wurde. Wir verbrachten eine sehr vergnügliche halbe Stunde miteinander, bevor ich in seinen Armen einschlief.

Wach wurde ich erst wieder um zehn Uhr am nächsten Morgen. Nick war bestimmt schon lange unterwegs. Eine Stunde später war auch ich fertig und fuhr zu Mimi.

»Ich habe einen Plan«, informierte sie mich. »Jetzt schläft Sonja bestimmt noch, wir rufen sie heute Nachmittag an. Wenn wir dann mehr über Diedrichsen wissen, sieht die Beschattung ganz anders aus.«

»Guter Plan. Und was machen wir bis dahin?«

»Ich brauche ganz dringend hellbraune Stiefel. Was hältst du von einem Besuch im Einkaufszentrum?«

Das war eine rein rhetorische Frage. Eine halbe Stunde später standen wir in einem großen Schuhladen, unserem natürlichen Element. Fünf Minuten später hatte ich ein Paar braune Stiefel mit Blockabsatz und ein Paar pflaumenfarbene Peeptoes in der Hand. Mimi hatte vor sich schon zwei Paar scharfe Sandaletten stehen, in Rot und in Schwarz.

»Ich dachte, du brauchst hellbraune Stiefel?«, amüsierte ich mich.

»Ja, nun, manchmal muss man eben nehmen, was da ist. Und ich bin ja noch nicht fertig.«

»Ich helfe dir gleich«, bot ich an und stellte meine Schuhe neben ihre. »Ich will nur mal eben was gucken.«

Mir war aufgefallen, dass die Badelatschen, die Nick immer zum Sport für die Dusche mitnahm, schon fast auseinanderfielen. Ich würde ihm hübsche neue mitbringen. Die Herrenschuhe waren hinten im Laden, und in der allerletzten Ecke fand ich endlich Badelatschen. Allerdings war ich in dieser Ecke nicht allein, fast stolperte ich über die Füße eines Mannes, der auf einem Hocker saß. Ich blickte auf und war überrascht.

»Hallo, du bist Mike, stimmt's? Wir haben uns bei N…

äh, bei meinem Freund kennengelernt.« Nicht dass Nick hier durch mich noch in Schwierigkeiten kam. Denn während ich das sagte, sah ich, dass neben Mike Büttner noch jemand saß. Nämlich der Mann, den ich mit Nick in den *Kutscherstuben* gesehen hatte. Der Albino.

»Ja, hallo. Im Moment ist es etwas unpassend.«

»Sorry, ich wollte nicht stören«, entschuldigte ich mich und ging zu Mimi zurück. Warum traf sich Büttner mit diesem Typen in einem Schuhladen? Waren die Verhörzimmer im Präsidium alle voll? Oder steckte er gerade mitten in einer verdeckten Ermittlung? Sehr merkwürdig. Doch bevor ich weiter darüber nachdenken konnte, kam mir Mimi, die plötzlich zehn Zentimeter größer war, fröhlich entgegen.

»Guck mal«, strahlte sie und zeigte auf ihre Füße. »Sind die nicht der Hammer?«

»Wow«, staunte ich. Büttner war im selben Moment vergessen. »Die sind ja obercool.«

Mimi hatte hellbraune Stiefel aus ganz weichem Leder gefunden, mit Schnürung und gewölbten hohen Absätzen.

»Das muss unser Glückstag sein. Die sind sogar absolut bequem«, freute sie sich.

Nachdem wir unsere Trophäen bezahlt hatten, gingen wir in Richtung Café. Bevor wir uns dort etwas erholen konnten, holte mich allerdings Büttner ein.

»Alice, hättest du vielleicht mal eine Minute Zeit für mich? Allein?«

»Geh schon mal vor, ich komme gleich«, sagte ich zu Mimi und drehte mich zu ihm um.

»Klar. Was gibt's denn?«

»Na ja, das ist jetzt ein bisschen peinlich. Ich möchte

dich bitten, Nick nicht zu erzählen, mit wem ich mich eben getroffen habe. Also, um ehrlich zu sein, der Mann, mit dem ich gesprochen habe, gehört zu einem Fall von Nick. Aber als ich ihn in dem Laden gesehen habe, dachte ich, ich fühle ihm mal auf den Zahn. Weißt du, ich bin neu in der Abteilung und würde mich gern mehr einbringen.«

»Schadet das Nick denn, dass du jetzt mit dem Mann gesprochen hast?«

»Nein, überhaupt nicht. Normalerweise stecke ich mich nicht in Fälle von Kollegen, es war eben nur so eine Gelegenheit. War blöd von mir.«

»Kein Problem. Ich mache auch manchmal Sachen, die ich vorher nicht so richtig durchdacht habe. Ich werde ihm nichts davon erzählen.«

»Danke, ganz vielen Dank. Es ist für mich nicht so einfach, das ist eine eingeschworene Truppe, und ich bin eben der Neue, verstehst du?«

»Klar. Aber die Jungs sind alle in Ordnung, bestimmt gehörst du bald dazu. Und ich halte einfach meine Klappe.«

Wir verabschiedeten uns, und ich ging zu Mimi. Bei Nick war mir der Mann eher unsympathisch gewesen, aber heute war er richtig nett. Und er hatte recht, besonders Nick und Steven schotteten sich immer gegen andere ab, mit den beiden hatte er es bestimmt nicht leicht.

Den Zwischenfall hatte ich ohnehin einen Moment später vergessen, als ich in einem Schaufenster einen wunderschönen Cashmerepullover mit tiefem V-Ausschnitt entdeckte – in genau dem Pflaumenblau wie meine neuen Schuhe. Das war nicht nur ein Zeichen, das war eine riesengroße Hinweistafel. Ich stolperte fast über meine eigenen Füße, so schnell rannte ich in den Laden. Ein paar Minuten später schlenderte ich mit der nächsten Tüte in meiner Hand und einem breiten Grinsen im Gesicht zu Mimi ins Café.

»Und ob das heute unser Glückstag ist. Guck mal, was ich eben noch gefunden habe«, freute ich mich und zeigte ihr den Pullover. »Und jetzt guck dir das an«, sagte ich und holte die Schuhe aus ihrem Karton. »Genau der gleiche Farbton.«

Mimi freute sich mit mir, und wir aßen einträchtig eine Gemüselasagne.

»Der Typ, der dich eben angesprochen hat, wer war das? Den habe ich schon mal gesehen.«

»Ja, auf Nicks Party. Das ist sein neuer Kollege.«

»Und was wollte der von dir?«

Ich kam nur bis »Das war so …«, als eine Durchsage unsere Ohren erreichte.

»Liebe Kunden, nur heute in unserem Schnäppchenmarkt im Untergeschoss: Alles muss raus, bis zu siebzig Prozent Rabatt.«

Wir wechselten einen Blick, standen gleichzeitig auf und wollten Richtung Untergeschoss laufen. Abrupt drehten wir uns noch einmal um, bezahlten die Lasagne und sahen zu, dass wir nach unten kamen. Wenn alles rausmusste, wollten wir keine Spielverderber sein. Also halfen wir kräftig mit und wankten eine Stunde später schwer bepackt zum Auto.

»Ich finde besonders die Bettwäsche süß. Die mit den kleinen Schäfchen drauf«, sagte ich gerade zu Mimi, als mein Handy klingelte. Meine Mutter.

»Alice, hast du vielleicht mal eine halbe Stunde Zeit und kannst nach Hause kommen? Es geht um eine Familienangelegenheit.«

Oha. Melinda hatte wohl ihren Rausschmiss gebeichtet.

»Ja, ist gut. Ich komme, so schnell ich kann.«

»Was ist los?«, fragte Mimi.

»Ich muss noch mal zu meiner Mutter. Ich bring dich eben zu dir und hol dich später wieder ab, ja?«

»Ja, mach das. Ich will sowieso meine ganzen Sachen auspacken.«

Ich brachte erst meine Tüten nach Hause und saß eine Dreiviertelstunde später mit meiner Mutter und Melinda in der Küche. Meine Mutter war eindeutig auf dem Kriegspfad.

»Weißt du, was diese Verbrecher mit deiner Schwester gemacht haben? Sie unter fadenscheinigen Gründen rausgeschmissen! So was! Aber das lassen wir uns nicht bieten. Das arme Kind, erst schleppen sie es nach Spanien, und dann, einfach so, musste sie ihre Koffer packen. Was ist denn das für ein Verhalten?«, regte sie sich auf.

»Ähm, Melinda, ist denn irgendetwas vorgefallen? Wie haben die das denn begründet?«, tat ich ahnungslos.

»Angeblich wäre mein Sportprogramm zu hart. Ich würde die Kandidaten überstrapazieren und nicht auf ihre Gesundheit achten. Klar, als würden die das tun. Weißt du, wie fett die da alle sind?«

»Na ja, müssen sie wohl sein, das ist doch ein Abspeckcamp. Aber was sollen wir gegen die Kündigung tun?«, wollte ich wissen.

»Wir schalten einen Anwalt ein«, bestimmte meine Mutter. »Und du, Alice, wirst aussagen, dass deine Schwester noch nie irgendjemanden ›überstrapaziert‹ hat.«

Also, meine Nerven schon mehr als nur einmal, aber das gehörte jetzt wohl nicht hierher.

»Jedenfalls, wir gehen zum Anwalt, und der wird diese Firma verklagen, dass ihnen Hören und Sehen vergeht. Da haben sie sich die Falschen ausgesucht.« Meine Mutter war richtig in Fahrt.

»Gute Idee, Mama. Und ich sage gern für Melinda aus. Habt ihr denn schon einen Anwalt?«

»Ja, aus den Gelben Seiten. Der ist spezialisiert auf Arbeitsrecht. Morgen Nachmittag haben wir einen Termin.«

»Da kann ich nicht«, behauptete ich schnell. »Aber dafür braucht ihr mich ja auch nicht. Ich rufe morgen Abend an, dann könnt ihr mir erzählen, was der Mann gesagt hat. Ich muss jetzt auch wieder zur Arbeit.«

Irgendwie kam mir die Geschichte komisch vor. Hätte Melinda nicht erst eine Abmahnung oder so etwas bekommen müssen? Ein ungutes Gefühl sagte mir, dass da noch mehr dahintersteckte. Aber das war nicht mein Problem. Mimi und ich mussten uns jetzt um Diedrichsen kümmern.

»Ich habe schon mit Sonja telefoniert«, berichtete sie mir stolz, als ich bei ihr war. »Also, Diedrichsen arbeitet als Rausschmeißer im *Scharfen Eck*. Da ist er jeden Tag ab acht, verschwindet immer zwischen elf und halb zwölf und arbeitet dann weiter bis gegen drei Uhr morgens. Mehr wusste sie nicht.«

»Das ist doch schon eine Menge. Also hängen wir uns ab elf an seine Fersen. Immerhin wissen wir ja schon, dass er mindestens fünfzigtausend Euro irgendwo hat. Sonst hätte er sich nicht für diesen Anlagefonds interessiert.«

»Richtig. Und wenn wir wissen, wo er sie versteckt, bekommt Krischan sein Geld und wir unsere Provision. Wir müssen um halb elf los. Wollen wir vorher noch ein bisschen ausruhen?«

»Auf alle Fälle. Kann ich hierbleiben? Wenn Nick mitbekommt, dass ich heute Nacht schon wieder arbeite, wird er sich nicht noch einmal mit einem ›Erzähle ich dir ein anderes Mal‹ abspeisen lassen.«

»Klar kannst du hierbleiben.«

Ich rief noch schnell bei Nick an und behauptete, dass Mimi eine kleine Krise hätte und ich heute Nacht bei ihr bleiben würde. War ja nicht mal gelogen.

Um halb elf Uhr abends waren wir startklar. Ich lieh mir von Mimi dunkle Sachen, und im Auto holten wir meine Mütze und ihre Kappe wieder vom Rücksitz.

»Die müssen wir aufsetzen. Er hat uns ja schon mal gesehen. Steck all deine Haare unter die Kappe, falls er uns entdeckt, kann er uns nicht sofort einsortieren.«

Wir kamen genau rechtzeitig zum *Scharfen Eck*. Diedrichsen schlug gerade die Tür hinter sich zu und ging mit wiegendem Schritt ein paar Meter vor uns. Der Kiez war dicht bevölkert, alles voller Touristen und feierwütigen Jugendlichen. Da bestand keine Gefahr, dass er uns sehen würde. Wir folgten ihm ein paar Minuten, bis er an einem Imbissstand haltmachte.

»Ey, Charlie, das Übliche«, bestellte er. Mimi und ich hielten uns im Hintergrund und sahen zu, wie er eine riesige Currywurst mit Pommes bekam.

»Mann, Charlie, ich werd bald richtig sauer. Jeden Abend dasselbe. Das sind zu wenig Pommes.«

»Gar nicht. Das ist genau die richtige Menge. Wenn du mehr willst, musst du eben doppelt bestellen.«

»Was soll der Scheiß denn? Wenn ich einmal Pommes bestelle, will ich auch die normale Portion haben.«

»Das ist die normale Portion. Das sage ich dir jeden Abend.«

Was für ein geistvolles Gespräch. Irgendwann gab Diedrichsen sich aber doch zufrieden mit seiner Portion, aß seine Currywurst, trank zwei Bier und ging dann zurück ins *Scharfe Eck*.

Mimi und ich blieben ratlos draußen.

»Gut, das war jetzt nicht der große Erfolg. Und nun?«

Bevor ich ihr antworten konnte, setzte mein Herz für einen Moment aus. Genau gegenüber, auf der anderen Straßenseite, stand Lui. Und guckte mir direkt in die Augen.

»Scheiße, Mimi, weg, sofort weg. Lui ist da«, rief ich und zog sie panisch mit. Wir rannten in die nächste Gasse. Auch da war es so voll, dass wir einfach nicht vorankamen. Ich wagte einen Blick zurück und sah, dass Lui und noch ein Biker, der auch Stammgast bei Ronny gewesen war, ein ganzes Stück hinter uns waren.

So schnell es ging, schlängelten wir uns durch die Menschenmenge. Mimi zog mich am Arm.

»Da rein, schnell.«

Außer Atem schlüpften wir durch eine Hintertür und befanden uns in einer kleinen Küche, durch die wir durchliefen. Dann standen wir in einem schmalen Flur.

»Hast du eine Ahnung, wo wir sind?«, fragte ich Mimi noch ziemlich außer Atem.

»Nicht die geringste. Aber Lui kann eigentlich nicht gesehen haben, dass wir hier rein sind. Nicht bei den ganzen Leuten draußen. Was machen wir jetzt?«

»Jetzt bleiben wir erst mal hier. Du hättest seinen Blick sehen sollen, der war so was von gemein. Er kann wohl wirklich eins und eins zusammenzählen.«

»Tja. Und durch unsere Flucht kennt er jetzt leider auch das Ergebnis. Das war schon ein Schuldeingeständnis.«

»Was hätten wir denn sonst machen sollen? Du hast ja nicht gesehen, wie der geguckt hat.«

»Glaub ich dir ja. Also, wir warten jetzt hier ein bisschen und nehmen dann den Vordereingang. Hier fahren überall Taxen, wir sollten sehen, dass wir, wenn wir erst draußen sind, auch schnell wegkommen.«

Lange konnten wir in diesem Flur nicht mehr bleiben, denn wir hörten jemanden in die Küche kommen.

»Okay, lass uns den Ausgang suchen«, flüsterte Mimi.

Wir schlichen durch den Flur und öffneten vorsichtig die erste Tür vor uns. Ein weiterer Gang, diesmal der, der zu den Toiletten führte. Als wir durch die nächste Tür gingen, standen wir in einer Tabledance-Bar. Mit gesenkten Köpfen hasteten wir an betrunkenen Männern und fast nackten Frauen vorbei, öffneten die Eingangstür ein kleines Stück und sahen uns um. Kein Lui und kein Bikerfreund zu sehen.

»Schnell, vorn an die Straße, wir halten das nächste Taxi an«, sagte Mimi. Kaum standen wir an der Straße, fiel schwer eine Hand auf meine Schulter. Die andere landete auf Mimis Schulter. Wie erstarrt blieben wir stehen.

»Ihr kommt jetzt ganz ruhig mit. Kein Aufsehen. Kein Geschrei. Einfach mitkommen«, hörten wir Luis Stimme. »Ich möchte mit euch mal ganz ungestört plaudern.«

Das war's mit unserer Vorstellung, er hätte nicht gesehen, wie wir in den Hintereingang gelaufen sind. Sein Kumpel stand bestimmt vor der Hintertür, und Lui hatte sich hier vorn versteckt und auf uns gewartet. Mit festem Griff hakte er sich bei uns unter und schob uns vor sich her.

»Wenn ihr auch nur versucht zu schreien, schlitz ich euch das Gesicht auf«, teilte er uns seelenruhig mit.

Seine Arme hielten unsere schmerzhaft umklammert. Ich war zu keinem Gedanken fähig, wie aufgezogen setzte ich einfach einen Schritt vor den anderen. Mein Kopf war komplett leer, und ich starrte geradeaus, ohne irgendwas zu sehen. Doch Mimi ließ sich von ihrer Angst nicht so schnell unterkriegen. Denn plötzlich schrie Lui vor Schmerzen und hielt sich beide Hände an die Augen.

»Ich bin blind. Scheiße, ich kann nichts mehr sehen«, schrie er.

»Komm«, rief Mimi, »lauf so schnell du kannst.«

Meine Beine bewegten sich immer noch mechanisch, aber immerhin rannten sie jetzt hinter Mimi her. Sie steuerte direkt auf einen Taxistand zu, öffnete die Tür des ersten Wagens und schob mich rein.

Mit fast erschreckend ruhiger Stimme nannte sie dem Fahrer ihre Adresse, und er fuhr los. Durch das Fenster sahen wir Lui an ein Straßenschild gelehnt, sich immer noch die Augen reibend.

»Was hast du gemacht?«, fragte ich mit zitternder Stimme.

»Haarspray«, flüsterte Mimi zurück. »Oh Gott, ist mir schlecht.«

»Mir auch.«

Ich schloss die Augen und atmete tief durch. Ein und aus, ein und aus, bis die Luft nicht mehr stoßweise aus meinem Mund kam. Dazu brauchte ich die ganze Fahrt. Bei Mimi angekommen, ließen wir uns aufs Sofa fallen und guckten uns an.

»Oh Mann, ich bin völlig fertig. Ohne dich hätten wir jetzt vielleicht kein Gesicht mehr. Wie bist du so cool geblieben? In meinem Kopf war gar nichts mehr.«

»Ich weiß auch nicht«, wunderte sich Mimi. »Ich wusste

nur, dass er uns auf gar keinen Fall irgendwohin bringen durfte, wo er mit uns hätte ›ungestört plaudern‹ können. Da hätten wir keine Chance gehabt. Und dann schlug meine Handtasche an mein Bein, und ich dachte an mein Haarspray. Er hat noch gemerkt, dass meine Hand sich bewegte, aber da hatte ich es schon in der Hand und zum Glück genau seine Augen getroffen.«

»Unglaublich, wie du das gemacht hast.« Ich war immer noch ganz zitterig.

»Wir brauchen jetzt erst mal ein großes Glas Wein«, fand Mimi und holte gleich die ganze Flasche. Das erste Glas stürzten wir förmlich runter. Es half tatsächlich, wir beruhigten uns etwas.

»Und weißt du, was wir jetzt machen? Einfach heute Abend nicht mehr daran denken. Morgen ist auch noch ein Tag. Morgen überlegen wir weiter. Aber heute nicht mehr. Ich ziehe mich mal kurz um.«

Mimi verschwand, und ich holte mein Handy aus meiner Tasche. Eine SMS von Nick, in dem er mir eine Gute Nacht wünschte. Süß. Ich simste zurück, dass wir ganz müde wären und schon im Bett liegen würden. Wenn ich jetzt seine Stimme hören würde, müsste ich bestimmt anfangen zu heulen. Und würde mit der ganzen Geschichte rausplatzen.

Mimi kam in einem süßen gestreiften Pyjama wieder.

»Jetzt geht es schon viel besser. Ich habe dir auch schon mal einen Schlafanzug rausgelegt.«

Später saßen wir beide in unseren Schlafanzügen und mit unseren Weingläsern im Wohnzimmer. Ich fühlte mich ein wenig wie bei einer Pyjamaparty.

»Willst du mir jetzt von Steven erzählen?«, fragte ich sie.

»Ja. Du weißt ja, dass ich die ganze Zeit standhaft geblieben bin. Ich habe am Wochenende sogar mein Handy ausgemacht, weil er so oft versucht hatte, mich zu erreichen. Aber als es Sonntagabend an der Tür klingelte, habe ich trotzdem aufgemacht. Also, ich hatte mir eingeredet, dass es bestimmt mein Nachbar wäre, aber eigentlich wusste ich genau, dass es nur Steven sein konnte. Und so war es auch. Und dann war es eben mit meiner Selbstbeherrschung vorbei.«

»Ich finde, du kannst stolz auf dich sein, dass du überhaupt so lange durchgehalten hast. Meinst du denn, ihr beide habt eine Zukunft?«

Mimi zuckte mit den Schultern. »Weiß nicht. Was glaubst du?«

»Ganz ehrlich?«

»Ja, ganz ehrlich.«

»Also gut. Ich glaube nicht, dass ihr eine Zukunft habt. Hat er dir erzählt, warum Teresa so oft zu Fortbildungskursen fährt?«

»Nein. Wir reden nicht über sie.«

»Sie ist erst vor einem halben Jahr befördert worden und nun schon wieder. Inzwischen ist sie Leiterin der Kreditabteilung in ihrer Bank. Verdient da richtig viel Geld. Was meinst du, wie Steven das findet?«

»Nicht gut?«, tippte Mimi.

»Ganz und gar nicht gut. Du weißt doch, wie Steven ist, eigentlich ziemlich ähnlich wie Nick. Beide möchten Frauen haben, die ihnen das Gefühl geben, sie zu brauchen. Das sind eben Machos. Und dass Teresa mittlerweile mehr als doppelt so viel verdient wie Steven, das kratzt an seinem Stolz.«

»Du glaubst also, ich bin für Steven nur eine nette Möglichkeit, sich selbst wieder großartig zu finden?«, fragte Mimi traurig.

»Ich bin sicher, dass er eine ganze Menge für dich empfindet. Aber ja, irgendwie schon. Die beiden sind seit vier Jahren verheiratet, da schleift sich ja ein bisschen was ab. Und nun kommst du, findest ihn toll und zeigst ihm das auch. Das ist für sein Ego natürlich das Größte.«

»Also meinst du, er benutzt mich nur?«

»Na ja, ganz bestimmt nicht bewusst. Du weißt doch, dass Männer nicht gerade dafür berühmt sind, sich viele Gedanken über ihre Gefühle zu machen. Er selber sieht den Zusammenhang wahrscheinlich gar nicht.«

»Mist. Könnte sein, dass du recht hast.«

»Tut mir leid. Aber ich kann mir einfach nicht vorstellen, dass er sich von Teresa trennen würde. Die wollen doch sogar bauen.«

»Stimmt.« Mimi starrte eine Weile vor sich hin. »Weißt du was? Ich bin froh, dass du es mir gesagt hast. Ich rufe ihn morgen an und sage ihm, dass ich ihn nicht wiedersehen will. Noch komme ich aus der Sache mit ein paar Schrammen raus.«

»Das wäre echt das Beste«, stimmte ich ihr zu. »Und außerdem gibt es da ja immer noch Krischan, ich glaube, der ist ziemlich in dich verknallt.«

»Leider aber ich nicht in ihn. Er ist wirklich süß, aber bei mir funkt nichts. Egal. Bestimmt treffe ich bald einen Mann, der weder verheiratet ist noch mich im Schlaf als Pommes-Schlampe beschimpft.«

»Die Wahrscheinlichkeit ist groß. Und ich muss jetzt mal ins Bett. Mir ist das von vorhin doch ziemlich an die Nieren gegangen.«

Trotz allem schlief ich relativ schnell ein und wurde

am nächsten Morgen erst wieder wach, als Mimi mich weckte.

»Es ist schon halb zehn. Wir müssen jetzt mal nachdenken.«

Da war was dran. Wenig später saßen wir uns bei einem Kaffee in ihrer Küche gegenüber.

»Ich habe mir etwas überlegt«, meinte sie. »Wir haben zwei Probleme. Das erste ist das mit Lui. Vielleicht lässt er uns in Ruhe, wenn wir ihm das Trikot zurückschicken?«

»Weiß nicht. Er war schon ziemlich böse. Wir müssten es ihm zwar zurückschicken, aber irgendwie so, dass wir als die Guten dastehen. Nicht als die Einbrecher.«

Dazu fiel uns erst mal nichts ein, also machten wir uns die Haare und schminkten uns.

Mit Make-up im Gesicht kamen mir wieder Ideen.

»Was meinst du dazu: Also, wir sind zum Vereinsheim gefahren, um die Sachen für Ronny zu holen. Aber als wir ankamen, standen fünf Motorräder vor dem Haus. Wir haben uns versteckt und sie beobachtet. Wir konnten sehen, wie sie die Tür aufgebrochen haben und das Trikot geklaut haben.« Ich zögerte. »Mist. Jetzt weiß ich nicht weiter.«

»Nein, so geht das auch nicht. Die Geschichte wäre nicht schlecht, aber wie wollen wir an das Trikot gekommen sein?«

»Weiß ich ja eben auch nicht. Halt, warte, jetzt habe ich es. Ronny hat mich ins Vereinsheim geschickt, um das Trikot zu holen. Davon sollte ich aber niemandem etwas sagen. Dann haben wir gestern von dem Bandenkrieg der Biker in der Zeitung gelesen. Nun haben wir Angst, dass Lui glaubt, wir würden zu dieser anderen Rockergruppe gehören. Darum vertrauen wir ihm, als Ronnys bestem

Freund, das Trikot zur Aufbewahrung an. Weil die Polizei blöd ist und eben von so einem Bandenkrieg ausgegangen ist.«

»Alice, das ist gut. Das könnte funktionieren. Los, komm, wir setzen gleich mal einen Brief auf.«

Ich schrieb los: *Lieber Lui. Das ist alles ein großes Missverständnis. Aber wir hatten gestern Angst, dass du uns, ohne Beweisstück, nicht glaubst. Darum sind wir lieber weggerannt. Also, Ronny hat mich gebeten, das Trikot aus dem Vereinsheim zu holen und niemandem etwas davon zu sagen. Warum, weiß ich nicht. Doch als die Polizei der Zeitung gegenüber von einem Bandenkrieg gesprochen hat, bekam ich Angst, du würdest glauben, ich gehöre der anderen Gang an. Das tue ich aber nicht, ganz bestimmt nicht. Jedenfalls denke ich, dass es das Beste ist, wenn ich dir das Trikot zur vertrauensvollen Aufbewahrung gebe. Ich hoffe, damit sind alle Missverständnisse geklärt.*

Liebe Grüße

Alice

P.S. Tut uns leid wegen des Haarsprays.

P.P.S. Tut uns leid wegen der Tür. Das war ein Unfall.

»Und? Was meinst du?«, fragte ich Mimi.

»Perfekt. Druck den Brief aus, wir nehmen ihn mit ins Büro und schicken ihn mitsamt dem Trikot los. Dann sollte wohl alles wieder im grünen Bereich sein.«

»Sehr gut. Und das zweite Problem, über dass du nachgedacht hast, war sicher Diedrichsen, oder?«

»Genau. Mit diesem Beschatten kommen wir nicht weiter. Ich habe eine andere Idee. Warum fragen wir ihn nicht einfach, ob er seine Schulden bezahlen will?«

»Ihn fragen? Äh, Mimi, ich weiß nicht, ob das so eine

gute Idee ist. Denkst du bitte noch daran, dass er dem Banker die Nase gebrochen hat? Ich glaube, der Mann ist leicht reizbar.«

»Aber ich weiß nicht, was wir da sonst noch machen sollen. Wir waren in seiner Wohnung, da war nichts. Auf dem Kiez macht er eine halbe Stunde Pause in der Frittenbude, und ansonsten arbeitet er. Wie sollen wir denn da überhaupt irgendwas rausfinden?«

»Indem wir ihn tagsüber beobachten. Das war unser Fehler, dass wir ihn bei der Arbeit beobachten wollten. Er arbeitet bis drei Uhr morgens. Dann wird er bis elf, zwölf Uhr mittags schlafen. Und was macht er dann, bis er zur Arbeit muss?«

»Das wäre eine Möglichkeit. Und wir sollten auch an Tatjana denken, die steckt irgendwie mit ihm unter einer Decke.«

Mein armer Kopf rauschte schon von dem ganzen Denken.

»Gut. Dann fahren wir jetzt schnell ins Büro, packen das Trikot und den Brief in einen großen Umschlag und nehmen den auf dem Weg zu Didi mit.«

Den richtigen Durchblick hatten wir immer noch nicht, aber dafür einen Plan. Krischan war am Telefon, wir winkten ihm nur kurz zu, verpackten das Trikot und gingen wieder.

»Da vorn ist ein Briefkasten, halt mal bitte an«, bat ich Mimi. Ich nahm den Umschlag und war auf dem Weg, ein Problem weniger am Hals zu haben. Als Mimi plötzlich sehr laut aus dem Autofenster schrie.

»Halt! Nein, tu es nicht. Nicht einstecken.«

Verdattert ging ich mit dem Umschlag in der Hand wieder zum Auto.

»Wieso denn nicht? Wir waren uns doch einig, dass mein Brief an ihn alles erklärt.«

»Weißt du, manchmal glaube ich, diese ganze Blondierfarbe sickert langsam in unser Gehirn. Woran haben wir denn überhaupt nicht gedacht?«

»Keine Ahnung. Doch, ich weiß. Blöd, ich habe keine Handschuhe angezogen.«

»Nein. Wir haben nicht an den anonymen Brief an die Polizei gedacht. Und an die Waffen und das Geld. Wenn Lui weiß, dass wir das Trikot haben, weiß er auch, dass wir es waren, die die Polizei über die Waffen informiert hat.«

Ich wurde ganz blass.

»Verdammt. Du hast recht. Das Ganze wächst mir langsam über den Kopf«, jammerte ich. »So viele Sachen, an die man gleichzeitig denken muss.«

Ich schob den verräterischen Umschlag unter den Beifahrersitz und stieg wieder ein.

»Wir dürfen jetzt nicht durcheinanderkommen. Einen Schritt nach dem anderen. Bevor wir weiter über das Trikot nachdenken, fahren wir erst mal zu Diedrichsen.«

Wir standen nicht mal eine halbe Stunde in seiner Straße, als er aus dem Haus kam, wieder mit einer Sporttasche in der Hand, und zu seinem BMW ging. Mimi wartete ein paar Sekunden und fuhr dann hinterher. Die Fahrt dauerte keine zehn Minuten, dann bog er auf den Parkplatz eines Fitnesscenters ein. Mit der Tasche in der Hand ging er rein.

»Super. Sind denn heute alle Menschen sportsüchtig?«, ärgerte ich mich, während Mimi auch auf den Parkplatz fuhr. »Jetzt können wir hier mindestens eine Stunde rumhängen.«

»Wollen wir so lange was essen gehen?«, schlug Mimi vor.

»Nee, besser nicht. Ich wette, dann verpassen wir ihn. Lass uns lieber warten.«

Das Warten hatte allerdings bereits nach zehn Minuten ein Ende. Diedrichsen kam wieder raus, warf seine Tasche ins Auto und fuhr zurück zu seiner Wohnung. Während er in seine Straße bog, fuhr Mimi geradeaus. Mit einem sehr nachdenklichen Gesicht.

»Weißt du noch, wie er uns damals im Treppenhaus überrascht hat? Wir hatten beobachtet, wie er genau mit dieser Tasche in sein Auto gestiegen ist. Und daraus geschlossen, dass er zum Sport fährt. Tatsächlich war er aber innerhalb einer halben Stunde wieder da. Genau, wie gerade eben. Kannst du mir mal erzählen, was man für zehn Minuten in einem Fitnesstudio macht?«

Hm. Das konnte ich nicht.

»Das gucken wir uns mal an«, schlug ich vor. »Wir tun so, als ob wir Mitglieder werden wollen.«

Während Mimi wendete und den gleichen Weg zurück fuhr, rief ich Nick an.

»Ich wollte dich auch gerade anrufen. Ich bin ein paar Tage weg. Sobald es geht, melde ich mich bei dir.«

Nachfragen war zwecklos, also seufzte ich nur und wünschte ihm viel Glück.

»Tut mir leid, Süße. Hier ist es etwas hektisch. Ich melde mich.«

»Sag nichts«, bat ich Mimi. »Wie immer.«

Mittlerweile waren wir bei dem Fitnessclub angekommen und gingen rein. Das Studio sah ziemlich edel aus, mit einem großen Tresen am Eingang und viel Chrom und Stahl. Weiter hinten sah man viele glänzende Geräte, und es gab sogar eine Galerie, auf der Crosstrainer, Fahrräder und andere Sachen, an denen man bestimmt seine Ausdauer trainieren sollte, standen. Die Frau hinter dem Tresen war Anfang zwanzig, sehr hübsch und total durchtrainiert. Vielleicht sollte ich doch noch mal einen Versuch wagen. Solche Arme hätte ich auch gern.

»Hallo«, begrüßte Mimi sie. »Wir wollten uns mal das Studio angucken, weil wir hier vielleicht Mitglieder werden möchten.«

»Hallo, ich bin Janice. Das freut mich, ich ruf mal eben an, ob jemand Zeit für euch hat.«

Sie sprach ein paar Sätze ins Telefon und wandte sich dann wieder zu uns.

»Ihr habt Glück, Benny hat gerade Zeit. Normalerweise bräuchtet ihr einen Termin. Wollt ihr gleich ein Probetraining oder euch erst mal nur umschauen?«

»Nur umschauen«, sagten Mimi und ich aus einem Mund.

Ein großer Mann Mitte zwanzig kam auf uns zu.

»Hallo, ich bin Benny und ihr seid …?«

»Alice und Mimi«, antwortete ich für uns.

»Dann kommt mal mit. Unsere Geräte sind alle auf dem neuesten Stand, dazu bieten wir viele innovative Kurse an. Wo liegt euer Hauptinteresse?«

Daran zu erfahren, was Didi hier machte. Aber das wollte Benny sicher nicht hören.

»Och, einfach so ganz allgemein etwas fitter werden«, sagte Mimi.

»Ja, und schöne Arme bekommen«, fügte ich hinzu.

»Also ein Mix aus Geräten, Cardio und vielleicht auch Kursen. Fangen wir im Geräteraum an.«

Er führte uns durch einen riesigen Raum, eher eine

Halle, in der eine Foltermaschine an die nächste gereiht stand. Eine Wendeltreppe führte nach oben.

»Hier sind die ganzen Cardiogeräte. Räder, Crosstrainer, Rudergeräte, alles, was ihr braucht. Nun zeige ich euch noch die Wellnessräume.«

Ach. Wellnessräume. Nun wurde es ja mal interessant.

Wir gingen durch eine große Tür mit Milchglas.

»Wir haben hier eine finnische Sauna und eine Biosauna. Dazu kommen noch Lichtkabinen, Ruheräume und eine Massageabteilung.«

Es war keine Frage, was uns hier im Studio am besten gefiel.

Er zeigte uns noch die Umkleide- und die Kursräume und nahm uns wieder mit zum Empfang.

»Und? Wie gefällt euch unser Studio?« wollte er wissen.

»Also, wirklich professionell«, behauptete Mimi. »Besonders diese modernen Geräte imponieren uns. Wie hoch ist denn der Mitgliedsbeitrag?«

»Wenn ihr das Gesamtpaket nehmt, also Studio, Kurse und Saunabereich, zahlt ihr monatlich neunundsiebzig Euro. Beim Gesamtpakekt entfällt auch die Anmeldegebühr, und ihr könnt das Studio uneingeschränkt nutzen, also von morgens um sieben bis um Mitternacht. Ihr hättet auch noch einen Anspruch auf ein Probetraining vor Vertragsabschluss.«

»Wie sieht denn so ein Probetraining aus?«, fragte ich vorsichtig.

»Könnt ihr euch eigentlich aussuchen. Entweder ein Trainer macht mit euch zusammen die komplette Geräterunde, da solltet ihr gut anderthalb Stunden einplanen. Oder ihr könnt auch bei einem Kurs mitmachen.«

»Wir nehmen den Kurs«, sagte ich schnell.

»Okay, dann lasst uns mal auf den Plan gucken. Also, heute Abend bieten wir Spinning an, wie wär's damit?«

»Das hört sich gut an. Das probieren wir mal aus.«

»Freut mich. Der Kurs fängt um sieben an, ich wünsch euch jetzt schon viel Spaß.«

Er gab uns noch Anmeldeformulare mit, und wir verabschiedeten uns.

»Alice?«, fragte Mimi auf dem Parkplatz. »Was ist Spinning?«

»Einfach nur Fahrradfahren auf Standrädern. Da radeln wir ein bisschen vor uns hin und können die Zeit nutzen, um uns mit den anderen Leuten zu unterhalten, ganz gemütlich. Vielleicht können wir dabei auch ganz vorsichtig nach Didi fragen.«

»Das ist gut. Und so ein bisschen Radfahren bringt uns schon nicht um. Wir holen jetzt deine Sportklamotten und fahren dann zu mir.«

Mimi musste wieder mit hochkommen, aber die Angst vor dem Einbrecher wurde schon weniger. Ich packte die Jazzpants, das Shirt und die Turnschuhe in meine Sporttasche, suchte noch Duschsachen zusammen und war fertig. Bei Mimi gammelten wir noch eine Stunde rum, bis es Zeit war, wieder loszufahren. Im Umkleideraum waren drei Frauen bereits dabei, sich umzuziehen, und Mimi stieß mich grinsend an. Ich musste auch grinsen. Die glaubten wohl, sie würden bei der Tour de France mitradeln, denn sie trugen diese komischen Hosen mit dem gepolsterten Hintern. Wir zogen unsere nicht gepolsterten, dafür aber viel besser aussehenden Hosen an und gingen in den Kursraum. Acht Männer und die drei Frauen saßen bereits auf ihren Rädern.

»Hallo, ich bin Timo«, begrüßte uns der Trainer, der

ganz süße braune Augen hatte. »Kennt ihr euch aus, oder fahrt ihr zum ersten Mal?«

»Keine Sorge, wir kennen uns aus«, bestätigte ich. »Das erste Mal bin ich mit sechs Fahrrad gefahren.«

»Okay, aber trotzdem bitte daran denken: Wenn ihr nicht mehr könnt, einfach hinsetzen und langsam weitertreten.«

Wie meinte der das denn? Wir sollten hier doch wohl Rad fahren und kein Aerobic machen. Und Radfahren tat man doch wohl im Sitzen.

Laute Technomusik setzte ein, und Mimi und ich traten gemütlich in die Pedale. Nach fünf Minuten taten mir allerdings schon die Beine weh. Es war wohl doch schon etwas länger her, dass ich auf einem Fahrrad gesessen hatte. Aber bestimmt würde gleich eine Pause kommen.

Da stellte Timo auch schon die Musik leiser, und ich freute mich auf eine kurze Zeit des Verpustens.

»Okay, alle warm? Dann geht es los«, kündigte er an. Die Musik wurde lauter, und er schrie: »Okay. Auf drei, Widerstand einstellen und aufstehen. Eins, zwei, drei.«

Alle standen jetzt auf dem Rad, daher mussten Mimi und ich das notgedrungen auch tun. Sie beugte sich etwas zu mir und keuchte. »Meine Beine brennen wie verrückt. Du hast doch gesagt, das wird ganz gemütlich.«

»Krieg keine Luft mehr«, keuchte ich zurück. »Wir reden später.«

Nach weiteren drei Minuten fiel ich zurück in den Sattel. Ich war komplett durchgeschwitzt und völlig fertig, während die ganzen Verrückten um mich herum immer noch standen und in einem Wahnsinnstempo in die Pedalen traten. Sogar fröhlich sahen die dabei aus.

Mimi war in ihrem Sattel zusammengesunken. Timo

stellte die Musik leiser. »Ähm, irgendwelche Probleme bei euch beiden?«

»Nein, alles gut«, brachte ich stoßweise hervor. »Aber wir müssen jetzt leider gehen. Super Training, wirklich«, kriegte ich noch raus, dann verließen Mimi und ich diese Folterkammer und sackten in der Umkleide zusammen.

»Ein Bootcamp kann nicht schlimmer sein«, hechelte sie. »Ich glaube, ich kann meine Beine nicht mehr bewegen.«

»Ich will nur noch nach Hause und in die Badewanne«, stimmte ich ihr zu. »Was sind das bloß für Menschen, die so etwas freiwillig tun?«

»Keine Ahnung. Die sind alle bekloppt. Und ich brauche jetzt eine Dusche.«

Geduscht und angezogen setzten wir uns wieder auf die Bank.

»Und jetzt? Melden wir uns an?«, fragte Mimi.

»Es muss einen anderen Weg geben«, hoffte ich. »Lass uns morgen drüber reden, ich will nur noch ins Bett.«

Ich war so fertig, dass ich nicht mal mehr an meine Angst denken konnte. Und da meine Wohnungstür ganz normal aussah, ging ich allein rein, fiel ins Bett und war nach einer Minute eingeschlafen. Das Aufstehen am nächsten Morgen war die Hölle. Ich musste eine Menge Muskeln in meinen Beinen haben, denn jeder einzelne tat weh wie verrückt. Dann musste ich mich meine Treppe herunterschleppen, zu Mimi fahren und mich da wieder die Treppe hochschleppen. Mit schmerzverzerrtem Gesicht fiel ich auf ihr Sofa.

»Mir geht's genauso«, seufzte Mimi. »So einen Muskelkater hatte ich zuletzt bei den Bundesjugendspielen.«

»Kleine oder große Urkunde?«

»Kleine«, musste sie zugeben. »Und du?« »Gar keine. Nur eine Bescheinigung, dass ich teilgenommen habe. Sport war noch nie so mein Ding. Und jetzt?«

»Jetzt müssen wir zuerst ins Büro, Krischan will uns sprechen. Und im Studio melden wir uns an, aber zu unseren Bedingungen.«

»Und wie sehen die aus?«

»Wir fragen Timo, ob er uns Privatstunden gibt. Der wirkte supernett, wenn wir den ein bisschen besser kennenlernen, erzählt er uns vielleicht was über Diedrichsen.«

»Das ist keine schlechte Idee«, musste ich zugeben. »Aber können wir ihn nicht auch ohne den Sport kennenlernen?«

»Wie denn? Nein, da müssen wir durch. Er muss dann eben ganz langsam mit uns fahren. Und für uns ist das auch nicht schlecht. Ehrlich, es ist doch peinlich, wie untrainiert wir sind.«

»Na gut. Dann ruf ich jetzt mal da an und frag ihn, ob er überhaupt Privatstunden gibt.«

Leider war er gar nicht im Studio, wir sollten abends gegen sechs kommen, dann wäre er wieder da. Also fuhren wir ins Büro.

»Na, Schnecken, alles gut?«, fragte Krischan.

»Geht so«, antwortete ich. »In unseren Dateien sind nur noch Kunden, die wir anrufen sollen. Hast du denn niemanden für uns, um den wir uns persönlich kümmern können?«

»Nee, im Moment nicht«, antwortete er und rutschte dabei etwas nervös auf seinem Stuhl. »Ich bin noch nicht dazu gekommen, die Dateien auf den neuesten Stand zu bringen. Erst mal ist nur Telefonieren angesagt.«

Mimi verzog das Gesicht. »Aber das ist langweilig. Und ich versteh das auch nicht. Wir sollten doch genau dazu da sein, uns um die Kunden zu kümmern, bei denen eben etwas faul ist. Die können dir doch nicht ausgegangen sein.«

»Es ist im Moment alles ein bisschen im Umbruch«, erwiderte er unbehaglich.

»Bist du denn mit uns nicht mehr zufrieden?«, wollte ich wissen. »Bisher lief es doch eigentlich ganz gut.«

»Das hat wirklich nichts mit euch zu tun. Natürlich bin ich zufrieden, ihr habt mir innerhalb einer Woche fast fünfzigtausend Tacken verschafft. Es wird auch wieder anders, das verspreche ich euch. Und ihr könnt euch nach wie vor die Arbeit selbst einteilen.«

»Verstehst du das?«, fragte ich Mimi, als wir an unserem Schreibtisch saßen.

»Nö, überhaupt nicht. Aber was will man machen? Telefonieren wir eben diese Woche noch mal, vielleicht von zehn bis drei, und danach kümmern wir uns um Diedrichsen.«

Also setzten wir uns diese blöden Headsets auf und wählten eine Nummer nach der anderen. Die unglaublichsten Geschichten wurden uns aufgetischt, warum im Moment nicht gezahlt werden konnte. Von Schwiegermüttern, die mit der Haushaltskasse durchgebrannt waren, bis zum Meerschweinchen mit Leukämie, dessen Behandlung ein Vermögen kostete, war alles dabei. Momentan hatten wir mit unseren Prozenten von den Ratenzahlungen jeder ein Monatsgehalt von hundertachtzig Euro. Zwar hatten wir im Moment noch ganz gut Geld, vor allem aus der Sache mit dem Segelboot, aber das würde ja nicht ewig reichen. Bis fünfzehn Uhr hatten wir unser Monatseinkommen auf hundertneunzig Euro gesteigert und entsprechend schlechte Laune. Um auf andere Gedanken zu kommen, rief ich Nick an, aber sein Handy war aus.

»Hast du eigentlich schon mit Steven gesprochen?«, fragte ich Mimi.

»Habe ich versucht, aber sein Handy ist seit gestern aus.«

»Genau wie das von Nick. Die sind bestimmt zusammen unterwegs. Nicht dass mir mal jemand was erzählen würde«, sagte ich missmutig.

»Ich glaube, es ist besser, wenn du nicht zu viel weißt«, versuchte Mimi mich aufzumuntern. »Dann kannst du dir auch nicht so viele Sorgen machen. Vielleicht müssen die beiden auch nur jemanden beschatten.«

»Wenn, dann stellen die sich bestimmt geschickter an als wir. Wäre nicht schlecht, wenn sie uns ein bisschen Nachhilfe geben würden.«

Im Radio kamen gerade die Nachrichten, und wir hörten eine Meldung über einen jüngst ausgebrochenen Bandenkrieg.

»In der Nacht wurde das Clubhaus der Montys *überfallen«*, berichtete der Sprecher. *»Es gab zahlreiche Verletzte, sogar Schüsse sollen gefallen sein. Angeblich sollte es zwischen den* Montys *und den* Devils *einen Nichtangriffspakt gegeben haben, doch der ist, aus noch unbekannten Gründen, wohl hinfällig.«*

Verwirrt schauten wir uns an. »Was soll das denn jetzt? Ich dachte, Lui hält uns für die Einbrecher und nicht die *Montys*.«

»Das verstehe ich auch nicht«, gab Mimi zu. »Vielleicht denkt er doch, dass diese *Montys* das Trikot geklaut und es bei sich im Clubhaus versteckt haben? Oder er glaubt womöglich, dass *wir* zu denen gehören? Na ja, egal, das gibt uns zumindest die Möglichkeit, das Trikot jetzt endlich loszuwerden. Und ich weiß auch schon, wie.«

Sie setzte sich an den PC und tippte los:

Alter, das ufert alles langsam aus. Der Einbruch bei euch war eine Einzelaktion von einem Neuen, der uns damit seinen Respekt zeigen wollte. Ist Scheiße gelaufen. Darum schick ich dir das Trikot zurück. Ihr habt gestern ein paar von unseren Jungs übel zugerichtet, damit sollten wir quitt sein.

Ein Monty

»Mimi, das ist fantastisch. Gib mir mal deinen Autoschlüssel, ich hole sofort das Trikot, und dann schicken wir den Brief an Lui.«

Vor dem Briefkasten überlegten wir noch minutenlang, ob wir diesmal wirklich an alles gedacht hatten. Doch, so war es, nirgends gab es Hinweise auf uns. Mit einem lauten »Puh« steckte ich den Umschlag ein.

»Das wäre geklärt«, freute ich mich. »Bandenkrieg beendet und unsere Haut gerettet. Langsam sollte die Polizei uns wirklich mal eine Prämie zahlen.«

»Find ich auch. Dann lass uns mal gleich weiter zum Fitnessstudio. Vielleicht ist Timo ja schon da.«

»Ja, aber wir brauchen neue Sportsachen. Meine muss ich erst waschen, die sind total verschwitzt.«

Also fuhren wir erst zu mir und holten eine neue Hose und ein Shirt und dann zu Mimi.

»Ich hatte nur die eine Hose. Was soll ich denn jetzt anziehen?«, fragte Mimi.

Wir fanden für sie Caprileggins und ein langes Shirt und waren bereit.

»Wir möchten zu Timo, ist der schon da?«, fragten wir Janice, die Frau mit den hübschen Armen.

»Ich guck mal«, erwiderte sie und kam nach wenigen Minuten mit Timo zurück. Mimi hatte recht, der wirkte sehr nett. Und süß sah er aus mit seinen braunen Augen und den hellbraunen Haaren. Da hatte ich gestern gar nicht drauf achten können.

»Hallo, habt ihr euch erholt?«, wollte er grinsend wissen.

»Na ja, so ein bisschen. Wir würden dich gerne mal sprechen.«

»Kein Problem, kommt mit.« Er ging mit uns in ein kleines Büro und setzte sich auf den Schreibtisch.

»Also, das ist so«, begann Mimi. »Wir haben unsere Kondition wohl etwas überschätzt und waren selber ganz schön erschrocken, wie wenig fit wir sind. Daran wollen wir arbeiten, aber für eure Gruppe reicht es wohl noch nicht. Kannst du uns vielleicht Einzelstunden geben?«

Erfreut nickte er. »Klar. Ich bin hier nicht angestellt, sondern gebe nur Kurse. Und mit Einzelstunden kann ich ein bisschen mehr verdienen. Wie viele Stunden wollt ihr denn?«

Gar keine. Ich wollte nie wieder auf so ein Höllenrad Aber was sein musste, das musste wohl sein.

»Dreimal die Woche je eine Stunde, dachten wir. Wenn es nicht zu teuer wird?«

»Also, für eine Einzelstunde berechne ich eigentlich fünfzig Euro. Aber wenn ihr das zusammen macht, habe ich auch nicht viel mehr Aufwand, also sagen wir sechzig Euro für beide?«

Damit konnten wir leben.

»Okay. Können wir gleich anfangen?«

»Leider nicht, der Kursraum ist den ganzen Abend besetzt. Ich hole mal eben den Kalender und schaue, wann es geht.«

Er kam schnell wieder.

»Wie sieht es bei euch mittags aus? Dann ist es hier immer leer.«

»Das passt«, bestimmte Mimi. »Müssen wir dann trotzdem hier Mitglied werden? Wenn wir nur Einzelstunden bei dir nehmen?«

»Leider ja. Aber ihr braucht nicht gleich einen Jahresvertrag zu nehmen, sondern könnt auch monatlich abschließen. Da ist der Beitrag zwar etwas höher, aber ihr müsst euch nicht gleich für ein ganzes Jahr verpflichten.«

Das ging langsam ganz schön ins Geld, aber ich war sicher, dass sich die Investition irgendwann auszahlen würde. Also schlossen wir einen Vertrag ab und verabredeten uns mit Timo für den nächsten Tag um zwölf.

»Eigentlich können wir jetzt zum Italiener fahren«, schlug Mimi vor. »Was meinst du, wie viele Kalorien wir ab morgen verbrennen.«

»Gute Idee. Sportler müssen viel essen.«

Eine halbe Stunde später ließen wir uns unsere Pizza schmecken, und ich dachte an Nick. Was der wohl sagen würde, wenn wir uns endlich wiedersahen und ich durch den Sport eine ganz andere Figur hätte? Nicht dass er glaubte, ich würde für eine Bodybuilder-Karriere trainieren und bekäme bald Arme wie er.

»Du, Mimi, wir müssen aber aufpassen, dass wir es nicht übertreiben mit dem Sport. Also, alles ein bisschen straffer wäre gut, aber ich will keine Muskelberge aufbauen.«

»Nein, ich auch nicht. Hast du mal diese Frauen gesehen, die so viel trainieren? Die haben alle keinen Busen mehr und ganz dicke Beine.«

Ich verzog den Mund. »Das werden wir Timo morgen als Erstes sagen, dass wir das nicht wollen.«

»Willst du bei mir schlafen?«, fragte Mimi im Auto.

»Nein, ich hole nur mein Auto, das steht noch vor deiner Tür. Ich schlafe bei mir, vielleicht ist Nick schon mit was auch immer fertig und kommt heute Nacht noch vorbei«, hoffte ich.

Tatsächlich, um ein Uhr morgens wurde ich durch ein Klingeln an der Wohnungstür geweckt. Warum kam er nicht einfach rein, er hatte doch einen Schlüssel? Dann fiel mir ein, dass ich ihm ja noch gar nicht den neuen Schlüssel für den Querriegel gegeben hatte, und ging zur Tür. Bevor ich sie aufmachen konnte, fiel mir noch die Kette ein. Wenn sich Nick schon so viel Mühe gegeben hatte und der Schlosser extra seinetwegen sofort gekommen war, sollte er auch sehen, dass ich sie benutzte.

Also legte ich sie vor und grinste durch den Türspalt. Dieses Grinsen verging mir allerdings sofort wieder. Nicht Nick stand vor der Tür, sondern Lui. Mit roten, entzündeten Augen machte er in dem Moment, in dem die Tür aufging, einen Schritt nach vorn und knallte mit dem Kopf frontal gegen die Tür. Die Kette hielt, was sie versprach, auch, wenn es verdächtig am Türrahmen knirschte.

Ich schrie vor Schreck laut auf, und Lui rannte, mit einer Hand seinen Kopf haltend, die Treppen hinunter. Keine Minute später ging die Tür von meinem Nachbarn auf.

»Frau Wörthing? Alles okay?«, fragte Herr Schuster, ein Rentner, der mit seiner Frau schon ewig in diesem Haus wohnte.

»Ich weiß nicht«, stammelte ich. »Nein, eigentlich nicht. Ich glaube, hier hat gerade wieder jemand versucht einzubrechen.«

»Ich rufe die Polizei«, sagte er. »Bleiben Sie einfach in Ihrer Wohnung, ich rufe sofort an.«

Ich machte die Tür wieder zu und sank zu Boden. Woher wusste Lui, wo ich wohnte? Das konnte er doch eigentlich gar nicht wissen. Selbst, wenn wir mit dem Brief an ihn irgendetwas falsch gemacht hatten, den konnte er noch gar nicht bekommen haben. Und wenn er nun auf dem Weg zu Mimi war? Panisch rief ich sie an.

Kaum meldete sie sich verschlafen, kreischte ich schon los: »Mimi, mach nicht die Tür auf. Mach auf gar keinen Fall die Tür auf. Lui war eben bei mir.«

Sie wurde sofort wach. »Was? Was ist passiert?«

»Zum Glück kam er nicht rein, ich hatte die Kette vorgelegt. Ich glaube, er hat sich ziemlich doll den Kopf gestoßen.«

»Woher hat er deine Adresse?«

»Ich habe keine Ahnung. Aber vielleicht hat er auch deine, also mach auf gar keinen Fall auf. Wenn es klingelt, ruf sofort die Polizei, okay?«

»Okay«, gab Mimi ängstlich zurück. »Was machst du jetzt?«

»Mein Nachbar hat mein Schreien gehört und holt die Polizei. Sobald die hier sind, bitte ich sie, mich in Nicks Wohnung zu bringen. Hier bleibe ich nicht eine Minute länger.«

»Gut. Ruf mich bitte sofort an, sobald du bei Nick bist. Ich kann jetzt sowieso nicht mehr schlafen. Was erzählst du der Polizei? Sagst du, dass es Lui war?«

»Keine Ahnung. Was meinst du?«

»Besser nicht. Dann müssten wir eine ganze Menge erklären. Kannst du nicht einen Stalker haben?«

»Oh ja, genau. Das sage ich. Wir telefonieren nachher, ich glaube, die Polizei kommt gerade.«

Aus dem Küchenfenster sah ich, wie ein Streifenwagen hielt und zwei Polizisten in Uniform auf das Haus zugingen. Mein Nachbar machte ihnen auf, und sie kamen zu mir in die Wohnung.

»Ihr Nachbar hat gesagt, jemand hat versucht, bei Ihnen einzubrechen, und ist dann geflüchtet. Ist das richtig?«

»Ja«, schluchzte ich. »Es hat an der Tür geklingelt, und ich dachte, es wäre Nick. Und zum Glück hatte ich diese Kette da vorgeschoben, sonst wäre er reingekommen.«

Die Polizisten betrachteten die Tür, und jetzt sah auch ich, dass das Holz ein wenig gesplittert war und Blut daran klebte. Das machte mich noch blasser.

»Beruhigen Sie sich erst mal. Soll ich Ihnen ein Glas Wasser holen?«, fragte mich der erste Polizist freundlich.

»Ja bitte.«

Hektisch trank ich das Wasser aus.

»Kannten Sie den Eindringling?«, kam die nächste Frage.

»Ich weiß nicht«, sagte ich zaghaft. »Ich glaube schon.«

Er zückte einen Notizblock. »Können Sie mir seinen Namen geben?«

»Nein«, behauptete ich. »Also, ich habe den öfter gesehen und schon überlegt, ob das wohl ein Stalker ist. Weil der mich auch mal im Supermarkt und hier unten auf dem Parkplatz angesprochen hat. So schleimig, wissen Sie? Er meinte, er wäre in mich verliebt, und fragte, ob ich mit ihm mal etwas trinken gehen würde.«

»Dazu ist es nicht gekommen, nehme ich mal an?«

»Nein, auf keinen Fall. Erstens fand ich den eklig, und zweitens bin ich ja auch mit Nick zusammen.«

»Wer ist dieser Nick?«

»Ein Kollege von Ihnen. Nick Wegener.«

In den zweiten Polizisten, der die ganze Zeit über eher gelangweilt geguckt hatte, kam Leben. »Nick Wegener? Vom OK?«

»Wenn OK Organisierte Kriminalität heißt, ja. Da arbeitet er.«

Plötzlich wurde er ganz eifrig. »Es tut mir wirklich leid, dass Sie mitten in der Nacht so einen Schreck bekommen haben. Sehr vernünftig von Ihnen, eine Kette vor der Tür zu haben, wirklich, wir hätten weniger Arbeit, wenn mehr Leute so vernünftig wären wie Sie. Ich gebe Ihnen mal meine Karte. Sollte der Stalker noch einmal hier auftauchen, rufen Sie entweder mich oder gleich die 110 an. Dann haben wir vielleicht eine Chance, den Kerl zu schnappen.«

Ich warf einen Blick auf die Karte. Polizeihauptmeister Nils Böhning.

»Können wir sonst noch etwas für Sie tun?«

War nicht schlecht, wenn man mit einem Polizisten zusammen war. Der riss sich jetzt ja fast ein Bein aus.

»Also, ja, aber nur, wenn es Ihnen nichts ausmacht. Ich möchte heute Nacht nicht hierbleiben. Können Sie mich vielleicht zu Nicks Wohnung bringen? Ich habe immer noch ziemlich viel Angst.«

»Das ist verständlich«, nickte Herr Böhning. »Und nein, das macht uns gar nichts aus. Wo müssen wir denn hin?«

Ich gab ihnen Nicks Adresse, und sie fuhren mich nicht nur hin, sondern kamen sogar noch mit hoch. Die Tür war abgeschlossen, also war Nick leider noch nicht wieder da.

»Hier sind Sie sicher. Und denken Sie daran – das nächste Mal sofort anrufen.«

Die beiden zogen ab, und ich ging in die Wohnung, nicht, ohne hinter mir noch zweimal abzuschließen. Dann rief ich Mimi an.

»War Lui auch bei dir?«

»Nein«, konnte sie mich beruhigen. »Hier war niemand. Zumindest bisher. Und du? Bist du bei Nick?«

»In seiner Wohnung. Er ist nicht hier, aber wenn Lui schon weiß, wo ich wohne, weiß er vielleicht auch, dass ich mit Nick zusammen bin. Andererseits, so blöd, bei einem Polizisten einzubrechen, wird er wohl nicht sein. Also bin ich hier erst mal sicher.«

»Gut. Dann lass uns mal versuchen, ob wir noch ein bisschen schlafen können. Ich glaube nicht, dass Lui auch meine Adresse hat, sonst wäre der doch bestimmt schon hier aufgekreuzt. Treffen wir uns morgen um zehn im Büro und reden dann weiter?«

»Okay, schlaf gut und bis morgen.«

Ich ging gar nicht erst in Nicks Bett, ich war aufgedreht wie ein Technojünger nach der zweiten Ecstasy-Tablette. Mir ging die Frage nicht aus dem Kopf, wie Lui an meine Adresse gekommen war. Ich holte einen Block aus Nicks Schreibtisch und begann ganz von vorn. Lui hatten wir durch Ronny kennengelernt. Ronny wusste nur, dass wir Alice und Mimi heißen, mehr nicht. Nur mit zwei Vornamen in der Hand würde er in einer Großstadt keine Adresse oder sonstige Infos bekommen. Ich schrieb Seite für Seite voll, jede Kleinigkeit in der Kneipe, an die ich mich erinnerte. Aber wir hatten die ganze Zeit Abstand zu den Leuten gehalten und über uns selbst überhaupt nichts erzählt. Dann kam ich zu dem Einsatz der Polizei.

Da hatten wir zwar unsere Namen und Adressen angeben müssen, aber von der Seite konnte Lui meine Adresse auch nicht haben. Warum sollte Schlüter oder einer seiner Mitarbeiter auch Lui meine Adresse geben? Das ergab keinen Sinn.

Plötzlich kam mir eine Idee. Der Besuchsantrag für Ronny. Darauf stand meine Adresse. War der Antrag auch an Ronny weitergegeben worden? Das könnte ich gleich morgen, nein, heute früh rausfinden.

Erst nach drei Uhr war ich endlich so weit, ins Bett gehen zu können. Als um acht Uhr der Wecker klingelte, war ich komischerweise nicht müde, sondern hellwach. Ich machte mich in Nicks Badezimmer fertig, zog mich an und fuhr zum Gericht. Direkt zu der Geschäftsstelle, in der Frau Thomas saß.

»Guten Morgen. Ich weiß nicht, ob Sie sich an mich erinnern? Ich habe letzte Woche hier einen Besuchsantrag für Ronald Schweder gestellt.«

»Ja, ich erinnere mich«, lächelte sie. »Und nun möchten Sie Ihren Freund noch einmal besuchen, richtig?«

»Äh, nein, nicht richtig. Wir haben uns getrennt«, behauptete ich. »Aber ich habe eine Frage. Der Besuchsantrag, den ich gestellt habe, hat Ronny davon eine Kopie bekommen?«

Erstaunt sah mich Frau Thomas an. »Nein, wie kommen Sie denn da drauf? Der Antrag geht zum Haftrichter, der prüft ihn, und dann kommt die Genehmigung oder auch mal die Ablehnung.«

»Und es werden dem Gefangenen nicht die Daten der Person, die ihn besuchen will, gesagt?«

»Nein«, bekräftigte sie, »dafür gibt es keinen Grund. Es ist sogar so, dass der Gefangene überhaupt nicht vorher über den Besuch informiert wird. Wissen Sie, es kommt immer wieder vor, dass Besuchsanträge gestellt werden, aber die Besucher dann doch nicht auftauchen. Stellen Sie sich vor, Sie sitzen in einem doch eher tristen Gefängnis, was meinen Sie, wie Sie sich auf Besuch freuen würden? Und wenn der dann nicht erscheint, sind die Insassen natürlich enttäuscht, manche auch aggressiv. Um das zu vermeiden, wird der Häftling erst geholt, wenn der Besuch da ist.«

Richtig. Jetzt fiel mir auch wieder ein, wie überrascht Ronny gewesen war, als er mich gesehen hatte.

»Vielen Dank. Das wollte ich nur wissen«, sagte ich und fuhr weiter ins Büro. Nachdem diese Möglichkeit auch ausfiel, war ich mit meinem Latein am Ende. Mimi ging es genauso.

»Heute müsste er das Trikot und den Brief in der Post haben. Wahrscheinlich ist die Sache damit erledigt«, tröstete sie mich. »Trotzdem müssen wir in der nächsten Zeit noch ein bisschen vorsichtig sein. Geh nirgendwo allein hin, bleib in Nicks Wohnung und pass einfach auf, ja?«

Ich hoffte, dass sie recht hatte. Und es hieß ja auch, man treffe sich immer zweimal im Leben, nicht dreimal. Das musste ja was zu bedeuten haben. Wir telefonierten bis mittags und machten uns dann auf den Weg zum Fitnessstudio. Im Büro war es mir eigentlich ganz gut gegangen, aber hier, auf der Straße, kam die Angst zurück. Ich atmete erst wieder ruhiger, als wir unsere Sporttaschen, die noch von gestern im Auto lagen, in der Hand hielten und in das Studio gingen.

Im Eingang blieb ich abrupt stehen. »Mimi, kann es sein, dass Diedrichsen hier ist?«, fragte ich erschrocken. »Nicht dass der uns hier sieht.«

»Nein, ich habe sein Auto nicht auf dem Parkplatz gesehen«, beruhigte sie mich. Daran hatte ich gar nicht gedacht, auf sein Auto zu achten. Ich musste mich mal ganz dringend wieder in den Griff kriegen.

Wir zogen uns um und gingen in den Kursraum, wo Timo uns schon zwei Räder hingestellt hatte. Er selbst saß bereits auf seinem Rad neben der Musikanlage.

»Hallo, schön, dass ihr hier seid. Wir fangen mit ganz ruhigem Radfahren an.«

Die erste gute Nachricht seit letzter Nacht.

Timo hatte nicht zu viel versprochen, selbst die Musik war ruhig, es dröhnten uns keine Technobeats an. Trotzdem war es verdammt anstrengend. Mimi und ich hatten schon nach dreißig Minuten normalem Fahren rote Gesichter und verschwitzte Haare.

»Okay, das macht ihr super. Jetzt mal zehn Minuten ganz langsam fahren, einfach nur erholen.« Das musste er uns nicht zweimal sagen, und nach den zehn Minuten war unser Puls auch wieder im Normalbereich.

»Ihr haltet fantastisch durch«, lobte uns Timo. »Das macht richtig Spaß mit euch. Und, wollt ihr mal zwei Minuten versuchen, im Stehen zu fahren?«

Versuchen konnten wir es ja, wenn er sich schon so viel Mühe mit uns gab. Die Beine brannten danach zwar, aber wir waren auch stolz auf uns.

»Ihr habt es geschafft, die Stunde ist fast zu Ende«, freute sich Timo. »Die letzten zehn Minuten wieder nur ganz ruhig und langsam fahren.«

Soo schlimm war es eigentlich gar nicht gewesen, aber eine wichtige Sache fiel mir noch ein.

»Sag mal, Timo, wie schnell wachsen denn Muskeln? Also, wir wollen nicht so gerne aussehen wie Bodybuilder.«

Timo lachte. »Entschuldigung, tut mir leid. Ich lache euch nicht aus, aber bei einer Stunde Radfahren ist die Gefahr gering. Wenn ihr in den Bodybuilder-Bereich wolltet, müsstet ihr, als Frauen, jeden Tag ungefähr sechs bis sieben Stunden trainieren, und zwar mit Gewichten. Und auch dann dauert es Monate. Wenn ihr beim Spinning bleibt, braucht es ungefähr vier bis sechs Wochen, bis ihr Erfolge seht. Und mit Erfolgen meine ich keine Muskelberge, sondern eure Körper werden insgesamt straffer und fester, besonders am Hintern merkt ihr das.«

Vielleicht sollten wir diesem Sport mal eine Chance geben. Aber Mimi dachte schon weiter als ich.

»Du bist ein richtig toller Trainer. Wieso darfst du denn hier nur Kurse geben und nicht fest arbeiten?«

»Danke«, freute sich Timo. »Bis vor zwei Monaten war ich auch angestellt, aber dann gab es hier ein paar Probleme. Der Besitzer musste alles ein bisschen zurückfahren, aber es sieht so aus, als ob es langsam wieder bergauf geht.«

»Ach so«, nickte Mimi verständnisvoll. »Bekommt ihr jetzt wieder mehr neue Mitglieder?«

»Denke schon«, gab Timo unbestimmt zurück. »So, jetzt dürft ihr absteigen, dann machen wir noch ein bisschen Stretching, und ihr seid für heute fertig. Sehen wir uns übermorgen wieder um zwölf?«

Meine Beine taten schon wieder weh wie verrückt, aber für Infos und einen straffen Po würde ich es überleben.

»Klar, machen wir. Vielen Dank für heute«, verabschiedeten wir uns von ihm. Mimi gab ihm noch seine sechzig Euro, und wir sahen zu, dass wir unter die Dusche kamen.

»Hm. War eigentlich gar nicht so schlecht, oder?«, fand Mimi.

»Erstaunlicherweise wirklich nicht. Ich bin die ganze Stunde gar nicht dazu gekommen, an Lui zu denken.«

»Super. Und findest du das nicht auch komisch? Erst hat der Besitzer solche Probleme, dass er seine Angestellten entlassen muss, und nach nur zwei Monaten ist alles anders. Denkst du auch, was ich denke?«

»Diedrichsen? Glaubst du, der hat hier investiert?«

»Genau das. Wir fragen Timo am Freitag, ob er abends Lust hat, mit uns was trinken zu gehen. Weil wir uns bei ihm für das tolle Training bedanken wollen. Vielleicht wird er nach ein, zwei Bier ein bisschen gesprächiger.«

»Guter Plan. Und jetzt müssen wir zurück ins Büro. Vielleicht hat Krischan ja inzwischen die Dateien auf den neuesten Stand gebracht, und wir brauchen nicht mehr zu telefonieren.«

Ich machte es mir auf dem Beifahrersitz bequem und streckte meine Beine aus. Die fühlten sich an, als wäre ich einen Marathon gelaufen. Mein Handy zeigte an, dass ich bereits drei Anrufe verpasst hatte. Bestimmt war Nick wieder da. Gerade als ich ihn anrufen wollte, klingelte das Telefon wieder. Leider stand im Display nicht »I love Nick«, sondern schlicht und einfach »Mama«.

»Hallo, Mama, ich wollte dich auch gerade anrufen«, log ich.

»Das wolltest du doch schon gestern machen. Wir waren beim Anwalt, und der sieht das sehr positiv für Melly. Er hat erst mit ihr allein gesprochen und dann sogar schon ein Fax nach Spanien geschickt, dass wir der Kündigung widersprechen. Vielleicht hat sie ihren Job schon nächste Woche wieder.«

»Super, Mama, das freut mich. Seid ihr zu Hause? Dann komme ich heute Nachmittag vorbei.«

Meine Mutter freute sich darüber. Und ich mich auch, denn ich hatte einen Plan. »Mimi? Vielleicht fährt Diedrichsen morgen Mittag wieder ins Studio. Wir warten vor seinem Haus und nehmen meine Schwester mit. Und wenn er zum Studio fährt, kann Melinda mit reingehen und mal gucken, was er so macht. Sie kennt er ja nicht.«

»Das wäre klasse, aber meinst du, deine Schwester macht das?«

»Umsonst nicht«, musste ich zugeben. »Aber wenn ich ihr fünfzig Euro dafür gebe, bestimmt. Ich frage sie nachher.«

Im Büro waren die Dateien immer noch auf dem alten Stand, also hieß es für uns wieder an die Telefone. Um drei Uhr schaltete ich meinen PC aus.

»Ich fahre jetzt zu meinen Eltern und frage Melinda. Magst du mit zu meinem Auto kommen? Ich habe Angst allein.«

»Klar, mache ich. Ich glaube, du brauchst irgendeine Waffe. Damit würdest du dich sicherer fühlen«, überlegte Mimi. »Da, nimm den mit«, sagte sie und zeigte auf einen Regenschirm, der im Schirmständer stand.

Vielleicht nicht die schlechteste Idee. Ich umklammerte den Schirm und ging hinter Mimi zu meinem Auto. Von Lui oder einem Biker war weit und breit nichts zu sehen. Mit dem Regenschirm auf dem Beifahrersitz fuhr ich zu meiner Mutter.

Die überfiel mich gleich an der Tür. »Sag mal, wo steckt Nick denn? Er wollte doch mit mir zum Pensionärstreffen und mir da ein paar Leute vorstellen. Das ist schon in zwei Tagen, und ich erreiche ihn einfach nicht.«

Davon, dass Nick meiner Mutter pensionierte Polizisten vorstellen sollte, wusste er mit Sicherheit noch gar nichts.

»Der hat einen Einsatz, ich weiß nicht genau, wann er wieder da ist. Aber sobald ich ihn sehe, bitte ich ihn, dich anzurufen.«

»Gut, danke. Ich brauche neue Kunden, bisher habe ich nur einen Kurs, einmal in der Woche. Das ist etwas wenig.«

»Wo ist Melinda denn?«, wollte ich wissen.

»Oben, in ihrem Zimmer. Sie sollte für den Anwalt einige Details aufschreiben, da sitzt das arme Mädchen schon seit zwei Stunden dran.«

»Ich gehe mal hoch und schaue, ob ich ihr helfen kann«, behauptete ich.

»Das ist lieb von dir. Ich fahre schnell in den Supermarkt, dann können wir heute Abend alle zusammen essen. Das letzte Mal ist ja schon viel zu lange her.«

Auf dem Küchentisch entdeckte ich neue Medikamente.

»Schluckt Papa immer noch seine Tabletten gegen Hitzewallungen?«

Meine Mutter guckte grimmig. »Diesem Spuk habe ich ein Ende gesetzt und ihn zum Arzt geschleift. Und weißt du, was sich herausgestellt hat? Dein Vater leidet an einer Überfunktion der Schilddrüse, daher kam das Schwitzen. Mit diesen Medikamenten wird die Schilddrüse richtig eingestellt. Und nun schwitzt er nicht mehr.«

»Na, das ist ja mal was. Gut, dann gehe ich jetzt hoch zu Melly.«

Ich ging hoch. Der Schreibtisch war verwaist, dafür lag Melinda in ihrem Bett und schlief den Schlaf der Gerechten.

»Aber Melly, was soll das denn? Du musst dich doch

kümmern, so etwas erledigt sich doch nicht von selbst«, imitierte ich die Stimme meiner Mutter. Melinda saß sofort senkrecht im Bett. Sie hatte vor gar nichts Angst – außer vor meiner Mutter.

Kaum sah sie mich, legte sie sich wieder hin.

»Sehr witzig. Wo ist Mama?«

»Gerade einkaufen gefahren, sie will heute Abend für uns kochen. Was hat der Anwalt denn nun gesagt?«

Sie gähnte und streckte sich. »Coole Nummer. Er meint, die kommen mit ihrer Kündigung nicht durch.«

»Die haben dich doch nicht einfach so rausgeschmissen, oder? Da muss doch noch was anderes passiert sein.«

»Ja, kann sein. Ist doch egal. Nächste Woche bin ich bestimmt schon wieder auf Malle.«

»Erzähl doch mal«, bat ich sie. »Du weißt, dass ich Dinge für mich behalten kann.«

»Na gut. Also, mein Training fanden sie wirklich zu hart. Blöde Weicheier. Und der Produzent hat das als Grund genommen, mich zu feuern. Weil ich eine Affäre mit ihm hatte. Und zu ihm gesagt habe, dass mehr Szenen mit mir gedreht werden müssen, sonst würde ich seine Frau über unsere Geschichte informieren.«

»Oh«, war alles, was mir dazu einfiel.

»Ja, dachte ich auch erst. Aber der Anwalt meinte, Sex mit einer Angestellten kann ganz schnell für ihn nach hinten losgehen, wegen irgendwelcher Pflichten, die er als Arbeitgeber hat. Also hat er in seinem Schreiben nach Spanien das nur ganz leicht angedeutet und meinte, der will bestimmt keinen Skandal und wird mich darum wieder einstellen.«

»Wie ist der Produzent denn so? Hast du dich sofort in ihn verliebt, gleich auf den ersten Blick?«

»Natürlich nicht. Du musst mal zuhören. Er ist der Produzent, und der entscheidet darüber, wer wie oft gefilmt wird. Also habe ich mit ihm was angefangen, damit ich mehr Sendezeit kriege.«

Meine Schwester ist schon immer kalt wie eine Hundeschnauze gewesen. Da waren wir uns so gar nicht ähnlich. Aber da ich etwas von ihr wollte, tat ich so, als wäre das alles völlig normal.

»Ach so, na denn. Ich bräuchte morgen mal deine Hilfe«, antwortete ich und erzählte ihr in groben Zügen, was Mimi und ich machten und was ihre Rolle dabei wäre.

»Dafür such dir mal jemand anders. Ich habe bestimmt keine Lust, mit euch stundenlang in einem Auto zu sitzen.«

»Das dauert nicht so lange. Wir wissen so ungefähr, wann er losfährt. Höchstens eine halbe Stunde. Und ich gebe dir fünfzig Euro dafür.«

»Hundert«, forderte sie. »Und für eine halbe Stunde. Wenn er bis dahin nicht aufgetaucht ist, haue ich ab und krieg trotzdem mein Geld.«

Widerwillig stimmte ich zu.

Am nächsten Tag standen wir mittags ab halb zwölf auf dem Parkplatz des Fitnessstudios. Mimi war nach hinten verbannt worden, und Melinda saß gelangweilt neben mir und feilte sich die Nägel. Zehn Minuten später parkte der schwarze BMW einige Plätze von uns entfernt ein, und Didi ging Richtung Eingang.

»Melinda, schnell, das ist der Typ. Geh hinterher.«

»Ja, Chef«, erwiderte sie sarkastisch und stieg aus.

Wir warteten gespannt auf ihre Rückkehr. Das dauerte. Nach einer Viertelstunde kam Diedrichsen raus und kurz darauf endlich Melinda. Sie blieb vorm Eingang stehen und telefonierte, während Diedrichsen vom Parkplatz fuhr. Kaum war er weg, kam sie zu uns und setzte sich wieder ins Auto.

»Was hat er gemacht?«, wollte Mimi aufgeregt wissen.

»Erst das Geld.«

»Meine Güte, Melinda, ich bin deine Schwester«, fauchte ich sie an. »Du kriegst dein Geld schon. Jetzt erzähl endlich.«

»Also, er ist an den Tresen gegangen, dann kam kurz darauf ein anderer Mann, und die beiden sind in einen Raum gegangen, da stand ›Büro – Zutritt verboten‹ drauf. Ich habe so getan, als ob ich auf jemanden warten würde. Na ja, tat ich ja auch. Jedenfalls waren die beiden da die ganze Zeit drin, dann kam euer Typ allein wieder raus, und das war's.«

»Du hattest recht«, bewunderte ich Mimi. »Entweder er hat schon investiert, oder er wird es noch tun.«

»Ich will jetzt wieder nach Hause«, maulte Melinda wie eine Zwölfjährige. »Und ich will mein Geld.«

Zähneknirschend fuhr ich sie zurück und gab ihr hundert Euro.

»Jederzeit wieder«, versprach sie und ging mit dem Geld ins Haus.

»Ja, so ist sie, unser kleiner Sonnenschein. Egal, das hat uns ein ganzes Stück weitergebracht. Ich wette, Diedrichsen ist da ein sehr, sehr stiller Teilhaber. Das müssen wir jetzt nur noch beweisen. Vielleicht kann Timo uns dabei helfen.«

Endlich ging mal wieder etwas. Ich setzte Mimi bei ihr zu Hause ab, legte den Regenschirm wieder auf den Beifahrersitz und fuhr zu Nick. Es war immer noch niemand da. Ich räumte ein bisschen auf, aß vor dem Fernseher und lag schon um zehn im Bett. Um drei Stunden später von Nick geweckt zu werden, der neben dem Bett hockte und mich küsste.

»Süße, ist das schön, dass du hier bist. Ich habe mich so gefreut, als ich dein Auto vor der Tür gesehen habe.«

Schlaftrunken zog ich ihn ins Bett. »Ich habe dich so vermisst. Wo warst du denn so lange?«

»Ach, hier und da«, wich er aus. »Musst du gleich wieder einschlafen, oder meinst du, du könntest noch etwas wach bleiben?«, fragte er mit seinem typischen Nick-Lächeln.

»Ach, ein bisschen geht wohl«, lächelte ich zurück.

Morgens wachte ich erst um neun auf, und Nicks Seite des Bettes war schon wieder leer. Nach einer Dusche und ein bisschen Styling fand ich ihn in der Küche.

»Kannst du heute nicht mal ausschlafen?«, wollte ich wissen.

»Nein, ich muss ins Präsidium. Wir sind in einer Sache die letzten Tage ziemlich vorangekommen. Jetzt müssen wir besprechen, wie es weitergeht.«

»Hast du trotzdem noch ein bisschen Zeit? Ich muss dir was sagen.«

Alarmiert sah er mich an. »Ja. Habe ich. Was ist los?«

»Ich habe einen Stalker«, platzte ich heraus. »Und der stand vor zwei Tagen nachts vor meiner Tür. Zum Glück hatte ich die Kette vor, so ist nichts passiert.«

Erschrocken kam er zu mir und nahm mich in die Arme. »Was für ein Stalker? Und warum weiß ich davon nichts?«

»Weil ich das selber nicht wusste. Ich meine, dieser Typ

ist mir in letzter Zeit öfter über den Weg gelaufen. Erst dachte ich, es wäre Zufall. Dann hat er mich mal so blöde angebaggert. Ob ich nicht mit ihm was trinken gehen wollte. Das habe ich gar nicht ernst genommen. Bis vorgestern, als er vor der Tür stand.«

»Du hast hoffentlich Anzeige erstattet?«

»Ja, habe ich.«

Ohne die Anzeige würde ich Nick wohl kaum ein Wort davon erzählen, aber das musste er ja nicht wissen.

»Die konnten nicht viel machen, weil ich ja nicht weiß, wie der Typ heißt oder wo der wohnt. Aber sie waren sehr nett und haben mich gleich in der Nacht hierher, zu dir, gefahren. Weil ich Angst in der Wohnung hatte.«

»Mein armes Mädchen. Und ausgerechnet dann bin ich unterwegs. Wenn du diesen Typ noch ein einziges Mal siehst, rufst du mich sofort an. Glaube mir, danach wird er dir nie wieder Angst machen.«

»Danke«, schluckte ich. »Jetzt, wo du wieder da bist, geht es mir schon viel besser.«

»Ich weiß, du willst noch nicht mit mir zusammenziehen. Aber bitte, bleib die nächsten Wochen erst mal hier. Ich will nicht, dass du allein in deiner Wohnung bist.«

Das wollte ich auch nicht. Ganz und gar nicht.

»Okay. Ich bleibe hier. Dann brauche ich aber ein paar Sachen mehr aus meiner Wohnung.«

Nick küsste mich. »Ich freue mich. Wenn auch nicht über den Grund. Fährst du heute ins Büro?«

Das ließ sich leider nur mit einem Ja beantworten.

»Ich bin gegen vier bei dir, dann holen wir deine Sachen und fahren zu mir. Ich verspreche dir, niemand wird dir etwas tun.«

Das war tröstlich. Nick ließ es sich nicht nehmen,

mich persönlich ins Büro zu fahren. Vorsichtig beäugte er meine Sporttasche, die ich auf den Rücksitz legte, sagte aber besser nichts.

Im Auto fiel mir etwas ein. »Du hast bestimmt viele wichtige Dinge zu tun, aber könntest du vielleicht mal meine Mutter anrufen? Die will unbedingt zu diesem Veteranentreffen.«

»Die fünf Minuten Zeit habe ich bestimmt. Ich rufe sie an, sobald ich im Büro bin.«

»Du bist wirklich süß, weißt du das? Danke, dass du das für sie machst.«

»Immerhin gäbe es dich nicht, wenn sie nicht wäre. Also bin ich ihr dankbar.«

Der Mann sagte wirklich immer genau das Richtige. Im Büro grüßte er Mimi etwas verhalten und verabschiedete sich dann mit einem Kuss von mir.

»Wir sehen uns um vier, Süße.«

»Seit wann ist Nick denn wieder da?«

»Seit letzter Nacht. Ich bleibe erst mal bei ihm, bis ich sicher bin, dass Lui mich nicht mehr verfolgt.«

Weil Krischan immer noch keine neuen Fälle für uns hatte, vertrieben wir uns bis mittags die Zeit mit dem Durcharbeiten neuer Modemagazine, um uns dann auf den Weg ins Studio zu machen.

An unserer Kondition hatte sich noch nichts geändert, wieder waren wir extrem k.o. nach der Stunde.

»Timo, du machst das so toll«, schmeichelte ihm Mimi. »Dürfen wir dich heute Abend vielleicht mal zu einem Bier einladen? So als Dankeschön?«

»Genau«, fiel ich ein, »Und wir sollten uns auch besser kennenlernen, jetzt, wo du unser persönlicher Trainer bist«.

Timo war ein unkomplizierter Mann. »Klar, können wir gerne machen. Ich habe heute um halb sieben meinen letzten Kurs. Wollen wir uns um acht hier gleich gegenüber im *Brainstorm* treffen?«

Das wollten wir. Mimi gab ihm noch ihre Handynummer, und wir gingen zu den Umkleidekabinen. Nach einer langen Dusche, geföhnten Haaren und neuem Make-up fuhren wir zurück ins Büro. Von Lui war auf der Straße nichts zu sehen. Endlich war es vier, Nick holte mich ab, und wir fuhren in meine Wohnung. Da es keine neuen Einbruchspuren an der Tür gab und auch keine blutige Axt darin steckte, ging ich davon aus, dass Lui mit der Rückgabe des Trikots seine Rachepläne gegen mich aufgegeben hatte.

Eine halbe Stunde später war ich fertig, und Nick schleppte zwei Koffer und vier Tüten zum Auto.

»Weißt du was? Jetzt fahren wir beide zum Supermarkt und kaufen ein. Ich brate uns heute Abend Steaks«, schlug Nick vor. Im Gegensatz zu mir beherrschte er wenigstens die Grundkenntnisse des Kochens.

»Hm, ja, das wäre toll, aber könntest du das ein bisschen später machen? Ich muss mich heute um acht noch mal mit Mimi treffen.«

»Was ist für dich ein bisschen später?«, fragte Nick leicht genervt.

»Spätestens um neun«, versicherte ich. »Wir müssen nur etwas besprechen, und dafür treffen wir uns im *Brainstorm* an der Schleswiger Straße.«

»Ich will nicht, dass du allein unterwegs bist. Ich fahre dich hin, gehe dann noch schnell einkaufen und hole dich danach wieder ab.«

Da hatte ich mir ja fast wirklich einen Stalker eingehandelt – wenn auch einen sehr süßen. In Nicks Wohnung begegnete mir das nächste Problem in seinem Schlafzimmer. »Ich habe dir eine Seite vom Schrank ausgeräumt, für deine Sachen«, informierte er mich stolz.

»Äh, danke, das ist lieb von dir«, antwortete ich und schaute auf die Seite, die mit nicht mal einem Meter fünfzig gerade mal Platz für meine Schuhe bot. Und dabei hatte ich nicht mal die Hälfte meiner Klamotten hier. Ich quetschte, so viel es ging, in den kleinen Schrank und baute meine Schuhe daneben auf. Ein Koffer war immer noch voll. Mimi erlöste mich mit einem Anruf von diesem logistischen Problem.

»Timo hat eben angerufen, der Halb-Sieben-Kurs fällt aus, wir können ihn jetzt schon treffen. Geht das bei dir?«

»Ja, sogar sehr gut«, freute ich mich. »Ich fahre gleich los.«

Nick freute sich auch. »Dann haben wir ja doch noch was vom Abend.«

Vor dem *Brainstorm* wartete Nick noch, bis ich sicher drinnen war, und fuhr dann los. Mimi und Timo saßen schon an einem Ecktisch, vor sich ein großes Bier, und unterhielten sich. Ob da was ging? Timo musste so Ende zwanzig sein, ein bisschen jünger als Mimi, aber das war heute ja schon Trend. Ich setzte mich dazu, und eine Weile redeten wir über so allgemeine Themen, bis Mimi sich gerade hinsetzte.

»Alice, Timo ist absolut in Ordnung. Ich glaube, wir können es ihm sagen.«

»Müssen wir jetzt ja wohl«, grummelte ich. Egal, wie nett Timo war, so gut kannten wir ihn überhaupt noch nicht. Er verfolgte unser Gespräch mit fragendem Blick.

»Was könnt ihr mir sagen?«

Mimi legte los. »Eigentlich wollen wir gar keinen Sport machen, sondern haben uns bei euch angemeldet, weil wir Informationen über jemanden brauchen. Wir arbeiten für ein Inkassobüro, und derjenige, um den es hier geht, behauptet, total pleite zu sein. Wir wissen schon, dass das nicht stimmt. Aber uns fehlen die Beweise.«

Timo guckte etwas verunsichert. »Und ich soll euch die Infos geben?«

Warum konnte Mimi denn auch nicht einmal im Leben die Klappe halten? Was sollte das bringen, gleich so mit der Tür ins Haus zu fallen?

Doch Mimi ließ sich nicht beirren. »Nur, wenn du willst. Du bist wirklich ein toller Trainer, und ich finde es nicht richtig, wenn wir dich anlügen.«

Himmel noch mal, diese Frau und ihr großes Herz!

Aber Timo reagierte anders, als ich es mir vorgestellt hatte.

»Das ist schon ziemlich cool von euch. Danke für das Vertrauen. Also, versprechen kann ich nichts, aber ich höre mir die Geschichte gerne mal an.«

»Es geht um Didi Diedrichsen. Wir sind ziemlich sicher, dass er sich an eurem Laden beteiligt hat. Mit Schwarzgeld.«

»Diedrichsen? Also, der Typ ist mit ziemlich viel Vorsicht zu genießen«, sagte er unbehaglich.

»Ich weiß«, schaltete ich mich ein. »Kennst du ihn schon länger?«

»Er ist vor ungefähr zwei Monaten das erste Mal bei uns aufgetaucht. Wo er vorher trainiert hat, weiß ich nicht. Jedenfalls kennen er und Ole sich wohl schon länger.«

»Wer ist Ole?«

»Ole Hansen, der Besitzer des Studios.«

»Und kaum tauchte Diedrichsen bei euch auf, wurdest du entlassen«, überlegte ich. »Nur du, oder andere Trainer auch?«

»Fast alle«, grübelte Timo. »Wir haben alle nur Zeitverträge gehabt. Ole konnte die nicht verlängern, hat uns aber angeboten, als Freie zu arbeiten.«

»Schon komisch, oder?«, goss Mimi Öl ins Feuer. »Weißt du, was ich glaube? Diedrichsen ist Teilhaber geworden, aber er will so viel Geld wie nur möglich bei euch machen. Darum hat er dafür gesorgt, dass die Personalkosten ganz deutlich sinken. Und euer Chef hat euch halt nur gesagt, dass es gerade nicht so gut läuft.«

»Wenn das stimmt, ist er ein echter Arsch. Wir kommen kaum mehr über die Runden, weil wir als Freie viel weniger verdienen als vorher. Mein Konto ist total überzogen. Aber wisst ihr was? Ihr könntet recht haben, das würde auch all das andere erklären.«

»Was anderes?« Mimi beugte sich gespannt vor.

»In den letzten zwei Monaten wurden nicht nur die Verträge mit uns Angestellten nicht verlängert. Die Mitgliedsbeiträge sind erhöht worden, beide Saunas werden nur noch angestellt, wenn unsere Mitglieder das vorher anmelden. Und alles so plötzlich. Außerdem war Ole auf einmal ständig pleite, warum auch immer. Das war total seltsam, weil das Studio an sich nämlich richtig gut läuft.«

»Wirst du uns helfen?«, fragte Mimi. »Wenn wir beweisen können, dass Diedrichsens Geld im Studio steckt, können wir das pfänden lassen. Und ihr seid ihn los.«

»Und natürlich sollst du das nicht umsonst machen«, half ich Mimi. »Wir arbeiten auf Provision, und wenn wir Erfolg haben, geben wir dir etwas davon ab.«

Bei diesen Worten schielte ich zu Mimi, die zum Glück nickte.

»Zweitausend Euro, wenn du uns die Infos beschaffst.«

»Wow. Das ist viel Geld«, überlegte Timo. »Trotzdem muss ich noch mal darüber nachdenken. Ich weiß nicht, was passiert, wenn das Geld von diesem Diedrichsen dann plötzlich aus dem Studio rausgezogen wird. Aber ich verspreche euch, egal, was ich mache, dieses Gespräch bleibt unter uns.«

Mimi hatte mit ihrer Taktik also mal wieder voll ins Schwarze getroffen. In Sachen Intuition war sie ganz groß.

Ich sah, wie Nick auf den Parkplatz fuhr, und stand auf. »Überleg es dir in Ruhe. Und schon mal ganz vielen Dank. Ich muss jetzt los, ihr könnt das Ganze ja noch weiter besprechen, okay?«

Beide nickten einträchtig. Ich wusste es doch. Da ging was.

Nick kam mir auf dem Parkplatz entgegen.

»Wer ist der Typ, mit dem Mimi da sitzt?«, wollte er wissen, nachdem er die beiden durch die Scheibe gesehen hatte.

»Vielleicht Mimis neuer Freund. Die würden gut zusammenpassen.«

Nick gab nur ein unbestimmtes »Hm« von sich.

Als wir bei seiner Wohnung ausstiegen, trug Nick zwei Tüten hinauf.

»Warum gehst du nicht in die Badewanne, während ich koche? Du badest doch so gerne.«

»Und ich soll nicht helfen? Du willst alles allein machen?«

Nick grinste. »Ich glaube, allein bin ich auf der sicheren Seite.«

Wenn er meinte. Fünf Minuten später lag ich fröhlich in einem Schaumbad. So ein Zusammenziehen hatte vielleicht auch gute Seiten, grübelte ich, während ich kleine Wolken aus dem Schaum pustete. Ich könnte immer bei Nick sein und bräuchte vor nichts und niemand Angst zu haben. Andererseits war mir die Vorstellung, dass man *alles* voneinander wusste und teilte, wenn man zusammenwohnte, nach wie vor nicht ganz geheuer. Nick würde mich dann auch sehen, wenn ich krank war oder einfach nur verknautscht. Na ja, kommt Zeit, kommt Rat.

Deutlich entspannter stieg ich nach zwanzig Minuten aus der Wanne und zog mir ein scharfes Kleid mit Leoprint an. Nick wartete im Wohnzimmer auf mich. Der Esstisch, der sonst immer voller Zeitschriften und Papiere lag, war gedeckt, und er hatte sogar Kerzen angezündet.

»Wie süß«, freute ich mich. Übrigens auch darüber, dass Nick eine Jeans und ein weißes Hemd trug. Ich befürchtete nämlich, dass zwei Menschen, die zusammenlebten, ganz schnell in Jogginganzügen und Puschen endeten.

»Weißt du den Namen der Beamten noch, die deine Anzeige aufgenommen haben?«, wollte er später wissen.

»Ich habe von dem irgendwo eine Karte. Einer hieß Böhning oder so. Warum?«

»Weil ich mir die Akte mal angucken möchte. Da du keinen Namen hast, verlaufen solche Anzeigen meist im Sande. Ich will sichergehen, dass die Akte bearbeitet wird.«

»Das wird sie bestimmt«, versuchte ich ihn davon abzubringen. »Der Böhning war total engagiert, als er gehört hat, dass ich deine Freundin bin.«

»Kann sein, dass er sich mal für unsere Abteilung beworben hat. Trotzdem gucke ich mir die Akte selber an. Und ich möchte, dass du gleich am Montag mit mir ins

Präsidium kommst. Ich kenne einen der Kollegen aus der Computerabteilung ganz gut, mit dem kannst du ein Phantombild anfertigen.«

Oh Mann. Das Ganze nahm ja Dimensionen an, damit hatte ich nicht gerechnet.

»Ach, ich weiß nicht. Ich kann gar nicht gut malen«, sagte ich schnell.

»Süße, du musst auch nicht ›malen‹. Das macht alles der Computer. Henning bastelt das Gesicht nach deinen Angaben. Welche Augenfarbe, wie sah die Nase aus, hatte er einen Bart, welche Haarfarbe, all diese Details. Es ist erstaunlich, wie präzise diese Bilder werden.«

»Können wir da vielleicht Montag drüber reden? Wenn ich mich jetzt damit beschäftige, kommt der ganze Schock zurück. Ich brauche ein bisschen Abstand.«

»Armes Mädchen. Wir brauchen gar nicht mehr darüber zu reden, wenn du nicht möchtest. Hauptsache, du kommst Montag mit ins Präsidium.«

Klar. Damit ich ein Gesicht erfinde und irgendein armer Kerl zwei Tage später verhaftet wird. Doch bis Montag war es noch lange hin, also brauchte ich mir jetzt auch keine Sorgen zu machen.

Dachte ich. Doch das Wochenende verging furchtbar schnell, und auf einmal war Montag. Morgens um acht saß ich mit Nick im Auto, der mich zu diesem Henning ins Präsidium brachte.

»Moin, Henning, das ist Alice, meine Freundin. Tu mir mal einen Gefallen und erstell mit ihr zusammen ein Phantombild. So ein verdammter Stalker belästigt sie massiv. Ich will, dass das aufhört.«

»Kein Thema«, antwortet der. »Hallo, Alice, ich bin Henning. Dann mal los.«

»Komm bitte zu mir ins Büro, wenn ihr hier fertig seid«, bat Nick und ließ uns beide allein. Was sollte ich denn jetzt bloß machen?

Diese Frage beantwortete mir Henning, der ein Bildbearbeitungsprogramm startete.

»Ich stelle dir einfach Fragen, die du, so gut du kannst, beantwortest. Es ist eine männliche Person, ja? Wie alt ungefähr?«

»Ähm, vielleicht vierzig oder auch fünfzig«, rätselte ich.

Dieses Spiel ging ewig weiter. Unglaublich, was Henning alles wissen wollte. Standen die Augen weit oder eng beieinander, hatte der Mann auffällige Narben, trug er einen Bart, hatte er unreine Haut, es gab bald nichts, was er nicht wissen wollte. Nach jeder meiner Antworten klickte er mit der Maus an den Bildrand und guckte interessiert.

»Okay, jetzt schau dir diesen Mann mal bitte genau an. Ist das dein Stalker?«

»Nein«, schrie ich entsetzt. »Nein, bitte lösch das sofort wieder. So sah der nie im Leben aus.«

Auf dem Bildschirm war ein Gesicht entstanden, das verdammt viel Ähnlichkeit mit meinem Vater hatte.

»Es tut mir wirklich leid«, entschuldigte ich mich bei Henning. »Ich versuche wirklich, mich zu erinnern, aber es ging alles so schnell. Können wir noch mal anfangen?«

Nach einer weiteren halben Stunde sah mich ein Allerweltsgesicht an. Ohne jede Ähnlichkeit mit meinem Vater.

»Ja, fast genau so sah der Mann aus. Komisch, so harmlos hatte ich den gar nicht in Erinnerung.«

»Das geht den meisten Zeugen so. Wir stellen uns Straftäter gerne als Monster vor, dabei sehen die meisten aus wie du und ich. Du kannst Nick ausrichten, dass ich ihm das Foto gleich maile.«

»Ja, mache ich. Und vielen Dank dafür.«

Ich sah zu, dass ich wegkam. Die ganze Welt benutzte Tag für Tag Notlügen, und nie kam etwas hinterher. Nur bei mir. Immer.

Im zweiten Stock schlich ich an Schlüters Büro vorbei und ging zu Nick. Er lag, mehr als dass er saß, in seinem Stuhl und hatte die langen Beine auf dem Schreibtisch liegen. Manchmal sah sein Job sehr gemütlich aus.

»Na, Süße? Habt ihr es hingekriegt?«

»Ja, der Henning hat meinen Stalker unglaublich gut getroffen. Direkt unheimlich. Er mailt dir das Bild gleich. Ich fahre jetzt ins Büro und bin dann heute Abend bei dir.«

»Irrtum. Ich fahre dich ins Büro. Bis wir diesen Penner haben, gehst du nirgendwo allein hin.«

Klasse. Jetzt war Herr Allerweltsgesicht der Staatsfeind Nummer eins. Wie gesagt – nur bei mir. Immer.

»Aber Nick, du musst doch auch arbeiten. Ich kann mir doch ein Taxi nehmen.«

»Süße, irgendjemand ist da draußen, der es auf dich abgesehen hat. Und ich werde dich ihm ganz bestimmt nicht auf dem Silbertablett servieren.«

»Wirklich, das ist richtig süß von dir. Aber nun lass doch mal die Kuh im Wald oder wie das heißt. Der hat sich bestimmt schon ein neues Opfer gesucht.«

Da Lui in den letzten Tagen die Füße ruhig gehalten hatte, war ich davon überzeugt, dass für ihn die Sache erledigt war. Nick sah das anders. Gut, er hatte auch einen anderen Wissensstand.

»Lass uns jetzt nicht diskutieren. Ich kann dir versprechen, in spätestens zwei Tagen haben wir ihn. Jeder Polizist in dieser Stadt wird verdammt sauer auf diesen Mann sein. Weil jeder weiß, dass auch seine Frau in so eine Lage kommen könnte. Glaub mir, sobald ich das Phantombild an ein paar Leute gemailt habe, gibt das einen Flächenbrand.«

»Wie … engagiert von euch«, brachte ich heraus. »Wenn es dir wirklich nichts ausmacht, dann lass uns fahren. Mimi wartet schon auf mich.«

Gerade als wir zur Tür gingen, stürzte Steven rein. »Hallo, Alice. Nick, ich habe eben einen Anruf von Harry bekommen. Der hat jetzt Zeit für uns.«

»Ey, das ist ja super. Komm mit, wir bringen eben Alice in ihr Büro, und dann fahren wir hin.«

Er rief auf dem Flur noch in Richtung Schlüter: »Hans, wir sind mal weg«, und ging mit uns zum Auto.

»Wer ist Harry?«, fragte ich ohne große Hoffnung auf eine befriedigende Antwort.

Die ich natürlich auch nicht bekam.

»Nur jemand, den wir kennen«, wich Nick aus.

Er brachte mich bis an meinen Schreibtisch. »Denk dran, Süße, du brauchst keine Angst mehr zu haben. Wir kriegen ihn. Viel Spaß beim Telefonieren. Ich hole dich um halb vier wieder ab.«

Mimi bekam nur ein kurzes Nicken von ihm. Dieser Mann war ja ganz schön nachtragend.

Sobald Nick aus der Tür war, sank ich auf meinen Stuhl und raufte mir die Haare.

»Wen kriegen die?«, wollte Mimi wissen.

»Mann, Mimi, irgendwie läuft alles schief. Erst haben wir einen Bandenkrieg ausgelöst, und jetzt ist die gesamte Polizei wegen mir auf dem Kriegspfad. Ich musste eben ein Phantombild von meinem angeblichen Stalker anfertigen lassen, und bis heute Nachmittag hat das jeder Polizist der Stadt auf dem PC.«

Mimi musste lachen. »Das hätten wir uns ja denken können, dass Nick nicht einfach sagt: ›Dumm gelaufen für dich‹, und die Sache dann vergisst. Aber wenn sie jemanden verhaften, kannst du ja immer noch behaupten, dass der es nicht war.«

»Ja, aber mir wäre es lieber, wir hätten uns eine andere Geschichte ausgedacht.« Ich zuckte mit den Schultern. »Was soll's. Haben wir jemand Neues, den wir überführen können?«

Mimi lachte schon wieder. »Nein, haben wir nicht.«

»Sag mal, was ist denn los mit dir? Hast du an irgendeinem Gas geschnüffelt?« Doch plötzlich hatte ich die Erkenntnis.

»Timo«, grinste ich. »Ich wusste doch, dass es zwischen euch knistert.«

»Und ob es das tut«, grinste Mimi zurück. »Und weißt du was? Diese jungen Männer haben eine unglaubliche Energie.«

»Dann war es also noch ein erfolgreicher Abend, ja? Genau das hatte ich im Gefühl«, freute ich mich.

»Und ob. Der ist schon ganz schön süß. Und auf alle Fälle die richtige Ablenkung zur richtigen Zeit. Und wie geht es bei dir weiter? Bleibst du trotz des Stalkers, den es nicht gibt, bei Nick wohnen?«

»Weiß ich auch noch nicht. Eigentlich will ich wieder in meine Wohnung. Vor allem, weil Nick mich überhaupt nicht mehr aus den Augen lässt. Ich darf nicht mal allein zur Arbeit fahren, das nervt.«

»Dunkle Wolken am Liebeshimmel?«

»Nein, keine dunklen Wolken. Aber weißt du, wenn wir rund um die Uhr zusammen sind, kann ich ihn gar nicht mehr vermissen. Ich liebe es, mit ihm zusammen zu sein, aber doch nicht ständig. Was meinst du, wie lange halten sich Schmetterlinge im Bauch, wenn man Tag und Nacht zusammen ist?«

»Nicht so lange, oder?«

»Glaub ich auch nicht. Gut, was anderes. Was machen wir heute? Hat Krischan was von neuen Fällen gesagt?«

»Immer noch nichts«, stöhnte Mimi. Plötzlich hielt sie inne. »Sag mal, hast du Nick erzählt, dass wir im Moment nur telefonieren?«

»Nein, wieso? Ich rede mit ihm nur das Nötigste über unseren Job.«

»Und warum wünscht er dir dann viel Spaß beim Telefonieren? Und weiß, dass du um halb vier fertig bist?«

»Ich verstehe nicht, worauf du hinauswillst«, sagte ich ratlos.

»Und wenn Nick dahintersteckt? Wenn er Krischan mit irgendwas gedroht hat, damit du nur noch telefonierst?«

»Blödsinn. Mit was soll er ihm denn gedroht haben? Außerdem, so weit würde er niemals gehen. Ganz bestimmt nicht.«

»Hast du was dagegen, wenn ich Krischan trotzdem mal frage?«

»Kannst du machen, aber das ist wirklich Quatsch.«

Nach fünf Minuten kam Mimi wieder. »Du hattest wohl recht. Aber, als ich ihn gefragt habe, hat er im ersten Moment schon komisch geguckt. Doch dann hat er gelacht und das genau wie du als Blödsinn abgetan. Und er hat tatsächlich eine neue Akte für uns, lass uns mal reingucken.« Sie schlug die Akte auf und erstarrte. »Diese

Schlampe. Ich glaube es ja nicht. Alice, die machen wir fertig. Nach allen Regeln der Kunst.«

Ich zog die Akte neugierig zu mir. Beatrice Müller, zweiunddreißig, verschuldet mit fünfundzwanzigtausend Euro aus Kreditkarten- und Versandhandelsschulden.

»Wer ist das?«, fragte ich neugierig. »Woher kennst du die?«

»Das ist dieses Miststück, wegen dem ich nur drei Jahre verheiratet war. Die, mit der Stefan mich betrogen hat.«

»Oh. Sind die heute noch zusammen?«

»Nein. Er hat damals, als ich das rausgekriegt habe, mit ihr Schluss gemacht. Aber für mich war unsere Ehe dadurch trotzdem beendet.«

Mir fielen wieder die Einzelheiten ein, die Mimi mir mal erzählt hatte. Die klassische Geschichte: Mann muss Überstunden machen, Mann kauft sich neues Rasierwasser, das Übliche eben. Trotzdem hatte Mimi keinen Verdacht geschöpft, bis sich diese Beatrice für eine Besichtigung von einem von Mimis Objekten angemeldet hatte. Bei dem Termin war sie allerdings nicht daran interessiert gewesen, sich die Wohnung anzusehen. Stattdessen hatte sie Mimi darüber informiert, dass sie mit Stefan bereits seit vier Monaten ein Verhältnis habe und er sich bisher nur noch nicht getraut habe, Mimi davon zu erzählen. Er würde die Scheidung wollen, um mit ihr, Beatrice, zusammenzuleben. Zwar bestritt Stefan das vehement, als Mimi ihn damit konfrontierte, und behauptete, er hätte sie nur dreimal getroffen. Aber auch diese angeblichen ›nur drei Mal‹ waren zu viel für Mimi gewesen.

»Jetzt kommt die Zeit für meine Rache. Die Frau hat mein Leben zerstört«, stieß Mimi theatralisch hervor. »Und dafür wird sie büßen.«

Das war wohl nicht der Moment, Mimi darauf hinzuweisen, dass auch sie sich bis vor kurzem mit einem verheirateten Mann getroffen hatte.

»Okay«, stimmte ich ihr daher zu. »Dann lass uns mal sehen, was wir da machen können.«

Mimi vertiefte sich in die Akte. »Also, die Frau ist angeblich seit sechs Jahren arbeitslos gemeldet. Und in der Zeit fünfmal umgezogen. Erstens, soweit ich weiß, bekommt man als Arbeitslose doch keine Kreditkarte, oder? Und sie schuldet drei verschiedenen Kartenfirmen Geld. Genauso ist es mit dem Kreditrahmen bei den Versandunternehmen. Auch die machen erst eine Bonitätsprüfung. Und wie kann sie es sich ohne Job leisten, fünfmal in sechs Jahren umzuziehen? Umzüge gehen ins Geld.«

»Das stimmt«, gab ich ihr recht. »Vor allem der ganze Kleinkram summiert sich. Also, was meinst du? Arbeitet sie schwarz? Hat sie im Lotto gewonnen?«

»Die ist selbst zu blöd, um einen Lottoschein auszufüllen«, sagte Mimi verbittert. »Ich glaube eher, dass sie schwarz arbeitet. Und sich Männer sucht, die sie aushalten.«

»Hat Stefan das auch getan?«

»Wenn er damals nicht gelogen hat, nein. Aber demnach haben sie sich ja auch nur dreimal getroffen.«

»Mimi, ich glaube trotzdem, dass wir ihn fragen müssen. Wie hat sie sich ihm gegenüber verhalten, wollte sie Geld von ihm? Weißt du, wo er wohnt?«

»Keine Ahnung, aber wahrscheinlich noch in unserer Wohnung. Ich wollte damals nicht da bleiben, darum bin ich ausgezogen.«

»Hast du ein Problem damit, ihn zu treffen? Sonst kann ich auch allein hinfahren.«

»Kein Problem. Ich bin da völlig drüber weg. Ist ja auch schon drei Jahre her. Wir versuchen heute Abend unser Glück. Und was machen wir bis dahin?«

»Bloß nicht telefonieren«, forderte ich. »Das ist dermaßen öde. Ich weiß was Besseres. Wir fahren jetzt zu mir und holen meine Kamera. Ich will ein paar der Bilder von Usedom abziehen lassen. Und ich möchte mal wieder ohne Bewacher unterwegs sein. Denn Lui hat uns nicht mehr auf dem Schirm, da bin ich ganz sicher.«

»Glaube ich auch. Wenn der noch eine Rechnung mit uns offen hätte, wäre er ganz sicher schon längst wieder aufgetaucht. Dann komm.«

Wir fuhren mit Mimis Auto zu mir. Alles war ruhig, niemand lauerte uns auf.

»Soll ich dir die Fotos mal zeigen?«, fragte ich und fuhr schon mal meinen PC hoch. »Da sind richtig tolle bei.«

Mimi stimmte mir zu, als sie die Bilder sah. »Super. Wie hast du Nick denn dazu gekriegt, eine ganze Fotosession über sich ergehen zu lassen?«

»War überhaupt kein Problem. Er war so süß und entspannt auf Usedom, total relaxed. Wir hatten dermaßen viel Spaß«, erinnerte ich mich sehnsüchtig.

»Ich kenne ein paar Seiten im Internet, da schickst du die Fotos einfach hin und nach drei bis vier Tagen hast du die Abzüge, in jeder Größe, die du willst.«

Gemeinsam riefen wir die Seiten auf, und nachdem ich mich für einen Fotoservice entschieden hatte, suchte ich die vier besten Bilder raus und schickte sie ab.

»Und jetzt lass uns mal zurück ins Büro und sehen, ob wir doch schon vor heute Abend mehr Infos über Frau Miststück rauskriegen.« Mimi war eindeutig engagiert.

Vor meiner Tür erwartete uns allerdings eine böse Überraschung. Mimis rechter Vorderreifen war platt.

»Ach du Schreck. Ich muss irgendwie in einen Nagel oder so etwas gefahren sein. Weißt du zufällig, wie man einen Reifen wechselt?«

Ich schnitt eine Grimasse. »Ja, klar. Genauso wie ich weiß, was Quantenphysik bedeutet. Natürlich nicht.«

»Mist. Ich auch nicht. Und nun?«

Ich klimperte mit meinem Wohnungsschlüssel vor ihr rum, an dem auch mein Autoschlüssel hing. »Und nun fahren wir mit meinem Auto ins Büro und fragen Krischan, ob er uns hilft.«

Kurz vor meinem Auto wurden unsere Pläne allerdings zunichtegemacht. Zwei wohlbekannte Hände fielen schwer auf unsere Schultern. Erschreckt drehten wir uns um und sahen dem lieben Lui in die Augen. Beziehungsweise in die Sonnenbrille, die er wohl vorsichtshalber aufgesetzt hatte, um eine neue Haarsprayattacke abzuwehren. Auf der Stirn klebte ein riesengroßes Pflaster, das zum großen Teil seine Fadenkreuz-Tätowierung verdeckte.

»Zurück in die Wohnung«, befahl er mit wütender Stimme. »Unsere kleine Unterhaltung steht noch aus. Und keine Tricks diesmal«, warnte er uns.

Mit zwei Dingen hatte Lui nicht gerechnet. Zum einen nicht damit, dass in meiner Straße viele Rentner wohnten, die viel Zeit hatten. Die sie gerne vor dem Fenster verbrachten. Mindestens drei davon gingen auf. »Sie da. Lassen Sie sofort die Frauen los. Ich habe schon die Polizei gerufen«, rief Herr Schuster aus dem zweiten Stock.

»Das habe ich schon vor zwei Minuten getan«, behauptete der alte Herr Lehmann aus dem dritten Stock.

»Gleich sind die hier, und dann werden sie Ihnen wirklich Ihr schmutziges Handwerk legen. Sie werden unsere Nachbarin nicht in den Orient verschleppen, das sage ich Ihnen.«

Lui sah sich hektisch um. »Ich komme wieder«, versprach er uns. »Und noch mal entkommt ihr mir nicht.« Er wollte uns mit noch etwas drohen, doch da passierte die zweite Sache, mit der er nicht gerechnet hatte. Der Bürgersteig setzte seinem Abgang ein schnelles Ende. Er trat ins Leere, stolperte und landete mit einem Fuß im Rinnstein. Der Fuß knickte übel um, und Lui wurde blass und schrie vor Schmerzen. Sehr langsam humpelte er zu einem alten Mercedes am Straßenrand und fuhr davon.

»Was sollte das denn?«, regte ich mich auf. »Ist der noch ganz dicht? Uns so einen Schreck einzujagen. Er hat sein blödes Trikot doch wieder.« Ich war so voller Adrenalin, dass ich im ersten Moment meine Angst gar nicht spürte.

Mimi dagegen sank auf den Bürgersteig. »Ich kann es überhaupt nicht leiden, wenn mich jemand verfolgt«, jammerte sie. »Man hat ja keine ruhige Minute mehr.«

In der Zwischenzeit waren Herr Lehmann und Herr Schuster bei uns angelangt. »Den haben wir aber verscheucht, was?«, fragte Herr Lehmann stolz. »Haben Sie gesehen, wie schnell der abgehauen ist?«

»Genau«, brüstete sich Herr Schuster. »Wir gehören noch lange nicht zum alten Eisen. Wir haben es immer noch drauf, junge Frauen zu beschützen.«

»Was hat die Polizei denn gesagt?«, fragte ich schwach.

»Ähm, ja, da müssen Sie Herrn Schuster fragen«, gab Lehmann zu. »Ich habe nur so behauptet, sie alarmiert zu haben, ehrlich gesagt habe ich gar nicht angerufen. Es ging ja auch alles so schnell. Also, Schuster, wann kommen die denn?«

»Ja, ich bin mir nicht sicher«, wich Herr Schuster aus. »Ich glaube fast, auch ich habe es in der Hektik versäumt, die zu rufen.«

»Das macht überhaupt nichts«, beruhigte ich die beiden schnell. »Wissen Sie, dieser Mann, der hat so viel Angst vor Ihnen bekommen, der wird hier nie wieder auftauchen. Und es ist ja nichts passiert. Da wollen wir der Polizei doch nicht mehr Arbeit machen, als sie sowieso schon hat.«

»Aber das geht nicht«, beschwerte sich Schuster. »Stellen Sie sich vor, morgen versucht er, zwei andere Frauen zu entführen. Dem muss doch das Handwerk gelegt werden.«

»Und das wird es auch«, behauptete ich. »Ich meinte nur, dass die Polizei nicht extra herkommen muss. Meine Freundin und ich fahren jetzt direkt selber hin.«

Das gefiel den beiden Rentnern aber auch nicht so richtig. Für ihre Heldentat wollten sie auch von der Polizei gelobt werden.

»Aber dann kommen wir mit«, forderte Herr Lehmann. »Schließlich müssen wir ja auch unsere Aussage machen. So etwas ist in laufenden Ermittlungen sehr wichtig.«

Mimi versuchte es auf anderem Weg. »Wir sind Ihnen so unglaublich dankbar. Was Sie da eben getan haben, also, ich finde überhaupt keine Worte dafür. Unglaublich, wirklich. Und das werden wir der Polizei auch sagen. Dann haben die vor Ihrer Aussage noch Zeit, eine Medaille oder so etwas für Sie anfertigen zu lassen. Und wenn die fertig ist, dann machen Sie Ihre Aussage.«

»Eine Medaille? Meinen Sie?«, fragte Herr Lehmann geschmeichelt. »Nun ja, dann warten wir gerne noch auf unsere Aussage.«

Wir bedankten uns noch einmal und fuhren Richtung Büro.

»Sag mal, wieso bist *du* diesmal so ruhig geblieben?«, wollte Mimi wissen. »Das letzte Mal warst du wie gelähmt vor Angst.«

»Ja, das war der Überraschungseffekt auf dem Kiez. Aber Mimi, ganz ehrlich, langsam zweifle ich an der Kompetenz von Lui. Ich meine, so macht man solche Dinge doch nicht, man hat doch wohl wenigstens eine Waffe dabei. Und dann am helllichten Tag, mitten in einer Wohnstraße – wie soll das denn gehen? Und darum habe ich langsam keine Angst mehr vor ihm. Der würde es noch nicht einmal schaffen, ein Huhn zu entführen.«

»Aber lästig ist es trotzdem«, wandte Mimi ein.

»Das stimmt. Und darum bereiten wir der Sache ein Ende. Wir fahren heute Abend gegen sechs zu ihm, dann ist es noch hell. Vor seiner Wohnung rufen wir ihn an und sagen ihm, er soll rauskommen. Vor seinem Haus kann er uns ja wohl nichts tun, und wir werden ihm mal klarmachen, dass er keinen Grund hat, uns zu verfolgen.«

»Und du glaubst, das funktioniert?«

»Ja, das glaube ich. Ich bin sogar ganz sicher. *Bernd das Brot* hat einen höheren IQ als Lui.«

Mit diesem Plan im Kopf fuhren wir zurück ins Büro. Krischan war nicht da, so konnte ich in aller Ruhe im Internet surfen und mir die neuen Herbst-Winter-Kollektionen anschauen. Mimi blätterte gelangweilt in einer Zeitung.

»Oh Gott, der arme Mann. Das ist ja furchtbar«, murmelte sie auf einmal.

»Was für ein armer Mann?«, fragte ich abgelenkt. Dieses dunkelblaue Top aus Seide sah klasse aus.

»Da ist am Freitag ein Mann tot im Vorgarten eines Hauses in der Gropiusstraße gefunden worden. Weißt du, da haben wir doch auch mal Wohnungen vermietet. Und niemand weiß, wer es ist oder was passiert ist, keiner vermisst ihn.«

Ich erinnerte mich. In der Gropiusstraße hatte ich mal für ein Mehrfamilienhaus die Hausverwaltung gemacht, als ich noch bei *Haus im Glück* gearbeitet hatte. War ein komisches Völkchen dort gewesen.

»Ja, wirklich furchtbar«, erwiderte ich nebenbei und suchte nach einem passenden Rock für dieses Top. Bis mir etwas einfiel. »Zeig mal her«, bat ich Mimi und las mir den Artikel durch. Es war auch ein Portraitfoto abgedruckt, und die Polizei wollte nun wissen, wer diesen Mann kannte.

»Mimi«, rief ich begeistert. »Mimi, mein Stalker ist tot.«

»Was? Du hast doch gar keinen Stalker.«

»Nicht mehr«, freute ich mich. »Dieser Mann hier in der Zeitung, das ist mein Stalker gewesen. Und nun ist er tot. Ich muss sofort telefonieren.« Hektisch tippte ich auf dem Telefon herum. »Nick? Hast du das Phantombild schon an deine Freunde gemailt?«, fragte ich ihn sofort, als er sich am Handy meldete.

»Nein, noch nicht. Wir sind gerade erst auf dem Weg zurück ins Büro.«

»Dann brauchst du es auch nicht mehr. Der Mann ist tot«, jubelte ich. Schnell schlug ich einen betroffenen Ton an. »Ich meinte, leider. Leider ist der Mann tot. So ein Ende habe ich ihm natürlich nicht gewünscht. Es muss schrecklich sein, einfach im Vorgarten tot umzufallen.«

»Der Typ aus der Zeitung heute? Das war dein Stalker? Bist du dir da ganz sicher?«

Und ob ich das war. Selten in meinem Leben war ich mir einer Sache so sicher gewesen.

»Ja, wirklich. Diese Augen könnte ich niemals vergessen. Er ist es tatsächlich.«

»Okay. Bist du jetzt im Büro?«

»Ja, natürlich, wo sollte ich denn sonst sein?« fragte ich unschuldig.

»Gut, wir kommen eben vorbei und holen dich ab. Ich möchte, dass du dir das Originalfoto noch mal ganz genau anschaust. So ein Zeitungsbild ist nicht immer so aussagekräftig. Wir sind gleich da.«

»Ich muss schon wieder ins Präsidium«, informierte ich Mimi. »Sie zeigen mir das Originalfoto, und dann hat sich diese Sache erledigt.«

Ich ging schon mal runter, setzte mich zwei Minuten später in Nicks Auto auf die Rückbank und fuhr mit ihm und Steven ins Präsidium.

Nick telefonierte im Auto und bat jemanden darum, ihm das Foto in sein Büro zu bringen. Als wir da ankamen, lag es schon auf dem Schreibtisch.

»Huh«, schüttelte ich mich. »Es gibt keinen Zweifel. Das ist der Mann.«

»Er sieht deinem Phantombild aber gar nicht ähnlich«, wunderte sich Nick.

»Ja, das ist wahr. Aber weißt du, dieser Henning, der hat mich richtig durcheinandergebracht mit all seinen Fragen. Jetzt sehe ich selber, dass mir das Bild doch nicht so gut gelungen ist, wie ich dachte. Aber das ist ja jetzt egal. Dieser Albtraum ist vorbei. Endlich«, seufzte ich aus tiefster Seele.

Auch Nick entspannte sich. »Gott sei Dank. Mal sehen, was das für ein Typ ist. Hoffentlich melden sich bald die Angehörigen.«

»Ja, das hoffe ich auch«, log ich. »Jetzt brauchst du mich auch nicht mehr durch die Gegend zu fahren. Ich nehme mir ein Taxi ins Büro, und wir sehen uns dann heute Abend.«

»Heute Abend? Wollten wir uns nicht um halb vier treffen?«, wollte Nick wissen.

»Ach so, ja. Aber Mimi trifft sich heute noch mit ihrem Exmann und hätte mich gerne dabei. Ich weiß noch nicht, wie lange das dauert. Und jetzt brauche ich ja auch keine Angst mehr zu haben. Ich rufe dich an«, sagte ich und verschwand schnell aus seinem Büro.

Mimi hatte gute Nachrichten. »Timo hat eben angerufen. Er hilft uns. Und er hat sogar schon eine Idee.«

»Mimi, du hast ab und zu ein richtig gutes Händchen bei deiner Männerwahl«, lobte ich sie. »Was für eine Idee hat er?«

»Die Rezeptionistin für die Spätschicht hat sich krankgemeldet. Und Timo kann einspringen. Wenn wir morgen so gegen zehn Uhr hinfahren, ist der Besitzer nicht mehr da. Und wir können uns in seinem Büro umgucken.«

»Klasse«, freute ich mich. »Und heute Abend fahren wir zu deinem Exmann und vorher noch zu Lui?«

»Ja«, bestätigte Mimi. »Ich habe Stefan vorhin angerufen. War ganz schön komisch, nach so langer Zeit wieder seine Stimme zu hören. Er ist heute Abend zu Hause, ich habe ihm gesagt, wir sind so gegen sieben da.«

»Bist du sicher, dass ich mitkommen soll? Ihr habt euch so lange nicht gesehen, vielleicht wollt ihr erst mal unter vier Augen sprechen?«

»Nein. Das ist rein beruflich. Zu besprechen gibt es zwischen uns nichts mehr«, stellte Mimi fest.

Meine Frage, was wir denn jetzt als Nächstes machen sollten, beantworte mir meine Mutter, die in dem Moment anrief.

»Sieg auf ganzer Linie«, trötete sie ins Telefon. »Der Produzent ist nach dem Brief von unserem Anwalt ganz kleinlaut geworden. Melly fliegt morgen wieder nach Mallorca und bekommt ihren Job zurück.«

»Das habt ihr toll gemacht. Das sind gute Nachrichten.«

»Ja«, bestätigte meine Mutter stolz. »Du kommst doch heute Abend? Wir machen ein Abschiedsessen.«

»Tut mir leid, ich muss heute Abend arbeiten. Aber jetzt hätte ich Zeit, ist Melinda zu Hause?«

»Ja, ist sie. Dann komm jetzt, ich mache Frikadellen mit Kartoffelmus und Wurzeln.«

Das hörte sich gut an.

»Mimi, ich muss zu meiner Mutter. Ich komme danach aber wieder her.«

»Kein Problem. Krischan kommt gleich, der wechselt mir bestimmt den Reifen, und danach geh ich vielleicht mit ihm zum Chinesen.«

Meine Schwester war in Höchstform. »Dem haben wir es vielleicht gezeigt. Nicht mit mir, so leicht lass ich mich nicht abschieben. Ich bekomme sogar eine Gehaltserhöhung.«

Irgendwie fiel sie immer auf die Füße.

Meine Mutter war genauso euphorisch. »Und weißt du was? Als Dankeschön hat Melly mich eingeladen mitzukommen. Morgen Abend muss ich meinen Kurs halten, aber von Mittwoch bis Sonntag fliege ich auch nach Mallorca. Der Produzent soll ruhig sehen, dass ich ihm auf die Finger schaue.«

Dann wäre es ratsam für ihn, genau diese von Melinda zu lassen.

»Was sagt Papa denn dazu? Kommt er auch mit?«

Beide guckten schuldbewusst. »Oh, das hat sich jetzt alles so kurzfristig ergeben«, stotterte Mama. »Und der Mann hat ja auch einen Betrieb zu leiten, da kann er ja nicht einfach in der Weltgeschichte rumreisen, wie er gerade lustig ist.«

Er kam drei Minuten später und nahm die Neuigkeiten eher verhalten auf.

»Wie stellst du dir das denn vor? Man fliegt doch nicht von heute auf morgen nach Spanien, so etwas muss doch geplant werden. Ich habe die ganze Woche so viele Aufträge, ich kann unmöglich weg.«

Zeit, meiner Mutter zu helfen. »Ach Papa, das ist aber schade. Mama hat sich so darauf gefreut. Kannst du es nicht doch irgendwie einrichten?«

»Nein, auf gar keinen Fall. Und jetzt?«

Auch Melinda schaltete sich ein. »Ich kann da nicht wieder ganz allein hin. Vielleicht ist das ja nur ein fieser Trick, und dann habe ich niemanden, der mir hilft?«

Meine Mutter tat so, als käme ihr eine Idee. »Herbert, und wenn ich nun allein fahren würde? Das Kind braucht Hilfe, da müssen wir sie doch unterstützen.«

Mein Vater dachte nach. Wahrscheinlich darüber, warum gerade er zwei Töchter in die Welt gesetzt hatte, die einfach nicht erwachsen wurden.

»Nun ja, das lässt sich dann wohl nicht ändern. Aber wohl ist mir dabei nicht.«

»Ach, mir doch noch viel weniger«, schwindelte meine Mutter. »Ohne dich im Ausland, schön wird das nicht. Aber da kann man wohl nichts machen.«

Kaum hatte mein Vater gegessen und war aus dem Haus, fegte meine Mutter aufgeregt ins Schlafzimmer. Um nach drei Minuten wieder nach unten zu stürzen.

»Ich muss einkaufen gehen. Ich habe ja gar nichts anzuziehen. Kommt ihr mit?«

»Leider nicht, ich muss wieder zur Arbeit«, bedauerte ich.

»Ich komme mit«, freute sich Melinda. Wir verabschiedeten uns, und ich fuhr zurück ins Büro. Die beiden zusammen auf Mallorca, ob das gut gehen würde? Der Produzent tat mir jedenfalls jetzt schon leid.

Im Büro waren weder Mimi noch Krischan da, darum surfte ich noch ein bisschen nach Schnäppchen, bis beide endlich wiederkamen. Ziemlich angeheitert.

»Fleißig, Mädchen, das bist du«, nuschelte er mir zu. »Richtig fleißig. Muss jetzt in mein Büro«, ließ er mich wissen und wankte in sein Zimmer.

Mimi kicherte. »Krischan hat eine Verehrerin. Die Bedienung beim Chinesen hat ihn richtig angebaggert und ihm einen Pflaumenschnaps nach dem anderen gebracht. Nach dem sechsten oder siebten hat er sich für heute Abend mit ihr verabredet.«

»Du hast auch eine ganz schöne Fahne. Wie viel hast du denn gebechert?«

»Natürlich so gut wie gar nichts. Ich trinke doch nicht während der Arbeitszeit«, sagte Mimi empört und bekam einen Schluckauf.

Kurz darauf fiel sie in ihrem Schreibtischstuhl in einen Tiefschlaf.

Wenigstens war sie zwei Stunden später wieder nüchtern genug, um mit mir zu Lui zu fahren.

»Was sagen wir ihm denn?«, wollte sie wissen und rieb sich dabei die Schläfen.

»Kopfschmerzen?«, grinste ich. »Wir fragen ihn einfach, warum er uns verfolgt. Weil wir dafür keine Erklärung haben.«

Vor seinem Haus fiel uns auf, dass wir keine Telefonnummer von ihm hatten.

»Also, reingehen tue ich da nicht«, stellte Mimi fest. »Egal, wie dämlich er ist, in seine Wohnung gehe ich nicht.«

»Musst du auch nicht«, beruhigte ich sie. »Wozu gibt es die Auskunft?«

Zwei Minuten später hatte ich die Nummer und wählte. Nach dem fünften Klingeln kam ein schlecht gelauntes »Ja?« aus dem Hörer.

»Lui, hier ist Alice. Ich stehe mit Mimi vor deinem Haus, und du solltest zusehen, dass du deinen Hintern hier raus zu uns bewegst. Wir warten fünf Minuten, danach hast du schlechte Karten.«

Nach diesen Worten legte ich schnell auf. Dieses mutige Auftreten lag bestimmt daran, dass ich nun dreißig war. Mit dreißig wusste eine Frau, was sie wollte. Ließ sich nichts mehr gefallen. Verfolgte konsequent ihren Weg. Also, so stand es jedenfalls in der *Cosmo*, aber die mussten es ja wissen. Sonst würden die das ja nicht schreiben.

Es dauerte genau sechs Minuten, bis die Haustür aufging. Mimi und ich standen an mein Auto gelehnt vor seinem Haus. Zum einen, weil wir fanden, dass das cool aussehen würde, zum anderen, weil uns trotz allem die Beine zitterten.

Lui sah nicht richtig gesund aus. Die Augen waren zwar nicht mehr entzündet, dafür prangte noch ein großes Pflaster auf seiner Stirn, und er ging an Krücken. Sein linker Fuß war dick bandagiert.

Mit zusammengekniffenen Augen starrte er uns an. »Ihr habt vielleicht Nerven, hier aufzukreuzen. Habt eh schon Glück gehabt, dass ich euch nicht schon längst die Knochen gebrochen habe.«

»So, Dicker, und jetzt mal ganz locker«, imitierte ich Krischan. »Wenn hier einer Grund hat, Knochen zu brechen, dann sind das ja wohl wir. Seit einer Woche gehst du uns verdammt auf den Sack. Spuck aus, was wir dir getan haben.«

Aus den Augenwinkeln sah ich Mimis bewundernde Blicke. Das tat gut.

»Wollt ihr mich verarschen? Ihr habt unser Trikot gestohlen. Jetzt ist es zwar wieder da, aber niemand stiehlt unser Trikot, ohne dafür zu bezahlen. Das ist ein Heiligtum. Außerdem seid ihr bei uns eingebrochen.«

»Meine Fresse, Lui, komm mal klar. Glaubst du, ich weiß nicht, wie wichtig das Trikot für euch ist? Schon vergessen, dass ich Ronnys Freundin bin? Er selbst hat mir erzählt, dass es das Originaltrikot von Petrić aus dem Spiel gegen Werder ist. Welchen Grund hätten wir, das zu klauen?«

»Weiß ich doch nicht, was in euren Köppen vor sich geht. Aber nur ihr könnt es gewesen sein. Die *Montys* haben nichts damit zu tun, egal, was die Scheißzeitungen schreiben.«

»Ach ja? Und da bist du dir ganz sicher?«

»Bin ich. Habe mit dem Boss gesprochen. Er weiß von nichts. Auch nichts von diesem ominösen Brief, der mir mit dem Trikot geschickt wurde.«

Ich lachte höhnisch. »Ach komm. Nur weil der Spacken seine Leute nicht im Griff hat, sollen wir die Bösen sein? Alter, schalt mal dein Gehirn ein. Warum sollten Mimi und ich bei euch einbrechen? Ronny hat mir genau gesagt, wo ich den Schlüssel finde. In seinem Küchenschrank. Hätten wir das Trikot haben wollen, hätten wir einfach aufgeschlossen und es uns geholt.«

Nun wirkte Lui endlich verunsichert. Er kratzte sich am Kopf und dachte nach. Das dauerte und ich nutzte meinen Vorteil.

»Entweder hat der Boss der *Montys* dich total verarscht oder er weiß einfach nicht, was seine Leute tun. Wir haben jedenfalls nichts damit zu tun. Und du kannst über noch etwas nachdenken. Wir hätten dir bei deiner Stalker-Nummer schon längst die Bullen auf den Hals hetzen können. Und warum haben wir das nicht gemacht? Hast du da mal drüber nachgedacht?«

»Warum nicht?«, fragte er nach.

»Alter, bist du nur blöd oder was? Wegen Ronny natürlich. Warum auch immer, für ihn bist du sein bester Freund. Glaubst du, ich lasse den besten Freund von meinem Schatz verhaften? Allerdings, wenn ich Ronny erzähle, dass sein toller bester Freund mich verfolgt und bedroht … Tja, keine Ahnung, wie sich das auf eure Freundschaft auswirkt. Probier das nur aus.«

Nun guckte Lui erschrocken. »Hey, Moment mal, immer langsam. Also, ihr meint, das waren echt *Montys*?«

»Alles andere macht doch wohl überhaupt keinen Sinn. Also, weil du Ronnys Freund bist, biete ich dir jetzt einen Deal an. Erstens, du entschuldigst dich bei uns. Und zweitens, du lässt uns ab sofort in Ruhe. Sonst lernst du uns kennen.«

Lui grübelte noch ein bisschen, doch seine vier Gehirnzellen hatten sich bereits entschieden.

»Ja. Okay, also, dann tut es mir leid. War einfach ein Missverständnis. Auch das mit dem Einbruch bei dir. Aber bin ja eh nicht reingekommen. Vergessen wir die Sache?«

Ich überwand mich und streckte ihm die Hand hin. »Deal?«

Lui schlug ein. »Deal. Und ihr erzählt Ronny nichts?«

»Nein, kannst dich drauf verlassen. Also, man sieht sich«, verabschiedete ich mich, zog Mimi ins Auto und gab Gas.

»Wenn ich könnte, würde ich dich für einen Oscar vorschlagen, ganz bestimmt«, beteuerte sie. »Das war eine einmalige Vorstellung. Und wir sind ihn wirklich los.«

»Es gibt Situationen im Leben, da wächst eine Frau über sich hinaus«, informierte ich sie. »Besonders, wenn sie dreißig ist. Also hattest du doch recht. Lui steckte hinter dem Einbruch. Aber ich habe ihn jetzt gar nicht gefragt, woher er meine Adresse hat. Blöd.«

»Vergiss es einfach«, riet Mimi. »Wir sind ihn los, das ist das Wichtigste.«

»Genau. Komm, das feiern wir, lass uns in der *Sansi-Bar* ein Glas Sekt trinken.«

»Aber nur eins. Wir müssen noch zu Stefan«, erinnerte sie mich.

Als Erstes wusch ich mir in der Bar die Hände. Dann stürzte ich, stolz wie Oskar, ein Glas Sekt runter. Mitten in meine Euphorie klingelte mein Handy.

»Süße, wo steckst du? Ich vermisse dich.«

»Yo Dicker, ist angekommen. Äh«, berichtigte ich mich schnell und schaltete von Gangsterliebchen um auf Freundin von Polizistin, »nur ein Scherz. Ich vermisse dich auch, aber Mimi und ich müssen noch etwas erledigen.« Endlich war ich es mal, die diesen Satz sagen durfte.

»Und wie lange dauert das noch?«, fragte Nick missmutig.

»Nicht mehr lange. Höchstens eine Stunde. Soll ich dir deine Lieblingspizza vom Italiener mitbringen?«

Mit Essen brachte man Nick immer sehr schnell vom Thema ab.

»Das wäre lieb von dir. Und nimm die große, ich habe Hunger.«

»Mache ich. Bis gleich«, verabschiedete ich mich und drehte mich zu Mimi um. Die war allerdings nirgends zu sehen.

Ich blickte mich um und sah sie am Tresen stehen, einen großen Wodka O-Saft vor sich.

Schnell brachte ich den aus ihrer Reichweite. »Wir müssen da jetzt nicht hin, wenn du nicht willst. Aber dir Mut anzutrinken ist keine gute Idee.«

»Was du immer hast. Als ob ich Mut brauchen würde, um meinen Exmann zu sehen. Ist ja lächerlich.«

»Dann ist ja gut. Also, wollen wir?«

Mimi blieb im Auto ziemlich schweigsam, was ich ihr nicht verübeln konnte. Musste ein komisches Gefühl sein.

»Nächste rechts rein und dann die zweite links. Das hellgrüne Haus auf der rechten Seite«, instruierte sie mich.

»Ihr habt ja toll gewohnt«, staunte ich. Wir waren in einem äußerst beliebten Viertel voller sanierter Altbauten, kleiner Läden und Cafés. Wahrscheinlich etwas zu beliebt, denn wir fanden keinen Parkplatz.

»Das ist ja dumm jetzt«, bedauerte Mimi. »Es hat wohl keinen Sinn, hier noch länger rumzukurven. Fahren wir eben nach Hause.«

»Mimi. Du schaffst das«, sprach ich ihr Mut zu, und in dem Moment fuhr jemand vor mir aus einer Parklücke. »Siehst du? Es ist alles im Leben vorbestimmt.«

»Einen Moment noch«, bat sie, klappte die Sonnenblende runter und beäugte sich kritisch im Spiegel. Danach kramte sie in ihrer Handtasche, holte erst Puder, dann Lipgloss und dann einen Kamm hervor.

»Wie sehe ich aus?«

»Super. Wie eine Frau, die ihren untreuen Mann verlassen hat und danach total erfolgreich durchgestartet ist. Wie eine Frau, die komplett mit sich im Reinen ist.«

»Übertreib es nicht«, grinste Mimi. »Gut, ich bin so weit.«

Schon der Eingang von dem Haus war ein Traum. An den Wänden waren alte Kacheln, ein kleiner, vergitterter Fahrstuhl war in einer Ecke untergebracht, und daneben führten auf Hochglanz polierte Treppen nach oben.

»Wir müssen in den ersten Stock«, gab Mimi kund.

Wir klingelten, und ein Mann Mitte dreißig machte auf. Als Erstes musste ich nach oben schauen, denn er war richtig groß. Und sah mit braunen, verwuschelten Haaren, braunen Augen und einem Lächeln im Gesicht richtig gut aus.

»Bella. Es ist lange her.«

»Hallo, Stefan«, brachte Mimi raus. »Das ist meine Freundin Alice.«

Stefan warf mir nur einen kurzen Blick zu und hatte ansonsten nur Augen für Mimi.

»Kommt rein. Ich freue mich wirklich, dich zu sehen. Du siehst toll aus.«

Ich drückte mich in den Flur und fand ein Gäste-WC. Die beiden sollten erst einmal allein sein.

Nach fünf Minuten wurde mir allerdings langweilig. Ich zählte noch zweimal bis sechzig und ging dann auf die Stimmen zu, die aus dem Wohnzimmer kamen. Auch das war super, hohe Decken mit Stuck und glänzendem Parkettboden. Stefan war Anwalt und, der Einrichtung nach zu schließen, ein ziemlich erfolgreicher.

»Alice, da bist du ja. Ich habe dich schon gesucht«, behauptete Mimi. »Ich wollte Stefan gerade erzählen, was wir von ihm wissen wollen.«

»Möchtet ihr etwas trinken? Vielleicht ein Glas Wein?«, fragte der. »Und setzt euch doch.«

Ich ließ mich auf ein helles Wildledersofa fallen und sah mich unauffällig um. Eindeutig eine Junggesellenwohnung, keine Blumen, keine Kerzen und auch keine verstreuten Zeitschriften.

Stefan kam mit einer Flasche Wein in der Hand zurück.

»Den habe ich vorhin noch schnell gekauft. Ich hoffe, du magst ihn noch«, sagte er zu Mimi.

Sie lächelte das erste Mal, seit wir bei ihm waren. »Ja, manche Dinge ändern sich nicht.«

Er goss drei Gläser voll und stieß mit uns an. Mit mir flüchtig, Mimi sah er dabei tief in die Augen. War ja richtig spannend hier, doch Mimi beendete das kleine Intermezzo sofort.

»Danke, dass du so schnell Zeit für uns hattest. Also, wie ich dir schon am Telefon gesagt habe, arbeiten Alice und ich für ein Inkassounternehmen. Und unser aktueller Fall betrifft deine Freundin Beatrice. Du erinnerst dich?«, fragte sie süffisant.

Er schaute ihr nur in die Augen. »Ich habe es dir damals gesagt, und ich sage es gerne heute wieder. Das war der größte Fehler meines Lebens.«

»Gut, aber ich bin nicht hier, um das alles wieder durchzukauen. Sondern wir brauchen ein paar Infos über die. Du hast mir damals erzählt, sie ist in deine Kanzlei gekommen, um einen anwaltlichen Rat einzuholen. Um was ging es dabei?«

»Tut mir leid. Aber das darf ich dir nicht sagen, Anwaltsgeheimnis.« Er guckte betreten und setzte entschieden hinterher: »Glaube mir, wenn ich dürfte, wärst du die Erste, der ich es sagen würde.«

Ich schaltete mich nun auch mal in das Gespräch ein. »Das haben wir uns schon gedacht. Aber was weißt du von ihr, was du uns erzählen darfst?«

»Nicht viel«, gab er zu. »Sie war damals selbstständige Kosmetikerin und hatte ihr Studio im Haus ihres Bruders. Das ist eigentlich alles, was ich von ihr weiß.«

»Kann ich mir schon vorstellen, dass du weniger an ihrer beruflichen Laufbahn interessiert warst«, giftete Mimi, die sich aber erstaunlich schnell wieder in den Griff bekam. »Entschuldigung, das gehört nicht hierher. Weißt du, wo dieser Bruder wohnt?«

»Ja, ich habe sie einmal abgeholt. Das war in der Benderstraße, Hausnummer weiß ich nicht mehr, aber ich erinnere mich an ein weißgeklinkertes Einfamilienhaus mit einem Vorgarten, der voller Blumen war.«

»Danke, damit hast du uns schon sehr geholfen«, sagte ich. »Ich muss leider mal eben ein dringendes Telefonat führen. Mimi, stellst du die restlichen Fragen bitte allein? Ich warte unten.«

Die beiden waren definitiv noch nicht fertig miteinander. Es dauerte fast fünfzehn Minuten, bis Mimi nach unten kam. Nach einem Blick in ihr Gesicht beschloss ich erst mal, lieber nichts dazu zu sagen.

»Hat Krischan deinen Reifen wechseln können?«, fragte ich stattdessen.

»Ja, hat er vorhin gemacht, bevor wir zum Chinesen gegangen sind. Das Auto steht abfahrbereit vor deiner Tür.«

»Ich bringe dich hin, aber vorher muss ich noch zum Italiener, Pizza für Nick holen.«

»Oh, das ist gut, das mache ich auch. Timo sitzt noch bis zehn Uhr an der Rezeption, ich bringe ihm eine Pizza vorbei.«

Langsam lenkte ich das Gespräch auf Stefan. »Da haben wir doch schon den ersten Anhaltspunkt. Ich fahre morgen früh als Erstes in die Benderstraße und werde mal sehen, ob die da immer noch ein Kosmetikstudio hat. Und wenn, lasse ich mir einen Termin geben. Dein Stefan hat uns wirklich weitergeholfen.«

»Ja«, gab sie wortkarg zurück.

»Ach Mimi. Solche Sachen dauern. Ist doch klar, dass du durch den Wind bist. Du warst mit ihm verheiratet. Da wäre es doch unnatürlich, wenn du jetzt nicht durcheinander wärst.«

Mimi schniefte. »Ich weiß auch nicht. Im Moment kommt alles wieder hoch, als wäre das erst gestern passiert.«

»Soll ich Nick absagen?«, bot ich an.

»Nein, alles gut. Du fährst zu Nick, ich fahre zu Timo, und morgen erzählst du mir, ob das Miststück noch als Kosmetikerin arbeitet.«

Das war das Mindeste, was ich für sie tun konnte. Wir holten Pizza und fuhren von meiner Wohnung in zwei verschiedene Richtungen davon.

Nick küsste mich ausführlich, bevor er mit seiner Pizza ins Wohnzimmer ging und den Fernseher anstellte.

»Weil du so süß bist, gebe ich dir ein Stück ab«, zeigte er sich großzügig.

Mehr als ein Stück konnte ich auch nicht essen, denn mir lag etwas äußerst quer im Magen. Ich wartete, bis er mit dem Essen fertig war. »Nick? Die letzten Tage mit dir hier waren einfach toll.«

»Aber?«, fragte er misstrauisch.

»Also, kein Aber. Nur, jetzt, wo der Stalker tot ist, sollte ich meine Sachen wieder zurück in meine Wohnung bringen.«

»Blödsinn. Das brauchst du doch nicht. Ich liebe es, wenn du hier bist. Wenn ich abends mein Auto abstelle und weiß, du bist da, komme ich noch mal so gerne nach Hause«, beteuerte er.

Mist. Da hatte er mich falsch verstanden.

»Ich liebe es auch, hier zu sein. Aber weißt du, ich liebe es auch, in meiner Wohnung zu sein. Jedenfalls manchmal«, schränkte ich nach seinem Blick schnell ein. »Weil, wenn ich immer hier bin, dann habe ich gar keine Zeit, dich zu vermissen.«

»Aber du musst mich doch nicht vermissen. Du kannst doch einfach hierbleiben«, meinte Nick ratlos.

»Findest du es nicht schön, jemanden zu vermissen? Sich darauf zu freuen, den anderen wiederzusehen? Eben einfach Sehnsucht zu haben?«

»Nein«, machte Nick klar. »Finde ich überhaupt nicht. Ich will dich in meinem Leben haben. Ich bin doch kein Poet, der nachts allein Gedichte über Sehnsucht schreibt.«

»So meinte ich das auch nicht. Aber weißt du, was passiert, wenn ich hier bei dir einziehe? Dann kommst du eines Tages nach Hause, und mir wäre das völlig egal. Ich würde dich sehen, und mein Herz würde nicht mehr wie verrückt klopfen. Ich hätte kein Kribbeln mehr im Bauch.«

»Du hast ein Kribbeln im Bauch?«, entzog sich Nick dieser Diskussion. »Nur im Bauch? Oder kribbelt es auch woanders?«

Ich lächelte ihn an. »Überall. Sobald ich dich sehe.«

»Dagegen müssen wir etwas tun. Ich kann es nicht verantworten, dass meine Freundin unter Kribbeln leidet«, grinste er mich an. »Komm mal her.«

Als ich am nächsten Morgen wach wurde, war ich allein. Hatten wir uns jetzt geeinigt, dass ich meine Sachen wieder in meine Wohnung bringen würde oder nicht? Doch, beschloss ich, das hatten wir. Also packte ich alles zusammen, und nach dreimal Treppe runter und Treppe rauf sah mein Corsa aus, als würde eine Familie drei Wochen lang Urlaub auf dem Campingplatz machen. Ich brachte die Sachen zu mir und fuhr in die Benderstraße. Das weißgeklinkerte Einfamilienhaus war das dritte in der Straße, und der Vorgarten sah wirklich erstaunlich aus. Wenn ich einen grünen Daumen hätte, würde ich meinen Garten auch so gestalten. Wenn ich denn einen Garten hätte. Allerdings gab es nirgendwo ein Schild von einem Kosmetikstudio. Darauf müsste sie doch hinweisen, oder? Doch an der Haustür waren zwei Klingeln. Einmal Burkhard Müller und einmal Kosmetikstudio Müller. Sehr interessant. Ich klingelte beim Studio, und nach einer Minute ging die Tür auf. Beatrice Müller war durchschnittlich groß, hatte lange, rote Haare und schon um diese Uhrzeit ein perfektes Make-up. Schlecht sah sie nicht aus, das musste ich zugeben.

»Frau Müller?«, fragte ich. »Eine Freundin hat Sie mir

empfohlen. Ich würde gern einen Termin für eine Gesichtsbehandlung vereinbaren.«

»Gerne«, lächelte sie. »Kommen Sie rein, wir schauen mal in meinen Terminkalender.«

Ich folgte ihr in einen kleinen Empfangsraum, in dem neben einem Schreibtisch Regale mit Pflegeprodukten standen. Sie blätterte in ihrem Kalender.

»Im Moment bin ich ziemlich ausgebucht, ich könnte Ihnen nur Donnerstag früh um halb neun etwas anbieten. Passt das?«

»Ja, perfekt, da kann ich. Und haben Sie vielleicht einen Prospekt mit dem, was Sie alles anbieten, für mich? Falls ich noch Extras möchte?«

»Natürlich«, antwortete sie und holte mir einen Flyer aus der Schublade. »Dann sehen wir uns am Donnerstag um halb neun. Schönen Tag noch.«

Sobald ich um die Ecke gefahren war, hielt ich wieder an und studierte den Prospekt. Bevor ich mir die Anwendungen durchlas, suchte ich nach der Firmierung. Auf der letzten Seite fand ich sie. Kosmetikstudio Müller mit Adresse und Telefonnummer. Und darunter stand »Inhaber: Burkhard Müller«. So machte sie das also. Versteckte sich hinter ihrem Bruder und arbeitete offiziell wahrscheinlich gerade mal auf Vierhundert-Euro-Basis. Aber uns würde etwas einfallen.

Im Büro wartete Mimi schon auf mich.

»Und? Hat sie noch ein Kosmetikstudio?«

»Ja. Hat sie. Allerdings läuft das unter dem Namen von ihrem Bruder. Doof ist sie nicht.« Nach einem Blick von Mimi korrigierte ich mich schnell. »Also, ich meine, natürlich ist sie doof. So etwas fliegt doch immer auf, das weiß doch eigentlich jeder. Ich habe übermorgen um halb neun einen Termin bei ihr, dann sehen wir mal weiter. Und bei dir? Warst du gestern noch bei Timo?«

»Ja, und ich habe ihm gesagt, dass wir heute Mittag wieder zum Training kommen.«

»Warum das denn? Das brauchen wir doch jetzt gar nicht mehr.«

»Lass uns das mal durchziehen. Schaden tut es uns bestimmt nicht.«

»Okay«, stimmte ich widerwillig zu. »Dann muss ich jetzt aber nach Hause und meine Sportsachen holen. Außerdem steht meine Wohnung voller Koffer und Taschen, die habe ich heute früh bei Nick wieder eingepackt.«

»Und was hat er dazu gesagt?«

»Nicht viel, er war schon zur Arbeit, als ich aufgestanden bin. Aber wir haben gestern Abend darüber gesprochen. Er versteht das bestimmt«, hoffte ich.

In meiner Wohnung füllte ich meinen Kleiderschrank wieder. Der übrigens groß genug für alle meine Sachen war. Anschließend machte ich noch ein bisschen sauber und ließ mich hinterher zufrieden auf mein Sofa fallen. Ich liebte meine Wohnung.

Das Radfahren war genauso anstrengend wie die Male zuvor. Sollte das nicht jedes Mal einfacher werden? Weil man immer trainierter wurde? Bei mir konnte ich diesen Effekt nicht feststellen, keuchend stieg ich eine Stunde später vom Rad.

»Ich lasse euch beide mal allein und gehe schon mal duschen«, sagte ich zu Timo und Mimi und stand drei Minuten später unter dem warmen Wasser. Das fand ich noch das Beste am Sport. Mimi kam kurz darauf auch in den Duschraum.

»Wollen wir noch in die Sauna? Timo hat gesagt, die würde heute laufen.«

Das war eine sehr gute Idee. Nach zwei Saunagängen lagen wir entspannt und in Decken gewickelt im Ruheraum.

»Stefan hat mich gestern Abend noch angerufen«, ließ Mimi mich wissen. »Er möchte sich noch mal mit mir treffen. Was meinst du?«

»Auf alle Fälle solltest du das machen. Irgendwie ist zwischen euch noch nicht alles geklärt. Das behindert dich in deiner persönlichen Entwicklung«, wusste ich.

»Ja, das kann sein. Aber heute Abend nicht, heute schauen wir uns ja mal hier im Büro um.«

»Genau. Und bis dahin muss ich noch ein bisschen schlafen. Ich bleibe dabei, Sport und ich, das passt nicht. Ich bin todmüde.«

Zurück in meiner Wohnung legte ich mich ins Bett und schlief fast sofort ein. Wach wurde ich erst wieder um neun Uhr abends. So ein Mist, ich wollte spätestens um sechs bei Nick sein. Damit er nicht denkt, es hätte sich etwas geändert. Ich machte mich in für meine Verhältnisse sehr kurzer Zeit fertig und sauste zu Nick. Als auf mein Klingeln nichts passierte, bemerkte ich, dass auch sein Auto nirgendwo zu sehen war. Nun gut, ich hatte es versucht, also fuhr ich zu Mimi.

»Ich bin gleich fertig. Ich hole nur noch meine Kamera. Wenn wir Verträge oder so etwas finden, fotografieren wir die.«

Mimi hatte mal wieder den Überblick.

Jetzt, um halb zehn, war der Parkplatz fast leer. Trotzdem nahmen wir zur Tarnung unsere Sporttaschen vom Rücksitz und betraten das Studio. Timo stand hinter dem Tresen.

»Hallo«, strahlte er Mimi an und küsste sie. Sie küsste etwas unbeteiligt zurück. Gab es da nicht dieses Lied? *Zwischen zwei Stühlen, mit meinen Gefühlen, uhuhu.*

»Es sind nur noch zwei Frauen in der Sauna, ansonsten ist das Studio leer. Ich sauge jetzt hier mal schnell durch. Ihr wollt euch bestimmt da vorn hinsetzen und auf mich warten, stimmt's?« Dabei zeigte er verstohlen auf die Bürotür, die nur angelehnt war.

Kaum war er mit dem Staubsauger zugange, legten Mimi und ich los. Wir wühlten uns durch Ordner und Akten, fanden Mitgliedsverträge, Handwerkerrechnungen und Stundeneinteilungen, nur keinen Vertrag zwischen dem Besitzer und Diedrichsen oder anderes Verdächtiges.

»Hier ist nichts«, flüsterte Mimi frustriert. »Aber es muss etwas geben. Wo kann er solche Unterlagen denn sonst aufbewahren?«

Ich überlegte. »Wahrscheinlich bei sich zu Hause, das wäre sicherer. Oder sie haben das Ganze einfach mit Handschlag besiegelt.«

Wir verließen das Büro und setzten uns an den Tresen.

»Nein, das glaube ich nicht«, meinte Mimi. »Und überhaupt, weiß der Besitzer eigentlich, dass Didi hier Schwarzgeld anlegt? Nur dann würde es ja einen Sinn ergeben, Geschäftsverträge nicht im Büro aufzubewahren.«

»Ich habe keine Ahnung, aber eine Idee. Wir fahren morgen früh zu meinem Vater in die Werkstatt und fragen ihn einfach, wie er vorgehen würde, wenn er sich einen Partner suchen würde. Er muss solche Dinge doch eigentlich wissen, oder?«

»Keine schlechte Idee«, lobte Mimi. »Dann sind wir hier fertig?«

»Sind wir. Zumindest für heute. Ist auch schon nach elf. Soll ich dich nach Hause fahren?«

»Timo fährt mich«, antwortete sie mit einem Zwinkern.

»Ich wünsche euch einen schönen Abend«, verabschiedete ich mich und fuhr das zweite Mal an diesem Abend zu Nick. Sein Auto stand immer noch nicht vor der Tür. Warum hatte er sich eigentlich überhaupt nicht bei mir gemeldet? Ich holte mein Handy aus der Handtasche, aber da war weder ein Anruf noch eine Nachricht von Nick. Ich versuchte, ihn zu erreichen, aber nach fünfmal Klingeln schaltete sich nur die Mailbox ein. Da ich nicht wusste, was ich sagen sollte, legte ich auf und fuhr zu mir. Den Rest des Abends hörte ich auch nichts mehr von Nick.

Am nächsten Morgen holte ich Mimi ab, und wir fuhren zur Werkstatt meines Vaters.

Er guckte sehr überrascht.

»Hallo, Papa, hast du ein bisschen Zeit für uns? Wir wollen dich etwas fragen.«

Er sah auf die Uhr. »Eine halbe Stunde, dann muss ich in die Nannenstraße, da geht die Spülung nicht mehr.«

Sehr interessant.

»Also, wir haben eine ganz allgemeine Frage. Wenn du dir für deinen Betrieb einen Partner suchen würdest, wie würde das dann ablaufen?«

Mein Vater sah mich misstrauisch an. »Warum sollte ich mir einen Partner suchen? Glaubst du, ich schaffe es nicht, meinen Betrieb allein zu führen?«

»Papa. Das ist rein theoretisch. Es geht nicht um dich.«

»Warum fragst du mich dann?«

Himmel noch mal, der Mann war vielleicht kompliziert.

»Wir haben einen Fall bei der Arbeit, wo es um genau solche Dinge geht. Und ich habe zu Mimi gesagt, mein Vater ist der totale Fachmann, der kennt sich aus. Den können wir fragen.«

Nun lächelte er. »Ja, nun, das ist wohl wahr. Also, was wolltet ihr wissen?«

»Wie gesagt, wenn sich jemand mit einem Partner zusammentut, wie läuft das dann?

»Zuerst kommt es darauf an, wie viele Prozente vom Unternehmen der Partner haben will oder bekommen kann. Sagen wir mal, dreißig Prozent. Dann wird von Wirtschaftsanalysten der Wert der Firma bestimmt, und davon muss der Neue dann die dreißig Prozent aufbringen und einzahlen. Das Ganze wird beim Notar beglaubigt, das Gewerbeamt wird informiert, das Finanzamt natürlich auch, es gibt einen Eintrag im Handelsregister. Ja, und dann muss man wohl auch neue Firmenschilder anfertigen lassen. Weil, die Firma hieße dann ja nicht mehr nur Meier, sondern eben Meier und Partner.«

»Gut. Und wenn der Partner das Ganze gar nicht so gerne öffentlich haben möchte? Wenn er nur nach einer Investition sucht, um Schwarzgeld anzulegen?«

»Dann wäre er ein Verbrecher«, stellte mein Vater fest.

»Ja, gut. Aber, nur mal angenommen, wie könnte so etwas laufen?«

Er überlegte. »Das würde nicht funktionieren. Weil, wenn sich jemand überhaupt einen Partner sucht, dann deswegen, weil er in ziemlichen finanziellen Schwierigkeiten steckt. Also braucht er Geld, aber Schwarzgeld würde ihm nicht weiterhelfen. Das dürfte er ja wohl nicht auf sein Firmenkonto einzahlen. Und selbst, wenn er sich das Geld unters Kopfkissen stecken würde, der Partner möchte ja eine Rendite haben. Das kann man in den Büchern nicht verstecken. Nein, das würde alles keinen Sinn ergeben.«

»Das hat uns schon sehr geholfen«, sagte Mimi. »Vielen Dank.«

»Oh, immer gern. Bis zum nächsten Mal«, antwortete er und versuchte ein unauffälliges Zwinkern in Mimis Richtung. Es stand wohl die nächste Tanzstunde an.

»Dein Vater hat recht«, sinnierte Mimi im Auto. »Bräuchte der Hansen so dringend Geld für sein Studio, würde ihm Schwarzgeld nicht weiterhelfen. Verdammt, wir sind wieder ganz am Anfang.«

»Nein, sind wir nicht«, widersprach ich. »Hansen braucht Geld, weil er sich irgendwo anders, zum Beispiel beim Hausbau, übernommen hat. Er kann vielleicht Schwarzgeld nicht auf sein Firmenkonto einzahlen, aber er kann damit die Baufirma und die Handwerker bezahlen. Dann erholen sich auch seine Firmenfinanzen, wenn er seine Einnahmen nicht privat verbraucht, sondern sie wieder in die Firma stecken kann. Also hat er sich entweder von Diedrichsen Geld geliehen, und das Studio dient als Sicherheit. Oder er hat Diedrichsen einen Teil des Studios verkauft und nimmt selber Schwarzgeld ein. Und damit zahlt er ihm diese Rendite.«

»Das ergibt einen Sinn. Ich rufe mal eben Timo an, ob der was von Schwarzgeld weiß.«

Kurz darauf wirkte sie äußerst zufrieden. »Timo kann uns in einer Stunde im *Brainstorm* treffen. Glaub mir, wir stehen kurz vor dem Durchbruch.«

Vielleicht hatte sie recht.

Tatsächlich bestätigte Timo unsere Vermutung: »Im Studio läuft einiges an Geld am Finanzamt vorbei. Das ist relativ einfach. Zum Beispiel werden die Zehnerkarten für das Solarium und die Ferienkarten für Schüler bar bezahlt. Dann gibt es auch einige Mitglieder, die nicht wollen, dass der Monatsbeitrag vom Konto abgebucht wird. Auch die zahlen bar. Da kommt einiges zusammen.«

Das war ja interessant. Nun blieb allerdings noch die Frage, wie das alles mit Diedrichsen zusammenhing und wie wir es beweisen sollten. Doch auch da konnte Timo uns helfen.

»Vielleicht fällt mir noch etwas ein«, munterte er uns auf. »Ich habe Freitagabend noch mal Tresendienst, Tatjana ist die ganze Woche krankgeschrieben.«

»Tatjana?«, fragte ich und setzte mich gerade hin. »Wie heißt die mit Nachnamen?«

»Kramer, glaube ich. Sie ist erst seit zwei Monaten hier.«

»Das ist die Exfrau von Diedrichsen«, klärte Mimi ihn auf. »Also hatten wir wirklich recht. Und rate mal, warum die gerade hier arbeitet.«

»Um das Schwarzgeld abzugreifen«, folgerte Timo. »Und da sie in Schichten arbeitet, immer eine Woche abends und eine Woche tagsüber, hat sie dazu ausreichend Gelegenheit.«

Mimi nickte zufrieden. »Wir kreisen sie immer mehr ein. Bald wird uns auch einfallen, wie wir das alles beweisen können. Wartet nur ab, ich habe das einfach im Gefühl.«

Leicht zweifelnd sah ich sie an, aber bei manchen Dingen hatte sie in der letzten Zeit wirklich richtig gelegen.

»Gut, dann lass uns mal ins Büro fahren«, schlug ich vor. »Da überlegen wir uns das Ganze mal in Ruhe.«

Timo musste auch zurück ins Studio und verabschiedete sich sehr süß von Mimi.

Kaum saßen wir im Auto, fühlte ich Mimi auf den Zahn.

»Ich glaube, der hat sich ziemlich in dich verknallt, oder?«

»Ja, ein bisschen. Aber ich war von Anfang an ehrlich zu ihm. Dass bei mir im Moment alles ein bisschen kompliziert ist und ich keine Ahnung habe, wohin das mit uns führt. Und vor allem habe ich ihm gesagt, dass er uns nicht helfen soll, weil er etwas von mir will. Das eine hat mit dem anderen nichts zu tun.«

»Das ist gut. Und wenn es nichts Festes mit euch werden sollte, weiß er wenigstens, auf was er sich eingelassen hat. Wirst du dich nun mit Stefan treffen?«

»Ja, heute Abend. Es stimmt schon, ich brauche da noch einen richtigen Abschluss.«

Einen Abschluss brauchte ich zwar auf gar keinen Fall, trotzdem wollte ich wissen, was mit Nick los war. Warum meldete er sich nicht?

Ich rief ihn an, und nach dem dritten Klingeln ging er ran.

»Nick? Ich war gestern Abend zweimal bei dir und habe dich ein paarmal angerufen. Wo warst du?«

»Ich?«, fragte er bitter. »Wahrscheinlich in einem verräucherten Café, wo ich, mit einer Baskenmütze auf dem Kopf, eine Ode an die Sehnsucht geschrieben habe. Du hast ja keine Zeit verschwendet, deine Sachen wieder einzupacken.«

»Ach Nick. Du sollst nicht böse auf mich sein. Sehen wir uns heute Abend?«

»Ich bin gegen sechs zu Hause, will aber später noch was mit den Jungs machen. Wir können ja noch mal telefonieren. Ich muss jetzt los«, sagte er und legte einfach auf.

»Mist, Mimi. Nick ist richtig sauer auf mich«, stellte ich kleinlaut fest. »Der hat einfach aufgelegt.«

»Ich habe mir so etwas schon gedacht. Vielleicht hättest du gestern nicht so Knall auf Fall deine Sachen packen sollen. Sondern so jeden Tag ein bisschen, dann wäre es ihm gar nicht aufgefallen.«

»Ja, kann sein«, seufzte ich. »Aber das kann ich jetzt nicht mehr ändern. Ich fahre später einfach zu ihm und kläre das.«

Mittlerweile waren wir im Büro angekommen, wo Krischan schon auf uns wartete. Er sah etwas verkatert aus.

»Na, ihr? Kommt ihr allein klar? Ich habe mir irgendwas eingefangen, Virus oder so. Besser, ich fahre wieder nach Hause.«

Bestimmt hatte er sich bloß wieder beim Mittagessen den einen oder anderen Pflaumenschnaps eingefangen.

»Kein Problem, wir halten die Stellung«, beruhigte Mimi ihn.

Kaum war er weg, nahm sie unser Gespräch von vorhin wieder auf. »Also, wir brauchen Beweise. Mittlerweile haben wir drei Verdächtige. Ole Hansen, den Besitzer, Diedrichsen und jetzt auch noch Tatjana. Da muss doch irgendwas gehen.«

»Wir müssten sie gegeneinander aufbringen«, überlegte ich. »So, dass sie sich nicht mehr über den Weg trauen. Dann würde vielleicht einer reden.«

»Das ist gut. Und wie bringen wir sie gegeneinander auf?«

»Ich könnte versuchen, mich mit Tatjana anzufreunden. Ihr sagen, wie leid es mir tut, wie alles gelaufen ist. Dass das alles nur deine Schuld war und ich mit dir nichts mehr zu tun haben will.«

»Warum denn meine Schuld?«, fragte Mimi beleidigt. »Kannst du ja auch Schuld haben.«

»Nein, du hast sie in den Flur geschubst und warst auch ein bisschen unfreundlich. Glaubwürdiger wäre es, wenn ich die Gute wäre.«

»Okay, von mir aus«, brummte Mimi. »Wie willst du das machen?«

»Ich fahre zu ihr. Wenn sie krank ist, sollte sie ja zu Hause sein. Und dann werde ich sehen, wie weit ich komme. Genau. So mache ich es. Bleibst du hier?«

Mimi nickte und wünschte mir viel Glück.

Beherzt machte ich mich auf den Weg. Tatjana war tatsächlich zu Hause, allerdings nicht sonderlich erfreut über meinen Besuch.

»Bitte, ich kann mir gut vorstellen, dass du sauer auf mich bist«, beteuerte ich vor ihrer Tür. »Aber lass mich einfach mal rein, ich möchte dir etwas erklären.«

Mit roten Augen und laufender Nase sah sie wirklich krank aus. Vielleicht hatte sie deshalb keine richtige Energie, um mich abzuwimmeln. Resigniert ließ sie mich herein und ging ins Wohnzimmer, wo sie sich gleich wieder aufs Sofa legte.

»Danke, dass du dir Zeit für mich nimmst«, schleimte ich. »Zuerst einmal möchte ich mich entschuldigen für diese ganzen Unannehmlichkeiten. Das ging alles von Mimi aus. Darum ist sie auch nicht mehr meine Freundin. Ich kann ihre Art einfach nicht mehr ab.«

Tatjana nieste erst mal. »Wer ist Mimi?«, fragte sie

»Äh, ja richtig. Sie wollte, dass wir uns dir mit falschen Namen vorstellen. Also, sie heißt nicht Natascha, sondern Mimi. Und ich ganz bestimmt nicht Chantal. Sondern Alice.«

»Okay. Dann von mir aus Mimi. Mit der habe ich sowieso noch eine Rechnung offen.«

»Glaube mir, ich auch. Und nicht nur eine. Aber unser Chef hat auch ziemlich schnell gemerkt, wie die drauf ist, und hat sie gestern rausgeschmissen. Darum bin ich eigentlich auch hier. Um dir zu sagen, dass du von der nichts mehr zu befürchten hast.«

»Ja, okay. Aber du arbeitest doch da noch. Also verfolgst du mich jetzt allein, oder wie soll ich das verstehen?«

»Blödsinn«, sagte ich im Brustton der Überzeugung. »Auf gar keinen Fall. Ich habe gleich gemerkt, dass du ein total netter Mensch bist. Und wenn du im Moment nun mal kein Geld hast, um deine Schulden zu bezahlen – was sollst du machen? Kannst es dir ja nicht aus den Rippen schneiden. Ich bin sicher, sobald du eine Möglichkeit siehst, wirst du bestimmt zusehen, dass du Raten zahlst oder so.«

War das jetzt zu dick aufgetragen? Anscheinend nicht.

»Du warst mir auch gleich sympathisch«, behauptete Tatjana. »Und ich hatte mich schon gefragt, warum eine so nette Frau wie du mit jemandem wie dieser Mimi abhängt.«

»Freut mich, dass wir das geklärt haben. Kann ich vielleicht noch etwas für dich tun? Dir eine Suppe kochen oder so?«

»Also, es wäre total super, wenn du mir ein paar Tempos besorgen könntest, meine sind fast alle. Drei Häuser weiter ist ein kleiner Supermarkt.«

»Natürlich, mache ich gern. Ich komme gleich wieder.«

Fröhlich lief ich zum Supermarkt. Das lief ja großartig. Mit den Tempos in der Hand ging ich zurück und schrieb ihr meine Handynummer auf.

»Hier, wenn du noch etwas brauchst, ruf mich an. Ich habe wirklich ein schlechtes Gewissen, wie wir dich behandelt haben. Das ist gar nicht meine Art. Ich wäre froh, wenn ich es wenigstens ein bisschen wieder gutmachen könnte.«

Sie versprach, sich zu melden, und ich fuhr stolz zurück ins Büro.

»Das wird der Beginn einer wunderbaren Freundschaft«, informierte ich Mimi. »Nur du musst dich in nächster Zeit etwas zurückhalten. Komm erst mal nicht ins Studio, wenn sie wieder fit ist, sollte sie dich da nicht sehen.«

»Kein Sport mehr? Wie schade«, grinste Mimi. »Das hast du toll gemacht. Dann lass uns mal Feierabend machen, ich will mich auf mein Treffen mit Stefan vorbereiten.«

»Was ziehst du an?«, wollte ich wissen.

»Das ist eine gute Frage. Ich muss gut aussehen, aber er soll nicht glauben, dass ich mich für ihn aufgedonnert hätte.«

»Nimm die schwarze Röhrenjeans und dazu deinen türkisen langen Pullover. Das sieht sexy aus, aber nicht übertrieben«, riet ich ihr.

»Sehr gut. Und du besänftigst Nick?«

»Ja. Und ich habe schon eine Idee, wie ich das mache. Also, lass uns los.«

Ich brachte Mimi nach Hause, fuhr noch kurz einkaufen und dann zu mir. Mit einer Maske im Gesicht und einer Mandelpackung in den Haaren blieb ich eine halbe Stunde lang in der Badewanne. Eine weitere Stunde später hatte ich das Möglichste aus mir herausgeholt, und ich konnte mich um Schritt zwei meines Planes kümmern.

In meinen schärfsten Dessous und mit meinen Einkäufen bewaffnet, fuhr ich zu Nick. Viertel vor sechs, was für ein Timing. Ich legte mich äußerst freizügig bekleidet auf sein Sofa, nahm eine verführerische Pose ein und verteilte strategisch günstig halbierte Erdbeeren auf mir. Bei diesem Anblick sollte er doch wohl schwach werden.

Keine zehn Minuten später hörte ich seinen Schlüssel in der Tür. Und Stimmen.

»Beeilt euch, das Spiel fängt gleich an«, sagte Steven.

»Wir sind gut in der Zeit«, antwortete Tim.

Panisch sprang ich auf, riss die Wolldecke vom Sessel und schmiss mich damit wieder aufs Sofa, die Decke bis zum Hals hochgezogen.

»Hey, Alice, bist du krank?«, wollte Tim wissen, der als Erster hereinkam.

»Ja, nein, vielleicht«, gab ich panisch zurück.

»Wir wollen hier ein Fußballspiel sehen«, informierte mich Steven. »Könntest du dich vielleicht ins Schlafzimmer legen?«

Da kam auch Nick endlich rein.

»Hey, geht es dir nicht gut?«, wollte auch er wissen und kam zu mir. Vorher trat er allerdings auf eine halbe Erdbeere.

»Alice, was ist das denn für eine Sauerei? Warum hast du hier überall Erdbeeren auf den Boden geschmissen?«

»Ich weiß nicht«, piepste ich. »Nick, kann ich dich mal kurz sprechen? Unter vier Augen?«

»Ja, komm mit in die Küche«, antwortete er und ging Richtung Tür.

»Nein«, schrie ich. »Das geht nicht. Ich muss hier mit dir sprechen.«

Er rollte genervt die Augen, während Tim und Steven nur mit den Schultern zuckten.

»Wir holen schon mal das Bier aus der Küche«, sagte Tim zu Nick und beide verließen endlich den Raum.

»Was soll denn das? Wieso benimmst du dich so blöd?«

Bei seiner Unfreundlichkeit kamen mir die Tränen. »Ich wollte dich doch überraschen«, schniefte ich. »Ich wusste doch nicht, dass du hier mit den beiden ein Spiel gucken willst.«

»Und wie hast du dir die Überraschung vorgestellt? Dass du meinen Fußboden mit Erdbeeren versaust und meine Freunde vergraulst?«

»Du solltest die Erdbeeren doch essen. Und jetzt bin ich in einer peinlichen Lage.«

Vorsichtig zog ich die Decke von mir weg. Leider klebten noch etliche Erdbeeren auf mir, die nun zermatscht waren und deren Saft mir über den Bauch lief. Ausgesprochen sexy.

Nick sah mich erst fassungslos an, dann brach er in ein so lautes Lachen aus, dass die Sektgläser, die ich auf den Tisch gestellt hatte, wackelten. Er kriegte sich gar nicht wieder ein. Neugierig kamen Tim und Steven wieder rein, und schnell zog ich mir die Decke wieder bis zum Hals

Noch immer ohne Ende lachend, nahm Nick mich kurzerhand mitsamt der Decke hoch und trug mich ins Badezimmer.

»Süße, du bist einfach ein Knaller. Das ist…«, der nächste Lachanfall unterbrach ihn kurz, »das ist unglaublich.«

»Ich möchte jetzt gerne duschen«, sagte ich mit rotem Kopf. »Und dann nie wieder darüber reden.«

»Das, meine Süße, kann ich dir ganz bestimmt nicht

versprechen. Die Geschichte ist viel zu gut, als dass ich sie vergessen könnte.«

Er ließ mich allein, und ich pellte mich aus den klebrigen Dessous. War das eklig, alles pappte. Nach einer langen Dusche zog ich Nicks Bademantel an und flüchtete ins Schlafzimmer. Großartig, ich war ja eine richtige Sirene. Frustriert legte ich mich aufs Bett und schaute im Fernsehen Seifenopern.

Etwas später kam Nick rein, warf sich aufs Bett und nahm mich in die Arme.

»Das war eine so süße Idee von dir«, sagte er und bedeckte mein Gesicht mit Küssen. »Auch, wenn du an deinem Timing noch arbeiten solltest, du bist wirklich eine Traumfrau.«

Geschmeichelt lächelte ich ihn an. »Und du bist gar nicht mehr böse auf mich?«

»Ich versuche es öfter mal, aber du machst dem immer ganz schnell wieder ein Ende. Willst du mit uns Fußball gucken? Gleich fängt die zweite Halbzeit an.«

»Nö, später vielleicht. Viel Spaß.«

Er gab mir noch einen Kuss und verschwand. Fußball war nicht so mein Ding, lieber guckte ich diese neue Castingshow. Da konnten die Leute wirklich singen, und niemand wurde vorgeführt und lächerlich gemacht. Jetzt gerade kam ein Mann auf die Bühne, setzte sich an ein Klavier und sang dazu ein Liebeslied. Schade eigentlich, dass Nick nicht Klavier spielen konnte. Ich stellte ihn mir vor, in einem weißen, aufgeknöpften Hemd und mit schmachtenden Blicken in meine Richtung. Ach was, wozu soll der Mann ein Hemd tragen. In meiner Fantasie sah ich Nick jetzt mit nacktem Oberkörper am Klavier, die Muskeln an seinen Armen zeichneten sich jedes Mal wunderbar ab, wenn er die Tasten anschlug. Dazu sang er statt *Oh Mandy* »Oh Alice«. Während ich noch mit halb offenem Mund und einem dümmlichen Grinsen im Gesicht diesen Bildern nachhing, stand plötzlich Nick vor mir.

»Hast du Bauchschmerzen?«, fragte er besorgt.

»Äh, nein. Alles gut.«

»Ich will nur einen Pullover von Tim holen, den hat er hier mal vergessen. Bin schon wieder weg.«

Wie peinlich. Erst mein verunglückter Verführungsversuch, und nun dachte Nick auch noch, ich hätte Blähungen. Großartig, ich war ja eine echte Witzfigur.

Später schaute ich doch noch kurz ins Wohnzimmer. Bei meinem Anblick hauten sich Tim und Steven weder vergnügt auf die Schenkel, noch brachen sie in hämisches Lachen aus. Also hatte Nick ihnen wenigstens nichts erzählt. Ein kleiner Trost.

Die drei nahmen wenig Notiz von mir, sondern schrien nur den Fernseher an und beschimpften die Spieler. Ob die aus ihrer eigenen Mannschaft oder der anderen, konnte ich nicht erkennen, aber sie waren sehr engagiert bei der Sache. Also ging ich zurück ins Schlafzimmer vor den Fernseher und stieß beim Zappen auf Melindas Show. Ein Dicker schluchzte gerade in die Kamera und erzählte einer Frau, dass er jede Nacht von Currywurst und Cheeseburgern träumen würde. Die war wohl eine Psychologin, denn statt ihm zu sagen, er solle sich einfach mal beherrschen und etwas Disziplin zeigen, tätschelte sie ihm das Knie und beteuerte, dass das in seiner Situation vollkommen normal wäre. Dann mussten alle Kandidaten merkwürdige Spiele spielen, zum Beispiel versuchen, einen LKW einen Berg hochzuschieben. Endlich kam auch Melinda ins Bild. Im Fernsehen sah sie sogar noch besser aus als im wahren Leben. Und sie war in ihrem Element.

»Los, ihr Luschen, gebt Gas. Das Ding wiegt doch nichts. Wer aufgibt, bekommt keine Punkte«, schrie sie.

Tim und Steven riefen mir durch die Tür ein Tschüss zu, und ich hörte die Wohnungstür zufallen. Ich lief in den Flur.

»Nick, komm schnell. Mellys Serie läuft.«

Er legte sich zu mir aufs Bett, und gemeinsam verfolgten wir, wie es nach der Werbung weiterging.

»Da. Jetzt kommt Melly wieder«, rief ich aufgeregt.

Diesmal war sie mit einer Gruppe in einer Sporthalle und trug zu engen Shorts ein T-Shirt mit der Aufschrift der Serie *Dick und Doof*. Zwischen all den übergewichtigen Kandidaten sah sie aus wie eine Gazelle, allerdings eine mit wehenden blonden Haaren und perfekt geschminktem Gesicht.

»Heute steht Volleyball auf dem Programm«, bellte sie. »Grün gegen Rot, alle auf eure Plätze.«

Während die Kandidaten immer mehr schwitzten und ihre Köpfe knallrot wurden, stand sie ungerührt am Spielfeldrand und blies ständig in eine Trillerpfeife. Am Ende der Folge wurden die Leute gewogen, und eine Frau, die am wenigsten abgenommen hatte, musste nach Hause fahren.

»Ganz schön krank«, fand Nick. »Findest du so etwas gut?«

»Nein«, heuchelte ich. »Eher schon menschenverachtend und entwürdigend. Traurig, dass meine Schwester sich für so etwas hergibt.«

»Ich finde es eher traurig, dass es Leute gibt, die sich so

etwas freiwillig angucken. Anscheinend macht man im Fernsehen nur noch Quote mit den untersten Schubladen«, befand Nick und machte den Fernseher aus. »Deine Dessous fand ich übrigens verdammt scharf. Bekomme ich die mal wieder zu sehen? Vielleicht ohne zermatschte Erdbeeren drauf?«

»Ich habe gesagt, ich möchte da nicht mehr drüber reden«, sagte ich, musste aber trotzdem kichern.

»Na gut«, grinste er. »Übrigens haben wir deinen Stalker identifiziert. Typische Geschichte.«

»Wieso?«, fragte ich vorsichtig.

»Alleinstehend, keine Familie. Ein Nachbar von ihm hat sich heute bei uns gemeldet. Und uns erzählt, dass der sehr abgeschottet gelebt hat. Solche Leute suchen sich dann gern jemanden und bilden sich ein, dass da die große Liebe draus wird.«

»Oh. Also, das tut mir trotzdem leid. Ist ja nicht schön, wenn ein Mensch so allein ist. Aber gut, dass die Geschichte vorbei ist. Auch darüber möchte ich nicht mehr so gerne reden.«

»Du möchtest nicht reden? Gibt es vielleicht sonst etwas, was du machen möchtest?«

Mit dieser Vermutung hatte er mal wieder ins Schwarze getroffen. Und ich stellte fest, dass man einen Mann auch ohne scharfe Dessous und halbierte Erdbeeren verführen konnte.

Als ich am nächsten Morgen wieder wach wurde, lag Nick noch schlafend neben mir. Ich ging leise duschen und zog danach wieder den Bademantel an. Meine Packaktion hatte ich ein bisschen zu gründlich durchgeführt, nicht ein Teil von mir hing noch im Schrank. Auf dem Weg in die Küche warf ich einen Blick ins Wohnzimmer. Wenn das hier auch meine Wohnung wäre, hätte ich mich ziemlich aufgeregt. Der Tisch war voller Bierflaschen, dazwischen lagen eingeweichte Chips und Pizzareste. Wie gut, dass dafür allein Nick zuständig war. Der kam kurz darauf, den Kaffeegeruch in der Nase, in die Küche.

»Musst du heute nicht los?«, wollte ich wissen.

»Doch, aber später. Wir haben erst um elf eine Besprechung.«

»Wie spät ist es denn jetzt?«

Er sah auf seine Uhr. »Zehn nach acht.«

»So ein Mist, so ein verdammter«, rief ich und rannte ins Schlafzimmer. Heute musste es wohl mal ohne frische Wäsche gehen, ich zog mir meine Klamotten von gestern über, brachte meine Haare notdürftig in Ordnung und rannte zur Tür.

»Ich muss los, ich rufe dich an«, rief ich in Richtung Küche und fuhr, so schnell es ging, zu meinem Kosmetiktermin bei Beatrice Müller. Erst zwanzig vor neun war ich da.

»Tut mir so leid«, keuchte ich abgehetzt. »Ich habe verschlafen.«

»Kein Problem«, beruhigte sie mich. »Ich habe schon alles vorbereitet. Ziehen Sie bitte Ihr Oberteil aus und legen Sie sich auf die Liege.«

Wie peinlich, natürlich gerade heute war ich oben ohne. Mein BH von gestern war so mit Erdbeeren verklebt, den hatte ich nicht anziehen können. Ich tat so, als wäre es normal, keinen BH zu tragen, und machte es mir gemütlich. Frau Müller alias *Das Miststück* packte mich in eine Decke und Handtücher ein und begann, eine wunderbar duftende Lotion über mein Gesicht und mein Dekolleté zu verteilen. Mein Plan war eigentlich unschlagbar. Zuerst würde ich nur ganz belanglos mit ihr plaudern. Dann, wenn sie sich in Sicherheit wiegte, würde ich ihr einige Fangfragen stellen. Welche, wusste ich noch nicht, die würden mir schon noch einfallen. Womit ich nicht gerechnet hatte, war, dass die Frau richtig gut war. Mit diesen leichten, kreisenden Bewegungen in meinem Gesicht lullte sie mich so ein, dass ich nach fünf Minuten eingeschlafen war. Das war nicht meine Schuld, erstens war ihre Behandlung so entspannend, und zweitens hatte Nick mich letzte Nacht ziemlich lange am Schlafen gehindert. Jedenfalls wurde ich erst wieder wach, als alles vorbei war.

»Ich wünschte, ich hätte mehr Kundinnen wie Sie. Wenn sich meine Damen alle so entspannen würden wie Sie, hätten sie viel mehr von der Behandlung.«

Benommen stand ich von der Liege auf und zog mir meinen Pullover wieder an.

»Ich wollte gar nicht schlafen«, teilte ich ihr ehrlich mit. »Ich hatte nämlich einige Fragen zu meiner Haut.«

»Damit haben Sie wirklich Glück. So feinporige Haut sehe ich selten.«

Davon hätte ich gerne noch mehr gehört, doch nun klingelte es an der Tür.

»Es tut mir leid, meine nächste Kundin kommt schon. Wenn es Ihnen gefallen hat, freue ich mich, Sie wiederzusehen.«

»Ja«, sagte ich schnell, als sie von der Tür zurückkam. »Kann ich gleich nächste Woche wiederkommen? Ich brauche ganz dringend die Spezial-Augenbehandlung.«

»Wir schauen mal«, willigte sie ein, und ich folgte ihr in den Empfangsraum. Dort saß bereits die nächste Kundin.

»Nächste Woche Mittwoch um halb eins?«, fragte Frau Müller.

»Gerne. Diesmal bin ich auch pünktlich«, versprach ich. Nachdem ich einen erstaunlich günstigen Preis bezahlt hatte, ging ich zum Auto und schaute mich im Schminkspiegel an. Verdammt, die Frau war wirklich gut. Meine Haut war rosig und strahlte nur so. Ob Mimi wohl Verständnis hätte, wenn sie meine neue Kosmetikerin werden würde?

Mittlerweile war es nach zehn, und ich sah zu, dass ich ins Büro kam. Mimi wartete schon gespannt.

»Und? Wie war es? Was hast du rausgekriegt?«

»Ach Mimi, wir müssen doch nicht immer von mir reden. Erzähl du mir lieber von deinem Date mit Stefan. Ich bin ja so neugierig.«

Mimi knetete ihr Ohrläppchen. Das tat sie immer, wenn sie nervös war.

»Ähm, anders als geplant. Es war jetzt nicht so der direkte Abschluss.«

»Sondern?«, fragte ich gespannt.

»Es war wie ein richtiges Date. Schon nach fünf Minuten wusste ich wieder ganz genau, warum ich ihn mal geheiratet habe.«

»Das ist doch super«, freute ich mich.

»Nein. Das ist es nicht«, antwortete sie düster. »Ich werde mich da auf gar nichts mehr einlassen. Wenn dich ein Mann einmal betrügt, tut er das immer wieder.«

»Ich weiß nicht. Klingt wie ein alter Kalenderspruch. Ich hatte das Gefühl, dass ihm die Sache noch richtig leidtut.«

»Ja, das hat er vor drei Jahren auch schon behauptet. Aber ich will ihm gar nicht glauben.«

»Und nun?«

»Na ja, ich habe ja diesen Abschluss noch nicht. Also treffe ich mich Freitag noch mal mit ihm. Und dann wird er mich nicht mit diesem Charme einwickeln, das kannst du mir glauben.«

Ich unterdrückte ein Grinsen. Das hörte sich an, als würde es noch mal richtig spannend werden.

»Natürlich wird er das nicht. Aber gut, die Arbeit ruft. Ich habe ja so viele Telefonate heute auf dem Zettel«, stöhnte ich und ging forschen Schrittes zu meinem PC.

»Alice?«

»Nein, wirklich Mimi, nicht jetzt. Ich weiß gar nicht, wo mir der Kopf steht.« Um meine Arbeitsüberlastung noch deutlicher zu machen, redete ich schnell vor mich hin. »Wo habe ich denn jetzt bloß diese Akte? Also wirklich, wenn das so weitergeht, bekomme ich noch ein Burnout.«

»Alice!« Mimi wurde lauter. »Ich will jetzt wissen, was du rausgekriegt hast.«

»Ach, da ist sie ja. Liebe Akte, feines Mädchen. Na, dann wollen wir mal.«

Mimi nahm mich an den Schultern, drehte mich zu sich um und sah mir in die Augen. »Jetzt.«

»Ach, richtig, ich habe dir ja noch gar nichts von meinem Termin erzählt. Also, das war alles sehr aufschlussreich, ist aber sozusagen noch ein bisschen in der Schwebe. Weißt du, ich rede nicht gern über ungelegte Eier. Aber natürlich bleibe ich dran.«

»Du bist wieder eingeschlafen. Ich glaube es nicht«, stöhnte Mimi. »Du bist die einzige Frau, die ich kenne, die regelmäßig bei der Kosmetik einschläft.«

»Es war nicht meine Schuld«, gab ich zerknirscht zu.

»Die hatte so eine einschläfernde Massagetechnik, fast könnte man meinen, das macht sie extra. Damit man nicht merkt, dass sie statt teurer Creme nur Nivea nimmt.«

»Und jetzt? Wie wollen wir das Miststück überführen, wenn du schon allein beim Anblick einer Kosmetikliege ins Koma fällst?«

»Tue ich gar nicht. Ja, okay, das ist heute ein bisschen doof gelaufen. Aber ich habe gleich nächste Woche einen neuen Termin gemacht. Und da werde ich ganz bestimmt wach bleiben. Versprochen.«

Mimi verdrehte nur die Augen. »Wer's glaubt. Aber wenn du …« Weiter kam sie nicht, denn mein Handy unterbrach ihre Tirade. Die Nummer im Display kannte ich nicht, darum meldete ich mich nur mit einem vorsichtigen »Hallo?«

»Alice? Hallo, hier ist Tatjana. Störe ich dich gerade?«

»Nein«, rief ich überschwänglich. »Ach was, nein, überhaupt nicht. Ich freue mich, von dir zu hören.«

»Oh, gut. Also, könntest du mir vielleicht noch mal einen Gefallen tun? Mir geht es ziemlich mies, und ich bräuchte ein paar Medikamente aus der Apotheke.«

Komisch, warum fragte sie mich und nicht Diedrichsen? Aber umso besser für mich.

»Aber das mache ich doch gerne. Welche brauchst du?«

Sie diktierte mir fünf verschiedene Tabletten und Tinkturen gegen Erkältungen und Bronchitis.

»Ich bin in einer halben Stunde bei dir«, versprach ich und grinste anschließend Mimi an.

»Tja, da kommen schwere Zeiten auf dich zu. Ich bin auf gutem Weg, eine neue beste Freundin zu finden.«

»Ehrlich?«, freute sich Mimi. »Glaubst du?«

»Ja, ich bin ziemlich sicher, dass sie mir zumindest

nicht misstraut. Das ist ja ein Anfang. Ich hole jetzt die Medikamente und fahre dann zu ihr. Vielleicht ergibt sich ja ein vertraulicher Plausch. Ein bisschen Geduld werden wir haben müssen, sie wird mir nicht gleich am ersten Tag ihr Herz ausschütten.«

»Nee, ist klar. Aber das ist wirklich ein Anfang. Los, fahr schon, lass sie nicht warten.«

Das hatte ich nicht vor. Mit einer Tüte aus der Apotheke stand ich eine halbe Stunde später vor ihrer Tür. Fast tat sie mir leid, denn gut sah sie wirklich nicht aus. Die Nase war mittlerweile knallrot und schuppig, die Lippen trocken, und die Haare hingen fettig herunter.

»Oh Gott, du bist meine Rettung«, begrüßte sie mich. »Mich hat es richtig erwischt.«

»Leg dich wieder hin«, sagte ich fürsorglich. »Ich hole dir alles, was du brauchst.«

Nach zwei Löffeln Hustensaft, zwei Aspirin und einer großen Menge Nasenspray ging es ihr ein wenig besser.

»Guck mal, ich habe dir auch Orangensaft mitgebracht. Vitamin C ist immer gut gegen Erkältungen.«

»Super«, krächzte sie. »Wenn es dir nichts ausmacht, würde ich jetzt gerne ein bisschen schlafen.«

»Nein, macht mir gar nichts aus, ich muss sowieso wieder ins Büro. Ich komme einfach morgen Nachmittag noch mal vorbei und schaue nach dir, ja?«

»Ehrlich, das ist total lieb von dir. Wo wir uns ja kaum kennen. Ganz vielen Dank.«

»Aber dafür doch nicht«, flötete ich und ließ sie allein. Wenn das kein Anfang war.

Die nächsten Tage waren ziemlich ereignislos. Tatjana besuchte ich noch mal am Freitag. Da ging es ihr schon besser. Mindestens eine halbe Stunde unterhielten wir uns, bis ich behauptete, wieder zur Arbeit zu müssen. Komisch, die war richtig nett. Samstagabend saß ich mit Nick, Tim und Nicole in einem mongolischen Restaurant und hatte eine gute Zeit. Bis Nick mich an den nächsten Tag erinnerte.

»Du denkst daran, dass wir morgen zum Hochzeitstag meiner Eltern eingeladen sind, ja?«

»Aber natürlich«, behauptete ich. »Ich freue mich drauf.«

Das hatte ich verdrängt, denn ich wollte da überhaupt nicht hin. Probeweise fing ich später im Auto schon mal etwas an zu husten. Besorgt legte ich mir die Hand auf die Stirn.

»Du meine Güte, ich befürchte wirklich, ich bekomme eine Grippe. Ich glaube, ich habe sogar Fieber.«

»Tatsächlich? Also, bis eben wirktest du noch ganz gesund.«

»Ach Nick, du kennst dich ja gar nicht mit Erkältungen aus. Da fliegen die Viren durch die Luft, und schwuppdiwupp hat man sich angesteckt. Wie aus dem Nichts.«

»Wie gut, dass ich zu Hause ein Fieberthermometer habe. Dann können wir das ja gleich nachprüfen, stimmt's?«

»Äh, ja«, murmelte ich kleinlaut. Ich hatte fast das Gefühl, als ob er mir nicht so recht glauben würde.

Das bestätigte sich am nächsten Morgen, als er mich kritisch anschaute. »Ich finde, du siehst mehr als gesund aus. Möchtest du das Fieberthermometer trotzdem haben?«

»Ach nein, ich glaube, das war nur eine dieser Drei-Stunden-Erkältungen. Mir geht es gut«, musste ich zugeben. »Ich fahre jetzt zu mir und ziehe mich um. Holst du mich mittags ab?«

»Gern«, grinste Nick. »Ist doch erstaunlich, wie schnell du dich wieder erholt hast.«

»Ja, ich habe eine sehr robuste Kondition. Dann bis später.«

Gut, da musste ich jetzt durch. Nicks Eltern hatten nicht nur Nick und seine Schwester Claudia samt Familie eingeladen, sondern auch eine ganze Menge Verwandte und Freunde. Das Wetter war für Ende September erstaunlich sonnig und warm, also zog ich ein tailliertes Kleid mit Ethnomuster an und dazu sehr hochhackige schwarze Sandaletten. Mit hochgestecktem Haar und dem richtigen Make-up sah das ziemlich edel aus, fand ich. Das fand Nick wohl auch, denn als er mich abholte, pfiff er grinsend aus dem Fenster. Er trug wieder einen Anzug, der an ihm einfach fantastisch aussah. So etwas sollte er definitiv öfter tragen.

Als wir ankamen, war der Garten schon voller Menschen. Auf der Terrasse stand ein großes Buffet, und Leute vom Partyservice gingen mit Tabletts voller Sektgläser durch die Menge. Am Ende des Gartens war ein offenes Zelt mit richtigem Boden aufgebaut, auf dem später wohl getanzt werden sollte. Nicks Mutter näherte sich uns und fiel ihrem Sohn um den Hals.

»Ich freue mich so, dass du es geschafft hast. Bis zum letzten Moment hatte ich Angst, du müsstest arbeiten. Und guck dich nur an, du wirst tatsächlich von Jahr zu Jahr attraktiver.«

»Herzlichen Glückwunsch zum Hochzeitstag«, wünschte Nick.

»Wünsche ich Ihnen auch«, schaltete ich mich schnell ein.

»Ach Alice, nicht wahr? Sie sind aber luftig angezogen. Ich leihe Ihnen gern einen Schal, wenn Sie frieren sollten.«

»Ich friere nicht«, stellte ich fest. Wieso war ich luftig angezogen? Das war ein ganz normales Kleid mit ganz normalem Ausschnitt. Es war ja nicht so, dass mein Busen kurz davor war herauszuhüpfen.

Nick wurde von einem Cousin weggezogen, und ich stand mit Frau Giftspritze allein da. Zum Glück kam eine ihrer Freundinnen zu uns.

»Ach Silvia, eine wunderbare Feier. Und wer ist das?«, fragte sie neugierig, während sie mich betrachtete.

»Das ist Alice, zurzeit eine Freundin von Nick. Alice, meine Freundin Beate.«

Zurzeit? *Eine* Freundin? Das hätte sie wohl gern.

»Hallo, schön, Sie kennenzulernen«, sagte ich höflich. »Allerdings ist das ›zurzeit‹ nicht ganz richtig, es ist schon etwas ernster.«

»Ach. Wollen Sie damit sagen …?«

Weiter sprach diese Beate nicht. Was wollte ich denn damit sagen? Genau, dass ich nicht nur ein kurzes Intermezzo war.

»Ja«, lächelte ich. »Genauso ist es.«

»Silvia«, schrie die Frau auf. »Das hast du mir ja gar nicht erzählt. Nick hat sich verlobt? Wie wunderbar. Alle mal herhören«, schrie sie weiter in einer Lautstärke, die man sicherlich noch drei Gärten weiter problemlos hören konnte.

»Alice und Nick wollen eine Ankündigung machen.«

Am liebsten hätte ich diese Frau umgebracht. Nick kam zu mir und sah mich fragend an. Genauso wie die anderen fünfzig Leute.

»Hahaha«, lachte ich hektisch. »So etwas ist wohl das klassische Missverständnis. Also, Nick und ich wollten uns nur für die nette Einladung bedanken. Und seinen Eltern alles Gute wünschen.«

Mit rotem Kopf fegte ich ins Haus und versteckte mich im Gäste-WC. Leider konnte ich da nicht ewig bleiben, also nahm ich meinen Kopf hoch und ging irgendwann wieder in den Garten. Als Erstes lief mir Nicks Schwester Claudia über den Weg.

»Hallo, Alice. Wir freuen uns riesig. Habt ihr schon einen Termin?«

»Es war ein Missverständnis«, sagte ich laut und deutlich. »Die Freundin deiner Mutter hat da einfach etwas falsch verstanden. Niemand hat sich verlobt.«

Enttäuscht sah sie mich an. »Okay, verstehe. Ihr wollt es noch nicht öffentlich machen. Aber mir, als Nicks Schwester, kannst du es doch sagen.«

»Es gibt nichts zu sagen«, antwortete ich mit knirschenden Zähnen. Da kam auch schon Nick auf mich zu.

»Süße? Habe ich was verpasst? Seit wann sind wir verlobt?«

Mir stiegen die Tränen in die Augen. »Das habe ich nie behauptet. Die Frau hat mich einfach nur falsch verstanden. Warum glaubt mir denn niemand?«

»Komm mal her. Natürlich glaube ich dir. Vergiss die Sache einfach.«

Na klar. Wo mir jeder hier entweder gratulieren wollte oder mich schadenfroh anstarrte. Als hätte ich Nick eine Falle stellen wollen. Besonders Nicks Mutter verfolgte mich mit bösen Blicken. Der Nachmittag zog sich ewig in die Länge. Nach dem Essen baute ein DJ im Zelt seine Anlage auf und spielte altmodische Musik. Bis er einen lauten Tusch ertönen ließ. Panisch wollte ich schon wieder ins Gäste-WC flüchten, bis ich mitkriegte, dass nicht Nick und ich einen Verlobungstanz aufs Parkett legen sollten, sondern der DJ seine Eltern hochleben ließ. Während die beiden einen Walzer oder so was tanzten, nahm ich Nick beiseite.

»Können wir jetzt gehen? Ich möchte wirklich nach Hause.«

»Von mir aus gern. Mich haben schon fünf Leute gefragt, was wir uns zur Hochzeit wünschen«, lachte er.

Ich war froh, als wir im Auto saßen. Nicht umsonst war ich furchtbar ungern bei Nicks Eltern.

Am Montag war ich erst mittags im Büro. Mimi saß schon am Schreibtisch und tat sehr beschäftigt.

»Na? Hochzeitstag überstanden?«

»Mehr oder weniger. Irgendeine Frau da hat mich falsch verstanden und behauptet, Nick und ich hätten uns verlobt. Das war alles furchtbar peinlich.«

Mimi lachte. »Schick mir eine Einladung.«

»Das ist nicht lustig. Erzähl lieber von deinem Date mit Stefan.«

»Das war kein Date, wie oft soll ich dir das noch sagen? Es geht nur um den Schlussstrich.«

»Okay. Und, hast du den Schlussstrich gezogen?«

»Natürlich nicht, so schnell geht das nicht. Man merkt, dass du nie verheiratet warst. Um eine Ehe wirklich endgültig hinter sich zu lassen, ist schon ein bisschen Arbeit gefragt.«

»Aha«, sagte ich verwirrt. »Und wie sieht so eine Arbeit aus?«

»Man muss die Beziehung verarbeiten. In allen Bereichen. Also sind wir erst essen gegangen, zu dem Griechen, bei dem wir früher oft waren. Und danach haben wir uns im Auto geküsst.«

»Ihr habt euch geküsst? Dann war es ja doch ein Date.«

»Also wirklich, du verstehst es einfach nicht. Das gehört zur Aufarbeitung. Ich muss mich durch die ganze Beziehung ackern, alles Gute und Schlechte Revue passieren lassen. Erst wenn das passiert ist, dann kommt der Abschluss.«

»Na, dann wünsche ich dir viel Spaß bei dieser Arbeit«, grinste ich. »Ich bin morgen übrigens mit Tatjana zum Mittagessen verabredet.«

»Sehr gut. Ihr kommt euch näher. Ich habe auch Hunger. Können wir schnell was essen gehen?«

»Ja, was hältst du von dem vegetarischen Restaurant in der Fußgängerzone? Da gibt es total tolle Pasta.«

»Hört sich gut an. Lass uns fahren.«

Wir schlenderten gerade durch die Fußgängerzone, als ich Tatjana sah, die aus einer Boutique kam.

»Mimi, tut mir so leid, bitte, nimm das nicht persönlich«, flüsterte ich ihr schnell zu.

»Was denn? Was soll ich nicht persönlich nehmen?«

Statt eine Antwort zu geben, schrie ich sie an. »Himmel noch mal, hör endlich auf, mich zu verfolgen. Kapierst du es nicht? Ich will nichts mehr mit dir zu tun haben. Ich kann dich nicht ausstehen.«

Während Mimi mich mit großen Augen anstarrte, kam Tatjana zu uns.

»Hallo, Alice. Brauchst du Hilfe? Wirst du die nicht los?«

»Kann man so sagen. Sie will einfach nicht wahrhaben, dass wir keine Freundinnen mehr sind.«

»Du bist eine Scheißkuh«, beschimpfte Tatjana Mimi. »Lass Alice in Ruhe. Am liebsten würde ich dir ordentlich eine reinhauen.«

»Lass gut sein, Tatjana«, schaltete ich mich schnell ein. »Sie ist es nicht wert. Ich wollte gerade essen gehen, hast du Lust, mitzukommen?«

»Klar, gerne«. Beide warfen wir der armen Mimi noch einen verächtlichen Blick zu und gingen in das vegetarische Restaurant.

»Du, ich meinte das ernst eben. Ich möchte mich gerne revanchieren für deine Krankenpflege. Entweder hau ich ihr selber eine rein, oder ich sag einem der Jungs Bescheid. Die können das noch besser als ich.«

»Das ist, äh, wirklich gut zu wissen. Wenn sie mich nicht in Ruhe lässt, sage ich dir Bescheid. Und sonst? Du siehst wieder richtig gesund aus.«

»Ja, mir geht es auch wieder gut. Ich habe mich trotzdem noch drei Tage krankschreiben lassen«, kicherte sie. »Die können auch mal ohne mich auskommen.«

»Wo arbeitest du denn?«, fragte ich scheinheilig. Wobei ich mich gar nicht gut fühlte. Ich fing langsam an, sie wirklich zu mögen.

Sie sah mich abschätzend an. »Fragst du das jetzt als Inkassofrau?«

»Also ehrlich, Tatjana«, entrüstete ich mich. »Das war jetzt ganz schön unter der Gürtellinie. Natürlich nicht, und das habe ich dir auch gesagt. Ich dachte, wir beide wären auf dem Weg, Freundinnen zu werden.«

»Tut mir leid«, antwortete sie bedrückt. »Weißt du, ich habe schon so lange keine richtige Freundin mehr gehabt. Ich muss mich da erst dran gewöhnen.«

»Dann tu es lieber schnell. Denn mich wirst du erst mal

nicht wieder los. Ich glaube, wir werden eine Menge Spaß zusammen haben.«

Das Seltsame war, dass das gar nicht gelogen war. Denn sie war wirklich nett. Und in gewisser Weise waren wir uns sogar ähnlich. Umso mehr interessierte mich ihre Geschichte.

»Okay«, lächelte sie. »Freundinnen?«

»Freundinnen«, bekräftigte ich. »Weißt du, ich will nicht neugierig sein, aber warum hast du damals so getan, als ob du die Frau von Frank Saß bist?«

Sie seufzte. »Mein Leben ist ziemlich durcheinander. Wegen meinem Exmann und der Schulden. Und wenn ich bei Frank geputzt habe, dann war es immer so, als wäre mein ganzes Chaos in meiner Wohnung geblieben. In seinem Haus konnte ich mir vorstellen, ein ganz normales Leben zu leben. Verheiratet sein mit einem ganz normalen Mann mit ganz normalem Job. Und als ihr plötzlich aufgetaucht seid, habe ich so einen Schreck bekommen. Auch, dass euch die Nachbarn sehen. Wie hätte ich Frank erklären können, dass ich, statt seinen Haushalt zu erledigen, in seinem Haus Leute empfange? Ich weiß auch nicht, ich war total durch den Wind.«

»Das verstehe ich«, gab ich ehrlich zu. Und nun sollte ich auch mal etwas Vertrauliches beisteuern. »Weißt du, ich war auch mal mit einem miesen Typen zusammen«, gestand ich ihr. »Der hat mich nur benutzt, und am Schluss stellte sich sogar heraus, dass er kriminell war. Der schreckte nicht mal davor zurück, mich mit einer Pistole zu bedrohen, damit ich nicht gegen ihn aussage.«

Wir sahen uns an, zwei Frauen in einem Boot.

»Männer können solche Schweine sein. Allerdings, es gibt auch nette«, gab Tatjana zu bedenken.

»Da hast du wohl recht. Erzählst du mir jetzt, wo du arbeitest?«

»Klar. An der Rezeption in einem Fitnessstudio. Hat mir Didi vermittelt.«

»Ach. Habt ihr doch noch Kontakt?«, fragte ich beiläufig.

»Ja, aber es ist anders, als du denkst«, sagte sie traurig. »Egal. Hast du denn jetzt einen besseren Typen gefunden?«

»Und ob«, strahlte ich. »Er heißt Nick und ist Po… äh, Polier auf einer Baustelle. Er ist einfach süß.«

»Hört sich gut an. Vielleicht finde ich auch mal so jemanden.«

Mittlerweile waren wir mit dem Essen fertig und hatten auch die Rechnung schon bezahlt. Kein Grund mehr, länger zu bleiben.

»Ich muss leider wieder arbeiten«, bedauerte ich. »Sehen wir uns morgen trotzdem?«

»Gern«, lächelte Tatjana. »Wollen wir zum Chinesen hier nebenan?«

»Gute Idee. Ich freue mich.«

In der Fußgängerzone trennten sich unsere Wege, sie ging zum Parkhaus, und ich hatte einen halbstündigen Fußweg ins Büro vor mir. Denn Mimi hatte leider nicht auf mich gewartet. Sie saß im Büro und blickte mir bitterböse entgegen.

»Ach Mensch, Mimi. Jetzt guck doch nicht so. Das ging doch nicht anders. Die ganze Geschichte hat doch nur funktioniert, weil Tatjana glaubt, wir beide wären zerstritten.«

»Das war so fies von dir«, giftete Mimi. »Ich hätte nie gedacht, dass du so fies sein kannst.«

»Was hätte ich denn machen sollen? Ihr erzählen, dass wir beide weiterhin die besten Freundinnen sind? Meinst du, dann hätte sie jemals wieder ein Wort mit mir gewechselt?«

»Hast ja recht«, musste Mimi noch leicht beleidigt zugeben. »Aber das war ein echt mieses Gefühl, so unerwünscht zu sein.«

»Du wirst nie unerwünscht sein. Du bist doch meine allerbeste Freundin. Für immer«, bekräftigte ich.

Jetzt lächelte sie endlich wieder. »Na gut. Und, hast du schon etwas rausgekriegt?«

»Das ist alles ziemlich blöd. Weißt du, wenn man die Frau näher kennenlernt, ist die eigentlich richtig nett. Ich glaube, sie hat eine Menge Probleme. Und niemanden, der ihr hilft. Sonst hätte sie wohl kaum mich, eine eigentlich Fremde, gebeten, sich während ihrer Grippe ein bisschen um sie zu kümmern.«

»Ja, aber sie hängt doch noch mit Diedrichsen rum. Sonst hätte der ihr doch auch nicht den Job im Fitnessstudio verschafft. Glaubst du nicht, dass sie dich von vorn bis hinten belügt? Immerhin hat sie mir Schläge angedroht.«

»Nein. Die lügt nicht. Und ich glaube nicht, dass sie dich wirklich gehauen hätte. Sie wirkt irgendwie einsam und bedrückt. Sie tut mir leid.«

»Ach je, die Ärmste«, seufzte Mimi mitfühlend. »Vielleicht kannst du ihr ja helfen, und wir kriegen trotzdem raus, was mit Didi los ist.«

»Vielleicht. Wir essen morgen Mittag wieder zusammen.«

Da Nick mal wieder nicht erreichbar war, schlief ich an diesem Abend in meiner Wohnung. Und zwar richtig lange, so dass ich mich morgens ziemlich beeilen musste, um pünktlich zu meiner Verabredung mit Tatjana zu kommen. Sie wartete schon beim Chinesen und lächelte mir zu.

»Hey, ich hatte schon Angst, du kommst nicht«, sagte sie.

»Tut mir leid, ich hatte noch so viel zu tun«, schwindelte ich. »Und? Genießt du deine letzten arbeitsfreien Tage?«

»Ja, und wie. Der Job da ist absolut nervtötend. Ich stehe entweder tagsüber oder abends nur blöd rum, gebe Schlüssel für die Umkleide raus und fülle Plastikflaschen mit Getränken. Den Job könnte meine Nichte machen, und die ist sieben.«

»Warum suchst du dir nicht etwas anderes, wenn es dir da nicht gefällt?«, wollte ich wissen.

Ihre Augen füllten sich mit Tränen. »Das ist nicht so einfach.«

Spontan legte ich meine Hand auf ihre. »Hilft es dir vielleicht, wenn du mir mal alles erzählst? Ehrlich gesagt wirkst du ziemlich unglücklich.«

Nun strömten die Tränen über ihr Gesicht.

»Ich kann nicht.«

»Aber natürlich kannst du. Manchmal erzählen einem Leute, dass es einem schlecht bekommen würde, wenn man über eine bestimmte Sache redet. Aber das ist gelogen. Und ich bin jetzt deine Freundin. Ich helfe dir.«

Das war nicht gelogen. Ich wollte ihr wirklich helfen.

»Er zwingt mich«, schluchzte sie. »Didi hat mich völlig in der Hand und einen guten Grund, warum ich da arbeiten soll.«

»Komm mit. Wir fahren jetzt zu mir. Hier ist nicht der richtige Ort für so ein Gespräch.«

Wir gingen zu meinem Auto und fuhren zu mir. Ich setzte sie in mein Wohnzimmer und kam fünf Minuten später mit zwei großen Kaffeetassen zurück.

»So. Jetzt trink mal einen Schluck Kaffee, und dann erzähl mir die Geschichte in aller Ruhe.«

Einen Moment wirkte sie unsicher, aber dann gab sie sich einen Ruck.

»Ich habe nicht gelogen, als ich von meiner Ehe mit Didi erzählt habe. Er ist wirklich ein Schwein. Und meine Schulden habe ich ihm zu verdanken. Er hat mich als Bürgen für seine Kredite eingesetzt, und glaube mir, wenn Didi was von einem will, tut man gut daran, genau das zu tun. Also habe ich Kredite mitunterschrieben, ohne zu wissen, dass er sie niemals zurückzahlen wollte. Also hat die Bank versucht, ihn zu pfänden, aber er hatte schon die eidesstattliche Versicherung abgegeben. Darum haben die sich an mich gehalten. Eines der Highlights während meiner Ehe«, fügte sie bitter hinzu. »Ich weiß bis heute nicht, woher ich den Mut für die Scheidung genommen habe. Irgendwie habe ich es geschafft und gedacht, danach wäre ich wenigstens ihn los. Aber auch ohne Didi war mein Leben nur noch ein Trümmerhaufen. Ich habe dreimal versucht, wieder in meinem Job zu arbeiten, als Anwaltsgehilfin. Aber jedes Mal kam nach spätestens zwei Monaten die Lohnpfändung durch die Bank. Und glaube mir, das fanden die Herren Anwälte alle nicht so gut.«

»Mensch, Tatjana, das tut mir so leid. Was hast du dann gemacht?«

»Das Übliche. Aufsicht in einer Spielhalle, Putzjobs.

Alles, was man unter der Hand machen kann. Wie auch bei Frank Saß. Ich kannte seine Frau vom Sport.«

»Und wie kam es dazu, dass du jetzt im Fitnessstudio arbeitest?«

»Weil Didi da eine ganz miese Nummer abzieht. Der Besitzer ist fast pleite, und das hatte Didi durch einen Freund, der da trainiert, mitbekommen. Auch, dass Hansen gerne spielt, genau wie Didi. Also ist er dort aufgetaucht und hat Hansen kennengelernt. Hat einen auf guten Freund gemacht und Hansen von einer ganz exklusiven Spielrunde erzählt. Er würde ihn gerne mal mitnehmen. Na ja, und spätestens da fing es für Hansen an, richtig Scheiße zu laufen.« Tatjana machte eine Pause und trank ihren Kaffee. »Ich weiß nicht, ob du dich mit diesen Pokerrunden auskennst. Zuerst ist für den Neuen alles toll, das Ambiente genauso verrucht, wie man es sich vorstellt. Alles ist enorm spannend. Und natürlich gewinnt er am Anfang. Also fährt jeder, auch Hansen, immer wieder gerne hin. Bis die Glückssträhne ganz plötzlich vorbei ist. Umso höher die Spielschulden werden, umso verzweifelter werden die Leute. Weil, am Anfang lief doch alles so gut. Die haben natürlich keine Ahnung, dass sie nur abgezockt werden. Und so stehen sie irgendwann mit einem Berg voll Schulden da.«

»Du meinst, die betrügen die Spieler? Aber was haben sie denn davon? Dann sehen die doch gar kein Geld.«

»Und ob die das sehen. Glaub mir, wenn ein paar Russen mit einer Eisenstange vor dir stehen, dann versucht jeder, Geld aufzutreiben. Und klammert sich an jeden Strohhalm. So auch Hansen, denn er glaubt immer noch, Didi wäre sein Freund. Didi hat ihm angeboten, die Schulden für ihn zu bezahlen. Im Gegenzug musste er einen Kreditvertrag unterschreiben. Hansen war so voller Panik, dass er keinen Moment gezögert hat. Und schon hat Didi gewonnen. Denn da die Pokerrunden gefakt waren, gab es ja gar keine Schulden. Stattdessen hat Didi jetzt einen Kreditvertrag, der ihm nicht nur Wucherzinsen einbringt, sondern letztlich auch das Studio. Das ist nämlich Hansens Sicherheit, falls er den Kredit nicht innerhalb von vier Monaten zurückzahlen kann. Und woher soll der das Geld nehmen?«

Also hatten Mimi und ich recht gehabt. Aber alles verstand ich noch nicht.

»Und warum machst du das? Ich meine, wie kann er dich dazu zwingen, einen Job zu machen, den du gar nicht willst?«

»Weil er mir einen Deal angeboten hat. Wenn ich sechs Monate aushalte und ihm in der Zeit das ganze Bargeld verschaffe, das ihm laut Kreditvertrag als Zinsen zusteht, bezahlt er seine Schulden bei eurem Inkassobüro. Damit wäre ich nicht länger Bürge und endlich schuldenfrei. Weil, aus eigener Kraft werde ich die Schulden nie los.«

»Und das glaubst du ihm? Woher weißt du, dass er sein Wort hält?«

»Von dem Deal kann er nicht zurück. Ich weiß ja schließlich viel zu viel über seine Geschäfte. Er kann sich an zwei Fingern ausrechnen, dass ich, wenn er nicht zahlt, zur Polizei gehen werde. Weil, dann habe ich endgültig nichts mehr zu verlieren.«

»Ist denn da überhaupt so viel Bargeld im Umlauf?«, wollte ich wissen.

»Ja, da kommt eine Menge zusammen. Ich arbeite seit zwei Monaten da und habe bisher schon fast zehntausend Euro eingenommen. Das Studio hat mehr als sechshundert Mitglieder, und über fünfzig davon zahlen ihren Mitgliedsbeitrag bar. Das sind schon mal fast viertausend. Dann die ganzen Karten fürs Solarium, Sauna- und Tageskarten, das läppert sich.«

»Weißt du, wo Didi diesen Kreditvertrag aufbewahrt?«

»Und ob ich das weiß. Der liegt bei mir im Wohnzimmerschrank. Er wollte ihn nicht im Haus haben, weil er noch eine ganze Menge anderer Sachen dreht. Unter anderem auf dem Kiez. Und ganz bestimmt nicht will, dass so ein Vertrag bei einer möglichen Hausdurchsuchung gefunden wird. Außerdem hat er den Großteil des Geldes von Hansen und auch das aus anderen Geschäften in einem Schließfach gebunkert. Eben aus Angst, dass es bei ihm gefunden werden könnte.«

Nun musste ich erst mal nachdenken. Diesmal dauerte es gar nicht so lange wie sonst.

»Tatjana, da gibt es nur eins. Ich habe eine Idee, wie du sowohl Didi als auch deine Schulden loswerden kannst. Du gibst mir diesen Kreditvertrag, und ich gebe ihn meinem Chef. Der kann damit zur Polizei gehen. Da dein Exmann vorbestraft ist, geht er mit Sicherheit in den Knast. Ich meine, wir reden hier von Schwarzgeld, Erpressung, Nötigung und bestimmt noch vielem mehr. Das Geld, das Didi bisher schon durch dich eingenommen hat, wird gepfändet. Dadurch bekommt Krischan, mein Chef, sein Geld. Und wenn die Forderung bezahlt ist, wirst du auch für nichts mehr belangt.«

»Didi würde mich umbringen. Du kennst ihn nicht.«

»Dafür müsste er erst mal an dich rankommen. Und das ist vom Knast aus wohl nicht so einfach. Und vor allem, wenn du schuldenfrei bist, bist du auch frei. Du musst also nicht hier in dieser Stadt bleiben, sondern kannst dir, wo immer du willst, eine neue Existenz aufbauen.«

»Bei dir hört sich das alles so einfach an«, antwortete sie bedrückt.

»Einfach wird es nicht. Aber auch nicht unmöglich. Und ich kenne Leute, die dir bei einem Neuanfang helfen könnten.«

»Ehrlich? Wen denn?«

Wieder dachte ich nach. Diesmal dauerte es länger, doch von dem Ergebnis war ich überzeugt. »Ich habe dir nicht die ganze Wahrheit erzählt. Ehrlich gesagt ist mein Freund kein Polier, sondern Polizist. Aber ein guter. Du wirst durch deine Aussage wahrscheinlich nicht direkt zur Kronzeugin mit neuer Identität, aber ich weiß, dass Nick dir helfen wird. Das kann ich dir sogar versprechen«, lehnte ich mich weit aus dem Fenster. Denn ich war absolut davon überzeugt, dass Nick ihr wirklich helfen würde.

»Wir fahren jetzt zu dir und holen den Vertrag. Dann packst du deine Sachen und wohnst erst mal bei mir. Hier kann Didi dich nicht finden, hier bist du in Sicherheit. Und es ist nicht für lange, spätestens Ende der Woche sitzt er im Knast.«

Nun war Tatjana dran mit Nachdenken. Ich wusste doch, warum ich sie mochte. Auch sie brauchte länger dafür.

»Ich weiß nicht. Du kennst Didi nicht. Jetzt mache ich mal einen Vorschlag. Wir fahren nicht zu mir, sondern zu deinem Freund. Und wenn der mir bestätigt, dass er mir helfen wird, dann tue ich es.«

Spontan umarmte ich sie. »Glaub mir, er wird dir helfen. Und du bekommst dein Leben wieder. Ich rufe ihn gleich an.«

Zum Glück ging er an sein Handy.

»Nick? Bist du in deinem Büro? Ich sitze gerade mit einer Frau zusammen, die vielleicht eine Zeugenaussage machen möchte.«

»Wie vielleicht? Will sie oder will sie nicht?«, fragte Nick.

»Das ist jetzt kompliziert. Ich würde gern mit ihr zu dir kommen, dann kann sie dir alles selbst erzählen. Aber du musst mir versprechen, dass es erst mal ganz vertraulich bleibt. Also ohne Protokoll oder so was. Du sollst dir erst mal anhören, was sie vielleicht sagen will.«

»In was steckst du denn jetzt schon wieder drin?«, seufzte Nick. »Aber ja, okay, kommt her. Ich höre mir die Geschichte an.«

»Danke«, strahlte ich. »Ich habe gewusst, dass du das machst. Wir sind in einer Viertelstunde da.«

Es dauerte zwanzig Minuten, aber dann saßen wir in Nicks Büro. Bei seinem Anblick guckte Tatjana mich an und formte mit den Lippen ein lautloses »Wow«.

Ich nickte begeistert.

»Süße, vielleicht ist es einfacher, wenn du uns beide mal allein lässt. Weißt du noch, wo die Kantine ist?«

»Im fünften Stock, oder?«

»Ja. Setz dich da gemütlich hin und trink einen Kaffee. Ich unterhalte mich jetzt mit deiner Freundin, und danach kommt sie zu dir.«

Da ließ sich wohl nichts machen. Ich fuhr mit dem Fahrstuhl in die Kantine und setzte mich mit einer Cola light in eine Ecke. Als Erstes musste ich Mimi anrufen. Nachdem ich ihr die ganze Geschichte erzählt hatte, blieb es am anderen Ende der Leitung erst mal still. Dann sprudelte Mimi über. »Mensch, Alice, das ist ja der Hammer.

Du bist ja unglaublich. Wir haben den Fall geknackt. Wir sind die Besten.«

»Ja, Mimi, das kann sein«, strahlte ich durchs Telefon. »Ich weiß einfach, dass Nick ihr irgendwie helfen kann. Also wird sie aussagen, und wir haben Diedrichsen.«

»Genial. Einfach genial. Kann ich das schon Krischan erzählen?«

»Ich denke schon.«

Und ich behielt recht. Nach einer halben Stunde kam Tatjana in die Kantine. Ich sprang auf und winkte wie verrückt. Sie hatte rotgeweinte Augen, sah aber trotzdem erleichtert aus.

»Danke, Alice, vielen, vielen Dank. Ich habe mit deinem Nick gesprochen und dann gleich eine Aussage gemacht. Übrigens auch über alles, was Didi so auf dem Kiez treibt. Und im Gegenzug wird dein Freund mir helfen, einen Neuanfang zu machen.«

»Ich freue mich so für dich. Wie geht es jetzt weiter?«

»Also, gleich fährt ein Kollege von Nick mit mir nach Hause, und wir holen den Kreditvertrag. Morgen fahre ich schon nach ...« Sie stockte.

»Wohin fährst du?«

»Also, eigentlich soll ich das niemandem sagen, aber du behältst es für dich, ja?«

»Auf alle Fälle.«

»Also, ich war früher mit meinen Eltern ein paarmal im Urlaub in Freiburg, und da hat es mir super gut gefallen. Daher werde ich dort wohnen. Nick hat schon mit seinen Kollegen da gesprochen, und die werden mich bei allem unterstützen. Eine Wohnung finden, einen Job und so. Du kannst dir gar nicht vorstellen, wie dankbar ich dir bin. Es ist, als ob mein Leben noch mal auf Anfang gestellt wird.«

»Ich wünsche dir alles Gute«, beteuerte ich. »Und ich hoffe, wir bleiben in Kontakt?«

»Das machen wir. Sobald ich mich eingewöhnt habe, melde ich mich bei dir.«

Steven kam in die Kantine und zu unserem Tisch. »Hallo, Alice, wieder gesund?«

»Äh, ja, war nur ein kleiner Virus.« Nick hatte den beiden wirklich nichts über meinen missglückten Verführungsversuch erzählt, sondern sie in dem Glauben gelassen, ich wäre krank gewesen. Und darum bis zum Hals in eine Wolldecke gewickelt.

»Ich begleite Sie jetzt nach Hause«, sagte er zu Tatjana.

Wir beide verabschiedeten uns, und ich wünschte ihr noch mal alles Gute. Dann sah ich zu, dass ich zurück in den zweiten Stock kam.

Stürmisch schoss ich auf Nick zu und sprang ihm förmlich auf den Schoß. »Ich liebe dich. Ich liebe dich wie verrückt. Ich wusste, dass du Tatjana helfen würdest.«

Nick legte die Arme um mich und hielt mich fest. »Die Frau kann einem ja nur leidtun. Natürlich habe ich ihr geholfen. Und wir haben so viel Material gegen Diedrichsen, das reicht für mindestens vier Jahre. Du bist ja richtig gut in deinem Job.«

»Ja, das stimmt«, bestätigte ich stolz. »Und so macht es am meisten Spaß, wenn man nicht nur Geld verdient, sondern auch noch Menschen helfen kann.«

»Trotzdem hätte ich nichts dagegen, wenn du eine Umschulung zur Kosmetikerin machen würdest. Aber darüber reden wir ein anderes Mal.«

»Genau. Jetzt reden wir darüber, dass ich dich heute Abend zum Italiener einlade. Und du darfst alles essen, was du willst.«

Nick lächelte. »Gut zu wissen. Bis dahin habe ich allerdings noch eine Menge zu tun. Soll ich dich so gegen acht abholen?«

»Ja. Das sollst du. Und küssen sollst du mich auch.«

Nick kam dieser Aufforderung sehr intensiv nach. Als ich zu meinem Auto ging, konnte ich mein Glück kaum fassen. Mimi und ich hatten nicht nur endlich Diedrichsen geknackt, ich konnte auch noch Tatjana helfen, ein neues Leben zu beginnen. Und ich hatte den besten Freund der Welt.

Unterwegs hielt ich noch einmal an, um etwas zu besorgen, und fuhr dann weiter ins Büro.

Krischan und Mimi sahen mir neugierig entgegen, als ich kam.

»Und? Hat sie eine Aussage gemacht?«, fragte Krischan gespannt.

»Oh ja. Und sogar eine mit Sternchen. Nick sagt, sobald sie den Kreditvertrag haben, fangen die Ermittlungen an, und wenn Diedrichsen vor Gericht steht und verurteilt wird, gehört das Geld uns.«

»Respekt, Perle«, sagte Krischan. »An euch beide, coole Sache. Nur eins verstehe ich nicht, ist sie jetzt Kronzeugin oder was? Wie hat dein Nick ihr geholfen?«

»Nein, sie ist keine Kronzeugin. Aber Nick hat es mir erklärt. Das Ganze läuft auf dem kleinen Dienstweg«, ließ ich ihn fachmännisch wissen. »Er hat seine Kollegen in der Stadt, in der Tatjana wohnen will, angerufen. Und ihnen erzählt, dass sie der Polizei hier sehr geholfen hat und er sich gerne erkenntlich zeigen will. Und diese Polizisten halten wohl alle ziemlich zusammen. Darum kümmern sie sich um Tatjana. Die haben ja ganz viele Beziehungen und können ihr daher leicht eine Wohnung und einen Job besorgen.«

»Nett von dem Typ«, befand Krischan. »Dann macht man ruhig Feierabend für heute, ihr habt genug geschafft.« Er tätschelte uns beiden noch mal die Köpfe und ging in sein Büro.

»Was machst du jetzt?«, fragte ich Mimi.

»Tja, ich muss wohl mal mit Timo reden. Wir sollten uns erst mal nicht mehr treffen. Jedenfalls so lange nicht, bis ich mit der Sache mit Stefan durch bin.«

Ich verkniff mir ein Grinsen. Mimi glaubte tatsächlich daran, dass sie an einem Abschluss arbeitete.

»Was machen wir denn mit ihm? Eigentlich müssten wir ihn doch trotzdem an unserer Prämie beteiligen, oder? Er hat uns doch ziemlich geholfen.«

»Das stimmt. Sobald wir unser Geld haben, geben wir ihm jeder einen Tausender ab, was meinst du?«

»Ja, das wäre fair. Das tröstet ihn vielleicht auch ein bisschen darüber hinweg, dass es mit euch beiden nichts wird.«

»Wer sagt das denn? Wir müssen nur mal eine Pause einlegen.«

Wenn sie meinte.

»Ich habe noch etwas für dich. Weil ich so fies zu dir sein musste, als wir Tatjana getroffen haben.«

»Was denn?«, fragte Mimi aufgeregt.

Ich kramte in meiner Handtasche und holte ein Etui raus.

»Bitte schön. Und noch mal, es tut mir echt leid.«

Mimi riss bereits das Etui auf und kreischte begeistert. »Die Sonnenbrille von *Dior*. Ich fasse es nicht. Weißt du, wie lange ich die schon haben will?«

»Ja, weiß ich. Darum schenke ich sie dir ja auch.«

Mimi fiel mir um den Hals. »Das ist so lieb von dir. Dafür darfst du mich ruhig noch einmal anschreien. Und, wie findest du sie?«, fragte sie und setzte sich die Brille auf.

»Obercool. Steht dir super.«

Mimi rannte schon zu den Toiletten und bewunderte sich.

»Wirklich obercool«, bestätigte sie, als sie sich endlich von ihrem Spiegelbild losreißen konnte. »Die nehme ich heute Abend mit.«

»Heute Abend?«, fragte ich unschuldig. »Hast du noch was vor?«

»Na ja, eigentlich wollte ich Stefan erst Freitag wiedertreffen. Aber wir waren ja immerhin drei Jahre verheiratet, da gibt es eine Menge zu verarbeiten. Deshalb muss ich das alles ein bisschen bündeln, ein bisschen Gas geben.«

»Ist klar. Morgen sollten wir uns mal ausruhen, das haben wir uns verdient. Ich habe um halb eins einen Termin mit dem Miststück, soll ich danach zu dir kommen?«

»Ja, mach das. Und, Alice, denk daran …«

»Ja-ha. Ich weiß. Ich werde hellwach sein, die ganze Zeit. Vertrau mir.«

Ich fuhr nach Hause und legte mich erst mal für zwei Stunden hin. Die Geschichte von Tatjana hatte mich ganz schön mitgenommen. Umso erleichterter war ich, dass sie nun endlich eine Chance hatte, ihr Leben wieder selbst in die Hand zu nehmen. Und darüber, dass ich es war, die ihr dazu verholfen hatte. Auch, wenn ich sie am Anfang ganz schön dreist angelogen hatte, aber das beruhte ja auf Gegenseitigkeit. Mit jedem Treffen mochte ich sie lieber.

Nun konnte ich mit einem ganz ruhigen Gewissen einschlafen.

Später gab ich bei meinem Styling alles. So bekam Nick, als er mich abholte, die Alice-De-luxe-Version zu sehen. Seinem Kuss nach zu urteilen wusste er das durchaus zu schätzen.

Kaum saßen wir beim Italiener, kramte ich wieder in meiner Handtasche. Ich fand das zweite Etui und schob es ihm über den Tisch.

»Für dich. Weil ich so glücklich darüber bin, dass du Tatjana hilfst.«

Er kreischte nicht wie Mimi, aber freuen tat er sich trotzdem. »Wow, Süße, eine *Ray Ban*? Die ist verdammt cool.«

»Wie du«, himmelte ich ihn an. »Setzt du sie mal auf?«

Das tat er, und nicht nur die Sonnenbrille war verdammt cool. Nick sah damit äußerst sexy aus. Leider nahm er sie viel zu schnell wieder ab. Ich hoffte auf viele Sonnentage in nächster Zeit.

Zum Essen tranken wir eine Menge Wein. Also, zumindest ich, Nick trank die meiste Zeit Wasser. Am Ende des Abends war ich ziemlich angeheitert und erzählte Nick eine Menge Blödsinn, aber er nahm das wie immer sehr gelassen.

Am nächsten Morgen schlief ich bis zehn Uhr. Konnte Mimi mal sehen, so ausgeschlafen war ich garantiert auf der sicheren Seite.

Beatrice Müller führte mich in den Behandlungsraum, und ich legte mich auf die Liege.

»Also, heute möchte ich nur diese Augenbehandlung. Die hört sich richtig gut an.«

»Ja, die lässt erste kleine Fältchen absolut zuverlässig

verschwinden. Ich habe allerdings noch eine Bitte an Sie. Wenn Sie ein bisschen Zeit mitgebracht haben?«

»Ich habe Zeit. Was möchten Sie denn?«, fragte ich aufgeregt.

»Also, die Kundin, die nach Ihnen kommen sollte, hat eben abgesagt. Ich würde die Zeit gerne nutzen, um eine neue Klopfmassage auszuprobieren. Und Sie sagen mir dann, ob es Ihnen gefallen hat. Das ist natürlich gratis.«

Eine Klopfmassage. Das hörte sich aber gut an.

»Oh, sehr gerne, fangen Sie nur an.«

Zuerst strich sie wieder diese Lotion über mein Gesicht. Dann wurde es mit warmen Tüchern abgewaschen, und danach verteilte sie eine Creme mit einem tollen Duft.

»Entspannen Sie sich ruhig«, forderte sie mich auf.

Dann fing das Geklopfe an. Ganz sacht und in einem Rhythmus wie Regentropfen, die an die Fensterscheibe trommelten. Das war … einschläfernd. Entspannend. Richtiggehend beruhigend.

Irgendwann berührte mich eine Hand an der Schulter. »Frau Wörthing? Sie können jetzt wieder aufwachen. Es scheint, als hätte es Ihnen gefallen.«

Benommen kam ich zu mir. »Das war, äh, super. Sie machen das ganz toll. Sind Sie schon lange Kosmetikerin?«

»Oh ja, da kommen einige Jahre zusammen.«

Bevor sie weiterreden konnte, ging die Ladentür auf.

»Ach, das muss der Vertreter für die neue Pflegelinie sein. Die ist ganz wunderbar, mit Algenextrakten. Möchten Sie einen neuen Termin?«

»Äh, ja, ich melde mich«, stammelte ich frustriert und fuhr zu Mimi. So ein Mist. Wer hätte auch ahnen können, dass die Frau mich in den Schlaf klopfte? Mimi machte mir auf und guckte gespannt.

»Sag nichts. Sag einfach nichts«, forderte ich sie auf.

»Mein Gott, Alice, das ist doch nicht mehr normal. Du solltest nur zwanzig Minuten wach bleiben, das kann doch nicht so schwer sein.«

»Sie hat geklopft«, trumpfte ich auf. »Immerzu, auf mein Gesicht. Soll ich mal auf dein Gesicht klopfen? Was meinst du, wie schnell du dabei einschlafen würdest.«

Mimi seufzte nur. »Und nach dem Klopfen? Konntest du da nicht mit ihr reden?«

»Nein. Da kam ein Vertreter für die neue Pflegelinie. Die ist übrigens ganz toll, also mit…« Nach einem Blick in Mimis Gesicht brach ich ab. »Na ja, also gut ist die, aber das interessiert dich im Moment wohl nicht.«

»Eher nicht. Wir brauchen eine neue Taktik. Aber nicht mehr heute. Stefan und ich gehen nachher ins Kino.«

»Das gehört auch zu deiner Beziehungsarbeit, oder?«

»Natürlich. Wenn ich etwas mache, dann mache ich es gründlich«, sagte Mimi selbstzufrieden. »Und wir würden gerne ein verlängertes Wochenende an der Ostsee machen. Meinst du, das geht? Wir haben doch im Moment nichts Wichtiges auf dem Zettel, oder?«

»Nö, eigentlich nicht. Fahr ruhig und viel Spaß.«

»Alice. Es hat nichts mit Spaß zu tun. Aber ich kann mir ja den Mund fusselig reden, du verstehst es einfach nicht.«

»Wird wohl so sein«, stimmte ich ihr zu. »Dann gutes Gelingen und bis Montag.«

Am nächsten Tag fuhr ich mittags zu meinem Vater. Mal sehen, wie der sich so als Strohwitwer machte. Allerdings öffnete nicht er mir die Tür, sondern Albert. Wenn es überhaupt möglich war, stand der Bauch noch mehr vor als beim letzten Mal. Er hatte sich eine Rüschenschürze umgebunden und strahlte über das ganze Gesicht, als er mich sah.

»Ach Alice, wie schön, wie schön. Endlich sehen wir uns wieder. Ist das nicht schön?«

»Ja, Albert, das ist schön. Aber, ähm, was machst du hier?«

»Oh, deine Mutter hat mir so sehr geholfen, wirklich so sehr. Und jetzt helfe ich ihr. Sie hat mich gebeten, mal nach deinem Vater zu sehen, während sie in Spanien ist. Und nun koche ich mittags immer für ihn. Aber komm rein, komm rein. Für dich ist auch genug da.«

Mein Vater saß am Tisch und störte sich nicht an diesem Knödel in Schürze. Hauptsache, sein Essen stand auf dem Tisch. Und das roch sogar ziemlich gut, Albert hatte Nudeln mit Hacksoße gemacht.

»Deine Mutter hat mich gestern angerufen. Sie tut mir richtig leid, ihr geht es da gar nicht gut. Es ist schrecklich heiß, und das Essen verträgt sie überhaupt nicht. Sie kann es kaum erwarten, endlich wieder hier zu sein«, sagte mein Vater.

Ich unterdrückte ein Grinsen. Mich hatte sie gestern Abend auch angerufen, von nicht gutgehen war da allerdings nicht die Rede gewesen. Im Hintergrund hatte ich fröhliche Stimmen, Musik und eine Menge Gläserklirren gehört. Sie selbst kicherte ständig ins Telefon und informierte einen Heinz darüber, dass sie eine verheiratete Frau sei und er seine Finger bei sich behalten sollte.

»Ja, das glaube ich. Was soll sie auch ohne dich in Spanien?«

»Genau. Die Frau glaubt immer, sie sei so selbstständig, aber ohne mich ist sie wirklich verloren«, behauptete mein Vater.

»Das ist sie, das ist sie«, bestätigte Albert. »Sie redet so gerne von Ihnen, wirklich so gerne.«

Ich aß einen Teller Nudeln mit den beiden und fuhr dann mal ins Büro. Mir war langweilig. Mimi war weg, von Nick hatte ich nur eine SMS bekommen mit dem üblichen Satz: Er hätte etwas zu erledigen und wäre nicht vor Sonntag wieder zu Hause.

Auch Krischan munterte mich nicht auf, er war genauso trübsinnig wie ich. »Ohne Mimi läuft das hier gar nicht cool. Weißt du was? Ich mache auch ein langes Wochenende. Wir schließen den Laden jetzt mal ab.«

Ob ich noch mal zu der Kosmetikerin fahren sollte? Lieber nicht, Mimi hatte ja gesagt, wir bräuchten eine neue Taktik. In meiner Wohnung fiel mir die Decke auf den Kopf, darum fuhr ich zu Nick. Vielleicht würde mir bei ihm etwas einfallen. Und das tat es, kaum betrat ich den Flur, sprang es mir direkt ins Auge. Nick hatte mir mal erzählt, er sei seit seinem Einzug nicht dazu gekommen, den Flur zu streichen. Darum war er immer noch so schmutzig weiß. Das war doch mal ein Projekt für mich. Und er würde sich riesig freuen.

Also machte ich mich auf den Weg in einen Baumarkt. Zwar war Streichen absolutes Neuland für mich, aber ich wusste aus vielen Fernsehsendungen, dass es ein Kinderspiel war. Ich suchte mir einen Verkäufer und fragte ihn, was man alles brauchte, um Wände anzumalen.

»Na ja, das kommt darauf an. Was ist es denn für ein Untergrund?«

»Eine Wand«, informierte ich ihn.

»Äh, ja, das habe ich mir schon gedacht. Ich meinte, ist die Wand tapeziert? Oder streichen Sie nackt?«

»Ob ich nackt streiche?«, kreischte ich. »Wie sind Sie

denn drauf? Und was ist das denn für eine widerliche Anmache?«

Der Verkäufer bekam einen knallroten Kopf. »Bitte, hören Sie doch auf zu schreien. So meinte ich das doch gar nicht. Nackt streichen bedeutet, dass man direkt auf den Putz malt, also ohne Tapete darunter. Das ist einfach so ein Ausdruck.«

»Oh. Na dann, das konnte ich ja nicht wissen. Also, an der Wand ist wohl eine Tapete. Das sieht aber nicht mehr gut aus, die wurde lange nicht mehr bemalt.«

»Gut. Dann zeige ich Ihnen mal, was Sie brauchen. Also, fürs Streichen«, setzte er nervös hinterher.

Fünf Minuten später dröhnten mir die Ohren. Das hörte sich ein kleines bisschen komplizierter an, als ich es mir gedacht hatte. Vor allem nicht nach Kreativität und künstlerischer Fantasie. Wie der Verkäufer mir erklärt hatte, waren die Vorbereitungen das Wichtigste. Dazu gehörte das Abkleben von fast allem außer der Wand, ich sollte Türen aushängen und Lichtschalter abschrauben. Hier stieß ich doch ein wenig an meine Grenzen.

»Also, vielen Dank für Ihre Hilfe. Aber ich glaube, ich muss mir das Ganze noch mal in Ruhe überlegen«, ließ ich ihn wissen und sah zu, dass ich rauskam. Wie sollte man denn bitte schön einen Lichtschalter abschrauben? Da war doch Strom drin, das ging überhaupt nicht.

Wohl oder übel musste ich mir ein neues Projekt suchen.

Da mir keins einfiel, verliefen die nächsten Tage geradezu erschreckend langweilig, und ich war heilfroh, als Mimi mich am Sonntagmittag anrief.

»Ich bin wieder da. Das ist alles gar nicht gut gelaufen.«

»Habt ihr euch gestritten?«, wollte ich wissen.

»So ähnlich. Hast du Zeit? Kommst du vorbei?«

Mehr Zeit, als mir lieb war, also machte ich mich auf den Weg. Mimi sah äußerst verwirrt aus.

»Erzähl mal. Worüber hast du dich denn mit Stefan gestritten?«

»Also, gestritten ist jetzt ein großes Wort«, ruderte sie zurück.

»Okay, also, welche Meinungsverschiedenheit hattet ihr?«

»Das ist es ja«, rief Mimi und guckte mich mit großen Augen an. »Gar keine. Nicht eine einzige. Das ganze Wochenende war wie ein *Julia*-Roman.«

So richtig kam ich nicht mit. »Und wo genau ist dann das Problem?«

»Dass ich so doch nie im Leben einen Abschluss hinbekomme. Stell dir vor, wir sind gleich morgen wieder verabredet.«

Ich seufzte. Zeit für ein klares Wort.

»Du wirst auch keinen Abschluss bekommen. Weil du Stefan immer noch liebst und er dich. Genau genommen seid ihr wieder ein Paar.«

»Aber das geht nicht. Er wird mich wieder betrügen«, rief sie panisch aus.

»Denkst du wirklich? Warum sollte er das tun? Kann es nicht sein, dass er aus seinem Fehler gelernt hat? Und ihr beide reifer geworden seid?«

»Na ja, gut, ganz auszuschließen ist das wohl nicht. Meinst du wirklich, dass das geht, aus Fehlern zu lernen?«

»Ja, meine ich wirklich. Und du musst ihn doch nicht gleich morgen wieder heiraten. Lass es doch erst mal laufen und guck dann, was passiert.«

»Keine schlechte Idee. Genau, so mache ich das. Und

ich werde auch nicht wieder zu ihm ziehen, sondern alles ganz langsam angehen lassen.«

»Sehr gut. Denkst du, dass du dich dann jetzt vielleicht ein bisschen freuen kannst? Weil du dabei bist, eine tolle Beziehung zu einem tollen Mann aufzubauen?«

Mimi strahlte. »Ja, das kann ich. Ach Alice, ist das toll. Stefan und ich bekommen tatsächlich noch eine zweite Chance. Und ich bin nicht mal mehr in Steven verknallt, einfach so, von heute auf morgen.«

»Habe ich dir doch gesagt, das war eben nur so ein Strohfeuer. Ich freue mich auch riesig für dich.«

»Aber das Miststück machen wir trotzdem fertig«, stellte Mimi fest.

»Ja, von mir aus. Und hast du dafür schon eine Idee?«

»Nicht richtig. Außerdem ist heute Sonntag, da darf man gar nicht arbeiten. Wir überlegen uns morgen etwas.«

»Gut. Wollen wir heute Abend noch irgendwas machen?«

»Lass uns eine Runde durch die Clubs drehen«, schlug Mimi aufgedreht vor. »Oder bist du mit Nick verabredet?«

»Der hat sich überhaupt nicht mehr bei mir gemeldet«, beklagte ich mich. »Gerade mal eine SMS, dass er weg muss, und seitdem nix. Wir gehen jetzt tanzen, kann er mal sehen, was er davon hat.«

Ich lieh mir von Mimi ein paar scharfe Klamotten, noch schärfere Schuhe, und nach einem ausgiebigen Styling waren wir fertig. Bis zwei Uhr morgens tanzten wir uns durch drei Clubs und hatten riesigen Spaß.

»Mit dir loszuziehen ist super«, nuschelte ich leicht betrunken. »Du schiebst nicht gleich jeden Mann weg, der nur mal mit mir tanzen will. Nick macht das immer.«

»Und dann guckt er auch immer böse. Ich weiß gar nicht, warum dieser Mann immer so böse guckt«, nuschelte Mimi zurück. »Egal, jetzt trinken wir noch einen.«

Das taten wir, kriegten aber trotzdem noch rechtzeitig die Kurve und setzten uns, ohne total abzustürzen, in ein Taxi.

»Ich hole dich morgen so gegen elf ab. Jetzt ruft mein Bett«, lallte Mimi ein kleines bisschen und stieg vor ihrem Haus aus. Sobald der Taxifahrer mich abgesetzt hatte, sah auch ich zu, dass ich ins Bett kam. Vielleicht hatte man mit dreißig schon nicht mehr so viel Kondition, um nachts lange durchzuhalten?

So ganz fit war ich nämlich auch am nächsten Vormittag nicht. Als Mimi kam, wäre ich am liebsten wieder ins Bett gegangen.

»Müssen wir wirklich ins Büro? Ich bin total müde, und Lust habe ich auch keine«, versuchte ich mein Glück.

»Wir sollten uns wohl mal wieder sehen lassen. Also komm. Außerdem wollten wir uns doch eine neue Strategie überlegen.«

»Okay. Aber lass uns zuerst zu dir fahren, ich will mein Auto holen«, bat ich.

Später saßen wir mit Krischan zusammen und erzählten ihm von der Kosmetikerin.

»Also, viel wissen wir noch nicht, nur dass der Laden angeblich ihrem Bruder gehört. Alice sollte mit ihr reden, aber das haute nicht richtig hin«, informierte Mimi Krischan.

»Sie hat mich geklopft«, erinnerte ich Mimi.

»Sie hat dich verkloppt?«, fragte Krischan ungläubig.

»Nein, geklopft. Eine neue Massagetechnik. Ich war da zur Behandlung, aber das tut jetzt nichts zur Sache. Jedenfalls war kein Gespräch möglich.«

Mimi verdrehte die Augen, hielt aber wenigstens die Klappe.

»Okay, der Laden läuft über den Bruder, ja? Aber sie arbeitet da, also können wir veranlassen, dass ihr Gehalt gepfändet wird. Den Titel gegen sie habe ich.«

»Ich wette, die arbeitet da nicht offiziell«, giftete Mimi. »Bestimmt entweder auf Vierhundert-Euro-Basis, oder sie bekommt auf Steuerkarte nur so viel Gehalt, dass es noch unter der Pfändungsgrenze liegt.«

»Jo, das kann gut sein. Versucht trotzdem euer Glück mit einer Pfändung. Manchmal rüttelt das die Leute ein bisschen wach.«

Er zeigte uns noch, wie solch eine Gehaltspfändung veranlasst wurde, und verschwand wieder in seinem Büro. Wir wollten uns gerade an die Arbeit machen, als Nick endlich anrief. Mit sehr guter Laune.

»Na, mein Mädchen? Alles gut bei dir?«

»Jetzt ja. Du warst ganz schön lange weg.«

»Ich weiß. Und ich wollte mich auch gestern schon bei dir melden. Aber ich war erst mitten in der Nacht zu Hause und dann so kaputt, dass ich bis eben geschlafen habe. Kannst du herkommen? Ich will dich sehen.«

»Ich dich auch. Ich bin in zwanzig Minuten bei dir.«

»Ist Nick wieder da?«, fragte Mimi abgelenkt. Sie war schon dabei, verschiedene Anträge auszufüllen. Ach Mensch, ja, die Arbeit. Die hatte ich erfolgreich verdrängt.

»Äh, Mimi, wollen wir diese Anträge vielleicht morgen fertig machen?«

»Nein, wieso denn? Umso schneller wir damit sind, umso eher kreuzt der Gerichtsvollzieher bei der auf. Ich würde dabei zu gerne ihr Gesicht sehen. Da wird ihr dieses überhebliche Grinsen schon vergehen.«

»Ja, bestimmt. Aber, du willst dich doch heute Abend mit Stefan treffen. Und ich sage es nicht gerne, aber tatsächlich siehst du ein bisschen müde aus.«

»Müde?«, fragte Mimi alarmiert. »Ehrlich? Müde, so wie abgespannt, alt und faltig?«

»Nein, so nicht«, korrigierte ich mich schnell. »Eher so, als könntest du mit einer guten Stunde Schlaf und einer Feuchtigkeitsmaske danach wieder richtig super aussehen.«

»Und das sagst du nicht nur, damit du jetzt zu Nick kannst?«

»Also ehrlich, Mimi, wie schlecht du immer über andere Leute denkst. Ich will dir helfen, heute Abend absolut umwerfend auszusehen, und du unterstellst mir, dass ich die Arbeit schwänzen will.«

»Willst du ja auch«, grinste Mimi. »Aber okay, du hast recht, wir müssen Prioritäten setzen. Dafür kommen wir morgen schon um neun her und machen dann die Anträge.«

»Auf alle Fälle«, stimmte ich zu und sah zu, dass ich mit meiner Schminktasche unter dem Arm in den Waschraum kam.

Nick hatte ich fünf Tage nicht gesehen, und das war definitiv zu lange. Sogar Herzklopfen hatte ich, als ich an seiner Tür klingelte. Welches sich fast noch verstärkte, als er die Tür aufmachte und ich ihn endlich wiedersah. Kaum lag ich in seinen Armen, war meine Welt wieder rosarot.

»Ich habe dich so vermisst. Und die ganze Zeit an dich gedacht«, murmelte ich an seinem Hals.

»Ich habe auch an dich gedacht, Süße.«

»Ich wette, da war ich nackt. Als du an mich gedacht hast.«

»Also, ein bisschen was hattest du schon an«, grinste er. »Aber wenn du gerne nackt sein möchtest, erfülle ich dir deinen Wunsch natürlich sofort.«

Ich konnte mich zwar nicht erinnern, mir das gewünscht zu haben, aber da Nick es in erstaunlich kurzer Zeit schaffte, mich auszuziehen, kam ich auch nicht mehr dazu, darüber nachzudenken. Erst recht nicht, als wir endlich im Schlafzimmer waren.

Abends lagen wir zusammen auf dem Sofa, und Nick guckte eine schrecklich langweilige Politsendung.

»Nick, von dem Gebrabbel bekomme ich Kopfschmerzen. Erzählst du mir, wo du die letzten Tage und Nächte warst?«

»Kann ich nicht, das weißt du. Aber es ist alles gut gelaufen.«

»Ihr wart erfolgreich?«

»Kann man so sagen. Es laufen ein paar Böse weniger frei rum«, ließ er mich wissen und guckte weiter seine doofe Sendung.

Ich setzte mich lieber an seinen PC, als weiter vor dem Fernseher zu hängen und nichts zu verstehen, und las auf meiner Lieblingsseite, wer von den Stars gerade welche Diät machte. Und die neuesten Beautytipps. Am besten auf der Seite waren allerdings die Foren. Ich landete in einem, in dem eine Frau die Frage stellte, ob es okay wäre, wenn ihr Mann einer Freundin von ihr Sperma spenden würde, da deren Mann unfruchtbar sei. Das war ja mal ein interessantes Thema. Ich las mir zehn Antworten durch, nach denen es unentschieden stand. Eine Hälfte fand das gut, die andere würde sich sofort scheiden lassen.

»Nick? Würdest du Mimi helfen, schwanger zu werden?«

Er verschluckte sich an seinem Bier. »Was?«, hustete er. »Wie kommst du denn darauf?«

»Ich meine doch nicht in echt. Nur theoretisch. Und es müsste auch nicht Mimi sein. Nur, ob du einer Frau helfen würdest, sich künstlich befruchten zu lassen.«

»Nein, natürlich nicht. Wenn ich ein Kind zeuge, bin ich sein Vater und kein anonymer Samenspender. Du hast vielleicht Ideen.«

Das war eine gute Antwort. Das Problem dieser armen Frau hatte ich schon mal nicht.

Nick war hinter mich getreten und sah sich die Seite an. »Die ist ja richtig interessant. Über was die Leute da alles reden. Guck mal die hier. Die fragt, ob es normal ist, dass sie sich beim Sex immer den Kopf bandagieren lassen soll.«

»Seit wann interessieren dich solche Seiten?«, fragte ich misstrauisch.

»Na ja, es hat doch eigentlich jeder irgendwelche Vorlieben, die man aber viel zu oft geheim hält. Findest du nicht, dass man offen über diese Dinge sprechen sollte?«

»Über was für Dinge willst du denn sprechen?«, wollte ich ängstlich wissen.

Nick wurde plötzlich verlegen und druckste herum. »Äh, ja, also, über deine Unterwäsche. Ich frage mich manchmal, ob sie mir wohl auch steht.«

»Was?«, stotterte ich entsetzt. »Also, ich finde es ja richtig gut und mutig von dir, dass du mit deinen Wünschen so offen umgehst. Aber ganz ehrlich, ich weiß nicht, ob ich das so gut finden würde. Ich meine, wenn du meine Unterwäsche trägst.«

Nick sah mich ernst an. Jedenfalls zehn Sekunden, bis er sich vor Lachen ausschüttete. »Süße, du fällst auf jeden

Mist rein. Tut mir leid«, setzte er an, bis er sich wieder halb tot lachte.

»Du bist so ein Mistkerl«, fauchte ich ihn an. »Das war gemein.«

»Ich weiß. Entschuldigung«, grinste er. »Es ist einfach zu süß, dass du immer alles glaubst. Aber ich mache es nie wieder.«

»Und ob du es wieder machst. Das ist ja schon fast ein Hobby von dir, mich auf den Arm zu nehmen.«

»Habe ich dir eigentlich schon erzählt, dass es deiner Freundin Tatjana zu verdanken ist, dass wir die letzten Tage so erfolgreich waren?«, brachte er das Gespräch schnell auf ein anderes Thema.

Leider war ich zu neugierig, um mich nicht darauf einzulassen. »Ehrlich? Hatte Diedrichsen so viel Dreck am Stecken?«

»Nicht mehr als andere. Und ob er Schwarzgeld hortet, das ist für uns nicht so interessant, dafür gibt es andere Abteilungen. Aber durch ihn sind wir einigen anderen Leuten auf die Spur gekommen. Drei davon sitzen bereits in U-Haft.«

»Also habt ihr das ja eigentlich mir zu verdanken. Schlüter könnte mir ruhig mal einen Blumenstrauß schicken.«

»Ich fürchte, das wirst du nie erleben. Und jetzt habe ich Hunger. Soll ich uns was vom Chinesen holen?«

»Oh ja, ich will gebratene Nudeln mit Ente«, freute ich mich. Erst als er weg war, fiel mir wieder ein, dass ich ja eigentlich sauer auf ihn war, weil er mich doch wieder erwischt hatte. Aber gut, wem wollte ich etwas vormachen. Ich hielt es nie länger als fünf Minuten durch.

Pünktlich am nächsten Morgen saßen Mimi und ich um neun Uhr an unseren Schreibtischen und beantragten eine Lohnpfändung. Mangels Alternativen telefonierten wir den Rest des Tages zahlungsunwilligen Menschen hinterher.

Ich war froh, als ich abends auf Nicks Sofa vor dem Fernseher lag. Er saß an seinem Schreibtisch und studierte völlig konzentriert seine Akten. Zur Abwechslung interessierte mich das in diesem Moment aber weniger, denn es gab wieder diese tolle neue Castingshow. Gerade sang ein Junge namens Mario, der höchstens achtzehn sein konnte. Und wie toll der singen konnte, ich wurde ganz neidisch. Aber nicht mehr, als ich seine Geschichte hörte. Denn Marios Eltern starben beide bei einem Autounfall, als er zwölf war. Um den Tod seiner Eltern zu verarbeiten, fing er an zu singen, und ganz schnell stellte sich heraus, dass er dafür ein riesengroßes Talent hatte.

»Nick, du solltest dir das auch angucken«, sagte ich in der Werbepause zu ihm. »Du glaubst nicht, wie gut die alle singen können. Besonders Mario, und dabei ist der ein Waisenkind. Schon seit er zwölf ist und seine Eltern diesen Autounfall hatten.«

Nick murmelte irgendwas und hob plötzlich den Kopf. »Was hast du gesagt? Wiederhole das bitte mal.«

»Dass du dir auch die Sendung angucken sollst. Weil die Leute da echt gut singen können.«

»Nein, danach. Was hast du danach gesagt?«

Ratlos hob ich die Schultern. »Dass ich Mario am besten finde. Und dass er Waise ist, seit er zwölf ist.«

Nick schloss kurz die Augen. »Natürlich ist er das. Er ist Waise«, sagte er zu sich selbst. Dann kam Leben in ihn, und er schnappte sich sein Handy.

»Steven? Ich bin's. Ich habe die Lösung. Zieh dich an, ich hole dich in zehn Minuten ab.«

»Nick?«, fragte ich. Er sah mich an, als hätte er meine Anwesenheit total vergessen.

»Süße, tut mir leid, ich muss weg. Kann dauern.« Mit diesen Worten rannte er fast aus der Tür.

Völlig verwirrt setzte ich mich wieder aufs Sofa. Was hatte der arme Mario denn gemacht? Der war doch viel zu jung, um ein Drahtzieher im organisierten Verbrechen zu sein. Ich verstand gar nichts, darum googelte ich ihn mal.

Von Verbrechen stand auf keiner Seite was. Nur dass er nach dem Tod seiner Eltern zu einer Pflegefamilie gekommen war, es da sehr gut hatte und vor zwei Monaten sein Abitur bestanden hatte. Du großer Schreck, was hatte ich denn nun wieder angerichtet? Was konnte Nick an meinen zwei Sätzen so falsch verstanden haben? Ich kam nicht drauf. Und als zwei Stunden später die Sendung zu Ende war, kam Mario mit den anderen auch noch mal auf die Bühne. Das war doch eine Livesendung, also war er zumindest noch nicht verhaftet. Hatte der Junge nicht schon genug mitgemacht?

Während ich da noch drüber nachdachte, klingelte es an Nicks Tür. Neugierig öffnete ich und sah Büttner vor mir, den neuen Kollegen.

»Alice? Darf ich einen Moment reinkommen?«

»Äh, ja klar, aber Nick ist nicht da. Der ist mit Steven unterwegs.«

»Ich weiß. Wollen wir uns setzen?«

Der schaute so ernst. Und warum wollte er sich setzen, wenn Nick doch gar nicht da war? Langsam wurde mir mulmig. Dennoch ging ich vor ins Wohnzimmer und hockte mich aufs Sofa.

»Alice, es tut mir so leid«, begann er und kniff kurz die Augen zusammen. »Nick ist angeschossen worden.«

»Was?«, schrie ich entsetzt und sprang auf. »Was ist mit ihm? Wie geht es ihm? Kann ich zu ihm?«

»Setz dich bitte noch einen Moment. Ich bring dich gleich zu ihm. Allerdings, er ist ziemlich schwer verletzt. Und momentan nicht transportfähig. Der Notarzt ist bei ihm.«

Mir wurde eiskalt. »Bitte, ich muss zu ihm. Bitte«, flehte ich.

»Komm. Fahren wir los.«

Wie aufgezogen folgte ich Büttner durchs Treppenhaus und in sein Auto. Erst langsam begriff ich seine Worte richtig. Schwer verletzt. Nicht transportfähig. Der Notarzt ist bei ihm. Tränen liefen über mein Gesicht, während wir im Auto saßen und ich mir wie ein Mantra immer nur einen Satz vorsagte. »Bitte. Lass ihn nicht sterben. Bitte. Nicht Nick.« Ich nahm weder etwas von der Umgebung noch von Büttner wahr. Ich war mit all meinen Gedanken bei Nick.

Erst während der Fahrt kam langsam wieder Leben in mich. »Was ist genau passiert? Und wo ist er?«

»In dem Vereinsheim von Ronny Schweder. Dort wollte er etwas nachprüfen und wurde angegriffen. Mehr wissen wir noch nicht.«

»Und Steven? War Steven denn nicht bei ihm?«

»Nein. Aber das klären wir alles noch.«

Wir fuhren schon den rumpeligen Feldweg hoch, und ich hatte die größte Angst meines ganzen Lebens. Büttner brachte das Auto zum Stehen, kam zu meiner Seite und nahm mich am Arm.

»Komm mit. Ich bringe dich zu Nick.«

Zitternd umklammerte ich seinen Arm und ging mit ihm in das Vereinsheim.

»Wo ist er?«, fragte ich mit einer Stimme, die ich kaum als meine erkannte. Büttner machte die Tür hinter uns zu.

Das Geräusch der schließenden Tür hallte in meinen Ohren laut wie ein Knall, und alarmiert schaute ich mich um.

»Wo sind denn alle? Wo ist der Arzt? Wo ist die Polizei?«

»Beruhige dich. Es kann sein, dass ich dich ein kleines bisschen angeflunkert habe.«

»Was? Was meinst du damit? Wo ist Nick?«

»Der sitzt warm und trocken im Präsidium«, kicherte Büttner.

»Bist du noch ganz dicht?«, schrie ich in einer Lautstärke, dass die Gläser am Tresen klirrten. »Hältst du das etwa für witzig? Was bist du für ein erbärmlicher Scheißkerl.«

Ich stürzte mich auf ihn, vor Wut völlig außer mir. Doch bevor ich ihm etwas tun konnte, schubste er mich mit Wucht weg, sodass ich ins Taumeln kam.

»So, und nun mal ganz ruhig. War nicht nett von mir, ich weiß. Aber ich brauche dich hier, und freiwillig wärst du wohl nicht mitgekommen.«

Langsam gaben meine Beine nach, und ich sank auf den Fußboden. Es dauerte, bis ich wieder einigermaßen Luft bekam, aber Nick war nichts passiert. Nick lag nicht im Sterben. Das war erst mal das Wichtigste.

»Es ist mir völlig egal, ob oder warum du mich hier brauchst«, antwortete ich. »Ich werde dir niemals verzeihen, dass du mir solche Angst gemacht hast. Und wenn ich Nick erzähle, was du dir hier geleistet hast, kannst du dich schon mal ganz warm anziehen.«

»Nur dass ich dann schon lange nicht mehr hier bin«, informierte mich Büttner. »Insofern schlottere ich nicht gerade vor Angst.«

»Was willst du von mir?«, fragte ich immer noch etwas benommen

»Von dir? Gar nichts. Du wirst mir nur helfen, eine kleine Reise anzutreten. Und wenn Nick und die anderen hören, dass du mir ein bisschen Gesellschaft leistest, werden sie mich auch gerne reisen lassen.«

»Ich verstehe das nicht«, stammelte ich. »Warum soll ich denn mit dir verreisen?«

Büttner seufzte genervt. »Bist du so blöd, oder tust du nur so? Nick hat heute Abend leider irgendwie erfahren, dass ich ein paar falsche Entscheidungen getroffen habe. Die ziemlich böse Konsequenzen für mich nach sich ziehen. Also muss ich verschwinden. Aber das ist relativ schwierig, wenn man auf der Fahndungsliste steht. Also schlage ich ihm einen Deal vor – freies Geleit für mich, Freiheit für dich.«

Mir blieb der Mund offen stehen. »Du stehst auf der Fahndungsliste? Aber du bist doch Polizist.«

»In Zukunft wohl nicht mehr.« Plötzlich stammelte er: »Ich wollte das doch alles nicht. Hier mal ein kleiner Gefallen, da mal eine unwichtige Info. Wer konnte denn ahnen, dass das alles so ausufern würde?« Er fand seine Fassung wieder. »Ich kann es nicht mehr rückgängig machen. Aber ich kann zumindest noch meine Haut retten. Also, es läuft folgendermaßen ab. Wie du wohl bereits gemerkt hast, wurde hier eine neue Tür eingebaut. Dieses Haus ist wie eine Festung, versuch gar nicht erst, rauszukommen. Es wird dir nicht gelingen. Vor allem nicht damit«, sagte Büttner und war mit zwei Schritten bei mir. Da ich immer noch auf dem Boden saß, kam ich nicht weg. So hatte er wenig Mühe, meine Hände mit einem Strick zu fesseln. »Nur eine Vorsichtsmaßnahme. Ich habe nicht vor, dir etwas zu tun. Darum auch keine Handschellen, mit diesem Seil hast du etwas Bewegungsfreiheit. Nachher werde ich Nick informieren, dass du bei mir bist. Sobald ich die Zusage habe, dass mich niemand aufhält, werde ich dieses Land verlassen. Und wenn ich sicher und unbehelligt an meinem neuen Zuhause angekommen bin, erfährt Nick, wo du bist. Du wirst also höchstens zwei Tage hier verbringen. Wie ein kurzer Urlaub.«

Ein Urlaub. Wie witzig. »Ich möchte aber nicht hierbleiben. Und ich glaube, du irrst dich. Nick wollte heute Abend wirklich jemanden verhaften. Aber nicht dich, sondern Mario.«

Büttner sah mich verwirrt an. »Welchen Mario?«

»Mario, den Kandidaten aus der neuen Castingshow. Ich habe Nick von ihm erzählt, dann hat er Steven angerufen, um mit ihm Mario zu verhaften.«

Büttner war nicht schlauer als vorher. »Und was hast du ihm von Mario erzählt?«

»Dass er toll singen kann. Und man sein Talent erst erkannt hat, als er Waise geworden ist.«

Büttner stutzte einen Moment, bis er einen leisen Pfiff ausstieß. »So ist er da also draufgekommen. Verdammter Alkohol.«

Nun war ich an der Reihe, verwirrt zu sein. »Nick trinkt nicht. Also, natürlich trinkt er manchmal ein oder zwei Bier, aber er ist kein Alkoholiker.«

»Halt einfach mal die Klappe. Ich muss nachdenken«, informierte er mich und ging ruhelos auf und ab, wobei er vor sich hin murmelte. Irgendwas von »Idiot« und »wie blöd« verstand ich.

Plötzlich nahm er wieder Notiz von mir. »Entschuldigung, du musst nicht auf dem Boden hocken. Komm, ich helfe dir hoch.«

Er nahm mich bei den Schultern und setzte mich auf einen Stuhl. »Tut mir leid, dass ich dich geschubst habe. Das wollte ich nicht. Und es wird nicht wieder passieren. Du kannst ja nichts dafür.«

»Kann ich auch nicht«, heulte ich. Meine Wut war verraucht, sobald sich das ganze Adrenalin verflüchtigt hatte. »Wenn du Fehler gemacht hast, dann gib sie doch einfach zu. Und steh dafür gerade. Weglaufen ist auch keine Lösung.«

»Nun, in manchen Fällen doch. Ich brauche jetzt Ruhe. Komm mal mit.«

Zuerst schob er mich zu den Toiletten. »Ich komme in fünf Minuten wieder«, informierte er mich und ging raus. Tatsächlich war meine Blase kurz vor dem Platzen. Während ich auf der Toilette saß, versuchte ich, die Fesseln abzukriegen. Aber das war unmöglich, was immer das für eine Knotentechnik war, sie war sehr effektiv. Wie angekündigt erschien Büttner nach fünf Minuten wieder. Er schob mich in die Küche hinter dem Tresen, wo Mimi und ich die Kisten voller Waffen und Geld gefunden hatten. Die waren natürlich nicht mehr da, stattdessen lag eine Matratze auf dem Boden mit Decken darauf. Daneben waren zwei Plastikflaschen mit Wasser und ein paar Kekspackungen aufgebaut.

»Du bleibst heute Nacht hier drin. Solltest du zur Toilette müssen, in der Ecke da habe ich einen Eimer hingestellt.«

Er ging raus und schloss die Tür hinter sich ab. Weinend ließ ich mich auf die Matratze sinken. Das alles war ein Albtraum. Erst meine wahnsinnige Angst um Nick und jetzt das hier. In mir stieg Panik hoch. Und wenn Büttner nun gelogen hatte? Wenn er flüchten, aber danach niemandem sagen würde, wo er mich versteckt hatte? Und ich in diesem Kabuff langsam starb?

Okay, jetzt nicht durchdrehen und gleich an das Schlimmste denken, sprach ich mir selbst Mut zu. Egal, was Büttner gemacht hatte – und mir war immer noch nicht klar, was das denn nun genau gewesen sein konnte –, er hätte keinen Grund, mich hier sterben zu lassen. Außerdem war der Mann trotz allem Polizist. In zwei Tagen wäre ich wieder bei Nick.

Büttners Stimme drang durch die Tür. Ich presste mein Ohr dagegen, hörte aber nur Fragmente, weil er wohl auf die andere Seite des Raumes gegangen war. Sprach er schon mit Nick? Und würde Nick sich darauf einlassen, ihn abhauen zu lassen, wenn er mich dafür wiedersehen konnte?

Eine Viertelstunde später hörte ich plötzlich das Geräusch eines Motorrades. Ich erstarrte und konnte fast fühlen, wie Büttner dasselbe tat. Kurz darauf wurde an die Tür geklopft.

»Ey, Mike, bist du da? Ich muss mit dir reden«, hörte ich eine bekannte Stimme. Was wollte Lui denn hier? Langsam zweifelte ich an meinem Verstand. Ob in meiner Cola light, die ich vorhin bei Nick getrunken hatte, Drogen gewesen waren? Vielleicht erpresste jemand *Coca-Cola* und versenkte so lange Drogen in der Cola, bis die bezahlten? Denn hier ergab ja gar nichts mehr einen Sinn.

Kurz darauf hörte ich die Stimmen von Büttner und Lui. Diesmal konnte ich das Gespräch besser verstehen.

»Was soll das? Was willst du hier?«

»Ja, 'tschuldigung. Ich weiß, du hast gesagt, du brauchst das Vereinsheim ein paar Tage für dich. Aber Martin sucht dich überall. Der ist stinksauer wegen irgendwelcher Waffen oder so, hab ich nicht genau mitgekriegt.«

»Weiß er, wo ich bin?«, hörte ich Büttner mit hoher Stimme fragen.

»Ey, Alter, nein. Du hast dafür gesorgt, dass ich nicht mit Ronny in den Knast gewandert bin. Dafür hast du einen gut bei mir. Martin hat keine Ahnung, aber der wird keine Ruhe geben, bis er dich gefunden hat. Wollte dich nur warnen.«

Die Stimmen wurden undeutlicher. Kurze Zeit später hörte ich, wie ein Motorrad gestartet wurde und wegfuhr.

Wieso hatte Büttner dafür gesorgt, dass Lui nicht in den Knast musste? War das nicht genau das Gegenteil von dem, was er in seinem Job eigentlich tun sollte? Okay, das war wohl eine der falschen Entscheidungen, von denen er gesprochen hatte. Büttner war also korrupt und ließ sich dafür bezahlen, Beweise oder sonst was wegzuschaffen. Und es gab einen Martin, der sauer wegen Waffen war. Ob es um die Waffen ging, die Mimi und ich hier gefunden hatten? Und was hatte Mario damit zu tun? Mir schwirrte der Kopf. Und obwohl man in Filmen immer sieht, wie Geiseln die ganze Nacht in ihrer Zelle oder wo auch immer auf- und abgehen und sich dabei die Haare raufen, tat ich das nicht. Ich wurde müde. Tatsächlich schlief ich ein und wurde erst wieder wach, als Büttner morgens die Tür aufmachte. Er ließ mich wieder zur Toilette und stellte mir danach Kekse hin.

»Was anderes habe ich nicht. Aber hungern musst du auch nicht. Ich bin in einer Stunde weg. Spätestens morgen wird man dich hier finden. Gäbe es eine andere Möglichkeit, hätte ich dich nicht hier mit reingezogen. Aber wie gesagt, morgen ist das alles schon wieder vorbei.«

Er packte mir die Kekse aus, und so schnell es meine gefesselten Hände zuließen, verschlang ich einen nach dem anderen. Auch, wenn ich nach wie vor verzweifelt war, Hunger hatte ich trotzdem.

Eine halbe Stunde später hörten wir beide wieder ein Motorrad auf das Vereinsheim zufahren. Büttner sah hektisch aus dem Fenster und drehte sich dann zu mir.

»Schnell, hinter den Tresen. Bleib unten. Komm nicht auf irgendwelche dummen Ideen, mein Besucher wird dir nicht helfen.«

Ich befolgte Büttners Befehl und hockte mich hinter den Tresen. Aber da würde ich nicht bleiben. Wenigstens versuchen könnte ich es, Lui um Hilfe zu bitten. Der klopfte auch schon an die Tür, und ich linste vorsichtig hinter dem Tresen hervor.

Büttner machte die Tür auf und fragte: »Was willst …« Weiter kam er nicht, denn Lui knallte ihm mit aller Gewalt seine Faust ins Gesicht. So doll, dass Büttner durch das halbe Vereinsheim flog. Jetzt bekam ich richtig Panik. Was ging denn hier ab? Gestern Abend war Lui ihm doch noch so dankbar gewesen. Und was sollte ich machen? Ob ich es schaffen würde, unbemerkt zur Tür zu kommen? Doch bevor ich nur einen Versuch starten konnte, riss sich Lui den Motorradhelm vom Kopf. Und ich erkannte fassungslos, dass es gar nicht Lui war. Es war Nick. Obwohl ich es versuchte, bekam ich keinen Ton heraus.

Wie gelähmt verfolgte ich, wie er den Raum durchquerte, Büttner hochriss und an die Wand donnerte. Hinter ihm tauchten Steven, Schlüter und noch sechs Polizisten in Uniform auf.

Nick stieß den Kopf von Büttner mit aller Kraft an die Wand. »Wo ist Alice?«

Büttner versuchte, etwas zu sagen, aber es kam nur ein Röcheln heraus. Nick knallte seinen Kopf das zweite Mal an die Wand, und Büttner röchelte noch mehr.

»Es reicht, Nick«, stoppte Schlüter ihn und baute sich seinerseits vor Büttner auf. Kaum hatte Nick ihn losgelassen, rutschte er an der Wand runter und sackte zusammen. Endlich kam wieder Leben in mich.

»Nick! Nick, ich bin hier«, rief ich hysterisch und versuchte mich aufzurichten. Aber ich war so verstört, dass mir meine Beine, genau wie die von Büttner, den Dienst versagten und ich nicht aufstehen konnte. Mit einem Sprung war Nick bei mir und schloss seine Arme um mich.

»Meine Süße. Mein süßes Mädchen. Hat er dir was getan? Bist du okay?«

»Nick«, heulte ich, und weiter kam ich nicht. Insgeheim hatte ich schon voller Stolz vermutet, dass ich richtig hartgesotten und abgebrüht wäre. Weil ich trotz allem hatte schlafen können und mir vorhin sogar die Kekse schmeckten. Aber mit dieser Vermutung lag ich völlig falsch. Jetzt, wo alles vorbei war, wurde aus mir ein zitterndes Wrack.

»Ist ja gut, Süße, ist ja gut. Ich bin da. Hörst du mich? Ich bin bei dir. Alles wird gut.«

Während die uniformierten Polizisten Büttner zu einem Streifenwagen brachten, der gerade vorfuhr, kam Steven zu uns.

»Mensch, Alice, es tut mir so leid.« Er sah auf meine Hände und holte ein Messer aus seiner Hosentasche.

»Halt mal deine Hände nach vorn, ich mache dir die Fesseln ab.«

Nick erstarrte und schaute auf meine Hände. »Dieses verdammte Schwein. Ich hätte ihn umbringen sollen.«

Steven legte Nick eine Hand auf die Schulter. »Nein. Du hast es genau richtig gemacht. Er bekommt seine gerechte Strafe, und du weißt ja, wie es ihm im Knast ergehen wird. Als Bulle wird er da nicht viel Spaß haben. Denk dran.« Damit ließ er uns wieder allein.

»Woher wusstest du, dass Büttner hier ist?«, stammelte ich.

»Das erzähle ich dir alles in Ruhe. Jetzt musst du hier erst mal raus. Wollen wir dich im Krankenhaus untersuchen lassen?«

»Nein«, beruhigte ich Nick. »Er hat mir nichts getan. Ich bin nur ziemlich fertig.«

»Er wird dafür bezahlen«, versprach Nick. »Das verspreche ich dir. Und jetzt bringen wir dich zu mir. Niemand wird dir etwas tun.«

Jetzt kam auch Schlüter zu uns. »Frau Wörthing. Schlimme Sache. Geht es Ihnen gut?«

Nick antwortete für mich, und zwar ziemlich laut: »Ob es ihr gutgeht? Natürlich geht es ihr gut, am liebsten würde sie jetzt anfangen zu tanzen, stimmt's, Süße?«

»Mensch, Nick, tut mir leid. So meinte ich das doch nicht«, sagte Schlüter. »Frau Wörthing, es tut mir aufrichtig leid, dass Sie in diese Lage gebracht wurden. Erholen Sie sich, und wenn Sie so weit sind, machen Sie Ihre Aussage. Hat keine Eile«, behauptete er.

Dass sich Schlüter bei mir entschuldigte, war absolutes

Neuland. Aber es interessierte mich im Moment nicht die Bohne, denn ich fing schon wieder an zu heulen.

»Nick? Ich will hier nicht mehr bleiben. Bring mich hier weg.«

Ohne ein Wort trug er mich auf seinen Armen durch die Tür und den Feldweg entlang. Ein paar Meter weiter stand sein Auto, und er setzte mich auf dem Beifahrersitz wieder ab.

»Wir fahren jetzt zu mir, Süße. Alles wird gut.« Nick beugte sich über den Schaltknüppel und küsste mich. »Ich verspreche es dir. Alles wird gut.«

Kaum hatte er das Auto gestartet, lenkte er mit einer Hand und zog mich mit der anderen an seine Schulter. Mit geschlossenen Augen atmete ich tief ein und aus. Langsam entspannte ich mich, und mir stiegen eine Menge Fragen in den Kopf. Aber im Moment wollte ich keine von ihnen stellen. Nur das Gefühl genießen, bei Nick und damit in Sicherheit zu sein.

Er brachte mich in seine Wohnung und dann direkt ins Badezimmer. »Ich lasse dir jetzt erst mal ein Bad ein. Danach wird es dir besser gehen.«

Während die Wanne sich füllte, zog ich mich aus und sank in das warme Wasser. Mit geschlossenen Augen genoss ich die Wärme. Nick kehrte mit einem Becher in der Hand zurück.

»Möchtest du einen Kaffee? Ich glaube, den kannst du brauchen.«

Das erste Mal seit gestern Abend konnte ich wieder kichern. »Wir sind ja wie ein altes Ehepaar. Früher gab es mal Sekt in der Badewanne.«

Trotzdem trank ich den Kaffee und sank danach wieder tief in das Wasser. Erst als es nach zwanzig Minuten langsam kalt wurde, stieg ich aus der Wanne und wickelte mich in Nicks Bademantel. Als hätte er einen inneren Radar eingeschaltet, erschien er genau in dem Moment, als ich fertig war.

»Und jetzt legst du dich aufs Sofa. Und zwar mit mir«, bestimmte er.

Das war eine gute Idee von ihm. Unter einer Wolldecke, mit dem Kopf in Nicks Schoß, ging es mir endlich besser.

»Er ist gestern Abend hier aufgekreuzt«, informierte ich Nick. »Und dieser verdammte Mistkerl hat behauptet, du wärst schwer verletzt, und er würde mich zu dir bringen. Ich war völlig neben der Spur und bin hinter ihm hergetrottet wie ein treuer Hund. Erst als wir im Vereinsheim waren und mir bewusst wurde, dass da weder Polizei- noch Krankenwagen standen, habe ich gemerkt, dass etwas nicht stimmt.«

»Er wollte dich als Pfand, um aus dem Land zu kommen«, ließ Nick mich wissen.

»Ich weiß. Das hat er mir gesagt. Aber ich verstehe das alles nicht. Kannst du es mir mal von Anfang an erklären? Erst erzählst du, dass du Mario verhaftest, und im nächsten Moment nimmt mich Büttner als Geisel, weil er meint, dass du nicht Mario, sondern ihn verhaften willst.«

»Wer ist Mario?«, fragte Nick verwundert.

»Na, Mario doch. Ich habe dir doch gestern von ihm erzählt. Dem Kandidaten der Castingshow. Und danach hast du Steven angerufen und ihm gesagt, du hättest die Lösung.«

»Entschuldige, Süße, da habe ich nicht richtig zugehört. Du hast mir von einem Waisenkind erzählt, dessen Eltern bei einem Autounfall ums Leben gekommen sind. Und plötzlich war das fehlende Puzzleteil da. Büttner lebte auf großem Fuß und hat das mal so ganz nebenbei mit einer Erbschaft erklärt. Aber in dem Moment, in dem du mir von diesem Typen aus der Castingshow erzählt hast, fiel bei mir der Groschen. Denn Büttner hatte mir auf meiner Fete nach ein paar Bieren gesagt, er wäre Waise, seine Eltern wären tot, und es gäbe keinerlei Verwandtschaft. Das Ganze sehr verbittert. Er sagte, sie hätten sich, als sie noch am Leben waren, nie um ihn gekümmert. Und dass sie völlig mittellos gestorben waren. Von wem also sollte er geerbt haben?«

»Und darum wusstest du, dass er korrupt ist?«

»Das war der naheliegende Schluss. Steven und ich wussten schon länger, dass es irgendwo eine undichte Stelle bei uns geben musste. Es tauchten draußen zu viele Interna auf. Doch Büttner hatten wir nicht im Verdacht, sondern jemand anders. Jedenfalls habe ich Steven gestern abgeholt, und wir sind ins Präsidium gefahren. Haben akribisch jeden Fall überprüft, in dem was schiefgelaufen war. Und plötzlich hat sich ein Muster ergeben, und es konnte nur Büttner dahinterstecken. Leider haben wir dann den zweiten Fehler gemacht.«

»Welchen?«, wollte ich gespannt wissen.

»Gedacht, wir wären allein. Und lauthals darüber geredet. Büttner muss in seinem Büro gewesen sein und sich, als wir gekommen sind, versteckt haben. Dabei wird er alles mitgehört haben. Er war oft noch abends da, und wir glaubten, er würde nur durch übertriebenen Einsatz versuchen, sich zu profilieren. Tatsächlich hat er, sobald er allein war, Daten von unseren PCs gezogen.«

»Er hat zu mir gesagt, er wollte nicht, dass alles so ausufert. Nur mal eine kleine Info hier und irgendein Gefallen da. Was hat er damit gemeint?«

»Alles wissen wir noch nicht. Aber so fängt es üblicherweise an. Er war, bevor er zu uns kam, bei der Sitte. Hatte also viel mit Zuhältern zu tun. Da bietet einer ein paar Tausend Euro an, um vor einer Razzia gewarnt zu werden. Der Beamte denkt sich: ›Das ist viel Geld. Und in dem Bordell von dem Typen läuft eh kein Menschenhandel, also wem schadet es, wenn ich ihm ein paar Infos gebe?‹ Was diese Kollegenschweine nie bedenken, ist, dass solche Bestechungen mit Vorsatz gemacht werden. Denn in dem Moment, in dem er Geld annimmt, haben sie ihn in der Hand. Er will bei einer anderen Sache nicht helfen? Kein Problem, bekommt eben der Vorgesetzte ein anonymes Schreiben mit Beweisen, dass er korrupt ist. Diese Dumpfbacken merken nicht mal, dass sie in dem Moment, wo sie ihr Geld bekommen, heimlich fotografiert werden. Was meinst du, wie schnell die in Zukunft mit Infos bei der Hand sind? Und so zieht es immer weitere Kreise.«

»Das ist ja fies«, staunte ich. »Da macht und tut ihr, und im Hintergrund sitzt einer, der euch verrät, und alles ist für die Katz.«

»Ja. Aber trotzdem hätte er sofort die Notbremse ziehen können. Ich meine, er wusste, wie so etwas läuft. Es gibt sogar Schulungen bei uns, in denen das Prinzip genau erklärt wird. Aber Büttner hatte Geld gerochen. Und er muss sehr aktiv gewesen sein. Wenn ich mir vorstelle, dass sein Ferienhaus auf Usedom, in dem wir beide waren, von Bestechungsgeld bezahlt worden ist, wird mir jetzt noch schlecht. Wie der sich amüsiert haben muss, als ich mich bei ihm dafür bedankt habe.«

Ich fand unser Wochenende nach wie vor unglaublich toll, aber das würde ich jetzt besser nicht anmerken

»Und woher wusstest du, wo du mich finden würdest?«, wollte ich wissen, während ich mich aufsetzte und an Nicks Schulter kuschelte.

Er umarmte mich und küsste mich auf den Kopf. »Das war, ehrlich gesagt, nur Glück. Steven und ich sind alle Fälle, die uns nicht koscher vorkamen, durchgegangen. Der zweite war der von eurem Ronny. Es konnte nicht sein, dass die sich da ihr eigenes Outlaw-Land aufgebaut hatten und Lui, als zweiter Vorsitzender ihres Bikerclubs, nichts davon gewusst haben sollte. Als wir gerade über dieser Akte saßen, rief Büttner an und sagte mir, er hätte dich in seiner Gewalt. Dir würde nichts passieren, wenn wir ihn am Flughafen nicht aufhalten würden. Am nächsten Tag würde er mich wissen lassen, wo ich dich finden konnte. Also haben wir überlegt, wo er dich hingebracht haben könnte. Und vor uns lag die Akte von Ronny und Lui. Das Vereinsheim war unser erster Versuch. Wir sind zu der Wohnung von Lui gefahren und haben bis heute früh auf ihn gewartet. Als er endlich nach Hause kam, haben wir ihn uns geschnappt. Er hatte die Wahl zwischen einem neuen Verfahren oder einer ausführlichen Aussage. Zu seinem Glück hat er sich für die Aussage entschieden. Wir haben ihm sein Motorrad und seinen Helm abgenommen, Schlüter informiert, und der hat den Einsatz organisiert. Allerdings hatte Lui ausgesagt, dass nur Büttner im Vereinsheim wäre, nicht du.«

»Ich war in der Küche eingeschlossen, als Lui kam. Er wusste nicht, dass ich da war«, teilte ich ihm mit. Langsam dröhnte mir der Kopf. »Nick? Können wir nachher weiterreden? Ich bin völlig fertig.«

»Natürlich bist du das. Entschuldigung. Komm, ich bringe dich ins Bett. Du schläfst jetzt erst mal.«

»Kannst du mitkommen? Kannst du bei mir bleiben, während ich schlafe?«

Nick lächelte mich an. »Ich lasse dich nicht mehr aus den Augen. Komm mit.«

Beim Anblick des Bettes wurden meine Augen glasig. Nick legte sich neben mich und zog mich in seine Arme.

»Mach die Augen zu, meine Süße. Ich passe auf dich auf.«

Mit dem Kopf an seiner Brust fielen meine Augen zu. Wach wurde ich erst drei Stunden später.

»Du bist immer noch da«, lächelte ich Nick an.

»Ich werde immer da sein«, antwortete er. »Und jetzt mache ich dir einen Kaffee.«

»Ich habe auch ganz viel Hunger.«

»Das habe ich mir schon gedacht. Tim hat vorhin Brötchen vorbeigebracht. Ich hole sie dir.«

Wir gingen zurück ins Wohnzimmer, und ich legte mich wieder ganz eng neben Nick aufs Sofa. Im Moment brauchte ich seine Nähe mehr als je zuvor. Nachdem ich zwei Brötchen gegessen hatte, nahm ich unser Gespräch wieder auf.

»Weißt du auch, woher Lui Büttner kannte?«

»Da kann ich nur raten. Lui ist ein Laufbursche von Martin Goldbeck. Erinnerst du dich an diesen Albino? Mit dem ich in den *Kutscherstuben* war?«

»Ja. Du hast gesagt, du willst in eine Organisation kommen, aber ihr wüsstet noch nicht mal, wer der Boss von denen ist.«

»Genau. Das haben wir ermitteln können. Der Boss ist Martin Goldbeck, ein scheinbar ehrbarer Geschäftsmann, der sein Geld im Blumengroßhandel verdient. Aber hinter seiner seriösen Fassade handelt er nicht nur mit Drogen und Waffen, sondern auch mit Menschen. Die Einzelheiten erspare ich dir. Jedenfalls arbeitet Lui als Laufbursche für ihn. Und hat sich als sehr zuverlässig erwiesen. Das ist eine begehrte Eigenschaft in diesem Business, darum wollte Goldbeck nicht zulassen, dass so ein nützlicher Mann in den Knast geht. Ich bin ziemlich sicher, dass sich Goldbeck und Büttner kannten. Denn Büttner hat die Aussage von Lui aufgenommen. Und laut dieser Aussage war Lui so unschuldig wie frisch gefallener Schnee.«

»Wusste er denn von den Waffen im Vereinsheim?«, fragte ich erstaunt. Warum hatte er uns den Weg dorthin erklärt, wenn er sicher sein konnte, dass wir auf ein Waffenarsenal stießen?

»Woher weißt du, dass im Vereinsheim Waffen gelagert waren?«, fragte Nick erstaunt.

Mist. Mist, Mist, Mist. Woher wusste ich das?

»Äh, davon hat Büttner geredet. Oh Nick, ich hatte solche Angst«, wechselte ich schnell das Thema. »Wirklich, ich war mir ganz sicher, dass er jeden Moment eine dieser Waffen zieht und damit auf mich schießt.«

»Süße, was hast du nur durchmachen müssen? Es tut mir so leid«, ließ Nick mich wissen und küsste mich.

»Ja, es war traumatisch«, antwortete ich. »Und? Wusste er von den Waffen?«

»Nein. Die Waffen waren Goldbecks Geschäft. Ronny war der Einzige, der davon wusste. Darum hat er auch seine Biker-Kollegen von dem Vereinsheim weggehalten. Er war sozusagen der Vermieter und gleichzeitig Kontaktmann von Goldbeck. Durch seine Beziehungen konnte er eine Menge Waffen verkaufen.«

»Und was passiert jetzt mit Büttner?«

Nicks Gesicht wurde hart. »Genau das, was er verdient.

Er wird fristlos entlassen und wegen Korruption und Strafvereitelung im Amt angeklagt. Das gibt bestimmt fünf Jahre. Und wenn man bei uns entlassen wird, verliert man auch komplett seine Pensionsansprüche. Das heißt, ihm wird es auch noch im Alter schlecht gehen.«

»Dann war es ja ganz schön blöd von ihm, selber kriminell zu werden.«

»Ja, das war es. Möchtest du noch etwas wissen?«

»Nein«, beschloss ich. »Jedenfalls nicht mehr heute. Heute will ich mich nur freuen, dass das Ganze so glimpflich für mich abgelaufen ist. Eigentlich möchte ich nur hier mit dir auf dem Sofa liegen.«

Nick küsste mich. »Ich hatte eine Riesenangst um dich«, gestand er. »Und ich bin heilfroh, dass du gesund und munter auf meinem Sofa liegst. Ich würde dich hier sowieso nicht wieder weglassen.«

Am Donnerstagvormittag hatte ich mich von dem ganzen Schock schon wieder ziemlich erholt. Kaum war Nick Brötchen holen, rief ich Mimi an und erzählte ihr die Geschichte.

»Nicht dein Ernst«, hauchte sie. »Wie geht es dir jetzt?«

»Eigentlich wieder ganz gut. Gestern war ich ziemlich durch den Wind, aber Nick war so süß zu mir, jetzt bin ich wieder ruhig.«

»Und was ist mit Mario? Darf er nächsten Dienstag noch mal auftreten oder ist er verhaftet?«

»Nein, du kriegst da was durcheinander. Ich hatte nur geglaubt, dass er ein Verbrecher ist. Das stimmte aber nicht.«

»Dann bin ich ja beruhigt. Der kann echt toll singen, oder?«

»Und wie. Ich komme morgen so gegen zehn ins Büro. Vielleicht fällt uns was wegen Beatrice Müller ein.«

»Die heißt *Miststück*«, stellte Mimi klar. »Aber gut, ich bin dann auch da. Und du bist wirklich okay?«

»Ganz bestimmt. Wir sehen uns morgen.«

Nach dem Frühstück beobachtete ich Nick, der ausgestreckt auf dem Sofa lag und die Zeitung las.

»Musst du heute gar nicht weg? Sonst musst du immer weg, wenn ihr jemanden verhaftet habt.«

»Nein, heute bleibe ich hier bei dir. Und deine Aussage machst du erst morgen. Jetzt läuft uns Büttner ja nicht mehr weg.«

Das waren ja ganz neue Töne. Aber keine schlechten.

Am nächsten Morgen fuhr ich mit Nick ins Präsidium. Schlüters Tür war zu, darum gingen wir erst mal in Nicks Büro, in dem Steven schon an seinem Schreibtisch saß und mich mitfühlend ansah.

»Na, geht es dir besser? Tut mir echt leid, was passiert ist.«

»Kannst du ja nichts für«, antwortete ich großzügig. »Und ja, ich bin okay. Ich bin nur wegen meiner Aussage hier.«

In dem Moment kam Schlüter rein. »Nick, Steven. In mein Büro. Sofort.«

Mir nickte er nur kurz zu. Warum redete der denn so unfreundlich mit den beiden? Ich dachte, der wäre nur bei mir so unhöflich. Eigentlich saß ich schon viel zu lange auf diesem Stuhl. Die Gefahr einer Thrombose wird doch sehr unterschätzt. Besser, ich würde mich mal ein bisschen bewegen. Meine Füße schlugen ganz von allein die Richtung zu Schlüters Büro ein. Als sie mitbekamen, dass seine Tür nur angelehnt war, stellten sie jede Bewegung sofort ein, und ich hörte dadurch unfreiwillig die Unterhaltung mit.

»Ich habe eben mit dem Staatsanwalt gesprochen. Büttner ist immer noch im Krankenhaus. Mit doppeltem Kieferbruch und schwerer Gehirnerschütterung. Kannst du mir mal sagen, wie ich das erklären soll?«

Statt Nick antwortete Steven. Seine Stimme klang sehr gelassen. »Was gibt es da zu erklären? Als wir ins Vereinsheim kamen, wollte Büttner fliehen, ist erst über einen Stuhl gestolpert und dann an die Wand gekracht. Du warst doch dabei, Hans, das musst du doch gesehen haben.«

»Und wenn ich das gesehen haben sollte? Was haben dann die sechs Beamten von der Bereitschaft gesehen, die wir mithatten?«

»Ich verstehe die Frage nicht«, antwortete ihm Steven. »Ich habe gestern mit ihnen gesprochen, und sie haben mich gefragt, ob Büttner schon immer so ungeschickt war. Ich glaube, sie benutzten für seinen Fluchtversuch das Wort ›erbärmlich‹. Und meinten, es sei eine Schande für die Polizei, dass ein Oberkommissar derart unsportlich sein kann.«

Meine Füße taten wieder das, was ich wollte, also huschte ich schnell zurück in Nicks Büro. Das war aber nett von Steven. Ich hatte noch gar nicht darüber nachgedacht, dass Nick durch seinen Angriff auf Büttner Schwierigkeiten bekommen könnte. Zum Glück war das ja jetzt Geschichte. Leider war das Gespräch immer noch nicht beendet, und mir wurde langweilig. Das war ja nun auch nicht in Ordnung, dass die mich hier einfach sitzen ließen. Ich war immerhin die Hauptperson heute, nicht irgend so ein Staatsanwalt. Womit sollte ich mich denn hier, in Nicks Büro, so lange beschäftigen? Mein Blick fiel auf das Telefon, und plötzlich wusste ich ganz genau, wie meine Beschäftigung aussehen konnte.

Als Nick erst nach bestimmt zehn Minuten zurückkam, saß ich auf seinem Sessel und telefonierte. Schnell legte ich die Hand auf den Hörer und flüsterte Nick »nur einen Moment noch« zu.

»Ja, ich bin wieder da«, nahm ich das Gespräch wieder auf. »Oh, bitte, keine Ursache, das habe ich doch gerne getan. Ich bin ganz Ihrer Meinung, diese Heimlichtuerei passt nicht mehr in unsere Zeit. Ein Foto? Natürlich, das ist kein Problem. Ich maile es Ihnen heute noch. Ja, mir war es auch ein Vergnügen. Wiederhören.«

»Nick«, strahlte ich. »Morgen weiß jeder in der Stadt, was für ein Held du bist.«

Er kniff die Augen zusammen. »Mit wem hast du telefoniert?«

»Mit der Zeitung. Ich bin an dein Telefon gegangen, und da war ein ganz netter Journalist dran. Der wollte über einen Fall von dir etwas wissen. Und da habe ich so getan, als wäre ich auch Polizistin«, kicherte ich.

Nick erstarrte. »Alice. Was hast du dem Mann erzählt?«

»Alles. Wie blöd es von Büttner war, so korrupt zu werden. Von dem unfreiwilligen Aufenthalt deiner Freundin im Vereinsheim. Und natürlich, das ist ja das Wichtigste, wie heldenhaft du sie befreit hast. Das hat den echt beeindruckt. Ich glaube, er hat dreimal nachgefragt, ob du Büttner wirklich durch den ganzen Raum geprügelt hast.«

Nick starrte mich entsetzt an.

»Was hast du dir nur dabei gedacht?«, flüsterte er und wurde blass.

»Was ich mir dabei gedacht habe? Das kann ich dir sagen. Dass ich es wirklich nicht witzig finde, dass du mich so oft veräppelst. Und weißt du was? Ich kann das auch. Also wirklich, Nick, du glaubst auch jeden Mist, den man dir erzählt«, grinste ich.

Nick klappte den Mund wieder zu. »Das war gar nicht echt?«

»Na, du bist ja mal ein Schnellmerker. Natürlich nicht. Nur eine kleine Revanche.«

»Ich hätte fast einen Herzinfarkt bekommen«, sagte Nick und musste trotzdem grinsen. »Respekt. Du hast mich wirklich erwischt.«

»Ich hatte einen guten Lehrer. Und nun mache ich meine Aussage, und danach streiche ich diesen Tag rot im Kalender an.«

»Und mehr als diesen Tag wirst du auch nicht bekommen.« Nick kam zu mir und zog mich in seine Arme. »Gut, es ist dir einmal gelungen, mich reinzulegen. Aber eigentlich hast du mir damit einen Gefallen getan und mir die Augen geöffnet. Ich habe mich im Vereinsheim nun mal falsch verhalten. Gerade als Polizist muss ich mich in der Gewalt haben. Stattdessen habe ich mindestens drei Gesetze übertreten. Ich werde das Ganze nicht unter den Teppich kehren«, beschloss er. »Damit wäre ich nicht besser als Büttner. Weißt du was? Ich habe Scheiße gebaut, und dazu werde ich stehen. Die Konsequenzen werden übel, aber wenigstens kann ich morgens noch in den Spiegel schauen.«

»Was denn für Konsequenzen?«, fragte ich alarmiert.

»Degradierung, wahrscheinlich muss ich in den ganz normalen Streifendienst.«

»Aber Nick«, stammelte ich. »Überleg dir das doch noch mal. Vielleicht hast du wirklich ein oder zwei Gesetze übertreten. Aber du kannst dich doch nicht mit Büttner vergleichen. Du hast es doch für mich getan, das sind doch bestimmt mildernde Umstände.«

»Du glaubst also, ich soll das einfach abhaken und daraus lernen?«, fragte er.

»Ja«, bestätigte ich eifrig. »Genau das glaube ich.«

»Und lernst du auch etwas daraus?«, wollte er wissen.

»Ich? Was soll ich denn daraus lernen?«, fragte ich ratlos.

»Dass du nie wieder versuchen solltest, mich zu verarschen. Weil du es sofort zurückkriegst. Ich fürchte, du hast schon wieder Mist geglaubt«, lachte dieser Mistkerl.

»Nick. Eines Tages bring ich dich um«, kreischte ich.

»Nicht doch, Süße. Dann hast du ja gar keinen guten Lehrer mehr. Das wäre doch schade.« Er hob mein Kinn an und sah mir in die Augen. »Und jetzt hätte dein Lehrer gerne einen Kuss von dir. Bekommt er den?«

»Wenn du glaubst, dass ich dich jetzt küsse, dann, dann …«

»Ja? Was dann?«, fragte er und zeigte sein Killerlächeln. »Dann habe ich Glück? Weil mich dieses unglaublich tolle Mädchen so unfassbar glücklich macht?«

Einmal. Nur ein einziges Mal werde ich es schaffen, ihm zu widerstehen. Gut, heute noch nicht. Aber irgendwann einmal wird es passieren. Das versprach ich mir selbst, als ich meine Arme um Nick legte und ihn küsste, als ob mein Leben davon abhing. Vielleicht sogar schon morgen. Genau. Morgen ganz bestimmt.

EPILOG

Als ich einige Tage später ins Büro kam, saß Mimi schon an ihrem Schreibtisch und starrte mürrisch auf ein Schriftstück vor sich.

»Was ist los?«, wollte ich wissen. »Was hast du da?«

»Die Rückgabe der Gehaltspfändung. Der Bruder von dem Miststück hat uns eine Kopie ihrer Gehaltsabrechnung geschickt. Danach verdient sie offiziell tatsächlich nur vierhundert Euro im Monat, und das liegt deutlich unter der Pfändungsgrenze.«

»Und jetzt?«, fragte ich. »Geben wir auf?«

Mimi lachte höhnisch auf. »Das kannst du vergessen. Diese Frau kriegen wir. Wir brauchen nur einen Plan.«

»Na gut. Aber nicht wieder beschatten. Erstens ist es öde, und zweitens können wir es nicht.«

»Okay«, stimmte Mimi zu. »Dann eben was anderes.«

Wir starrten ratlos vor uns hin.

»Wir denken gleich weiter darüber nach«, schlug Mimi vor. »Erst will ich dir etwas zeigen.«

Sie kramte in ihrer Handtasche und kicherte vor sich hin.

»Guck mal«, sagte sie. »Habe ich gestern gekauft.«

Ich kicherte mit. In Mimis Hand lag ein Paar Handschellen, ganz süß mit rosa Fell bezogen.

»Ich dachte, ich überrasche Stefan mal. Ich bin sicher, er findet das heiß.«

»Mit Sicherheit. Nick hätte an so etwas sicher auch seinen Spaß.«

»Und die stehen mir sogar, siehst du?«, sagte Mimi und zog sich eine Schelle über ihr Handgelenk.

»Ich will auch«, bat ich und zog mir die andere Schelle über. Mit einem leisen Klicken rastete sie ein, und ich zog Mimis auch gleich zu. Es sollte ja authentisch aussehen. Mimi allerdings sah mich sprachlos an.

»Ja, ich weiß, so ist es nicht im Sinne des Erfinders. Ich wollte nur mal sehen, wie die an mir aussehen. Jetzt kannst du sie wieder aufschließen.«

Mimi hatte ihre Sprache wiedergefunden. »Könnte ich. Wenn ich denn auch die Schlüssel eingesteckt hätte. Die liegen aber leider in meinem Nachtschrank.«

»Ups.«

»Ja. Ups. Du bist so ein Schussel«, lachte Mimi. »Jetzt müssen wir ein Taxi rufen und zu mir fahren. Ehrlich, Alice, du kommst vielleicht immer auf Ideen.«

Beim Anblick unserer aneinandergefesselten Hände musste ich auch lachen.

»Ich bezahle das Taxi«, bot ich an.

Doch bevor wir im Gleichschritt zum Telefon gehen konnten, klingelte es an der Tür.

»Kann das Krischan sein?«

»Nein, der wollte erst morgen wiederkommen. Was machen wir denn jetzt?«, fragte Mimi panisch.

»Wir schieben sie, so weit es geht, nach oben und ziehen unsere Ärmel darüber. Dann kriegt es niemand mit. Eigentlich kann es eh nur der Hausmeister sein.«

Es klingelte ein zweites Mal, und wir gingen zur Tür. Doch leider stand nicht der Hausmeister, sondern Nick vor uns.

»Hallo, Süße. Ich dachte, ich hole dich zum Essen ab.«

Er küsste mich und schaute irritiert auf Mimi, die eng neben mir stand.

»Hallo«, nickte er ihr etwas unterkühlt zu. »Kannst du uns bitte mal allein lassen?«

»Ich, äh, nein. Mir ist kalt, und Alice will mich wärmen«, stotterte sie und fing auch noch an, theatralisch mit den Zähnen zu klappern.

»Dann wirst du dich wohl an die Heizung stellen müssen. Dein Wärmeofen geht jetzt nämlich mit mir essen. Alice, kommst du?«

Ich ging einen Schritt vor und Mimi notgedrungen auch.

»Was hast du für ein Problem?«, fragte Nick sie ärgerlich.

»Nick, vielleicht sollten wir ein anderes Mal essen gehen. Es ist so, dass es jetzt gerade nicht so gut passt.«

»Wie du meinst«, gab er leicht angesäuert zurück. »Aber komm mal bitte mit raus.«

»Klar. Kann Mimi mitkommen?«

»Dann müsstest du ja nicht mit mir rauskommen.«

Er nahm meine Hand und zog mich aus der Tür. Die arme Mimi hoppelte unglücklich neben mir.

Nick kniff die Augen zusammen und holte tief Luft. Das war in der Regel kein gutes Zeichen, also fügte ich mich in mein Schicksal.

»Es tut mir leid. Wir haben ein kleines Problem«, gab ich zu und schob meinen Ärmel hoch. Mimi tat es mir nach, und Nick starrte fassungslos auf die rosa Fellhandschellen.

»Ich wollte nur mal sehen, wie die an mir aussehen. Ich wusste ja nicht, dass Mimi den Schlüssel dafür zu Hause gelassen hatte.«

Nick schaffte es, gleichzeitig den Kopf zu schütteln und zu lachen.

»Ich hätte mir denken können, dass irgendwas dahintersteckt. Komm mal her.«

Er zog mich an sich und Mimi damit gleich mit.

»Oder doch besser später«, bedauerte er. »Dann fahre ich euch beide jetzt mal zu Mimi, damit ihr nicht länger die Unzertrennlichen geben müsst, okay?«

Eine Stunde später saßen Mimi und ich wieder ohne Handschellen im Büro.

»Wie peinlich«, stöhnte ich. »Die Geschichte werde ich mir jetzt die nächsten Wochen immer wieder anhören müssen. Wir beide abgeführt wie Verbrecher.«

»Damit wirst du …«, fing Mimi an, um abrupt den Satz zu beenden.

»Alice. Das ist es. Sie begeht ein Verbrechen.«

»Wer?«, fragte ich und stand ziemlich auf dem Schlauch.

»Na, das Miststück doch. Wir wissen, dass es ihr Laden ist und sie ihn nur wegen ihrer Schulden pro forma auf den Namen ihres Bruders laufen lässt. Und das mit den vierhundert Euro ist ja auch Blödsinn, sie hat dir schließlich gesagt, dass sie sehr ausgebucht ist und keine kurzfristigen Termine vergeben kann.«

»Äh, ja, das ist richtig«, stimmte ich zu, obwohl ich immer noch nicht kapierte, auf was Mimi hinauswollte.

»Das heißt doch, dass sie nicht nur uns betrügt, sondern vor allem das Finanzamt. Die Frau hinterzieht eiskalt Steuern. Mit Vorsatz und System.«

Langsam verstand ich. »Du hast recht. Und soweit ich weiß, hat das Finanzamt nicht so viel Verständnis für Steuerhinterzieher.«

»Ganz genau. Darum werden wir beide der Dame heute Abend einen Besuch abstatten. Um ihr einen Deal vorzuschlagen. Entweder, sie zahlt ihre Schulden bei Krischan, oder wir verpfeifen sie ans Finanzamt.«

»Mimi, du bist eine Heldin«, bewunderte ich sie. »Das wird klappen.«

Und das tat es auch. Zuerst hatte die Kosmetikerin über uns gelacht und dann, als sie Mimi erkannte, gemeint, sie wolle sich nur rächen und könne ihr nichts beweisen. Doch Mimi wuchs über sich hinaus und behauptete, sie hätte während meiner Behandlung den Terminkalender fotografiert und könne dem Finanzamt die Namen von mindestens zwanzig Kundinnen nennen. Daraufhin musste Beatrice Müller alias das Miststück einknicken und erklärte sich dazu bereit, ihre Schulden in zehn Raten zu bezahlen. Ein großer Tag für Mimi.

Spät am Abend kam ich müde, aber glücklich nach Hause. Dass auf meiner Flurmatte ein Paar Handschellen lag, konnte mich auch nicht mehr erschüttern. Dass Nick diese Geschichte nicht so einfach auf sich beruhen lassen würde, hätte mir klar sein müssen …